Ronnith Neuman

Tod auf Korfu

RONNITH NEUMAN

Tod auf *Korfu*

KRIMINALROMAN

List

List ist ein Verlag der Ullstein Buchverlage GmbH

ISBN 978-3-471-78247-7

Gesetzt aus der Bembo und der Gill Sans bei
Pinkuin Satz und Datentechnik, Berlin
Druck und Bindung: Bercker Grafischer Betrieb GmbH & Co. KG, Kevelaer
Printed in Germany

Für Günter

Ungeheuer ist viel.
Doch nichts ungeheurer
als der Mensch.

Sophokles

2. Februar 1954

Hätte es A. nicht gegeben, wäre ich jetzt ein Engel.
Engel haben Flügel. Mit ihren Flügeln fliegen sie aus der Welt hinaus. Weit, weit fort …
A. ist kein Engel. Aber sie fliegt. Ihre Gedanken sind es, die fliegen.
Wenn A. auf dem Bett liegt, schaut sie stumm vor sich hin. Manchmal wimmert sie leise. Dann sehen ihre Augen Dinge, die niemand sonst sieht.
A. ist älter als ich. Sie ist bei mir geblieben, als die Wölfe in unser Dorf kamen. Ich kenne das Dorf nur aus den Geschichten von Mama und Papa. Eigentlich ist es immer die gleiche Geschichte. Damals war ich noch ein Baby.
Jetzt ist A. erwachsen. Eine richtige erwachsene kleine Frau, sagt Papa. Aber so, wie sie ist, ist sie ein Baby. Gestern Abend hat Mama zu Papa gesagt: Was wird nur aus ihr, wenn wir nicht mehr sind? Mama hat ganz leise gesprochen. Wie immer, wenn sie mit Papa über meine Schwester spricht. Sie glauben, dass ich es nicht höre.
Aber ich höre alles. Ohne dass ich es will, sind meine Ohren überall.
Die Stimme von Mama war schrecklich traurig. Ich habe ihren Arm gestreichelt. Ich musste das tun. Obwohl ich weiß, dass sie es nicht mag, wenn ich sie so streichele. Ich habe gesagt, ich werde A. beschützen. Ich habe es ihr versprochen.
Ich werde lernen und arbeiten und ganz viel Geld verdienen. Dann kann ich A. alles kaufen, was sie will. Ich werde ihr ein Haus kaufen. Und ganz viele Stofftiere.

A. mag Stofftiere. Sie reißt ihnen die Augen aus und kaut ihnen die Ohren ab.
A. will nicht, dass sie sehen und hören.
Aber Mama hat Papa mit ihrem komischen Blick angeguckt. Diesen Blick mag ich gar nicht. Wenn sie so guckt, weiß ich nicht, was ich denken oder sagen soll. Dann hat sie meine Hand festgehalten und ihren Arm weggezogen. Damit ich ihn nicht mehr streicheln konnte. Und dann hat sie mich von sich fortgeschoben.

1

Odysseas sah es als Erster.

Er stellte den Kragen seiner Jacke hoch, kniff die Augen zusammen und versuchte etwas in der frühen Dämmerung des Tages zu erkennen. Als sie das Boot an Land zogen, kroch die Sonne gerade über die Klippe empor. Der schmale Uferstreifen lag noch im Schatten der Steilküste, die bis zum späten Vormittag die Strahlen der Sonne abschirmte und die Bucht nach Osten hin schützte.

Jannis Bardis knöpfte sich die Jeansjacke zu, rieb sich die Hände und spuckte vor sich in den Sand. Er beugte sich über die Bootswand und hob die Eimer mit den Kraken heraus. In dem einen waren zwei große, in dem andern drei kleinere. In dem Netz, das die beiden Fischer am Abend zuvor ausgelegt hatten, fanden sie Skorpionfische, Schwertfische, Meerbrassen, etliche Sardinen und sogar zwei ausgewachsene Muränen. Ein akzeptabler Fang.

Jannis, der fluchend das Netz zu entwirren versuchte, richtete sich auf und sah, dass Odysseas ein paar Schritte entfernt wie festgewachsen im Sand stand und angespannt den Strand hinabstarrte. Er stieß einen Pfiff aus.

»He, Kumpel! Wir sind hier nicht zur Sommerfrische!«

»Sieh doch mal …«

»Was soll ich sehn?«

»Da vorn, Mann! Da ist was im Sand … zwischen dem Tang.«

Sie gingen entlang der Dünung. Kalte anlandige Windböen schlugen ihnen ins Gesicht, ein letzter Abgesang des Maistros. Der scharfe Nordwestwind hatte die Insel drei Tage lang beherrscht und die Fischer an Land gezwungen. Der Maistros hatte das Meer zu meterhohen Wellen aufgewühlt. Vergangene Nacht hatten sie sich zum ersten Mal wieder mit dem Boot hinausgewagt. Doch daran dachten die Männer nicht, als sie die Stelle erreichten.

Jannis Bardis griff instinktiv nach Odysseas Arm. Der schüttelte die Hand seines Freundes ab und stapfte die wenigen Meter über den Sand zu dem bizarren Hügel zusammengeschobener Algen. Jannis sah, wie Odysseas abrupt stehen blieb und dann langsam in die Hocke ging. Er sah, wie sein Kumpel erstarrte.

»Was ist es?«, rief er.

Odysseas hob den Kopf. Sein Gesicht unter der Bräune war weiß.

Es war der frühe Morgen des 7. Mai 1999.

2. Februar 1954, abends im Bett

Deshalb habe ich mir das blaue Buch gekauft.
Das Buch ist LEBENSWICHTIG für mich!
Weil A. zu weit weg ist. Und weil sie mich immer von sich fortschieben. Mama. Und auch Papa. Wenn ich etwas sage. Oder frage. Oder nur so tue, als ob ich etwas sagen will. Weil sie es nicht mögen, wenn ich sie berühre.
Bei uns lebt jeder für sich allein.
Mit dem Buch ist das anders. Dem blauen Buch erzähle ich alles.
Ich kann es streicheln. Ich glaube, es mag, wenn ich es streichele. Es fühlt sich rau an. Fast wie die Zunge einer Katze. Und ich spreche mit ihm wie mit einer Freundin. Einer besten, einer allerbesten Freundin. Mit dem Buch kann ich so lange sprechen, wie ich will. Auch wenn mir das Buch nicht antworten kann. Nicht richtig.
Und ich habe so viele Fragen.
Aber es hört zu. Das blaue Buch hört mir zu. Und es lässt sich von mir streicheln. Solange ich will.
Es ist ein sehr guter Zuhörer. Und Schreiben ist ja ein bisschen wie Sprechen. Man braucht nur ein wenig Phantasie. Dann verwandelt sich das Papier in ein Ohr. Ein Papierohr, dem man alles sagen darf, was man will. Denn irgendwann müssen die Dinge aus dem Kopf heraus. Sonst platzt einem das Hirn auseinander. Und dann ist man tot.

2

Kyra Damianidi verstand ihr Metier. Und wenn man etwas von diesem Geschäft verstand, spielte das Alter keine Rolle. Kyra Damianidi war nicht mehr jung und dennoch eine vielbeschäftigte Domina. Für Kristina Tzavrou hingegen hatte die Lust an der Qual einen dekadenten Beigeschmack. Physischer Schmerz und seelische Erniedrigung als erotische Gesellschaftsspielchen. Kristina ließ die Riemen der Lederpeitsche durch ihre Finger gleiten und fragte sich, was einen Mann dazu trieb, sich freiwillig quälen zu lassen und dafür auch noch zu bezahlen.

Sie legte die Peitsche neben den CD-Ständer, der auf irgendeiner Unterlage stand. Sie ging ein wenig in die Hocke und bemerkte befriedigt, dass auch in diesem geschmackvoll gestylten Apartment die Balance des CD-Ständers von einem schmalen Buch gehalten wurde. Oder sollte der mit Intarsien verzierte René-Prou-Sekretär geschont werden?

Sie schlenderte an der roten Chaiselongue von Josep Lluscà mit dem niedrigen Avantgardetisch vorbei und durch die weit geöffnete Glastür hinaus auf die Veranda, spielte kurz mit dem Gedanken, sich in einen der Rattansessel zu fläzen, zwängte sich dann aber zwischen die mit Geranien, Rosen, Bougainvilleen und Yuccapalmen bepflanzten Töpfe und schaute hinab auf die von hohen Bäumen beschattete Alexandras Ave.

In den Kübeln zwischen den einzelnen Straßencafés und

Restaurants begann der Oleander weiß und rosé zu blühen. Erste Touristen schlenderten in Shorts, T-Shirts oder in selbst für den Strand gewagten Bikinioberteilen an den Cafés entlang, um den Hals die unvermeidliche Kamera. Am Zeitungskiosk und vor der Post herrschte wie immer Hochbetrieb. Schräg gegenüber, im Park der Astynomia, alberten drei uniformierte Polizisten mit einer jüngeren Kollegin herum. Unter der Mütze der Frau lugte ein dicker schwarzer Haarzopf hervor. Die Straßencafés begannen sich mit Fremden zu füllen. Mit zu vielen Fremden, dachte Kristina, schon jetzt, im Mai.

Sie schrak aus ihren Gedanken hoch, fuhr herum und schlug der Freundin mit dem Ellbogen beinah das Tablett aus den Händen.

Kyra Damianidi wich zurück. »Du kannst deinen Brötchengeber wahrlich nicht verleugnen. Gute Reflexe!«

Kristina lachte. Sie nahm eines der beiden hohen Gläser vom Tablett. Frisch gepresster Orangensaft, eisgekühlt. Auch davon verstand die Freundin etwas. Kyra Damianidi stellte eine Schale mit Gebäck in die Mitte des Glastisches und prostete Kristina zu.

Sie tranken und ließen sich in die Korbsessel fallen.

Kristina kam gern hierher. Kyra Damianidis Wohnung war ein Juwel. Kostbar, dezent, exklusiv. Schneeweißer Marmorfußboden, schwarz-blau changierender italienischer Granit als Arbeitsplatte in der Küche und als Kamineinfassung, sandfarbene Leinenvorhänge, die großzügig bis zum Boden hinabfielen, wenige erlesene Möbelstücke, Accessoires und Bilder – darunter sogar ein Original von Picasso –, denen die hellen Wände viel Raum ließen. Neben dem offenen Kamin ein Triptychon von Kristina Tzavrou. Eine frühe, wie Kristina selbst meinte, noch nicht ausgereifte Arbeit, von der sich die Freundin jedoch nicht trennen mochte. Für Kristina symbolisierte die Wohnung den unbefleckten Gegenpol zu Kyra Damianidis Beruf.

Sie stellte ihr Glas auf den Tisch. »Und die Herren lassen sich von dir wirklich mit der Peitsche … bedienen?« Der Gedanke amüsierte Kristina auf schmutzige Weise. Obwohl es ganz sicher albern war, einer Domina immer wieder die gleichen kindischen Fragen zu stellen.

Kyra Damianidi bedachte sie mit gespielt lüsternem Blick.

»Macht dich an, Kleine, was?«, sagte sie mit einer Stimme, die mindestens eine Oktave tiefer gerutscht war. »Wenn die Herren durch die Tür meines Ateliers treten, haben sie den letzten Fetzen ihres Herrenkostüms abgelegt.«

Kristina kannte das Rote Haus lediglich aus Kyras Beschreibungen. Ein geheimer Ort, der zu ihrer eigenen Überraschung eine zunehmende Neugier und ein seltsames Prickeln in ihrem Bauch erzeugte.

»Vielleicht habe ich doch den falschen Beruf«, meinte sie lakonisch.

»Besuch mich doch mal. Dann brauchst du nicht immer wieder die gleichen dummen Fragen zu stellen.«

Kristina merkte peinlich berührt, dass ein dümmliches Grinsen ihr Gesicht verzog. Kyra lachte.

»Ein Blick in meine Werkstatt könnte das Mysterium lüften.« Sie zwinkerte Kristina zu. »Das wird das kleine Mädchen schon nicht verderben.«

Sie hat etwas Lasterhaftes, dachte Kristina. Es gehört zu ihr. Ist nicht künstlich. Nicht aufgesetzt. Kein Blendwerk. Vielleicht, dachte sie, gehört die lasterhafte Aura zu ihrem Berufsbild. Kristina betrachtete die Freundin. Naturfarbenes Baumwollkleid, wadenlang, seitlich geschlitzt, das kurze schwarze Haar straff zurückgekämmt. Nichts an der eleganten, kräftig gebauten, zugegeben etwas maskulinen Frau wies auf ihre Tätigkeit hin.

Schweigend lauschten sie Astor Piazzollas *Nuevo Tango*. Kristina spielte mit ihrem Haar. Es fühlte sich klebrig an. Sie hätte es längst waschen müssen, doch sie hatte weder Zeit noch Lust dazu gehabt. Letzteres am allerwenigsten. Sie lehnte sich zurück, schloss die Augen und gab sich den schrägen Tönen des Bandoneons hin. Astor Piazzollas Musik hatte sie erst durch

Kyra lieben gelernt. Die harmonische Disharmonie des Argentinischen Tangos – plötzlich von einem Piepton durchbrochen.

Kristina fuhr hoch. »An diesen Quälgeist werde ich mich niemals gewöhnen!«

»Und wenn du ihn ignorierst?«

Kristina griff nach ihrer Tasche. »Ich habe Rufbereitschaft. Wenn du weißt, was ich meine.«

»Nur allzu gut, Schätzchen.« Kyra lehnte sich zurück, ihre Zungenspitze fuhr über die Oberlippe.

Verwünschungen murmelnd, wühlte Kristina in ihrer Tasche nach dem unablässig piependen Handy. Endlich fand sie es. »Dass du auch niemals die Klappe halten kannst, du schreckliche Erfindung!« Sie warf einen Blick auf das Display und drückte dann auf Empfang.

»Alexandros … Ja, ich höre dich gut. Was?! – Aber das ist ja unglaublich! – Aber doch nicht hier, auf der Insel. – Wo? – Das ist an der Nordwestküste, nicht? – Ja. – Ja, ich kenne die Stelle. – Nein, runtergestiegen bin ich dort noch nicht. – Danke für den Tipp, Alexandros. – Ja, ich denke, ich bin in circa fünfzig Minuten da. – Bitte? – Klar, bin schon unterwegs!« Kristina schaltete das Handy ab. »Verfluchte Dinger! Ich muss los.«

»Wieso eigentlich Rufbereitschaft?«, fragte Kyra. »Ich dachte, du bist freiberufliche Fotografin und arbeitest nur nebenher für die Polizei?«

Kristina kippte den Rest des Saftes hinunter. Sie sprang auf und warf sich den Riemen ihrer Tasche über die Schulter. »Freie Künstlerin und sonst nichts …« Sie schnalzte mit der Zunge. »Schön wär's. Aber da überschätzt du meine Möglichkeiten. Solchen Luxus kann ich mir nicht leisten.« Sie hielt inne. »Zumindest noch nicht. Zehn Stunden pro Woche arbeite ich für die Astynomia. Das sind feste Einnahmen, die nicht zu verachten sind.«

Kyra nickte. »Wem sagst du das!«

»In letzter Zeit frage ich mich allerdings immer häufiger,

warum ich mich ausgerechnet auf Polizeifotografie spezialisiert habe.«

»Vielleicht, weil auf Kerkyra Verbrechen Mangelware sind?«

»Dafür wachsen und gedeihen die Hochzeiten, Taufen und Beerdigungen. Und das in beliebiger Reihenfolge.«

Sie betraten nacheinander das Zimmer.

»Also, wenn ich dich recht verstehe«, sagte Kyra, »säßest du deine Rufbereitschaft ohne Handy auf deinem süßen Arsch im Büro der Astynomia ab?«

Kristina drehte sich um und warf der Freundin eine Kusshand zu.

»Mach dich nur lustig über die arbeitende Bevölkerung. Sag mal, welche Schuhgröße hast du?«

»Neununddreißig. Wieso?«

»Hast du zufällig so was wie einen Sport- oder Wanderschuh?«

»Zufällig habe ich sogar zwei Sportschuhe. Einen für den linken und einen für den rechten Fuß.«

»Könntest du mir die Schuhe – wohlgemerkt beide – bis heute Nachmittag ausleihen? Wenn ich mir den Weg nach Hause sparen könnte, komme ich schneller nach Arillas.«

»Ist das der Ort, wo du hin musst?«

Kristina nickte. »Die Böschung fällt dort sehr steil zum Strand hin ab.«

Kyra verschwand in ihrem Ankleideraum. Kristina hörte sie einen Schrank öffnen, darin herumkramen. Kurz darauf kehrte sie mit ein Paar Sportschuhen von Puma zurück. Beige, mit ausgeprägter Profilsohle, offensichtlich kaum getragen. Sie ließ sich neben Kristina auf der roten Chaiselongue nieder. »Was ist eigentlich passiert?«

»Stell dir vor, sie haben einen Toten gefunden.«

»Am Strand von Arillas?«

Kristina nickte. Sie zwang ihren Fuß in einen von Kyras Schuhen.

»Nordwestküste …«, grübelte Kyra. »Wer hat den Toten gefunden?«

»Zwei Fischer, sagt Alexandros.«

»Selbstmord?«

Kristina beäugte kritisch ihren Fuß. »Wissen sie noch nicht. Vielleicht ein Unfall.«

»Aufregend.« Kyra fröstelte und rieb sich die nackten Arme.

Kristina schnürte den zweiten Schuh zu. »Ein bisschen eng, aber es wird gehen, schätze ich.«

»Die sind nagelneu. Ein-, höchstens zweimal getragen. Und …«, Kyras Miene verzog sich zu einem vieldeutigen Grinsen, »lass dir Zeit mit dem Zurückgeben. Ich brauche sie im Moment nicht. So wie es aussieht, werde ich heute Nachmittag ganz sicher nicht hier sein.« Sie lachte leise. »Und morgen kann ich den Florentiner Schuhladen in der Espianada samt Inventar aufkaufen.«

Kristina streifte sie mit einem flüchtigen Blick. »Verstanden. Keine weiteren Details nötig.« Sie raffte ihre Sachen zusammen und erhob sich.

»Und deine Kamera, Schätzchen?«

»Liegt im Wagen. Habe ich immer dabei.«

»Allzeit bereit. Wie ein echter Profi.«

»Ich bin ein echter Profi! Genau wie du.« In einer melodramatischen Geste hob Kristina die Arme. »Ach, ich liebe meinen Job! Immer, wenn es so richtig gemütlich ist, bricht irgendwo ein Sturm los.«

»Tu nicht so, Süße. Macht dir doch Spaß.« Kyra brachte ihr Gesicht dicht an Kristinas heran. Sie sah ihr tiefgründig in die Augen, raunte mit rauchiger Stimme: »Ich sehe es in deinem Blick, Kleines …«

Kristina wich zurück. »Nun ist diese Insel ja auch nicht gerade mit Leichen gepflastert.« Sie musste über Kyras irritierte Miene lachen. »Für meinen Job brauche ich eben den einen oder anderen Kunden. Genau wie du.«

Mit gespielter Empörung holte Kyra aus und gab der Freundin einen Klaps auf den Hintern.

»Du weißt doch, wie ich es meine«, sagte Kristina.

Kyra drohte mit dem Finger. »Warte einen Augenblick …« Sie verschwand in der Küche und kehrte kurz darauf mit einer Plastikflasche zurück. »Es könnte ein heißer Tag für dich werden.«

»Danke für die mütterliche Fürsorge.«

»Man tut, was man kann.«

Kristina nahm ihr die Wasserflasche ab. Sie war vor Kälte beschlagen. Sie umarmten einander und küssten sich auf die Wangen.

»Fahr vorsichtig, Herzchen. Nicht, dass ich morgen dich auf dem Friedhof besuchen muss.« Sie strahlte Kristina an. »Du weißt ja, wie ich es meine.«

Kristina hatte sich entschieden, über den Troumpeta zu fahren. Der Pass war die sicherste und schnellste Strecke, um in den Nordwesten der Insel zu gelangen. Als sie den höchsten Punkt des Passes erreichte, riskierte sie trotz überhöhter Geschwindigkeit einen Blick über die sonnenbeschienenen Hügelketten. Schwarzgrüne Ölbaumwälder, Pinien, Zypressen, dazwischen eingestreute Dörfer. Hinter den Hügelkuppen das Meer, Inseln und Felsen. In der Ferne, im Dunst der Frühlingssonne, die Silhouette der Stadt, dahinter der majestätische Höhenzug der albanischen Berge. Und dann dieses Licht – wie es die Landschaft veränderte, die Insel immer wieder neu malte. Sobald Kristina aus der Stadt hinausfuhr, begriff sie, warum das Licht als eines der Wunder Griechenlands bezeichnet wurde.

Kristina liebte die Insel. Ihre Insel. Sie konnte sich nicht vorstellen, woanders zu leben als gerade hier, auf diesem vom Wasser umschlossenen Land. Die Begrenzung machte das Leben überschaubar. Sie vereinte die Menschen. Kristina lebte gern in der Großfamilie. In der großen Inselfamilie fühlte sie sich sicher.

Sie tastete auf dem Beifahrersitz nach der Wasserflasche. Kyra war wirklich ein Schatz, dachte an alles. Kristina drosselte das Tempo und klemmte sich die Plastikflasche zwischen die Knie. Während sie mit der linken Hand den Wagen steuerte, schraubte sie mit der rechten die Kappe ab und trank, an der Flasche vorbeischielend.

Unterhalb des Passes verjüngte sich die Straße, wurde holprig, mehrmals musste sie tiefen Schlaglöchern ausweichen. Abermals verringerte sie die Geschwindigkeit. Sie saß hinter einem Lastwagen fest, mehrere Fahrzeuge kamen ihr entgegen. Auf der offenen Ladefläche des Lasters lagen Zementsäcke. Sie klemmte sich hinter den Laster und konnte ihn schließlich in einer überschaubaren Linkskurve überholen.

Vor der Ortschaft Agros säumte eine endlose Reihe parkender Fahrzeuge zu beiden Seiten die Durchgangsstraße. Bitte keine Hochzeit! Alles, nur das nicht, dachte sie. Mit Unbehagen erinnerte sich Kristina an ihre eigene Hochzeit. Ein Vermögen hatten ihre Eltern damals ausgegeben. Ort des Spektakels war Doukades gewesen. Kristinas Geburtsdorf. Darauf hatten ihre Eltern bestanden. Nicht Kerkyra, die Hauptstadt der Insel, wie es das Brautpaar vorgezogen hätte. Es war eben nicht nur Kristinas und Andreas' großer Tag. Ihre Scheidung, siebzehn Jahre später, war ein stiller, heimlicher Tag gewesen. Er hatte ihrem Vater fast das Herz gebrochen. Das Haus in Ano Korakiana, das Hochzeitsgeschenk der Eltern, verkaufte sie erst nach dem Tod des Vaters und dem Umzug ihrer Tochter Theano nach Athen.

Theano.

Gedanken an Theano hinterließen ein warmes, zerbrechliches Gefühl. Eine Sehnsucht, die Kristina verwirrte. Unmerklich war aus dem abhängigen Würmchen eine Studentin geworden, die mit dem ungeschminkten Egoismus der Jugend der Insel und damit auch ihr, der Mutter, den Rücken gekehrt hatte. Theano ging ihren Weg. Gut so. Das Mädchen war selbstbewusst. Mutig. Was konnte eine Mutter mehr erwarten? Es war nicht selbstverständlich, dass die Kinder ihren Weg fanden. Für das Gegenteil gab es genügend Beispiele auf der Insel.

Also, lass sie los. Lass Theano ihren Weg gehen. Es ist das Leben.

Kurz vor dem Ortseingang wurde die Gasse zwischen den

parkenden Fahrzeugen enger. Behutsam lavierte Kristina ihren Peugeot hindurch. Ein Verdacht verstärkte sich in ihr. Dieses Dorf feierte keine Hochzeit. Langsam kroch der Wagen die Straße hinauf, vorbei an schwarz gekleideten Menschen, deren dunkle Blicke ihr folgten. Stumme, einsame Gesichter.

Kristina erreichte das Ende der langen Prozession. Ein schwarzer Strom, der sich in das Dorf ergoss. Sie hielt in der zweiten Reihe der parkenden Fahrzeuge. Als sie ausstieg, vernahm sie zwischen den Trompetenklängen eines Trauermarsches die Klagerufe einer Frau.

Sie beschloss, sich zu Fuß bis zum Ortskern durchzuschlagen. Dort gab es sicher Hinweisschilder. Dann würde sie sehen, wie weit es noch bis Arillas war. Sie wollte keinen der Trauernden danach fragen. Angesichts des Todes schien die Frage banal und unpassend. Sie musste versuchen, am Rand der Straße die Prozession zu überholen. Erst dann würde sie Alexandros Kasantzakis anrufen und ihm die Situation erklären.

Als sie sich der Spitze der Prozession näherte, erblickte Kristina die Frau, deren Klageschreie sie erschauern ließen. Niemals zuvor hatte sie einen Menschen auf solch inbrünstige Weise seinen Schmerz hinausschreien hören. Die Frau war wie von Sinnen. Zwei junge Mädchen hielten sie, zu beiden Seiten untergehakt, mühsam aufrecht, während sie dem Sarg folgten, der von sechs Männern auf den Schultern getragen wurde. Hinter ihnen eine kleine Blaskapelle, dahinter schwarz gekleidete Menschen im schwerfälligen Rhythmus des Trauermarsches. Leicht irritiert erkannte Kristina, wie klein der Sarg war.

Und auf einmal begriff sie.

Ein totes Kind wurde zu Grabe getragen. Von einem ganzen Dorf. Von allen Dörfern der Gemeinde. Von einer Mutter, deren Schmerz und Verzweiflung sich mit Zorn paarten.

Sonntagvormittag, 2. Mai, 11.20 Uhr.

Das schrille Klingeln des Telefons. Als sie die Nachricht vom Tod der Tochter erfährt, gefrieren ihre Glieder. Jemand biegt ihre Finger auseinander, befreit den Hörer aus ihrer Hand. Eine Stimme neben ihr, die etwas sagt. Der Mann vielleicht. Eine der Töchter. Sie weiß nicht, wem die Stimme gehört. Will es gar nicht wissen. Es ist ihr egal.

Dann, ganz plötzlich, ist es Nacht. Sie gleitet durch grelle Finsternis, durch ohrenbetäubende Stille. Etwas in ihr zerspringt. Endlich kommt der Schmerz.

Er schwappt über sie wie eine gigantische Flutwelle. Schwemmt sie mit sich fort. Ein unbestimmbarer Schmerz, der sie zerfließen lässt. Sie glaubt zu ersticken. Spürt die Enge. Doch der Schmerz ist stärker. Er treibt sein Spiel mit ihr. Treibt sie fort. Von sich selber fort. Sie entflieht sich selbst durch Schleier roséfarbenen Lichts in ein unbekanntes Land.

Als sie aufwacht, hält die Älteste ihre Hand. Sie hebt den Blick. Sieht der Tochter in die Augen, sagt: »Irini ist fort, nicht wahr?«

Sie hört die Frage. Hört ihre Stimme. Die Stimme ist anders. Aber sie ist zu ihr zurückgekehrt. Sie starrt hinauf zur Tochter, die auf dem Stuhl neben ihrem Bett sitzt. Die Tochter beißt sich in die Unterlippe. Ein stummes Nicken. Die Augen dumpf, bohren sich in ihr Gesicht.

»Irini ist bei den Engeln. Der Herr hat sie zu sich gerufen, nicht wahr?«

»Ja, Mama. Irini ist tot.«

Also ist es wahr. Ihr kleines Mädchen ist gestorben. Aber das stimmt nicht ganz. Irini ist getötet worden.

Irini hatte von klein auf lernen müssen, mit ihrer Krankheit zu leben. Unter den Blutwäschen, zweimal wöchentlich im Krankenhaus, litt sie, die Mutter, am meisten. Das Kind selbst war bewundernswert geduldig. Ein fröhliches Mädchen, lebhaft, das sich jeden Winter von neuem auf den Sommer freute. Darauf, im Meer zu schwimmen, zu tauchen, am Strand Volleyball zu spielen. Irini liebte das Leben.

Warum hatten sie zugestimmt?

Irini machten die Blutwäschen doch gar nichts mehr aus. Sie

hatte sich an die Nadel gewöhnt. Lebte mit ihr. Mit der Maschine, die ihr Blut von Schadstoffen reinigte. Die Maschine war ein lästiger, aber lebensnotwendiger Partner. Eine Art Freund, den Irini liebte und hasste. Der ihr Schmerzen zufügte, der sie am Leben hielt.

Eines Tages, oh ja, die Frau erinnert sich genau, begann der Doktor von Lebensqualität zu sprechen. Und von Lebenserwartung. Doktor Mastoras redete und redete, bis sie nicht mehr wussten, was richtig oder falsch war. Doch Irinis Augen sprachen ihre eigene Sprache. Irinis glänzende Augen gaben die Antwort. Der Doktor hatte Recht. Musste Recht haben. Schließlich war er ein Doktor.

Irini wollte es. Und auch der Bruder wollte es. Und sie, die Eltern, wollten das Beste für ihr Kind. Also willigten sie ein. Vertrauten dem Arzt, wie schon all die Jahre zuvor. Schließlich war Doktor Jannis Mastoras nicht irgendein dahergelaufener Quacksalber. Er war ihr Arzt.

Die Leiche des Mädchens ist inmitten eines Kerzenmeeres in der Kirche des Dorfes aufgebahrt. Der mit weißer Seide ausgelegte Sarg ist über und über mit Margeritten und Lilien geschmückt. Vom Morgengrauen an bis in die späten Vormittagsstunden hinein nehmen die Menschen Abschied von dem Kind. Sie beten und bekreuzigen sich, streicheln die auf der Brust gefalteten Hände und beugen sich über den Sarg, um das wächserne Gesicht ein letztes Mal zu küssen. Ein unschuldiges Gesicht, ohne die Spuren gelebten Lebens.

Die Mutter kauert neben dem Sarg auf dem Boden. Schweigend gruppieren sich die sechs Männer um sie herum. Unter dem schwarzen Baumwolltuch, das Kopf und Oberkörper der Frau vor neugierigen Blicken schützt, hört man keinen Laut. Sieht man keine Bewegung. Eine lebende Statue, denkt einer der Männer.

Als er und die anderen Träger den Sarg anheben, ihn auf ihre Schultern hieven, durchläuft ein Zittern den Körper der

Frau. Das Tuch gleitet zu Boden, als sie die Arme hochreißt, sich an den Sarg hängt, die Finger festkrallt. Jemand hebt das Tuch auf. Versucht es ihr über die Schultern zu legen. Sie wehrt sich, schlägt wild um sich, entwindet sich den helfenden Händen, schüttelt das Tuch ab. Wie von Sinnen beginnt sie zu schreien. IRINI … IRINI … IRINI, hart, fordernd, IRINI … IRINI, wieder und wieder, IRINI … IRINI – als könnte sie die Tochter aus dem Reich der Schatten zurückrufen. Sie Thanatos entreißen.

Die Männer tragen den Sarg aus der Kirche hinaus in das gleißende Sonnenlicht. Dahinter die Trauernden, voran der Priester im schwarzen Talar. Er murmelt leise Gebete. Die Trauernden bekreuzigen sich. Die kleine Kapelle gruppiert sich paarweise hinter dem Priester, die Mundstücke der Instrumente an den Lippen. Mit dem ersten Ton der Trompeten setzt sich die Prozession in Bewegung.

Auf dem Friedhof lassen die Träger den Sarg mit der kleinen Irini Diavadi die vier Stufen hinab in die gemauerte Familiengruft. Erst später, wenn der letzte Trauernde gegangen ist, werden sie den Eingang der Gruft zumauern.

Die Mutter des Mädchens klammert sich mit dem Rest ihrer Kraft an den Sarg, von dem man sie gewaltsam löst. Sie schreit wie ein tödlich verletztes Tier. Ruft immer wieder den Namen der Tochter und verliert schließlich das Bewusstsein. Die beiden älteren Töchter tragen sie auf die Seite, knien sich zu ihr auf den Boden. Eine fremde Frau reicht ihnen eine Plastikflasche mit kaltem Wasser. Eine der Töchter träufelt etwas von dem Wasser über das Gesicht und die Brust der Mutter, benetzt ihre Pulsadern und flößt ihr dann den Rest aus der Flasche ein. Die andere Tochter sieht der Unbekannten in der schwarzen Lederjacke, den Jeans und beigen Sportschuhen dankbar hinterher, während diese den Friedhof verlässt, um zu ihrem Wagen zurückzugehen. Nachzügler auf dem Weg zum Friedhof sind so in Eile, dass sie die schlanke dunkelhaarige Frau, die am Straßenrand an der offenen Tür eines roten Peugeot lehnt und in ein Handy spricht, kaum oder überhaupt nicht wahrnehmen.

Fünfundzwanzig Minuten später bog Kristina Tzavrou von der Hauptstraße in den Feldweg ein, der zwischen Zypressen, kleinen Orangen- und Zitronenhainen, Feigen- und Olivenbäumen auf der Landseite und bunten Blumenwiesen auf der Meerseite parallel zur Küste verlief. Der Wagen holperte über den steinigen Weg. Sie versuchte, den tiefen, vom Regen ausgewaschenen Schlaglöchern und Rillen auszuweichen. Schließlich war ihr Peugeot kein Geländefahrzeug.

Die Beerdigung in Agros hatte sie eine gute Dreiviertelstunde gekostet, von Kyras Wasserflasche ganz zu schweigen. Schon von weitem erkannte sie die beiden blauweißen Einsatzwagen der Astynomia und die dunkelblaue Limousine von Spyros Papadopoulous. Kristina parkte ihren Wagen hinter dem des Mediziners. Im ersten Streifenwagen telefonierte ein jüngerer Polizist. Als sie ausstieg, hörte sie das Piepen des Funkgeräts und Satzfetzen, die durch die heruntergelassenen Fenster zu ihr herüberwehten. Sie nahm die Kamera aus dem Kofferraum, grüßte den Uniformierten mit einem knappen Nicken und steuerte auf den Trampelpfad zu, der durch einen bunten Blumenteppich zur Bucht hinunterführte.

»Pack die Kamera in einen Rucksack«, rief ihr der Polizist nach. »Für den Weg da runter brauchst du zwei freie Hände.«

Kristina winkte lässig ab, doch als sie die Steilküste erreichte und mit dem Abstieg begann, wurde ihr klar, dass der junge Mann mit seiner Warnung Recht gehabt hatte. Sie klemmte sich das Haar hinter die Ohren und quälte sich durch das beiderseits in den Weg hineinragende dornige Buschwerk den steilen, verwinkelten Ziegenpfad hinunter, stieß leise Flüche aus, weil die Kameratasche, die am Schulterriemen baumelte, zum gefährlichen Hindernis wurde. Sie dankte Kyra und dem Schöpfer der Sportschuhe mit Profilsohle, dass sie nicht abrutschte und womöglich mit gebrochenen Knochen und zerschlagener Kamera irgendwo da unten auf den Felsen landete.

Unten angekommen, musste sie den Rest des Weges über glatte Felsen balancieren. Als sie mit einem Sprung auf dem festen Sandboden landete, entdeckte sie in einiger Entfernung Alexandros Kasantzakis und Nikos Stavrous. Zwei Männer in Gummistiefeln redeten wild gestikulierend auf die beiden ein, und als Kristina die Gruppe erreichte, begriff sie, dass es die beiden Fischer waren, die am Morgen die Leiche gefunden hatten. Sie murmelte eine Begrüßung und nickte den Fischern zu, die augenblicklich verstummten. Kristina wandte sich Alexandros Kasantzakis zu.

»Tut mir leid, ich bin in Agros hängen geblieben.«

Alexandros runzelte die Stirn. Er neigte den Kopf und sah sie mit seinen dunklen Augen eindringlich an. Kristina wich seinem Blick nicht aus. Der Hauptkommissar war nur wenige Zentimeter größer als sie. Seine natürliche Bräune, das volle schwarze, von grauen Strähnen durchzogene Haar und der dazu passende Schnurrbart verliehen ihm etwas Orientalisches. Er hatte leichtes Übergewicht, bemühte sich jedoch, den kleinen Bauchansatz zu verbergen.

»Was war denn los?«, fragte er.

»In Agros war eine Beerdigung«, sagte sie. »Ein Kind …« Sie senkte die Stimme. »Die Schreie der Mutter, ich glaube, die werde ich so schnell nicht vergessen.« Sie schloss für einen kurzen Moment die Augen. »Jedenfalls blockierte die Prozession die gesamte Straße.«

»Okay«, Alexandros nahm Kristina am Ellbogen. »Der Tote liegt dort drüben. Im Tang. Er liegt noch genauso, wie wir ihn gefunden haben. Wir haben nichts verändert.«

Kristina erkannte den im Sand hockenden Mediziner und vier uniformierte Polizisten. Nur wenige Schaulustige umstanden die Männer, ihre Gesichter konnte sie auf diese Entfernung nicht erkennen, doch ihre Körpersprache signalisierte zugleich Abscheu und Neugier. Kristinas Blick wanderte den Hang hinauf. Zum Glück, dachte sie, ist dieser Teil der Küste von oben nur schwer einsehbar. Die Zahl der Schaulustigen würde sich in Grenzen halten.

Zwischen dem feuchten Tang sah man das Gesicht des Toten, einen Arm, einen Teil des Unterschenkels und den Fuß. Der Arm ragte grotesk verwinkelt aus den Algen hervor, die Hand nach oben gestreckt, als wollte sie nach etwas greifen. Die wächserne Haut wirkte aufgedunsen, an Fußsohle und Handfläche war sie rissig, vom Salz zerfressen. Das schüttere Haar über dem maskenhaften Gesicht hob sich kaum vom Schädel ab. Der Rest des Körpers war von Algen bedeckt.

»Na endlich, Mädel!« Spyros Papadopoulous kam ächzend aus der Hocke hoch. »Mach deine Hausaufgaben. Dann kann ich aus diesem Luftkurort verschwinden und mich wieder in den Musentempel der Desinfektionen begeben. Du weißt doch, zu viel Frischluft ist für einen alten Maulwurf wie mich äußerst schädlich.«

Kristina nickte den vier Polizisten kurz zu, wobei sie aus dem Augenwinkel heraus die kleine Gruppe der Schaulustigen registrierte. Sie wandte sich dem Gerichtsmediziner mit teilnahmsvoller Miene zu: »Du sagst es. So mancher Maulwurf ist schon an einem Zuviel an Sauerstoff gestorben.«

»Ach, was du nicht sagst!« Er beugte sich vor und gab ihr schmatzend einen Kuss auf die Wange. »Ich weiß doch, was ich meinem Herzblatt schuldig bin.«

Kristina lächelte schief und tätschelte ihm die Schulter. Sie mochte den drallen Arzt mit der spitzen Zunge.

Mit der Kamera in der Hand begann sie langsam um den Leichnam herumzugehen. Sie fotografierte den Toten und den Fundort von allen Seiten, machte Detailaufnahmen vom Kopf und den nicht von Algen verdeckten Körperteilen. Alexandros Kasantzakis und Nikos Stavrous traten hinzu. Auf ein Zeichen von Alexandros befreiten die Uniformierten den Toten von den Algen.

Kristina fotografierte jeden freigelegten Körperteil aus unterschiedlichen Perspektiven. Sie wusste, worauf es ankam. Manchmal gab es verborgene Details, die später entscheidend zur Aufklärung eines Falles beitragen konnten, egal ob es sich um einen Unfall, Suizid oder Mord handelte. Jede noch so unwichtig erscheinende Nebensächlichkeit musste festgehalten werden. Kristina Tzavrou war eine exzellente Polizeifotografin. Und sie nahm ihre Aufgabe ernst. Manchmal jedoch fragte sie sich, ob sie mit ihren Ablichtungen des gewaltsamen Todes den Toten nicht die letzte Würde nahm.

Sie strich mit der Hand über das Objektiv der Kamera. Über das Auge, hinter dem sie sich verschanzte, während es seine Arbeit tat. Dieses Auge, das unbeirrt das Grauen für sie einfing.

Etwas streifte ihren Arm. Sie fuhr erschrocken herum. Sie war tief in Gedanken gewesen, hatte nicht bemerkt, dass Alexandros Kasantzakis neben ihr stand. Er hatte die Berührung gar nicht wahrgenommen, sondern beugte sich zu Spyros Papadopoulous hinunter.

»Und … was glaubst du?«

Spyros zog den Bleistift aus dem Mund.

»Kann ich jetzt noch nicht sagen.« Er wiegte nachdenklich den Kopf. »Aber wie Selbstmord sieht es nicht aus. Da gibt es einige ungewöhnliche Wundmale. Schau, hier am Hals und unter dem rechten Ohrläppchen, an der linken Brustwarze und um den Bauchnabel herum, auch in den Leisten. Alles fein verteilt.« Er zog mit dem Bleistift eine senkrechte Luftlinie über den Leichnam. »Fast über den gesamten Körper.« Er beugte sich vor und tastete mit den Fingerspitzen behutsam über die Haut des Toten. »Auf den ersten Blick scheinen die Male unterschiedlichen Datums zu sein. Wenn wir Pech haben, sind sie älter und haben nichts mit seinem Tod zu tun. Auf jeden Fall lag er einige Stunden im Wasser, was die Sache nicht gerade vereinfachen dürfte.« Er kam aus der Hocke hoch, streifte die Latexhandschuhe ab und rieb sich das Kreuz. »Sicher ist nur eins. Der Mann ist ertrunken.«

Alexandros sah ihn enttäuscht an. »Wäre ich kaum draufgekommen. Bei einer Leiche, die vom Meer angeschwemmt wurde.«

»Und wie steht es mit Kleidungsstücken?«, fragte Spyros. »Ausweispapieren? Habt ihr irgendwas gefunden?«

»Nichts.«

»Nicht gerade viel.«

Sie sahen schweigend auf den Leichnam hinab, und Kristina ging plötzlich auf, wie selbstverständlich sie es hinnahmen, dass der Tote nackt war. Als hätte ein Mensch mit seinem Leben zugleich auch das Recht auf Intimität verloren.

»Wenn der Mann weder vorbestraft noch als vermisst gemeldet ist, dürfte es schwer werden, seine Identität festzustellen«, meinte Spyros.

»Und wenn er gar nicht von hier ist?«, sagte Kristina. »Nicht von der Insel?«

»Dann haben wir ein Problem.« Alexandros strich sich über den Schnurrbart.

»Wo bleiben eigentlich die Jungs von der Spurensicherung?« Spyros Papadopoulous schaute sich verwundert um. »Ist nicht Panagiotis' Art, sich zu verspäten. Wie auch immer ... Da es mir schwerfällt, hier an Suizid oder Unfall zu glauben, wäre es hilfreich, wenn ihr seine Sachen fändet.«

Alexandros nickte nachdenklich. Obwohl auf der Insel eine gestrandete Leiche etwas Ungewöhnliches war, wusste er, worauf es ankam. Die Jahre bei der Polizei in Athen hatten aus ihm einen erfahrenen Kriminalisten gemacht. Die Erinnerung an jene Zeit war zwiespältig. Einerseits war es aufregend gewesen. Aufreibend. Dieses ewige Hin und Her, das Wechselbad zwischen Erfolg und Misserfolg. Andererseits hatte er mehr als einmal mit einem Fuß im Grab gestanden. Als ihm die Versetzung als Hauptkommissar nach Korfu angeboten wurde, hatte er sofort zugesagt. Er und seine Frau vermissten die Großstadt nicht.

Er lächelte vage. »Und wann bekomme ich den Obduktionsbericht?«

»Wie üblich. Gestern.«

»Wenn du es sagst, Dok.«

Der Mediziner steckte den Stift in seine Hemdtasche. »Ich fahre zurück in die Klinik. Es sieht ganz danach aus, als müsste ich heute auch noch die andere Seite bedienen. Kaiserschnitt.«

Alexandros nickte. Spyros schlug ihm auf die Schulter. »Sieh nur zu, alter Knabe, dass ich den da so schnell wie möglich auf den Tisch bekomme.«

»Sicher. Ist ja mein Job.«

Als Spyros Papadopoulous den Pfad erreichte, sah er über sich am Hang die drei Kriminaltechniker, allen voran Panagiotis Peskalis' roten Krauskopf.

»Welch freudiger Anblick, Jungs!«, rief er hinauf. »Denn, oh wisset: Je später die Gäste, desto kärger die Reste!«

Panagiotis Peskalis sprang von einem der unteren Felsen ab und landete mit seinem Instrumentenkoffer neben ihm.

»Immer ein flottes Reimchen auf den Lippen, was, Dok?«

»Wo sonst? Man tut, was man kann.«

»Wir wurden in Agros aufgehalten. Eine Beerdigung im großen Stil.«

»Hat sich bereits herumgesprochen, PP. Unsere herzallerliebste Fotografin hat dieses Schicksal ebenfalls ereilt.«

Panagiotis grinste und wollte etwas erwidern, doch der Arzt schnitt ihm das Wort ab. »Das da vorn, das sollte wohl so etwas wie eine Seebestattung im kleinen Stil werden.«

»Was, deiner Miene nach zu urteilen, misslungen ist. Oder wie soll ich dich verstehen?«

»Na ja, sieht ganz danach aus.«

»Ist es das, was dich so fröhlich macht?«

»Was erwartest du angesichts einer Leiche, die mich vor der drohenden Arbeitslosigkeit bewahrt?«

Panagiotis lachte. »Gott erhalte dir deinen Galgenhumor, Dok!«

Spyros zuckte die Achseln. »Bei so einem Job das einzige Lichtlein am Horizont.«

Er gab dem Kriminaltechniker einen freundschaftlichen Klaps auf die Schulter. Panagiotis Peskalis bewunderte den

Arzt. Mehr noch: Er verehrte ihn fast wie einen Halbgott. Spyros hatte vor Jahren seine krebskranke Frau gerettet. Seither verband die beiden Männer eine Freundschaft, die insbesondere von dem wesentlich jüngeren Panagiotis hingebungsvoll gepflegt wurde.

Spyros wandte sich den beiden Technikern zu, die sich wie eine Leibgarde zu beiden Seiten ihres Chefs aufbauten.

»Seht zu, Leute, dass ihr die Kleider des Toten findet. So rasch wie möglich.«

»Immer mit der Ruhe«, brummte einer der Männer. »Wir tun, was wir können.«

»Das will ich auch hoffen, Jungs!«

Spyros Papadopoulous kletterte – für einen Mann seiner Statur – beachtlich forschen Schrittes den Hang hinauf, während die drei Kriminaltechniker ihren Weg am Wasser entlang fortsetzten.

Alexandros Kasantzakis, gefolgt von Nikos Stavrous, kam ihnen entgegen.

»Tut mir leid, Alex. In Agros war eine Beerdigung. Da ging nichts mehr.«

»Wissen wir bereits«, begrüßte ihn Alexandros. »Ich will nicht drängen, PP, aber bitte geht an die Arbeit. Vielleicht findet ihr etwas von der Kleidung des Toten. Der kleinste Fetzen wäre hilfreich. Irgendwas, um ihn zu identifizieren.«

Panagiotis Peskalis stellte seinen Koffer ab. »Nach Ausweispapieren oder etwas in der Art zu fragen, ist wohl müßig?«

»Du sagst es, mein Junge«, erwiderte Nikos.

Die Stirn des Kriminaltechnikers legte sich in Falten. Er ging um den Toten herum.

»Sagt mal, wieso ist der Mann eigentlich nackt? Seit wann entledigen sich Selbstmörder ihrer Kleidung, bevor sie ins Wasser springen?«

Alexandros Kasantzakis trat ungeduldig von einem Bein auf das andere. »Wir wissen nicht, ob es Selbstmord war. Spyros geht nicht davon aus. Der Tote hat einige ungewöhnliche Wundmale, die der Klärung bedürfen.«

Panagiotis nickte. »Dann hab ich den Dok vorhin doch richtig verstanden.« Er schaute sich in der Bucht um. »Ich will euch ja nicht entmutigen, Leute. Aber wir hatten Maistros. Und in diesem Teil der Bucht bläst er besonders kräftig. Durch den Sturm und den starken Wellengang können die Sachen sonstwo angeschwemmt sein.«

»Das ist mir völlig klar, PP. Mir ist auch klar, dass ihr ein beträchtliches Stück Strand absuchen müsst.«

»Ganz bestimmt! Und nicht nur das, Alex.« Er sah hinüber zum Hang. »Wir sollten auch die Uferhänge nicht außer Acht lassen.«

Panagiotis schaute etwas ratlos den Strand entlang, schließlich wanderte sein Blick wieder hinauf zur Klippe. »Und dass das Zeit kostet, ist dir auch klar?«

»Sicher. Nur fangt endlich an.«

»Also, dann …«

Panagiotis Peskalis beriet sich kurz mit den beiden Technikern, dann begann der jüngere, ein hagerer Mann im Overall, langsam am Spülsaum des Wassers entlangzuwandern. Der andere, ein behäbiger Mann mit einer Hakennase, die in seinem Gesicht ein Eigenleben zu entwickeln schien, nahm sich den hinteren Teil des Strandes vor.

Panagiotis starrte auf den Toten. »Wahrlich kein schöner Anblick.«

»Sind Wasserleichen in den seltensten Fällen«, bemerkte Nikos.

Panagiotis warf ihm einen schnellen Blick zu. »Meine Großmutter sah richtig schön aus in ihrem Tod.« Er hockte sich neben die Leiche. »So zufrieden wie in ihrem Sarg hatte sie im wirklichen Leben niemals ausgesehen. Jedenfalls soweit ich sie kannte.« Er zog den Koffer zu sich heran, ließ die beiden Schlösser aufschnappen und klappte den Deckel zurück. »Aber eine Wasserleiche ist eben doch etwas anderes.«

Panagiotis hatte schon einige in seinem Berufsleben gesehen. In den Gewässern rund um die Insel ertranken in jedem Sommer ein paar leichtsinnige Touristen, für deren Bergung er verantwortlich war. Panagiotis Peskalis, groß gewachsen, athletisch, war einer der besten Sporttaucher innerhalb der Astynomia. Er stützte die Hand aufs Knie, betrachtete den Toten und schüttelte den Kopf.

»Was ist?«, fragte Nikos.

»Nichts«, gab Panagiotis zurück.

Aber es war etwas. Irgendetwas an diesem Toten stimmte nicht. Das hier war keine gewöhnliche Wasserleiche. Und es waren nicht nur die Male, die Spyros Papadopoulous aufgefallen waren. Etwas an diesem Leichnam war anders als an den Ertrunkenen, die er bisher aus dem Meer gefischt hatte.

Panagiotis streifte seine Latexhandschuhe über und griff nach einem der Instrumente. Er schaute flüchtig seinen beiden Mitarbeitern hinterher, die sich bereits ein beträchtliches Stück entfernt hatten. Die Männer suchten in weitem Abstand voneinander Zentimeter um Zentimeter den Sand ab.

Die Küste von Arillas war eine weitläufige Bucht mit vorgelagerten unbewohnten Felseninseln. Ein langer feinsandiger Strand, von Kies- und Steinflächen durchbrochen, stellenweise von angeschwemmten Algenhügeln überdeckt. Zu beiden Seiten des Touristenortes Arillas erhob sich die Steilküste, an deren westlichem Ende ein alter Leuchtturm stand. Zum Meer hin öffnete sich die Bucht nach Südwest. Alexandros schirmte die Augen mit der Hand ab und spähte hinauf zum Kamm der Steilküste.

»Wenn ich mich nicht irre, gibt es dort oben einen Weg. Direkt zu dem Haus mit dem Leuchtturm. Die Leiche könnte also von dort ins Wasser gelangt sein.«

»Vorausgesetzt, der Weg ist befahrbar«, gab Nikos zu bedenken.

»Soweit ich mich erinnere, ist er das.«

»Die Strömung jedenfalls ist anlandig.« Kristina betrachtete zweifelnd die kabbelnde See. »Und wenn es doch Selbstmord war? Oder ein Unfall?«

Nikos schniefte. »Oder jemand hat auf einem Schiff ein bisschen nachgeholfen.« Er kramte ein Taschentuch hervor und putzte sich die Nase. »Soll jedenfalls vorkommen.« Er steckte das Tuch weg und grinste. »Aber ein Selbstmörder – glaubst du nicht, dass so einer den direkten Weg über den Strand vorziehen würde?«

»Oder gerade den von einem Schiff«, beharrte Kristina. Etwas in ihr wehrte sich dagegen, an Mord zu denken. Nicht auf ihrer Insel. »Schon mancher Lebensmüde ist nachts über eine Schiffsreling geklettert.«

»Es spricht aber doch einiges dafür, dass es Mord war«, sagte Alexandros. »Spyros geht davon aus. Ich, ehrlich gesagt, auch. Jedenfalls gab es hier, bedingt durch den Maistros, in den letzten drei Tagen einen starken Wellengang mit anlandiger Strömung. Das haben die beiden Fischer bestätigt. Das Meer hat den Strand bis an den Fuß der Steilküste überspült.« Er wies auf den Boden. »Der Sand ist immer noch feucht.«

Er suchte mit den Augen die Steilküste ab. »Wie heißt eigentlich dieser Teil der Bucht?«

Nikos Stavrous zog die rechte Braue in die Höhe. Manchmal zweifelte er doch am Verstand des Alten. Vielleicht auch an dessen Befähigung.

»Arillas, das ist die Bucht von Arillas«, erklärte er in dozierendem Ton.

Alexandros warf den Kopf herum. »Denk nur, das hab ich mir fast gedacht!«

Er fixierte den Jüngeren mit gespielter Verblüffung. Kristina biss sich auf die Lippen und konzentrierte sich auf die Lasche ihres Kamerakoffers, um nicht lauthals loszulachen. Nikos fuhr sich mit der Hand durch sein kurzes krauses Haar und wandte sich beleidigt ab. Da muss er durch, dachte Alexandros. Gut für ihn. Er beschloss, es diesmal dabei zu belassen.

»Soviel ich weiß«, setzte er seinen Gedanken fort, »hat jede Bucht, jeder Strandabschnitt einen eigenen Namen.«

»Ich weiß, was du meinst. Meine Mutter hat mir davon erzählt«, sagte Kristina. »Die Alten haben früher jedem Teil der Insel, auch jedem Strandabschnitt, einen Namen gegeben, der auf etwas Typisches an dem jeweiligen Ort hinweist.«

Alexandros sah sie aufmerksam an. Die Sagen der griechischen Mythologie, die alten volkstümlichen Überlieferungen – alles Vergangene faszinierte ihn.

»Es sind inoffizielle Namen«, fuhr sie fort. »Im Volksmund überlieferte Namen.«

Nikos verzog skeptisch die Mundwinkel.

»Vielleicht kennt deine Mutter den überlieferten Namen dieser Bucht«, meinte Alexandros.

»Meine Mutter ist nicht nur Expertin im Kartenlegen, sie kennt auch so ziemlich alle Namen, die irgendwas mit der Insel zu tun haben.«

Ein Grund mehr, dachte Kristina. Nun muss ich. »Ich muss meine Mama ohnehin anrufen.« Sie runzelte die Stirn und sah Alexandros aufmerksam an. »Warum willst du das wissen? Ist es wichtig?«

Alexandros kramte seine Zigaretten hervor. Er hielt Nikos die Packung hin. »Friedenspfeife, Junge. Nimm eine.«

Nikos stierte trotzig auf die aus der Packung ragenden Filter. Schließlich gab er sich einen Ruck und zog eine Zigarette heraus. Er schirmte die Flamme des Feuerzeuges, die Alexandros ihm entgegenhielt, mit beiden Händen gegen den Wind ab. Die Männer rauchten, während sie Panagiotis Peskalis dabei zusahen, wie er diverse Proben des Fundorts in einzelne Klarsichthüllen verstaute.

»Ich weiß nicht«, murmelte Alexandros. »Alles ist wichtig. Alles kann wichtig sein.« Er fing Kristinas Blick auf und zwinkerte ihr zu. »Und du, rauchst du immer noch nicht?«

Kristina schnalzte mit der Zunge die kürzeste griechische Verneinung. Alexandros inhalierte seufzend. »Glückliches Kind.«

Nikos schürzte die Lippen. »Seltenes Kind.« Das war sie in diesen Breitengraden, dachte er, ganz gewiss. Die kleine Fotografin mit dem scharfen Arsch. Er grinste in sich hinein und blies einen Rauchring über ihren Kopf hinweg, den eine Windböe zerfaserte.

Es war sehr still. Bis auf das Knistern der Plastikfolien, mit denen der Kriminaltechniker herumhantierte, und das Schlürfen der Wellen, die das Ufer leckten. Ein heftiger Windstoß ließ Panagiotis einen leisen Fluch ausstoßen. Kristina strich sich die nach vorn gewehten Haare aus dem Gesicht und hielt sie mit einer Hand am Hinterkopf zusammen.

»Erinnert ihr euch an den Doppelmord vor zwei oder drei Jahren? Die beiden Mädchen, die man in der Bucht von Mirtiotissa gefunden hat?«

»Was ist damit?« Nikos blies ihr Rauch ins Gesicht. Kristina fächerte ihn mit der freien Hand weg.

»Kann es derselbe Täter gewesen sein? Ich meine, so viele Menschen werden schließlich nicht von unserer friedlichen Insel gewaltsam ins Meer gestoßen, oder?«

»Vorsicht«, sagte Alexandros. »Noch wissen wir nichts. Selbstmord ist nicht auszuschließen. Oder ein Unfall.«

Nikos grinste. »Oder der Typ ist tatsächlich im Vollrausch über Bord gegangen.«

»Möglich ist alles«, räumte Alexandros ein.

»Selbstmord hat man in Mirtiotissa auch zuerst vermutet«, sagte Kristina.

»Wir haben den Täter aber gefasst«, erwiderte Nikos.

Alexandros lächelte grimmig. Er warf die Kippe in den Sand. »Und aus Mangel an Beweisen wieder freilassen müssen.«

7. Februar 1954

Da war noch ein anderes Buch. Eines in rotem Leder. Das Rot sah schön aus. Irgendwie edel. Ja, das ist das richtige Wort. Edel. Aber das rote Buch war viel teurer als das blaue. So viel Geld habe ich nicht. Obwohl ich ganz lange gespart habe. Auch das Geld, das ich bekomme, wenn ich beim Olivensammeln oder Weinpflücken helfe. Und ich kann auch niemanden anpumpen. Mama hat mir zum Geburtstag ja schon die silberne Kette geschenkt. An der Kette hängt eine kleine Frau mit einem Vogelkopf.

Mama und Papa haben kein Geld. Nur ganz wenig. Das reicht gerade für die Schule. Und damit wir etwas zum Anziehen kaufen können. Und was sonst noch gebraucht wird. Und Brot. Das kaufen wir auch. Alles andere holen wir aus dem Garten. Orangen, Zitronen, Kartoffeln, Zwiebeln, Knoblauch, Tomaten, Gurken, Bohnen, Mais. Die Oliven legt Mama in Öl, Essig, Salz und Kräuter ein. Die Kräuter wachsen in der Wildnis. Oregano, Thymian, Minze. Die kenne ich. Mama kennt noch viel mehr. Mama kennt alle Kräuter. Das Öl und den Essig macht sie selbst. Auch den Feta. Aus Ziegenmilch. Und den Wein. Manchmal tauscht sie den Wein und den Feta gegen ein Huhn. Oder wir bekommen ein paar Eier dafür. Im Winter pflücken wir Chorta. Unkraut wächst ja überall. Von den zarten Blättern macht Mama Salat. Die harten kocht sie. In Salzwasser. Die werden dann ganz weich. Mit Öl und Zitrone schmecken sie lecker. Aber meistens essen wir die Fische, die Papa morgens mitbringt. Er und die andern Fischer fahren in der Nacht mit ihren Booten aufs Meer hinaus. Papa weiß genau, wann der Fisch beißt. Er sagt: Heute beißt der Fisch, weil das Meer so oder so ist. Oder der Wind gut steht. Oder das Mondlicht. Oder sonst was. Ich glaube, ohne Papas Fische und Mamas Sachen würden wir verhungern. Ich mag Fische gern. Besonders die kleinen Sardinen. Da kann man die Gräten mitessen. Oder Tintenfische. Die haben gar keine Gräten. Gräten mag ich nämlich nicht. Weil, man kann sich an ihnen verletzen. Im Hals. Der tut dann schrecklich weh. Oder man erstickt.

Von dem blauen Buch dürfen Papa und Mama nichts wissen.

Niemand darf davon wissen! Niemand!!

An der Lasche hängt ein Schlösschen, in das ein winziger Schlüssel hineinpasst. Aber abschließen allein reicht nicht. Nicht bei meiner Mutter.

Ich brauche ein gutes Versteck für mein Tagebuch.

ES GEHÖRT MIR ALLEIN!!

Ich werde ihm meine Geheimnisse anvertrauen. Sachen, die niemand wissen darf. Nicht einmal meine Schwester. Aber A. kapiert sowieso nichts.

A. spricht eine Sprache, die außer ihr keiner versteht. Irgendwie passen die Wörter nicht richtig zusammen. Es sind seltsame Dinge, die keinen Sinn ergeben. Mama sagt, das hat angefangen, nachdem sie so lange fort gewesen war. Als sie A. zurückbrachten, sagt Mama, war sie nicht mehr dieselbe. Zuerst hat sie nur geweint. Dann wurde sie stumm.

Als sie wieder sprach, war sie eine andere.

A. kann nicht lachen. Nicht wirklich. Auch wenn es manchmal so aussieht, als würde sie lachen. Ihr Gesicht ist alt. Aber ganz ohne Falten. Wenn es ausschaut, als würde A. lachen, werfen sich Mama und Papa ihre komischen Blicke zu. Dann nicken sie und lächeln. Sie lächeln A. an. Aber es ist kein richtiges Lächeln. Es sind nur ihre Lippen, die lächeln.

Ich mag nicht, wenn Erwachsene so lächeln. Ich mag kein eingefrorenes Lächeln.

Eingefrorenes Lächeln ist eisig. Eislächeln ist unheimlich. Ich weiß dann nicht, was ich denken soll. Was ich denken muss. Oder darf.

Mama und Papa lachen nie. Vielleicht liegt es auch daran, dass Papa

und Mama schon alt sind und aus dem Dorf kommen. Sie sagen, wer aus dem Dorf kommt, kann nicht mehr lachen. Mit dem Tod des Dorfes ist auch das Lachen gestorben.
Sie sagen, die Fremden haben das Lachen getötet.
Sie haben das Lachen aus den Gesichtern herausgeschnitten.

3

Als Nikos Stavrous das Büro betrat, legte Alexandros Kasantzakis den Hörer auf.

»Das war Panagiotis. Sie haben die Unterwäsche des Toten gefunden. Oder besser gesagt, PP glaubt, dass es sein Slip ist.«

Nikos ließ sich ächzend in den Besucherstuhl vor dem Schreibtisch fallen, kramte seinen Komboloi hervor und schlug die Beine übereinander. Ein süffisantes Lächeln umspielte seine Lippen.

»Ein Slip – Donnerwetter, reiche Ausbeute!«

»Er war auf dem Steilhang, ganz in der Nähe des Leuchtturms, in der Erde vergraben. Einem der Techniker war der frisch aufgeworfene Hügel unter einem Busch aufgefallen.«

»Ein einzelner Herrenslip, in der Erde verbuddelt …« In Nikos' Lächeln schlich sich eine Spur Überheblichkeit. »Also, wenn es Selbstmord war, dann hat sich der Typ an einem unbekannten Ort seiner Kleider entledigt, ist dann halb nackt auf den Steilhang gelaufen, hat mit bloßen Händen ein Loch in die Erde gescharrt, dort seine Unterhose hinterlegt und ist anschließend von der Klippe ins Meer gesprungen. Sehe ich das richtig?«

Alexandros starrte unverwandt auf die Komboloikugeln, die zwischen Nikos' Fingern tanzten. »Es war kein Selbstmord«, murmelte er. »Auch wenn die Variante für uns bequemer wäre.«

Aber da war noch etwas anderes. Die Art, wie der Tote dagelegen hatte. Die Körpersprache des Todes. Alexandros stützte die Ellbogen auf die Tischplatte, neigte den Kopf, legte die Zeigefinger an die Nasenwurzel und schloss die Augen. Sofort erschien das Bild. Der Arm des Toten. Die Hand. Die krallenartig gekrümmten Finger. Hat er sich gewehrt? Hat er es versucht? Und dann die Wundmale, die Spyros entdeckt hat. Alexandros öffnete die Augen, hob den Kopf.

»Nein«, sagte er, »das war kein Suizid.«

»Also kein Selbstmord.«

»Davon sollten wir ausgehen«, erwiderte Alexandros entschieden.

Er spürte ein Ziehen in der Magengegend, ein heißes Brennen in der Brust. Ein Mord auf Kerkyra. Die Aufklärung von Gewaltverbrechen gehörte nicht unbedingt zum Berufsalltag korfiotischer Polizisten. Was würde geschehen, wenn es sich zeigte, dass er, Hauptkommissar Alexandros Kasantzakis, einem Mordfall nicht gewachsen war? Nicht mehr gewachsen war. Die Zeit in Athen lag lange zurück. Er war älter geworden. Langsamer. Zugegeben, auch bequemer. Der erste Fehler war ihm ja bereits unterlaufen. Der Leuchtturm! Da vermutlich die Leiche des Mannes von dort ins Meer gekommen war, hätte er sich die Gegend um den Turm herum anschauen müssen. Sich so etwas einzugestehen, war unbehaglich. Noch unbehaglicher konnte ein Fall werden, der einem über den Kopf wuchs.

Verstohlen beobachtete er den Jüngeren.

Kommissar Nikos Stavrous war ein guter Polizist. Er gehörte zu der Sorte ungeduldiger Polizisten, die – sicher zu Recht – in die höhere Liga drängte. Nikos liebte eine rasche, gradlinige Aufklärung, ohne allzu viel zu hinterfragen. Er hatte eine hohe Trefferquote. Insbesondere was sein Steckenpferd, die Drogenfahndung, betraf. Alexandros spürte, wie es in ihm nagte. Zunehmend fühlte er sich in Nikos' Gegenwart alt.

Nikos Stavrous war seit fast acht Jahren sein Mitarbeiter. Alexandros hatte ihm alles beigebracht, was er meinte, einem jungen Polizisten mit auf den Weg geben zu müssen. In letzter Zeit jedoch beschlich ihn immer häufiger der Verdacht, der Jüngere lauere nur darauf, seinen Vorgesetzten vom Stuhl zu stoßen. Und Alexandros wusste, dass Kommissar Nikos Stavrous keine Sekunde zögern würde, seinen eigenen Hintern auf jenen Stuhl zu platzieren.

Ärgerlich wischte er die Gedanken beiseite. Gedanken, die lediglich dazu dienten, einen unsicher zu machen. Überließ man sich ihnen, lief man Gefahr, in ihren lähmenden Sog zu geraten.

»Was ist mit den Botschaften?«, fragte er. »Hast du was herausgefunden?«

Nikos hob die Achseln. »Nichts. Wir haben alle angerufen. Keine Vermisstenmeldungen.« Sein Blick bohrte sich in Alexandros' Gesicht. »Was schlägst du vor?«

»Abwarten.«

»Abwarten! Auf was denn warten?!«

Nikos sprang auf und begann kopfschüttelnd im Raum auf und ab zu tigern. Alexandros schloss die Augen, zählte bis drei. Ruhig. Nicht provozieren lassen. Zumal die Ermittlung noch nicht einmal begonnen hatte.

»Zuerst möchte ich die Fotos sehen«, sagte er betont gelassen. »Und die ersten Ergebnisse von Spyros und Panagiotis.« Er sah auf seine Armbanduhr. »Der Slip ist ja erst vor einer halben Stunde ins Labor gebracht worden.«

Es klopfte. Als Kristina Tzavrou das Büro betrat, klingelte das Telefon. Erleichtert hob Alexandros den Hörer ab. Er nickte Kristina zu und bedeutete ihr, sich zu setzen. Sie schaute sich im Raum um, während Nikos sie von oben bis unten musterte und ihr dann seinen eigenen Platz anbot. Sie lächelte ihn an und zog sich einen dritten Stuhl heran. Den Umschlag mit den Fotos legte sie vor sich auf den Schreibtisch.

Alexandros Kasantzakis' Arbeitszimmer lag im ersten Stock am Ende eines Ganges und war, wie alle anderen Räume des Polizeipräsidiums, karg und zweckmäßig eingerichtet. Ein

Schreibtisch mit sechs Schubladen, Drehsessel, Besucherstuhl, beide mit schwarzem Leder bezogen. Um einen Konferenztisch Stühle aus olivgrünem Lederimitat. Gegenüber dem Fenster ein offenes Regal, das die gesamte Wand einnahm und von kreuz und quer übereinandergeschichteten Aktenordnern, Heften und losen Papieren überquoll. Von ihrem Platz aus konnte Kristina zum Fenster hinausblicken. Der von Platanen und meterhohen Oleanderbüschen beschattete Park bildete einen fast unwirklichen Kontrast zu der grauen Sachlichkeit des Raumes.

Nikos' Blick bei ihrem Eintritt war ihr keineswegs entgangen. Männliche Blicke, die eine Frau zum reinen Lustobjekt abstempelten, empfand Kristina als eine Form von Gewalt. Sie konzentrierte ihre gesamte Aufmerksamkeit auf Alexandros.

»Ja, ich warte …«, sagte er und legte seine Hand über die Sprechmuschel. Er hob fragend die Brauen. »Möchtest du Kaffee?«

Sie nickte stumm.

»Nichts dagegen einzuwenden«, bemerkte Nikos, der sich behaglich in seinem Stuhl zurückgelehnt hatte.

Alexandros kramte ein paar Münzen aus einer Schublade und warf sie auf den Tisch. Er strahlte Nikos an. »Dann hol welchen!«

»Und wie wär's, wenn du im Coffeeshop anrufst?«

»Eine Etage tiefer steht ein nagelneuer Kaffeeautomat.«

Nikos ließ die Komboloikugeln um die Finger rotieren und machte eine Geste der Ergebenheit. Er erhob sich seufzend, sammelte die Münzen auf und verließ den Raum.

Alexandros zwinkerte Kristina zu. Dann wurde sein Gesicht wieder ernst.

»Schon drei Tage … einige Stunden im Wasser … ich verstehe …«

Kristina versuchte sich aus den wenigen Satzfetzen ein Bild zu formen. Die Tür öffnete sich und Nikos balancierte drei Pappbecher Automatenkaffee herein. Er lud zwei der Becher auf dem Tisch ab und stellte sich mit dem dritten ans Fenster. Kristina nippte an ihrem heißen Kaffee, während sie ihn verstohlen beobachtete.

Er sah gar nicht so übel aus. Kommissar Nikos Stavrous. Bestimmt einsfünfundachtzig, schlank, ovales Gesicht, kurzes dunkelbraunes naturgekräuseltes Haar, das im interessanten Kontrast zu seinen blauen Augen stand. Der leicht arrogante Zug um seinen Mund passte zu ihm. Kristina fragte sich, wie viele Stunden er wohl vor dem Spiegel verbracht hatte, um ihn einzuüben. Sie horchte auf. Ihr Blick kehrte zu Alexandros zurück.

»Also eindeutig Mord«, hörte sie ihn sagen. Nikos grunzte zufrieden und hockte sich schräg auf die Fensterbank. Er trank einen Schluck Kaffee und ließ dabei seinen Chef keine Sekunde aus den Augen.

»Nun komm schon, Spyros«, sagte Alexandros, »mach's nicht so spannend!« Er griff nach dem Umschlag mit den Fotos. »Schön, dann sind wir in zwanzig Minuten bei dir, okay?«

Alexandros Kasantzakis zog die Fotografien aus dem Umschlag und breitete sie auf seinem Schreibtisch aus. Kristina kippte mit ihrem Stuhl nach vorn und deutete auf eines der Bilder.

»Hier ... beim Fotografieren hatte ich es nicht bemerkt.«

Nikos Stavrous löste sich von der Fensterbank und ging zu ihnen hinüber. Sie beugten sich gemeinsam über das Bild, starrten auf die von Kristina bezeichnete Stelle. Alexandros kramte aus einer der unergründlichen Schubladen seines Schreibtisches eine Lupe hervor.

»Seltsam ...«, murmelte er, während er die Lupe dicht über das Bild hielt.

Kristina zog einen zweiten Umschlag aus der Tasche. »Ich habe das Labor Detailvergrößerungen von der Stelle machen lassen. Ebenfalls von den Händen und Füßen. Seine rechte Hand ...« Sie deutete auf die stark gespreizten und gekrümmten Finger. »Sieht aus, als hätte er sich gewehrt, oder?«

Alexandros nickte unmerklich. »Möglich.«

Er schob Papiere, Stifte und Ordner zur Seite, während Kristina die Fotografien nebeneinander auslegte. Er nahm eines der Bilder, hielt die Lupe dicht darüber.

»Seltsam, nicht?«, meinte Kristina. »Was ist das?«

Alexandros ließ die Lupe langsam über das Bild wandern.

»Sieht aus wie … Ich weiß nicht … Aber was auch immer, an der Stelle … Mein Gott!«

»Nun ja«, sinnierte Nikos, »es gibt viele seltsame Spielchen zwischen Himmel und Erde, von denen die brave bürgerliche Seele nicht einmal zu träumen wagt.«

»Für dich wohl eher zwischen Himmel und Hölle«, bemerkte Kristina.

»Wenn du es denn sagst, Herzchen«, grinste Nikos.

»Hört endlich auf! Alle beide!« Alexandros warf die Lupe in die Schublade und sprang auf. »Los, Nikos, lass uns fahren!«

»Wohin?«

»Wohin? Ins Krankenhaus natürlich. Dort erfahren wir sicher mehr. Spyros jedenfalls konnte es kaum erwarten, uns seine Entdeckung zu zeigen.«

»Darf ich mit?«, fragte Kristina.

Nikos fuhr herum. »Wozu?« Er stand breitbeinig in der geöffneten Tür. »Was diesen Fall betrifft, ist deine Arbeit doch wohl erledigt.«

»Was diesen Fall betrifft, Nikos, können wir jedes scharfe Auge brauchen«, widersprach Alexandros. »Und Kristina hat ein solches Auge.«

Kristina lächelte aufgeräumt. »Sogar zwei davon!«

Nikos wich ihrem Blick aus. Alexandros klaubte die Fotos zusammen und hielt sie Kristina hin. »Steck sie bitte wieder ein, die nehmen wir mit.«

An der Tür bekam Alexandros den Jüngeren gerade noch am Zipfel seiner Jacke zu fassen. Er schob die Fotografin hinaus und den völlig verwirrten Kollegen hinterher. Wieder einmal wünschte er sich, er könnte die beiden gegeneinander austauschen: Kristina Tzavrou zu seiner Mitarbeiterin machen und Nikos Stavrous zu einem Fotografen, mit dem er nur zusammentraf, wenn es sich gar nicht vermeiden ließ.

Mit dieser höchst sonnigen Vorstellung folgte er schmunzelnd einer strahlenden Polizeifotografin und einem mürrischen Polizisten über den grauen, freudlosen Gang der Astynomia, die Treppe hinab und hinaus in den frühlingswarmen, von Vogelstimmen erfüllten Maitag.

Ohne den Doktor wäre Irini noch am Leben, denkt die Frau. Ohne Jannis Mastoras wären wir noch eine Familie. Noch immer hockt sie still auf dem Boden. Noch immer starrt sie mit dumpfem Blick ins Leere. Stunden um Stunden, in denen sie sich in ihrem Schmerz verliert. Die beiden älteren Töchter weichen nicht von ihrer Seite. Doch in ihrem Schmerz bleibt die Mutter allein.

Sie kauert auf dem Marmorboden vor dem Kamin. Sie denkt, gerade mauern sie Irini auf dem Friedhof in die Familiengruft ein. Mein Kind, Irini … es wird frieren, so ganz allein in der Nacht … Sie hebt ihre Hände vor das Gesicht. Zieht sie dicht an die Augen heran. Ganz dicht. Bis sie verschwimmen. Rückt sie von sich fort. Wieder an sich heran. Wieder fort. Sie sieht die Hände an. Ihre leeren Hände, die niemals mehr … Sie starrt diese Hände an. Ohne jede Bewegung. Minutenlang sitzt sie so da. Reglos. Dann taucht sie die Hände in die kalte Asche des Kamins und schwärzt ihr Gesicht. Die Stimmen der beiden anderen Töchter, die unentwegt auf sie einreden, lässt sie nicht mehr an sich heran. Nichts wird sie wegbringen von diesem Kamin. Von diesem harten, kalten Marmor, auf dem sie hockt. Der sie schmerzt. Der die Kälte in ihrem Körper zu Feuer werden lässt. Der sie innerlich brennen lässt. Nichts wird sie hinauf in das Schlafzimmer bringen. Oder auf die Couch gegenüber, wo es wärmer und behaglicher ist. Dort gehört sie nicht hin. Wärme und Behaglichkeit vertragen sich nicht mit dem Schmerz, der jetzt in ihr ist. Auf dem kalten Marmorboden vor dem toten Kamin mit der schwarzen Asche im Gesicht ist sie ihrer Tochter nah.

Irinis Vater betritt den Raum. Die Mutter wiegt sich vor und zurück.

Die beiden Mädchen hocken dicht beieinander auf der Couch und tuscheln. Als der Vater auf die Frau zugeht, schreit sie auf. Die Mädchen schrecken hoch, eilen hin zu der Mutter. Knien sich neben sie auf den Boden. Die ältere Tochter legt schüchtern den Arm um ihre Schultern. Die jüngere drängt sich von der anderen Seite an sie heran. Die Schultern der Frau beben. Die Töchter liebkosen und streicheln sie. Reden leise auf die Mutter ein.

Und hätte sich ihre Aufmerksamkeit nicht auf die Trauernde konzentriert, wäre ihnen vielleicht die Entschlossenheit im Gesicht des Vaters aufgefallen. Eine Entschlossenheit, die seine Trauer überdeckt und dabei die Genugtuung nicht verbirgt.

Spyros Papadopoulous empfing sie in einem weißen, von den Spuren seines Handwerks befleckten Kittel und einem aufgeräumten Lächeln auf dem Gesicht.

»Du siehst zufrieden aus«, bemerkte Alexandros, während er sich durch die Eingangsschleuse des Obduktionsraumes an dem Bauch des Mediziners vorbeizwängte. »Wenn ich dich am Telefon richtig verstanden habe, bist du fündig geworden?«

Der Arzt warf das Handtuch, mit dem er sich die Hände abgetrocknet hatte, achtlos in die Ecke, wo es auf einem Haufen weiterer Schmutzwäsche landete. Er machte eine allumfassende Geste. »So könnte man es ausdrücken. Ein wahrhaft bemerkenswerter Fund. Jedenfalls kommt da Arbeit auf euch zu.«

»Dann schieß los, Dok«, sagte Alexandros.

Spyros gab den anderen ein Zeichen, ihm zu folgen. Der Gang öffnete sich zu einem kleinen Saal. An der linken Wand eine Reihe grauer Schübe mit blanken Stahlgriffen, Kühlfächer, in denen die Leichen bis zu ihrer Bestattung aufbewahrt wurden. An der gegenüberliegenden Wand standen drei Rollbahren für den Transport. Seitlich davon, in einer Vitrine, etliche Gläser mit menschlichen Organen in Formalin. In der Mitte des Raumes zwei Obduktionstische aus Stahl. Auf dem einen die Leiche des Mannes. Er lag auf dem Rücken. Ein süßlicher Geruch beherrschte den Raum, notdürftig von Desinfektionsgerüchen überlagert.

»Dieser Mann ist ertrunken. Aber nicht im Meer.«

Alexandros sah den Arzt entgeistert an. Kristina starrte auf den Leichnam.

»Willst du damit sagen, dass der Mann in einen Swimmingpool gefallen ist? So was wie ... *Hollywood made in Kerkyra*«, sagte Nikos.

»In seinen Lungen befand sich Leitungswasser. Laut Laboranalyse könnte es aus der Stadt oder der näheren Umgebung stammen. Wir haben zwar ebenfalls Spuren von Salzwasser gefunden«, warf Spyros ein, »doch daran ist er nicht gestorben.«

»Und du bist ganz sicher?«

»Hundertprozentig, Alex. Er war tot, bevor er mit dem Meer in Berührung kam.«

»Also eindeutig Mord.«

Spyros lächelte unfroh. »So eindeutig, wie ich hier vor dir stehe.«

Alexandros nickte. »Schön. Weiter.«

»War das vielleicht nichts?« Spyros kratzte sich den Bauch und grinste. »Du bist ja unersättlich. Habt ihr überhaupt schon eine Vermisstenmeldung?«

»Noch nicht.«

Alexandros musterte ihn genervt. Spyros Papadopoulous war ein sympathischer Mensch, ein großartiger Arzt und forensischer Mediziner. Eigentlich war er Chirurg. Doch da es auf der Insel für einen Forensiker nicht genug zu tun gab, hatte Spyros diese Aufgaben mit übernommen. Er sezierte einen Leichnam ebenso kompetent, wie er einen Blinddarm oder ein Krebsgeschwür entfernte oder einem Säugling mittels Kaiserschnitt auf die Welt verhalf. Alexandros Kasantzakis kannte ihn seit etlichen Jahren.

Fast so lange, wie er auf der Insel lebte. Einige Male hatte die Arbeit sie zusammengeführt, hin und wieder trafen sie sich privat. Alexandros kannte die Eigenart des Rechtsmediziners, einen bis zum Zerreißen auf die Folter zu spannen. Und dass er sie kannte, machte es keineswegs erträglicher.

»Vielleicht ist mein Eindruck voreilig«, sagte Spyros, »aber das Ganze sieht nach einer Inszenierung aus.«

»Was meinst du damit?«

»Ich habe da auch etwas«, meldete sich Kristina zu Wort. Sie zog die beiden Umschläge aus der Tasche und breitete die Fotografien auf dem zweiten Seziertisch aus. Spyros kniff die Augen zusammen und beugte sich über die Stelle, die Kristina ihm zeigte.

»Seltsam, nicht?«

Der Arzt richtete sich auf. »Nicht, wenn man weiß, was es ist.«

»Aber, hallo … an dieser Stelle!«

»Die Spiele der Menschen sind seltsam, Täubchen, die Wege ihrer Phantasie schier unendlich. Wie ich bereits erwähnte, spricht einiges dafür, dass wir es hier mit einer Inszenierung zu tun haben. Und das da«, er tippte auf die Stelle im Foto, »könnte ein Souvenir sein.«

Kristina schluckte. Sie starrte auf das Bild. »Ein Täter nimmt ein Souvenir von seinem Opfer! Als Trophäe sozusagen. Seit wann hinterlässt er eines?«

»Es kann sich auch umkehren«, sagte Alexandros. »Zum Beispiel, wenn der Täter Kontakt aufnehmen will.«

»Kontakt? Mit wem?«

»Mit der Polizei. Mit der Presse. Oder mit jemand, den er kennt. Mit wem auch immer. Das Souvenir ist sein Stempel. Es gehört zum Ritual. Es ist Teil seiner Handschrift.«

»Klingt nach Stolz«, meinte Kristina, »nach so was wie … Besitzerstolz?«

»Gar nicht so falsch«, erwiderte Alexandros nachdenklich. »In gewisser Weise ist es das auch. Besitzerstolz … Schaut her, das ist meine Arbeit. Ein Souvenir sagt immer etwas über den Täter aus. Etwas Intimes. Geheimes. Ohne ihn direkt zu verraten.«

»Aber das ist doch krank!«

»Es gibt Täter, die es darauf anlegen, durch ein Souvenir, das sie ihrem Opfer überlassen, gefasst zu werden. Sie legen eine Spur. Liefern einen Hinweis.«

»Kann ein solcher Hinweis auch ein Hilferuf sein?«

Alexandros sah Kristina nachdenklich an. »Kann sein. Manchmal.«

»Meine Güte! Mir kommen die Tränen!« Nikos Stavrous stöhnte theatralisch auf. »Ich frage mich immer häufiger, wer das Opfer ist. Der Ermordete oder der Mörder – der *kranke* Mörder natürlich. Die Grenzen scheinen sich ja heutzutage immer häufiger zu Gunsten des Zweiten zu verschieben.«

»Ich denke, Nikos, wir sollten eines klarstellen«, sagte Alexandros. »Krank heißt: nicht verantwortlich. Gewalttäter jedoch sind in der Regel sehr wohl verantwortlich für das, was sie tun.«

Spyros Papadopoulous nickte zustimmend.

»Der Tote ist gefoltert worden«, begann er die Ergebnisse seiner Untersuchung vorzutragen. »Er hat ältere Narbenbildungen am Rücken und Bauch, an den Innenseiten der Oberschenkel, am Hals und auf der Brust, sowie Hämatome und Verletzungen jüngeren Datums mit Konzentration auf Brustwarzenhöfe und Genitalbereich. Die Verletzungen waren schmerzhaft, aber harmlos. Fast spielerisch.«

»Moment mal«, unterbrach Alexandros. »Was heißt das?«

Spyros räusperte sich. Einen Augenblick lang schien es, als suche der Mediziner nach Worten, was bei ihm äußerst selten vorkam.

»Was ich meine, es ist … es ist die Art, wie der Mann gefoltert wurde. Die Spuren echter Folter sehen anders aus. Folterknechte zielen genau auf das ab, worauf es beim Foltern ankommt. Entweder sie wollen ihr Opfer töten oder sie foltern sauber. Ohne Spuren zu hinterlassen. Die am Körper ausgedrückte Zigarette ist da eher ein Auslaufmodell.«

Alexandros' Augen verengten sich. Er musterte den Mediziner eingehend.

»Du meinst: Folter als Gesellschaftsspiel? Was treibt einen Menschen zu solchen Scheußlichkeiten?«

»Damit wir uns recht verstehen, Alex. Das soll keine Verharmlosung von Folter sein. Nicht von echter Folter. Doch das …«, er machte eine hilflose Geste, »tja, wie gesagt, es sieht nach Folterspiel aus. Ob mit oder ohne Zustimmung unseres Kunden bleibt dahingestellt.«

Alexandros vergrub kopfschüttelnd die Hände in den Jackentaschen. Spiele dieser Art lagen jenseits der Grenzen seines Verständnisses. Spyros zog einen Kugelschreiber aus der Kitteltasche und deutete auf eine Girlande aus dunklen Flecken am Hals des Toten.

»Würgemale. Einigermaßen kraftvoll, aber nicht effektiv.«

Alexandros' Blick folgte dem Stift. »Ein Strick? Eine Schnur?«

Spyros schürzte die Lippen. »Schwer zu sagen. Eher etwas Weiches. Ein Tuch, ein Schal, ein Baumwollstrumpf. Etwas in der Art. Mit Faserresten kann ich bei Wasserleichen leider nicht dienen. Was auch immer, zur Strangulation hat es nicht geführt. Dazu wurde nicht ausreichend fest zugezogen.« Er deutete mit dem Schreiber auf die Hände und Füße des Leichnams. »Fesselspuren an Hand- und Fußgelenken. Auch diese Male bestärken mich in meiner Vermutung.«

Alexandros sah ihn unverwandt an. »Nette Spielchen«, meinte er, »die mit dem Tod enden.«

»Das hier allerdings«, Spyros ließ den Stift über den grotesk verwinkelten Arm mit der nach oben greifenden Hand des Toten gleiten, »könnte meiner Spieltheorie widersprechen. Zumindest, was die Freiwilligkeit unseres Kunden betrifft.«

»Und was bedeutet das?«, fragte Alexandros.

»Abwehr. Irgendwann hat er versucht, sich zu wehren. Er

hatte heftige Schmerzen. Zu heftige für solche Spiele, die ja … nun, ja … eigentlich etwas Vergnüglicheres bewirken sollten.« Er hob den Blick, sah in die Runde. »Aber bitte, es ist nur eine Theorie. In Sachen Sadomasochismus gibt es sicher weitaus bessere Experten.«

Spyros Papadopoulous legte eine Hand auf die Stirn des Toten und drückte mit der andern die Kinnlade nach unten. Die kaum sichtbare Lippenlinie des Mannes klaffte auseinander. Der Mund öffnete sich und entließ den schalen süßlichen Geruch des Todes.

Alexandros spürte Ekel in sich aufsteigen. Besuche in der Gerichtsmedizin gehörten für ihn seit jeher zu den unangenehmsten Seiten seines Berufes. Er sah verstohlen zu Kristina, die mit glänzenden Augen jede Bewegung des Mediziners verfolgte.

Alexandros verschränkte die Arme vor der Brust und trat an die Bahre heran. Der Gestank war unerträglich. Er stülpte sich wie eine Glocke über ihn. Er nahm eines der Tücher, die Spyros ihnen entgegenhielt. Zellstofftücher, die nach Desinfektion rochen und die sie sich rasch vor die Gesichter pressten.

»Ein völlig anderer Film läuft hier.« Spyros deutete mit dem Stift unter die nach hinten geklappte Zunge des Toten. »Läsione – die haben mich misstrauisch gemacht.«

»Läsione?«, unterbrach ihn Alexandros irritiert.

»Oberflächliche Verletzungen. Asymmetrische Verhärtungen. Alte und neue. Vernarbungen. Frische Hämatome. Als wäre da immer wieder manipuliert worden. In seinem Blut haben wir Anteile von Heroin gefunden. Die Läsione lassen auf Injektionsstellen schließen. Die Vermutung liegt nahe, dass unser Kunde ein geschickter Junkie war. Einer, der unter gar keinen Umständen entdeckt werden wollte.« Er schaute Alexandros triumphierend an. »Der Kerl hat sich das Zeug direkt unter die Zunge gespritzt.«

»Um die Spuren der Einstiche zu kaschieren?« Alexandros blickte über den Rand des Tuches.

»Der Injektionsstellen, ja. Du sagst es, mein Freund. Denn welcher Ort ist geheimer als der unter der Zunge? Ich habe keine einzige verdächtige Stelle an Armen, Händen, Beinen oder Füßen gefunden. Einfallsreich, nicht?«

»Könnte man so sagen«, murmelte Alexandros unter dem Tuch. Sie wechselten einen raschen Blick.

»Was ist mit der Hose, Dok, weißt du schon was?«

»Ja, die hat Panagiotis mir rübergeschickt. Hast du schon mit ihm gesprochen?«

»Nicht über das Ergebnis seiner Untersuchungen.«

»Wo haben sie das Teil eigentlich gefunden?«

»Auf der Klippe. Ganz in der Nähe des Leuchtturms. Ich vermute, er ist von dort oben ins Meer geworfen worden.«

»Am Leuchtturm ...« Spyros Papadopoulous fuhr sich nachdenklich über die Bartstoppeln. »Wenn ich nicht irre, steht da ein altes Haus? Ein sehr altes.«

»Das Haus ist seit längerem unbewohnt«, unterbrach ihn Alexandros. »Die Hose, Dok ...«

»Die enthält Spuren von Sperma. Und«, er lächelte, »um deiner Frage zuvorzukommen, laut DNA-Analyse handelt es sich dabei um sein eigenes.«

»Wie alt?«

»So alt wie sein Tod. Der Mann ist, wie ich dir bereits am Telefon sagte, seit drei Tagen tot. Er lag aber nur einige Stunden im Meerwasser. Wo er sich zwischenzeitlich befand ...« Spyros zuckte die Achseln. »Jedenfalls hat er kurz vor seinem Ableben ejakuliert. Vielleicht ein weiteres Indiz für spezielle erotische Praktiken.«

Alexandros presste das Tuch auf Mund und Nase. »Wäre ein Unfall denkbar?«

»Was für ein Unfall?«

»Ich meine ...« Alexandros wand sich. Er hatte sichtlich Schwierigkeiten, eine derartige Thematik in Worte zu fassen, insbesondere in Anwesenheit einer Frau. Dazu war er zu sehr Grieche.

»Was ich meine, Spyros, sadomasochistische Praktiken, so was birgt doch auch gewisse … Gefahren, oder nicht?«

»Es war kein Unfall, Alex.«

Kristina starrte auf den Y-Schnitt, der sich von den Schlüsselbeinen bis fast zum Geschlecht des Toten hinunterzog. Der Geruch war unerträglich. Sie presste ihr Tuch fester gegen Mund und Nase, was der Rechtsmediziner mit Kopfschütteln quittierte.

»Nun zu dem versprochenen Souvenir. Aber«, eine steile Sorgenfalte wuchs auf seiner Stirn, »wollt ihr euch vielleicht hinsetzen? Ich muss sagen, ihr schaut gar nicht gut aus.«

»Spyros, lass es, ja!«

Alexandros ärgerte sich, dass der Mediziner die Situation so offensichtlich genoss. Er fand Spyros' Verhalten kindisch. Außerdem war ihm speiübel. Er fühlte sich schwach und wollte nur noch eins: Raus.

Spyros langte nach einem der Fotos auf dem zweiten Seziertisch, eine Großaufnahme des Geschlechts. Er legte das Bild auf den Bauch des Toten und sah erwartungsvoll in die ratlosen Gesichter seiner Gäste. Keiner von ihnen hatte sich einen Reim darauf machen können, was die winzige Ausbuchtung unter der Vorhaut zu bedeuten hatte.

»Die Kanüle einer Spritze. In den Penis ist eine Injektionsnadel eingeführt worden«, erklärte Spyros.

Kristina sah den Arzt ungläubig an. Alexandros räusperte sich, dennoch blieb seine Stimme belegt. »Du meinst, in seinem Glied steckt die Nadel einer Spritze?«

Kristina starrte über ihr Tuch hinweg auf das Geschlecht des Toten. »Ein Junkie, der sich das Zeug ins Glied spritzt.«

»Falsch! Dem Mann ist Strychnin in zehnprozentigem Natriumchlorid injiziert worden.«

»Strychnin in Natriumchlorid. Also Rattengift.«

»Die Phantasie des Homo sapiens ist ein schier unerschöpflicher schwarzer Sumpf.« Spyros Papadopoulous hatte vieles gesehen. Ekliges. Erschreckendes. Abartiges.

»Und was soll das? Warum injiziert jemand in den Körper eines Menschen Rattengift?« Kristina war geschockt.

Alexandros nahm das Tuch vom Gesicht. »Und dann noch über diesen Weg.«

»Es stellt sich wohl eher die Frage, zu welchem Zweck.« Der Mediziner sah gespannt von einem zum andern. »Der Mann ist mit Leitungswasser ertränkt worden. Irgendwann zuvor hat er versucht sich zu wehren. Ohne Erfolg.« Er deutete auf die krallenartig emporgereckte Hand. »Unter den Fingernägeln fanden sich keinerlei Fasern, fremde Haut- oder Haarreste.«

»Er lag mehrere Stunden im Meerwasser«, gab Alexandros zu bedenken.

»Minimalreste würden sich dennoch analysieren lassen.«

»Aber wenn er mit Leitungswasser ertränkt wurde, dann ist ihm doch jemand verdammt nah gekommen.«

»Genau das ist der Punkt. Der Mann hatte nicht mehr die Kraft sich zu wehren. Strychnin, knapp oberhalb der toxischen Dosis injiziert, lähmt die Muskulatur. Die willkürliche Muskulatur. Beine. Arme. Das heißt, das Opfer wird gelähmt, aber nicht getötet. Ähnlich wie die Wirkung eines Nervengiftes bei einem Schlangenbiss.«

»Aber der Tod selbst trat durch Ertränken ein?«, hakte Alexandros nach.

»Und zwar nachdem ihm das Strychnin injiziert worden war.«

»Das Gift selbst kann also den Tod nicht bewirkt haben?«

»Nicht in dieser schwachen Konzentration. Da die Injektion nicht in die Blutbahn direkt erfolgte, könnte sie theoretisch sogar etwas höher gewesen sein. Aber auch dann hätte sie lediglich bei einem Kleintier zu Lähmungen mit anschließender Todesfolge geführt.«

Spyros Papadopoulous ließ einige Sekunden verstreichen, ehe er weitersprach.

»Vermutlich saß der Mann oder lag auf dem Rücken. Er war gefesselt. Dann wurde die Spritze in seinen Penis eingeführt und das Strychnin injiziert. Damit wir uns recht verstehen, Alex, wir haben es hier nicht gerade mit einem Schwächling zu tun.«

»Du meinst, er hätte sich wehren können?«

»Ich meine, er hätte sich wehren müssen! Der Mann hatte immerhin eine Körpergröße von einem Meter sechsundachtzig. Er war überdurchschnittlich kräftig. Nach den Fesselspuren zu urteilen, hätte er sich auf jeden Fall wehren können. Zumindest hätte er es versucht. Erst das Gift hat ihn paralysiert.«

»Wäre es nicht denkbar, dass es mehrere Täter waren?«, fragte Kristina.

»Ist nicht auszuschließen.«

»Aber die Fesselung … normalerweise wehrt man sich doch gegen so was.«

»Normalerweise. Aber bei solchen Spielen? Was ist da schon normal?«

»Weiter im Text, Dok«, sagte Alexandros.

»Nun, als die Lähmung eingetreten war, hat man seinen Kopf gewaltsam nach hinten gebogen und seine Lungen mit Leitungswasser voll gepumpt. Der Mann ist buchstäblich im Wasser erstickt.«

»Und das Strychnin?«, fragte Kristina.

»Lässt auf einen Täter schließen, der entweder vollkommen verrückt ist oder pervers.«

»Und was haltet ihr von einem Täter, der sich seinem Opfer gegenüber unterlegen fühlt?«, meinte Alexandros.

»Körperlich unterlegen?«

»Physisch … psychisch … vielleicht beides. Nach Fingerabdrücken auf der Kanüle zu fragen ist wohl müßig?«

Der Forensiker überreichte Alexandros das Plastiksäckchen mit der Injektionsnadel. »Interessant wäre es, die dazugehörige Spritze zu finden.« Sein rundes Gesicht strahlte. »Ich hab's dir ja versprochen, Alter, da kommt Arbeit auf euch zu. Nun macht was draus.«

Als sie am Nachmittag in die Astynomia kamen, berichtete ihnen einer der Wachleute, dass eine Celine Mastora ihren Mann als vermisst gemeldet habe. Alexandros überflog den Zettel mit der Kurzbeschreibung des Vermissten und gab ihn dann an Nikos weiter.

Nikos runzelte die Stirn. »Der Mann ist seit drei Tagen tot. Warum hat sie ihn erst heute als vermisst gemeldet?«

»Genau das frage ich mich auch.«

»Und ich habe sie das auch gefragt«, beeilte sich der Wachmann zu sagen.

»Ach ja?« Alexandros musterte ihn, wobei er sich nicht entscheiden konnte, was ihn mehr erstaunte: Die Aufgewecktheit des Kollegen oder die Tatsache, dass ein verschwundener Ehemann erst nach drei Tagen vermisst wurde.

»Und was sagte sie?«, fragte er.

»Sie sagte, er sei zu einer Vortragsreise gefahren. Athen, Ioannina. Und nachdem er gestern nicht wie vorgesehen zurückgekommen war, hat sie begonnen, sich Gedanken zu machen.«

»Wie sah die Frau aus?«

Der Wachmann bekam glänzende Augen. Alexandros zeigte ein mildes Lächeln. Sein Gegenüber suchte sichtlich nach Worten.

»Um… umwerfend …« Seine Hände zeichneten in der Luft zwei eindeutige Linien. »Einfach umwerfend!«

»Aber du stehst doch noch, Kollege«, meinte Nikos trocken.

»Und du bist ein Idiot«, konterte der Polizist. »Ehrlich, Nikos, so was sieht man nicht alle Tage. Die war nicht nur hübsch. Die war richtig … schön. Die hatte Klasse, Mann!«

Nikos grinste auf den etwas kurz geratenen Kollegen hinab. Ihm fiel dessen Frau ein, deren Gesäß auf zwei Stühlen gerade eben Platz fand und deren Gesicht Ähnlichkeit mit dem einer Kröte hatte. Das ganze Ausmaß dieser weiblichen Schönheit erstreckte sich über eine Körpergröße von einem Meter achtzig und war, wann immer man sie antraf, damit beschäftigt, sich entweder vollzufressen oder ihren Gatten zu beschimpfen.

Alexandros packte den kleinen Polizisten am Arm und drückte ihn Richtung Tür.

»Besorg mir ihre Adresse, Kollege. Bei dieser umfassenden Beschreibung gehe ich lieber selbst hin, um mir einen Eindruck von der Dame zu verschaffen.«

Der Wachmann zog gekränkt ab. Nikos lehnte im Türrahmen und sah ihm grinsend hinterher.

Alexandros warf das Plastiksäckchen mit der Injektionsnadel auf den Schreibtisch. »Nach dem Ursprung dieser Kanüle zu forschen macht wohl keinen Sinn.«

Nikos schob sich ins Zimmer und ließ die Tür ins Schloss fallen. »Davon gibt es Millionen, Alex. Die sehen alle gleich aus.«

Alexandros ließ sich hinter seinem Schreibtisch nieder.

»Aber wo sind solche Injektionsnadeln zusammen mit Strychnin und Natriumchlorid verkauft beziehungsweise von wem gekauft worden?«

»Wieso zusammen? Sie können doch ebenso gut in verschiedenen Apotheken gekauft worden sein«, gab Nikos zu bedenken. »Rattengift ist auf der Insel ein weitverbreitetes Mittel, gewisse Hausgenossen loszuwerden.«

»Dennoch, Nikos, wir müssen versuchen …«

»Danach zu suchen«, unterbrach ihn Nikos, »hieße, die berühmte Nadel im Heuhaufen zu suchen.«

Alexandros fixierte ihn kalt. »Dann such sie, verdammt noch mal. Ruf die Apotheken an, die Materialverwaltungen des Städtischen Krankenhauses und der Privatklinik. Frag, ob ihnen etwas oder jemand aufgefallen ist.«

Nikos sah auf seine Armbanduhr. Kurz vor vier. »Soll ich heute noch anrufen?«

»Gestern!«

»Die Apotheken in der Stadt oder auch außerhalb?«

»Der gesamten Insel!« Und damit erhob sich Hauptkommissar Alexandros Kasantzakis, verließ den Raum und ersparte sich somit den Anblick von Kommissar Nikos Stavrous' säuerlicher Miene.

Seufzend ließ sich Kristina in einen der Korbsessel fallen. Sie schloss die Augen, das Gesicht der Sonne zugewandt, deren Strahlen durch das Blätterdach der Platanen brachen. Flüchtig nahm sie ein Geräusch neben sich wahr, kurz darauf streifte etwas Feuchtes ihre Hand. Sie öffnete die Augen. Ein hellbrauner Hund stand erwartungsvoll mit dem Schwanz wedelnd vor ihr. Sie kraulte ihm den Kopf, woraufhin er seine Schnauze gegen ihr Knie stieß. Schließlich rollte er sich zu ihren Füßen zusammen und schlief auf der Stelle ein.

Ein bleichhäutiges Pärchen in Shorts und mit aufgeschnallten Rucksäcken stand unweit ihres Tisches in eine Straßenkarte vertieft. Satzfetzen deutscher Sprache wehten zu ihr herüber. Noch verstand sie jedes Wort. Sechs Jahre in Deutschland, nicht nur die Sprache hatte einen nachhaltigen Eindruck in ihr hinterlassen. Es hatte Freundschaften gegeben. Begegnungen. Kristina dachte oft an Deutschland. Für eine begrenzte Zeit war sie gern in diesem Land gewesen.

Der Mann riss seiner Frau die Karte aus der Hand und studierte sie eingehend. Kristina dachte, wie lange ein Fremder wohl brauchte, um herauszufinden, dass keine einzige Karte der Insel der Realität entsprach. Nicht selten zweigte eine gesuchte Straße auf der Karte genau dort ab, wo es in der realen Landschaft in ein Bachbett hineinging. Oder ein Dorf, auf der Karte rechts von einer Hügelkette eingetragen, befand sich links davon. Der Grund für diese Ungenauigkeit war verständlich, naiv und unsinnig. Als Kristina ihn von einem älteren Korfioten erfuhr, brach sie in schallendes Gelächter aus. Eine den wahren Verhältnissen angepasste Landkarte, erklärte ihr der alte Mann, berge die Gefahr, den Türken bei einem kriegerischen Übergriff die Orientierung zu erleichtern. Vor Kristina entstand das Bild einmarschierender Soldaten, die am erstbesten Kiosk strammstanden, um sich eine Straßenkarte zu besorgen. Erst sehr viel später verstand sie die Furcht des alten Mannes.

Eine plötzliche Bewegung neben sich ließ sie leicht zusammenfahren. Sie wandte den Kopf und lächelte. Alexa Zei hatte zwei hohe Gläser Frappé auf den runden Marmortisch gestellt. Sie zog sich einen zweiten Korbsessel heran.

»*Jammas*, Liebes! Fühl dich eingeladen.« Sie hoben die Gläser, prosteten einander zu und saugten schweigend an den gelben Plastikhalmen. Kristina grunzte wohlig. Alexas Eiskaffee war der beste auf der gesamten Meile.

Kristina mochte das Liston, die Restaurants und Cafés im Schatten der Arkaden auf der einen und der hohen Platanen auf der anderen Seite der Espianada. Alexa und ihre Cafébar liebte sie. Sie rührte mit den Halmen den Schaum ihres Frappés auf, Alexa leckte sich Schaum von der Oberlippe. Sie beugte sich nach vorn, musterte Kristina mit amüsiertem Blick.

»Du wirkst so abwesend. Fast ein bisschen grüblerisch. Gibt's was Neues bei euch? Du weißt schon, was Interessantes?«

Kristina strich sich eine Haarsträhne aus der Stirn und lehnte sich zurück. Diese angenehme Schwere in den Gliedern, diese innere Ruhe, die man schon als Faulheit bezeichnen konnte. Sie grummelte genussvoll, dehnte ihren Rücken, die Beine, spürte ihre Muskulatur. Auf einmal hatte sie das Bedürfnis, sich fallen zu lassen. Die Zeit anzuhalten. Ihr einen Augenblick der hektischen Jagd nach Leben zu stehlen. Eine Auszeit, um den Augenblick zu genießen.

Sie schlug die Beine übereinander und betrachtete das Gesicht ihrer Freundin. Sie genoss Alexas Interesse. Der Beruf einer Polizeifotografin war ein einsamer Job. Es gab nicht allzu viele Menschen außerhalb der Astynomia, mit denen sie darüber sprechen konnte. Menschen, die Fragen stellten und sogar erwarteten, dass man sie beantwortete. Genau genommen gab es nur drei solche Menschen. Alexa Zei, Kyra Damianidi und Santos. Mit Andreas hatte sie nie über ihre Arbeit bei der Polizei sprechen können. Er hatte es rundweg abgelehnt. Es hatte ihn nicht interessiert. Jetzt, im Nachhinein, beschlich Kristina der Verdacht, dass ihr Exmann sich einer allzu selbstständigen Frau gegenüber unterlegen gefühlt hatte.

»Also …«, insistierte Alexa.

»Also, was?«

»Los, Schätzchen, erzähl endlich.« Alexa rutschte unruhig auf ihrem Sessel nach vorn, zündete sich eine Zigarette an und sah Kristina erwartungsvoll an.

»Sie haben einen Toten gefunden. Oben, in der Bucht von Arillas.«

Alexa stieß einen Pfiff aus.

Nachdem Kristina ihren Bericht beendet hatte, starrte Alexa sie entsetzt an. »Wer macht denn so was?!«

»Ein Perverser, ein Psychopath. Irgendwas in dieser Richtung. Jedenfalls sieht es ganz danach aus. Wenn man die Stelle bedenkt, in die das Gift injiziert wurde.«

Alexa, die an ihrem Frappé nippte, zog die Brauen über dem Rand des Glases zusammen.

»Und die wäre wo?«

»Du wirst es nicht glauben.« Kristina lehnte sich vor, nah an ihre Freundin heran, ihre Lippen berührten Alexas Ohr. »In sein bestes Stück.«

»Nein!«

Kristinas beschwörender Blick. Alexa, die dunkelrot anlief und rasch von Kristina wegsah. Sie murmelte eine Entschuldigung und zog an ihrer Zigarette. Dann kehrte ihr Blick zu Kristina zurück, ihre Miene verriet eine Mischung zwischen Grauen und Verlegenheit: »Aber es hat doch was Komisches, nicht?«

»Wenn es nicht so kaputt wäre. Wer so was macht, ist krank. Aber vielleicht sind Krankheiten dieser Art auch ein Spiegel der Gesellschaft, in der wir leben.«

Die Zeit kann einen überall einholen, dachte Kristina. Nur weil wir auf einer Insel leben, sind wir nicht abgeschottet von der übrigen Welt. Das Meer ist kein Garant für das Paradies. Wenn sich die glorreichen Errungenschaften der Technik hier ausbreiten können, warum nicht ebenso die Kriminalität mit all ihren Facetten?

»Du hättest die Gesichter meiner männlichen Kollegen sehen sollen«, schmunzelte sie, »die fanden die Sache alles andere als komisch.«

20. November 1956

Ich habe es sofort gemerkt. Das Schloss ist aufgebrochen. Jemand hat in meinem Tagebuch gelesen. A. war es ganz sicher nicht. Die tut so was nicht. Außerdem kann sie nicht lesen. Deshalb lese ich ihr immer vor. Immer dasselbe Märchen vom Garten des Charos und der siebenköpfigen Schlange. Es ist die einzige Geschichte, die sie mag. Nein, A. würde gar nicht mögen, was in meinem Tagebuch steht.
Mama war's!
Meine Mutter hat in meinem Tagebuch gelesen. Sie war es. Ganz bestimmt. Papa interessiert sich nicht für solche Sachen. Der interessiert sich nur noch für seinen Ouzo. Und für Tavli. Oder Karten. Wenn er nicht mit den anderen alten Männern im Kafenion zockt, sitzt er in seinem Stuhl und starrt vor sich hin. Er fährt auch nicht mehr mit den Fischern raus. Papa spricht kaum noch. Nur wenn er Ouzo will. Oder ein Stück Feta mit Oliven. Und Brot. Etwas anderes isst er nicht. Mama sagt, Papa ist gebrochen. Sie sagt, die Fremden haben seine Seele gebrochen.
Warum steckt Mama ihre Nase in Dinge, die sie nichts angehen? Die nur mich etwas angehen!
Tagebücher gehören einem ganz allein. Sie sind geheim. Nicht einmal die beste Freundin darf sie lesen. Man vertraut ihnen Geheimnisse an, die ganz tief in einem drin sind. Geheimste Geheimnisse, die man nicht laut aussprechen darf.
Hätte ich einen Bruder, dann wüsste ich, dass er es war. Brüder kramen immer in den Sachen ihrer Schwestern herum. Jungen sind einfach entsetzlich neugierig. Mischen sich in alles ein. Besonders in

Dinge, die sie nichts angehen. Als Mädchen kann man nichts vor ihnen geheim halten.
Zum Glück habe ich nur eine Schwester. Eine, die immer lieb ist. Auch wenn sie fast schon zu alt ist, um eine richtige Schwester zu sein. Ich meine, so eine, mit der man gemeinsam zur Schule geht. Und zum Kästchenhüpfen auf die Straße. Oder zum Seilspringen. Aber all das wäre mit A. ohnehin nicht gegangen.
Wäre A. nicht gewesen, würde es mich nicht mehr geben.
A. hat mich aus dem Haus getragen und versteckt, als die Fremden in unser Dorf kamen. Ich war ein schweres Baby. Aber A. hat mich getragen und beschützt, bis wir Mama und Papa und die anderen Leute aus dem Dorf in den Bergen fanden. Es waren nicht mehr viele, sagt Mama. Die Leute aus unserem Dorf. Damals war A. kleiner, als ich es heute bin.
Oh, es ist schrecklich, dauernd seine Sachen verstecken zu müssen! Aber ich muss mein Tagebuch verstecken. Und ich kann auch nicht mit Mama darüber reden. Weil sie dafür zu traurig ist. Meistens jedenfalls. Ich glaube, sie ist so wegen A.
Ich muss gut sein. Sehr gut. Besser noch als die anderen. Ich bin fleißig. Ich lerne und lerne. Gebe mir große Mühe in der Schule. Auch wenn das weder Mama noch Papa interessiert. Ich will gut sein. Ich muss! Ich muss klug werden. Sehr klug! Auf den Paraden trage ich die Schulfahne. Jedes Jahr. Ich bin die Beste der Schule.
Ich werde es bleiben. Ich werde mein Abitur mit Auszeichnung bestehen. Das ist es, was ich schaffen muss. Mit einer Auszeichnung im Abitur verdient man später viel Geld. Und von dem Geld werde ich A. alles kaufen, was sie will.

4

Eine venezianische Villa in sanftem Gelbton, drei Giebel, das Vestibül von sechs Säulen mit Kapitellen getragen, Marmorlöwen zu beiden Seiten der Eingangstür. Er drückte auf den Klingelknopf. Eine Klingel über einem goldenen Löwenkopf, dem ein schwerer goldener Klopfring aus dem offenen Maul hing. Irgendwo im Haus ertönte ein Summen. Seitlich über ihm das rote Blinken einer dezent angebrachten Kamera, lautloser Zoom. Ein Knacken in der Gegensprechanlage, gefolgt von einer sehr weiblichen Stimme: »Wer ist da, bitte?«

Als sich kurz darauf die mit gusseisernem Dekor beschlagene Massivholztür der Villa in Potamos öffnete, begriff Alexandros Kasantzakis die Aufregung des Wachmanns.

Ein flüchtiger Blick auf den Ausweis, den er ihr hinhielt, dann trat sie von der Tür zurück. Barfüßig, in einem schlichten eierschalfarbenen Leinenkleid, wadenlang, figurbetont, schritt sie über den weißen Marmor vor ihm her. Die Schultern gestrafft, der Kopf hoch aufgerichtet, vielleicht ein bisschen zu weit in den Nacken gelegt. Fasziniert folgte er ihr und den blonden Locken, die im Rhythmus ihrer Schritte auf den Schultern wippten. Er hatte sich nicht angemeldet, dennoch schien es ihm, als hätte sie ihn erwartet.

Celine Mastora führte ihn durch einen Salon mit lichtdurchfluteten Erkern und englisch-venezianischer Einrichtung, eine

Bibliothek, an den Wänden Arabesken, Holztüren, die in angrenzende Räume führten. Sie traten hinaus auf eine runde, zur Hälfte mit einer Weinpergola überdachte Terrasse, die weit in eine üppige Parklandschaft hinausragte. Mit der Geste einer erfahrenen Gastgeberin deutete sie auf eine Rattangarnitur im Schatten. Er setzte sich behutsam in einen der Sessel und versank sogleich in dem weichen Polster. Von hier oben wirkte der Garten wie ein verwunschener Märchenpark. Dattelpalmen, Bäume voller Zitronen, Orangen und Grapefruit, Feigen- und Mandelbäume, ausladende Bananenstauden, Palmen und Zypressen, mächtige Gummibäume, an Natursteinmauern wuchernde Kletterrosen, Jasmin und Glyzinien, Oleanderbüsche und Bougainvilleen, von der Sonne in pastellenes Rot getaucht. In der Ferne, durch den Blätterwald hindurch, schimmerte das Meer.

Alexandros überkam das Gefühl zu schweben. Es war, als schwebte er über der realen Welt, als befände er sich jenseits seines physischen Körpers. Er zwang sich auf die Erde zurück.

Celine Mastora kam mit einem silbernen Tablett und stellte es in die Mitte des Tisches. Eine beschlagene Karaffe Weißwein, zwei langstielige Weinkelche, eine Silberschale mit gerösteten Erdnüssen. Graziös ließ sie sich ihm gegenüber in einem der Sessel nieder, schlug die Beine übereinander, leicht angewinkelt, perfekt parallel das Gleichgewicht mit gestreckten, den Marmorboden spielerisch berührenden Zehenspitzen ausbalancierend. Sie hatte ihn nicht gefragt, was er trinken wolle. Und noch immer schaute sie ihn nicht an. Alexandros fragte sich, was seine Gastgeberin dazu bewog, eine derart unbequeme, dazu instabile Sitzhaltung einzunehmen. Wie in Dreiteufelsnamen gelang es ihr, in dieser Position auf so elegante Weise zu verharren?

Celine Mastora goss die Gläser halb voll. Er wartete höflich, bis sie ihr Glas anhob, ihn ansah, ihm wortlos zunickte, eine fast unmerkliche Neigung des Kopfes. Er zögerte. Sie nippte an ihrem Glas, hob erstaunt den Blick, lächelte ihn an: »Oh, ich vergaß … Sie sind doch nicht im Dienst, Kommissar?«

Er lächelte zurück. »Nicht, wenn ich trinke.«

Der Wein perlte durch seine Kehle. Ein herrlicher Wein. Ein teurer Wein. Es war eine gute, teure Atmosphäre. Und eine prickelnde dazu.

Celine Mastora musterte ihn. Er setzte entschlossen sein Glas ab, zog Block und Kugelschreiber aus der Jackentasche.

»Wann haben Sie Ihren Mann zum letzten Mal gesehen?«

»Vor vier Tagen. Beim Morgenkaffee. Wie immer. Danach ging Jannis auf Vortragsreise.«

»Ihr Mann hielt, ich meine, er hält Vorträge?«

Ihre Augen bohrten sich in sein Gesicht, kurz darauf senkte sie den Blick, musterte eingehend ihre Hände, die gefaltet in ihrem Schoß lagen. Als sie wieder aufsah, begriff Alexandros Kasantzakis zum zweiten Mal an diesem Nachmittag die Aufregung des kleinen Wachmanns.

»Mein Mann ist Mediziner«, sagte sie, als erklärte dies alles.

»Ich verstehe«, nickte Alexandros. »Ihr Mann hält medizinische Vorträge?«

»Ja. An den Universitäten von Athen und Ioannina. Seine Vorträge sind gefragt. Sehr gefragt. Sie sind immer gut besucht.«

»Worüber spricht er?«

»Jannis beschäftigt sich mit der Vererbungslehre.« Sie schwieg. Drehte gedankenverloren an ihrem Ehering.

»Könnten Sie mir das mit der Vererbungslehre ein wenig genauer erklären?« Er versuchte ein gewinnendes Lächeln. »Es tut mir leid, aber auf medizinischem Gebiet bin ich ein absoluter Laie.«

Sie ließ von dem Ring ab, glättete ihr Kleid, das, ein wenig hochgerutscht, Falten auf den Oberschenkeln warf.

»Jannis erforscht die Ursache und Entstehung von Erbkrankheiten. Die krankhafte Veränderung der DNS.«

»Das heißt, wenn ich Sie richtig verstehe, der Erbanlagen?«

»Richtig.«

Die Inselanämie, dachte Alexandros. Das Schreckgespenst,

das durch die Dörfer der Insel geisterte. Heimtückisch. Tödlich. Manche behaupteten, die Strafe Gottes. In den Dörfern blühte der Inzest. Es gab Ortschaften mit über hundert Einwohnern, bestehend aus drei Familien.

»Die Inselanämie«, sagte er. »Beschäftigt sich Ihr Mann mit der Erforschung der Anämie?«

Sie sah ihn aufmerksam an. »Es gibt viele Arten von genetisch bedingten Erkrankungen. Physische und psychische Deformationen.«

»Durch Inzest hervorgerufene Krankheiten?«

»Sicher. Auch Bluterkrankungen gehören dazu.«

Sie nippte an ihrem Glas, angelte sich drei halbe Erdnüsschen aus der silbernen Schale und stieß ihm diese mit dem Handrücken zu. Er murmelte einen Dank, krallte sich achtlos eine halbe Handvoll Nüsse und schob sie alle auf einmal in den Mund.

»Wie ist Ihr Mann gereist?«

»Er ist nach Athen geflogen. Und von dort nach Ioannina. Beide Universitäten stellen ihm einen Wagen mit Chauffeur.«

»Beeindruckend!«

Sie zuckte die Schultern. Nun ja, von einem solchen Luxus konnte ein normalsterblicher griechischer Polizeibeamter nur träumen.

»Wissen Sie, mit welcher Fluggesellschaft Ihr Mann geflogen ist?«

»Mit Olympic, glaube ich. Es kann aber ebenso die Greece Airways gewesen sein.«

Weitere Möglichkeiten gab es auch nicht.

»Ich weiß es nicht«, sagte sie. »Das sind nicht die Dinge, über die wir sprechen.«

Aha … Über was sprechen Eheleute in einer Traumvilla, mitten in einem Paradies? Wenn nicht gerade über solche Alltäglichkeiten? Über solche Banalitäten?

»Über welche Dinge sprechen Sie dann?«, fragte er. Schweigen. »Verstehen Sie mich richtig, ich brauche ein paar Anhaltspunkte, wenn ich Ihren Mann finden soll.« Er wartete. »Sie müssten mir da schon ein wenig helfen.«

Er trank einen Schluck Wein. Nussreste hatten sich unangenehm in den Zwischenräumen seiner Zähne festgesetzt. Er versuchte sie so dezent wie möglich mit der Zungenspitze herauszupulen.

»Sie sollten wissen …«, sie wich seinem Blick aus, drehte wieder an ihrem Ehering. Ein leises Seufzen, wieder das Glätten des Kleides, das diesmal keine Falten geworfen hatte. »Es ist so, wir sprechen nicht über derlei Dinge. Jannis verreist. Irgendwohin. Und ich gehe weiterhin meiner Wege. Es ist so was … wie ein Einverständnis. Ein gegenseitiges Einverständnis. Es ist unser Verständnis von Freiheit. Das gehört zu unserem Leben. Freiheit, meine ich. Zu unserer Beziehung. Wenn Sie verstehen, was ich meine. Da besteht so eine Art … ja, Abkommen zwischen uns. Ein ungeschriebener Vertrag.«

Alexandros, der sich bemühte, eine verständnisvolle Miene aufzusetzen, verstand absolut nichts. Ehen mit Hintertür waren für sein konservatives griechisches Verständnis eine mehr als suspekte Angelegenheit. Wenn er die Frau da gegenüber richtig verstanden hatte, bestand ihre Ehe lediglich auf dem Papier. Ansonsten trieb jeder, was er wollte. Er beschloss, das Thema erst einmal beiseitezuschieben. Vielleicht ergab sich zu einem späteren Zeitpunkt eine Gelegenheit, näher darauf einzugehen. Wenn überhaupt.

»Wissen Sie«, begann sie zögernd, »mein Mann … er reist gern. Zu Vorträgen, meine ich. Er sucht die Begegnungen mit seinem Publikum. Vor allem mit den Studenten.«

»Wie sieht das Leben Ihres Mannes aus?«

»Sein Leben?«

»Sein Berufsalltag.«

Seltsam, dachte Alexandros, kaum vorstellbar, ein Arzt, der sich ausgerechnet auf Korfu der medizinischen Forschung verschrieben hatte. Auf der Insel gab es zwei Krankenhäuser, keine medizinische Fakultät. Auf der hiesigen Universität konnte man

Sprachen studieren, ein Dolmetscherdiplom erwerben oder sich für das Lehramt ausbilden lassen. In unregelmäßigen Abständen fanden im Palace Hotel Ärztekongresse statt, durchaus auf internationalem Niveau. Ansonsten war Kerkyra medizinisches Entwicklungsland. Aber vielleicht bestand für einen engagierten Mediziner gerade darin der Reiz.

»Mein Mann führt eine gut gehende Praxis in der Stadt«, sagte sie. »Er ist Internist. Er hat zwei Praxishelferinnen. Eine ausgebildete Krankenschwester und eine, die am Empfang sitzt und Sekretariatsarbeiten erledigt. Außerdem tippt sie für ihn.«

»Was?«

»Aufsätze, Veröffentlichungen, Vorträge«, der Anflug eines Lächelns. »Mein Mann hat eine grässliche Handschrift. Ich glaube, sie ist die Einzige, die das Gekrakel entziffern kann.«

Alexandros schrieb. Schuldbewusst dachte er an seine eigene Sekretärin, die das, was er als Schrift bezeichnete, bestimmt mehr als einmal pro Woche verfluchte.

»Behandelt Ihr Mann in seiner Praxis Patienten mit genetischen Erkrankungen?«

»Sicher, ja. Solche Krankheiten sind auf der Insel weit verbreitet.«

»Wo befindet sich die Praxis Ihres Mannes?«

»In der Nähe vom San Rocco. In der Mitropoliti Methodiou.«

»Dort, wo die Busse und Taxis stehen?«

»Die Praxis ist auf derselben Seite. Die Straße ein Stück weiter runter. Wenn Sie sich dort umschauen wollen, Kommissar, werde ich die beiden Mitarbeiterinnen meines Mannes entsprechend anweisen.«

Celine Mastora war freundlich, kooperativ, ja sogar liebenswert. Doch irgendwann würde er die Katze aus dem Sack lassen müssen. Es war ohnehin erstaunlich, dass sie sich mit keinem Wort danach erkundigte, warum ein Hauptkommissar die Befragung bei einer Vermisstenmeldung durchführte. Er beschloss, sich behutsam heranzutasten.

»Wie alt ist Ihr Mann?«

»Zweiundsechzig.«

»Seine Körpergröße? Ungefähr.«

»Einssechsundachtzig. Genau. So steht es in seinem Pass.« Drei Falten furchten senkrecht ihre Stirn. »Warum? Warum fragen Sie mich das?«

»Oh, das sind ganz normale Fragen, wenn es um eine Vermisstenmeldung geht«, antwortete er wahrheitsgemäß.

Sie fixierte ihn mit zusammengekniffenen Augen. »Nein«, sagte sie. »Nein, das sind keine normalen Fragen. Da ist etwas. Das spüre ich. Etwas, das Sie vor mir verbergen.«

Alexandros kritzelte in seinem Notizbuch. Versuchte, Zeit zu gewinnen. Einssechsundachtzig. Die Körpergröße des Toten war identisch mit der des vermissten Arztes. Das Alter des Opfers hatte Spyros Papadopoulous auf Mitte fünfzig bis Anfang sechzig geschätzt. Celine Mastora war höchstens Ende dreißig.

»Wir haben einen männlichen Leichnam gefunden.«

»Wo?«

»Am Strand von Arillas.«

Sie schluckte. »Und was hat das mit Jannis zu tun?«

»Ich hoffe nichts.« Er hoffte es wirklich. Wenngleich sein Bauch ihm widersprach. »Kerkyra ist eine kleine Insel«, sagte er behutsam. »Da regen ein Toter und ein Vermisster am selben Tag zum Nachdenken an.« Er schwieg. Wartete. Sie sah ihn nicht an. »Noch dazu, wenn Alter und Körpergröße identisch sind.«

Ihr Kopf fuhr zu ihm herum. Ein heftiges Zittern durchlief ihren Körper. Sie sah rasch von ihm fort, starrte in die Weite der Parklandschaft. Die Sonne hatte das warme pastellene Rot gegen ein hartes Gelb getauscht. Ihr Blick kehrte zu ihm zurück, unverwandt, kühl.

»Wie ist der Mann, den Sie gefunden haben, gestorben?«

»Er wurde ermordet.«

Sie knetete den kleinen Finger ihrer linken Hand. Auf Stirn und Wangen erschienen feine Schweißperlen. »Wie … ich meine, wie wurde der Mann getötet?«

»Man hat ihn ertränkt.«

Sie schloss die Augen. Schluckte. Harte Schluckbewegungen, die sich deutlich an der Kehle abzeichneten. Sie nickte mehrmals, als hätte seine Antwort etwas besiegelt. Hatte er vielleicht ihre Ahnung bestätigt?

Sie wandte den Kopf, starrte vor sich hin, die Hände jetzt im Schoß nebeneinander, weiß und leblos. Was für einen Kampf focht diese Frau in ihrem Innern aus? Gab es außer der verständlichen Sorge um ihren vermissten Mann noch etwas anderes? Angenommen, dachte er, der Tote ist tatsächlich ihr Mann. Angenommen, sie weiß, dass ihr Mann sich Drogen unter die Zunge spritzt. Angenommen, der Arzt ist abhängig, ein Junkie, und sie weiß es. Wie, dachte Alexandros, sollte sie sich dann einem Polizisten gegenüber verhalten? War ihr Verhalten unter diesen Umständen nicht vollkommen normal? Dennoch … Irgendetwas passte da nicht zusammen.

Sie griff nach der Weinkaraffe. »Wann kann ich den Toten sehen?« Sie füllte die Gläser, ohne zu fragen, ein zweites Mal, schob ihm sein Glas hin, trank ihres in einem Zug leer und stellte es hart auf dem Tisch ab. Sie hob den Blick, fixierte ihn herausfordernd. Die Schweißperlen auf Stirn und Wangen waren verschwunden. »Ich denke, eine rasche Klärung, ob es sich bei der Leiche um meinen Mann handelt, liegt sowohl in Ihrem als auch in meinem Interesse.«

Alexandros starrte sie ungläubig an. Sie hielt seinem Blick stand. War das Kaltschnäuzigkeit oder gut gespieltes Theater? Wer war diese Frau, die drei Tage wartete, ehe sie ihren Mann als vermisst meldete? Und was war das für eine Ehe, die diese beiden Menschen miteinander führten?

Als sich die Massivholztür der venezianischen Villa hinter ihm schloss und er durch den Säulengang zurück zur Straße ging, merkte er, dass er fror. Trotz der Wärme des herrlichen Frühlingstages war ihm kalt. Er stieg in seinen Wagen, startete den Motor und verließ Potamos, so schnell die serpentinenreiche Straße es zuließ.

Der Blick in den Kühlschrank war – wie nicht anders erwartet – niederschmetternd. Früher war Kristina eine begeisterte Köchin gewesen. Andreas war nicht gerade ein Gourmet, doch ein dankbarer und im Gegensatz zu den meisten griechischen Ehemännern ein neugieriger Esser gewesen. Theanos Lieblingsgerichte waren Nudeln mit Tomatensauce und Pfannkuchen mit Schokoladencreme. Alles andere hatte sie unter Zwang in sich hineingewürgt, ihrer Mutter kindliche Drohungen an den Kopf werfend. Nun führte Kristina – zumindest aus kulinarischer Sicht – das Leben einer Junggesellin. Bis auf die ein, zwei Abende in der Woche, wenn Santos Tomasanis ihre Küche besetzte, den Tresen mit den herrlichsten Köstlichkeiten belud und sie anschließend, manchmal über Stunden, bekochte. Hin und wieder brutzelten sie etwas gemeinsam, was allerdings immer seltener vorkam.

Sie hockte vor der offenen Tür des Kühlschrankes und unterdrückte einen Seufzer. Die Auswahl an Lebensmitteln, die ihr aus den Fächern heraus vorwurfsvoll entgegenstarrte, löste zumindest keine Entscheidungsneurose aus. Bewaffnet mit einer Packung Orangensaftkonzentrat marschierte sie quer durch das Wohnzimmer. In der Bar fand sich noch eine halbe Flasche Campari, auf dem Tresen ein vereinsamtes Glas mit Lippenstiftabdruck, den sie mit dem Daumen abwischte. Den Campari-Orange in der einen, die Saftpackung in der anderen Hand schlenderte sie hinaus auf die Veranda. Etwas zerstoßenes Eis wäre nicht schlecht, dachte sie. Doch den Weg zum Gefrierfach konnte sie sich sparen.

Schlampe! Sie schüttelte sich. Soweit ist es also mit dir gekommen. Auf deine alten Tage verwandelst du dich zunehmend in eine Schlampe. Keine Eiswürfel im Gefrierfach! Was bei Santos ein Schulterzucken auslöste, allenfalls eine kleine spitze Bemerkung, wäre zu Andreas' Zeiten ein Weltuntergang gewesen.

Mit dem Glas in der Hand schritt sie die Reihe ihrer Pflanzen an der Balustrade ab. Drei Viertel der Terrasse wurde von den

Pflanzen eingenommen. Auf der rechten Seite ein Ballungszentrum von Gefäßen unterschiedlicher Größe und Form. Ein Gartenersatz. Ausgediente Milchkannen, Wein- und Ölkrüge sowie zwei alte kretische Amphoren mit minoischen Mäandern. Auf die Amphoren war Kristina besonders stolz. Die kostbaren Krüge hatten sie eine Menge Überzeugungskraft, ein muskelstrapazierendes Lächeln und je dreißigtausend Drachmen gekostet. Der alte Bauer, der offenbar den Wert seiner Amphoren einschätzen konnte, wollte oder tat, als wolle er sie nicht verkaufen. Dann aber hatte ihm wohl eine innere Stimme befohlen, die Gelegenheit beim Schopfe zu packen. Er entschied sich für einen Flirt mit ihr, den er sichtlich auskostete. Das Gelächter und Geschacher hinterließ in Kristina schließlich die Gewissheit, einem alten Mann eine Stunde seiner Jugend wiedergegeben zu haben.

Kristinas Finger folgten den Linien der Mäander, strichen zärtlich über die Blätter der Pflanzen, zupfte hier und da Verwelktes ab. Die Wurzeln fest im Boden verankert, war es ihnen unmöglich davonzulaufen. Und ohne ihre Betreuung …

Egozentrisch bis in die Knochen! Wie oft hatte Andreas ihr diese Worte an den Kopf geworfen. Damals, in den schlimmsten Momenten ihrer Ehe. Den schmerzlichsten. Andreas gehörte zu der Sorte Männer, die meinen, Frauen zu dem machen zu müssen, was sie dann letztendlich zu ihrer eigenen Verblüffung auch werden.

Nach Santos' Meinung musste ein Künstler egozentrisch sein.

Zumindest erwartet man es von ihm, hatte sie erwidert.

Lieber Himmel! Kristina war heilfroh, dass Santos kein Künstler war. Ein weiteres Egoexemplar an ihrer Seite wäre eine unerträgliche Vorstellung. Selbst unter Berücksichtigung der wenigen, zeitlich begrenzten Treffen. Sie war noch nicht bereit für ein Leben zu zweit unter einem Dach. Und sie wollte keine Rücksichtnahme. Weder die eigene noch die eines andern. Die Scheidung von Andreas lag vier Jahre zurück. Die dünne Haut über den Narben riss immer wieder von neuem auf.

Theano war damals gerade sechzehn geworden. Ein junger Mensch im Umbruch. Damals, als die andere plötzlich auf dem Spielfeld auftauchte. Dass jenes Spielfeld eine Kampfarena mit zwei Gladiatorinnen sein sollte, in der ihr die Rolle der Verliererin zugedacht war, merkte Kristina erst, als die Siegerin längst feststand.

Kristina war dickköpfig und stolz. Um einen Mann zu kämpfen lag weit unter ihrer Würde.

Ihre Tochter hatte es verstanden. Theano hatte zu ihrer Mutter gehalten. Sie waren einander ähnlich. Nicht nur äußerlich. In ihrem ganzen Wesen. Im Denken und Fühlen. Theano besaß den gleichen Stolz wie Kristina. Wenn sie miteinander stritten, was früher häufig vorkam, war keine von ihnen imstande gewesen nachzugeben. Und wie gern hätten sie es gekonnt! Beide! Dieses Aufeinanderzugehen. Einander die Hände reichen. Aber es ging nicht. In solchen Momenten trennte sie eine Mauer.

Das Glas hochhaltend, zupfte sie mit der freien Hand welke Geranienblüten ab. Nachdenklich begutachtete sie ihr Werk. Sie schüttelte ihre Gedanken ab und blickte über die Balustrade hinunter auf die Platia. Ein wohliges Kribbeln überlief sie. Wohnen am Kremasti war in ihren Augen ein Privileg.

Das Apartment befand sich in der zweiten Etage eines restaurierten dreistöckigen Gebäudes, das aus venezianischer Zeit stammte. Unter ihr wohnte ein Rentnerehepaar, über ihr ein Bankangestellter mit Frau. Kristinas Apartment bestand aus einer Minidiele, einem größeren Wohnraum, von dem die Küche durch einen lang gezogenen, leicht geschwungenen Holztresen abgeteilt war, Schlafzimmer und Arbeitsbereich. Das Schlafzimmer besaß einen direkten Zugang zum Bad. Vom Wohnraum führte eine schmale Holztreppe zum Arbeitsbereich hinauf. Die Galeria, eine offene, rundläufige Empore mit hohen Wänden, war Kristinas Atelier.

Im Winter war das Apartment dank eines kleinen Kamins

kuschelig warm, während der heißen Sommermonate tagsüber mangels Klimaanlage drückend heiß. Zwar hatte sich Kristina auf der Galeria einen Ventilator anbringen lassen, doch im Sommer zog sie es ohnehin vor, die frühen oder späten Stunden des Tages für ihre Arbeit zu nutzen. Am liebsten jedoch arbeitete sie nachts. Und das zu jeder Jahreszeit.

Die Terrasse war zur Hälfte überdacht und, da das Leben sich die meiste Zeit des Jahres im Freien abspielte, von Kristina wohnlich eingerichtet. Eine Korbbank, vier Korbsessel, eine Unmenge Polster und Kissen, ein verchromter Glastisch, ein Beistelltisch, eine Tischlampe, zwei Wandleuchten im gleichen Design. Auf dem Glastisch ein Meer kleiner Windlichter. Die Lampen hatten ein tiefes Leck in Kristinas Geldbörse geschlagen. Sie waren ein Frustkauf gewesen. Eine Entschädigung. Eine Scheidungswiedergutmachung.

Unten auf der Platia öffnete sich die Tür des Restaurants und Dinos trat heraus. Als er Kristina auf der Veranda erblickte, winkte er ihr zu. Sie gab ihm mit Handzeichen zu verstehen, dass sie zum Abendessen runterkommen würde. Er grinste und breitete die Arme über den leeren Tischen aus.

Das Essen im Venezian Well war ausgezeichnet, der Wein hervorragend. Eine Speisekarte gab es nicht. Einer der beiden Angestellten, meistens jedoch der Chef persönlich, zählte die Gerichte auf, erklärte das Tagesangebot. Sechs, sieben Vorspeisen, ebenso viele Hauptgerichte, alles nach hauseigenen Rezepten zubereitet, wöchentlich wechselnd.

Kristina merkte, dass sie Hunger hatte. Campari-Orange war ein guter Aperitif. Sie stellte das leere Glas ins Spülbecken und stieg die Holztreppe hinauf zur Galeria. Sie griff nach dem Telefonhörer, wählte Theanos Nummer in Athen. Wie nicht anders erwartet, meldete sich der Anrufbeantworter. Schreckliches Kind! Wie die Mutter. Ständig unterwegs. Sie lauschte der Stimme der Tochter, die angeblich ihrer eigenen zum Verwechseln ähnlich sein sollte, wartete auf den Signalton und sprach einen Gruß auf das Band.

Als Nächstes wählte sie die Nummer von Santos. Wieder nur der Anrufbeantworter. Sie hinterließ das Versprechen, sich später am Abend noch einmal zu melden.

Sie streckte sich und schlenderte zu dem offenen Wandregal hinüber, wo ihre künstlerischen Arbeiten in eigens dafür konstruierten Fächern lagerten. Kristina zog einen der Umschläge heraus und ließ die Bilder zur Hälfte herausgleiten. Zehn großformatige Fotografien. Jeweils dreißig mal vierzig Zentimeter. Kunstvoll fotografierte Strukturen. Sand, Steine, Felsen, Wasser, Schlick, Ablagerungen von Salzkristallen. Vorsichtig schob sie die Bilder zurück in den Umschlag. Später, nach dem Essen, würde sie die Arbeiten begutachten. In Gesellschaft eines guten Weines.

Sie ging hinunter ins Bad, duschte und fuhr sich mit den nassen Fingerspitzen durch das lockige, fast schwarze Haar. Sie zog mit dem Kajal die Wimpernränder nach, tuschte die Wimpern und legte frischen Lippenstift auf. Make-up benutzte Kristina nicht. Dank ihrer venezianischen Vorfahren wirkte ihre Haut sogar im Winter leicht gebräunt. Kritisch beäugte sie das Resultat. Auf der Stirn, um Augen und Mund herum, am Hals zeigten sich erste Fältchen. Seufzend fuhr sie sich mit den Fingerspitzen nochmals durch das Haar, zupfte die Locken zurecht. In ein Handtuch gewickelt, durchstöberte sie im Schlafzimmer den Kleiderschrank. Jeans und Bluse landeten auf einem Stuhl. In Anbetracht des lauen Frühlingsabends entschied sie sich für ein schwarzes Baumwolltop und den fliederfarbenen Hosenanzug. Den Umschlag mit den Kunstfotografien klemmte sie sich unter den Arm. Sie verriegelte die Wohnungstür und stieg die ausgetretenen Stufen des Treppenhauses hinunter.

Vor dem Restaurant waren mittlerweile drei Tische besetzt. Aus dem Hintergrund die ersten Takte aus Verdis *Nabucco*. Zum Glück war der kleine runde Zweiertisch an der Hauswand des Lokals noch frei. Kristina setzte sich auf ihren Stammplatz unter die weitgefächerte Bougainvillea. Die Pflanze stand in voller Blüte, jede Blüte ein leuchtender Juwel.

Sie legte den Umschlag mit den Bildern auf den anderen Stuhl, lehnte sich entspannt zurück. Im Rücken die Wand, vor sich das uralte Pflaster der Platia, über allem der *Chor der Gefangenen*. Die passende Musik zu diesem Platz. Zu Zeiten der venezianischen Belagerung war der Brunnen des Kremasti der Hinrichtungsplatz für die zum Tode Verurteilten.

Kristina schloss die Augen. Manchmal war das Leben wahrhaftig ein Genuss.

Nachdem Alexandros Kasantzakis Potamos verlassen hatte, fuhr er auf direktem Weg in die Alk Dari. Er stellte den Alfa Romeo in der Einfahrt ab und ging quer durch den Vorgarten auf das Haus zu. Die Eingangstür war nur angelehnt, der Schlüssel steckte wie üblich von außen im Schloss. Im Innern des Hauses empfingen ihn die vertrauten Wohlgerüche von Elenys Kochkunst.

Die Begegnung mit Celine Mastora hatte in ihm eine seltsame Irritation hinterlassen. Er hatte mit ihr für den morgigen Samstag einen frühen Termin in der gerichtsmedizinischen Abteilung des Krankenhauses vereinbart. Er hatte den Termin in der Erwartung vorgeschlagen, dass sie ihn dazu drängen würde, auf der Stelle hinzufahren. Doch Celine Mastora schien es nicht sonderlich eilig zu haben, Klarheit über das Verschwinden ihres Mannes zu erhalten. Erfahrungsgemäß brachten besorgte Verwandte, insbesondere Ehefrauen, keine derart fatalistische Geduld auf. Die kühle Distanz, mit der Celine Mastora seinen Vorschlag angenommen hatte, berührte ihn unangenehm. Zumal er davon ausging, dass es sich bei dem Toten von Arillas und dem verschollenen Arzt um ein und dieselbe Person handelte. Hinzu kam dieses Bauchgefühl, das nicht weichen wollte und das ihm schon so oft in der Vergangenheit Recht gegeben hatte. Was verbarg Celine Mastora?

Alexandros hängte seine Jacke an die Garderobe. Er warf einen Blick in den Spiegel, zog den Bauch ein und fuhr sich mit beiden Händen flüchtig durch das Haar.

Alexandros war mit ganzem Herzen Polizist. Polizist und Korfiot. Letzteres war er über die Jahre geworden. Nach einem langen und anstrengenden Übergangsprozess. Er liebte die Insel. Seine Insel. Mehr noch: Er fühlte sich für sie verantwortlich.

Auf Kreta geboren, hatte er als Kind mehrere Jahre in Amerika gelebt. Seine Eltern betrieben einen Schnellimbiss in New York. Er und seine beiden jüngeren Schwestern besuchten die Highschool, später das College. Die Familie bewohnte eine Vierzimmerwohnung im achten Stock eines fünfzehnstöckigen heruntergekommenen Wohnsilos. In dem Haus lebten nur Ausländer. Einwanderer aus unterschiedlichen Kulturen und Religionen. Eine zufällig zusammengewürfelte multikulturelle Gemeinschaft.

Der kleine Alexandros hatte die Amerikaner gemocht. Er empfand sie als gradlinig, unkompliziert und zuverlässig. Er fühlte sich von ihnen akzeptiert. Auch wenn ein kleines Stück Fremdheit blieb, Amerika war für ihn ein Schmelztiegel, in dem alles hineingeworfen, durcheinandergewirbelt letztendlich die richtige Mixtur ergab.

Vielleicht war es das Stück Fremdheit, das sich nicht abschütteln ließ und sich mit seinem fortschreitenden Alter verstärkte, jedenfalls war der neunzehnjährige Alexandros froh, als seine Eltern nach seinem College-Abschluss beschlossen, nach Griechenland zurückzukehren. Mit dem Geld, das sie in Amerika zusammengespart hatten, erwarben sie in Athen zwei Grundstücke. Das eine bebauten sie mit einem Haus, das andere mit einem Restaurant.

Nach dem Tod seiner Eltern verkaufte Alexandros das Haus und das Restaurant. Er zahlte seine Schwestern aus, die mit ihren eigenen Familien in Thessaloniki und in der Nähe von Kalamata auf dem Peloponnes lebten. Von dem restlichen Geld erwarb er außerhalb Athens eine Dreizimmerwohnung, die er nach dem Umzug nach Kerkyra wieder verkaufte. Der Erlös reichte für ein Eckgrundstück mit einem verfallenen Haus direkt an der Uferstraße Alk Dari. Nachdem die Baugenehmigung erteilt war, ließ er die verwitterten Steinmauern des alten Hauses abreißen und an seiner Stelle ein neues für eine vierköpfige Familie bauen. Das Grundstück lag in unmittelbarer Nähe eines von Platanen, Palmen und Oleanderbäumen beschatteten Parks, dahinter auf verwildertem Gelände ein verlassener Hafen aus venezianischer Zeit. Die Ruine eines Patrizierhauses, heute von einem Rudel herrenloser Hunde bewohnt, zeugte von einstigem Reichtum. Von der gegenüberliegenden Kaimauer führten Steinstufen hinunter ins Meer. Wenige Meter weiter ein teils felsiger, teils sandiger Uferstreifen. In den Sommermonaten schwamm Alexandros regelmäßig morgens, bevor er zum Dienst ging, und abends, wenn er von dort zurückkam. Das Haus war nach seinen Ideen entstanden. Es hatte einen Patio, umschlossen von Obstbäumchen und Blumenstauden. Es war ein von der Mode überholtes Haus. Obwohl Alexandros es liebte, hätte er heute vieles anders gemacht.

Mit sich und der Welt im Einklang betrat er demonstrativ schnüffelnd die Küche. Eleny, am Herd, strahlte ihm entgegen. Verschwitzt, die Haare mit einem Tuch aus der Stirn gebunden, eine Hand in die Hüfte gestemmt, mit der anderen in einem Topf rührend. Seine Eleny mit den zu kurzen Beinen, den zu strammen Oberschenkeln, dem proportional zu lang geratenen Oberkörper, dem zu kräftigen Hintern und viel zu breiten Mund. Die Schürze betonte auf rührende Weise ihren wohlgerundeten Bauch. Die Düfte aus Ofen und Töpfen erfüllten die gesamte Küche.

»Wie war dein Tag?« Und ohne seine Antwort abzuwarten: »Setz dich, Alex, wir können gleich essen.«

Er beugte sich über einen der Töpfe, versuchte mit zwei Fingern etwas herauszuangeln. Sie lachte und schlug ihm sanft auf die Hand. »Finger weg!«

Er zog die Hand zurück, schnupperte. »Hm … riecht wieder herrlich.«

»Kannst schon mal den Tisch decken.«

Er nahm Teller und Gläser aus dem Schrank, zog die Besteckschublade auf.

»Und vergiss nicht die Servietten!«

Er legte die beiden Stoffservietten mit den jeweiligen Namensringen neben die Teller.

»Was trinkst du?«

»Das Übliche.«

Er holte eine Flasche Wasser aus dem Kühlschrank und den weißen Hauswein, den sie in Viza bei Mono Dendri kauften. Zweimal im Jahr fuhren sie mit der Autofähre nach Igoumenitza und von dort hinauf ins Gebirge. In der nordgriechischen Region Zagori, in dem winzigen Bergdorf Viza verkauften die Bauern ihren selbst gemachten Wein, kistenweise abgefüllt in Bier- und Retsina-Flaschen. Der Wein war nicht gerade billig, aber sauber und gut. Auf der Heimfahrt war ihr Wagen jedes Mal randvoll mit Kisten beladen.

Alexandros trug das Tablett hinüber ins Wohnzimmer und deckte den Tisch. Es widerstrebte ihm, sich hinzusetzen und zuzuschauen, wie seine Frau ihn bediente. In dieser Hinsicht würde er wohl niemals ein richtiger Grieche werden.

Mit einer raschen Bewegung schlug Spyros Papadopoulous das Tuch zurück.

Celine Mastora zuckte zusammen. Sie nickte stumm und wandte sich ab. Sie senkte den Blick und beschattete mit der Hand ihre Augen. Alexandros Kasantzakis trat zu ihr hin. Er starrte auf den freigelegten Kopf, auf die Lippenlinie des Mannes, die nun, zusammengebunden, dem Gesicht nicht mehr diesen ungläubigen Ausdruck verlieh. Mit dezentem Räuspern wandte er sich der Frau zu. Wieder die Andeutung eines stummen Nickens. Sie nahm die Hand herunter, und als sie wieder aufsah, lag ein verkniffener Zug um ihre Lippen, unter dem rechten Lid pochte eine Ader. Alexandros fasste sie behutsam am Arm und führte sie hinaus.

Schweigend stiegen sie vom Keller des Städtischen Krankenhauses die Treppe hinauf zum Erdgeschoss. Auf dem Gang mussten sie einer Gruppe fröhlich lachender Schwestern ausweichen. Frühe Besucher eilten mit Blumensträußen und prallen Plastiktüten zu den Fahrstühlen. Alexandros schleuste die Frau zwischen den Menschen in entgegengesetzter Richtung durch.

Das Oben und das Unten. Die bunte Vielfalt des Lebens. Die Sterilität des Todes. Krasser konnten Gegensätze nicht sein.

In der Nähe des Ausgangs erblickte er einen Getränkeautomaten. Da Celine Mastora auf seine Frage keine Reaktion zeigte, zog er zwei Becher Kaffee, schwarz, mit Zucker. Als er ihr einen der Becher reichte, bemerkte er die Nässe in ihren Augenwinkeln. Sie nahm ihm den Kaffee aus der Hand, wich dabei seinem Blick aus.

Tränen, dachte Alexandros. Tränen passten nicht zu dieser Frau. Nicht zu der Eismaske, hinter der sie ihr Gesicht verbarg. Oder doch? Aber da war noch etwas anderes, das ihn irritierte. Etwas, für das er keine Erklärung fand.

Trotz seiner langjährigen Berufserfahrung als Polizist war es nicht allzu häufig vorgekommen, dass er Angehörige zur Identifizierung eines Toten begleiten musste. Und das Gefühl, dass hier etwas nicht stimmte, etwas von entscheidender Bedeutung, beunruhigte ihn vielleicht gerade deshalb umso mehr. Er nippte an seinem Kaffee.

Ihr Mann war auf ungewöhnliche Weise zu Tode gekommen. Ein Mediziner, ein drogenabhängiger Anhänger sadomasochistischer Sexualpraktiken, der regelrecht hingerichtet worden war. So jedenfalls sah es aus. Wenn es so war, was wusste seine Frau? Hatte sie ihm sexuell gegeben, was er brauchte? Wie viel Licht konnte sie in das Dunkel bringen?

Sie vereinbarten für den Nachmittag einen Termin. Celine Mastora sagte zu, um drei Uhr in die Astynomia zu kommen.

Punkt drei klopfte es.

Einer der jüngeren Polizeianwärter steckte den Kopf durch

den Türspalt und kündigte eine Dame an. Celine Mastora nickte Alexandros, Nikos und Kristina wortlos zu. Sie trug ein schwarzes, enganliegendes Kostüm, dessen Ausschnitt ein makelloses Dekolleté offenbarte, der Rocksaum endete knapp unterhalb des Knies.

Es war ungewöhnlich, eine Polizeifotografin zu einer Vernehmung hinzuzuziehen. Doch Kristina Tzavrou hatte Einfühlungsvermögen. Das hatte sich bei früheren Fällen gezeigt. Mehrfach hatte sie Alexandros in der Vergangenheit auf Details aufmerksam gemacht, die ihm entgangen waren. Und auch diesmal hoffte er darauf, dass die Fotografin mit ihrem geschulten Auge Dinge sehen würde, die er und Nikos nicht wahrnahmen. Eine Frau sah ihre eigenen Geschlechtsgenossinnen eben anders als ein Mann. Es war den Versuch wert. Und es gab kein Gesetz, das die Anwesenheit einer Fotografin während einer Zeugenbefragung verbot.

Er wandte sich Celine Mastora zu.

Sie sah sich im Raum um. Ihr Blick verharrte kurz auf der schwarzen Pinnwand mit den Tatortfotos. Auf ihrem Gesicht lag eine Mischung aus Irritation und Herablassung. Alexandros zeigte ein kumpelhaftes Lächeln und wies auf einen der Stühle. Er wartete, bis sie saß, fragte dann, was sie trinken wolle. Telefonisch bestellte er vier Heleniki in einem der Coffeeshops gegenüber der Astynomia. Er setzte sich hinter den Schreibtisch, bat um Entschuldigung und führte ein weiteres Telefonat. Kristina blätterte in einer wissenschaftlichen Abhandlung über Serienverbrechen in den USA. Nikos stand mit dem Rücken zu den andern am Fenster und rauchte. Celine Mastora sprang von ihrem Stuhl auf und begann nervös im Raum umherzulaufen. Hin und wieder bedachte sie Alexandros mit zornigen Blicken. Das Telefonat gab ihm hinreichend Zeit, sie dabei zu beobachten. Er beendete das Telefongespräch und kritzelte eine Notiz in sein Heft.

Der Kaffee wurde gebracht. Vier dampfende Plastikbecher auf einem runden Stiltablett. Alexandros warf ein paar Münzen auf das Tablett, der Bote schwenkte es, ohne dass das Geld herunterfiel, im eleganten Bogen herum und verschwand.

Nikos Stavrous nahm ein tragbares Aufnahmegerät aus dem Wandschrank, Kristina warf die Abhandlung zurück in die Ablage. Sie verteilten sich um den Besprechungstisch. Es dauerte eine Weile, bis alle saßen und das Aufnahmegerät verkabelt war. Alexandros fragte Celine Mastora, ob sie etwas dagegen einzuwenden hätte, wenn sie das Gespräch aufzeichneten. Sie führte den Becher vorsichtig an die Lippen, nippte und schüttelte dann fast unmerklich den Kopf. Nikos schaltete den Rekorder ein, ein grünes Lämpchen leuchtete auf.

Alexandros Kasantzakis nannte Tag und Uhrzeit, zählte die Namen der Anwesenden auf und befragte die Zeugin zunächst nach ihren persönlichen Daten. Sie war bei Dijon in Frankreich geboren. Während des Studiums in Paris war sie dem griechischen Arzt Dr. Jannis Mastoras auf einem Ärztekongress begegnet.

»Kongresse waren eine angenehme Möglichkeit, das Studiengeld aufzubessern.«

»Als was arbeiteten Sie?«

»Ich war Empfangshostess. Meine Fremdsprachenkenntnisse waren dabei von Vorteil.«

»Welche Sprachen sprechen Sie?«

»Italienisch, Spanisch, Portugiesisch, Englisch. Griechisch natürlich. Und meine Muttersprache Französisch.«

Natürlich, dachte Alexandros. Fünf Fremdsprachen, was sonst! Sein Englisch war durch die Schulzeit in Amerika noch immer ganz passabel. Italienisch verstand er ein wenig, scheute aber das Sprechen. Er empfand es als peinlich, Gedanken, die in seinem Kopf ein geschlossenes Ganzes bildeten, lediglich bruchstückhaft wiedergeben zu können.

Celine Mastora musste seine Bewunderung gespürt haben, denn sie fügte bescheiden hinzu: »Ich habe Sprachen studiert. Ich wollte Simultandolmetscherin werden.«

Alexandros räusperte sich.

»Doch dann begegneten Sie Dr. Jannis Mastoras.«

»Er hielt einen Vortrag über Genmanipulation. Kommilitoninnen, die ebenfalls auf dem Kongress jobbten, hatten mich auf ihn aufmerksam gemacht. Ich ging hin und hörte mir seinen Vortrag an. Ich verstand kein Wort. Aber er … ja, er war äußerst beeindruckend.«

»Wann trafen Sie ihn persönlich?«

»Ich richtete es so ein, dass er mich beachten musste.«

»Wie das?«

»Ich erfand ein Telegramm aus Griechenland. Während ich die Posteingänge durchwühlte, verliebte er sich in mich.«

So einfach, dachte Alexandros.

Celine Mastora erwiderte sein Lächeln. Der Anflug von Erinnerung ließ ihre Gesichtszüge für Sekunden weicher erscheinen.

Widersprüchliche Gefühle, dachte Kristina. Während sich der Oberkörper der Frau abwendet, ist ihr Unterleib dem Kommissar zugewandt. Die gefalteten Hände im Schoß sind angespannt. Die äußerliche Ruhe trügt. Celine Mastora steht keineswegs so souverän über den Dingen, wie sie uns glauben machen möchte. Sie agiert mit angezogenen Bremsen. Und sie hütet ein Geheimnis.

»Danach trafen Sie sich häufiger?«, hörte sie den Kommissar fragen.

»Wir trafen uns nicht. Ich brach mein Studium ab und ging mit Jannis nach Griechenland. Er arbeitete damals am Medizinischen Forschungsinstitut in Athen. Noch im selben Jahr heirateten wir.«

Alexandros musterte sie. Es fiel ihm schwer, die kühle Distanz, mit der Celine Mastora ihm begegnete, mit heißblütiger Spontaneität in Einklang zu bringen. Sie hielt seinem skeptischen Blick stand.

»Jannis ist …«, sie schluckte, schloss für einen Moment die Augen, »er war neunzehn Jahre älter als ich.« Sie betrachtete ihn fast mitleidig. »Sie verstehen das vielleicht nicht. Ich war eine junge Studentin. Er ein gestandener Mann. Ein fertiger Mediziner. Da gab es nichts zu überlegen. Nicht für mich.« Und nach einer kleinen Pause: »Damals jedenfalls nicht.«

»Damals?«

»Ich war leicht zu beeindrucken.« Celine Mastora trank einen Schluck Kaffee.

»Haben Sie Kinder?«, fragte Nikos beiläufig.

Sie stellte den Becher abrupt ab.

»Keine Kinder. Jannis wollte keine.«

Kristina und Alexandros wechselten einen raschen Blick. Es war klar, mit seiner Frage hatte Nikos einen wunden Punkt berührt. Alexandros beschloss, direkt zur Sache zu kommen.

»Frau Mastora, Sie haben den Toten, der am gestrigen Freitagmorgen am Strand von Arillas gefunden wurde, als Ihren Mann, Dr. Jannis Mastoras, identifiziert.«

Sie nickte stumm. Alexandros wies auf das Aufnahmegerät.

»Das ist richtig. Der Tote ist mein Mann. Es ist Jannis.«

»Der Gerichtsmediziner, der den Leichnam Ihres Mannes obduziert hat, erklärte, dass der Tod am Dienstag eingetreten ist. Doch erst gestern, am Freitagvormittag, also an dem Tag, an dem wir seine Leiche gefunden haben, meldeten Sie ihn als vermisst. Warum diese Verzögerung?«

Celine Mastora lehnte sich entspannt zurück, wandte sich ihm zu. Sie schien erleichtert. Offenbar hatte er mit seiner Frage endlich die Richtung eingeschlagen, auf die sie sich vorbereitet hatte. Die sie erwartet hatte, vielleicht auch zu erzählen bereit war.

»Mein Mann war auf einer Vortragsreise. Athen. Ioannina. Er wollte Donnerstagnacht zurück sein. Als er Freitagvormittag noch nicht da war, begann ich mir Gedanken zu machen.«

Alexandros sah sie abwartend an. Sie wich seinem Blick aus.

»Wenn Jannis verreiste, ich meine, beruflich verreiste, hörte ich für gewöhnlich nichts von ihm.« Sie schwieg. »Das war normal.«

»Rief er nicht an? Zum Beispiel, dass er gut angekommen war?«

»Nein. Niemals. Ich hatte also keinen Grund, mir irgendwelche Sorgen zu machen.« Sie sah Alexandros unverwandt an. »Aber das alles habe ich Ihnen bereits erzählt.«

»Manchmal ist es wichtig, es ein zweites Mal zu hören.«

»Sie scheinen Wiederholungen zu lieben.«

Alexandros registrierte den sarkastischen Unterton.

»In der Wiederholung wird manches klarer«, sagte er. »Kann es zumindest werden.«

Und es gab einem die Möglichkeit, verborgene Untertöne herauszuhören, die man später mit Hilfe der Bandaufnahme vielleicht entschlüsseln konnte.

»Ihr Mann ist auf eine sehr ungewöhnliche Weise getötet worden. Man hat ihn ertränkt. Anschließend warf man den Leichnam ins Meer.«

»Anschließend?«

»Er wurde mit Leitungswasser ertränkt.«

»Bitte ...?«

Sie starrte ihn entgeistert an. Nach einer Weile schüttelte sie heftig den Kopf, biss sich in die Unterlippe. Eine leichte Rötung, ein Tropfen Blut, den sie mit der Zungenspitze ableckte.

»Jemand hat seine Lungen mit Leitungswasser gefüllt. Können Sie sich vorstellen, wer so etwas getan haben mag?«

Sie sah ihn mit offenem Mund an, holte tief Luft und kniff die Lippen wieder zusammen, ohne etwas zu sagen.

»Hatte Ihr Mann Feinde?«

»Die Frage ist wohl eher, wie es jemand fertiggebracht hat, ihn auf diese Weise zu töten. Jannis war ein kräftiger Mann. Sportlich und durchtrainiert.«

»Sie meinen, er hätte sich gewehrt?«

»Ganz sicher hätte er das! Egal wie groß oder wie stark sein Gegner war. Jannis ließ sich nichts gefallen. Von niemandem.«

»Wie ist das zu verstehen?«

»Wie das zu verstehen ist?«

»Gab es handgreifliche Auseinandersetzungen?«

»Nein.«

»War er irgendwann einmal in eine Schlägerei verwickelt?«

»Nein! Natürlich nicht. Jannis gehörte nicht zu der Sorte Mensch, die sich mit anderen herumschlägt. Das hatte er nicht nötig. Jannis erledigte Auseinandersetzungen auf rein verbaler Ebene.«

»Auch zwischen Ihnen beiden?«

Sie zögerte einen Moment.

»Wenn es Meinungsverschiedenheiten gab, bezogen die sich auf seine Arbeit.«

»Nur auf seine Arbeit?«

Sie musterte ihn spöttisch. »Wir waren nicht immer einer Meinung. Aber in welcher Ehe ist man das schon?«

Er lächelte und machte eine einräumende Geste.

»Sie wissen, ich liebe die Wiederholung. Hatte Ihr Mann Feinde?«

Sie senkte den Blick, begutachtete mit demonstrativer Langeweile ihre ausnahmslos gepflegten rot lackierten Fingernägel. »Nicht, dass ich wüsste.«

»Was ist mit Freunden? Bekannten?«

»Freunde und Bekannte als Feinde?« Sie hob den Blick, sah ihn kampflustig an.

»Kommt eventuell jemand aus Ihrem Umkreis als Täter infrage?«

»Aus dem Umkreis unserer Freunde?«

»Ja?«

»Ausgeschlossen!«

»Was ist mit Kollegen?«

»Woher soll ich das wissen? Ich kenne die wenigsten. Und die nur flüchtig.«

»Verstehen Sie mich richtig«, Alexandros schlug einen versöhnlichen Ton an, »es sind Routinefragen. Wir dürfen nichts ausschließen. Um den Mörder Ihres Mannes zu finden, brauchen wir Ihre Hilfe, Frau Mastora. Kein anderer stand dem Opfer so nah wie Sie.«

Sie sah ihn abwartend an. Schwieg. Ihr Blick wanderte zum Fenster hinüber, schien sich in der Ferne zu verlieren. Als sie ihn wieder anschaute, lag etwas anderes darin.

»Ich warte auf die nächste Frage, Kommissar.« Ihre Stimme klang auf einmal kalt.

»Wie würden Sie Ihren Mann charakterisieren? Um den Täter zu finden, ist es wichtig, möglichst viel über das Opfer zu wissen.«

Er bemerkte die leise Anspannung in ihrem Gesicht.

»Jannis hatte Präsenz«, sagte sie. »Charisma. Wenn Jannis einen Raum betrat, dann veränderte sich die Atmosphäre. Es war, als konzentrierte sich auf einmal alles auf ihn. Er war der Pol, dem alles zustrebte. Angezogen, wie von einem Magneten.«

»Aber hat nicht gerade ein so exponierter Mensch Neider?«

»Jannis hatte keine.«

Alexandros schüttelte den Kopf. Die Antwort war zu schnell gekommen. »Bitte denken Sie nach.«

»Da muss ich nicht nachdenken.« Sie musterte ihn kühl. »Aber Sie sind mir noch eine Antwort schuldig.«

»Welche?«

»Wie hat der Mörder es geschafft, meinen Mann zu überwältigen?«

Wie viel konnte man der Witwe eines Ermordeten zumuten? Alexandros entschied sich für die Wahrheit. Früher oder später würde die Frau es ohnehin erfahren. Spätestens aus der Presse.

»Dr. Jannis Mastoras wurde mittels einer Rattengiftinjektion in den Penis physisch unter Kontrolle gebracht.«

Sie erstarrte. Die Augen aufgerissen. Beide Hände vor den Mund gepresst. Ohne Vorwarnung schnellte ihr Oberkörper nach vorn. Alexandros und Nikos sprangen gleichzeitig auf, rannten um den Tisch herum, packten sie an den Armen. Kristina stürzte aus dem Zimmer. Die beiden Polizisten schleiften Celine Mastora hinüber zum Waschbecken. Ihre Finger krallten sich um den Beckenrand, während sie sich würgend erbrach.

Kristina kam mit einer Flasche Wasser und einem Glas zurück. Celine Mastora wankte, von Alexandros und Nikos gestützt, zurück zum Tisch, sank dort auf ihren Stuhl. Kristina goss das Glas halb voll, hielt es der Frau hin. Die ergriff das Glas mit zitternden Händen, trank es in einem Zug leer. Nikos drehte den Wasserhahn am Waschbecken bis zum Anschlag auf. Das Erbrochene verschwand in schleimigen Klumpen im Ausguss. Alexandros schaltete das Aufnahmegerät ab und öffnete das Fenster. Er schaute in den Park hinaus. Blätter tanzten auf der Erde im Wind. Wieder fragte er sich, ob sie wusste, dass ihr Mann Drogen genommen hatte. Er würde sie zu einem späteren Zeitpunkt danach fragen. Heute konnte er ihr nichts mehr zumuten.

Kristina goss ein zweites Mal Wasser in das Glas. Diesmal trank die Frau beherrscht, in kleinen Schlucken, dann gab sie Kristina das leere Glas zurück. Alexandros trat neben Celine Mastora, legte ihr die Hand auf die Schulter. Sie kauerte auf ihrem Stuhl. Keine Spur mehr von der kühlen Distanz, der eleganten Beherrschung. Nur Ekel und Erschöpfung. Hohle Wangen, die Augen eingesunken in tiefe Höhlen. Sie sah flehend zu Alexandros auf. Er nickte stumm. Sie tat ihm einfach nur noch leid.

»Wir machen morgen weiter«, sagte er. »Ein Streifenwagen wird Sie jetzt nach Hause bringen. Ich rufe Sie an.« Seltsam, zum ersten Mal nahm er ihre blassblauen Augen wahr.

»Mein Wagen steht draußen. Ich kann selbst fahren. Danke.«

Vielleicht war es ihr Blick, dieser blassblaue frostige Blick, vielleicht auch ihre Stimme, die den Ausschlag gab. »Wussten Sie, dass Ihr Mann Drogen nahm?«

Die Frau zuckte zusammen. »Was für Drogen?«

»Der Gerichtsmediziner hat Reste von Heroin im Blut Ihres Mannes gefunden.«

Ihr Mund öffnete sich. Klappte zu. Öffnete sich wieder. Schnappte nach Luft.

»Nein … nein, das wusste ich nicht. Woher … woher sollte ich … oh, mein Gott!« Sie brach fassungslos ab.

»Die Einstiche … wo bitte sind die … die Injektionsstellen?« Sie wand sich verzweifelt. »Ich meine, so was sieht man doch! An Armen, Beinen, sonst wo … das hätte ich doch gesehen! Ich hätte es sehen müssen!«

»Er hat es sich unter die Zunge gespritzt.«

10. März 1962

Seltsam, eine Schwester wie A. zu haben. A. lebt in einer ganz eigenen Welt. In ihre Welt lässt sie niemand hinein.
A. hat oft Angst. Eigentlich fast immer. Wenn sie Angst hat, schreit sie.
Zwischen den Schreien kommen Worte aus ihr heraus. Keine Sätze. Einfach nur Worte. Die sind ganz tief in ihr drin. Sie stößt die Worte aus sich heraus. Worte ohne Sinn. Die nicht zueinander passen.
Mutter sagt, A. hat dem Grauen ins Angesicht geschaut. Sie sagt, A. hatte der Fratze des Grauens nichts entgegenzusetzen gehabt als ihren unschuldigen Lämmchenblick, umrahmt von der schwarzen Lockenpracht.
A.s Locken waren Vaters ganzer Stolz, sagt Mutter.
Als A. zurückkam, war ihr Kopf kahl. Der Lämmchenblick gebrochen.
Was blieb, war Mutters Scham. Vaters Verlust, seine Trauer.

5

Kristina faltete das Blatt auseinander und schob es ihm über den Schreibtisch zu. Alexandros Kasantzakis warf einen flüchtigen Blick auf die Zeichnung. Die Küstenlinie von Arillas. Darüber in schönen geraden Buchstaben der Name Gremoulia.

»Schöne Grüße von meiner Mama.« Kristina deutete auf die Stelle, wo die beiden Fischer den Leichnam von Jannis Mastoras gefunden hatten. »Der überlieferte Name dieses Küstenabschnitts heißt Gremoulia. Was so viel bedeutet wie: Dort, wo die Erde herunterfällt.«

Alexandros runzelte die Stirn. »Wo die Erde herunterfällt … Erde fällt auf Gräber.«

»Auf ein bestimmtes Grab?«

Alexandros zuckte die Achseln und sah auf seine Uhr. Kurz nach acht. Nur noch drei Stunden bis zur Pressekonferenz. Und jede Menge zu besprechen. Wo zum Teufel blieb Nikos Stavrous? Noch am Samstagabend hatte Alexandros den Polizeidirektor in Athen informiert, das Angebot einer Teamverstärkung durch eine Athener Spezialeinheit jedoch abgelehnt. Das zweite Telefonat hatte er mit seinem Kriminalassistenten Michalis Kavadias geführt. Der war am späten Nachmittag aus Thessaloniki von einem Lehrgang zurückgekehrt. Nach den üblichen Höflichkeitsfloskeln versuchte Alexandros seiner Ungeduld Herr zu werden und Michalis' euphorischem Bericht zumindest ein halbes Ohr zu schenken. Doch da Kriminalassistent Kavadias ein feines Gespür hatte, erkannte er die Ungeduld seines Vorgesetzten. Er bremste sich und brachte den Bericht zu einem raschen Ende. Alexandros berichtete in knappen Worten, was geschehen war.

Michalis versprach, am Montagmorgen etwas früher in die Astynomia zu kommen. Den Sonntag benötige er dringend zur Erholung. Der Lehrgang für den hoffnungsvollen Polizistennachwuchs sei wirklich überaus anstrengend gewesen. Zwei Wochen, in denen er so gut wie überhaupt nicht zum Schlafen gekommen sei. Sie lachten beide. Alexandros erinnerte sich an seine eigene Ausbildungszeit. Neben dem Ernst und der Bedrohung, auch der langweiligen Routine, die der Polizistenberuf mit sich brachte, gehörte auch sie dazu. Die Zeit der großen Vorsätze und Erwartungen.

Nun, drei Stunden vor der Pressekonferenz, saß ein ausgeschlafener Michalis Kavadias seit einer Stunde in seinem Zimmer, hörte sich die Bandaufzeichnung des Verhörs von Celine Mastora an und las die Berichte von Spyros Papadopoulous und Panagiotis Peskalis, die der Bote mit der ersten Post gebracht hatte.

Alexandros Kasantzakis schaute erleichtert durch das offene Fenster hinaus in den Park. Er war heilfroh, dass Michalis zurück war. Für das, was jetzt auf sie zukam, würden sie jeden Mann brauchen. Und auf den Kriminalassistenten konnte man sich verlassen. Nicht von ungefähr hatte Alexandros gerade ihn für das Seminar ausgewählt, das von der Universität Thessaloniki alle zwei Jahre für den polizeilichen Nachwuchs angeboten wurde. Der vierzehntägige Lehrgang war ein dem amerikanischen FBI entliehenes Fortbildungsseminar.

Spätestens um zehn sollten sie sich zusammensetzen und die anstehende Pressekonferenz besprechen. Die Taktik festlegen. Was durften die Journalisten erfahren? Das Frage- und Antwortspiel sollte so vorbereitet und gelenkt werden, dass Zeitungen, Rundfunk und Fernsehen die Details hervorhoben, über die eine aufmerksame Bevölkerung zur Aufklärung beitragen konnte. In dieser Hinsicht das richtige Maß zu finden war nicht immer einfach. Aus dem Wust eingehender Hinweise jene herauszufiltern, die sie unter Umständen weiterbrachten, bedeutete oftmals stundenlange Recherche, die am Ende nur selten von Erfolg gekrönt wurde. Hinzu kam eine höchst gefürchtete Nebenwirkung: falsche Fährten.

In Athen hatte Alexandros eine makabre Erfahrung gemacht. Je abscheulicher das Verbrechen, umso zahlreicher die Hinweise aus der Bevölkerung, wobei die Zahl falscher Hinweise für gewöhnlich deutlich überwog.

Er kritzelte ein paar Notizen in sein Heft. Nur Stichpunkte. Zur Orientierung. Vor den Journalisten würde er dann frei sprechen. Das war ehrlicher. Und es räumte ihm einen größeren Bewegungsspielraum ein. Schaffte auch die Möglichkeit, spontan aus der Situation heraus zu entscheiden.

Als Alexandros Kasantzakis aus der Welt seiner Notizen und Gedanken wieder emportauchte, hefteten sich seine verblüfften Augen auf den Kaffee, der neben Kristinas Zeichnung aus dem Tisch gewachsen zu sein schien.

Die Fotografin – guter Gott, er hatte sie vollkommen vergessen! – stand an die Fensterbank gelehnt und beobachtete ihn über den Rand ihres Bechers hinweg. Er prostete ihr dankbar zu und nippte an dem heißen Kaffee. Mechanisch wanderte sein Blick wieder zur Uhr, und gerade als sein Zorn sich aufladen wollte, öffnete sich die Tür und Nikos Stavrous stolzierte mit einem Zettel wedelnd herein. Hinter ihm tauchte ein zweiter Kopf im Türrahmen auf. Michalis Kavadias schob sich an Nikos vorbei in den Raum. Er warf die Berichte der Gerichtsmedizin und Spurensicherung vor Alexandros auf den Tisch.

»Das hier ist kein Mord. Das ist eine Hinrichtung«, sagte er aufgebracht. »Was sind das für Menschen, die so etwas tun?«

»Genau das ist die Frage«, erwiderte Alexandros. »Wer hat das warum getan? Wenn wir den zweiten Teil der Frage beantworten können, sind wir ein gutes Stück weiter.«

»Und warum, zum Teufel?«, fragte Nikos.

Alexandros schürzte die Lippen. »Macht – es geht um Macht. Dominanz. Kontrolle. Manipulation. Um nichts anderes. Meistens jedenfalls.«

»Wie bei uns Polizisten«, konstatierte Michalis. »Nur verwenden wir unseren Status, um andere zu schützen.«

»Jedenfalls sollte es so sein«, brummte Alexandros. »Ich sehe, Junge, ich habe dich nicht umsonst nach Thessaloniki geschickt.«

Michalis' braune Augen glänzten, sein sonnengebräuntes Gesicht überzog sich mit einem rötlichen Schimmer. Er fuhr sich leicht verlegen durch seine blonde James-Dean-Frisur.

Nikos musterte ihn verächtlich. »Kopf oder Zahl. Polizist oder Verbrecher. Zwei Seiten einer Münze. Kommt lediglich auf den Wurf an.«

»Vereinfacht ausgedrückt, ist das vielleicht nicht einmal die schlechteste Definition«, meinte Alexandros.

»Na, wenigstens etwas.«

»Also, wenn ich das richtig verstehe«, sagte Kristina, »besteht der Unterschied darin, dass bei einem Verbrecher der Schuss nach hinten losgeht?«

Alexandros lachte leise. »So ungefähr.«

»Und wie erklärt es sich dann, dass der eine Polizist und der andere zum Mörder wird?«

»Genau das ist der Knackpunkt.«

Nikos warf einen Blick auf den Zettel, den er noch immer in der Hand hielt, und gab ihn dann an Alexandros weiter. »Ich habe die Fluggesellschaften angerufen. Keine Buchungen auf den Namen Dr. Jannis Mastoras.«

Alexandros nickte. Nichts anderes hatte er erwartet. »Und die Universitäten?«, fragte er.

»Hab ich noch nicht geschafft.«

»Das heißt?«

»Meine Güte, dass ich noch nicht angerufen habe!«

Nach einigen kuriosen Missverständnissen wurde Alexandros Kasantzakis mit dem Sekretariat der Medizinischen Fakultät in Athen verbunden. Anschließend wählte er die Nummer der Universität von Ioannina, und nachdem er sich vorgestellt hatte, bekam er von den Sekretariaten beider Universitäten bereitwillig Auskunft. Dr. Mastoras hatte an besagten Tagen keine Vorträge oder Seminare abgehalten. In keinem der beiden Institute. Wie erwartet. Offenbar hatte der Mann zwei Leben geführt. Ein offizielles und ein zweites, verborgenes. Letzteres auch vor der eigenen Frau. Wenn man davon ausging, dass sie nicht gelogen hatte.

»Die Injektionsnadel … Warum hat er die Kanüle nicht entfernt? Absichtlich hinterlässt ein Täter doch keine Spuren?« Michalis' Frage riss ihn aus seinen Gedanken.

»Nehmen wir einmal an«, sagte Alexandros, »die Kanüle wurde nicht versehentlich steckengelassen. Nehmen wir an, wir sollten sie finden.«

Alexandros war sich fast sicher. Es war kaum anzunehmen, dass der Täter die Nadel versehentlich zurückgelassen hatte. Durch sein Souvenir versuchte er sich mitzuteilen. Freunden, Bekannten, Arbeitskollegen, Ärzten, der Presse, der Polizei, wem auch immer. Die Kanüle hatte nicht nur die Aufgabe gehabt, das Rattengift in den Körper des Toten zu injizieren. Sie erzählte auch ihre ganz eigene Geschichte. Seine Aufgabe bestand darin, die Geschichte zu verstehen. Die Lücken zwischen den Zeilen zu füllen. Oder vielmehr das, was nicht in den Lücken stand, zu deuten.

»Aber wenn wir die Injektionsnadel finden sollten«, bohrte Michalis weiter, »warum hat er sich dann die Mühe gemacht, die Leiche ins Meer zu werfen? Spricht das nicht eher dafür, dass er seine Spuren verwischen wollte?«

»Die Folterspuren … Würgemale … könnte sein«, räumte Alexandros ein. »Mit der Kanüle verhält es sich anders, denke ich.« Er wagte sich einen weiteren Schritt nach vorn. »Vielleicht sollte nicht nur die Injektion mit dem Rattengift entdeckt werden. Vielleicht auch die eigentliche Todesursache.«

»Dass er in Leitungswasser ertrank?«, fragte Nikos.

»Ja. Das Paradoxe daran. Jemanden ins Meer zu werfen, den man zuvor mit Leitungswasser ertränkt. Dem Mörder kann nicht entgangen sein, dass wir Maistros hatten. Ich glaube, der Fundort der Leiche war genau kalkuliert.«

»Ein intelligenter Mörder …«

»Dass jemand mordet, spricht nicht unbedingt gegen seine Intelligenz.«

»Keineswegs«, schaltete sich Michalis ein, hocherfreut über die Gelegenheit, ein Häppchen seines neu erworbenen Wissens einbringen zu können. »Mörder verfügen in vielen Fällen über einen hohen IQ.«

Nikos musterte ihn eindringlich. »Ein bisschen sehr abenteuerlich, meint ihr nicht?«

»Es ist seine Sprache«, sagte Alexandros. »Die Sprache des Mörders. Die Art, wie er vorgeht. Sein Modus operandi. Den müssen wir versuchen zu entschlüsseln.«

»Wenn's weiter nichts ist«, knurrte Nikos.

Alexandros lächelte milde. »Das ist unser Job, mein Lieber. Dafür wurdest du Polizist, oder?«

Nikos' Stirn legte sich in Falten, sein Blick war nun dem eines Boxerhundes nicht unähnlich. »Ich glaube«, sagte er plötzlich kleinlaut, »was die psychologische Kleinarbeit betrifft, darin bin ich wohl nicht sonderlich gut.«

»Jeder hat seine Stärken«, meinte Kristina.

»Danke für die Blumen.«

»Vielleicht solltest du es einfach mal mit etwas mehr Geduld versuchen. Mit dir und den anderen.«

»Wie meinst du das?«

»Es könnte sich durchaus positiv auf deine Arbeit und auch auf deine Umwelt auswirken.«

»Ich habe gefragt, wie du es meinst?!«

»Genau so. Wie ich es sage. Ohne doppelten Boden.«

Nikos' Gesicht bekam die Farbe einer überreifen Tomate. Michalis wechselte einen Blick mit Kristina. Er hüstelte in die hohle Hand, ein nicht sonderlich überzeugender Versuch, das Grinsen zu verbergen.

»Und ich meine es ernst – diesmal«, fügte sie hinzu.

»Kinder, bitte!«, fuhr Alexandros dazwischen. »Das führt doch zu nichts.« Er ärgerte sich, dass er selber das Fundament zu diesem Gefecht gelegt hatte. Derartige Streitigkeiten konnte er im Moment am wenigsten brauchen. Eines war ihm klar: Wenn er sich von einem der beiden würde trennen müssen, würde die Wahl ganz sicher auf die Fotografin fallen. Diese Vorstellung behagte ihm am allerwenigsten. Also knallte er kurzentschlossen die Faust auf den Tisch.

»Hört auf! Schluss mit den Kindereien! Wir sollten unseren Kopf freihalten. Für die Ermittlung!«

»Dann schick die Fotografin weg!«, bellte Nikos.

Alexandros' Blick bohrte sich in Nikos' wütendes Gesicht.

»Wer geht, das bestimme immer noch ich!«

Kristina räusperte sich. »Ich wollte dich nicht beleidigen, Nikos. Ich habe gehofft, diesmal die richtige Frequenz bei dir zu treffen.«

»Du machst es immer noch schlimmer, was!«

»Ich kann nichts dafür, wenn du alles in den falschen Hals kriegst!«

»Und dennoch«, sagte Alexandros, »haben wir soeben einen der seltenen Fälle erlebt, in denen Kommissar Nikos Stavrous eine Schwäche zugibt.«

Stille. Drei verblüffte, auf ihn gerichtete Gesichter.

»Immerhin hat er zugegeben, dass er nicht geschaffen sei für die psychologische Kleinarbeit.« Und mit einem Augenzwinkern: »Was man durchaus als einen Beitrag zur Völkerverständigung einstufen könnte.«

Nikos grinste schief und vergrub die Hände in den Hosentaschen. Wieder was vom Alten gelernt, dachte Michalis. Er deutete auf den kriminaltechnischen Bericht.

»Die Unterwäsche des Opfers …«

»Was ist damit?«

»Könnte doch sein, dass die ebenfalls entdeckt werden sollte?«

Alexandros verzog den Mund und ließ sich in seinem Sessel nach hinten sinken.

»Schwer zu sagen. Um entdeckt zu werden, war sie zu gut versteckt. Um nicht entdeckt zu werden, war das Versteck zu offensichtlich. Ein frisch aufgeworfener Haufen Erde«, er wiegte den Kopf, »das ist immer verdächtig.«

»Oder jemand hat unsere Techniker unterschätzt«, sagte Nikos.

Alexandros Kasantzakis sah noch skeptischer drein.

»Was haltet ihr von den Spermaspuren? Laut Spyros Papadopoulous sind sie kurz vor seinem Tod entstanden.«

»Selbst ist der Mann«, grinste Michalis. »Oder«, sein Gesicht wurde ernst, »jemand hat ihn dazu gezwungen, es sich selbst zu besorgen.«

Nikos atmete hörbar durch. »Ich denke«, schlussfolgerte er, »unser Doktor war entweder schwul, oder es war eine Frau mit im Spiel.«

»Was heißt schwul? Er war verheiratet!«, rief Michalis mit ehrlicher Empörung.

»Wo lebst du eigentlich, Junge?«, konterte Nikos.

Michalis hob lässig die Schultern. »Jedenfalls nicht in solchen Kreisen.«

»Eine Frau als Täterin«, nahm Alexandros Nikos' Gedanken auf, »zumindest als Mittäterin …«

Wenn man die Brutalität bedachte, mit der dieser Mord ausgeführt worden war, erschien das eher unwahrscheinlich. Hingegen wenn man die Besonderheit der Begleitumstände … nun ja, warum sollte eine Frau weniger brutal sein als ein Mann? Was sprach dagegen?

Er musterte Kristina prüfend. Die beiden anderen folgten seinem Blick. Kristina fühlte sich unbehaglich.

»Ich denke«, begann sie vorsichtig, »Frauen morden … verdeckter. Und das mit dem Souvenir … so was passt eigentlich nicht zu einer Frau. Andererseits könnte das Subtile durchaus für eine Frau als Täterin sprechen.«

»Und was ist mit der Körperkraft?«, schaltete sich Nikos ein. »Ganz abgesehen von der Tötungsweise? Allein, um eine Leiche dieser Größe und Schwere vom Auto bis an den Rand der Klippe zu befördern, braucht es einiges an Muskelkraft.«

»Das sehe ich genauso«, bekräftigte Michalis. »Das spricht eher gegen eine Frau. Zumindest als Einzeltäterin. Andererseits die Art, wie er getötet wurde …«

Er hielt inne, strich sich eine blonde Strähne aus der Stirn. Alexandros nickte ihm aufmunternd zu. Michalis suchte nach der richtigen Formulierung. Die Früchte des Fortbildungsseminars. Michalis Kavadias wusste, der Hauptkommissar lauerte darauf, sie zu pflücken.

»Was mich irritiert«, fuhr er fort, »ist die Art der Ausführung. Die ist eher weiblich. Dieser Modus operandi stinkt nach Rache. Nach weiblicher Rache. Und Hass.«

»Es scheint, Junge, du hast was gelernt.« Alexandros gab ein zufriedenes Grunzen von sich.

»Dann sag's doch gleich richtig, Mann!«, fuhr Nikos hoch. Das Wort »Eifersucht« prangte unübersehbar auf seiner Stirn. »Kastration! Dazu brauche ich kein FBI-Seminar. Das Ganze stinkt nach weiblicher Kastrationslust. Auch wenn diesmal nichts dabei abgeschnitten wurde.«

Michalis lehnte sich zufrieden zurück. Nikos stierte ihn unverwandt an. Beide schwiegen.

»Die Körperkraft«, räumte Kristina ein, »die spricht vielleicht … wahrscheinlich gegen eine Frau. Die Brutalität nicht. Männer neigen dazu, Frauen zu unterschätzen. Eine hasserfüllte Frau ist so ziemlich zu allem fähig.«

Nikos fixierte sie mit schmalen Augen. »Also auch zur Kastration?«

»Es gibt genügend Beispiele.«

»Das hast du gesagt! Als Frau!«

»Auch das ist nicht neu.«

»Was?«

»Deine Feststellung.«

»Hm?«

»Mann, Nikos! Steig endlich von der Leitung!« Kristina verdrehte die Augen und wandte sich Alexandros zu, der, in seinem Sessel zurückgelehnt, die Arme vor der Brust verschränkt, die andern beobachtete.

»Es sieht wie ein Sexualverbrechen aus«, sagte sie. »Eine Art Vergewaltigung mit vertauschten Rollen. Außerdem kann ich mir kaum vorstellen, dass ein Mann einem anderen so etwas antun würde. Einer Frau, ja … eine Vergewaltigung, meine ich. Einem Kind. Auch einem Jungen. Aber einem anderen Mann … Nein, nicht auf diese Weise.«

Alexandros konnte es sich nicht erklären, doch plötzlich erschien ihm das Gesicht von Celine Mastora. »Die Giftspritze«, sagte er. »Könnte der Täter – oder auch die Täterin – aus dem medizinischen Bereich stammen?«

Nikos begutachtete seine Fingernägel. »Rattengift und Spritze kann sich doch jeder Normalsterbliche besorgen.«

»Sicher«, räumte Alexandros ein. »Aber wer kommt schon auf die Idee?«

»Ein Sadist«, sagte Michalis. »Mediziner oder nicht, nur ein Sadist würde so etwas tun.«

Wie üblich begann die auf elf Uhr angesetzte Pressekonferenz um fünf nach zwölf. Verdammt, dachte er, Pünktlichkeit ist und bleibt in diesen Breiten ein Fremdwort. Auch in dieser Hinsicht gelang es Alexandros Kasantzakis nicht, sich den Gepflogenheiten seiner Landsleute anzupassen.

Es war bereits eine Stunde verstrichen, ehe die Journalisten der Zeitungen *Kerkyraikón Wíma, Eleftheria* und des englischsprachigen *Corfiot* sowie des örtlichen Rundfunks und Fernsehens, *Corfu-Channel*, eintrafen und sich um den Besprechungstisch verteilten, ein jeder mit dem von der Polizeikasse spendierten obligaten Plastikbecher Kaffee. Nach ungefähr einer Stunde hatte er die Journalisten informiert. Nur die Spermaspuren ließ er unerwähnt. Ebenso den Verdacht auf gewisse sexuelle Praktiken.

Alexandros beugte sich über seinen Schreibtisch und griff nach dem Telefon. Er wählte die Nummer von Celine Mastora. Sie war sofort am Apparat. Er kündigte seinen Besuch für zwei Uhr an. Es schien ihm auf einmal effektiver, das Verhör in ihrem Haus fortzusetzen. In ihren eigenen vier Wänden würde die Dame vielleicht etwas kooperativer sein. Nikos und Michalis wollten weitere Telefonrecherchen zum Thema Rattengift und Injektionsspritze durchführen. Die Liste der Apotheken war noch lange nicht abgearbeitet. Außerdem wollten sie sich alle Arztpraxen vornehmen, sie nach eventuellen Auffälligkeiten befragen.

Kristina Tzavrou hatte um drei einen Termin in der Kunstgalerie. Alexandros wusste, dass sie für den Sommer eine Ausstellung vorbereitete. Sie hatte ihm davon erzählt. Er dachte, dass er sie am liebsten zu Celine Mastora mitnehmen würde. Aber sie überreden, nein, das ging natürlich zu weit. Er konnte nicht einfach über die Zeit der Fotografin verfügen. Außerhalb der polizeilichen Fototermine und Bereitschaftszeiten hatte Kristina frei. Da ging sie ihre eigenen Wege. Und die führten sie verständlicherweise nicht unbedingt in die Astynomia. Ohnehin – und auch das wusste er – hatte er das Konto ihrer Zeit bereits weit überzogen.

Nun warf er einen verstohlenen, in der Tat jedoch höchst zufriedenen Blick zum Beifahrersitz, auf dem die Polizeifotografin saß und hinaus auf die vorüberfliegende Landschaft schaute. Wie nicht anders zu erwarten, hatte sie sich zunächst gesträubt, als er sehr behutsam um eine Verschiebung ihres Termins in der Kunstgalerie bat.

Kristina Tzavrou fühlte sich durch das Vertrauen des Hauptkommissars geehrt. Alexandros Kasantzakis hatte weder Nikos oder Michalis noch einen anderen Polizisten gebeten, ihn zu der Witwe zu begleiten. Nun fragte sie sich, wie er wohl seine Entscheidung vor den anderen rechtfertigen würde. Wenn es lediglich darum ging, zur Vernehmung einer weiblichen Person eine Frau hinzuzuziehen, hätte er eine der Polizistinnen mitnehmen können.

Alexandros riskierte einen zweiten verstohlenen Blick auf das aparte Profil seiner Beifahrerin und fragte sich, wie dumm ein Mann sein musste, eine Frau wie Kristina zu verlassen. Er wusste, dass sie verheiratet gewesen war und eine Tochter hatte, etwas älter als seine eigene. Ihren geschiedenen Mann kannte er vom Sehen. Er war beiden einige Male in der Stadt begegnet. Dabei war ihm Kristinas Nervosität von Mal zu Mal mehr aufgefallen. Er hatte gespürt, dass etwas zwischen ihnen nicht stimmte. Irgendwann hatte er dann den Mann mit der anderen gesehen. Richtig, bei einem Konzert in der Alten Festung. Kristinas Mann hatte seinen Arm um die Schulter der fremden Frau gelegt. Alexandros hatte rasch weggeschaut. Die Rolle des geheimen Zaungastes einer Tragödie hatte ihm nicht behagt.

»Hast du eigentlich noch Kontakt zu deinem Ex?«

»Kaum.« Und nach einer Pause: »Ist auch besser so.«

Alexandros nahm die mühsam zurückgehaltene Erregung in ihrer Stimme wahr. Er beschloss, das Thema zu wechseln. »Du hast lange nichts mehr von deiner Tochter erzählt«, begann er etwas unbeholfen.

»Theano. Sie studiert in Athen und leidet unter chronischem Geldmangel.« Der Wagen schlingerte, als Alexandros einem Schlagloch auswich. »Damit weißt du, warum ich so fleißig für euch fotografieren muss.«

Alexandros lachte. »Ich weiß, wovon du sprichst. Meine Kleine frisst mir die Haare vom Kopf, wobei sie selber immer dünner wird.«

»Wie alt ist deine Tochter jetzt eigentlich?«

»Fünfzehn – und bildhübsch.«

Kristina konnte sich ein Lächeln nicht verkneifen. Die Eitelkeit der Väter. Andreas war nicht anders gewesen. Geholfen hat es ihrer Ehe wenig.

»Parthenopy kommt gerade mit ihrer Klasse von Santorini zurück«, fügte Alexandros stolz hinzu. »Und was studiert deine Tochter?«

»Sprachen. Deutsch und Italienisch.«

Alexandros grunzte anerkennend.

»Theano will Übersetzerin werden. Simultandolmetscherin. Das Zeug dazu hat sie. Die Chuzpe ebenfalls. Weiß Parthenopy schon, was sie nach der Schule machen will?«

»Parthenopy will vieles. Zur Zeit ist Psychologie angesagt.« Er grinste. »Glaube ich wenigstens.«

»Und Alekos, dein Sohn?«

Alexandros' Miene verhärtete sich. Er drückte aufs Gaspedal, der Wagen schoss vorwärts. »Der geht seinen Weg. Hoffe ich.«

Kristina wunderte sich über den Wechsel in Alexandros' Körpersprache, über seine schroffe Antwort. Sie beschloss, das Thema nicht weiter zu vertiefen.

Während sie noch darüber nachdachte, kam ihnen in einer der unzähligen engen, durch wilde Vegetation unüberschaubaren Kurven, die sich durch Potamos hindurchwanden, ein weißes Mercedes-Sportcabriolet mit überhöhter Geschwindigkeit entgegen. Geistesgegenwärtig riss Alexandros das Steuer herum und wich zum Rand der Straße hin aus. Der Mercedes bremste kreischend und kam nur wenige Meter vor ihnen auf der anderen Straßenseite zum Stehen. Seine Scheinwerfer blinkten auf, und als sie an ihm vorbeifuhren, erkannte Kristina, wer hinter dem Steuer saß. Alexandros bremste. Er setzte rückwärts und brachte den Alfa längsseits des anderen Wagens zum Stehen.

»Wow, seit wann hast du ein neues Auto?«, rief Kristina über den Kommissar hinweg durch das heruntergekurbelte Fenster.

»Das hätte ins Auge gehen können«, sagte Alexandros.

»Ich weiß, was ich mir und meinem Wagen zumuten kann, Kommissar.« Kyra Damianidi lächelte. »Insbesondere mir.«

Alexandros hob den Finger zu einer scherzhaften Drohgebärde. Kyra Damianidi strahlte ihn mit entwaffnendem Lächeln an. Kristina entging nicht, wie beeindruckt Alexandros von ihrer Freundin war. Sie biss sich auf die Lippe und überlegte amüsiert, wie sich wohl Kyras Beruf und die konservative Einstellung des Hauptkommissars miteinander vertragen würden.

»Und im Übrigen«, hörte sie ihn sagen, »sollten Sie sich anschnallen. Wäre jammerschade um ein so ansehnliches Gesicht.«

Lächelnd und ohne Alexandros Kasantzakis aus den Augen zu lassen, griff Kyra Damianidi über die Schulter nach dem Gurt. Sie zwinkerte Kristina zu und fuhr ohne ein weiteres Wort davon. Alexandros gab Gas, sie setzten ihre Fahrt schweigend fort, ein jeder in seine eigenen Gedanken versunken.

»Ich kenne deine Freundin«, durchbrach Alexandros das Schweigen. »Ich bin ihr schon einmal begegnet.« Er trommelte mit den Fingern auf dem Lenkrad. »Ich weiß genau, dass ich sie kenne …«

Er hörte Kristina neben sich kichern. Er warf ihr einen verblüfften Blick zu.

»Sag mal, was gibt es da eigentlich zu lachen? Du glaubst doch nicht …?«

Ja, was glaubte sie eigentlich? Was dachte sie von Männern in seinem Alter? Er war doch kein eingetrockneter Knochen! Noch nicht! Noch war er ein guter Jahrgang.

»Wenn du Kyra Damianidi näher kennen würdest, dann wüsstest du auch, woher.« Sie lächelte sein Profil an. »Aber ehrlich gesagt, kann ich mir das beim besten Willen nicht vorstellen.«

»Du traust mir also nicht zu, eine schöne Frau zu kennen?«

»Eine schöne Frau, vielleicht … ganz sicher«, korrigierte sie sich. »Aber nicht Kyra. Die ist nicht nur schön. Die hat noch ganz andere Qualitäten.«

»Und die wären?«

Kristina gluckste in sich hinein und begann erneut zu lachen. Er warf ihr einen scharfen Blick zu, konzentrierte sich dann aber sofort wieder auf die Straße.

»Kyra besorgt es gewissen Männern. Gegen gute Bezahlung.«

Alexandros schüttelte ungläubig den Kopf. »Eine Hure! So was!«

»Damit verdient sie ihre Brötchen.«

»Nette Brötchen.« Er dachte an das weiße Sportcabriolet. »Und offensichtlich reichhaltig belegt.«

»Wie man sieht.«

»Und wo betreibt deine Freundin ihr Gewerbe?«, fragte er, bemüht, seinen Worten einen beiläufigen Anstrich zu verleihen.

Kristina unterdrückte ihr Lachen, atmete tief durch und schaute aus dem Seitenfenster hinaus auf die Villen von Potamos. Es war köstlich, geradezu grotesk, ausgerechnet mit Hauptkommissar Alexandros Kasantzakis dieses Thema zu diskutieren.

»Kyra«, erklärte sie, »besitzt ein Haus. In einem einsamen, verwilderten Gelände außerhalb der Stadt.«

»Warst du mal dort?«

»Ich weiß, wie man hinkommt.«

Nachdem sie ihm erklärt hatte, wo das Haus sich ungefähr befand, verbrachten sie den Rest der Fahrt schweigend. Alexandros nahm kaum wahr, dass sie vor dem Haus der Mastoras ankamen. Die Erinnerung an die Begegnung mit Kyra Damianidi hatte seine Gedanken gefangen genommen und seine strategischen Überlegungen für das bevorstehende Gespräch mit der Witwe unterbrochen.

Das Verhör von Celine Mastora war zu seiner Zufriedenheit abgelaufen. Obwohl sie nicht einen Moment die Haltung verlor, hatte es sie sichtlich getroffen, dass ihr Mann an den betreffenden Tagen weder auf einem Flug der beiden Gesellschaften, die zwischen Korfu und Athen verkehrten, gebucht war, noch irgendwelche Termine in den Universitäten von Athen und Ioannina hatte. Ihr Erstaunen schien echt. Alexandros nahm ihr ab, dass sie nichts davon wusste.

Die Frage nach ihrem Alibi für den vom Gerichtsmediziner festgelegten Zeitraum des Mordes konnte sie umfassend und mit detaillierten Zeitangaben beantworten. Sie hatte sich sowohl am Dienstag wie auch am Mittwoch mit diversen Menschen getroffen, die allesamt bereit und in der Lage waren, ihre Angaben zu bestätigen. Alexandros fiel auf, wie gut Celine Mastora auf diese Frage vorbereitet war. Hingegen verstrickte sie sich in Widersprüche, was das Heroin im Blut ihres Mannes betraf. Endlich gab sie auf. Eine Ahnung, ja, die hätte sie gehabt. Wirklich gewusst hätte sie es nicht. Das Heroin ließ ihn vergessen. Etwas, das ihn bedrückte. Sehr bedrückte. Doch sie wollte Jannis nicht verraten. Nicht mehr jetzt. Wo er sich nicht mehr wehren konnte. Deshalb hatte sie nichts von dem Heroin gesagt.

Alexandros Kasantzakis hielt direkt vor dem Eingang der Parkanlage zur Städtischen Kunstgalerie. Kristina, die Hand schon am Türgriff, wandte sich ihm zu.

»Ich halte sie für unschuldig. Vielleicht kennt sie sein Geheimnis. Aber den Mord …«, sie schüttelte langsam den Kopf, »nein, den hat sie nicht begangen. Ich kann es mir nicht vorstellen.«

Alexandros schürzte die Lippen. »Aber was für ein Geheimnis könnte das gewesen sein? Seine sexuellen Vorlieben? Hat er seine Neigung durch Opiate verdrängen wollen?«

»Es sieht aus«, überlegte Kristina, »als hätte Doktor Jannis Mastoras neben seiner Ehe ein anderes Leben geführt. Und vielleicht gab es in diesem zweiten Leben jemanden, dem er vertraute. Bedingungslos vertraute. Der mehr über ihn wusste als seine eigene Frau.«

»Bedingungsloses Vertrauen …«

»Hat nicht jeder zum eigenen Ehepartner.«

Alexandros musterte sie prüfend. »Und wie kommst du darauf? Ich meine, auf den großen Unbekannten?«

Kristina erwiderte seinen Blick. »Ist nur so ein Gefühl. Ein Bauchgefühl.«

»Ein Bauchgefühl. Nichts Konkretes?«

Kristina sah ihn an. »Nenn es weibliche Intuition, wenn du willst.«

Das Sekretariat war unbesetzt. Seine Sekretärin hatte sich den Nachmittag für einen Arztbesuch freigenommen, was Alexandros völlig verdrängt hatte. Also ging er durch die Verbindungstür in sein eigenes Zimmer hinüber, um im Stehen die Posteingänge zu sichten. Nun ja, die Wellen bürokratischer Papiersucht schwappten allmählich auch ins Land der Hellenen herüber. Kurzentschlossen warf er alles auf den »Kompost«, einen stetig anwachsenden Papierberg »zur Bearbeitung«. Wenn er Glück hatte, würde der Berg vielleicht eines Tages von sich aus zerfallen.

Wieder draußen auf dem Gang rannte ihn eine der jüngeren Polizistinnen fast um. Alexandros hielt sie am Handgelenk fest. Es war die Niedliche mit dem Zopf.

»Sie haben nicht zufällig Nikos und Michalis gesehen?«, fragte er.

»Die sind losgefahren. Beide. Richtung Paleo. Nikos hat einen Tipp bekommen.«

»Drogen?«

Die Polizistin nickte. »Ein grauer Nissan. Laut Aussage des Informanten.«

»Zuverlässige Quelle?«

»Schien so. Nikos jedenfalls glaubt es. Er fuhr sofort mit Michalis los.«

Zurück in seinem Büro wählte er die Nummer des Einsatzwagens. Nach zwei Rufsignalen war Michalis am Apparat.

»Nichts«, antwortete er auf Alexandros' Frage. »Ein Blindgänger. Bis jetzt jedenfalls.«

»Und im Mordfall Arillas? Was Neues?«

»Panagiotis war noch einmal dort. Er hat auf der Klippe eine Reifenspur entdeckt.«

»Eine Reifenspur?«

»Vielleicht rufst du ihn selbst mal an?«

Panagiotis war sofort am Apparat. »Endlich, Alex! Ich hab schon auf deinen Anruf gewartet.«

»Michalis sagt, du hast was gefunden?«

»Eine Reifenspur. Genauer: die Überreste eines relativ gründlich verwischten Abdrucks. Wir hatten Spuren unterschiedlichster Fahrzeuge gefunden. Doch über diese eine Spur wurde mit der Hand gewischt.«

»Das heißt, jemand wollte seine Anwesenheit dort vertuschen.«

»Vermutlich. Jedenfalls hat dieser Jemand gründliche Arbeit geleistet. Weitere Spuren dieses Reifentyps haben wir nämlich nicht gefunden.«

»Es gibt nur einen einzigen verwischten Abdruck?«

»Von diesem speziellen Typ, ja.«

»Kannst du schon etwas über den Reifentyp sagen?«

»Wir sind dran, Alex.«

»Irgendwelche Fingerabdrücke?«

»Keine. Er trug Handschuhe. Er hat die Spur mit der rechten Handkante verwischt. Bodenkontakt vom Handballen bis unterhalb der Kuppe des kleinen Fingers. Eine kräftige Hand. Relativ lange Finger.«

»Rechtshänder also.«

»Vermutlich.«

»Männlich? Weiblich?«

»Für eine Frau ein bisschen zu groß. Und zu kräftig, würde ich sagen.«

»Was ist mit Fußabdrücken?«

»Zwölf verschiedene Paare. Davon drei eindeutig von Kindern. Bleiben neun. Stiefel, Sportschuhe und Schuhe ohne Profil. Vermutlich fünf Herren-, vier Damenschuhe. Diese neun lassen wir vom Computer auswerten. Ich ruf dich an, sobald wir etwas Neues haben.«

Alexandros bedankte sich und legte auf.

Dann machte er sich an seinen Bericht. Das Verhör von Celine Mastora füllte drei DIN-A4-Seiten. Er zog die Kassette des ersten Verhörs aus dem Rekorder und trug sie mit dem handgeschriebenen Bericht hinüber ins Sekretariat. Er schrieb einen Gruß auf den Notizblock seiner Sekretärin und trat gerade auf den Flur hinaus, als das Telefon in seinem Zimmer läutete.

»Ein Dunlop SP Sport 9000 an einem geländetauglichen Wagen«, erklärte Panagiotis.

»Bist du sicher, PP?«

»Was den Reifen angeht, ja. Für den Geländewagen sprechen die Straßenverhältnisse auf der Klippe. Die sind mit einem normalen PKW kaum zu bewältigen. Außerdem muss es ein geräumiges Fahrzeug gewesen sein, wenn man die Körpergröße des Toten bedenkt.«

»Ein Kombi?«

»Möglich. Sofern er Allrad hat. Oder ein Jeep. Nach der Profiltiefe des Abdrucks zu urteilen, ein schwerer Wagen.«

»Dann gebe ich die Fahndung raus?«

»Von meiner Seite keine Bedenken. Viel Glück.«

»Danke, PP. Gute Arbeit.«

Einen alten Beatles-Song vor sich hin pfeifend, hockte sich Panagiotis Peskalis an seinen Computer, rieb sich die Hände und vertiefte sich wieder in die Auswertung seiner Schuhabdrücke. Er mochte seine Arbeit. Nach einem Lob des Hauptkommissars liebte er sie geradezu.

Die Abendnachrichten auf *Corfu-Channel* brachten, neben hübsch aufgemachten Strandbildern, die Fahndung nach einem größeren Geländewagen oder Kombi mit Allradantrieb. Das Werbefoto eines Reifens der Marke Dunlop SP Sport 9000 wurde eingeblendet. Auszüge der Pressekonferenz, willkürlich zusammengeschnitten, ein Statement des Fahndungsleiters, Hauptkommissar Alexandros Kasantzakis, eine zusammenfassende Wiederholung beider Moderatoren im Wechsel. Die Zeitungen würden die Fahndung nach dem Wagen erst am folgenden Tag bringen.

Alexandros hatte für den frühen Dienstagmorgen eine Besprechung in seinem Büro angesetzt. Eines war ihm klar geworden: Sie mussten sehr viel konzentrierter an den Fall herangehen als bisher. Häufiger miteinander reden. Gedanken laut aussprechen. Auch mit dem Risiko, dass die anderen über einen herfielen. Zu Anfang einer Mordermittlung waren alle Gedanken zugelassen. Alle Ideen, waren sie auch noch so abwegig. Insgesamt sollten sie einen stärkeren Teamgeist entwickeln. Sonst drohte die Ermittlung auseinanderzudriften. Und sie mussten versuchen, aus dem wenigen Material, das sie hatten, ein Täterprofil zu erstellen.

Nun würde er erst einmal nach Hause fahren und zum Essen einen guten Wein trinken. Er wollte gerade in seinen Alfa steigen, als er die junge Polizistin mit dem Zopf aus dem Gebäude stürzen sah. In der hocherhobenen Hand einen Zettel wedelnd, steuerte sie geradewegs auf ihn zu.

»Tut mir leid, Hauptkommissar. War in der allgemeinen Post gelandet«, keuchte sie. »Ist an Sie adressiert. Erst als ich das las, habe ich auf den Umschlag geschaut. Klingt ein bisschen … abseitig, nicht?«

Alexandros starrte auf die wenigen Zeilen. Dass mit der Schrift etwas nicht stimmte, erkannte er auf den ersten Blick.

»Kein Absender?«, fragte er.

Die Polizistin lachte. »Wundert Sie das? Bei jemand, der so etwas schreibt?«

Alexandros studierte den Zettel von allen Seiten. »Haben Sie den Umschlag noch?«

»Sicher.«

»Stand da was drauf?«

»Nur Ihr Name und die Adresse der Astynomia.«

»Die gleiche Schrift?«

»Wie die auf dem Zettel, ja.«

»Tun Sie mir einen Gefallen, *copella*?«

»Jeden.« Sie lächelte verschmitzt.

»Bringen Sie Umschlag und Zettel rüber zu Panagiotis ins

Labor. Sagen Sie ihm, ich ruf ihn heute Abend an. Sagen Sie ihm, es ist wichtig!«

Ein plötzlicher Eifer erfasste die junge Polizistin. Auf einmal schien sie zu begreifen. »Das hat mit dem Arillas-Mord zu tun, oder?«

Doch Alexandros Kasantzakis antwortete nicht. Er starrte auf den Zettel in seiner Hand und las zum dritten Mal die mit kindlich großen Lettern gemalten Worte:

Dort, wo die Erde herunterfällt,
werdet ihr der
Vogelfrau begegnen.
Und Nemesis die Göttliche
wird die
Seelen der Toten
rächen.
Auf Gedeih und Verderb
der Lebenden.

Mit schweren Schritten nähert sich der Mann der Küche. Er verharrt in der offenen Tür, betrachtet die Frau, die reglos am Tisch sitzt. Auf dem Holzbord gegenüber läuft der Fernseher. Die allabendliche Comedyserie. Bunt. Schrill. Laut. Hysterisches Gelächter vom Band. Auf der erkalteten Herdplatte eine Kasserolle mit Pastiziada. In der Hand des Mannes eine zusammengefaltete Zeitung. Rindfleisch mit Nudeln in Tomatensauce ist normalerweise sein Leibgericht.

Mit leeren Augen, die Schultern ein wenig nach vorn gezogen, stiert die Frau auf die in rasantem Wechsel flimmernden Fernsehbilder.

Der Mann lehnt am Türrahmen. Eine Statue, denkt er: Eine lebende weiße Marmorstatue.

Es vergeht eine Weile, bis sie den Kopf hebt, ihn ansieht. Ihr Blick bohrt sich in seine Augen. Tief in seine Seele, dort, wo er verletzlich ist.

Er geht zu ihr hinüber. Faltet die Zeitung auseinander, breitet sie wie eine Opfergabe vor ihr auf dem Tisch aus. Ihre Augen, auf sein Gesicht geheftet, lassen ihn nicht frei. Ein Gefangener ihres Blickes, ist er unfähig zu entkommen. Endlich löst sie den Blick von ihm, senkt ihn auf die Zeitung. Als sie wieder aufsieht, findet er etwas Neues darin. Etwas, das er nicht an ihr kennt. Das er nicht einordnen kann. Auch nicht in die Welt des Todes, in der sie jetzt beide leben.

Der Bericht steht auf der ersten Seite. Die Überschrift prangt fett gedruckt. Um das Geschriebene herum ein Mosaik von Bildern. Fotografien unterschiedlicher Größen in Schwarzweiß und Farbe.

Der Arillas-Mord!

»Manchmal hat der Herr ein Einsehen«, sagt Irinis Vater.

Die Frau starrt ihn an. In ihren Augen liest er jetzt Angst. Er weiß nicht, wie er dieser Angst begegnen soll. Sie schüchtert ihn ein. Macht ihn schweigen. Er wendet sich ab, geht hinüber zum Kühlschrank. Nur noch eine Flasche Bier. Eiskalt. Er öffnet sie mit den Zähnen. Spuckt die Kappe auf den Boden. Lässt sich auf einen der Stühle fallen, ihr gegenüber. Ihr Blick trifft ihn wie eine Stahlklinge. Er hört den Stuhl knarren unter seinem Gewicht. Er setzt die Flasche an die Lippen. Trinkt mit geschlossenen Augen. Einen langen, kräftigen Zug. Ganz mit sich allein.

Als er die Augen öffnet, begegnet er ihrem dunklen Blick. Etwas anderes ist jetzt darin. Etwas, das sie voneinander trennt.

Sie erschauert. Ein Beben, das plötzlich ihren Körper durchfährt. Ihr Blick rastert sein Gesicht ab. Er liest die Frage in ihren Augen. Eine einzige stumme Frage. Keine Anklage. Nur ein ungeheurer Verdacht.

Er sieht sie lange an. Dann schüttelt er den Kopf: »Ich wollt, ich wär's gewesen. Abgestochen hätt ich ihn wie ein Schwein.«

Sie senkt den Kopf, legt das Gesicht in ihre Hände. Er sieht zu, wie ihre Schultern beben. Jetzt, da ihr Blick von ihm genommen ist, ist er vielleicht fähig, ihr zu helfen. Seine Hand löst sich von der Bierflasche, schiebt sich über den Tisch, ihr entgegen, berührt ihren Arm. Gleich einer Schildkröte, die sich bei Gefahr in ihr Gehäuse zurückzieht, weicht seine Hand zurück. Er hält die Berührung nicht aus. So kalt und fremd ist ihm die Frau geworden. Er denkt an seine Tochter.

Der Mann, der Irini getötet hat, ist tot. Doktor Jannis Mastoras ist gerichtet worden. Die Zeitung macht seinen Tod offiziell. Zu einer öffentlichen Angelegenheit. Endlich kann Irinis Vater sein Wissen mit anderen teilen. Endlich ist er nicht mehr allein mit diesem Wissen, das ihn nicht freispricht von seinem Hass, den Gedanken der Rache.

Er hatte ihn sofort erkannt. Als er dort lag. Nackt. Zwischen den Algen.

Er hatte sich zu den wenigen Gaffern dazugestellt, die tuschelnd die Polizisten beäugten. Er hatte nicht getuschelt. Er hatte nur dagestanden und geschwiegen. An jenem Nachmittag. Diesem heißen Nachmittag nach der Beerdigung. Als er die hundertzweijährige buckelige Sophia Korakianiti mit dem Auto nach Hause brachte. Sophia, die nicht davon abzubringen gewesen war, Irini auf ihrem letzten Weg zu begleiten. Es war reiner Zufall gewesen, dass er den Fischer getroffen hat. Er mag ihn nicht besonders. Diesen Jannis Bardis. Dennoch. Sie hatten über den Tod gesprochen. Er von dem seiner Tochter. Der andere von dem eines Unbekannten am Strand. Jannis hatte den Leichnam am Morgen gefunden. Zusammen mit seinem Freund Odysseas.

Er war dann den steilen Abhang zum Strand von Gremoulia hinabgestiegen. Und dort, zwischen den Algen, sah er ihn liegen. Um ihn herum Polizisten in Zivil. Einige in Uniform. Eine junge Frau, die auf dem Sand kniete und fotografierte.

Er ist sich sicher, niemand hat ihn bemerkt. Er war ja nur einer der Gaffer.

Er starrt auf die Bierflasche in seinen Händen. Erinnert sich an die Ruhe, die ihn dort unten am Strand erfasst hat. Diese seltsame, träge Ruhe … wie dickflüssiges Öl …

Im Fernsehen beginnen die Abendnachrichten.

Eine Moderatorin in Olivgrün und kastanienfarbener Lockenfrisur, ein Moderator mit schütterem Haar im grau gestreiften Anzug und roter Krawatte kommentieren im Wechsel den Mord von Arillas. Kameraschwenk über die Häuser des Dorfes. Die Strandkurve unterhalb der Klippe. Fischer über ein Boot gebeugt. Kameraschwenk hinauf zur Klippe. Der Leuchtturm. Tiefe Furchen im Lehm. Fuß- und Reifenabdrücke. Das Werbefoto eines Autoreifens wird eingeblendet. Danach mehrere Fahrzeuge in rascher Folge. Geländewagen, Kombis verschiedener Hersteller. Jemand von der Polizei, ein älterer Kommissar mit Schnurrbart, der in die Kamera spricht. Pressekonferenz. Fragen. Antworten. Eine Spritze. Eine knappe Zusammenfassung, von den Moderatoren abwechselnd gesprochen. Schnitt. Wieder die Küstenlinie von Arillas. Wieder die Algen. Sanft heranrollende Wellen, die am Ufer brechen. Sonnenuntergang hinter dem Leuchtturm.

Mit dumpfem Blick verfolgt Irinis Vater die Bilder. Die Frau hat sich wieder in sich selbst zurückgezogen. Er erkennt es an ihren leeren Augen, den ein wenig nach vorn gezogenen Schultern. Ihr Blick, auf den Fernsehschirm geheftet, ist jetzt blind. Ihre Ohren sind taub.

Er beneidet sie. Um diese Auszeit. Die sie von einem Augenblick zum andern vergessen macht. Unerreichbar. Wenn auch nur für kurze Zeit.

»Die Hunde sind noch nicht gefüttert«, rief ihm Eleny über die Schulter zu. »Und Wasser brauchen sie auch.«

Alexandros stand schnuppernd in der Küchentür, während seine Frau mit ihren Töpfen hantierte.

»Hm, duftet nach …«

»Kotópoulo in Ávgolémono mit Reis. Kannst du dich um die Hunde kümmern?«

Wer hat behauptet, Frauen wären keine Sklaventreiber? Grummelnd holte Alexandros das Trockenfutter aus der Vorratskammer und trottete mit dem Sack in der Hand zum Gartentor. Weiber!, dachte er. Verlocken einen mit Hühnchen in Eierlimonensauce, dass einem vom Duft allein schon Sehen und Hören vergeht, und schicken einen im gleichen Atemzug mit Hundefutter vor die Tür.

Zwei der Straßenköter kamen sofort angerannt, als sie ihn mit dem Sack herauskommen sahen. Sie bedrängten ihn, stupsten ihre feuchten Schnauzen zärtlich gegen seine Knie. Er tätschelte ihnen die Köpfe, sprach leise auf sie ein und rief sie mit den Namen, die er ihnen gegeben hatte. Auf dem Fußweg entlang des Gartenzauns unterhielten die Kasantzakis ebenso wie ihre Nachbarn eine Fress- und Trinkstation für herrenlose Hunde. Kaum hatte er das Trockenfutter in eine der Schüsseln geschüttet, machten sie sich darüber her. Er nahm die andere Schüssel und hielt sie unter den Gartenschlauch. Dann lehnte er sich an den Zaun und schaute zu, wie die Hunde fraßen und ihren Durst löschten.

Sein Blick wanderte weiter, hinüber zum Wasser. Eine der Minoan-Fähren verließ den Hafen Richtung Italien. Majestätisch glitt das Schiff vorüber, eine schwimmende Kleinstadt. Wind kam auf. Eine streichelnde, sanfte Brise aus Südost. Purpurne Wolkenschlieren zeichneten bizarre Formationen in den fahlblauen Himmel und bestrichen das Wasser in Pastell. Wie ein vom Wind bewegtes Seidentuch begann das Meer sich zu kräuseln. Alexandros sog die warme Luft ein. Er spürte einen leichten Druck im Kopf. Noch keinen Schmerz. Doch der würde nicht lange auf sich warten lassen. Eine Wetterveränderung deutete sich an. Er schloss das Gartentor und ging zurück zum Haus.

Das Hühnchen war, wie nicht anders erwartet, phantastisch. Zur physischen und seelischen Abrundung gönnte er sich noch einen Myrtenlikör, ebenfalls aus Elenys Küche. Er legte Dvořáks neunte Symphonie, *Aus der Neuen Welt*, auf und stellte sich mit dem Gläschen in der Hand ans Fenster. Diese Symphonie erweckte in ihm die Erinnerungen an seine Kindheit in Amerika. Heitere, unbeschwerte Erinnerungen. Der Musik lauschend, betrachtete er versonnen den amethystfarbenen Likör. Zwei Myrten schwammen an der Oberfläche.

Er hob das Glas an die Lippen und trank es in einem Zug leer. Er sah aus dem Fenster. Im Garten wippten die Zweige der Obstbäume im Wind. Die kabbelige See zeigte bereits erste Schaumkronen. Zerfasernde Wolkengebilde jagten über einen aschfarbenen Himmel. Schäfchen, dachte er. Das Meer hat Schäfchen. Rasch brach die Dämmerung herein. Die Lichter der Stadt meißelten sich aus der beginnenden Dunkelheit heraus.

Zehn Minuten später war es Nacht.

Mit geschlossenen Augen ließ er den letzten Ton der *Neuen Welt* verklingen, kostete den Nachhall des Klanges aus im Augenblick der Stille. Sekunden verstrichen, dann erst öffnete er die Augen. Er stellte das Glas zur Seite und griff zum Telefon. Er überlegte einen Moment mit dem Hörer in der Hand und wählte schließlich die Nummer des Labors. Es dauerte eine Weile, bis jemand abhob. Er wollte schon auflegen, als eine ihm unbekannte Stimme sich meldete. Nachdem er sein Anliegen vorgebracht hatte, wurde die Muschel mit der Hand abgedeckt, und er hörte die gedämpfte Stimme des jungen Mannes nach Panagiotis Peskalis rufen.

Kurz darauf war Panagiotis am Apparat.

»Nichts. Keine Fingerabdrücke. Weder auf dem Zettel noch auf dem Umschlag. Aber die Schrift, die ist interessant. Da hat offensichtlich einer versucht, die Schrift eines Kindes nachzumachen.«

»Nachzumachen?«

»Der Schreibfluss ist mehrmals unterbrochen worden. An dafür unüblichen Stellen. Der Stift, ein Kugelschreiber, wurde unterschiedlich stark aufgedrückt. Beides in einer Weise, wie ein Kind es nicht tun würde.«

»Woher willst du wissen, wie ein Kind einen Stift führt?«

»Es gibt Erfahrungswerte. An denen orientiere ich mich. Außerdem, mal ehrlich, Alex, würde ein Kind einen solchen Schwachsinn schreiben?«

»Soll ich das als eine kriminalistisch ausgereifte Frage verstehen?«

»Versteh es, wie du willst«, lachte Panagiotis. »Ich für meinen Teil gehe jetzt jedenfalls nach Hause. Mein Bett schreit schon seit Stunden nach mir.«

»Und deine Frau?«

»Hoffentlich schon länger!«

Alexandros lachte.

»Sag mal, woher willst du das eigentlich wissen? Ich meine, dass da jemand seine Schrift verstellt hat. Könnte es nicht ebenso die unausgegorene Schrift eines Erwachsenen sein?«

»Können könnte alles, Alex. Aber ich glaube nicht daran. Die Schrift wirkt künstlich.«

»Okay. Vergiss die Besprechung nicht. Morgen um zehn in meinem Büro. Ich hätte dich gern dabei.«

»Soll ich das als eine besondere Ehre verstehen?«

»Versteh's, wie du willst, PP. Aber sei pünktlich.«

»Erwartest du etwas anderes, Hauptkommissar?«

Das Klingeln des Telefons riss ihn aus dem Schlaf. Als er im Dunkeln nach dem Telefonhörer griff, fiel der Apparat scheppernd zu Boden. Wie benommen hockte er auf der Bettkante, den Hörer in der Hand. Vom anderen Ende der Leitung versuchte eine Stimme zu ihm vorzudringen.

»Alexandros … verdammt, Alex … tut mir leid, wenn ich dich geweckt habe. Aber es ist wichtig!«

Er gähnte. »Wie spät ist es?«

»Halb zwei«, sagte Nikos Stavrous. »Du musst herkommen, Alex. Sofort!«

»Wohin?«

»Kalami. Ostküste. Kennst du das Fischrestaurant unten am Strand?«

Mit einem Schlag war Alexandros wach. Ein leiser Schmerz pulsierte in seiner Schläfe. »Was ist passiert?«

»Ein anonymer Anrufer hat uns etwas Gespenstisches gemeldet. Hab mir zwei Mann vom Nachtdienst geschnappt und bin sofort losgefahren. Was wir hier vorgefunden haben, musst du dir ansehen.«

Alexandros fuhr in Hemd und Hose. Um Eleny nicht zu wecken, machte er kein Licht. Sie bewegte sich und murmelte etwas, das er nicht verstand.

»Schlaf weiter. Ich muss noch mal los«, flüsterte er.

Sie grummelte so was wie »schrecklicher Beruf«, dann hörte er wieder ihre gleichmäßigen Atemzüge. Er band sich die Schuhe zu. Ach, ich liebe meinen Beruf, dachte er grimmig und konnte sich doch gar keinen anderen vorstellen.

Im Bad spritzte er sich kaltes Wasser ins Gesicht, fuhr sich mit nassen Fingern durch die Haare, ließ das Wasser über die Pulsadern fließen. Er nahm sich eine Dose Cola aus dem Kühlschrank und eilte hinaus in die Nacht.

13. August 1964

A. ist nicht mehr dieselbe.

Es begann ganz langsam. Das mit A.s Veränderung. Zuerst merkte ich es nicht. Seit ihrer Verwandlung spricht A. mit wechselnden Stimmen. Aber die Stimmen gehören nicht ihr. Die Stimmen benutzen A. Verwandeln sie in Sekundenschnelle.

Es ist unheimlich. Das, was da am Tisch sitzt, auf dem Bett liegt, am Spülbecken steht, ist A. Ist meine Schwester. Und ist es doch nicht.

A. besteht aus vielen Personen. Ich nenne sie »Bewohner«. Denn sie wohnen in meiner Schwester. Leben in ihr. Die Bewohner sind mir fremd. A. ist mir auf eine fremde Weise vertraut.

Auch Jan ist mir vertraut. Jan ist ein Bewohner. Er lebt in A. Jan ist zwölf. Aber er spricht wie ein Erwachsener. Nein, es ist nicht seine Stimme. Es sind die Dinge, die er sagt. Erwachsenendinge mit einer Jungenstimme. Manchmal muss ich lachen. Über A. mit dem vertrauten Gesicht und den fremden Stimmen. Traurig und komisch zugleich.

Jan kennt meinen Namen. Er ist der einzige Bewohner, der meinen Namen weiß. Jan kennt die Vergangenheit. Jan ist einer von uns.

Die anderen Bewohner mögen mich nicht. Nur Jan mag mich. Ja, ich glaube, er mag mich sogar gern. Mutter mag er nicht. Er weigert sich, mit ihr zu reden.

Mutter gibt mir die Schuld. Wäre ich nicht gewesen … Hätte es mich nicht gegeben … Mutter gibt mir die Schuld für A.s Verwandlung. Für die Bewohner, die jetzt in meiner Schwester leben. Ich glaube, Jan ist ihr Anführer.

Kinder, Erwachsene, Jungen, Mädchen, Frauen, Männer. Keine Alten. Die Bewohner in A. wechseln so rasch, dass ich mir nicht ihre Stimmen merken kann. Spreche ich mit einem, wird er sofort von einem anderen abgelöst

Es scheint, als bewachten sie einander. Als dürfe außer Jan keiner den Kontakt zur äußeren Welt aufnehmen. Der Welt jenseits von A.s Körper. Als dürfe die Welt außerhalb von A. überhaupt nicht existieren.

Ich bin die Außenwelt. Ich bin der Feind.

Aber A. ist meine Schwester! Das kann uns doch keiner nehmen. Die Blutverwandtschaft. Die kettet uns doch aneinander. Die kann auch Mutter uns nicht nehmen.

Mutter hält die Berührung nicht aus. Nicht meine. Nicht die von A.

A. braucht Schutz. Meine Schwester braucht meinen Schutz. Sie ist ein Kind. Ein kleines, schutzbedürftiges Kind.

A. ist mein Kind. Ich habe ihr meine silberne Kette mit der kleinen Vogelfrau geschenkt. Manchmal kehren sich Dinge um.

Mein Kind A. lebt in einem Zwischenreich. Irgendwo zwischen ihrem eigenen Ich und den Bewohnern in ihr. Sie lebt im Schutz der Dunkelheit und Stille ihrer Innenwelt. Innerhalb von Mauern, in die kein Fremder eindringen kann. Wo ihr niemand begegnet.

Welches Versteck ist sicherer als das eigene Ich? Welches ist geheimer?

Ich habe gelernt, keine Fragen zu stellen.

6

Eine mondlose Nacht.

Vorsichtig nahm er Kurve um Kurve. Die Straße war ihm nicht vertraut. Eine enge, serpentinenreiche, steil zur Küste hin abfallende Teerstraße. Die Laternen waren ausgefallen, einzige Lichtquelle waren die Scheinwerfer seines Wagens. Ihre Lichtkegel warfen bizarre Schatten, die zwischen den Baumstämmen der Ölbäume hindurchtanzten. Je näher er der Küste kam, umso stärker übertönte die Brandung den Wind. Der zunehmende Ostria bereitete ihm Sorgen. Alexandros mochte diesen Wind nicht. Der Ostria kam aus der Libyschen Wüste. Er war ein zerstörerischer Wind, nicht nur durch die Geschwindigkeiten, die seine Böen erreichen konnten. Der feine rötliche Wüstenstaub, den er mit sich führte, drang überallhin, legte sich auf die Blätter und Blüten der Pflanzen und verstopfte ihre Poren.

Wie eine Geistererscheinung tauchte aus dem Dunkel plötzlich ein Fahrzeug auf. Der Wagen stand fast in der Mitte der Fahrbahn, die Scheinwerfer blendeten ihn. Er sah die Fahrertür auffliegen, jemand stieg hastig aus, kam auf ihn zu.

Alexandros Kasantzakis ließ den Alfa zur Straßenseite hin ausrollen. Hinter Nikos Stavrous, der mit langen Schritten auf ihn zugeeilt kam, tauchten die Gesichter der beiden Polizisten vom Nachtdienst auf. Er zog den Zündschlüssel ab, stieg aus. Das Meer rollte schäumend auf den schmalen Kiesstrand, zog sich zwischen den Kieseln schurrend zurück. Das kleine Fischrestaurant lag in völliger Finsternis. Alexandros erinnerte sich an die Terrasse, auf der er im Sommer einige Male mit Eleny und den Kindern gegessen hatte. Kalami, wo der Dichter Lawrence Durrell einst gelebt hatte, war für ihn ein höchst anregender Ort.

»Alex, endlich …« Nikos fasste keuchend nach der offenen Wagentür. »Der Kollege vom Nachtdienst hat den Anruf entgegengenommen.«

Einer der Uniformierten trat wie auf ein Bühnenstichwort nach vorn. »Der Anrufer sagte nur, wohin wir kommen sollen. Und dass wir schnell machen sollen.«

»Ein männlicher Anrufer?«

»Ja. Ein anonymer. Hat nach eigener Aussage irgendwo 'ne Kleine gevögelt und war dann auf dem Weg zurück zum heimischen Herd über die Sache hier gestolpert.«

»Glaubhaft?«

»Schien so. Ja.«

»Dann hat es wohl wenig Sinn, nach dem Kerl zu fahnden?«, meinte Nikos.

»Kaum«, sagte der Wachmann.

Oberhalb der Bucht führte ein schmaler, ausgetretener Pfad über Steine und Baumwurzeln durch ein Stück Wald. Nikos Stavrous und die beiden Polizisten schalteten ihre Halogentaschenlampen an. Das Rauschen der Meeresbrandung unter ihnen wurde hier vom Wind, der sich heulend in den Baumwipfeln fing, überlagert. Als die Kollegen vor ihm stehen blieben und die Lichtkegel ihrer Lampen hoben, spürte Alexandros, wie ihn ein eiskalter Schauer überlief.

Er erfasste die gesamte Szenerie mit einem Blick.

Was sich da im Lichtkreis zeigte, schien vollkommen unwirklich. Schritt für Schritt näherte er sich, und je näher er herankam, je geringer der Abstand zwischen ihm und dem Licht wurde, umso unwirklicher erschien ihm das, was er sah.

Er schrak zusammen, als er Nikos neben sich flüstern hörte: »Hab ich dir zu viel versprochen?«

»Gütiger Gott …« Mehr brachte er nicht heraus.

Am Ast eines Ölbaums hing der schmächtige nackte Körper eines alten Mannes. Ein Seil war mehrfach um seinen Hals geschlungen, der Kopf ein wenig zur Seite geneigt. Die Fußgelenke waren mit einem karierten Schal zusammengebunden. Unter seinen Füßen ein umgestürzter Tisch. Dahinter, sorgfältig im Halbkreis aufgestellt, sechs gleiche Holzstühle. Von den Handgelenken baumelten die Reste von gekappten Fesseln. Alexandros trat näher heran. Die Haut des Toten war von Malen gezeichnet, die eine Art Kettenmuster bildeten. Die Lichtkegel der Halogenlampen zitterten über den im Wind schwingenden Körper, über das Gesicht. Mit den Augen des Mannes schien etwas nicht zu stimmen, ebenso mit seiner rechten Hand.

Alexandros stand vollkommen reglos. Er wagte kaum zu atmen. Hinter ihm raschelte etwas. Ein leises Knacken, als einer der Männer auf einen Zweig trat. Über ihnen toste der Sturm durch die Baumwipfel.

Zwei Tote, dachte er, innerhalb einer knappen Woche. Auf einer Insel wie Kerkyra. In einer Welt des Friedens.

»Ein Verrückter.« Nikos schnäuzte sich geräuschvoll. »Nur ein Verrückter ist zu so etwas fähig.«

Alexandros schüttelte nachdenklich den Kopf. »Ein Psychopath.«

»Und worin liegt der Unterschied?«, insistierte Nikos.

»Für jemand, der nur verrückt ist, ist das hier zu perfekt inszeniert.«

»Wer sagt denn, dass Verrückte nicht perfekt inszenieren können?«

»Anders. Das hier ist durchdacht. Da will uns jemand etwas mitteilen. Eine bestimmte Botschaft.«

»Uns?«

»Uns oder wem auch immer.«

»Also, ein Verrückter mit einer Botschaft und entsprechendem IQ«, murmelte Nikos. »Kein Kranker.«

Alexandros überhörte die letzte Bemerkung. Es war ohnehin klar, in welche Richtung sie abzielte. Er bat einen der Uniformierten um seine Lampe. Ganz langsam, gefolgt von Nikos, ging er um den Toten herum.

In Arillas hatte es für diese erste Stufe der Ermittlung, diesen ersten Kontakt, keine Gelegenheit gegeben. Der Leichnam des Arztes war vom Meer an Land gespült worden, nachdem er bereits mehrere Stunden im Wasser gelegen hatte. Den eigentlichen Tatort hatten sie nie gesehen. Aber so, wie es aussah, waren beide Morde bis ins kleinste Detail geplant. Jeder von ihnen erzählte seine eigene Geschichte, die, wenn man die richtigen Teile zusammenfügte, am Ende vielleicht zu einer wurde.

Er blieb stehen. Direkt vor dem Toten. Hörte Nikos neben sich atmen. Er hob die Lampe. Der Lichtkegel erhellte das Gesicht des Mannes.

Alexandros starrte in leere Augenhöhlen.

Er wich zurück, strauchelte über eines der ausgelegten Olivennetze. Die Halogenlampe glitt ihm aus der Hand und erlosch. Nikos ließ den Lichtkegel seiner Lampe über die Stelle kreisen. Alexandros fand die Taschenlampe neben einem Hügel feuchter Blätter und Oliven. Fluchend hantierte er an dem Schalter herum, endlich leuchtete die Lampe wieder auf. Er richtete den Lichtstrahl auf den Blätterhaufen. Etwas Glänzendes lugte daraus hervor. Der abgebrochene Hals einer Flasche. Nikos markierte die Stelle mit einem abgeknickten Zweig, der von einem der Ölbäume herabhing.

Alexandros entfernte sich von dem Toten, ging so weit zurück, bis er die gesamte Szenerie wieder erfassen konnte.

Der erste Eindruck des Tatorts war der eines Bühnenbilds. Die in einer Reihe aufgestellten Stühle. Auch der Tisch lag nicht zufällig so da. Die gesamte Szene schien nahezu pedantisch aufgebaut zu sein. Das Bühnenbild einer makabren Inszenierung.

Genau! Das war es! Nicht die Inszenierung selbst war von Bedeutung. Es war die Art und Weise ihrer Ausführung. Die Aussage der Regie: Eine zur Schau gestellte Brutalität.

Und der Mord von Arillas?

»Glaubst du, es war derselbe Täter?«, unterbrach Nikos seine Gedanken.

»Hast du die anderen verständigt?« Alexandros hob die Taschenlampe und leuchtete in Nikos' blaue Augen.

Nikos schirmte mit einer Hand die Augen ab, mit der anderen drückte er die Lampe zur Seite. »Weißt du, wie spät … wie früh es ist, Alex?«

»Ja, und?«

»Ich dachte, es reicht, wenn ich dich anrufe.«

»Es geht hier um Mord, Nikos! Um den zweiten Mord in weniger als einer Woche!«

Nikos Stavrous wollte etwas erwidern, überlegte es sich jedoch anders.

Erstaunlich, dachte Alexandros. Erstaunliche Ladehemmung für einen so diensteifrigen Polizisten. Oder war es einfach nur die mangelnde Erfahrung des jungen Kommissars? Alexandros Kasantzakis machte diese Erkenntnis nicht gerade unglücklich.

»Ruf alle an«, rief er dem in Richtung Wagen davoneilenden Nikos hinterher. »Die ganze Mannschaft! Und sie sollen Lampen mitbringen. Mehr als eine. Ich will, dass es hier in weniger als einer Stunde taghell ist!«

Eine Stunde und zwanzig Minuten später war der Tatort wie eine Theaterbühne ausgeleuchtet, die Stromkabel ausgelegt, die Lampen montiert. Panagiotis Peskalis und seine beiden Techniker hatten ihren gesamten Vorrat an Lampen nebst einem Generator mitgebracht. Das Gerät erzeugte anfangs einen Höllenlärm, was eine normale Verständigung fast unmöglich machte. Zur allgemeinen Erleichterung ging der benzinbetriebene Motor jedoch sehr bald in ein verhaltenes Scheppern über.

Alexandros Kasantzakis war vom Engagement seines Teams

angenehm überrascht. In der Runde seiner Mitarbeiter, die sich nach und nach um ihn versammelten, blickte er ausnahmslos in übernächtigte, doch entschlossene Gesichter. Kristina Tzavrou hatte den Toten und die Bühne des Todes von allen Seiten fotografiert, ebenso den abgebrochenen Flaschenhals unter dem Blätterhaufen. Nun kniete sie in einiger Entfernung, das Objektiv ihrer Kamera auf etwas gerichtet, das vor ihr auf dem Boden lag.

Alexandros hatte vier Uniformierte angewiesen, den Toten vom Baum zu schneiden und in einen grauen Leichensack zu hüllen. Michalis Kavadias trat aus dem Dunkel in den Kreis seiner Kollegen. Eine Polizistin schenkte Kaffee aus einer Thermosflasche aus und hatte einige Mühe, bei dem noch immer zunehmenden Südwind nichts zu verschütten.

Alexandros bat zunächst Spyros Papadopoulous um eine erste Einschätzung. Der Gerichtsmediziner nickte und begann ohne Kunstpause.

»Alter schätzungsweise Anfang siebzig. Todesursache: Strangulation. Der Nackenwirbel ist nicht gebrochen. Augäpfel mit einem Gegenstand ausgeschält. Saubere, exakte Arbeit. Zeige- und Mittelfinger der rechten Hand abgetrennt. Vermutlich mit einem Beil oder einem Messer mit scharfer, glatter Schneide. Auch hier saubere Arbeit. Auf der Haut Brandmale von Zigaretten sowie Verletzungen durch Stichwunden. Insbesondere um die Brustwarzen, auf Bauch und Gesäß sowie an den Genitalien.«

»Siehst du eine Ähnlichkeit zu dem Toten von Arillas?«, unterbrach ihn Alexandros.

»Die Verletzungen?«

»Auch.«

»Vielleicht«, antwortete Spyros vage. »Im Gegensatz zu Arillas sind bei diesem Toten die Wundmale allesamt frisch. Außerdem ist hier der Fundort zugleich der Tatort.« Er deutete auf den umgekippten Tisch, auf dem Spuren von Blut zu erkennen waren.

»Was ist mit diesem sonderbaren Kettenmuster?«

»Na ja, ich weiß, worauf du hinaus willst.« Spyros fuhr sich über den Dreitagebart. »Aber da ist noch etwas …«

Einerseits hatte Alexandros nur selten erlebt, dass Spyros Papadopoulous die Worte fehlten. Andererseits kannte er ihn lange genug, um zu erkennen, dass eben jener Fall gerade eingetreten war. Zum zweiten Mal, wie er sich erinnerte, innerhalb einer Woche.

»Komm schon, spuck's aus!«, forderte er ihn auf.

Der Mediziner zögerte, schließlich sagte er: »Sieht aus, als wäre der Mann nicht tot gewesen, als man ihm die Augen ausschälte.«

Aus dem Hintergrund kam ersticktes Würgen. Jemand stöhnte auf.

»Ausschälte«, bekräftigte er. »Nicht mit einem Stich ausstach. Und ob so was zum SM gehört … Da gibt es sicher Netteres. Vielleicht auch nicht ganz so Endgültiges.«

Alexandros starrte den Arzt an. Er wusste, was es bedeutete, was es bedeuten konnte, wenn ein Täter seinem Opfer die Augen ausstach. Oder wie hier sogar bei lebendigem Leibe ausschälte.

»Demnach hat er sein Opfer gekannt«, sagte er.

Spyros nickte behutsam. »Anzunehmen.«

»Und die abgetrennten Finger?«

Spyros studierte seinen Kugelschreiber. Er hob den Blick und sah Alexandros geradeheraus an. »Spricht einiges dafür, dass der Alte zu diesem Zeitpunkt noch lebte. Jedenfalls scheint sich der Mörder für sein Werk Zeit gelassen zu haben.« Er steckte den Kugelschreiber weg. »Genaueres später.«

»Kannst du schon was über die Todeszeit sagen?«

»Fünf Stunden. Höchstens. Plus, minus.«

Alexandros starrte auf den grauen Sack, in dem der Tote lag. »Kannst du sonst noch was sagen, Dok?«

»Morgen.«

»Heute!«

Der Mediziner warf einen kritischen Blick auf die Leuchtziffern seiner Armbanduhr. »Dann sieh zu, dass ich den Kunden so schnell wie möglich auf den Serviertisch bekomme.«

»Bekommst du.«

Spyros Papadopoulous schlug Alexandros freundschaftlich auf die Schulter. Er warf einen Blick zu Kristina hinüber, die es jedoch nicht wahrnahm. »Dann verabschiede ich mich für den Rest der Nacht und geh schon mal die Messer wetzen.«

Alexandros blickte dem kleinen drallen Mann in dem wehenden Mantel hinterher, der rasch von der Dunkelheit verschluckt wurde. Dann richtete sich sein Blick auf Panagiotis Peskalis. Der Kriminaltechniker straffte die Schultern und nickte kurz in Richtung Kristina. Sie kam in einiger Entfernung mit der Kamera in der Hand aus der Hocke hoch und umkreiste einen kleinen Hügel.

»Wir haben zerrissene, blutige Kleidungsstücke gefunden. Dort drüben, unter dem Ölbaum. Windgeschützt, notdürftig mit Zweigen und Blättern abgedeckt. Die Schnittstellen der Zweige sind zum Teil frisch.«

»Es sieht nicht gerade danach aus, als hätte sich da jemand allzu große Mühe mit dem Verstecken gegeben«, fügte Michalis hinzu.

»Kann ich die Sachen sehen?«, fragte Alexandros.

»Sicher«, wunderte sich Michalis.

»So wie sie dalagen, als ihr sie gefunden habt?«

»Wir haben nichts verändert, Alex«, beteuerte Panagiotis. »Keiner hat etwas berührt.«

»Und die Zweige?«

»Liegen noch genauso da, wie wir sie vorgefunden haben.«

Sie umrundeten den ausgeleuchteten Platz, liefen zwischen den Bäumen hindurch hinüber zu Kristina. Nikos Stavrous stand breitbeinig vor dem aufgeworfenen Hügel, zwei uniformierte Polizisten leuchteten mit tragbaren Scheinwerfern die Stelle aus, auf die Kristina gerade das Objektiv ihrer Kamera konzentrierte. Alexandros ging neben ihr in die Hocke. Wie Panagiotis berichtet hatte, lag der Platz vollends im Windschatten. Kristina drückte mehrmals auf den Auslöser, nahm die Kamera von den Augen und starrte auf die blutverkrusteten Fetzen, die deutlich zwischen den Zweigen und Blättern hindurchschimmerten. Sie klemmte sich eine lose Haarsträhne hinter das Ohr.

»Seltsam, nicht«, sagte sie, »ein so offensichtliches Versteck. Man stolpert fast darüber. Und man braucht nicht einen Zweig fortzunehmen, um zu erkennen, was darunter liegt.« Die Haarsträhne löste sich abermals, sie strich sie erneut zurück. »Sieht fast aus …« Sie stockte.

»Sieht aus wie?«, hakte Alexandros nach.

»Wie zurechtgelegt. Zu augenfällig. So, als sollten die Sachen gefunden werden. Auch die Abdeckung … diese Blätter und Zweige, die sehen aus wie Dekoration.« Sie sah zu Alexandros auf. »Als hätte man dem Ganzen noch einen draufgesetzt.«

»Einen draufgesetzt?«

»Ja! Einen makabren Schlussakkord.«

»Eine Parallele zu Arillas?«

»Du meinst, den am Leuchtturm unter dem Busch vergrabenen Slip?«

Er nickte.

»Möglich«, sagte sie nach kurzer Überlegung. »Auch der aufgeworfene Erdhügel auf der Klippe war als Versteck zu offensichtlich.«

Alexandros sah sie aufmerksam an. »Und was ist mit dem Tatort selbst?«

»Sieht aus wie eine Inszenierung. Als hätte jemand ein Bühnenbild aufgebaut. Sehr sorgfältig. Eine brutale Todesszene. Wie ein Lehrstück.«

»Ist das dein erster Eindruck?«

»Das war mein erster Gedanke, als ich vorhin hierherkam.« Sie lächelte verlegen. »Aber irgendwie liegt auch ein Widerspruch darin. Meinst du nicht?«

Er lächelte zurück. »Wie sieht es aus, bist du fertig?«

»Ja. Ihr könnt die Zweige jetzt wegnehmen.«

Alexandros erhob sich und gab Panagiotis Peskalis ein Zeichen. Der Kriminaltechniker hockte sich neben Kristina. Er entfernte nacheinander die Zweige und Blätter von dem Haufen und verstaute sie behutsam in einzelne Plastikfolien. Kristina Tzavrou fotografierte die blutigen Fetzen, bevor Panagiotis sie ebenso sorgfältig verpackte.

Kurz vor fünf. Der Morgen dämmerte bereits, als Kristina die Tür zu ihrem Apartment aufschloss. Sie stellte den Kamerakoffer auf das Sideboard und streifte im Gehen Kyras Sportschuhe von den Füßen. Sie drehte sich halb um und bedachte die Schuhe mit einem Lächeln. Ich bin wirklich eine Schlampe, dachte sie müde. Fast eine Woche war es jetzt her, seit die Freundin ihr die Schuhe geliehen hatte.

Vollständig angezogen fiel sie rücklings auf das zerwühlte Bett und Sekunden später in einen traumlosen Schlaf. Als sie erwachte, fühlte sie sich klebrig. Sie hatte das Gefühl, Stunden geschlafen zu haben, doch die Zeiger ihres Weckers zeigten auf Viertel vor sechs. Sie schloss die Augen, fast im selben Moment erschien ihr das Bild von dem Gehängten. Sie sah die leeren Augenhöhlen, die Hand mit den abgeschnittenen Fingern, die Verletzungen auf dem nackten alten Körper. Sie sah den umgestürzten Tisch und die Stühle im Halbkreis drum herum. Es gelang ihr nicht, das Bild zu vertreiben. Nach weiteren zehn Minuten verließ sie das Bett und schwankte Richtung Badezimmer. Die ausgiebige Morgentoilette weckte endgültig ihre Lebensgeister. Doch sie musste sich auf andere Gedanken bringen. So stieg sie in Jeans und ihrem farbbekleckssten übergroßen Männerhemd, bewaffnet mit einem Becher stark gesüßten schwarzen Kaffees, die schmale Stiege hinauf zur Galeria.

Die neue Collage, die sie am gestrigen Abend provisorisch gelegt hatte, gefiel ihr noch immer. Sechs großformatige Farbfotografien, deren Strukturen an den Rändern ineinanderflossen. An dem Becher nippend, betrachtete sie die Bildkonstruktion. Sie konnte kaum glauben, dass sie die Arbeit erst vor wenigen Stunden begonnen hatte. So viel Grauen lag dazwischen. Sie rieb sich die Stirn, striegelte die Haare energisch nach hinten und konzentrierte sich auf die Collage. Aus den sechs Einzelbildern entstand in ihrem Kopf ein Ganzes. Sie ging zum CD-Player und legte nach kurzer Überlegung Stings *Brand New Day* auf. Zu den ersten Takten der Musik begann sie mit ihrer Arbeit.

Durch ein besonderes Klebeverfahren fixierte Kristina die Fotografien auf ein mit Tafelfarbe geschwärztes Schichtholz. Sie arbeitete konzentriert und sauber, ließ sich Zeit. Sie war gerade dabei, den Sand mit verschiedenen Öl- und Acrylfarben zu mischen, als das Telefon klingelte. Mit einem Blick auf die Uhr, den Spachtel mit dem Acrylsandgemisch hochhaltend, nahm sie den Hörer ab.

»Was machst du?«, fragte die Stimme am anderen Ende.

Sie rührte mit dem Spachtel in der Farbe und fragte sich, warum zum Teufel sie eigentlich ein schlechtes Gewissen hatte. Das hier war ihr Beruf. Schließlich hatte die Astynomia sie nicht mit Haut und Haaren gepachtet.

»Ich male«, erklärte sie. »Das heißt, ich wollte gerade damit beginnen.«

»Ich kann nicht schlafen«, sagte Alexandros. »Ich dachte, dir geht es vielleicht ähnlich.«

Offenbar hatte er den gereizten Unterton in ihrer Stimme nicht mitbekommen. Gut so. Sie rührte weiter in der Farbe.

»Was ist mit den Fotos?«, fragte er nach einer Pause.

»Ich habe die Filme in den Nachtpostkasten des Labors eingeworfen, mit dem Vermerk ›eilt‹. Um sieben rufe ich dort an.«

»Schön«, seufzte er, »ich bin ab neun im Präsidium.«

Einen Moment blieb es still in der Leitung. Kristina dachte, dass es ihr gerade gelungen war, die nächtlichen Bilder des Grauens ein wenig zu verdrängen. Sie fröstelte, wechselte den Hörer in die linke Hand und zog entschlossen den ersten Pinselstrich. Die Mischung war gelungen. Die Sandfarbe hatte eine gute Konsistenz. Genervt nahm sie wahr, dass Alexandros noch etwas sagen wollte. Obwohl sie ihn wirklich mochte, hätte sie jetzt am liebsten aufgelegt und die Verbindung unterbrochen. In der Anfangsphase eines Bildes brauchte sie nichts als einen Becher lauwarmen starken Kaffee, Musik, die den Nerv traf, und absolute Ruhe.

Doch Alexandros Kasantzakis schien sich auf ein längeres Gespräch eingerichtet zu haben. »Es sind ganz schön viele Stunden«, meinte er, »die du zur Zeit für uns arbeitest. Zu viele, fürchte ich.«

»Du denkst an die Kosten, hm?«

»Nun ja.« Er lachte verlegen.

Kristina begann mit der ersten größeren Fläche. Sie malte locker aus dem Handgelenk heraus, die Sandfarbe ließ sich gut modellieren. Sie spürte, wie sich ihr Arm entkrampfte.

»Als Mutter einer teuren Tochter kann ich jede Drachme gebrauchen.«

Nachdem Alexandros aufgelegt hatte, streckte er sich und gähnte. Draußen war jetzt heller Tag. Seit Nikos Stavrous' nächtlichem Anruf hatte er noch kein Auge zugetan. Er hatte sich auf die Couch im Wohnzimmer gelegt, hatte versucht zu entspannen, auch ein wenig zu schlafen, doch es war ihm nicht gelungen.

Er hockte auf der Couch und knetete seine Nasenwurzel. Die Kopfschmerzen kamen jetzt in Wellen. Ein dumpfes Gefühl in den Ohren. Er hörte alles wie aus weiter Ferne. Er rieb sich den Schädel. Legte die Finger an die Schläfen. Er war zu übernächtigt, um irgendeinen klaren Gedanken zu fassen. Und die grauenerregenden Bilder der Nacht ließen ihn nicht los. Auch das Telefonat mit Kristina Tzavrou hatte keine Ablenkung gebracht. Er war in das Gespräch mit ihr regelrecht geflohen.

Eine hemmungslos vor sich hin gähnende Eleny kam ins Zimmer geschlurft. »Hast du überhaupt geschlafen?«, murmelte sie. Sie zog ihn von der Couch hoch in ihre Arme, wiegte ihn an ihrer großen weichen Brust. Er legte seine schmerzende

Stirn auf ihre Schulter. Am liebsten wäre er so, mit dem Gesicht an ihrer Schulter, eingeschlafen. Einen Augenblick lang hielten sie einander umschlungen.

Während sich Eleny im Bad ihrer Morgentoilette hingab, kochte sich Alexandros in der Küche einen extra starken, extra süßen, extra großen Helenikos. Er ließ sich mit Becher und Gebäckdose am Küchentisch nieder und wartete, bis der Kaffeesatz sank. Er nahm sich einen von Elenys selbstgebackenen Kurabiés. Als er in den Keks hineinbiss, staubte Puderzucker über seine Hose. Eleny betrat die Küche, als er gerade den leeren Becher in den Ausguss stellte. Er rang sich ein gequältes Lächeln ab, strich ihr flüchtig mit dem Handrücken über die Wange und verließ eilig das Haus.

Kurz vor neun. Seine Sekretärin eilte ihm entgegen. Hinter ihr erkannte er ein einsames Paket, das auf seinem Schreibtisch lag.

»Deine Berichte sind in einer halben Stunde fertig, Alex. Schreckliche Sache.«

Er trat an den Schreibtisch heran. Das in braunes Papier gewickelte Paket hatte die Größe eines Schuhkartons. Er drehte es vorsichtig zwischen den Händen. Sein Name, seine Dienstbezeichnung über der Adresse der Astynomia, kein Absender.

»Das kam mit der Post. An dich adressiert, ohne Absender.«

Alexandros hatte die Schrift sofort erkannt. Die Sekretärin missverstand sein Zögern. »Hast du Bedenken, es zu öffnen?«, fragte sie.

»Aber nein, Kiki.« Er stellte das Paket auf den Tisch zurück. »Da ist keine Bombe drin, wenn du das meinst«, versicherte er leichthin. »Sag mal, sind Nikos und Michalis schon gesichtet worden?«

»Keiner von beiden. Haben sich auch noch nicht gemeldet.«

»Bitte ruf sie an. Sag ihnen, um elf in meinem Büro. Pünktlich diesmal!«

Erst als er wieder allein war, wickelte er das Papier von dem

Karton. Zum Vorschein kam ein geblümter Faltkarton, wie ihn Bäckereien zum Verpacken von Keksen und Gebäck benutzten. Er war mit einem roten Geschenkband locker verschnürt. Alexandros löste die Schleife und klappte den Deckel zurück.

Die Puppe lag mit angewinkelten Beinen und nur mit einem Höschen bekleidet auf dem Rücken. Ihre blauen Glasaugen sahen starr zu ihm auf. Die Lider mit den seidigen dunkelblauen Wimpern waren herausgerissen. Sie bekränzten zu beiden Seiten den kahlen Kopf. Das abgeschnittene schwarz gelockte Haar lag in Büscheln über Armen, Beinen und Hals. Quer über ihren Bauch stand in Großbuchstaben das Wort »Schande«. Im Hohlraum zwischen den Beinen ein zusammengefalteter Zettel.

Hastig durchwühlte er sämtliche Schubladen seines Schreibtisches. In der letzten wurde er fündig. Er zog die Latexhandschuhe über und faltete den Zettel auseinander.

Und es werden Engel
herniederfahren
auf das weinende Land,
um mit Schwertern
zu trocknen
die schweigende Erde.

Er las die Zeilen ein zweites Mal, ein drittes Mal. Er suchte nach der Anschrift auf dem Packpapier, legte sie neben den Zettel. Zweifellos. Die gleichen sorgfältig gemalten Buchstaben, dieselbe kindliche Schrift wie in dem anonymen Brief vom gestrigen Abend, ein ähnlicher Text. Beides erreichte ihn, nachdem zwei Männer auf brutalste Weise ermordet worden waren. Er faltete den Zettel zusammen und steckte ihn wieder zwischen die angewinkelten Puppenbeine. Er legte das Geschenkband auf den Bauch der Puppe, klappte den Deckel zu und wickelte das Packpapier locker um den Karton. Er streifte die Latexhandschuhe von den Fingern. Jemand versuchte Kontakt mit ihm aufzunehmen. Ihm ein Zeichen zu geben. Doch wie sollte er das Zeichen verstehen? Er wählte die Nummer des Krankenhauses.

»Es macht wenig Sinn, wenn du extra rüberkommst. Dafür nicht.« Die Stimme des Gerichtsmediziners klang übernächtigt. Dennoch sagte er zu, um elf zur Besprechung in die Astynomia zu kommen. Ganz anders hingegen Panagiotis Peskalis. Die Erregung in der Stimme des Kriminaltechnikers war unüberhörbar.

»Besonders interessant sind die Fußspuren am Tatort. Außerdem haben wir in seinen Sachen eine alte Mitgliedskarte gefunden. Irgendein Verein oder so was. Auf der Karte steht auch der Name des Toten.«

Schweigen. Knistern in der Leitung.

»Komm, sprich dich aus, PP«, knurrte Alexandros. Mit der freien Hand rieb er sich die Schläfe. Seine Kopfschmerzen waren jetzt fast unerträglich.

»Dimitris Funasis«, las Panagiotis. »Dreiundsiebzig Jahre. Kalami.«

»Adresse?«

»Nur Kalami. Alles Weitere ist unleserlich. Aber vielleicht weiß ich nachher mehr. Bevor ich zur Besprechung komme, lasse ich den Scanner über die Karte laufen.«

Es war sechs Minuten vor elf, als sie sich um den runden Besprechungstisch im Büro des Hauptkommissars versammelten. Hinter den mit Saharastaub verschmierten Fensterscheiben lag der Park der Astynomia im trüben Rotlicht. Sturmböen zausten die Palmen und Oleanderbüsche.

Kristina Tzavrou zog den Umschlag mit den Fotografien aus ihrer Tasche. Das Labor hatte überraschend schnell gearbeitet, die Qualität der Bilder war zufriedenstellend. Auf den Detailvergrößerungen war die Besonderheit, die ihr aufgefallen war, deutlich zu erkennen. Sie legte den Umschlag vor sich auf den Tisch, lehnte sich zurück und schlug die Beine übereinander.

Kiki trat mit dem obligatorischen Kaffeetablett durch die Verbindungstür ins Zimmer. Sie stellte das Tablett auf dem Tisch ab und warf ihrem Chef einen vielsagenden Blick zu. Demonstrativ schaute sie auf ihre Armbanduhr und mit gespielter Verblüffung in die Runde ihrer Kollegen. Dabei fragte sie sich, ob sie träumte: Fünf Minuten vor dem angesetzten Treffen waren alle versammelt.

»Könntest du bitte das Protokoll führen«, bat Alexandros. Er hatte sich von ihr zwei Aspirin geben lassen. Der Schmerz in seinem Schädel hatte nachgelassen, ein latenter Druck jedoch war geblieben. Er nickte Spyros zu.

»Bei dem Toten«, begann der Mediziner, »handelt es sich um einen Mann Anfang siebzig, Größe einsachtundsechzig, von nicht sonderlich kräftiger Statur. Dem Opfer wurden beide Augen mit einem runden, scharfen Gegenstand ausgeschält. Zeige- und Mittelfinger der rechten Hand wurden mit einer glatten Schneide vom Handteller abgetrennt. Den Blutungen nach, hat das Opfer zu diesem Zeitpunkt noch gelebt. Stichwunden und Brandmale sind ausnahmslos frisch und wurden ihm ebenfalls zu Lebzeiten zugefügt. Der Tod trat in der vergangenen Nacht zwischen zehn und elf Uhr durch Strangulation ein. Keine Spermaspuren. Kein Fremdblut. Nichts, was auf einen Kampf schließen lässt. Der Fundort ist zugleich der Tatort. Allerdings«, ein kurzer Blick über den Brillenrand, »und damit komme ich zu einem interessanten Detail: Unser Kunde hatte Reste von Strychnin im Blut. Und dreimal dürft ihr raten, wohin ihm das Gift injiziert wurde.«

»In den Penis«, stöhnte Nikos auf.

»Falsch.«

»Unter die Zunge«, riet Kristina.

»Du sagst es, Herzblatt.«

»Also eindeutig eine Parallele zu Arillas«, entschied Alexandros.

»Was das Strychnin betrifft, ja. Und auch, dass etwas unter die Zunge gespritzt wurde. Dennoch gehe ich davon aus, dass bei unserem ersten Kunden das Spritzvergnügen auf freiwilliger

Basis erfolgte. Anders ausgedrückt: Es gehörte zum sadomasochistischen Spiel.«

»Und wenn Doktor Mastoras sich geirrt hat?«, überlegte Kristina.

»Was heißt geirrt?«

»Wenn er gedacht hat, es sei Heroin, was ihm da in den Penis gespritzt werden sollte?«

»Du meinst, er hat in der Annahme, es sei Heroin, die Giftspritze in den Penis zugelassen?«

Kristina nickte.

»Das wäre eine durchaus plausible Erklärung«, räumte Spyros ein.

Nachdenkliches Schweigen. Nur das Kratzen von Kikis Schreibstift auf dem Papier. Alexandros griff nach einer von Kristinas Fotografien, eine Detailaufnahme vom unteren Bauchbereich.

»Dieses seltsame Kettenmuster der Wundmale«, er hielt Spyros das Bild hin, »kannst du dazu was sagen, Dok?«

»Tut mir leid, Alex, nicht viel mehr, als ich dir schon in der Nacht gesagt habe. Die Brandmale stammen von Zigaretten, die Stichwunden von einem spitzen, scharfen Gegenstand.«

»Du denkst also nicht an Sadomasochismus?«

Spyros hob abwehrend die Hände. »Mit Sicherheit lässt sich so was ja nicht diagnostizieren.« Er sah blinzelnd in die Runde. »Aber ein Siebzigjähriger und SM – kommen dir da nicht gewisse Zweifel?«

»Die Wege der Liebe sind allzeit wunderbar …«, summte Nikos.

Panagiotis musterte ihn über den Rand seines Bechers hinweg. »Wunderbar«, meinte er trocken, »wenn dir jemand bei lebendigem Leibe die Augen ausschält und die Finger abhackt?«

»Okay«, sagte Alexandros, »hast du noch mehr, Dok?«

»Mit mehr kann ich im Moment leider nicht dienen.«

»Dann bist du jetzt dran, PP, bitte.«

Panagiotis Peskalis kippte den Rest seines Kaffees hinunter

und stellte den Becher hastig beiseite. Er legte seine Notizblätter nebeneinander am Tischrand entlang aus, beleckte den Mittelfinger und griff sich eines der Papiere heraus.

»Wir haben zunächst die reichlich zerrissenen Kleidungsstücke des Opfers untersucht. Ebenso die Blätter und Zweige, von denen sie bedeckt waren. Neben Unkraut sowie Erd- und Lehmklumpen mit Resten von Pestiziden gegen die Larven der Olivenfliege fanden wir getrocknetes Blut, Haar- und Hautpartikel, alles eindeutig vom Toten. Keine Spermaspuren. An dem abgebrochenen Flaschenhals ließ sich außer den Rückständen eines selbst gebrannten Schnapses nichts Auffälliges feststellen. Vermutlich lag der Flaschenhals rein zufällig dort und hat nichts mit dem Mord zu tun.«

»Was kannst du über das Seil, den Schal und die Fesseln sagen?«

»Etwas verkrustetes Blut. An dem Seil ausgerissenes Kopfhaar, Nagel- und Hautpartikel. Alles vom Toten. In der Brieftasche fand sich neben fünftausend Drachmen in Scheinen die Mitgliedskarte eines Vereins: *Die Rune*. Die Karte ist ausgestellt auf Dimitris Funasis, Kalami, geboren 1926.« Er sah zu Alexandros hinüber. »Tut mir leid, die Adresse konnte nicht einmal unser Computer entziffern, dafür aber eine Telefonnummer, die mit der Hand auf die Karte geschrieben wurde.« Das Gesicht des Kriminaltechnikers unter den Sommersprossen rötete sich. »Ich habe mir erlaubt, die Nummer anzurufen. Ich hoffe, das war okay, Alex?«

Alexandros verschränkte die Arme, zeigte sonst aber keine Reaktion.

»Unter besagter Nummer«, setzte Panagiotis seinen Bericht fort, »meldete sich eine Nachbarin. Maria Ladi. Dimitris Funasis' Frau sei vor fünfzehn Jahren gestorben. Er hätte noch eine ältere Schwester und eine Tochter. Die Tochter lebe in Lefkimmi, die Schwester in einem Altenheim in der Nähe von Thessaloniki.«

»Weiß die schlaue Nachbarin vielleicht auch die Adresse der

Tochter?«, fragte Nikos. »Wenn die Dame verheiratet ist, lebt sie ja wahrscheinlich unter anderem Namen.«

Panagiotis warf das Blatt vor sich auf den Tisch. »Danach habe ich sie nicht gefragt. Ist auch nicht mein Job.«

»Ist gut, PP, weiter«, bat Alexandros.

»Kein einziger Fingerabdruck, weder auf dem Tisch noch den Stühlen«, fuhr Panagiotis fort. »Auf dem Tisch Blut- und Fußspuren, die eindeutig vom Opfer stammen. Der Täter hat außergewöhnlich sauber gearbeitet. Offenbar hat er sich sicher gefühlt. Er hat sich viel Zeit gelassen. Lediglich in der Umgebung haben wir verschiedene Fußabdrücke gesichert, die wir jedoch erst zum Teil auswerten konnten. Unter den ausgewerteten Fußspuren haben wir einen interessanten Fund gemacht.«

Die Aufmerksamkeit, die Panagiotis nun entgegenschlug, war ihm fast schon peinlich. Zugleich musste er sich eingestehen, dass er die Situation genoss. Er warf einen verstohlenen Blick zu Spyros Papadopoulous hinüber und sagte: »Eine der Spuren ist der Abdruck eines Damensportschuhs mit Profilsohle der Marke Puma, Größe neununddreißig. Das ausgeprägte, kaum abgenutzte Profil der Sohlen deutet auf einen wenig getragenen Schuh hin. In Kalami fanden sich am Tatort überall Spuren dieses Schuhtyps. Den gleichen Abdruck, jedoch nur ein einziges Mal, fanden wir auch auf der Klippe von Arillas.«

Stille. Alle Augen waren auf Panagiotis geheftet. Der biss sich auf die Lippen und fuhr sich leicht verlegen durch das rote Haar. Kikis Stift schwebte über dem Papier. Alexandros stieß einen Pfiff aus und schlug mit der flachen Hand auf den Tisch. Endlich! Sie hatten eine erste konkrete, direkt am Tatort nachweisbare Verbindung.

Kristina rutschte unruhig auf ihrem Stuhl nach vorn. »Ich glaube«, sie wich Alexandros' Blick aus, »dazu kann ich etwas sagen.« Sie zog eine Haarsträhne nach vorn, wickelte sie um ihren Zeigefinger. »Könnte sein, dass ich dich enttäuschen muss, PP.« Sie lächelte verlegen. »Tut mir leid, aber höchst wahrscheinlich sind es meine Spuren, die du gefunden hast.« Der Kriminaltechniker starrte sie entgeistert an. Kristina strich die Strähne nach hinten und erwiderte seinen Blick. »Ich habe einen Puma-Sportschuh am Tatort getragen. Größe neununddreißig.«

»Es geht um einen neuwertigen Schuh«, bemerkte Nikos.

»Es war ein neuer Schuh. Erst wenige Male getragen.«

»Hast du die Schuhe auch in Kalami angehabt?«, fragte Michalis.

»In Kalami und in Arillas. Ich habe sie von einer Freundin geliehen.«

»Aber in Arillas warst du gar nicht oben auf der Klippe«, erinnerte sich Alexandros.

Kristina trank einen Schluck von ihrem Kaffee und setzte den Becher behutsam wieder ab. »Puma«, gab sie schließlich zu bedenken, »ist eine weitverbreitete Marke.«

»Na ja«, Panagiotis ließ die Schultern hängen, »vielleicht ist es wirklich Zufall. Ich gebe zu, der Abdruck auf der Klippe ist ziemlich verwischt.«

»Also halten wir fest«, sagte Nikos, »dass es sich durchaus um zwei verschiedene Schuhe handeln könnte.«

Die Sekretärin schrieb. Panagiotis machte eine einräumende Geste.

Spyros Papadopoulous lächelte süffisant: »Vielleicht steckt ja in unserer liebreizenden Fotografin inkognito ein Mörderweibchen.«

»Kristina«, sagte Alexandros ernst, »schick die Schuhe bitte zu Panagiotis ins Labor.«

»Ist das nötig?«

»Auf jeden Fall!« Die Heftigkeit seiner Worte wurde ihm unangenehm bewusst. Er bemerkte die Verwirrung im Gesicht der Fotografin und fügte etwas sanfter hinzu: »Das muss geklärt werden, Kristina. Verstehst du?«

Sie nickte stumm.

Schade, dachte er. Die Spannung im Raum wich enttäuschtem Gemurmel. Alexandros bückte sich und griff unter den Tisch.

»Das hier kam heute Morgen mit der Post.« Er zog die Latexhandschuhe über und öffnete den Faltkarton. Mit Ausnahme der Sekretärin blieb keiner der anwesenden Kollegen auf seinem Stuhl sitzen. Wie gebannt starrten sie auf die Puppe und den Zettel.

Kristina las die Zeilen laut vor, dann blickte sie hoch zu Alexandros. »Dieselbe Schrift wie auf dem ersten Brief, nicht?«

Alexandros nickte stumm.

Spyros deutete auf den Leib der Puppe. »Schande – ein Hinweis auf eine Vergewaltigung?« Und ohne die Antwort abzuwarten: »Dass sie ein Höschen trägt, spricht allerdings dagegen. Glaubst du, dass die Puppe etwas mit den Morden zu tun hat?«

»Nicht nur die Puppe«, entgegnete Alexandros. »Beide Briefe wurden von derselben Person geschrieben. Die gleiche Schrift. Die gleiche Charakteristik des Textes.«

»Was macht dich so sicher, Alex?«

»Die Puppe, die ihre Augen nicht schließen kann.« Er lächelte. »Und meine Intuition.«

Spyros Papadopoulous kannte den Hauptkommissar lange genug, um keine weiteren Fragen zu stellen.

Es blieb still. Minutenlang. Minuten, in denen sie alle das Gleiche dachten. In denen keiner es wagte, den Verdacht zu äußern. Schließlich war es Nikos, der das Schweigen durchbrach.

»Nehmen wir also mal an, wir haben es tatsächlich mit einer Frau zu tun, die vergewaltigt wurde«, er wog skeptisch den Kopf. »Von einem verheirateten Arzt und einem dreiundsiebzigjährigen Greis?«

»Das eine schließt das andere nicht aus«, sagte Spyros.

»Und die sadomasochistischen Praktiken des Herrn Doktors?«, beharrte Nikos. »Wie passen die ins Bild, Dok?«

»Das mit dem SM ist, wie ich bereits mehrfach betonte, reine Vermutung.«

»Eine Vergewaltigung«, nahm Kristina den Faden auf, »kann Jahre zurückliegen, bevor sich das Opfer rächt.«

Nikos starrte sie an. »Aber auf derart brutale Weise?!«

»Vergewaltigen ist Töten.«

»Nach einer Vergewaltigung lebt die Frau noch.«

»Sicher. Aber der Täter hinterlässt einen zerrissenen Körper und eine zerstörte Seele, die nie wieder so empfinden wird wie zuvor. Ein Vergewaltiger hinterlässt ein Opfer, das sich selbst nicht mehr kennt. Und es braucht Jahre, bis die Frau in ihren Körper zurückfindet. Wenn überhaupt.« Sie sah ihn scharf an. »Und der Vergewaltiger? Wie oft kommt er ungestraft davon? Du bist ein Mann, Nikos. Und du bist Polizist. Du solltest es wissen.«

»Ein Mann, ja. Aber kein Vergewaltiger!«

»Hab ich auch nicht behauptet.«

Alexandros erhob sich, kehrte der Gruppe den Rücken, stellte sich ans Fenster. Die Handflächen gegen den Fensterrahmen gestützt, starrte er durch die schmierige Scheibe hinunter in den Park. Eine kleine Sandhose drehte tänzelnd Pirouetten um eine verlassene Bank. »Schande«. Eine Frau, die vergewaltigt wurde. Eine Frau, die sich rächt. An ihren Peinigern. Oder an deren Stellvertretern. Das Wort »Schande« auf dem Bauch der Puppe. Eine Frau, die Rache nimmt. Irgendetwas ließ ihn zweifeln. Dabei irritierte ihn nicht nur das Höschen, das die Puppe trug. Irgendetwas stimmte nicht. Alexandros trommelte mit den Fingerspitzen auf der Fensterbank. Irgendetwas passte da nicht zusammen. Nicht bei dem Arzt. Nicht bei dem Alten aus Kalami.

»Ich nehme die Sachen mit ins Labor«, verkündete Panagiotis. Alexandros verließ das Fenster und kehrte zu seinem Platz hinter dem Schreibtisch zurück.

»Interessant ist die Mitgliedskarte dieses Vereins.« Er wandte sich dem Kriminaltechniker zu und schnippte mit dem Finger. Panagiotis blätterte eifrig in seinen Notizen.

»Die Rune.«

»Danke, PP. Ich denke, wir sollten unser Augenmerk auf diese Mitgliedskarte richten. Was ist das für ein Verein?« Sein

Blick ruhte auf Panagiotis, der etwas auf einem seiner zahllosen Zettel notierte. »Woher kommt der Name?«

»Aus Deutschland«, sagte Kristina. »*Die Rune* – das ist deutsch.«

»Bist du sicher?«

»Ich hab ein paar Jahre in Deutschland gelebt«, erklärte sie bescheiden.

Nikos und Michalis verständigten sich mit einem raschen Blick.

»Wenn es dir recht ist, Alex, übernehmen wir das«, bot Nikos an.

»Okay. Sprecht außerdem mit der Nachbarin in Kalami. Und versucht die Adresse der Tochter in Lefkimmi rauszukriegen.«

»Sollen wir später auch hinfahren?«, fragte Michalis.

»Nein, Lefkimmi übernehme ich. Gebt mir die Adresse durch, sobald ihr sie habt.«

»Mir ist noch etwas aufgefallen«, sagte Kristina. Nikos und Michalis standen bereits in der Tür, Alexandros hielt sie mit einer knappen Geste zurück. »Die Male auf dem Körper des Toten«, sie reichte Alexandros eine der vergrößerten Detailabbildungen, »hier, siehst du?«

Alexandros zwirbelte an den Enden seines Schnurrbarts, während er sich stirnrunzelnd in das Bild vertiefte. Es zeigte einen Teil der unteren Bauchpartie. Das Muster der Wundmale erinnerte ihn entfernt an ein modernes Gemälde. Es war keine willkürliche Abfolge von Einstichen und Brandmalen. Nicht das Werk blinder Wut. Das hier war durchdacht. Alexandros hatte den Eindruck einer gezielten Darstellung.

»Zugegeben, man braucht ein bisschen Phantasie«, räumte Kristina ein. »Aber findest du nicht, dass die Wundmale die Tatortinszenierung wiedergeben?« Sie umkreiste mit dem Zeigefinger mehrere Stellen auf dem Foto. »Hier der Tisch … die sechs Stühle.«

Alexandros wühlte in den mittlerweile auf dem gesamten Tisch verteilten Fotografien. Endlich fand er, wonach er suchte. Er legte die Bilder nebeneinander: Eine Totale des umgestürzten Tisches mit den sechs Stühlen und die Detailaufnahme der Hautwunden. Im direkten Vergleich war Kristinas Entdeckung gar nicht so abwegig. Er durchwühlte die Schübe seines Schreibtischs. Wie üblich fand sich das, was er suchte, in der letzten Schublade. Er hielt die Lupe dicht über die Fotografien. Nein, gar nicht abwegig. Er reichte dem Nächststehenden das Vergrößerungsglas. Spyros Papadopoulous gab die Lupe nach flüchtigem Durchblick an Michalis weiter. Er ließ sich auf der Ecke des Schreibtisches nieder und verschränkte die Arme über der Brust. Unter dem gefährlich angespannten Stoff des Hemdes quoll die imposante Kugel seines Bauches über den Hosenbund.

»Ich gebe zu, mir fehlt die nötige Phantasie für derartige Entdeckungen. Doch wenn unsere liebreizende Lichtbildnerin solches behauptet ...«

Nikos stierte indessen durch das Vergrößerungsglas auf die beiden Bilder und zuckte die Achseln. »Vielleicht – vielleicht auch nicht.« Er gab Panagiotis das Glas.

»Könnte was dran sein«, meinte Michalis. »Zugegeben, mit einer gehörigen Dosis Phantasie.«

Panagiotis gab einen Seufzer von sich. »Könnte sein – könnte nicht sein. Vielleicht hast du Recht, Kristina.« Er legte Fotos und Lupe auf den Tisch. »Jedenfalls sollten wir die Sache nicht ganz außer Acht lassen.«

Alexandros betrachtete die beiden Bilder, knabberte nachdenklich an seinem Kugelschreiber. Vielleicht war es das, was ihn beunruhigt hatte. Aber was hatte es zu bedeuten, wenn die Wundmale auf der Haut tatsächlich den Tatort widerspiegelten?

»Es wäre sinnvoll, weitere Detailvergrößerungen von der Haut machen zu lassen«, schlug er vor.

»Es geht am schnellsten, wenn ich die Fotos mit ins Labor nehme«, bot Panagiotis an, »und sie am Computer bearbeite.«

»Kann ich mitkommen und zusehen, PP?«, fragte Kristina.

»Klar. Warum nicht?«

Als sie aus dem Gebäude traten, war es vollkommen windstill. Wie im Auge des Orkans, dachte Alexandros. Als hätte jemand einen Schalter umgelegt und den Ostria abgestellt. Das Licht war trübe, diffus, die Luft schwer. Gewöhnlich, wenn der Südwind vorbei war, gab es eine berechtigte Hoffnung auf Regen. Sogar jetzt noch, im Mai. Die Insel brauchte Regen. Der Winter war kalt und trocken gewesen.

Kristina Tzavrou machte sich mit Panagiotis Peskalis auf den Weg ins Labor. Bis zum Nachmittag wollte der Kriminaltechniker die Detailvergrößerungen der Tatortfotos bearbeitet und ausgedruckt haben. Irgendwann zwischendurch würde sie dann mit Kyra telefonieren und später die Sportschuhe von zu Hause holen.

Alexandros Kasantzakis überquerte die Alexandras Ave und suchte sich einen freien Tisch in einem der Straßencafés. Er trank Kaffee und aß eine Tiropita, während er sich geistig auf die Pressekonferenz am Nachmittag vorbereitete. Er hatte die Journalisten für vierzehn Uhr bestellt. Danach wollte er nach Lefkimmi fahren, um mit der Tochter des ermordeten Dimitris Funasis zu sprechen. Bis dahin hoffte er, von Nikos und Michalis die Adresse zu erfahren. Vor derartigen Besuchen graute ihm.

Ihm fiel seine eigene Tochter ein. Parthenopy. Unwillkürlich sah er auf seine Armbanduhr. Um halb vier sollte die Maschine mit ihrer Klasse an Bord aus Athen eintreffen. Zuvor hatte sie eines der Fährschiffe von der Ägäisinsel Santorini nach Piräus gebracht. Eleny wollte die Tochter am Flugplatz abholen. Zum Glück hatte sich der Sturm gelegt. Er richtete sich auf, reckte den Hals und blickte die Alexandras Ave hinunter. Ganz unten, am Ende der Allee, blitzte zwischen den parkenden Wagen hindurch ein Streifen Meer auf. Die weißen Schäfchen trieben noch immer eilig dem Ufer zu. Nach dem Ostria brauchte die See eine ganze Weile, um sich zu beruhigen.

Er wischte sich mit einer Papierserviette die letzten Krümel der Käsetasche aus den Barthaaren. Dann bestellte er einen zweiten Kaffee, der ihm helfen sollte, sich auf die Vorbereitung der Pressekonferenz zu konzentrieren. Es gab Augenblicke in seinem Berufsleben, da wünschte Alexandros Kasantzakis sich einen höherrangigen Polizeichef auf Korfu. Einer dieser Augenblicke trat immer dann ein, wenn es um das Frage- und Antwortspiel mit der Presse ging.

Maria Ladi war in jeder Beziehung bestens informiert. In fast jeder. Und sie war kooperativ. Zumindest auf ihre Weise. Eine kleine dralle Frau in den Fünfzigern in einem anthrazitfarbenen Kleid, mit weißer Schürze und Kopftuch. Sie zog die Tür ihres Häuschens weit auf und wischte sich umständlich die Hände an der Schürze ab, bevor sie die Dienstausweise der beiden Polizisten entgegennahm. Das Haus lag etwas abseits der Dorfstraße, die durch Kalami hindurchführte, ungefähr achthundert Meter vom Funasis-Haus entfernt.

Maria Ladi ließ sich Zeit. Sie studierte die Ausweise, als ginge es um eine universitäre Prüfungsarbeit, verglich dabei so häufig die Gesichter auf den Passbildern mit denen der realen Polizisten, dass Nikos und Michalis sich Blicke zuwarfen und schon fast ärgerlich von einem Fuß auf den andern traten.

»Tragen Polizisten heutzutage keine Uniform mehr?«, fragte sie pikiert.

»Manche«, erwiderte Nikos kühl, dessen Miene sich zusehends verdüsterte.

Maria Ladi sah strahlend von einem zum andern. »Ihr habt aber Glück! Ich bin heute nämlich rein zufällig zu Hause geblieben.«

»Dürfen wir reinkommen?«, fragte Michalis. »Wir haben einige Fragen, die Sie uns vielleicht beantworten können.«

Sie riss die Tür bis zum Anschlag auf, winkte sie mit den Ausweisen herein. »Heute Morgen hat schon einer von euch Jungs angerufen.«

Im Vorbeigehen pflückte Nikos die Ausweise aus ihrer Hand, steckte seinen in die Jackentasche und gab den andern an Michalis weiter. Der Flur, in den sie eintraten, war eng und dunkel. Es roch nach Kohl und gebratenen Zwiebeln. Irgendwo hinter dem Haus meckerte eine Ziege. Hühnergegacker. Ein Hund bellte. Als sich die Tür schloss, sahen sie, dass eine einsame Glühbirne notdürftig den Gang beleuchtete. Sie baumelte an einem Kabel von der Decke herab.

Nikos öffnete die erstbeste Tür und fand sich im Schlafzimmer wieder.

»Nein, nicht dorthinein!« Sie zwängte sich an Nikos vorbei, zog die Tür wieder zu.

»Wie wäre es mit der Küche?«, schlug Michalis vor.

Sie nickte eifrig und wieselte ihnen voraus.

»Wir wollen Sie auch gar nicht lange aufhalten, Frau Ladi. Wir werden Ihre kostbare Zeit nicht länger als unbedingt nötig beanspruchen«, sagte Michalis.

Nikos warf ihm einen drohenden Blick zu. Michalis hob grinsend die Achseln. Maria Ladi öffnete die Tür am Ende des Ganges.

Die Küche war einfach und völlig überladen. Ein riesiger Kühlschrank, auf dem Herd ein Topf, in dem ein Kohleintopf vor sich hin köchelte, in der Spüle Geschirr in einer Seifenlauge. Auf einem aus der Wand ragenden Holzbord der Fernseher, um ihn herum drapiert eine Flut von Familienfotos, nur zum Teil gerahmt. Wo immer man hinsah Spitzendeckchen, Stoffblumen, Hochzeits- und Taufschleifen, Mandeln in Tüllsäckchen, Nippes, vergoldete Engel, mit Seidenblumen geschmückte Kreuze, billige Imitationen von Ikonen, diverse Ausführungen der Heiligen Jungfrau mit und ohne Kind. An der Wand eine Sitzbank mit drei Holzstühlen um einen rechteckigen Tisch. Auf der Bank Berge frisch gewaschener, ordentlich gestapelter Wäsche.

Maria Ladi stürzte hinüber zur Bank, schob die Wäsche beiseite, doch die beiden Männer hatten sich bereits auf den Stühlen niedergelassen. Mit einer Geste der Ergebenheit wischte sie mit der flachen Hand ein paar Krümel von der Plastiktischdecke und überprüfte den Sitz ihres Kopftuchs. Michalis zog Notizheft und Kugelschreiber aus der Jackentasche. Maria Ladi rieb sich die Hände.

»Was darf ich den Herren zu trinken anbieten?«

»Kaffee«, sagte Nikos.

»Wasser, bitte.« Michalis schlug sein Notizbuch auf.

»Ich habe auch Hauswein da. Selbst gemachten. Oder vielleicht einen kleinen Ouzo oder grünen Bergtee? Die Kräuter habe ich eigenhändig gesammelt.«

»Wenn es keine Umstände macht, Kaffee«, beharrte Nikos.

Michalis hob den Blick. »Wirklich nur ein Glas Wasser.«

Sie holte eine Plastikflasche aus dem Kühlschrank, trug sie feierlich zum Tisch. »Brunnenwasser vom Berg«, erklärte sie. »Das hole ich jeden Tag frisch. So was Gutes bekommt ihr Jungs in der Stadt sicher nicht.«

Michalis lächelte dankbar zu ihr hoch. Sie schenkte sein Glas randvoll, er trank es in einem Zug leer. Sie schenkte nach. Kurz darauf bekam Nikos seinen Helenikos, dazu ein Glas Wasser.

»Wie es sich gehört«, kommentierte sie. »Ich hoffe, der ist richtig.«

Nikos nippte an der Minitasse, brummte eine Bestätigung. Er zeigte auf das Glas. »Ist das Wasser auch vom Berg?«

»Natürlich! Wir trinken hier gar kein anderes.«

Nikos trank einen Schluck. Das Wasser war sehr kalt. Es schmeckte in der Tat wie frisches Quellwasser.

Maria Ladi hockte sich auf den dritten Stuhl, platzierte die Füße sorgsam nebeneinander und faltete die Hände im Schoß. Sie hob den Blick und schaute die beiden Polizisten aufgeräumt an. Nikos schlug ein Bein über das andere. Ihr Blick klebte auf seinem Gesicht.

»Sie haben also erfahren, was letzte Nacht Ihrem Nachbarn, Dimitris Funasis, zugestoßen ist?«, begann er. »Wann haben Sie Ihren Nachbarn zum letzten Mal gesehen, Frau Ladi?«

Ihre Stirn legte sich in Falten. Sie überlegte angestrengt. »Gestern Morgen … oder war es vorgestern Abend? Nein, es war morgens. Gestern Morgen. Genau. Jetzt erinnere ich mich. Es war kurz vor neun. Dimitris stand auf der Straße und schwatzte mit dem Bäcker. Der lieferte nämlich gerade das Brot. Dimitris nimmt …«, sie schlug sich auf den Mund. »Verzeihung, ich meine natürlich, nahm jeden Tag ein halbes Kilo. Ich ging nur zum Fenster, um dem Bäcker ein Zeichen zu geben, dass ich keins brauche.«

»Wie gut kannten Sie ihn?«

»Oh, wir kennen uns seit über vierzehn Jahren. Dimitris ist ja kurz nach dem Tod seiner Frau hierher, nach Kalami, gezogen.«

»Er war also ursprünglich gar nicht von hier?«

»Nein, nein …«

»Kannten Sie seine Frau?«

»Nein. Wie sollte ich? Sie haben doch in Lefkimmi gelebt.«

»Erzählen Sie weiter.«

»Was möchten Sie denn wissen?«, sagte sie im Plauderton.

Nikos beugte sich vertraulich nach vorn. »Alles, meine Liebe, alles. Was zum Beispiel war Dimitris Funasis für ein Mensch? Was arbeitete er? Hatte er Freunde? Feinde? Alles, was Ihnen bei dem Namen Dimitris Funasis einfällt.«

»Mooooment! Eines nach dem anderen, junger Mann, und hübsch der Reihe nach.« Die Frau strahlte ihn an, zeigte dabei zwei Reihen kariöser Zähne. Sie verließ ihren Stuhl, nahm ein Glas aus der Seifenlauge in der Spüle, trocknete es umständlich ab und schenkte sich aus der Plastikflasche ein. Nikos beobachtete sie leicht genervt. Die Frau trank genüsslich Wasser.

»Beginnen Sie doch mit dem Einfachsten«, schlug Michalis vor.

Sie hielt inne, sah ihn an. »Und das wäre?«

»Was arbeitete Ihr Nachbar? Hatte er einen Beruf?«

Sie legte das leere Glas in die Seifenlauge.

»Er ist Ölbauer. Dimitris gehören fünfzig Hektar Land. Außerdem besitzt er …«, sie sank mit einem tiefen Seufzer auf ihren Stuhl, »besaß er ein Hotel in Benitses und eins in Lefkimmi.

Hier, in Kalami, gehörte ihm eine von den Apartmentanlagen oberhalb der Badebucht. Aber im Grunde seines Herzens blieb Dimitris immer ein Ölbauer.«

Wie romantisch, dachte Nikos. »Verdient man denn mit Olivenöl so viel Geld?«

»Ach, Sie meinen, wegen der Hotels?« Sie verschränkte die Arme auf dem Tisch und sah Nikos durchdringend an.

»Zwei Hotels und eine Apartmentanlage in einem der exklusivsten Orte der Insel, wenn ich das richtig verstanden habe.«

»Ja, ja, Kalami ist nicht billig. Aber das Geld … das kam von seinen Eltern. Als die starben, hat Dimitris geerbt.«

»Womit hat Dimitris' Vater denn sein Geld verdient?«

»Das weiß ich nicht. Dimitris sprach nie darüber. Machte nur Andeutungen, dass sie reich waren. Und dass sie ihm und seiner Schwester etwas hinterlassen haben.«

»Dimitris' Schwester, sagten Sie nicht, dass sie in einem Altenheim lebt?«

»In Thessaloniki. Soweit ich weiß, lebt sie schon sehr lange dort.« Maria Ladi sah die beiden Polizisten vieldeutig an und tippte sich an die Stirn. »Ist nicht so ganz richtig im Kopf, glaube ich. Dimitris sprach nicht darüber. Aber er hat sie zweimal im Jahr besucht. Er hat sich immer um alles gekümmert, der Gute.«

»Wissen Sie zufällig den Namen des Heims?«

»Eigentlich ist es ja gar kein Altenheim.«

»Sondern?«

Sie riss die Augen verschwörerisch auf, tippte sich mehrmals an die Stirn, ließ den Finger kreisen. »Eben ein Heim für solche, die da oben nicht ganz richtig sind«, raunte sie.

Nikos trank einen Schluck Wasser. Michalis schrieb angestrengt in sein Heft. Beide dachten das Gleiche. Von denen, die da oben nicht ganz richtig waren, gab es auf der Insel mehr als genug. Nikos nahm den Faden wieder auf.

»Was wissen Sie über die Tochter?«

»Die lebt in Lefkimmi.«

»Kennen Sie vielleicht ihre Adresse?«

Maria Ladi wirkte auf einmal abweisend. »Ich kenne diese Frau nicht. Ich habe sie nie gesehen.«

»Hat sie ihren Vater denn niemals besucht?«, fragte Michalis.

»Nein.«

»Und umgekehrt? Hat er sie besucht?«

»Nicht, dass ich wüsste.«

»Aber nach Lefkimmi ist es doch nicht weit«, meinte Nikos.

»Sie hatten keinen Kontakt miteinander. Sie wollte das nicht.« Maria Ladi bekam ein spitzes Gesicht. »Sie ist nicht die einzige undankbare Tochter auf dieser Insel. Und sie wird auch bestimmt nicht die letzte sein«, erwiderte sie scharf.

»Könnten Sie uns zumindest den Namen verraten?«, fragte Nikos.

Maria Ladis Gesicht wurde noch spitzer. »Die Dame ist verheiratet. Ihr Vorname ist Caliopie.«

»Dann lebt sie unter einem anderen Familiennamen?«

»Anzunehmen.«

Nikos fluchte innerlich, weil Korfu – anders als zivilisierte Länder – kein Einwohnermeldeamt besaß. Es gab lediglich die Chance, sie über den Namen ihres Vaters zu suchen. Aber wenn sie den verleugnete? Tja, was dann?

»Möchten die Herren vielleicht noch etwas trinken?« Für die Frau war das Tochterthema beendet.

»Vielleicht noch ein Glas Wasser«, bat Nikos.

Sie holte eine zweite Plastikflasche aus dem Kühlschrank, goss beide Gläser voll. Nikos strich sich mit den Fingern durch sein krauses Haar und beschloss, das Thema zu wechseln.

»Wir haben bei dem Toten eine alte Mitgliedskarte gefunden. Es handelt sich um die Karte eines Vereins. Sie ist auf den Namen Dimitris Funasis ausgestellt.«

»Aber Dimitris war in keinem Verein! Das hätte ich doch gewusst!«, stieß sie hervor.

»Der Verein nennt sich *Die Rune*. Sagt Ihnen der Name was?«

Sie schluckte. Schüttelte stumm den Kopf.

Nikos setzte eine ernste Miene auf. »Ihr Nachbar, Dimitris Funasis, ist auf eine besonders grausame Weise getötet worden.«

Sie schluckte wieder. Kniff die Lider zusammen.

»Haben Sie eine Idee, Frau Ladi, wer das getan haben könnte?«

»Nein, nein!«

»Hatte Ihr Nachbar Feinde?«

»Nein! Nicht, dass ich wüsste.«

Nikos schwieg. Starrte sie nur an. Wartete.

»Was soll ich sagen … Dimitris war ein alter Mann, der seine Arbeit tat. Ein redlicher, unbescholtener Mann, der regelmäßig in die Kirche ging und die Vorschriften einhielt.«

»Die Vorschriften?«

»Der Kirche.«

»Verstehe.« Er musterte sie abwartend.

Sie versuchte ein Lächeln. »Mehr kann ich nicht sagen.«

Nikos stand auf. Michalis schrieb zu Ende, klappte seine Notizen zu und erhob sich ebenfalls. Maria Ladi eilte den beiden Polizisten über den dämmerigen Flur voraus. Ihr Gesichtsausdruck war betrübte Hilflosigkeit.

»Tut mir leid, wenn ich euch nicht weiterhelfen konnte, Jungs.«

»Das ist schon in Ordnung«, meinte Michalis. »Haben Sie vielleicht zufällig einen Schlüssel für das Haus?«

»Das war nicht nötig. Dimitris ließ ihn ja immer von außen stecken, wenn er unterwegs war.«

»Leider steckt aber jetzt keiner.«

Ihr Blick glitt ratlos von einem zum andern. »Dann weiß ich auch nicht …«

Alexandros war auf dem Weg nach Lefkimmi, als er Nikos und Michalis endlich telefonisch erreichte. »Habt ihr die Adresse der Tochter herausgefunden?«

»Nein. Nur den Vornamen. Caliopie. Mehr wusste die Nachbarin nicht.«

»Also dann ...« Alexandros unterbrach die Verbindung.

In Lefkimmi fuhr er direkt zur Polizeistation. Zwei junge Wachmänner in Uniform unterhielten sich vor der Tür. Der größere von beiden lehnte an der Hauswand, an einem Grashalm kauend, ein Knie angewinkelt, den Fuß lässig gegen die Mauer gestemmt, während der andere vor ihm stand und wild gestikulierend auf ihn einredete. Er schlug sich lauthals lachend auf die Schenkel, der Größere schüttelte grimmig lächelnd den Kopf. Alexandros parkte den Alfa auf der Gegenseite und ging zu ihnen hinüber. Er wies sich aus und erklärte sein Anliegen. Die Polizisten hörten ihm ernst und aufmerksam zu.

»Jammerschade«, bemerkte der Größere, als Alexandros geendet hatte. »Wäre die Volkszählung schon gewesen, könnten wir sie ganz leicht über den Computer finden. Aber die kommt ja erst im nächsten Jahr.«

»Und wie könnten wir die Frau ohne Volkszählung und Computer finden?«

»Caliopie, sagten Sie ... Dimitris Funasis, der Vater?«

Alexandros nickte. Er berichtete den Kollegen, was er von Nikos und Michalis über die Familie erfahren hatte.

»Und dieser Dimitris Funasis soll hier ein Hotel besitzen?«, fragte der kleinere Wachmann.

»Ja. Und ein anderes in Benitses sowie eine Apartmentanlage in Kalami.«

Der Polizist stieß einen leisen Pfiff aus.

»Über die Hotels, das müsste gehen«, meinte er. »Da müssten wir sie eigentlich im Computer finden.«

»Das denke ich auch«, sagte der Größere. Er spuckte den Grashalm auf die Straße. »Nicht jede Caliopie in Lefkimmi hat einen Besitzer von drei Hotelanlagen zum Vater.«

Sie versprachen, sich umgehend darum zu kümmern und sich zu melden, sobald sie etwas herausgefunden hatten. Alexandros hinterließ seine Handynummer, bedankte sich und ging zurück zum Wagen. Für dieses Gespräch, dachte er, hätte ein Telefonat gereicht. Andererseits wusste er, dass man hierzulande mit einem Telefonat allein häufig nicht ans Ziel kam. Wenn man etwas erreichen wollte, war es wirkungsvoller, sein Gesicht vor Ort zu zeigen. Was allerdings nicht zwangsläufig zum Erfolg führen musste.

Er hatte die letzten Häuser von Lefkimmi gerade hinter sich gelassen, da meldete sich sein Handy.

»Wir haben sie!«, verkündete die Stimme auf der anderen Seite.

Alexandros trat hart auf die Bremse. Er wendete und stand Minuten später wieder vor der Wache in Lefkimmi. Der Größere der beiden Polizisten kam mit einem Blatt Papier zu ihm hinausgeeilt. Alexandros überflog den Computerauszug, während der Wachmann ihm den Weg erklärte. Er ließ den Motor wieder an, bedankte sich für die rasche Hilfe und fuhr los.

10. Oktober 1965

Jan kommt immer häufiger.
Es sieht aus, als würde er A. allmählich ablösen. Als würde Jan A.s Stelle im Leben einnehmen. Im diesseitigen Leben, meine ich. In der wirklichen Welt. In unserer Außenwelt. Fast scheint es, als hätte er ihre Gestalt angenommen. A.s Gestalt mit der Jungenstimme von Jan.
Jan schwimmt gegen den Strom. Er kämpft gegen die anderen. Muss es tun. Die anderen Bewohner lassen uns nicht in Ruhe. Jan nicht. Mich auch nicht. Besonders die Kleinen sind schlimm. Die schreien und plärren ständig dazwischen. Und dann das scheppernde Lachen der Alten. Oh ja, Alte gibt es jetzt auch. Quengelnde, nörgelnde, quakende Greise. Hin und wieder das Kreischen eines Babys.
Es ist, als würden immer neue Bewohner in A.s Körper einziehen. Als dehne sich das Haus, wuchere zu allen Seiten aus. Als würden die Zellen in A.s Körper sich ununterbrochen teilen und neue Bewohner erzeugen.
A. ist verstummt. Ihre Bewohner haben sie stumm gemacht. Jan hat die Führung für alle übernommen. Er ist wie ein Wanderer zwischen zwei Welten. Er wandert zwischen A.s Innenwelt und meiner Außenwelt. Ich bin nie allein.
Ich studiere jetzt. Jura. Das Studium gefällt mir. Die Kommilitonen sind nett. Bisher ist es mir gelungen, mich aus allem rauszuhalten. Gehst du mit in die Bar? Heute nicht. Wann dann? Vielleicht das nächste Mal. Bedauerndes Lächeln. Immer freundlich. Schulterzucken. Immer

das Gleiche. Irgendwann wird keiner mehr fragen. Gut so. Besser. Für uns drei. Für A., Jan und mich.
Wie die anderen lachen! So fröhlich. Unbeschwert. Ich kann so nicht lachen.
Ich muss lernen. Ich muss Anwältin werden. Eine eigene Kanzlei. Als Anwältin kann man Gutes tun für die Menschen. Für Menschen, die das Leben benachteiligt. Mit einer Kanzlei verdient man viel Geld.
Ich muss mich mit dem Studium beeilen. Ich brauche das Geld. Meine Schwester kann nicht warten. A. soll es an nichts fehlen. Alles, was zählt, ist, sie glücklich zu machen. Auch wenn A.s Glück ein anderes ist. Ein fremdes. Eine Art Kehrseite vom wirklichen Glück.

7

Kristina Tzavrou hatte beschlossen, den Heimweg zum Kremasti zu Fuß zurückzulegen und dabei die von Panagiotis Peskalis ausgeliehene Digitalkamera zu testen. Das diffuse Licht war zwar nicht gerade optimal, doch ab und an zeigte die Sonne ein Einsehen und lugte für einige glanzvolle Minuten zwischen den aufgetürmten Wolkenbänken hervor.

Sie drückte einige Male auf den Auslöser der Kamera. Enttäuscht stellte sie fest, dass der fotografierte Bildausschnitt kaum jemals dem entsprach, was sie zuvor im Sucher eingestellt hatte. Es waren zwar nur ein, zwei Millimeter, doch etwas fehlte immer. Entweder am oberen oder unteren Bildrand, rechts oder links. Der Fehler steht immer hinter der Maschine!

Kaum in der Wohnung angekommen, suchte Kristina fieberhaft nach Kyras Sportschuhen. Während sie im Kleiderschrank die beiden Schuhfächer durchwühlte, wählte sie nacheinander sämtliche Telefonnummern der Freundin. Sie gab die Suche im Kleiderschrank auf, wählte noch mal Kyras Handynummer und legte sich mit dem Hörer am Ohr flach auf den Boden. Sie lugte unter das Bett. Und siehe da, die Schuhe lagen hinter dem Bettpfosten an der Wand. Na also, dachte sie, in einem ordentlichen Haushalt …

»Hallo?«

»Hallo, Kleines!« Kyras dunkle Stimme.

»Du bist verhaftet«, verkündete Kristina. »Und deine Pumaschuhe ebenfalls.«

Stille. Knacken in der Leitung.

»Kyra, bist du noch da?«

»Sicher. Warum nicht?«

»Bist du etwa sauer? Das war ein Scherz!«

»Ich warte nur auf eine Erklärung.«

»Um Himmels willen, Kyra – was ist los mit dir?«

»Was ist also mit meinen Schuhen?«

Kristina schüttelte verständnislos den Kopf, beschloss aber nicht weiter auf Kyras humorlose Reaktion einzugehen. Stattdessen erzählte sie ihr von den Ergebnissen des Kriminaltechnikers und vom zweiten Mord.

»Der Mord«, sagte sie, »wurde regelrecht inszeniert.«

»Inszeniert? Was heißt das?«

»Das heißt, jedes Detail ist genau überlegt. Nichts befindet sich zufällig da, wo es ist. Der gesamte Tatort gleicht einer Inszenierung.«

»Und weiter?«

»Reicht das nicht?«

»Nichts Sensationelles aus meiner Fachrichtung?«

»Eigentlich nicht.«

»Was heißt ›eigentlich‹?«

»Wenn überhaupt, dann eher unfreiwillig.«

»Geht es etwas deutlicher?«

»Ich glaube nicht.«

»Nun ja … Wie auch immer, solltet ihr kompetente Fachberatung benötigen, du weißt ja, Herzchen, wo du mich findest.«

»Sensationslüsterne Schlampe!«

»Habe ich je etwas anderes behauptet?«

Kristina überlegte einen Moment. Sie setzte sich auf das Bett und sagte: »Aber deine Idee ist vielleicht gar nicht so falsch.«

»Ich wusste doch, du bist ein vernünftiges Mädchen.«

»Na ja, wenn sich einer auf dem Gebiet auskennt …« Kristina

strich sich grinsend die Haare zurück. Sie erhob sich und lief mit dem Hörer am Ohr zur Küche, um einen Plastikbeutel für die Schuhe zu suchen. »Okay«, sagte sie. »Ich werde dein Angebot beizeiten an höherer Stelle vorschlagen.«

»Lass dir nur nicht zu viel Zeit, Herzchen. Nicht, dass ich es mir anders überlege.«

Kristina zog eine Grimasse. Ein Glück, dachte sie, dass es noch kein Bildtelefon gibt.

Das Haus lag, umgeben von einem wild wuchernden Garten, hinter einer ausufernden, verwilderten Brombeerböschung, die danach strebte, einen Maschendrahtzaun niederzuwalzen. Ein mit Plastikspielzeug übersäter Weg führte von der Straße zum Haus, schlängelte sich mühsam durch ein Unkrautfeld, in dem die spärlichen Reste eines Rasens ums Überleben kämpften. Bretter und Planken alter Holzboote, bespickt mit rostigen Nägeln, staken aus dem Unkraut hervor, etwas abgerückt ein kleines bewirtschaftetes Feld. Die in Reihen sorgsam gepflanzten Artischocken, Paprika, Auberginen, Tomaten- und Bohnenstauden passten nicht ins übrige Umfeld. Seitlich hinter dem Beet ein Haufen Mörtel und Zement, aufeinandergeschichtete Natursteine neben einer zusammengefallenen Betonmauer. Ungepflegte Orangen- und Zitronenbäume, ein trauriger Feigenbaum, dessen graue Äste sich wie ein Mahnmal gen Himmel reckten. Auf sein Klingeln öffnete eine Frau in den Vierzigern die Tür. Sie trug ein mit Mohnblumen bedrucktes weißes Kleid, die aschblonden Haare waren zu einem Pferdeschwanz zusammengebunden. Ihre gepflegte Erscheinung stand in deutlichem Gegensatz zum Garten.

Die Nachricht vom Tod ihres Vaters ließ Caliopie Georgiou überrascht die Augen aufreißen. Sie holte tief Luft, hauchte ein erstauntes »Oh« und zeigte wenige Sekunden später demonstrative Gleichgültigkeit.

»Ich fürchte, Kommissar, da kann ich Ihnen kaum weiterhelfen. Ich habe schon vor Jahren den Kontakt zu meinem Vater abgebrochen. Mögen Sie einen Kaffee? Oder vielleicht etwas anderes?«

Alexandros Kasantzakis nahm dankend den Kaffee an. Sie saßen einander gegenüber. Ein geräumiges Wohnzimmer, Couchecke, Kamin, Fernseher, Esstisch mit vier Stühlen, Sideboards. Gepflegter Mittelstand. Alexandros schüttete zwei gehäufte Löffel Zucker in seine Tasse. Von nebenan zerriss das plötzliche Gebrüll eines Kindes die Stille. Caliopie Georgiou sprang auf, »wenn Sie entschuldigen, Kommissar«, und fegte, bevor er etwas erwidern konnte, zur Tür hinaus. Kurze Zeit später verstummte das Gebrüll. Er hörte sie im Nebenraum leise sprechen.

Er trank einen Schluck von dem Kaffee. Er war stark und süß, wie er ihn mochte. Sein Blick wanderte durch das Zimmer und blieb an einem der beiden Eckregale hängen. Auf dem obersten Bord standen Fotografien unterschiedlicher Größen in Holz- und Metallrahmen. Hochzeitsbilder, etwas abgerückt das Bild einer Braut ohne Bräutigam und das einer Frau mittleren Alters. Weißes schütteres Haar, tiefliegende dunkle Augen, die Andeutung eines gequälten Lächelns im knochigen Gesicht. Alexandros rührte der ausgelichtete Flaum von Haaren, durch den die Kopfhaut hindurchschimmerte, der überschattete Blick, das Märtyrerlächeln sowie die exponierte Platzierung des Bildes, was die Frau darauf noch einsamer erscheinen ließ. Er erhob sich und ging näher an die Fotografien heran. Erstaunt erkannte er die Ähnlichkeit der abgehärmten Weißhaarigen mit der Braut ohne Bräutigam.

Er wandte sich um, das Foto noch in der Hand, als sie mit dem Kind auf dem Arm zurückkam. Der kleine Junge riss die Augen auf, verblüfft heftete sich sein Blick auf Alexandros' Gesicht. Alexandros zwinkerte ihm zu und zog eine Grimasse. Das Kind schaute verlegen zur Seite. Caliopie Georgiou deutete auf das Bild.

»Meine Mutter. Kurz vor ihrem Tod. Die letzte Aufnahme. Drei Wochen später war es vorbei.«

Alexandros stellte das Bild zurück an seinen Platz. Die vom

Tode Gezeichnete neben die einsame Braut. Caliopie Georgiou wies mit dem Kinn auf die anderen Bilder.

»Mein Mann und ich. Die andern sind Verwandte. Freunde. Und die da … Hochzeitsbilder«, fügte sie überflüssigerweise hinzu.

Alexandros betrachtete die einsame Braut.

»Meine Mutter«, nickte sie. »Ihn habe ich aus dem Bild herausgeschnitten.«

Seltsam, dachte Alexandros. Kein einziges Bild vom Vater.

»Woran ist Ihre Mutter gestorben?«, fragte er.

»Krebs. Leukämie. Der Arzt konnte ihr nicht helfen. Keine der Behandlungen schlug bei ihr an. Obwohl Blutkrankheiten eigentlich sein Spezialgebiet waren.«

»Wissen Sie vielleicht noch, wie der Arzt hieß?«

»Sicher. Doktor Jannis Mastoras.«

Alexandros musterte sie. Caliopie Georgiou fing seinen Blick auf. »Ich weiß Bescheid, Kommissar«, sagte sie. »Der Doktor ist tot. Ich habe es im Fernsehen gesehen. Er wurde ermordet. Schreckliche Sache.«

Sie ging mit dem Kind auf dem Arm zum Tisch und setzte sich wieder auf ihren Stuhl. Er folgte ihrem Beispiel. Das Kind ritt juchzend auf ihrem Knie.

»Und nun Ihr Vater«, sagte er, »ebenfalls tot. Ebenfalls ermordet.«

Ihre Miene zeigte echte Verwunderung. »Und Sie glauben … aus Ihren Worten schließe ich …« Sie schüttelte verständnislos den Kopf. Er nickte behutsam. »Sie denken, es ist derselbe, der das getan hat?«

»Man muss von der Möglichkeit ausgehen.«

»Aber warum?«

»Es gibt Anhaltspunkte. Vielleicht auch Verbindungen.«

»Und die wären? Ich meine, welche Verbindungen?«

»Das wollte ich Sie fragen. Welche Verbindung könnte es zwischen Ihrem Vater und Dr. Jannis Mastoras gegeben haben?«

Sie vergrub das Kinn im Haar des Jungen, der jetzt still auf ihrem Schoß saß und den fremden Mann mit großen Augen anstarrte. Alexandros trank Kaffee. Wartete. Beobachtete die Anspannung in ihrem Gesicht.

Sie hob den Kopf, sah ihn an. »Ich kannte meinen Vater ja kaum. Und der Doktor war doch der Arzt von Mama.« Sie strich dem Jungen über das Haar.

»Können Sie sich erinnern, wann Sie Ihren Vater zum letzten Mal gesehen haben?«

»Ja, sicher. Als meine Mutter starb. Auf der Beerdigung. Danach zog er nach Kalami.«

»Warum haben Sie den Kontakt abgebrochen?«

Das Kind strampelte mit den Beinchen. Sie ließ es neben ihrem Stuhl auf den Boden gleiten. »Mein Vater war kein guter Vater.« Die Andeutung eines bitteren Lächelns. Sie warf Alexandros einen schnellen Blick zu, schüttelte den Kopf. »Nein, nein. Nicht das, was Sie denken, Kommissar.«

»Was denke ich denn?«

»Das, was alle Männer … im Übrigen auch die meisten Frauen angesichts einer solchen Eröffnung denken würden.« Sie schluckte. Räusperte sich. Fuhr mit dem Daumen langsam über ihre Lippen. Alexandros schwieg. Das Kind spielte zu ihren Füßen auf dem Boden.

»Das ist es nicht, nein … Er war ganz einfach kein guter Vater. War nie da für uns. Für Mutter und mich. Es war so, als ginge er uns aus dem Weg.« Sie sah Alexandros offen an. »Ich glaube, er konnte uns nicht in die Augen sehen. Ja, das war es. Er konnte uns nicht ansehen.« Sie nickte nachhaltig. »Ich hätte gern Geschwister gehabt. Einen Bruder. Oder eine Schwester. Egal was. So musste ich allein den Kampfplatz mit meiner Mutter teilen.«

»Den Kampfplatz?«

Bitteres Lachen. Kopfschütteln. »Mama war kein ebenbürtiger Partner. Sie war schwach.«

»Und Ihr Vater?«

»Der mochte ihre Schwäche nicht. Der mochte überhaupt keine Schwäche.«

Sie schauten beide auf das am Boden spielende Kind.

»Würden Sie Ihren Vater als stark bezeichnen?«

»Ist das wirklich wichtig?«

Alexandros schwieg.

»Ob stark oder schwach, er war kein guter Vater. Kein guter Mensch.« Sie sprach, ohne den Blick von dem Kind zu lösen. Das Kind krabbelte wie ein kleiner Käfer am Boden. »Das hing wohl auch mit seinen Eltern zusammen. Es gab da etwas in der Vergangenheit.«

»In der Vergangenheit?«

Sie hob den Kopf, wendete sich ihm zu, sagte mit fester Stimme: »Ich weiß nichts Bestimmtes. Nur so viel, dass es irgendwie mit dem Geld zusammenhing.«

»Mit welchem Geld?«

»Die Eltern meines Vaters waren reich. Sie haben ihm und seiner Schwester Aktien, Immobilien und ein Vermögen hinterlassen.«

»Das später Sie bekommen werden.«

Sie warf ihm einen frostigen Blick zu. »Nach dem Tod seiner Schwester, ja.« Sie lachte böse. »Aber ich will es nicht. Ich will dieses Geld nicht. Das Geld meines Vaters stinkt nach Blut. Es ist Blutgeld.«

»Woher kommt das Geld?«

»Aus der Vergangenheit. Aus den Sümpfen der Vergangenheit. Durch die sind ja schon seine Eltern metertief gewatet.«

»Was für Sümpfe?«

Ihre Schultern fielen herab. Sie wirkte auf einmal schutzlos. »Ich weiß es nicht. Vater hatte einige Male Besuch. Ich war damals noch klein. Sie kamen zwei-, drei-, vielleicht auch viermal im Jahr. Seltsame Menschen. Sprachen nicht viel.«

»Waren es Männer oder Frauen?«

»Sowohl als auch.« Sie starrte auf das Kind hinab, das sich versunken mit der Mechanik eines Plastikbaggers beschäftigte.

Eine steile Falte stand auf ihrer Stirn. »Mutter und ich durften nicht dableiben, wenn sie kamen. Er schickte uns zum Einkaufen ins Dorf. Oder in die Olivenbäume. Später, ich war da schon älter, traf er diese Leute in einem seiner Hotels.«

»Um was ging es bei diesen Treffen?«

Sie schüttelte den Kopf. »Keine Ahnung. Leider.«

»Sagt Ihnen der Verein *Die Rune* etwas? Und wissen Sie, ob Ihr Vater Freunde in Deutschland hatte?«

»Ich weiß es nicht. Ich kannte ihn ja kaum.«

Verdammt! Er befand sich in einer Sackgasse.

»Ist es richtig, dass die Schwester Ihres Vaters in einem Heim in Thessaloniki lebt?«

»Wer hat Ihnen denn das erzählt?«

»Die Nachbarin Ihres Vaters.«

Caliopie Georgiou lachte böse. »Bis zum Schluss die falschen Fährten gelegt. Bis ans bittere Ende. Großartig, Vater! Genial! Wirklich genial!«

»Was meinen Sie mit ›falschen Fährten‹?«

Ihr Lachen brach abrupt ab. Ihre Augen ruhten auf ihm, starrten ihn an. Sie hatte schöne Augen. Alexandros dachte, dass der Name Caliopie in der Tat zu ihr passte. »Ganz recht, Kommissar. Die falschen Fährten. So etwas konnte er immer schon gut. Darin war er Großmeister. Die Schwester meines Vaters lebt hier. In Kerkyra. In einer privaten Anstalt für geistig Behinderte.«

Kristina hatte Glück. Sie fand eine enge Parklücke direkt neben der Einfahrt der Astynomia. Sie stieg aus, schulterte ihre Tasche und überquerte die Alexandras Ave. In den Straßencafés der übliche Nachmittagsbetrieb. Alle Tische besetzt. Touristen, Geschäftsleute, Studenten, einige Gesichter, die ihr irgendwie bekannt vorkamen. Als sie schon aufgeben wollte, entdeckte sie einen freien Tisch.

Im Labor hatte sie entnervend lange nach Panagiotis Peskalis suchen müssen. Als sie seinen roten Haarschopf dann endlich im Halbdunkel eines der kleinen stickigen Computerräume entdeckte, wurde ihr schwindelig vor Müdigkeit. Obwohl der Raum um sie herum zu tanzen begann, brachte sie sogar so etwas wie ein Lächeln zustande. Sie wich seinem forschenden Blick aus und überreichte ihm den Beutel mit Kyras Schuhen.

»Schrecklich heiß hier drinnen«, stöhnte sie.

»Die Geräte«, er nickte in eine unbestimmte Richtung, »die heizen den Raum zusätzlich auf. Wie lief es mit der Digitalkamera?«

»Gewöhnungsbedürftig.«

»Also, normal für den Anfang.«

»Kann ich sie noch ein paar Tage behalten, PP?«

»Kein Problem. Solange du willst.« Er unterzog sie einem prüfenden Blick. »Es geht mich ja nichts an, Mädchen, aber du siehst nicht gut aus. Wenn ich dir einen Rat geben darf, etwas Schlaf könnte nichts schaden. Und vielleicht solltest du auch mal was essen.«

Sie musterte ihn von unten herauf. »Richtig. Geht dich nichts an. Aber Recht hast du.«

Natürlich hatte er Recht. Sie war hungrig. Vor allem aber war sie todmüde. Die vergangene Nacht forderte ihren Tribut. Also saß Kristina nun im Café und winkte die Kellnerin heran. Nachdem sie ein Käsebaguette und einen Cappuccino bestellt hatte, legte sie sich in dem geräumigen Korbsessel zurück und machte die Beine unter dem Tisch lang. Im Schatten der Platanenallee spürte sie, wie die Lebensgeister langsam in sie zurückkehrten. Und mit ihnen auch das Bild der letzten Nacht: Der gehängte alte Mann im Wald von Kalami. Sie öffnete ihre Tasche und zog die Tatortfotos heraus. Sie war gerade dabei, eine Detailaufnahme der ausgeschälten Augenhöhlen zu studieren, als sich plötzlich eine Hand auf ihre Schulter legte. In einer heftigen Bewegung fuhr sie herum, wobei sie gerade noch die Bilder auffing, die von ihrem Schoß zu Boden gleiten wollten.

»Gute Reaktion, Schätzchen!«

»Das hast du neulich schon festgestellt.«

»Ah ja?«

»Ja, du Weltmeisterin des Anschleichens.«

Die Kellnerin brachte Kristinas Bestellung. Während sie den Teller mit dem Käsebaguette vor sie hinstellte, warf sie eine schnippische Bemerkung über die Schulter zu einem der Nachbartische hinüber. Drei Typen in papageibunten Hemden brachen in wieherndes Gelächter aus. Das Mädchen demonstrierte einen aufreizenden Hüftschwung und bedachte die Herren mit einem anzüglichen Grinsen. Mit hochgezogenen Brauen sah sie zu Kyra Damianidi, die sich neben Kristina niederließ und ohne zu überlegen das Gleiche wie die Freundin bestellte. Kyras Kennerblick folgte dem prallen miniberockten Hintern der Kellnerin, die im Dämmerlicht der Bar verschwand. Als ihr Blick zurückkehrte, streifte er beiläufig die Fotografien auf Kristinas Schoß.

Sie deutete mit dem Kinn auf die Fotos. »Sind das die Bilder vom Tatort?«

»Von den Tatorten, ja.«

»Stimmt, es waren ja zwei.« Sie lehnte sich zurück, schlug die Beine unter ihrem langen Rock übereinander und taxierte die Papageienmänner am Nachbartisch mit geringschätzigem Blick. »Wisst ihr schon etwas über den zweiten?«, fragte sie, ohne die Kerle aus den Augen zu lassen.

Von nebenan drang lautes Gegröle herüber.

»Einer von den Reichen«, sagte Kristina. »Hotelbesitzer. Eine Tochter in Lefkimmi. Eine Schwester in irgendeinem Heim.«

»Einem Heim?«

Kristina nickte. »Interessant ist die Mitgliedskarte eines deutschen Vereins, die PP bei ihm gefunden hat.«

»PP? Wer ist denn das nun wieder?«

»Der Kriminaltechniker, der sich gerade in das Innenleben deiner Pumaschuhe vertieft.«

»Ach so«, sie zog die Zigarillos aus ihrer Tasche, legte die Packung vor sich auf den Tisch. »Und diese Mitgliedskarte?«

»Irgendeine Vereinigung oder so was. *Die Rune.* Ein deutscher Name.«

Kyra verzog skeptisch den Mund.

»Ich war sechs Jahre in Deutschland«, erklärte Kristina. »Ein bisschen was ist davon noch hängen geblieben.«

Kyra deutete auf die Bilder. »Darf ich?«

Die Kellnerin kam zurück. Sie schielte auf die Fotos in Kyras Hand, während sie einen weiteren Cappuccino und ein Käsebaguette von dem mit Flaschen und Gläsern vollbeladenen Tablett ablud. Kyra hob den Kopf, drehte die Bilder um und bedachte die Kellnerin mit einem vernichtenden Blick. Das Mädchen stieß das Kinn in die Luft und stolzierte wie ein Pfau davon. Erneutes Gelächter vom Nachbartisch. Kyra streifte die Papageienmänner mit einem abschätzenden Blick.

»Potenzielle Kundschaft?«, grinste Kristina.

»Wer weiß …«

Sie ließen sich Zeit. Studierten jedes Foto bis ins kleinste Detail. Nachdem sie die letzte Aufnahme einer längeren Prüfung unterzogen hatten, biss Kyra nachdenklich in ihr Sandwich. Sie kaute eine Weile, starrte ins Leere, schüttelte hin und wieder den Kopf.

»Bei dem ersten«, begann sie zögerlich, »bei dem, der in Arillas angeschwemmt wurde, sieht es tatsächlich, nun ja, nach einem sadomasochistischen Schema aus. Aber bei dem zweiten habe ich so meine Zweifel. Wer lässt sich schon freiwillig die Augen ausstechen und die Finger abschneiden? Das geht für meinen Geschmack nun doch ein bisschen zu weit.«

Kristina schob sich das letzte Stück Baguette in den Mund. »Und das mit der Injektionsnadel im Schwanz«, sagte sie, »geht das nicht auch ein bisschen zu weit?«

Kyra musterte die Freundin belustigt. »Da gibt es Sachen, die gehen noch viel weiter.«

»Und die Wundmale auf der Haut?«

Kyra biss in ihr Brötchen. »Da passt etwas nicht zusammen«, sagte sie kauend. »Da sind Lücken.«

»Lücken? Was meinst du mit Lücken?«

»Bruchstücke, die fehlen. So lassen sich die Teile nicht aneinanderfügen. Verstehst du?«

»Nur Bahnhof.« Kristina schüttelte den Kopf.

»Ich meine, die Art der Verletzungen. Der Vorgehensweise. Soweit man das von den Fotos her beurteilen kann. Glaub mir, ich kenne mein Geschäft. Was bei dem ersten Toten, diesem Arzt, wie SM aussieht, scheint mir bei dem zweiten bitterer Ernst.« Sie nahmen sich noch einmal die Detailvergrößerungen der Haut vor. Kyra deutete auf einzelne Stellen. »Diese Wundmale, die stammen nicht von Sexspielen. Da bin ich mir absolut sicher.« Sie zündete sich ein Zigarillo an, nippte an ihrem Kaffee und lehnte sich zurück. Sie blies den Rauch nach oben und schaute der sich zerfasernden Rauchschliere nach.

»Was glaubst du«, sagte Kristina, »könnte bei dem ersten Opfer eine deiner Kolleginnen ihre Hände mit im Spiel gehabt haben?«

Kyra gab keine Antwort. Kristina ließ nicht locker.

»Welche Domina könnte so etwas gemacht haben?«

»Da ist die Auswahl ja nicht sonderlich groß«, entgegnete Kyra. »Aber ich vermute eher, dass es eine private Domina war. Eine sehr private. So was wie eine Hausfrauendomina. Die Arbeit erscheint mir irgendwie unprofessionell.«

»Kennst du solche Frauen? Die sich ein Taschengeld verdienen?«

Kyra zog an ihrem Zigarillo. »Das ist ein weites Feld. Und die Dunkelziffer ein noch viel weiteres.«

Am Nachbartisch rückten die Papageienmänner ihre Stühle lautstark zurück und verließen lärmend das Lokal. Die Kellnerin murmelte etwas Unverständliches und sammelte das Geld ein, das überall auf dem Tisch verstreut lag. Kyra rauchte, den Blick auf die Fotos geheftet.

»Ich würde mir gern mal die Originale ansehen«, sagte sie und gab Kristina die Bilder zurück. »Siehst du eine Möglichkeit?«

»Kyra, das ist wirklich keine erfreuliche Angelegenheit.«

»Mord, Schätzchen, ist in den seltensten Fällen eine erfreuliche Angelegenheit.« Sie zwinkerte Kristina zu. »Frag deinen netten Kommissar. Und keine Bange, Schätzchen, ich habe nicht vor, den Beruf zu wechseln. Und ich strebe auch keineswegs einen Beratervertrag bei euch an.«

»Was bei deinen Gehaltsvorstellungen vermutlich einiges Kopfzerbrechen verursachen würde«, lächelte Kristina. Kyra zog ein letztes Mal an ihrem Zigarillo. Dann beförderte sie die Kippe in den Aschenbecher und tötete sie.

»Theoretisch«, sagte sie, »rein theoretisch könnte es sein, dass ihr es mit zwei Mördern zu tun habt.«

»Die Indizien sprechen aber für einen Täter.«

»Mit zwei Mördern, die zusammenarbeiten.«

»Einer«, sagte Alexandros entschieden. »Es ist ein Täter. Nicht zwei. Aber bitte sehr, wenn deine Freundin sich zu Leichen hingezogen fühlt – was sollte ich dagegen haben?«

Nikos packte Michalis am Arm und wies mit einer raschen Kopfbewegung zur Tür hin.

»Wir sind noch nicht fertig«, rief Alexandros ihnen hinterher.

Nikos fuhr herum. »Um uns diesen Schwachsinn anzuhören?!«

Michalis blickte genervt von einem zum andern. Er verabscheute die hin und wieder auftretenden Spannungen zwischen Nikos Stavrous und dem Hauptkommissar. Alexandros Kasantzakis war nun mal der Leiter der Mordkommission. Der Chef. Und er war unbestritten ein guter Chef. Ob er nun richtig oder falsch entschied – Alexandros hatte die Führung. Und bis zu seiner Pensionierung würde sich daran auch nichts ändern. Warum also konnte sich Nikos nicht ein wenig zurücknehmen? Seine Meinung etwas dezenter verkaufen? Manchmal war die ja gar nicht so falsch. Ja, dachte Michalis, Diplomatie gehört nicht gerade zu Nikos' Stärken. Gewiss, Alexandros Kasantzakis vertrat in vielem noch die Auffassung einer anderen Generation. Das wussten sie alle. Doch konnte man mit ihm über alles sprechen. Im Gegensatz zu Nikos. Die Vorstellung, Nikos Stavrous könnte eines Tages sein Chef werden, ließ den Kriminalassistenten Michalis Kavadias leise aufseufzen. Also verscheuchte er den Gedanken und versuchte, dem Gespräch zu folgen.

»Das ist kein Schwachsinn, Nikos«, beschwichtigte Alexandros. »Nur eine andere Sichtweise, die uns vielleicht weiterhilft.«

»Meine Güte, welche Sichtweise?!«, insistierte Nikos. »Weißt du, was mich nervt, Alex? Wenn einer immer alles und jedes durchgehen lässt.«

»Ich lasse nichts durchgehen, Nikos. Ich höre mir nur alles an. Und stell dir vor, manchmal bringt es mich sogar ein Stückchen weiter.«

»Entschuldige, Mädchen«, wandte sich Nikos an Kristina, »ist deine Freundin vielleicht so was wie ›leichengeil‹?«

»Meine Freundin«, erwiderte sie gelassen, »ist allenfalls geil darauf, Knaben wie dir den Arsch zu versohlen.«

Alexandros hielt sich rasch die Hand vor den Mund. Michalis wandte sich glucksend ab. Nikos öffnete den Mund und ließ seine Zungenspitze genüsslich langsam über die Oberlippe gleiten.

»Warum nicht«, meinte er, »wenn die Dame etwas von der Sache versteht …«

Kristinas Blick glitt prüfend über seinen Körper. »Ich denke, für deinen Hintern wird es reichen.«

»Aber nur mit Geld-zurück-Garantie!«

Alexandros lachte. Michalis gab seinem Drang erleichtert nach und begann ebenfalls zu lachen. Nikos grinste süffisant. Seltsamerweise schien er die Situation zu genießen, was eigentlich nicht zu ihm passte.

»Und wenn Kyra nun wirklich etwas herausfindet?«, nahm Kristina den Faden wieder auf.

»An meinem Arsch?«, fragte Nikos.

»An den Leichen! Die sind – zumindest im Moment – weitaus interessanter als dein Allerwertester.«

»Bist du da sicher?«

Kristina kicherte. Offensichtlich war Kommissar Nikos Stavrous mit dem Thema noch nicht durch. »Vielleicht findet Kyra auf Grund ihrer Erfahrung als Domina etwas heraus, was uns entgangen ist.«

»Ich bin für jede Idee offen«, meinte Alexandros. »Das weißt du, Kristina. Nur erwarte bitte nicht, dass ich deine Freundin in die laufenden Ermittlungen miteinbeziehe.« Er machte eine abschließende Geste, erhob sich von seinem Stuhl und kam um den Schreibtisch herum. »Nikos, Michalis, ihr geht zur Praxis von Doktor Mastoras.«

»Sollen wir nach etwas Bestimmtem suchen?«, fragte Nikos.

»Nach allem, was uns weiterhelfen könnte. Die verstorbene Ehefrau des Ölbauern aus Kalami war schließlich dort Patientin.«

»Vielleicht finden wir noch andere interessante Namen in seiner Patientenkartei«, meinte Michalis.

»Das hoffe ich!«

Nikos öffnete die Tür. Michalis trat an ihm vorbei auf den Gang hinaus.

»Was habt ihr eigentlich im Haus des Opfers in Kalami erreicht?«, fragte Alexandros.

Nikos stand mit der Hand auf der Klinke in der Tür. »Nichts. Das Haus war abgeschlossen, und die Nachbarin hatte keinen Schlüssel. Dimitris Funasis hatte ihn angeblich immer von außen in der Tür stecken lassen, wenn er unterwegs war.«

»Diesmal aber nicht?«

»Nein.«

»Dann hatte er vielleicht gar nicht vorgehabt, das Haus zu verlassen.«

»Was bedeuten würde …«

»Er wurde möglicherweise dazu gezwungen.«

Er stand bereits in der Tür, als es ihm schlagartig wieder einfiel.

Er hatte es vollkommen verdrängt. Das Telefonat mit dem Polizeipräsidenten in Athen hatte jeden anderen Gedanken blockiert. Die Frage, welcher Staatsanwalt für die Korfu-Morde zuständig sein würde, hatte ihn zu sehr beschäftigt. Es gab solche, mit denen die Verständigung unproblematisch war, andere, Profilierungssüchtige, die einem bei jeder sich bietenden Gelegenheit Knüppel zwischen die Beine warfen. Er kannte einige von den Staatsanwälten, zumeist die älteren, von früher. Die jüngeren hingegen waren ihm weitestgehend unbekannt. Als der Polizeipräsident ihm den Namen nannte, ging er in Gedanken die Gesichter durch. Der Name war ihm nicht fremd, obwohl er kein Gesicht damit verband. Die Frage des Polizeipräsidenten, wie sie mit ihrer Ermittlung vorankämen, beantwortete er mit ausweichender Diplomatie.

Alexandros schloss die Tür und ging zurück zum Schreibtisch. Er wählte. Mit den Fingern auf der Tischplatte trommelnd, lauschte er dem Ton des Freizeichens.

»Hallo?«

Mit dem Klang ihrer Stimme hatte er ihr Bild vor Augen. Gab es überhaupt irgendwas, das er nicht an diesem Mädchen liebte? Etwas, worauf er nicht grenzenlos stolz war? Eingebildeter Affe, dachte er amüsiert. Du tust gerade so, als hättest du eigenhändig diese kleine Kostbarkeit erschaffen.

»Willkommen in der Heimat.«

»Papa! Wann kommst du?«

»Bald, mein Schatz.«

»Beeil dich!«

»Warum? Hast du vielleicht vor, deinen alten Vater schon wieder zu verlassen?«

»Ach, Papa! Ich habe ganz einfach schreckliche Sehnsucht nach dir.«

»Das hört man doch gern«, gab Alexandros zurück.

Ein altes Volkslied leise vor sich hinsummend, verließ er sein

Büro. Auf der Treppe, die zum Ausgang hinunterführte, wurde er von Nikos Stavrous eingeholt.

»Tut mir leid, Alex, aber ich habe soeben einen Anruf bekommen. Drogenfund im Hafen. Die Sache scheint heiß.«

Alexandros lehnte sich an das Treppengeländer. »Dann soll Michalis allein zur Mastoras-Praxis gehen. Er kann sich ja jemanden von der Streife mitnehmen.«

Nikos riss die Augen auf und schüttelte heftig den Kopf. »Geht nicht, Alex. Ich brauche Michalis am Hafen. Die Ladung befindet sich unterhalb des Bugs einer Sechsmeterjacht. Unter Wasser, du verstehst.« Alexandros verstand. Wenn Nikos Stavrous vor irgendetwas Angst hatte, dann war es das Wasser. Nikos würde niemals auch nur einen Fuß ins Meer, in einen See oder Fluss oder auch nur in einen Swimmingpool setzen. Michalis Kavadias hingegen war ein begeisterter Sporttaucher.

»Kannst du nicht jemand anders mitnehmen, der tauchen kann?«, fragte er.

»Von denen, die in Frage kämen, ist keiner erreichbar.«

Alexandros überlegte einen Moment. Er warf einen Blick auf seine Armbanduhr. »Okay«, brummte er. »Macht euren Job im Hafen. Die Praxis übernehme ich.«

22. April 1976

Sie musste weg. Ich hatte keine Wahl. A. weiß, dass ich sie wegbringen musste.
Sie ist ganz still, jetzt. Sieht mich immer nur an. Mit diesen riesigen traurigen Augen. Ja, in ihren Augen sehe ich, dass sie begreift.
Mutter ist tot. Jetzt gibt es niemand mehr, der für A. sorgt.
Mama. In den letzten Wochen ihrer Krankheit ein Bild des Elends. Zum Glück gab es noch die Pflegerin. Ich wohne schon lange nicht mehr dort. Ich habe die Traurigkeit nicht mehr ausgehalten. Diese Tristesse. Das Unaussprechliche der Vergangenheit, das überall in unserem Haus wohnt. Ich verdiente das Geld. Für A. und die Pflegerin. Und für Mama.
A. braucht Betreuung rund um die Uhr.
Vielleicht hätte ich nach Mutters Tod die Pflegerin im Haus wohnen lassen sollen. Meine Schwester hatte sich an sie gewöhnt. Auf ihre Weise mochte sie die Frau. Doch die Pflegerin ist alt. Sie sagte nichts, aber ich spürte, dass auch sie nicht mehr wollte. Mit einer neuen Pflegerin, so einer kräftigen, energischen jungen Frau, die was aushält, hätte alles wieder von vorn begonnen. Für A. braucht man Kraft. Hin und wieder muss man sie sogar tragen. Wenn sie nicht laufen will. Nicht einmal krabbeln oder kriechen. Wenn sie sich mit allen vieren gegen jede Art von Fortbewegung stemmt.
Ja, mit einer neuen Pflegerin hätte alles von vorn begonnen. Das Geschrei. Die Tränen. Die schlimmen Worte. Die Machtkämpfe. Meine Schwester gibt sich nicht so schnell geschlagen. Ihre Bewohner hindern sie daran. Sie brauchen den Kampf. Den Machtkampf. Die Be-

wohner bestimmen ihr Verhalten. Sie würden keine neue Pflegerin dulden. Das können sie gar nicht. Denn sie können sich nicht einigen. Niemals. Sie haben zu widersprüchliche Meinungen.
Ich musste A. wegbringen.
A. weiß das. Sie weiß es durch all den Nebel hindurch, in dem sie lebt. Auch wenn sie nichts sagt. Sich nicht ausdrücken kann. Ich weiß, sie versteht.
In der ersten Zeit im Heim sprach A. nicht mehr. Ihre Bewohner schwiegen. Auch Jan. Kein Ton, der ihre Lippen verließ.
Es war Jan, der als Erster wieder zu mir sprach.
Jan beschuldigte mich des Verrats an meiner Schwester. Er begriff die Situation nicht. Die Ausweglosigkeit, in der ich mich befand. Auch wenn es mir das Herz brach, meine geliebte Schwester in einem Heim zu wissen. Meine Verteidigungsversuche, meine Entschuldigungen prallten ab an der Mauer seines Schweigens.
Jan schwieg wieder. Blieb stumm. Er blieb es für eine lange Zeit.
Bis zu jenem Abend. Einem letzten heißen Spätsommerabend. Als aus dem Nichts plötzlich diese Erscheinung auftauchte.
Die Frau mit dem Vogelkopf.

8

Lia Fakinou, schlank, groß gewachsen, wasserstoffblond, mit ebenso auberginenfarbenen Fingernägeln wie Lippen, war gerade dabei, ihrer älteren Kollegin in die Lodenjacke hineinzuhelfen, als das Schnappschloss der Eingangstür aufsprang. Beide Frauen wandten sich mechanisch dem Eintretenden zu, einem Mann mittlerer Statur in der zweiten Hälfte seines Lebens, mit leichtem Bauchansatz, naturgebräunter Haut und dichtem, fast schwarzem, von einzelnen weißen Strähnen durchzogenem Haar. Während Wasa Sografou einen ersten Blick in die dunklen Augen des Mannes warf, einen zweiten auf seinen imposanten Schnurrbart und einen dritten auf den Ausweis, den er ihr entgegenhielt, seufzte sie innerlich auf. Dieser Mann hatte etwas Orientalisches. Ein geheimnisvolles Charisma wie aus *Tausendundeiner Nacht*. Wasa Sografou liebte sowohl die Märchen der Scheherezade als auch Männer mit orientalischer Aura. Letzteres allerdings hätte sie niemals offen zugegeben.

»Wir dachten schon, Sie kommen heute nicht mehr.« Wasa Sografou streckte ihm lächelnd die Hand entgegen. »Fünf Minuten später, und Sie hätten vor verschlossener Tür gestanden.«

Alexandros Kasantzakis ergriff ihre Hand und murmelte eine Entschuldigung. Lia Fakinou nickte ihm zu und hängte die Lodenjacke ihrer Kollegin zurück an die Garderobe. Sie blieb abwartend hinter der Älteren stehen. Wasa Sografou, einssechsundfünfzig, stämmig, gedrungen, zauberte aus den Falten ihres weiten knielangen Rockes ein Taschentuch hervor, mit dem sie umständlich ihre Brille putzte. Optisch war sie in jeder Beziehung das Gegenteil ihrer jüngeren Kollegin. Lief bei der Jüngeren der Farbtopf über, so dominierte bei der Älteren ein dezentes Grau.

Alexandros erfasste mit einem schnellen Blick den Raum. Ein gigantischer Marmortresen beherrschte das karg eingerichtete Empfangszimmer. An einem Holzbrett an der Wand vier Garderobenhaken, zu den Seiten des Brettes je ein Landschaftsaquarell in Graugrün, darunter zwei verchromte Rohrstühle mit hölzernen Sitzflächen. Auf dem Empfangstresen stapelten sich Aktenordner und Mappen sowie Berge gehefteter oder mit Heftklammern zusammengehaltener Papiere. Wasa Sografou setzte ihre Brille auf die Nasenspitze und sah ihn melancholisch über den Rand der Brille hinweg an. Mit einer ausladenden Geste deutete sie hin zum Tresen.

»Die Hinterlassenschaft eines Lebens. Und so ein Ende …« Ihr Blick verlor sich über den Papieren. Sie nahm die Brille ab und betupfte mit dem Taschentuch ihre Augen. Was Alexandros bei der Witwe des ermordeten Arztes erwartet hatte, begegnete ihm hier, bei seiner alten Sprechstundenhilfe: Das Gefühl von Verlassensein, jene Lücke, die der plötzliche Tod eines nahen Menschen hinterlässt. Das Nichtbegreifen des endgültigen Abschieds.

Wasa Sografou putzte sich umständlich die Nase. Sie vergrub das Tuch wieder sorgsam zwischen den Falten ihres Rockes und blickte dann mit schief gelegtem Kopf erwartungsvoll zu ihm hoch. »Was können wir für Sie tun, Herr Kommissar?«

»Ich würde gern die Praxisunterlagen von Doktor Mastoras einsehen«, erklärte er behutsam. »Vielleicht finde ich dort etwas, was uns weiterhilft.«

»Bitte, Herr Kommissar. Frau Mastora hat uns telefonisch angewiesen, Sie ohne Einschränkungen zu unterstützen.«

Alexandros sah sie eindringlich an. »Sie wissen aber, ich habe keinen offiziellen Durchsuchungsbefehl«, vergewisserte er sich vorsichtshalber.

Sie strahlte ihn mit großen Augen an: »Was ist das, Kommissar, ein Durchsuchungsbefehl?«

Er lächelte und trat an den Marmortresen. Wasa Sografou führte ihn in das angrenzende Sprechzimmer und deutete auf die Aktenordner und Schubladen. Er begann zu blättern. Nach zwanzig Minuten hatte er die Papiere, drei Ordner und zwei Mappen grob gesichtet.

Die beiden Sprechstundenhilfen machten sich indessen leise miteinander tuschelnd an den Aktenordnern im Regal zu schaffen. Alexandros spürte, dass zumindest die ältere ihn keine Sekunde aus den Augen ließ. Er blätterte in Plastik- und Klemmheftern unterschiedlicher Farben, in handschriftlich vollgekritzelten Heften und losen, teilweise mit Büroklammern zusammengehaltenen Papieren. Forschungsberichte, Vorträge, medizinische Abhandlungen, von denen er kaum ein Wort verstand. Eine der Schubladen enthielt einen Stapel Ordner mit sauber getippten Rechnungen, peinlich genau nach Datum sortiert und abgeheftet. Die letzten zwei Jahrzehnte eines offensichtlich ertragreichen Berufslebens.

Er blätterte die Rechnungen flüchtig durch, und als er den letzten Ordner in die Hand nahm, entdeckte er darunter eine Mappe mit Briefen. Er blätterte die Briefe durch. Bei einigen war das Kuvert auf der Rückseite mit einer Büroklammer angeheftet. Die meisten der Schreiben waren auf griechisch und englisch, ein paar auf deutsch und französisch. Einer der Briefe erregte seine Aufmerksamkeit. Er zog ihn stirnrunzelnd aus der Mappe und legte das Blatt vor sich hin.

Der Brief war mit Schreibmaschine geschrieben. Lateinische Buchstaben. Wie es aussah, ein älterer Maschinentyp. Das »a« und »e« wiesen jeweils die gleichen Verwischungen auf, das »t« und »l« Doppelkonturen. Angespannt versuchte er den Inhalt zu verstehen. Sinnlos. Er konnte zwar die lateinische Schrift einigermaßen entziffern, doch außer Datum und Briefkopf verstand er kein Wort:

Empfänger: Dr. Jannis Mastoras
Korfu
Absender: Flensburg, 8. Januar 1984
Die Rune

Als er von dem Blatt aufsah, begegnete er Wasa Sografous gespannt abwartender Miene. Er drehte ihr den Brief zu, woraufhin sie näher an ihn herantrat, die Brille zurechtrückte und, den Oberkörper leicht nach vorn geneigt, auf das Papier starrte.

»Das ist Deutsch«, sagte sie bestimmt.

»Können Sie es lesen?«, fragte er.

»Nein. Ich weiß nur, dass der Doktor hin und wieder Korrespondenz aus Deutschland erhielt.«

»Demnach konnte Doktor Mastoras die Briefe lesen?«

Sie musterte ihn mit wichtiger Miene. »Das nehme ich doch an.«

Alexandros überlegte kurz. »Dürfte ich vielleicht einmal einen Blick in Ihre Patientenkartei werfen?«

Die Patientenkartei, untergebracht in einem schmalen weißlackierten Holzkasten, war nach den Anfangsbuchstaben der Familiennamen sortiert, die hintereinander aufgereihten Kärtchen nach Buchstabenrubriken farblich unterteilt.

»Unser Doktor ist …«, Lia Fakinou schluckte und lächelte verlegen, »ich meine natürlich, er war ein Feind von Computern.«

Alexandros blätterte in dem Karteikasten. »Gab es in der letzten Zeit irgendwelche Todesfälle?«, fragte er unvermittelt.

»Ich weiß zwar nicht, worauf Sie mit Ihrer Frage hinauswollen, Herr Kommissar«, sagte Wasa Sografou nach kurzer Überlegung, »aber wir hatten kürzlich tatsächlich einen Todesfall.«

»In Kalami?«

»Nein, in Agros. Eine Zwölfjährige. Sie ist an der Inselanämie gestorben. Schrecklicher Fall. Der Kleinen war nicht mehr zu helfen.« Sie schlug die Hände zusammen, schüttelte erschüttert den Kopf. »Obwohl Doktor Mastoras alles nur Erdenkliche versucht hatte. Aber …«

»Aber?«

Sie hob ihre Augen zur Zimmerdecke empor und bekreuzigte sich. »Es sollte wohl nicht sein. Unser Herr hatte anders entschieden. Und jetzt hat er auch unseren lieben Doktor zu sich genommen.« Wieder schlug ihre Hand das Kreuz. »Die Wege Unseres Herrn sind manchmal seltsam und nicht immer verständlich. Für uns Unwürdige, wenn Sie verstehen, was ich meine.«

Sie musterte ihn mit bedeutungsvollem Blick. Er nickte verständnisvoll und fuhr nach einer angemessenen Pause fort.

»Gab es weitere Todesfälle?«

»Sie meinen, unter den Patienten?«

»Ja?«

»In letzter Zeit keine.«

»Es ist zwar schon eine Weile her, aber können Sie sich vielleicht an diesen Fall erinnern?« Alexandros zog eine Patientenkarte heraus, hielt sie ihr hin.

Wasa Sografou setzte die Brille ab, kniff die Lider zusammen, knetete sie flüchtig mit Daumen und Zeigefinger und nahm ihm dann mit diensteifriger Miene die Karte aus der Hand. »Funasi …« Sie runzelte die Stirn so konzentriert, dass ihre Augenbrauen in der Mitte fast zusammentrafen. »Funasi … ah, Frau Funasi, natürlich!« Sie schob sich die Brille energisch wieder auf die Nasenspitze. »Sie meinen, die Frau von Dimitris Funasis, nicht wahr?«

Alexandros sah sie abwartend an. Es war kaum anzunehmen, dass sie bereits von der Ermordung des Ölbauern wusste. Die Nacht im Wald von Kalami schien Alexandros weit entfernt, doch die makabre Todesszene des erhängten alten Mannes im diffusen Licht der Scheinwerfer lag erst wenige Stunden zurück. Wasa Sografou schaute abwechselnd auf die Karte und in sein Gesicht.

»Es ist allerdings lange her«, wieder legte sich ihre Stirn in Falten, »bestimmt über fünfzehn Jahre. Aber ich kann mich noch gut an die Patientin erinnern. Ich hatte damals gerade hier angefangen. Und dann gleich dieser Todesfall.« Sie senkte die Hand mit der Karte. »Die arme Frau – sie hatte Leukämie. Herr Funasis war ein reicher Mann, aber all sein Geld half nicht. Die Frau starb ihm unter den Händen weg. Ja, ich erinnere mich. Ich glaube, dem Doktor ging die Sache damals ziemlich nah. Er und Funasis waren irgendwie miteinander befreundet.«

»Irgendwie?«

Wasa Sografou drehte den Karteikasten um, zog ihn auf dem Tisch zu sich heran und steckte die Karte sorgfältig an ihren Platz zurück. Alexandros hatte das unbestimmte Gefühl, dass sie Zeit gewinnen wollte. Er ließ ihr diese Zeit.

»Nun ja«, fuhr sie schließlich fort, »in den Jahren, nach dem Tod der Frau …«, sie wand sich, suchte nach Worten, »nun, ich hatte den Eindruck, beide Männer waren darauf bedacht, ihre Freundschaft geheim zu halten.« Der Anflug eines unsicheren Lächelns. »Was natürlich nicht gelang.«

Alexandros zwinkerte ihr komplizenhaft zu.

»Nicht vor Ihnen?«

»Nicht vor mir. Und nicht vor einigen andern.«

»Wer wusste denn noch von dieser Freundschaft?«

»Schwer zu sagen.«

Alexandros beschloss, mit offenen Karten zu spielen. »Wissen Sie, dass Herr Funasis letzte Nacht ebenfalls ermordet wurde?«

Sie schlug sich beide Hände vor den Mund und starrte ihn mit vor Schreck geweiteten Augen an. »Aber warum …«, stammelte sie. »Wer tut so was?«

Alexandros musterte sie abwartend.

»Zwei unschuldige Menschen umzubringen – wer macht so was?«

»Wir wissen noch nicht, ob es ein Täter war oder mehrere.«

Wasa Sografou sah ihn mit großen Augen ratlos an.

»Verstehen Sie nun«, sagte er, »ich brauche Ihre Hilfe. Ich muss so viel wie möglich über die beiden Toten erfahren.« Sie nickte mechanisch. »Über eventuelle Verbindungen. Geschäftsverbindungen. Freundschaften.«

»Aber ich war doch nur eine angestellte Sprechstundenhilfe. Damals wie heute.« In ihren Augen erschien plötzlich ein böses Funkeln. »Warum fragen Sie nicht seine Frau? Celine Mastora. Die kann Ihnen doch sicher einiges mehr darüber sagen.« Das bezweifele ich, dachte er. Und als hätte Wasa Sografou seine Gedanken gelesen, sagte sie: »Die ist schon seltsam – diese Ehe der Mastoras. Als gingen beide unterschiedliche Wege.«

»Sie meinen, die Mastoras hatten nicht viel gemeinsam?«

Sie grinste. »Die einzige Gemeinsamkeit bestand darin, dass sie beide der menschlichen Spezies angehörten.«

Alexandros glaubte in ihrem Sarkasmus einen Funken Eifersucht herauszuhören. »Gab es denn häufig Streit?«, fragte er.

»Wo denken Sie hin! Nicht öffentlich. Nicht vor anderen.« Sie zog ihr Taschentuch wieder hervor, nahm die Brille ab und putzte hingebungsvoll die Gläser. »Ich glaube, die beiden hatten nichts, worüber sie miteinander streiten konnten. Zwei völlig unterschiedliche Welten. Jeder lebte für sich allein.«

Alexandros ergriff ihr Handgelenk und neigte sich ihr vertraulich zu. »Täusche ich mich, Frau Sografou, oder haben Sie die Mastoras vielleicht doch recht gut gekannt?«

Sie lächelte verschwörerisch: »Wozu hat man schließlich seine Menschenkenntnis, Herr Kommissar?«

Vielleicht, um die eigene Neugier zu befriedigen, dachte Alexandros und ließ ihr Handgelenk wieder frei. »Wissen Sie, was das hier bedeutet?«

Er zog ein weiteres Schreiben aus der Mappe heraus. Wieder ein Brief in deutscher Sprache. Wieder nur die Daten des Absenders und Empfängers, die er entziffern konnte. Diesmal kam der Brief aus Hamburg, datiert vom 3. 10. 1968. Wasa Sografou beugte sich über seine Schulter und brachte ihr Gesicht in gefährliche Nähe seines Kopfes. Sie rückte ihre Brille zurecht und lugte über den Rand hinweg.

»Tut mir leid, Herr Kommissar«, sie sah ihn von der Seite an, »wie ich schon sagte, Deutsch kann ich nicht lesen.«

»DIE RUNE«, buchstabierte Alexandros. »Sagt Ihnen der Name etwas?«

Ratloses Kopfschütteln.

»Keine Idee?«

»Überhaupt keine.«

»Könnte es sich dabei um den Namen eines Vereins handeln?«

»Doktor Mastoras hat natürlich auch auf internationaler Ebene gearbeitet«, erklärte sie stolz. »In seinem Fach eine Selbstverständlichkeit. Wenn Sie verstehen, was ich meine.«

»Natürlich, ich verstehe«, nickte er. Sie musterte ihn unsicher, als wüsste sie nicht, wie sie seine Bemerkung deuten sollte.

»Und er war ja auch nicht irgendwer«, fuhr sie fort. »Doktor Mastoras hatte vielfältige berufliche Kontakte. Zu britischen, italienischen, spanischen, französischen und auch zu deutschen Wissenschaftlern.«

»Was für Kontakte waren das? Hatte er konkrete Arbeitsprojekte mit ausländischen Medizinern und Wissenschaftlern? Oder mit Universitäten außerhalb Griechenlands?«

»Ja, sicher! Die musste er haben! Auf seinem Gebiet hatte er hier keine Möglichkeiten. Die Erforschung genetisch bedingter Erkrankungen findet auf internationaler Ebene statt.«

Obwohl es auf der Insel an praxisorientierten Möglichkeiten wohl kaum mangelt, dachte Alexandros und erkundigte sich nach dem Namen des kürzlich verstorbenen Kindes in Agros. Lia Fakinou trat zu ihnen und suchte die Patientenkartei heraus. Sie reichte die Karte Alexandros.

Irini Diavadi
Agros
Geboren: 13. 1. 1987
Messojiaki-Anämia
Gestorben: 2. 5. 1999

Alexandros legte die Karte neben die beiden deutschen Briefe vor sich auf den Tisch. Wasa Sografou begann dezent mit den Schuhen auf dem Boden zu scharren. Lia Fakinou stand auf der Türschwelle zum Empfangsraum und sah unschlüssig zu ihrer Kollegin. Alexandros erinnerte sich, dass er mit seinem späten Erscheinen die beiden Frauen daran gehindert hatte, nach Hause zu gehen. Kurz entschlossen packte er die Karte und die beiden Briefe zusammen.

»Ich habe Ihre Zeit schon zu lange in Anspruch genommen«, sagte er, »ich habe dennoch eine letzte Frage.«

Wasa Sografou legte den Kopf schief und musterte ihn mit einem duldsamen Krankenschwesterlächeln.

»Wie hat sich Doktor Mastoras mit den deutschen Kollegen eigentlich verständigt?«

»Sie meinen, in welcher Sprache?«

»Ja?«

»Auf Englisch, nehme ich an. In der Sprache seiner Korrespondenz.«

Alexandros nickte nachdenklich. Er hielt ihr die Briefe und die Karte entgegen. »Könnte ich das hier vielleicht mitnehmen?«

Wasa Sografou griff nach den Papieren. »Wenn es Ihnen Recht ist, Herr Kommissar, machen wir Ihnen davon Kopien?«

Alexandros Kasantzakis trank einen Schluck, verzog das Gesicht und konnte sich nicht entscheiden, ob ihm der Weißwein noch besser schmeckte als beim letzten Mal.

»*Die Rune*, sagt Ihnen der Name etwas?«

Sie streifte ihn mit einem schnellen kühlen Blick.

»Ein Verein.«

»Was für ein Verein?«

Celine Mastora nippte genüsslich an ihrem Glas. »Ein deutscher Verein. Jannis bekam manchmal Post aus Deutschland.«

Er trank mit stoischer Miene einen weiteren Schluck, beugte sich vorsichtig nach vorn und stellte das langstielige Glas behutsam ab. Er fühlte sich unwohl in dem weißen ausladenden Designersessel, in dem er glaubte, mit jeder Bewegung tiefer einzusinken und auf dessen Sitzfläche eine Familie mit drei Kindern bequem Platz gefunden hätte.

»Könnte die *Rune* etwas mit den medizinischen Forschungen Ihres Mannes zu tun haben?«

Sie sah ihn aufmerksam an. »Woher soll ich das wissen, Kommissar?«

Immerhin warst du mit ihm verheiratet. Insgeheim stimmte Alexandros der Einschätzung von Wasa Sografou zu.

»Um was für eine Art von Verein könnte es sich Ihrer Meinung nach handeln?«

»Keine Ahnung«, erwiderte sie gleichgültig.

»Kamen die Briefe in die Praxis oder ins Haus?«

»Ich weiß nur von denen, die hier ankamen.«

»Konnte Ihr Mann die deutschen Briefe lesen?«

»Hätte er sonst Post aus Deutschland bekommen?«

Alexandros tat, als mache er sich Notizen. Gelassen bleiben, betete er sich vor. Rational. Er zeichnete ein Strichmännchen.

»Aus welcher Stadt in Deutschland kamen die Briefe?«, fragte er.

»Hamburg«, sagte sie nach kurzer Überlegung. »Soweit ich mich erinnere, kamen die Briefe immer von dort.«

»Haben Sie vielleicht einen der Briefe aufgehoben? Wenn wir den Absender hätten, würde es uns viel Arbeit ersparen.«

»Ich bin nicht dazu da, um Ihnen Arbeit zu ersparen, Kommissar.« Sie lächelte kalt. Ihre Mundwinkel zogen sich spöttisch nach unten. »Finden Sie den Mörder meines Mannes. Das ist alles, was ich von Ihnen verlange. Wenn ich nicht irre, werden Sie dafür bezahlt.«

»Und genau deshalb stelle ich Ihnen diese Fragen«, gab er scharf zurück. Er tat, als schriebe er in sein Heft und zeichnete ein zweites Strichmännchen.

»Bedaure«, sagte sie. »Jannis hat die Briefe, nachdem er sie gelesen hatte, verbrannt.«

Alexandros sah überrascht von seinem Heft hoch. »Und Sie kennen den Inhalt dieser Briefe nicht?«

»Nein.«

»Und Sie haben auch keine Idee?«

»Nein!«

Das dritte Strichmännchen ging seiner Vollendung entgegen. Alexandros fragte sich, wie viele von ihnen er wohl heute Abend noch benötigen würde. »Kam Ihnen das Verhalten Ihres Mannes nicht seltsam vor?«

»Jannis war seltsam. Er war in allem ein seltsamer Mensch.« Sie lächelte herablassend. »Aber ich denke, Kommissar, auch darüber haben wir uns bereits hinreichend unterhalten.«

Sie hob das Glas und prostete ihm zu. Alexandros überlegte, wie lange ihm die Strichmännchen noch helfen würden, seinen Unmut zu verbergen. Er nahm sein Glas, nickte ihr knapp zu und setzte den Weißwein wieder ab, ohne zu trinken. Celine Mastora lächelte vornehm und legte sich mit ihrem Glas in der Hand genüsslich in dem weichen Sessel zurück. Das vierte Strichmännchen.

Sie beobachtete ihn lauernd. Ihr Zeigefinger kreiste auf dem Rand des Glases und erzeugte einen leisen quietschenden Ton. Alexandros klappte sein Notizheft zu und erwiderte ihren Blick.

Er knallte sein Heft so plötzlich auf den Tisch, dass sie erschrocken zusammenfuhr.

»Erzählen Sie mir doch nicht solchen Mist! Dass Sie nichts über diese Briefe wissen, Frau Mastora, tut mir leid, das nehme ich Ihnen nicht ab!«

Ihr Gesicht wurde blass. Sie starrte ihn mit aufgerissenen Augen an. Sie drückte sich aus dem Sessel heraus und stellte das Glas auf den Tisch. Als sie den Hals der fast leeren Karaffe packte, bemerkte er das Zittern ihrer Hand. Sie ging hinaus und kehrte kurz darauf mit der gut zur Hälfte gefüllten Karaffe zurück. Mit ruhiger Hand schenkte sie ihr eigenes Glas voll. Dann stellte sie die Karaffe auf den Tisch und ließ sich in ihrem Sessel nieder. Ihr Gesicht hatte zu seiner normalen Farbe zurückgefunden.

»Ich hole jeden Morgen die Post aus dem Briefkasten«, begann sie. »Deshalb weiß ich, dass Jannis Briefe aus dem Ausland erhielt. Darunter auch welche aus Deutschland.«

»Kamen alle diese Briefe aus Hamburg?«

»Die Briefe von diesem Verein, ja, die kamen alle aus Hamburg.«

Er schüttelte seufzend den Kopf und fragte sich, worin sich nun diese Aussage von den vorangegangenen unterschied. Er hatte das Gefühl, sich im Kreis zu drehen.

»Ich höre von Ihnen immer dasselbe«, stellte er fest.

»Wundert Sie das, Kommissar, wo Sie mich immer dasselbe fragen?«

»Es gehört zu meinem Beruf, mehrmals die gleichen Fragen zu stellen.«

»Aber es gehört nicht zu meiner Art, sie auch zu beantworten.«

Er packte das Glas, spülte seinen Zorn mit einem kräftigen Schluck hinunter und zeichnete in Gedanken das fünfte Strichmännchen.

»Bekam Ihr Mann noch weitere Post aus Deutschland?«

»Ja, sicher. Von Universitäten, Kliniken, Medizinerkollegen. Ärzte bekommen haufenweise Post.«

»Fiel Ihnen vielleicht etwas Außergewöhnliches auf?«

»An den Briefen aus Deutschland?«

»An denen aus Hamburg. An den Briefen von diesem Verein. *Die Rune*. Oder auch an den Umschlägen. Da Sie ja selber, wie Sie sagen, täglich die Post aus dem Briefkasten holen, haben Sie sich zumindest die Kuverts angeschaut.«

Schweißperlen auf ihrer Stirn, eine pochende Ader an der

Schläfe. Hatte er da etwa ins Schwarze getroffen? Sie wich seinem Blick aus, senkte den Kopf. »Die Briefumschläge …«, wiederholte er.

Die Ader an ihrer Schläfe pulsierte stärker.

Er beschloss, den Druck zu verstärken.

Er griff in die Innentasche seiner Jacke und zog ein zusammengefaltetes Papier heraus. Er verharrte einen Moment, anscheinend unentschlossen das Papier betrachtend, faltete dann das Blatt auseinander und reichte es ihr über den Tisch. Es war der Brief aus Hamburg, den man ihm in der Praxis kopiert hatte. Wieder registrierte er das leichte Zittern ihrer Hand, als sie die Kopie entgegennahm. Ihre Augen hefteten sich zunächst auf den Briefkopf, überflogen dann flüchtig die gesamte Seite. Sie zuckte die Achseln und warf das Blatt achtlos neben sich auf die Tischplatte.

»Wenn Sie glauben, dass ich das lesen kann, Kommissar, befinden Sie sich im Irrtum.«

Das glaube ich nicht. Ich weiß es. Du kannst es lesen. Zumindest den Briefkopf, den kannst du entziffern. Und wenn mich meine Menschenkenntnis nicht vollkommen verlässt, kennst du auch den Inhalt des Schreibens.

Was wusste diese Frau? Wie viel wusste sie? Wen oder was schützte sie? Andererseits war die Erleichterung in ihrer Stimme unüberhörbar. Ebenso wie der erneute latent arrogante Tonfall.

»Die Briefe, die hierher ins Haus kamen«, fragte er, »sahen die genauso aus?«

»Wenn Sie das Papier meinen, nein. Das hier ist, wie man unschwer erkennen kann, eine Kopie. Und was auf dieser Kopie geschrieben steht«, sie betrachtete ihn gleichmütig, »wie, Kommissar, soll ich das beurteilen können?«

Alexandros musterte sie mit gespielter Verblüffung. »Eine so sprachbegabte Frau wie Sie?«

Celine Mastora lächelte aufgeräumt. »Wie Sie sehen, Kommissar, hat auch die größte Begabung ihre Grenzen.«

Er holte das zweite Blatt aus seiner Jacke heraus. Es war das

Schreiben aus Flensburg. Auf sein Drängen hin hatte ihm Wasa Sografou widerstrebend das Original überlassen. Diesmal zelebrierte er das Spiel geradezu, ließ sich mit der Übergabe viel Zeit. Celine Mastora unterdrückte sichtlich ihre Ungeduld. Als sie schließlich das Blatt vor sich in den Händen hielt, bemerkte Alexandros in ihren Augen die Schrecksekunde eines Wiedererkennens. Sie hielt das Blatt in beiden Händen, als wäre es aus hauchdünnem Porzellan.

»Ich weiß nicht …« Sie reichte ihm den Brief mit einem Achselzucken über den Tisch. »Wie ich schon sagte, Jannis hat die Briefe immer sofort verbrannt. Das Papier, ja … vielleicht ist es ähnlich wie bei denen aus Hamburg.«

Na bitte, zumindest erkennst du, dass dieser Brief nicht aus Hamburg kommt.

»Die Briefe von diesem Verein«, sagte er, »sind Sie sicher, dass die alle aus Hamburg kamen?«

»Keine Ahnung. Daran kann ich mich nun wirklich nicht erinnern.«

»Interessierte es Sie denn nicht?«

»Nein! Es interessierte mich nicht!«, erwiderte sie scharf. »Es hatte mich nicht zu interessieren!« Ihre Augen funkelten. »Die Briefe waren allein Jannis' Sache.«

»Was hing mit diesen Briefen zusammen, Frau Mastora? Mit den Briefen aus Hamburg und Flensburg?«

Sie musterte ihn kühl. »Sehen Sie, Kommissar, das kann ich Ihnen leider nicht sagen. Weil ich es nicht weiß.«

»Kennen Sie die Leute, die Ihrem Mann die Briefe geschrieben haben?«

Sie verdrehte die Augen. »Wieso sollte ich sie kennen?«

»Kennen Sie jemanden aus diesem Verein? Irgendein Mitglied der *Rune*?«

»Wie kommen Sie darauf?!« Sie starrte ihn kampflustig an, schüttelte den Kopf. »Hamburg ist eine riesige Stadt. Jannis kannte viele Leute. In Hamburg und auch in anderen Städten. Beruflich wie privat. Er ist viel gereist. Allein, wohlgemerkt!«

Alexandros faltete die Briefe zusammen, stecke sie zurück in seine Jacke. Es hatte keinen Sinn. Er drehte sich eindeutig im Kreis. Abgesehen von der Erkenntnis, dass Celine Mastora offensichtlich nicht gewillt war, Wesentliches zur Aufklärung des Mordes an ihrem Mann beizutragen, hatte ihm die abendliche Befragung nicht sonderlich viel eingebracht. Er würde nicht mehr aus ihr herausbekommen. Auch wenn das Verhältnis der Eheleute untereinander nicht gerade von Zuneigung und Offenheit geprägt war, konnte er sich nicht vorstellen, dass sie etwas mit dem Mord zu tun hatte.

Alexandros schaute auf seine Armbanduhr. Halb zehn! Gütiger Himmel! Wenn er Parthenopy noch einigermaßen wach antreffen wollte, musste er sich sputen. Netter Job, dachte er, bei dem man mitten in der Nacht mit einer fremden Frau in einer Luxusvilla Weißwein trinkt, die eigene Frau telefonisch bittet, das Essen warm zu halten, und seine Tochter nach zwei unendlich langen Wochen der Trennung nicht einmal in die Arme schließen kann.

Sie schlich sich auf Zehenspitzen an den Tisch heran, umfasste von hinten seinen Kopf und bedeckte seine Augen. Er befreite sich knurrend, dirigierte sie mühelos an den Handgelenken um seinen Stuhl herum, zwang sie auf seinen Schoß. Er griff in ihr Haar und bog ihren Kopf nach hinten. Seine Zunge drängte sich zwischen ihre Lippen. Sie schlang ihre Arme um seinen Nacken, er lockerte seinen Griff, die Stimmen um sie her erstarben. Atemlos befreite sie sich aus seinem Kuss. Sie hockte sich auf den freien Stuhl ihm gegenüber und genoss amüsiert die Blicke von den Nachbartischen. Seine Finger krabbelten über den Tisch, verkeilten sich besitzergreifend in ihre. Schweigend versanken ihre Blicke ineinander. Wind bewegte die Spitzen ihrer Haare. Die Luft war schwer und roch nach Regen.

»Wein?«, fragte Santos Tomasanis lächelnd.

Sein Handrücken strich zärtlich über ihre Wange, zum Kinn hinab. Wenn Santos lächelte, übertrug sich dieses Lächeln auf die gesamte Umgebung. Kristina betrachtete das schmale Gesicht mit der aristokratischen Nase, den erdbraunen Augen, dem sinnlichen Mund und dachte, das alles gehört nun zu mir. Zumindest für eine gewisse Zeit. Sie liebte sein glattes schwarzes Haar, dass er meistens im Nacken zusammengebunden trug. Unter dem beigefarbenen Sommeranzug wirkte seine sonnengebräunte Haut noch dunkler. Santos Tomasanis war ein attraktiver Mann.

»Wie wär's mit Weißem?«, schlug sie vor.

»Nicht falsch.«

Gar nicht falsch, dachte sie, wenn man sich nur zweimal in der Woche traf. Wenn im Bauch dieses verrückte Ameisenkribbeln blieb, allein schon bei dem Gedanken. Sie seufzte unbewusst. Er setzte eine väterlich besorgte Miene auf.

»Du siehst abgespannt aus, Kleines.«

»Danke für das reizende Kompliment. Auch wenn es nicht gerade dem entspricht, was man von seinem Liebhaber gern hört.«

Er lachte. »Wenn es aber der Wahrheit entspricht?«

»Dann lass dir was einfallen«, raunte Kristina, »was abgespannte Mädchen heiß macht.«

»Und an was hätten Gnädigste da gedacht?«

»Den Variationen sind keine Grenzen gesetzt.«

»Klingt doch vielversprechend.«

Sie lachten.

»Themawechsel«, sagte Kristina.

»Warum?« Santos fuhr sich genüsslich mit der Zunge über die Oberlippe. »Hast du Angst, mich gleich hier vernaschen zu müssen?«

»Vernaschen zu müssen?! Ich dich?!«

Eines war sicher, Santos war sich seiner Attraktivität bewusst.

Er rief nach dem Kellner, bestellte eine Karaffe trockenen Weißwein und eine Doppelportion Mezé mit Meeresfrüchten. Der Kellner, ein schmächtiger, hektisch umherwieselnder Mensch mit angewachsenem Lächeln, wischte mit einem feuchten Lappen über den Tisch und zog eine weiße Papierdecke auf, wobei er ein paar eilig hingeworfene Scherze von sich gab. Während der warmen Jahreszeit waren Kristina und Santos Dauergäste im Zythopsitopolion, einem kleinen Restaurant hinter dem Liston. Zivile Preise und »Mamas« schmackhafte Hausmannskost garantierten den regen Zulauf der einheimischen Bevölkerung.

Der Kellner brachte den Wein und das Essen. Sie prosteten einander zu. Die gemischte Fischplatte roch herrlich. Erst jetzt merkte Kristina, wie hungrig sie war. Sie tunkte ihr Brot in den Fischrogensalat und stellte kauend fest, dass es Santos offensichtlich nicht anders ging. Sie aßen genussvoll, schweigend. Kristina war gerade dabei, die Zange einer Languste auszusaugen, als Santos sagte: »Solltest du dich nicht besser auf deine Ausstellung konzentrieren, als dir für die Astynomia die Hacken abzulaufen?«

»Ich laufe mir keine Hacken ab für die Astynomia.« Sie leckte sich die Finger ab und wischte sich mit der Papierserviette den Mund.

»Wie man deutlich sieht.« Er spießte mit der Gabel eine Muschel auf und studierte sie eingehend von allen Seiten, bevor sie in seinem Mund verschwand.

»Die Arbeit fasziniert mich. Seltsam«, sagte sie grübelnd, »ich hätte niemals gedacht, dass ich mich dermaßen bei einem Mordfall einsetzen könnte.«

»Das sind ja ganz neue Töne!«

Sie legte die Gabel neben ihren Teller und betrachtete ihn nachdenklich. »Vielleicht ist es ja auch nur dieser Fall. Ich weiß nicht, diese beiden Morde … Ich glaube, da kommt noch einiges auf uns zu.«

Santos schüttelte zweifelnd den Kopf. »Lass dich nur nicht von der Polizeiarbeit auffressen. Du bist Künstlerin, Kris. Und das solltest du auch bleiben.«

Kristina sah ihm zu, wie er eine Garnele öffnete und genüsslich verspeiste. Nachdem er sich die Hände abgewischt hatte, hielt er ihr sein Glas zwischen Daumen und Zeigefinger entgegen. Sie stießen an und tranken.

»Meinst du nicht, dass beides geht?«, sagte Kristina. »Kunst und Polizei?«

»Es passt nicht zusammen«, meinte er kauend. »Der Polizeijob verlangt Logik. Schnörkelloses Denken.«

»Dann ist Kunst in deinen Augen schnörkelig und unlogisch?«

»Intuitiv. Kunst kommt aus dem Bauch. Eine polizeiliche Ermittlung aus dem Kopf.«

»Irrtum, mein Schatz! Kunst, die allein aus dem Bauch kommt, verliert irgendwann den Boden unter ihren künstlerischen Füßen. Ohne die Basis eines soliden Handwerks, die außer im Bauch auch im Kopf und in den Händen heranwächst, steht die Kunst auf wackeligen Beinen.« Santos verzog zweifelnd das Gesicht. Kristina ließ sich nicht beirren. »Hingegen hat so manche Erkenntnis innerhalb einer polizeilichen Ermittlung ihren Ursprung im Bauch. Ein Polizist ohne intuitives Gespür ist ein armseliger Polizist. Er hat ein Defizit, das sich kaum ausgleichen lässt.«

»Hast du das von deinem klugen Kommissar?«

»Ist da vielleicht jemand eifersüchtig?«

Santos schob sich eine Sardine in den Mund und biss die Schwanzflosse ab.

»Nein«, sagte sie. »Alexandros Kasantzakis redet nicht. Er lebt es den anderen vor.«

»Also ein Heiliger seines Faches.«

»Kein Heiliger. Nur ein Mensch mit einem Gewissen. Ein Polizist mit Werten.« Schluss jetzt damit, dachte Kristina. Sie ließ die Gabel mit der aufgespießten Krabbe auf ihren Teller sinken und griff über den Tisch nach seiner Hand. Diese beiden Abende in der Woche gehörten ihnen. Mehr verlangte sie zur Zeit nicht von der Liebe. Und es müsste mit dem Teufel zugehen, wenn sich der Rest dieser Welt nicht aus diesen wenigen

Stunden heraushalten ließe. »Lass uns über andere Dinge reden, Liebster.«

»Nur reden?« Er packte sie am Kinn, zog ihr Gesicht über den Tisch zu sich heran. »Weißt du, dass du Katzenaugen hast? Grüngrau und geheimnisvoll.«

Kristina verengte ihre Augen und fauchte. Sein Kuss schmeckte nach Salz.

Später am Abend schlenderten sie durch die engen, verwinkelten Gassen, stiegen über die ausgetretenen venezianischen Treppen zum hinteren Teil der Altstadt hinauf. Über dem holprigen Kopfsteinpflaster spannten sich die mit Wäsche vollgehängten Leinen kreuz und quer von Fenster zu Fenster. Eine düstere Szenerie von Wohnhäusern, stuckverzierte, verwitterte Fassaden. Hier gab es keine Souvenirläden, Glimmer, Kitsch und Tand, Geschäfte mit Klamotten und Schmuck. Ein Minimarkt an der Ecke, daneben ein Gemüsestand, gegenüber ein winziger, chaotischer Ramschladen. Wenige Meter die Gasse hinauf ein Kafenion. In dem winzigen Innenraum auf einer Halterung, die auf abenteuerliche Weise aus der Wand ragte, ein Fernseher, aus dem lautstark ein Fußballspiel übertragen wurde. Auf dem Bürgersteig davor die einzigen Gäste, sechs alte Männer, die an einem wackeligen Tisch ihren Helenikos tranken und Tavli spielten. Eine Horde Katzen sauste kreischend und fauchend vorbei, entschwand wie eine Geistererscheinung in den dunklen Gassen. Von irgendwoher gedämpfte Blasmusik. Das einsame Trällern eines Kanarienvogels. In diesem abgelegenen Teil der Stadt begegnete man so spät nur sehr wenigen Menschen.

Sie bogen um eine Ecke. Er drückte sie in den Schatten einer Hauswand. Presste ihren Rücken gegen die Mauer. Sein Knie drängte sich zwischen ihre Schenkel, während er sie leidenschaftlich küsste. Es war warm und schwül. Die Zeit stand still.

»Es blitzt«, flüsterte er.

Sie öffnete die Augen. Seine Hände lagen auf ihren Hüften. Das Gewitter schien sich von allen Seiten zusammenzubrauen. Um sie herum erhellten sich die Häuserschluchten im ungleichmäßigen Wechsel. Der Wind hatte sich gelegt. Noch war kein Donnern zu hören. Doch die zunehmende Schwüle kündigte den Regen an.

Sie kämmte sich mit den Fingern das verschwitzte Haar aus der Stirn. »Gehen wir zu dir oder zu mir?«

Er biss zärtlich in ihre Nasenspitze. »Wenn ich nicht irre, ist heute deine Wohnung dran.« Und mit einem Blick zum Himmel: »Und der Weg zu dir ist kürzer.«

Das schmale Bett signalisierte jedem Besucher, dass es nur für eine Person gedacht war. Kristina lag ihm zugewandt, eng an ihn geschmiegt, ihr Oberkörper halb auf ihm. Seine linke Hand hielt eine Zigarette, die rechte ihre Pobacke. Die Blitze kamen jetzt in rascher Folge, erleuchteten gespenstisch die Hausfassaden zwischen den weit geöffneten Fensterflügeln. Hin und wieder entferntes Donnergrollen. Noch immer kein Regen.

Die Glut seiner Zigarette glimmte im Dämmerlicht der Kerzen auf, als er an ihr zog. Er inhalierte den Rauch tief in seine Lungen. Er brauchte eine Zigarette. Wenn er mit ihr zusammen war, rauchte er nur *danach*. Für die zehn Minuten einer Zigarettenlänge hatte ihm Kristina großzügig einen Freibrief erteilt. In den übrigen Stunden ihrer gemeinsamen wöchentlichen Abende riss er sich zusammen.

Sie legte Santos drei Finger auf die Lippen. Er hielt ihr Handgelenk fest. Seine Zungenspitze schob sich sanft zwischen ihre Finger. Seine Augen öffneten sich. Ein letzter genussvoller Zug, bevor er die Zigarettenkippe am Rand eines leeren Pappbechers ausdrückte. Er drehte sich ihr lächelnd zu. Seine Hand streichelte ihre Brust, machte sich auf die Reise weiter hinab. Sie schloss die Augen. Seine Finger umkreisten ihren Bauchnabel, krochen über ihren Venushügel. Sie stöhnte leise, die Lippen vor Verlangen geöffnet.

»Du«, brummte er.

»Hm …«, brummte sie zurück.

»Hast du was zu essen im Haus?«

»Mich.«

»Und außerdem?«

»Fresser!«

»Also, was steht auf dem Speiseplan?«

»Brot, Käse, Kekse«, und nach kurzer Überlegung, »eine Banane, zwei Äpfel.«

»Ein ergiebiges Frühstück.«

Kristina riss die Augen auf und starrte in sein entwaffnendes Lächeln. Sie schob seine Hand weg und schloss die Schenkel. Die Hand glitt über ihren Bauch zur Brust hinauf. Streichelte ihren Hals.

»Die Nacht ist lang. Und da du keine Eier hast, muss ich mit meinen Kräften haushalten.«

»Hm?!«

Er deutete mit dem Kinn zum Fenster hinüber. »Wie es ausschaut, musst du mich diesmal für den Rest der Nacht ertragen.«

Kristina folgte seinem Blick. Dicke Tropfen klatschten auf das Fensterbrett. Ein greller Blitz durchzuckte das Zimmer, kurz darauf der erste Donnerschlag. Sie schossen aus dem Bett, drückten eilig die Fenster zu. Sekunden später prasselte der Regen gegen die Scheiben.

Sie legten sich wieder hin. Kristina zog die Decke über ihre nackten Körper. Santos schob seinen Arm unter ihren Nacken, spielte mit den Fingern in ihrem Haar. Sie kuschelten sich eng aneinander, wärmten sich gegenseitig. Ein sanfter Luftzug ließ die Kerzen flackern. Sade sang *Love is stronger than pride.*

»Darf ich mich nun zum Frühstück anmelden?«, flüsterte er.

Kristina schloss die Augen, nickte ergeben.

»Braves Mädchen«, hauchte er, »meine kleine brave Kris.«

Sie spürte seine Zunge in ihrem Ohr. Und obwohl es in ihrem Bauch wie tausend Ameisen kribbelte, hätte sie es doch vorgezogen, am nächsten Morgen allein in ihrem Bett aufzuwachen.

Es begann zu regnen. Alexandros eilte den Gartenweg hinauf und schlüpfte ins Haus. Ein greller Blitz blendete seine Augen, fast gleichzeitig zerriss ein Donnerschlag die Stille. Im nachfolgenden Grollen, dass die Wände erbeben ließ, ein jubelnder Aufschrei. Etwas flog ihm um den Hals und würgte ihm fast die Luft ab.

Schnaufend befreite er sich aus ihrer Umklammerung. Er hielt sie auf Armeslänge von sich. Alexandros Kasantzakis liebte seine Tochter abgöttisch. Parthenopy war jetzt fast so groß wie er. Eine richtige junge Dame mit einem strahlenden Lachen, der die ersten Jungenblicke aufmerksam folgten. Er tätschelte ihre sonnengebräunte Haut, erfüllt von väterlicher Eitelkeit.

»Dein Essen«, rief Eleny von der Tür. »Zum dritten Mal aufgewärmt!«

Mit raschen Bewegungen deckte sie die Kopfseite des Tisches für ihn ein. Alexandros zeigte eine reuevolle Miene.

»Du brauchst keine Schnute zu ziehen. Wasch dir die Hände, setz dich und iss.«

»So geht deine Mutter mit deinem armen alten Vater um«, beklagte er sich augenzwinkernd bei seiner Tochter.

»Armer alter Papa.«

Draußen tobte das Unwetter. Der Regen peitschte fast horizontal gegen die Scheiben. Er aß Briam, ein paar frittierte Sardinen und etwas von dem gebratenen Fisch, trank dazu den weißen Hauswein aus Viza. Durch die offene Wohnzimmertür hörte er Eleny in der Küche mit dem Geschirr hantieren, während Parthenopy auf der Kante des Stuhles neben ihm hockte und ihm kichernd ihre Klassenfahrt schilderte. Er aß mit Appetit. Erst jetzt merkte er, wie hungrig er war. Hin und wieder stellte er beiläufig eine Frage, insbesondere dann, wenn Parthenopy auf die Jungen ihrer Klasse zu sprechen kam. Nach seiner dritten Frage diesbezüglich brach ihr Redefluss abrupt ab.

»Papa«, schnauzte sie, »du bist doch nicht etwa eifersüchtig?!« Sie musterte ihn empört. Er warf den Kopf nach hinten, schnalzte mit der Zunge und machte eine wegwerfende Handbewegung.

»Eifersüchtig?! Ich?! Auf diese pubertierenden Pickelknaben?!«

Wenn Alexandros darüber nachdachte, welche Gefahren für seine Tochter in der Welt außerhalb ihrer heimischen Wände lauerten, machte es ihn verrückt vor Sorge. Dann versuchte er sich mit der Gewissheit um die unzähligen anderen Väter rund um den Globus zu trösten, die ein ähnliches Los mit ihm teilten. Er brachte ein ungezwungenes Lachen zustande, wodurch seine Aussage nicht glaubwürdiger wurde. Wieder das Krachen eines Donnerschlages, für einen Augenblick fiel der Strom aus.

»Ich bin kein Kind mehr, Papa«, erklärte sie mit dem entwaffnenden Ernst eines Teenagers.

Ich weiß, dachte er. Das genau ist ja das Problem.

»Ich habe vorhin mit Alekos telefoniert«, sagte sie unvermittelt. »Es wäre schön, wenn du mal wieder mit ihm sprichst.«

Er fixierte sie mit zusammengekniffenen Lidern. »Hat er das gesagt? Schickt er jetzt schon seine Schwester vor?«

»Du bist kindisch, Papa!«

Er sah trotzig von ihr weg, goss sich Wein nach. Sie seufzte. Er trank schweigend.

2. Juni 1976

Jan erkannte sie sofort. Er hatte es die ganze Zeit gewusst. Sie würde kommen. Jan hatte auf sie gewartet.

Die Vogelfrau.

Sie steht vollkommen reglos. Eine weiße, die Finsternis überstrahlende hohe Gestalt.

Jans Stimme an meinem Ohr, seine Worte, die aus dem Mund meiner Schwester kommen: Die Vogelfrau. Sie will zu dir.

Ich schaue sie an. Frage. Ich habe so viele Fragen. In ihren Augen finde ich keine Antwort. Die Vogelfrau wendet sich ab.

Also ist mein Schicksal besiegelt.

Die Moiren haben entschieden. Lachesis, die mir den Faden zuteilt. Klotho, die ihn misst und spinnt. Atropos, schon die Schere in der Hand, bereit, ihn zu zerschneiden. Schicksalsgöttinnen. Ihr dunkler Blick, ihre wüsten, zerfurchten Gesichter, ihr böses Lachen machen mir angst.

Mir kannst du nicht entfliehen, frohlockt Lachesis.

Du musst tun, wie ich es dir befehle, droht Klotho.

Erst wenn dein Auftrag erfüllt ist, werde ich dich erlösen, verspricht Atropos.

Es ist die Stunde der aufgehenden Sonne. Als sie zum ersten Mal zu mir sprechen.

Welcher Auftrag, frage ich. Die Ahnung verzerrt meine Stimme.

Die Frau mit dem Vogelkopf. Wir alle müssen ihr gehorchen.

Warum Ich?!, schreie ich. Warum gerade ich?! Ich schreie, weine, flehe. Erkenne meine Stimme nicht mehr.

Die Moiren bleiben stumm.
Dann steht sie vor mir. Die Vogelfrau. Reglos und still. In ihren Augen Trauer und Entschlossenheit.
Ich brauche keine Worte, um zu verstehen. Ich lese in ihrem Schweigen. Ich will weg. Aber meine Füße wollen sich nicht bewegen. So sehr ich mich bemühe. Die Vogelfrau hat mich in ihren Bann gezogen.
Ich starre sie an. Gott, diese Schwere in mir! Bleierne Schwere. Meine Zunge festgeklebt am Gaumen. Kein Wort, das meinen Lippen entflieht. Nur Stille. Schweigen. Böses, unheimliches Schweigen.
Etwas in mir ist stärker! Etwas will raus! Ist stärker als meine Angst. Stärker als jedes Schweigen. Als die Furcht zu versagen. Etwas in mir zerbricht.
Ja, ich nehme die Herausforderung an! Den Faden, den du mir zugeteilt, Lachesis. Den du gemessen und gesponnen, Klotho. Ich nehme euren Faden an, Moiren, bis du ihn zerschneidest, Atropos. Nimm mich in deine Arme, Nemesis! Gib mir die Kraft und die Stärke. Stähle mich durch die Rache des Blutes. Führe meine Hand. Ich will stark sein. Ich will ihr Blut. Ich habe begriffen.
Vogelfrau, ich bin bereit!

9

Es hatte fast die ganze Nacht über geregnet. Doch nun, am Morgen, funkelte die Sonne aus einem blank geputzten azurblauen Himmel. Es schien, als sei die Insel wie einst Aphrodite dem reinigenden Bad im Meer entstiegen. Das Wasser perlte noch von den langen Wedeln der Bananenstauden, der Fächer- und Yuccapalmen. Zwischen den Zweigen der Pinien und Zypressen, dem dichten Blattwerk der Olivenbäume glitzerten Regentropfen wie feine Kristalle.

Mittwochmorgen. Kurz vor zehn. Alexandros Kasantzakis stand am offenen Fenster seines Büros und starrte hinab in den Park der Astynomia, ohne das Geringste von dem prächtigen Frühlingskleid wahrzunehmen, in das der Garten sich über Nacht gehüllt hatte. Stattdessen versuchte er, die mageren Ermittlungserfolge der vergangenen Woche gedanklich noch einmal Revue passieren zu lassen. Als er sich schließlich umwandte, blieb sein unzufriedener Blick auf den übernächtigten Gesichtern von Michalis Kavadias und Nikos Stavrous hängen, die auf den Besucherstühlen vor seinem Schreibtisch hockten.

»Und«, sagte er widerstrebend, »wie ist es gelaufen?«

Nikos hob fragend die Brauen.

»Am Hafen«, erinnerte ihn Alexandros. »Seid ihr fündig geworden?«

»Kann man so sagen. Sechzig Kilo Kokain.«

Alexandros entfuhr ein leiser Pfiff.

»Von der reinsten Sorte. Wasserfest verpackt und am Bug einer Luxusjacht vertäut. Als die Typen ankamen, war bereits alles gelaufen. Der Rest war Routine.«

»Hast du das Zeug hochgeholt?« Alexandros sah zu Michalis.

Michalis nickte, unterdrückte ein Gähnen und strich mit der flachen Hand über seinen blonden Haarschopf, als wäre er noch feucht.

»Habt ihr die Typen alle geschnappt?«, erkundigte sich Alexandros.

»Vier Kerle und eine Frau«, erwiderte Nikos. »Wie immer nur das Fußvolk. Welche hohen Köpfe hinter ihnen stehen«, er breitete die Arme aus, »das wissen allein die Götter.« Er grinste sarkastisch. »Das ist es ja gerade, was einen bei solchen Fahndungen so überaus befriedigt.«

»Waren es Ausländer?«

Nikos zog an seiner Zigarette und kniff die Augen vor dem Rauch zusammen. »Griechen. Leider.«

»Aber aus Thessaloniki«, fügte Michalis müde hinzu.

Wenigstens nicht von hier, dachte Alexandros.

»Und – sind sie geständig?«

Michalis sah zu Nikos.

»Das ist deren Problem«, meinte Nikos. »Aber ich schätze, sie werden die Typen schon knacken.«

»Schließlich«, sagte Michalis, »haben wir sie direkt dabei erwischt, als sie die Beute holen wollten.«

»Moment mal, was heißt deren Problem?«, fragte Alexandros irritiert.

Nikos fuhr sich durch seine kurzen Locken. »Na ja, wir haben die Typen gleich heute morgen nach Thessaloniki überstellt«, erklärte er. »Dahin, wo sie hergekommen sind. Ich dachte«, er kratzte sich verlegen an der Schläfe, »es ist in deinem Sinn. Wir haben auch ohne sie schon genug am Hals. Mit den beiden Morden, meine ich.«

Alexandros starrte ihn einen Augenblick lang wortlos an.

»Da hast du gut gedacht, Junge.« Er nickte zufrieden. »Sehr gut sogar.« Manchmal war auf Kommissar Stavrous eben doch Verlass.

Alexandros entließ die beiden und griff zum Telefon. Er wählte die Nummer des Labors.

»Absolut nichts«, erwiderte Panagiotis Peskalis auf die Frage des Kommissars. »Der abgebrochene Flaschenhals muss, wie ich ja schon vermutet habe, rein zufällig dort gelegen haben. Und wenn jemals Fingerabdrücke oder sonstige menschliche Spuren auf ihm waren, dann wurden sie von etlichen Regengüssen sauber abgewaschen.«

»Und was ist mit der blutigen Kleidung?«, fragte Alexandros.

»Sein Blut. Seine Haut- und Haarreste. Tatsächlich alles vom Opfer selbst.«

»Hm …«

Es knackte in der Telefonleitung. Panagiotis räusperte sich. »Jedenfalls nichts, was uns wirklich weiterhelfen könnte«, ergänzte er.

»Es ist zum Mäusemelken«, knirschte Alexandros.

»Du sagst es, Kommissar. Aber damit du nicht vollkommen leer ausgehst, zwei interessante Sachen habe ich für dich.«

»Die ersten Lichtblicke, die das Dunkel im Tunnel erhellen?«

»Wie man's nimmt.«

»Schieß los!«

»Der Reifenabdruck auf der Klippe von Arillas, ein Dunlop SP Sport 9000, du erinnerst dich?«

»Ja, sicher.« Alexandros rutschte ungeduldig auf seinem Sessel herum. »An einem geländetauglichen Wagen.«

»Einen identischen Abdruck haben wir in Kalami gefunden. Diesmal sogar einen recht brauchbaren.«

»Bist du sicher, dass es sich um denselben Reifen handelt?«

»So sicher, wie ich hier sitze.«

Alexandros lehnte sich zufrieden zurück. »Und der zweite Lichtblick?«

»Der Herr Hauptkommissar scheinen heute unersättlich.«

»Nun komm mal rüber mit dem Appetithäppchen!«

»Tja …«

Schweigen. Alexandros hörte Panagiotis tief durchatmen. Er wartete. Er kannte den Kriminaltechniker lange genug, um seine durch eine betont lockere Sprechweise verschleierte Sorge herauszuhören.

»Die Schuhe«, begann Panagiotis zögerlich, »du weißt, die Sportschuhe von Puma, die Kristina von ihrer Freundin geliehen hat.« Alexandros schwieg. Er nahm die Nervosität des Technikers wahr, als stünde er direkt neben ihm. »Kristina hatte die Schuhe am Tatort in Kalami getragen, erinnerst du dich?«

»Ja, sicher.« Alexandros spürte, wie die Nervosität des anderen auf ihn überging. Er rutschte angespannt nach vorn. Er hockte auf der Kante des Sessels, beide Ellbogen auf dem Tisch aufgestützt, und knabberte unbewusst am Nagel des kleinen Fingers. Die andere Hand hielt den Hörer an sein Ohr gepresst.

»Also, der Abdruck, den wir oben auf der Klippe in Arillas in der Nähe des Leuchtturms gefunden haben … na ja, der ist ziemlich identisch mit denen von Kalami.«

»Was heißt ziemlich, PP?«

»Nun, ich würde sagen, so gut wie sicher.«

»Moment mal …« Alexandros' Mund war auf einmal so ausgetrocknet, dass er Schwierigkeiten hatte, zu sprechen. »Verstehe ich das richtig, PP? Heißt das, der Abdruck von der Stelle, von der möglicherweise die Leiche des Arztes ins Meer geworfen wurde, stammt von denselben Schuhen, die Kristina am Tatort in Kalami getragen hat?«

Panagiotis gab keine Antwort. Sekundenlang war es so still, dass ein plötzliches Knacken in der Leitung sich fast wie eine Explosion übertrug.

»Panagiotis …?«

»Im Klartext heißt es das wohl«, gab der Kriminaltechniker ruhig zurück.

»Und was genau heißt ›ziemlich‹?«, fragte Alexandros.

»Dass ich zu etwa fünfundsiebzig Prozent richtig liege.«

»Und die restlichen fünfundzwanzig?«

»Gehen auf das Konto ›Verwischung‹. Es ist ganz eindeutig, Alex. In Arillas hat jemand seine Spuren verwischt. Gründlich verwischt! Lediglich bei dem einen Abdruck hat er ein wenig … flüchtig gearbeitet.«

»Vielleicht wurde er gestört?«

»Möglich. Das da oben ist ja ein öffentlicher Weg, der allerdings nicht oft benutzt wird. Ich habe mich diesbezüglich ein bisschen im Dorf umgehört.«

»Ist es theoretisch denkbar«, insistierte Alexandros, »dass es sich bei den Schuhen um die gleichen Schuhe derselben Marke, aber nicht um denselben Schuh handelt?«

»Theoretisch …« Panagiotis seufzte. »Wie gesagt, es bleibt eine Unsicherheit. Die Schuhe waren ja noch sehr neu und nicht abgelaufen«, räumte er ein. »Das heißt, sie hatten keine typischen Merkmale, wie sie Menschen durch die Art und Weise ihres Auftretens hinterlassen.«

»Und wieso, PP«, Alexandros versuchte zu schlucken. Er fühlte sich wie ein zappelnder Fisch an der Angel. Es war für ihn völlig undenkbar, die Fotografin auch nur in die Nähe eines Verdachtsmoments zu bringen. »Wieso muss es sich bei der Arillasspur zwangsläufig um die des Täters handeln?«

»Nicht zwangsläufig, Alex. Da stimme ich dir zu. Allerdings mit einem kleinen Veto: die Spur der Täterin! Denn dass es sich bei den Abdrücken um einen Damenschuh handelt, steht außer Zweifel. In diesem Fall sogar hundertprozentig!«

Noch bevor Alexandros den Hörer aufgelegt hatte, klopfte es an der Tür.

Im Nachhinein dachte Alexandros Kasantzakis, dass er einen derart entgeisterten Ausdruck auf dem Gesicht der Polizeifotografin niemals zuvor gesehen hatte. Dabei hatte er sich trotz seiner inneren Erregung bemüht, behutsam vorzugehen.

Er legte den Hörer auf die Gabel und nickte Kristina Tzavrou zu, deren Kopf im Türspalt auftauchte. Auf seine Frage, ob sie etwas trinken wolle, schüttelte sie verneinend den Kopf. Er deutete auf die beiden Stühle vor seinem Schreibtisch, die Nikos und Michalis dort stehen gelassen hatten. Sie trat näher und ließ sich auf einem nieder. Alexandros faltete seine Hände auf dem Tisch und sah sie erwartungsvoll an. Er spürte ihre Ungeduld, ließ sich jedoch nichts anmerken, versuchte ihr mit seiner gewohnten Ruhe zu begegnen. Sie kam ohne Umschweife zum Grund ihres Erscheinens: ihrem Besuch mit Kyra Damianidi in der Gerichtsmedizin des Städtischen Krankenhauses.

Da das erste Opfer längere Zeit im Meerwasser gelegen hatte und nun seit Tagen im Tiefkühlfach der Klinik lagerte, hatte sich Kyras Aufmerksamkeit eher auf den Leichnam des Ölbauern konzentriert. Kyra Damianidi sei, berichtete Kristina, der Auffassung, dass es sich bei den beiden Morden um zwei verschiedene Täter handeln müsse. Die Art der Verletzungen sowie der Tötung unterscheide sich entscheidend voneinander und könne demnach kaum von derselben Person begangen worden sein. Was das sadomasochistische Schema betrifft, könne sie bei dem ersten Opfer, dem Arzt, bedingt durch den schlechten Zustand der Leiche, nur mit Vorbehalten zustimmen, hingegen sehe sie bei dem Ölbauern keinerlei Hinweise auf derartige Praktiken. Das Muster der Brand- und Stichverletzungen könnte auch auf Okkultismus hinweisen. Auf Hexenkult oder Teufelsaustreibungen oder etwas in der Art.

Alexandros Kasantzakis lauschte aufmerksam den Ausführungen der Fotografin, ohne sie zu unterbrechen. Erst als sie geendet hatte, stellte er die einzige Frage, die ihn seit seinem Telefonat mit Panagiotis Peskalis beschäftigte.

Kristina verschlug es den Atem. Sie starrte ihn völlig entgeistert an. »Du glaubst doch nicht im Ernst … Nein, ich fass es nicht!«

Alexandros zwang sich zur Ruhe. Er spürte, wie seine Hände zitterten. Sie krampften sich um seine Knie unter dem Tisch.

»Noch glaube ich gar nichts, Kristina«, sagte er behutsam. »Aber wenn du nicht auf der Klippe in Arillas warst …«

»Ich war weder auf der Klippe, noch habe ich irgendwelche Spuren verwischt«, fiel sie ihm ins Wort. »Weder mit den Füßen noch mit den Händen! Was denkst du von mir?!« Sie strich sich das Haar aus der Stirn und schüttelte verständnislos den Kopf. »Außerdem war ich die ganze Zeit mit euch zusammen. Jede einzelne verdammte Sekunde! Und wir waren nur unten am Strand.«

Er fixierte die Tischplatte, unter der seine Hände, nun zu Fäusten geballt, immer noch zitterten. Er kannte Kristina Tzavrou gut. Vielleicht nicht gut genug. Wie gut musste man einen Menschen kennen, um ihm zu vertrauen?

Er sah sie ernst an. »Es muss eine Erklärung geben, Kristina.«

»Die restlichen fünfundzwanzig Prozent, die Panagiotis eingeräumt hat. Dieselbe Marke, ein anderer Schuh. Meine Güte, Alex, es gibt Zigtausend von diesen Schuhen!«

Er musterte sie eindringlich. Selbst auf die Gefahr hin, dass sie mit knallenden Türen das Zimmer verließ, musste er die nächste Frage stellen: »Sag mal, Kristina, wie gut kennst du deine Freundin eigentlich?«

Sie seufzte. »Kyra war ganz sicher nicht auf dieser verdammten Klippe, um irgendwelche Fußabdrücke zu verwischen.«

»Und dafür würdest du deine Hand ins Feuer legen?«

Sie stöhnte auf und nickte nachdrücklich.

»Kyra ist eine Seele von Mensch. Das ist alles, was ich dazu zu sagen habe, Alex.« Sie blickte ihn aufmerksam an, die Andeutung eines Lächelns auf den Lippen. »Außerdem misshandelt sie ausschließlich gegen Barzahlung. Und hier sieht es nicht gerade danach aus, als wäre da irgendeine Art von Bezahlung erfolgt. Schon gar nicht bei dem Ölbauern.«

Alexandros machte eine demonstrative Geste der Ergebenheit. »Angesichts des Resultats erscheint es wohl in der Tat zweifelhaft«, versuchte er einzulenken.

»Im Übrigen meine ich«, fuhr Kristina unbeirrt fort, »sollten wir Kyras Hilfe annehmen und ihre Aussage ernst nehmen. Auf diesem Gebiet kennt sie sich aus wie kaum ein anderer.«

Alexandros verzog skeptisch das Gesicht. »Es ist ein Täter«, sagte er langsam. »Deine Freundin irrt sich. Ich glaube weiterhin an nur einen Täter. Nicht an zwei«, beharrte er.

»Und warum können es nicht ebenso gut zwei sein?« Kristina hatte nicht vor, sich so schnell geschlagen zu geben. Schon gar nicht nach dem, was vorangegangen war. Den peinlichen Verdächtigungen gegen sie und ihre Freundin.

Alexandros erhob sich und trat ans Fenster. Draußen funkelte ein wahrer Bilderbuchfrühlingstag. Schwalben und Mauersegler glitten jubilierend an den Häuserwänden entlang. Darunter etliche vor kurzem flügge gewordene Tiere in ihrem Jungfernflug. Unter einem seitlich hervorspringenden Dachfirst eine Kolonie dunkelbrauner Nesterballen. Vereinzelte hektische Revierkämpfe. Nachzügler, deren dünne Hälse sich neugierig aus den Nestern reckten. Alexandros liebte das geschmeidige Auf- und Absegeln der Vögel. Dieses alljährliche Schauspiel, das die Natur, kaum hatte die warme Jahreszeit begonnen, dem Menschen bot.

Nur widerwillig kehrten seine Gedanken ins Zimmer und damit zu dem anstehenden Problem zurück. Schweren Herzens wandte er sich vom Fenster ab und begegnete Kristinas ernstem, erwartungsvollem Blick. Diese Spannung, die durch das Gespräch zwischen ihnen aufgekeimt war, mochte er nicht. Er ging um den Schreibtisch herum, rückte den anderen Besucherstuhl dichter an sie heran und setzte sich.

»Warum ich an einen Täter glaube«, sagte er sanft, »und nicht an zwei?«

Sie nickte vorsichtig. Er sah ihr in die Augen. Sie hielt seinem Blick stand.

»Es gibt einige Verbindungen zwischen den Morden. Und außerdem«, er lächelte, »wenn du willst, nenne es männliche Intuition.«

Kristina versuchte sein Lächeln zu erwidern. »Und ich habe gedacht, Intuition wäre laut männlicher Hypothese den Frauen dieser Welt vorbehalten.«

Es klopfte. Michalis' Gesicht erschien im Türspalt. »Wir brauchen einen Übersetzer. Einen Deutschsprachigen. Für die Briefe.«

Alexandros nickte. »Kümmerst du dich bitte darum?«

»Was für Briefe?«, fragte Kristina.

»Ich habe zwei aus der Praxis des Arztes mitgebracht«, erklärte Alexandros.

»Briefe in deutscher Sprache?«

»Wäre vielleicht interessant zu wissen, was drinsteht.«

»Kann ich die Briefe mal sehen? Immerhin habe ich sechs Jahre in Deutschland gelebt. Und ein bisschen davon ist hoffentlich noch hängen geblieben.«

»Ein Grund mehr, dich bei uns zu bewerben«, kommentierte Michalis von der Tür her. Er trat ungeduldig von einem Fuß auf den andern. »Dein Spürhund scharrt in den Startlöchern, Alex. Übersetzer, ja oder nein?«

Alexandros zögerte einen Moment, bevor er sich entschied. Doch knapp eine halbe Stunde später wusste er, dass es genau die richtige Entscheidung gewesen war.

Als Kristina von den Briefen aufblickte, stand in ihren Augen blankes Entsetzen. Alexandros fiel auf, wie bleich ihr Gesicht plötzlich unter der natürlichen Bräune geworden war. Wie in Zeitlupe strich sie ihr Haar zurück.

»Ich werde mich bemühen«, sagte sie fast flüsternd, »die Briefe Wort für Wort zu übersetzen. Soweit das überhaupt möglich ist.« Sie starrte ihn an, ein Frösteln durchlief ihren Körper.

»Der erste Brief kommt aus Hamburg«, begann sie, »datiert vom 3. Oktober 1968. Absender ist ein Doktor Alois Schmidt. Der zweite Brief, datiert vom 8. Januar 1984, kommt aus Flensburg von einem Doktor Franz Becker.« Sie sah auf. »In beiden

Briefen taucht der Name dieses Vereins auf. *Die Rune*. Aber so weit konntest du es sicher selbst entziffern.«

Alexandros nickte ohne aufzusehen, während er die Angaben in sein Notizheft schrieb. Danach saß er reglos da, starrte auf die Zeilen, die er nach Kristinas Übersetzung niedergeschrieben hatte, und begriff kein Wort.

»Um Himmels willen, was bedeutet das?« Er starrte Kristina an. Sie schüttelte langsam den Kopf. Ihre Zunge fuhr über die ausgetrockneten Lippen.

»Es klingt wie aus einer anderen Welt, nicht«, sagte sie leise. »Aber so steht es nun mal in den Briefen. Schwarz auf weiß.«

Hamburg, den 3. Oktober 1968
Vorstand *Die Rune*

Sehr geehrter Herr Dr. Mastoras!
Mit tiefstem Bedauern vernahmen wir die Nachricht vom Ableben Ihres hochverdienten Herrn Vaters.
Welch schmerzlicher Verlust dies für unsere gemeinsame Sache bedeutet, brauche ich Ihnen, sehr verehrter, lieber Herr Kollege, wohl nicht zu erläutern, hat Ihr Vater, Herr Dr. Johannes Meister, doch insbesondere die Forschungsreihen »Diphtherie, Typhus, Fleckfieber und Wundbrand an Lebendmaterial« entscheidend mit beeinflusst und durch seinen unermüdlichen Einsatz vorangebracht.
Im Interesse der Gesundheitsvorsorge und Reinerhaltung unserer arischen Rasse wünschen wir uns nun mit Ihnen, hochverehrter Herr Kollege, eine Fortsetzung unserer Arbeit. Mögen Sie die empfindliche Lücke, die Ihr Herr Vater hinterlassen hat, in unserem gemeinsamen Geiste füllen.

Mit herzlicher Anteilnahme, auch im Namen des Vereins, und in tiefer Trauer,
Ihr Dr. Alois Schmidt (Facharzt für innere Medizin)
Zweiter Vorsitzender *Die Rune*

Flensburg, den 8. Januar 1984
Vorstand *Die Rune*

Lieber Herr Kollege.
Im Zuge der Aufarbeitung unseres Archivs »Medizinischer Fortschritt von 1941 bis 1944« sind wir auf weiteres außerordentlich interessantes Forschungsmaterial (Schriften und Aufsätze) Ihres hochgeschätzten Herrn Vaters gestoßen.
Es handelt sich hierbei in der Hauptsache um einige Gruppen von Fleckfiebererregern, die uns bezüglich ihrer Aggressivität unübertroffen scheinen. Dr. Johannes Meister dokumentiert in den aufgefundenen Schriften, dass die Überlebensrate der Probanden in keinem der getesteten Fälle die festgesetzte Grenze von fünf Tagen überschritten hatte. Die mehrfach durchgeführten Versuchsreihen mit dem zur Verfügung gestellten Menschenmaterial fanden im Zeitraum des Winters 1941 bis Herbst 1944 statt.
Was die Unterlagen Ihres hochverehrten Herrn Vaters für unsere Arbeit auch auf internationaler Ebene bedeuten, brauche ich Ihnen, lieber Herr Kollege, wohl nicht zu erläutern. Gleichwohl möchte ich mich herzlich für die Ergebnisse Ihrer Forschungsreihe »Messojiaki-Anämia« bedanken, die ich im *Internationalen Ärzteblatt* mit größtem Interesse verfolgt habe.
Gern höre ich von Ihnen.

Es grüßt Sie mit kollegialer Hochachtung,
Ihr Dr. Franz Becker (Allgemeinmediziner)
Schriftführer des Vereins *Die Rune*

Man hätte eine Nadel fallen hören können. Nikos Stavrous' Gesichtszüge schienen wie eingefroren. Nichts von dem, was er dachte, spiegelte sich darin wider. Schließlich war es Michalis Kavadias, der die Stille durchbrach.

»*Die Rune* … Was bedeutet das eigentlich?«

»Runen sind altgermanische Schriftzeichen«, erklärte Kristina. »Wie das Hakenkreuz, das dann von den Nationalsozialisten zweckentfremdet wurde. Das Hakenkreuz ist ursprünglich ein

Sonnenzeichen. Es kam bereits in früheren Kulturen vor, zum Beispiel in der indianischen. Bei den alten Germanen waren Runen so was wie ein Orakel. Man warf sie, um die Zukunft vorauszusagen.«

Nikos löste sich aus seiner Erstarrung. »Woher weißt du das alles?«, fragte er.

Kristina erwiderte seinen Blick. »Ich bin eben ein schlaues Mädchen.«

Er musterte sie schweigend, mit zusammengekniffenen Augen. Offenbar, so deutete Kristina seine Reaktion, ließ sich Nikos Stavrous wie die meisten Männer nicht gern von einer Frau belehren.

»›Zur Verfügung gestelltes Menschenmaterial‹«, murmelte Alexandros. »›Lebendmaterial‹.« Es war unvorstellbar. Die Briefe glorifizierten einen Arzt, der für seine tödlichen medizinischen Versuche Menschen wie Material benutzt hatte. Einen Arzt, der den hippokratischen Eid geleistet hatte. Die Vorstellung war so unwirklich wie grauenerregend.

»Lebendiges Menschenmaterial«, nahm Nikos den Gedanken auf. »So was, meine ich, im Geschichtsunterricht schon mal vernommen zu haben.« Er sah kurz auf. »Das Vokabular scheint heutzutage in bestimmten Kreisen wieder in.«

Alexandros musterte ihn beklommen. Die moderne Ausdrucksweise missfiel ihm in diesem Zusammenhang. Zugleich sah er ein, dass jeder von ihnen das Recht hatte, auf seine Weise mit der schockierenden Botschaft der beiden Briefe umzugehen. Sie ahnten alle, was die Zeilen aus den weit entfernten deutschen Städten bedeuteten. Wie sich das, was sich hinter diesen Zeilen verbarg, auf ihre Ermittlung auswirken konnte, daran wagte Alexandros nicht zu denken. Mit einer solchen Wendung hatte keiner von ihnen gerechnet.

Die Briefe hatten eine verschlossene Tür geöffnet. Die Tür zu einer unbekannten, zutiefst verschreckenden Welt. Die Welt, die jenseits dieser Tür lag, trug die Farbe von gestern. Die braune Farbe der Ewiggestrigen. Aber waren es nur die, fragte sich Alexandros. Nur die Übriggebliebenen von gestern? Eine Generation, von der es nicht mehr allzu viele gab. Die ohnehin ausstarb. In absehbarer, sehr naher Zukunft. Oder gab es bereits eine Nachfolgegeneration? Gab hier eine Generation der nächsten ihre ungeheuerlichen Ideale weiter?

Er erhob sich, ging hinter seinen Schreibtisch und ließ sich in seinen Sessel fallen. Er zog ein weißes Blatt unter einem Stapel Papiere hervor und schrieb:

Jannis Mastoras *Johannes Meister.*
Der Sohn *Der Vater*

Er betrachtete die beiden Namen. Vater und Sohn trugen den gleichen Vornamen. Daran war nichts Außergewöhnliches. Bei dem Sohn wurde aus dem deutschen *Johannes* der griechische *Jannis*. Und aus *Meister* …

»Kristina?«

»Ja?«

»Was heißt ›Meister‹ auf Griechisch?«

»Mastoras.«

Na also, dachte Alexandros. Alles nur eine Frage der Übersetzung. Der Sohn hatte seine deutsche Identität abgestreift und war in die griechische geschlüpft. Blieb die Frage, ob Doktor Jannis Mastoras mit dem Namen zugleich auch seinen Vater abstreifen wollte. Aber wieso bekam er dann solche Briefe? Warum hatte er sie nicht vernichtet? Waren es die Versuche eines Nazivereins, den griechischen Arzt über die Jahre auf ihre Seite zu ziehen? Wollten sie das abtrünnige Schäfchen einfangen, dessen verstorbener Vater sich in früheren Zeiten so großartiger Verdienste rühmen durfte? Oder war das gar nicht nötig? Welche Briefe hatte Doktor Jannis Mastoras laut seiner Witwe nach der Lektüre verbrannt? Waren sie noch verräterischer gewesen als diese beiden, die ihnen nun vorlagen? War es die Vergangenheit seines Vaters, die er vor seiner jungen Frau verschwieg? Oder war es ebenso seine eigene Gegenwart, die er durch abartige Liebesspiele und, wie seine Frau Celine glaubte, mit Hilfe von Drogen zu vergessen suchte?

Wie auch immer, resümierte Alexandros, der braune Sumpf wird sich schwerlich umgehen lassen. Aber wenn wir da schon hineinstechen müssen, sollten wir es richtig tun.

»Wir brauchen mehr«, sagte er. »Wir brauchen mehr Beweise. Wo zwei Briefe existieren, muss es weitere geben.« Und diesmal, dachte er entschlossen, wirst du mich nicht abwimmeln, hochverehrte Celine Mastora.

Er griff zum Telefon. Fünf Minuten später hatte er die mündliche Zusage des Staatsanwaltes. Die schriftliche sollte spätestens bis zum Nachmittag per Fax folgen.

Alexandros rieb sich zufrieden die Hände. »Das hätten wir also. Hausdurchsuchungsbefehle. Praxis und Villa der Mastoras. Und das Haus von Dimitris Funasis.«

»Für das Haus in Kalami haben wir noch immer keinen Schlüssel«, gab Nikos zu bedenken.

»Dann brecht die Tür auf. Und Panagiotis soll mindestens noch drei von seinen Leuten mitnehmen.«

Nikos Stavrous sprang auf. Das war genau nach seinem Geschmack. »Hast du eine bevorzugte Reihenfolge, Hauptkommissar?«, fragte er.

»Zuerst die Villa, dann die Praxis«, beschloss Alexandros. »Anschließend das Haus in Kalami. Und«, fügte er hinzu, »es wäre besser, wenn die Arztwitwe nicht auf euren Besuch vorbereitet ist. Kämmt alles gründlich durch«, verlangte er eindringlich. »Jeder Brief, jeder Zettel, jede hingekritzelte Notiz kann von Bedeutung sein. Sucht nach Naziutensilien wie Abzeichen, Embleme, Fahnen, eventuell sogar Waffen. Auch alte. Oldtimer, die nicht mehr schussbereit zu sein scheinen. Sucht nach allem, was im Zusammenhang mit der Szene von Alt- oder Neonazis verdächtig erscheint.«

»Und was ist das?«, fragte Michalis. »Was ich meine, Alex, wir haben mit dieser Szene ja noch nie wirklich zu tun gehabt«, sagte er unsicher.

Alexandros sah ihn kalt an. »Wenn ich alles sage, dann meine ich auch alles«, erwiderte er entschieden. »Alles, wo auch immer ihr das winzigste Fleckchen einer faschistoiden Färbung vermutet.«

Wenn es sein muss, werden sie die Schatten im Leben dieser Männer taghell ausleuchten. Jeden verdammten Zentimeter ihres gewaltsam abgebrochenen Lebens. Alexandros war plötzlich sicher, irgendwo in den stummen Winkeln brauner Vergangenheit verbarg sich der Mörder dieser beiden Männer.

Die Sonne brannte auf die in Parzellen abgesteckten und von niedrigen Blumenstauden umsäumten Rasenflächen. Doch drinnen im Haus war es schattig und kühl. Die spartanisch eingerichtete Empfangshalle war menschenleer. Auf dem Empfangstresen der Rezeption stand außer einem Telefon nur eine große kretische Schale mit einer ausufernden Hyazinthe.

Alexandros durchschritt langsam das Foyer und wunderte sich über die ungeheure Stille. Nicht einmal der Laut eines Vogels drang von außen herein. Kein Motorgeräusch vorüberfahrender Fahrzeuge störte den Frieden. Keine Stimmen, weder menschliche noch tierische. Vielleicht ist es so im Vorhof zum Jenseits, dachte er. Friedlich, schön und langweilig.

Er hatte kaum die Rezeption erreicht, als eine kleine untersetzte Frau, das graue Haar zu einem Dutt hochgesteckt, in weißer Schwesterntracht lautlos durch eine Tür seitlich hinter dem Empfangstresen hereinschlüpfte. Automatisch glitt Alexandros' Blick prüfend zur Decke empor, die Wände entlang. Die Schwester trat mit mildem Lächeln an die andere Seite des Tresens heran.

»Hier ist die Kamera.« Sie deutete auf das wirre Geäst der Hyazinthe, wo Alexandros jetzt einen schwach blinkenden roten Punkt wahrnahm. Sie hob bedauernd die Hände.

»Leider brauchen wir das hier. Schließlich sollten wir unseren Patienten stets ein wenig voraus sein.«

»Verstehe«, brummte Alexandros. Überwachungskameras riefen bei ihm zwiespältige Gefühle hervor. In manchen Institutionen, das Polizeipräsidium nicht ausgenommen, waren sie unumgänglich geworden. Dennoch erinnerten sie ihn an den Überwachungsstaat des Großen Bruders aus George Orwells *1984*.

Er löste den Blick von dem blinkenden Rotlicht und nickte. Sie neigte den Kopf und schaute ihn mit einem salbungsvollen Nonnenlächeln an. »Darf ich Sie vielleicht nach dem werten Namen fragen?«

»Dürfen Sie, bitte.« Er reichte ihr seinen Ausweis über den Tresen. »Wir haben heute morgen miteinander telefoniert, nehme ich an«, sagte Alexandros, während sie den Ausweis eingehend studierte.

»Das ist richtig. Sie haben mit mir gesprochen. Was kann ich also für Sie tun, Herr Kommissar?«

»Es geht um Frau Maria Funasi. Soweit ich weiß, ist sie hier Patientin.«

Sie wich mit aufgerissenen Augen zurück und bekreuzigte sich mehrmals. »Ich habe es heute Morgen im Radio gehört. Furchtbar, ganz furchtbar … der arme Mann. Gott, wie viel Schlechtes es doch auf unserer schönen Welt gibt!« Sie neigte sich ihm entgegen und fragte mit flüsternder Stimme: »Wissen Sie denn schon, wer es getan hat?«

»Nein. Leider nicht.«

»Und – werden Sie ihn kriegen?«

»Wir bemühen uns«, antwortete er ausweichend.

»Die arme Frau«, sie schüttelte sichtlich bewegt den Kopf, »Herr Funasis hat sich ja sehr um seine Schwester gekümmert. Sie hat ja auch sonst niemanden außer ihm. Er hat sie regelmäßig besucht. Und wie viele Geschenke er ihr immer mitgebracht hat! Nichts war ihm zu teuer.«

»Hat sonst noch jemand Frau Funasi besucht?«

»Nein. Wie ich schon sagte, er war der Einzige. Er kam immer allein. Seine Frau …«, sie schlug einen vertraulichen Ton an, »ich weiß nicht, ob Sie das wissen, Herr Kommissar, die war ihm ja so elendig weggestorben. Ist viele Jahre her. Irgendwas mit ihrem Blut …«

»War die Tochter mal hier?«, unterbrach sie Alexandros.

»Die Tochter?« Sie starrte ihn entgeistert an.

»Caliopie Georgiou aus Lefkimmi. Die Funasis hatten ja eine Tochter.«

»Ach, die …« Um ihren Mund bildete sich ein harter Zug. »Das mit diesem Töchterchen ist ein Kapitel für sich. Wenn ich an die nur denke …« Sie schüttelte sich mit einer Mischung aus Widerwillen und Empörung. »Feines Früchtchen, will ich Ihnen sagen! Nein, nein, an die darf ich wahrhaftig nicht denken, an diese … diese Person …«

»Ich würde gern«, warf Alexandros ein, »mit Frau Maria Funasi sprechen. Ließe sich das einrichten?«

»Ich weiß nicht, Herr Kommissar«, meinte sie vorsichtig, »ob Ihnen klar ist, was da auf Sie zukommt.«

»Und ich weiß nicht, was Sie meinen, Schwester. Könnten Sie sich bitte etwas klarer ausdrücken?«

»Nun ja. Unsere Patienten sind hier, weil man gemeinhin eben nicht so einfach mit ihnen sprechen kann.« Sie musterte ihn zweifelnd. »Wenn Sie es dennoch versuchen wollen …«

»Das will ich. Wo also finde ich Frau Funasi?«

»Ich werde jemanden rufen, der Sie zu ihr bringt.«

Wenig später eilte ihm eine junge schüchterne Lernschwester durch die Gänge der Privaten Anstalt für geistige Erkrankungen voraus. Hin und wieder kreuzte jemand ihren Weg. Von weitem erblickte er eine Frau, die ihm irgendwie bekannt vorkam.

Die alte Frau saß vollkommen reglos mit dem Rücken zu ihm am offenen Fenster. Strähnen weißen schütteren Haares bedeckten notdürftig die fahle Kopfhaut. Auf dem Hinterkopf deutete sich eine kreisrunde kahle Stelle an. Nachdem die Lernschwester lautlos die Tür von außen geschlossen hatte, übertrug sich sogleich der stille Frieden des Zimmers auf ihn.

Er trat behutsam an die alte Frau heran, stellte sich mit dem Rücken zum Fenster. Maria Funasi zeigte keine Reaktion. Ihre gelblich wässerigen Augen starrten an ihm vorbei auf eine

Gruppe junger Eukalyptusbäume, deren zartgrüne Wipfel sanft vor der Kulisse eines stahlblauen Himmels wippten. Trotz ihres Alters und ihres offensichtlichen Untergewichts schien sie Alexandros keineswegs gebrechlich. Durch ihre geraden Schultern wirkte sie sogar im Sitzen fast unnatürlich aufrecht. Ihre Haltung signalisierte unbeugsamen Stolz. Hätte Alexandros nicht gewusst, dass auf dem Stuhl ein lebender Mensch saß, hätte er Maria Funasi ebenso gut für eine jener lebensgroßen Wachsfiguren halten können, die so irritierend echt die Ecken einiger Restaurants und Geschäfte schmückten.

Sein Blick löste sich von ihr und wanderte durch das Zimmer. Rechts vom Fenster ein hohes Gitterbett, davor ein Stuhl und eine Nachtkonsole. Das Gitter auf der Vorderseite des Bettes war heruntergeklappt, der Rand der Bettdecke gleichmäßig nach innen eingeschlagen. Durch das Gitter hindurch erkannte Alexandros eine herunterbaumelnde Lederfessel. Auf der Nachtkonsole eine halb volle Karaffe Wasser, ein Glas, daneben Buntstifte in einem Holzkästchen auf einem wild bekritzelten Karton. Auf der gegenüberliegenden Seite, diagonal zum Bett, eine Eckcouch und zwei Sessel um einen niedrigen ovalen Tisch. Nichts in diesem Zimmer wies auf einen außergewöhnlichen Reichtum hin. Allein in diesem Heim zu wohnen, dachte Alexandros, setzte wohl einen gewissen finanziellen Wohlstand voraus.

Alexandros betrachtete die blasse wächserne Haut der Frau, die ihr Gesicht auf eine unnatürliche Weise glatt erscheinen ließ, als hätte die Zeit vergessen, es auf angemessene Weise zu altern, und überlegte, wie er Maria Funasi ansprechen sollte. Wie sollte er das Gespräch beginnen? Er hatte keinerlei Erfahrung mit psychisch Kranken. Er versuchte sie mehrmals mit ihrem Namen anzusprechen. Keine Reaktion. Er legte seine Hand behutsam auf ihre Schulter, sagte mehrfach ihren Namen. Nichts. Keine Bewegung. Ihre Augen blieben starr geradeaus auf das Fenster gerichtet. Er begann mit den Fingerspitzen sanft ihre Schulter zu massieren. Es schien ihm wie eine Ewigkeit, als sie endlich ganz langsam den Kopf wandte und ihren wässerigen Blick auf sein Gesicht heftete.

Er zog seine Hand weg. Sie gaffte ihn an. War diese Frau überhaupt fähig, ihn wahrzunehmen? Was hatte er bloß erwartet, in einer derartigen Anstalt vorzufinden? Er beugte sich ein wenig nach vorn, nickte ihr aufmunternd zu. Ein kurzes Aufflackern in den Augen war die Antwort, kurz darauf die vage Andeutung eines Lächelns. Er erwiderte ihr Lächeln, tätschelte ihre knochige Hand, die sich um die Lehne ihres Stuhles legte. Plötzlich erhellte sich ihr Blick. Sie strahlte ihn mit grotesk verzerrtem Gesicht an. Er wich irritiert zurück. Wie ein hässlich gealtertes Kind, dachte er.

»Wissen Sie, wer ich bin?«

Kindlich trotziges Kopfschütteln, wobei ihr Blick keine Sekunde von seinem Gesicht wich. Zwischen den geöffneten Lippen wand sich ihre Zunge hin und her.

Dämlicher Einstieg, dachte er verärgert, von meiner eigenen Unsicherheit diktiert. Selbst wenn die Frau ihre Sinne beisammen hätte, woher sollte sie wissen, wer ich bin?

»Mein Name ist Alexandros Kasantzakis. Ich bin von der Polizei«, setzte er von neuem an. »Ich bin gekommen, um mit Ihnen über Ihren Bruder zu sprechen.«

Die Zunge verschwand. Die Lippen schlossen sich zu einer rissigen Linie.

»Über Ihren Bruder Dimitris.«

Sie gaffte ihn unverwandt an. Was mache ich hier eigentlich, dachte er. Was hatte ich erwartet?

»Ihr Bruder, Frau Funasi, hat Sie hier des Öfteren besucht. Erinnern Sie sich vielleicht, wann Dimitris zum letzten Mal hier gewesen ist?«

Sie blinzelte, lächelte ihn an. »Dimitris?«, flüsterte sie.

»Ja?«

»Oh, das ist lange her … lange, lange her …«

Alexandros erwiderte ihr Lächeln. »Wie lange, Frau Funasi? Können Sie sich erinnern, wie lange das her ist?«

Sie riss die Augen auf, sah ihn unbestimmt an. »Wissen Sie, Kommissar, hier hat Zeit keine Bedeutung. Hier drinnen ist alles immer das Gleiche. Schlafen. Essen. Warten. – Essen. Schlafen. Warten. – Vor allem das Warten.«

Alexandros traute kaum seinen Augen und Ohren. Er konnte es nicht glauben. Sie sah ihn mit aufmerksamen, klaren Augen an. Sprach mit deutlicher Stimme: »Und dafür bezahlt man. Dafür bezahlt Dimitris. Dafür, dass meine Zeit stehen bleibt.« Sie lachte leise und gehässig. »Mein lieber, kleiner Bruder. Ja, ja, Dimitris besucht mich hier. Er bezahlt einen hohen Preis, mein lieber Bruder, um meine Zeit zum Stillstand zu bringen.«

»Es ist etwas passiert«, begann er vorsichtig. »Ihrem Bruder ist etwas zugestoßen. Etwas sehr Schlimmes.«

Sie hob den Kopf, sah ihn wieder mit ihrem klaren Blick an.

»Er ist tot, nicht wahr? Mein Bruder Dimitris ist tot.«

Er starrte sie verblüfft an. »Woher wissen Sie das?«

Sie legte ihre Hand hinter das Ohr, drückte die Ohrmuschel nach vorn: »In der Nacht – da stand ein Engel an meinem Bett …«

»Und was hat der Engel Ihnen erzählt?«

»Der Engel ist gut!«

»Hat der Engel Ihnen verraten, dass Ihr Bruder tot ist?«

Sie schüttelte heftig den Kopf. »Der Engel …«, sie neigte sich ihm zu, brachte ihre Lippen dicht an sein Gesicht, »der Engel … das war Dimitris. Mein Bruder Dimitris. Er ist aus dem ewigen Licht herausgetreten, um mich zu besuchen.« Ihr Mund verzog sich zu einem bösen Grinsen und legte ein lückenhaftes gelbes Gebiss frei. »Ein braver Bruder. Lässt seine Schwester niemals allein.«

»Was hat Dimitris denn gesagt?«

Sie zog sich in einer ruckartigen Bewegung von ihm zurück, starrte mit entrückten, wie im Wahnsinn aufgerissenen Augen an ihm vorbei und raunte mit tonloser Stimme: »Und die Wasser der Ewigkeit werden weichen. Sie werden sich im ewigen Licht vereinen. Die dunklen Schatten derer, die einst zu uns gesprochen. Und das Schweigen wird zum Reden in den Zeiten der Not und der Lüge.«

Alexandros sah und hörte ihr fasziniert zu. Die Sätze klangen wie ein Zitat aus der Bibel. War es ein Psalm? Vielleicht enthielten die Worte eine versteckte Botschaft? Oder war es lediglich die Ausgeburt eines kranken Hirns? Zum ersten Mal in seinem Leben bedauerte Alexandros sein Desinteresse an religiösen Dingen. In seiner Jugend hatte er mit Unterstützung seines Vaters einen unerschöpflichen Erfindungsreichtum entwickelt, um der wöchentlichen Sonntagsmesse zu entgehen, die, solange er denken konnte, für seine Mutter und seine beiden Schwestern eine selbstverständliche Pflicht war.

»Ich wäre Ihnen dankbar«, sagte er behutsam, »wenn Sie Ihre Worte wiederholen könnten.«

Sie starrte ihn mit weit aufgerissenen Augen an. Dabei trat das krankhaft gelbliche Weiß um ihre Iris dämonisch hervor. »Wir sind alle Sünder«, raunte sie. Ihre knochige Hand streckte sich dem Kreuz an der Wand entgegen. »Gottes Auge ist auf uns gerichtet. Auf uns Sünder. Er ist allgegenwärtig. Er hat uns gemacht, um uns zu prüfen.«

Alexandros warf einen flüchtigen Blick auf das Kreuz. Er hat uns gemacht, um einen Dummen zu haben, der sich andauernd reuevoll vor Ihm duckt, dachte er und fühlte sich auf befreiende Weise bigott.

»Sie sagten vorhin, Ihr Bruder Dimitris sei ein Engel. Wissen Sie, wie er zu den Engeln gekommen ist?«

Sie kicherte. »Jemand hat das Böse aus ihm herausgeschnitten.«

Alexandros schwieg.

»Jemand hat Dimitris totgemacht«, sagte sie. »Damit Er ihm vergibt.«

»War Dimitris ein Sünder?«, fragte er.

Sie kicherte. Dann riss sie ihre Augen auf, ihre Lippen formten sich zu einem tonlosen »Ja«.

»Aber sagten Sie nicht, Ihr Bruder war gut?«

Sie starrte ihn entgeistert an.

»Ja, ja, ja, ja, ja … Bruder war gut … Dimitris gut … gut, gut, gut …«

Zu spät erkannte Alexandros seinen Fehler. »Warum war Dimitris ein Sünder?«, fragte er und wusste zugleich, dass sein hölzerner Versuch, sie zurückzuholen, scheitern würde. »Warum, Frau Funasi?«

»Sünder! Sünder! Sünder! Sünder!«, kreischte sie.

»Wer hat das Böse aus Dimitris herausgeschnitten?«

»Nichts mehr! Nichts mehr! Nichts mehr!«

»Was ist passiert, Frau Funasi?«

»Nichts, nichts, nichts …«

Er atmete tief durch, schloss kurz die Augen und sagte dann: »Ganz ruhig, Frau Funasi. Bitte. Zur Klärung des Mordes an Ihrem Bruder brauche ich Ihre Hilfe.« Er versuchte ihren Blick einzufangen und erkannte darin, wie nutzlos es war, an ihre Vernunft oder ihr Gewissen zu appellieren.

»Was legen Sie mir da in den Mund?!«, keifte sie. »Sie … Sie Unmensch, Sie! Wer sind Sie überhaupt, dass Sie sich erdreisten, so mit mir zu sprechen?!«

»Wollen Sie, dass der Mörder Ihres Bruders gefasst wird?«

Sie glotzte ihn mit irren Augen an und begann sich wie besessen zu schütteln.

»Nichts, nichts, nichts hab ich gesagt! Nichts, nichts, nichts hab ich! NICHTS! NICHTS! Dimitris war gut, gut, gut! GUUUT! GUUUAAAAAAA …«

Schrille, tierische Laute. Ein Gurgeln und Ächzen. Das Gesicht tief gerötet. Ein übler Gestank aus dem aufgerissenen Mund. Alexandros sprang auf, wich erschrocken zurück. Der Stuhl hinter ihm kippte um. Die Alte stampfte mit den Füßen auf dem Boden, trommelte mit den Fäusten gegen ihre Brust, stieß Urlaute aus.

Es erschien ihm wie eine Ewigkeit, bis endlich die Tür hinter ihm aufgestoßen wurde. Ein Pfleger, dem zwei Krankenschwestern folgten, stürzte an ihm vorbei ins Zimmer. Der Pfleger packte die strampelnde Alte an den Schultern, die Schwestern ergriffen je ein Bein. Alles ging wortlos, schnell und routiniert. Sie trugen Maria Funasi hinüber zum Bett, legten sie rücklings darauf, pressten ihren Kopf ins Kissen. Die alte Frau wehrte sich wimmernd, versuchte strampelnd sich von den Händen, die sie fest umklammert hielten, zu befreien. Die Schwestern drückten ihre Knie gewaltsam hinunter, der Pfleger ließ ihren Kopf los, packte ihre Arme und fixierte ihre Handgelenke mit den Riemen ans Bett. Als er zurücktrat, beugte sich eine der Schwestern über die alte Frau und sprach mit leiser Stimme auf sie ein. Die andere hockte sich auf die Bettkante, streichelte ihre Wange und strich ihr über das graue schüttere Haar.

Allmählich beruhigte sich der zuckende Körper. Die Atmung wurde flacher, gleichmäßiger. Eine der Krankenschwestern sah zu Alexandros und gab ihm mit einer eindeutigen Geste zu verstehen, er solle auf der Stelle verschwinden.

Mit einer Mischung aus Mitleid, Bedauern und Erleichterung verließ Alexandros leise das Zimmer.

Als er den Besucherparkplatz der Klinik erreichte, bemerkte Alexandros das weiße Cabriolet, das in der Nähe seines eigenen Wagens rückwärts aus einer Parklücke hinausrollte. Das Auto fuhr direkt auf ihn zu. Im Näherkommen erkannte er das Gesicht der Fahrerin. Sie bremste scharf neben ihm ab, sah hinter ihrer Sonnenbrille lächelnd zu ihm auf und zog sich demonstrativ den Gurt über die Schulter.

»Richtig so?«

»Richtig«, brummte er.

Kyra Damianidi schob sich die Sonnenbrille ins Haar. In dem schwarzen, in der Sonne glänzenden, glatt nach hinten gekämmten Kurzhaar saß die Brille perfekt.

»Guten Tag, Kommissar. Schließlich weiß man, was man der Obrigkeit schuldig ist.«

»Damit wir uns richtig verstehen, mir geht es dabei am wenigsten um das Gesetz.«

»Das habe auch ich nicht gemeint.«

Sie lächelte mit schief gelegtem Kopf zu ihm hoch. Alexandros betrachtete die in einem sanften Beige gebräunte Haut ihrer nackten, muskulösen Arme und strich sich verlegen über den Schnurrbart.

»Haben Sie jemanden besucht, Kommissar?«, fragte sie.

»Ich nehme an, ebenso wie Sie«, gab er zurück.

»Erraten! Ich habe eine Freundin besucht.«

»Eine Patientin?«

»Oh, oh, wie neugierig, Kommissar!« Sie drohte scherzhaft mit dem Finger. »Nein, eine der Schwestern. Eine Pflegeschwester. Meine Freundin arbeitet hier im Heim. Kein leichter Job.«

Sie stellte den Motor ab und umfasste das Steuer. Alexandros starrte auf die gepflegten Hände. Kyra Damianidi lächelte milde. »Nun, sind Sie mit Ihren Ermittlungen weiter vorangekommen, Kommissar?«

»Man kommt immer weiter. Wenn nicht im Galopp, so doch im Trab.«

Sie lachte höflich. »Netter Vergleich, wirklich.« Sie lockerte den Griff, streckte die langen Finger über dem Steuerrad. Einen Moment lang betrachtete sie versonnen die in hellem Beige lackierten Nägel. »Aber ein Hürdenlauf ist es wohl immer, nehme ich an.«

Er lachte. »Könnte man so sagen.«

Ihr Gesicht wurde ernst. »Haben Sie schon mit Kristina gesprochen? Hat sie Ihnen meine Vermutung mitgeteilt?«

»Das hat sie.«

»Und gibt Ihnen meine Aussage nicht zu denken, Kommissar?«

»Welche Aussage? Es handelt sich doch um eine Vermutung.«

»Mit anderen Worten, Sie teilen meine Meinung nicht, dass es sich bei den beiden Morden um zwei verschiedene Täter handelt?«

»So wird es wohl sein«, lächelte er höflich.

»Und warum nicht, wenn ich fragen darf?«

»Dürfen Sie, Frau Damianidi.« Alexandros war stolz, dass ihm ihr Name wieder einfiel. »Mir ist durchaus bekannt«, fuhr er fort, »dass Sie eine Spezialistin auf einem … na, sagen wir … einem gewissen Gebiet sind. Auch freue ich mich über Ihr reges Interesse an unserer Arbeit. Glauben Sie mir, ich weiß das zu schätzen. Dennoch bleibe ich bei meiner Meinung. Beide Morde wurden von ein und demselben Täter begangen.«

Kyra Damianidi fixierte ihn eindringlich. »Täter«, sagte sie. »Sie gehen also davon aus, dass der Täter männlich ist?«

»Ja. Vermutlich ist es ein Mann.«

»Sie trauen einer Frau so etwas nicht zu, Kommissar?«

Alexandros zuckte die Achseln und fragte sich, warum die Leute ständig Kommissar spielen mussten.

»Ich denke, Sie sollten meine Vermutung durchaus als Aussage betrachten, Kommissar«, unterbrach sie seine Gedanken. »Ich weiß, wovon ich spreche. Ich bin sicher, im ersten Fall waren sadomasochistische Praktiken im Spiel. Im zweiten hingegen nicht. Tatsächlich handelt es sich hier um zwei sehr unterschiedliche Arten, einen Menschen zu Tode zu bringen.«

»Ja, sicher. Die Inszenierungen unterscheiden sich voneinander«, räumte Alexandros ausweichend ein. »Dennoch ist ihre Aussage die gleiche.«

»Bei Sadomasochismus«, erklärte sie, »ist vieles erlaubt. Jede Variante des Spiels. Um genau zu sein, alles, was gefällt. SM ist eine von beiden Seiten sowohl gesteuerte wie auch akzeptierte – Inszenierung.«

Alexandros warf ihr einen belustigten Blick zu. »Gehört zu einer solchen Inszenierung auch die Rattengiftspritze in den Penis?«

Sie lächelte nachsichtig. »Alles, was gefällt, Kommissar. Darauf basiert das Spiel.«

Sie taxierte ihn prüfend und lachte. Er hatte den Eindruck, dass sie die Situation genoss.

»Sie glauben gar nicht«, sagte sie, »was sich ein echter Maso so alles in seine Körperöffnungen stecken lässt. Und damit meine ich, in sämtliche Körperöffnungen!«

Er musterte sie argwöhnisch. »Und einen Menschen zu ertränken – ist das noch Spiel?«

Sie hielt seinem Blick stand. »Vielleicht war es ein Versehen. Ein bisschen zu viel des Guten.«

»Es war kein Versehen.«

»Dann war es auch kein SM. Dann war es Mord.«

»Schön, dann scheinen wir ja zumindest in diesem Punkt einer Meinung zu sein.«

Sie lächelte vage und machte eine zustimmende Handbewegung. »Nehmen wir mal das Souvenir beim ersten Opfer«, sagte sie, »die Injektionsnadel an der pikanten Stelle. Eine derartige Praktik gehört durchaus zum sadomasochistischen Spiel. Kann sogar als prickelnder Höhepunkt empfunden werden. Als der eigentliche Kick.«

Sie sah ihm forschend in die Augen, ihre Lippen zuckten verdächtig. Er kratzte sich verlegen die Wange.

»Beim zweiten Opfer hingegen«, fuhr sie fort, »kann ich beim besten Willen keinerlei Anzeichen von Sadomasochismus erkennen. Das Muster der Verletzungen auf der Haut könnte auf ein Ritual hinweisen. Und Augenausschälen, Fingerabschneiden ist kein Spiel.« Sie zog ihre Sonnenbrille über die Augen. »So etwas, Kommissar, ist Barbarei.«

Sie startete den Wagen und fuhr ohne ein weiteres Wort davon.

Als er dem entschwindenden Cabrio hinterhersah, fiel ihm siedend heiß ein, dass er völlig vergessen hatte, sie nach den Schuhen zu befragen. Er schluckte seinen Ärger über das Versäumnis hinunter, stieg in seinen Alfa und beschloss, in die Astynomia zurückzufahren. Schließlich lief ihm Kyra Damianidi nicht davon.

Kerkyra, 5. Mai 1998

Wie sich Lebenswege überschneiden! Oder sollte ich besser sagen: Wie Todeswege sich kreuzen? Ich glaube an Vorsehung. An Gerechtigkeit.
Ich erkannte ihn sofort. Obwohl »erkennen« ist vielleicht nicht das richtige Wort. Ich habe das Foto ja nur ein einziges Mal gesehen. Nur ganz flüchtig. Auf dem Bild war er noch jung. Ein Knabe. Ein Wolf wie sein Vater.
Ich habe mir ihre Gesichter genau angeschaut. Auf diesem Bild. Diesem Brandmal der Erinnerung. Der Alte im weißen Kittel. Straff zur Seite gestriegeltes Haar. Der Scheitel, wie mit dem Lineal gezogen. Das aufgeräumte Lächeln, sauber, nett, harmlos. Im Ausschnitt des Kittels der hochgestellte Kragen der Uniform. Am Revers gut sichtbar das Abzeichen. Ihr Todeszeichen. Dieses Sonnenzeichen vergangener Kulturen. Neben ihm die Miniaturausgabe. Das Haar in die gleiche Richtung gestriegelt. Die Kinderbrust stolz nach vorn gewölbt. Im Lächeln schon der Ansatz der väterlichen Züge.
Im Vordergrund des Bildes eine Bahre. Auf der Stahlfläche hockend ein anderes Kind. Ein Skelett. Ein lebender Leichnam. Nackt. Kahlgeschoren. Riesige Augen, die dunkel in die Kamera starren. Über dem kahlen Kopf des Kindes die lächelnden Fratzen der Wölfe.
Wölfe. So habe ich sie damals genannt. Aber es war die Pest, die über unser Dorf kam.
Einer muss sich der Pest entgegenstellen! Ihren Kindern Einhalt gebieten! Der Brut, die das Erbe fortsetzen wird. Auf Gedeih und Ver-

derb. Denn die Saat der Pest wird keimen. Sie wird gedeihen. Auferstehen in der Wiedergeburt des Bösen.
Ich erkannte ihn sofort, als er den Raum betrat. Ahnte es bereits, als ich seine gesichtslose Stimme am Telefon hörte. Das Kindergesicht vom Foto ist abgelichtet vor meinem inneren Auge. Eingebrannt in meine Seele.
Plötzlich ist alles wieder da. Als sei es gestern geschehen.
Oh, dieses Brennen im Bauch! Diese elende Gier zu töten!
Er spricht nicht viel. Er ist auf beherrschende Weise schweigsam. Unsere Begegnungen laufen fast wortlos ab. Verhaltene Blicke. Gesten. Ein Lächeln, das keines ist. Er ist auf distanzierte Weise präsent. Damit hätte er mich fast eingeschüchtert. Mit seiner Distanz. Die hat Charisma. Gäbe es da nicht die Vergangenheit. Die Pest. Er ist Teil dieser Pest! Eine jener schwarzen Pocken, die unser Dorf in die Verdammnis hinabstießen. Sein Vater hat ihn dazu gemacht.
Die Gegenwart des Bösen macht mir Angst. Denn niemand außer mir wird ihn richten. Niemand kann ihn richten. Niemand kann es für mich tun. Ich allein trage die Verantwortung. Ich werde gehorchen.
Klytämnestra richtete Agamemnon.
Elektra und Orest richteten Klytämnestra.
Klytämnestras Erinnyen richteten Orest.
Es ist die Gerechtigkeit der Götter. Der wir uns fügen müssen. Ihr Auftrag, Vergeltung zu üben. Für die Bande des Blutes.
Nemesis, Göttin der Vergeltung!
Nemesis, Göttin der Blutrache!
Eine Woche. Ein Monat. Ein Jahr.
Gib mir ein Jahr, Vogelfrau. Nur ein einziges Jahr!
Und ich werde die Saat der Schwarzen Pest vernichten.

10

Als Alexandros Kasantzakis am Donnerstagmorgen kurz vor neun die Astynomia betrat, stieß er auf dem Treppenabsatz mit einem übermüdeten Michalis Kavadias zusammen, der einen randvollen Kaffeebecher vor sich herbalancierte. Bei dem leichten Zusammenprall schwappte etwas von der heißen Flüssigkeit über Michalis' Hand. Er streckte den Arm, hielt den Becher von sich weg und fluchte durch die zusammengebissenen Zähne. Erst dann erkannte er seinen Chef und murmelte eine Entschuldigung.

»Keine Ursache«, erwiderte Alexandros leichthin, während er sich Kaffeetropfen vom Ärmel wischte. »Wie sind die Durchsuchungen gelaufen?«

Michalis stellte den tropfenden Becher vorsichtig auf dem Treppengeländer ab. »Wir haben tatsächlich einiges gefunden. Interessantes Material, denke ich.«

»Irgendwelches Nazizeug?«

»Du meinst Fahnen oder Abzeichen?«

»Oder Waffen.«

»Nein, nicht direkt.« Michalis schüttelte seine feuchte Hand, beäugte sie unschlüssig und wischte sie schließlich verstohlen an seiner Hose trocken.

»Gut. Dann treffen wir uns wie vereinbart in einer Viertelstunde in meinem Büro.«

»Wir schaffen das ganze Zeug zu dir rüber«, nickte Michalis. Er unterdrückte ein Gähnen, spannte die Muskeln und fuhr sich mit beiden Händen abwechselnd durch das Haar.

Fünfzehn Minuten später luden Nikos Stavrous und Michalis Kavadias zwei dicke Stapel Papiere auf dem Schreibtisch des Hauptkommissars ab. Nikos schwang sich auf das Fensterbrett, lehnte sich mit der Schulter gegen den Fensterrahmen. Michalis rückte sich den Besucherstuhl umständlich zurecht und sank schließlich seufzend darauf nieder. Der Anflug eines Grinsens umspielte Nikos' Lippen, während er den Jüngeren beobachtete. Alexandros ging um Michalis herum und setzte sich in den Sessel hinter seinem Schreibtisch. Er warf einen schnellen Blick auf den Kriminalassistenten, der andächtig auf einem Kaugummi kaute und zwischendurch schlückchenweise von seinem Kaffee trank. Alexandros rümpfte die Nase, setzte die Lesebrille auf und begann in dem nächstliegenden Stapel zu blättern. Eine Zeitlang hörte man nur das Rascheln der Papiere. Schließlich durchbrach Nikos die Stille.

»Du hattest Recht, Alex. Wir haben eine ganze Reihe interessanter Unterlagen gefunden. Sowohl in der Arztpraxis wie auch in der Villa in Potamos.«

»Und in Kalami?«, fragte Alexandros, während er konzentriert in den Papieren weiterblätterte.

»Dort mussten wir die Tür aufbrechen.«

Alexandros fuhr herum und warf Nikos einen beunruhigten Blick zu. »Habt ihr vorher die Tochter in Lefkimmi informiert?«

»Haben wir. Willst du wissen, was sie gesagt hat? Macht mit dem Alten und seinem Haus, was ihr wollt, nur lasst mich damit ein für alle Mal in Ruhe.«

Alexandros zog den zweiten Papierstapel zu sich heran. »War nicht anders zu erwarten«, nickte er und begann zu blättern.

»Wir haben auch noch mal mit der Nachbarin gesprochen«, schaltete sich Michalis ein. Maria Ladi bestätigt deine Vermutung. Sie sagt, sie könne sich beim besten Willen nicht vorstellen, dass Dimitris Funasis in der Mordnacht vorgehabt hatte, sein Haus zu verlassen. Wenn, dann hätte er den Schlüssel mit hundertprozentiger Sicherheit von außen stecken lassen.«

»Das heißt, der Ölbauer hat vermutlich unfreiwillig, womöglich unter Gewaltanwendung das Haus verlassen.«

Michalis warf einen kurzen Blick hinüber zu Nikos. »Genau das denken wir auch.«

Alexandros nahm die Lesebrille ab und legte sie ins Etui. »Und die Frau hat wirklich nichts bemerkt?«

»Nein. Sie sagt, sie hätte den ganzen Abend ferngesehen.« Michalis konnte sich ein Grinsen nicht verkneifen. »Auf ETA hat es einen Krimi gegeben.«

»Verstehe. Konntet ihr am Haus irgendwelche Anzeichen von einem gewaltsamen Eindringen feststellen?«

»Nein. Nichts«, sagte Michalis. »Im Haus herrschte eine geradezu pedantische Ordnung. Völlig anormal. Ich meine, für einen alten Witwer.«

»Oder für einen griechischen Ölbauern«, ergänzte Nikos. »Obwohl das mit dem griechischen Bauern so eine Sache ist.«

Alexandros musterte ihn stirnrunzelnd. »Das heißt?«

»Wir haben eine Mappe mit Dokumenten und Briefen gefunden. Allesamt in deutscher Sprache.«

Alexandros schüttelte verwirrt den Kopf. War ihm da etwas entgangen? Soweit er die Papiere durchgesehen hatte, waren sie alle in griechischer Sprache.

»Und wo ist diese Mappe?«, fragte er.

»Schon bei Panagiotis. Sowohl die Mappe wie auch die anderen Papiere.«

»Welche anderen Papiere?«

Nikos schnalzte selbstgefällig mit der Zunge. Michalis strich sich eine Haarsträhne zurück und wich Alexandros' Blick aus.

»Deutsche Papiere«, verkündete Nikos. »Wir haben bergeweise deutsche Briefe, Dokumente und was weiß ich für Schreiben gefunden. PP will versuchen, einen Übersetzer zu finden.«

Alexandros fixierte ihn durchdringend. Michalis rutschte ungemütlich auf seinem Stuhl herum. Alexandros bemühte sich, ruhig zu bleiben. »Wir haben einen Übersetzer! Eine Übersetzerin.«

Nikos stutzte. Er musterte seinen Chef, als zweifele er an dessen Verstand. »Du meinst doch nicht die Fotografin?«

»Warum nicht?«, konterte Alexandros.

»Das ist doch nicht dein Ernst, Alex?!«

Doch Alexandros Kasantzakis hielt bereits den Hörer in der Hand. Panagiotis war selbst am Apparat. Er versprach in weniger als fünfzehn Minuten mit den Unterlagen im Präsidium zu erscheinen.

Kristina Tzavrou erreichte er über ihr Handy. Sie saß in einer Besprechung mit dem Direktor der Kunstgalerie, wo in wenigen Wochen ihre Ausstellung eröffnet werden sollte. Alexandros, der sofort spürte, dass sein Anruf nicht willkommen war, erklärte mit knappen Worten sein Anliegen. Kristina war ebenso freundlich wie kurz angebunden, versprach aber nach der Besprechung vorbeizuschauen.

»War das dein Chef?«, fragte der Galerist.

Kristina schaltete das Handy ab und warf es zurück in die Tasche. »Mein Chef«, lächelte sie gequält, »jetzt fang du auch noch an.«

»Meine Güte«, stöhnte Kristina, »das nimmt ja überhaupt kein Ende!«

Sie blätterte ziellos in den deutschsprachigen Briefen und Dokumenten, den etlichen nicht einzuordnenden Schreiben, manche bereits stark vergilbt und nahezu unleserlich. Kristina fuhr sich durch die Haare und versuchte, der Panik Herr zu werden. Kurzzeitig sackte ihr der Kreislauf weg. Sie konzentrierte sich auf ihre Atmung, holte tief Luft. Schwarze Punkte tanzten ihr vor den Augen, in den Ohren sirrte ein hoher Pfeifton. Sie hatte keine Ahnung, wie sie sich verhalten sollte. Einerseits wollte sie Alexandros helfen, andererseits fragte sie sich, wie um alles in der Welt sie diesen Papierberg bewältigen sollte. Das alles zu übersetzen, würde Tage in Anspruch nehmen.

»Was meinst du, wirst du es schaffen?«, fragte Alexandros.

Er betrachtete besorgt ihre Stirn, auf der sich schweißfeuchte Haarsträhnen kringelten. Sie seufzte kopfschüttelnd und ließ die Blätter sinken. »Ich kann es versuchen. Aber es wird dauern.«

»Wie lange?«

Sie hob die Schultern. »Zu lange.«

Alexandros nickte unmerklich. Er lehnte mit überkreuzten Füßen und verschränkten Armen am Schreibtisch und zwirbelte grübelnd seinen Schnurrbart.

»Vergiss meine Ausstellung nicht. Ich habe schließlich einen Vertrag.«

»Ja, sicher, ich verstehe.« Er strich die Enden seines Bartes wieder glatt. »Und wenn wir einen zweiten Übersetzer beauftragen?«

Vom Fenster her kam ein selbstgefälliges Grunzen. Nikos Stavrous öffnete den Mund. Michalis, der Kristina gegenüber am Besprechungstisch saß, fixierte ihn beschwörend. Nikos gab ein Grummeln von sich und enthielt sich seines Kommentars.

Kristina schürzte nachdenklich die Lippen. »Wäre vielleicht nicht ganz falsch. Ich meine, wenn du die Übersetzungen noch in diesem Jahr brauchst.«

Alexandros wandte sich an Nikos, der sich vom Fenster gelöst hatte, um einen Kaugummi von Michalis zu erbetteln. »Dann ruf das deutsche Konsulat an und lass dir die Liste sämtlicher verfügbarer deutschsprachiger Übersetzer auf Korfu durchgeben.« Nikos wollte etwas erwidern, doch Alexandros ließ ihn nicht zu Wort kommen. »Und beeile dich bitte! Wir haben keine Zeit zu verlieren.«

Nikos verharrte sekundenlang unschlüssig. Schließlich zuckte er die Achseln und warf den Kaugummistreifen vor Michalis auf den Tisch. Nachdem er den Raum verlassen hatte, wickelte Michalis den Kaugummi aus dem Silberpapier und steckte ihn sich zwischen die Zähne. Eins zu null, dachte er amüsiert, für Kristina und den Hauptkommissar.

Fünf Minuten später hatten sie die Papiere zum Besprechungstisch hinübergetragen. Kristina wollte keine Zeit verlieren. Sie hängte ihre Jacke über die Stuhllehne, setzte sich, stützte die Ellbogen auf den Tisch und vertiefte sich in den ersten Brief, den sie wahllos aus dem Haufen herausgefischt hatte. Alexandros zog sich hinter seinen Schreibtisch zurück. Er legte die beiden Plastikfolien mit den an ihn gerichteten anonymen Briefen, die Panagiotis ebenfalls aus dem Labor mitgebracht hatte, nebeneinander vor sich hin. Michalis blickte über seine Schulter hinweg auf die Schreiben.

»›Dort, wo die Erde herunterfällt, werdet ihr dem Allmächtigen begegnen.‹ Wo die Erde herunterfällt …« Michalis' Augen verengten sich. »Moment mal …« Er sah zu Kristina hinüber, die, mit aufgestütztem Ellbogen, die Wange auf die gefäustete Hand gelegt, konzentriert schrieb. »Was hat deine Mutter noch gesagt? Da war doch was mit dem Namen der Bucht?«

Kristina blickte überrascht auf. »Meinst du mich?«

»Erinnerst du dich an den Namen, den deine Mutter in die Skizze eingetragen hat? Du weißt schon, in diese Skizze, die du von der Arillas-Bucht gezeichnet hast.«

»Hier ist die Skizze.« Alexandros faltete das zerknitterte Blatt vorsichtig auseinander und strich es auf dem Tisch glatt.

Michalis' Zeigefinger sauste herab. »Gremoúlia. ›Dort, wo die Erde herunterfällt‹. Genau da wurde der tote Arzt gefunden. Was auch immer es zu bedeuten hat«, fügte er hinzu, »vielleicht ist es kein Zufall.«

Es war so still im Raum, dass sie alle drei zusammenzuckten, als die Tür aufgestoßen wurde und Nikos hereinmarschierte. »Zurzeit kein deutschsprachiger Übersetzer verfügbar«, verkündete er. »Medizinerkongress im Hotel Corfu Palace. Die ganze Woche.« Er fing Alexandros' irritierten Blick auf. »Und um deiner Frage zuvorzukommen, der Kongress hat gerade erst begonnen.«

»Verdammt«, knirschte Alexandros. Er sprang von seinem Platz auf und begann hinter dem Schreibtisch hin und her zu laufen.

Ich habe es gewusst! Ich habe es die ganze Zeit über gewusst. Die anonymen Postsendungen, die ihn jeweils nach den Morden erreicht hatten. Wenn seine Vermutung zutraf, bestätigten sie eine undenkbare, dennoch zwingende Schlussfolgerung.

Die plötzliche Erkenntnis ließ ihn erschauern. Die Vorstellung, der verwirrte Geist eines psychopathischen Killers hätte ihm eine Rolle bei den Mordinszenierungen zugedacht, erfüllte Alexandros mit blankem Entsetzen.

Als sich eine Stunde und zwanzig Minuten später die Tür öffnete und Dimitris Valougas den Raum betrat, dachte Alexandros Kasantzakis, sein Herz höre augenblicklich auf zu schlagen. Er starrte wie gebannt auf den gepflegten Mann, der mit ausgestreckter Hand auf ihn zusteuerte.

»Guten Tag, Herr Kommissar. Wie man sieht, ist Kerkyra eine kleine Insel und wir alle eine große Familie.« Er lächelte. »Aber wenn Sie wollen, bin ich gern bereit zu helfen. Ich beherrsche die deutsche Sprache recht gut. In Wort und Schrift.«

Alexandros nickte beklommen. Er zögerte einen Moment, bevor er wortlos mit abgewandtem Blick die ihm dargebotene Hand ergriff. Der kräftige Händedruck des jungen Mannes überraschte ihn. Er drehte sich abrupt um und rettete sich hinter seinen Schreibtisch. Dort nahm er den dicksten Aktenordner, schlug ihn irgendwo in der Mitte auf und verschanzte sich dahinter. Die rechte Hand wischte er verstohlen unter dem Tisch an der Hose ab.

Obwohl seine letzte flüchtige Begegnung mit Dimitris Valougas lange zurücklag, hatte Alexandros ihn sofort erkannt. Normalerweise wäre der Mitbewohner, Freund, Partner, Liebhaber oder wie immer man das nannte, womit sein Sohn Alekos zusammenlebte, der Allerletzte gewesen, mit dem er hätte zusammenarbeiten wollen. So aber blieb ihm keine Wahl.

Kurz darauf saßen Kristina Tzavrou und Dimitris Valougas an dem von Papierstapeln nahezu abgedeckten Besprechungstisch und hielten die Köpfe über ihre Schreibblöcke gesenkt, die sie zügig Seite um Seite mit griechischen Buchstaben füllten. Kristina selbst war auf die Idee gekommen, Dimitris um Hilfe zu bitten. Sie hatte Santos Tomasanis angerufen, um von ihm die Telefonnummern seines Bekannten zu erbeten. Dimitris Valougas war kein staatlich geprüfter Dolmetscher. Er war ein Studienkollege von Santos gewesen. Sie hatten ihn einige Male zufällig in der Stadt getroffen. Dabei hatte Santos erwähnt, dass Dimitris ebenso wie Kristina ein paar Jahre in Deutschland verbracht hatte.

Kristina war Alexandros Kasantzakis' Reaktion bei Dimitris Valougas' Eintreffen durchaus aufgefallen. Doch angesichts des gigantischen Haufens von Unterlagen beschloss sie, das Nachdenken über das unverständliche Verhalten des Kommissars auf später zu verschieben.

Bis zum Nachmittag hatten sie gut die Hälfte der Papiere übersetzt. Bei näherem Hinsehen entpuppten sich etliche Schriftstücke als Mehrfachkopien, was die Sache ungemein erleichterte. Dimitris Valougas arbeitete methodisch und konzentriert. Seine Arbeitsweise übertrug sich auf Kristina. Sie fand, er besaß eine erfrischende Art einen mitzuziehen, ohne Druck zu machen. Die Zusammenarbeit mit ihm machte Spaß.

Um zwanzig nach drei schauten beide ohne Absprache synchron auf die Uhr. Sie waren sich einig, eine Atempause verdient zu haben. Kristina schlug vor, in einem der gegenüberliegenden Straßencafés auf der Alexandras' Ave einen kleinen Imbiss zu nehmen.

Nachdem vom Salat und der Spinatpita nur die Olivenkerne und einige Blätterteigkrümel auf den Tellern zurückgeblieben waren, lehnte sich Dimitris bequem in seinem Korbsessel zurück. Er schlug die Beine übereinander, verschränkte die Hände im Nacken, atmete einmal tief durch und schloss hinter seiner Sonnenbrille die Augen. Nach knapp zehn Minuten öffnete er sie wieder, rieb sich die Arme, nahm die Sonnenbrille ab und lächelte sie an. Er wirkte ausgeschlafen, entspannt und, wie Kristina neidisch feststellte, geradezu begierig auf neue Taten. Sie lächelte gequält zurück, was Dimitris mit einem Augenzwinkern quittierte.

»Herrlich«, seufzte er, »so ein Zehnminutenschlaf, und du fühlst dich wie neugeboren.«

»Ich glaube, so was gäbe mir jetzt den Rest«, entgegnete sie ohne Überzeugung. »Danach wäre ich erledigt und reif fürs Bett.«

»Ach was!«, winkte er ab. »Du musst natürlich testen, wie lang dein Kurzzeitschlaf sein muss, um dich zu erfrischen. Das ist individuell verschieden. Glaub mir, es ist ein einfacher Trick, aber er bewirkt Wunder.«

»Mein Wundertrick heißt Achtstundenschlaf. Besser zehn Stunden. Durchgehend!«, fügte sie grinsend hinzu.

»Oh, oh«, säuselte er, »haben wir hier vielleicht eine kleine unverbesserliche Schlafmütze?« Er beugte sich zu ihr hinüber, lächelte feinsinnig und sagte: »Man kann eben nicht allen Menschen zu ihrem Glück verhelfen. Genauso wenig wie man jemanden dazu zwingen kann.«

»Wie wahr, wie wahr«, flötete Kristina zurück.

Er lachte, erhob sich und schlenderte hinüber zur Bar, um das Essen zu bezahlen. Kristina blickte ihm hinterher. Schade, dachte sie und schmunzelte über ihr typisch weibliches Denken. Ein so schöner Mann und für die Frauenwelt hoffnungslos verloren. Sie wusste, Dimitris Valougas hatte eine feste Beziehung. Wer allerdings der Glückliche war, wusste sie nicht.

Auf dem Weg zurück in die Astynomia erwähnte sie beiläufig Alexandros Kasantzakis' eigenartiges Verhalten. Seit Dimitris' Anwesenheit hatte der Kommissar kein einziges Wort gesprochen. Zumindest nicht in ihrer Gegenwart. Es schien, als ginge er ihnen absichtlich aus dem Weg. Dies war umso verwunderlicher, da er selber ja den Übersetzungsauftrag an sie beide abgegeben hatte.

Dimitris Valougas blieb abrupt stehen. Er sah mit einem geheimnisvollen Lächeln auf sie herab. »Es hat nichts mit dir zu tun, okay?«, sagte er entschieden.

»Okay, okay«, gab sie leicht verwirrt zurück.

Abends um halb elf füllten die Übersetzungen der deutschen Dokumente bis auf wenige leere Seiten zwei Schreibblöcke. Kristina schien es, als bewege sie sich während der letzten Stunden in einem rotierenden Schwebezustand zwischen ihrem Stuhl und der Zimmerdecke. Dimitris hingegen machte den Eindruck, als sei er soeben nach einem ausgiebigen Tiefschlaf bestens ausgeruht erwacht.

»Übungssache«, meinte er leichthin. Er zwinkerte ihr aufmunternd zu, schwang sich geschmeidig in seine Jacke und dachte, glücklicherweise merkt keiner, wie abgedreht ich wirklich nach diesem Tag bin. Er trat zu Kristina, beugte sich zu ihr hinab und küsste sie zum Abschied auf beide Wangen. Mit glasigem Blick verfolgte sie, wie er sich von den anderen mit Handschlag verabschiedete. In der Tür drehte er sich noch einmal um und verkündete, in den nächsten Tagen die Rechnung vorbeizubringen.

Eine Stunde später hatten Alexandros, Nikos und Michalis die Übersetzungen überflogen. Nach weiteren anderthalb Stunden hatten sie die Blätter aus den Blöcken sorgfältig herausgetrennt und die Texte, die für die Ermittlung von Interesse waren, herausgefiltert und sortiert.

Da sich Kristina inzwischen gefährlich schwankend gerade eben noch auf ihrem Stuhl hielt und seine beiden Mitarbeiter mit rot geränderten Augen immer tiefer in sich zusammenzusacken drohten, entschied Alexandros, am nächsten Morgen weiterzumachen. Er verabredete sich mit Nikos und Michalis für acht Uhr in seinem Büro, während er Kristina am Arm packte und vom Stuhl hochzog. Kurz darauf bugsierte er sie die Treppe hinunter, vorbei an einer dümmlich grinsenden Nachtwache, lud sie kurzerhand in seinen Wagen und fuhr sie nach Hause. Dort half er ihr aus dem Auto und wartete auf dem Kremasti, bis in der nächtlich finsteren Hausfassade zwei der oberen Fenster aufleuchteten.

Freitagmorgen. Alexandros Kasantzakis betrat um fünf Minuten vor acht sein Büro, zwei Minuten nach ihm Kristina Tzavrou, dicht gefolgt von Nikos Stavrous und Michalis Kavadias.

Die drei Papierstapel auf dem Schreibtisch des Hauptkommissars waren unterschiedlich hoch. Der höchste war zugleich der interessanteste, was nicht unbedingt zwingend sein musste. Die beiden kleineren Stapel enthielten die private Post der beiden ermordeten Männer und waren als »ermittlungstechnisch irrelevant« erst einmal beiseitegelegt worden. Der dünnere davon gehörte zu Dimitris Funasis und bestand aus drei herzzerreißenden Liebesbriefen aus den frühen Sechzigern. Der etwas größere Stapel von Dr. Jannis Mastoras enthielt vierundzwanzig Schreiben vielfältiger Art aus den letzten drei Jahrzehnten.

Um halb zehn war jeder Zentimeter des großflächigen Holztisches von Papieren bedeckt, und eine halbe Stunde später erkannten sie die schockierende Verbindung zwischen dem Mediziner aus Potamos und dem wohlhabenden Ölbauern aus Kalami.

Die Schreiben wiesen keine inhaltliche Übereinstimmung auf, dafür aber eine eindeutige und gleichlautende Tendenz. Ein Großteil der Schriftstücke, die sie im Haus und in der Praxis des toten Arztes gefunden hatten, richtete sich an Dr. med. Johannes Meister oder war von ihm selbst verfasst und unterzeichnet worden. Die Dokumente, denen teilweise komplizierte, sich im Wortlaut wiederholende Erklärungen und Aufstellungen anhingen, bezogen sich auf medizinische Versuche an »nicht arischem Menschenmaterial«. Ein Großteil der Korrespondenz zwischen Berlin, Frankfurt, München, Hamburg, Flensburg und Münster stammte aus den dreißiger und vierziger Jahren. In den Briefen tauchte häufiger der Name eines Ortes auf: Distomon. Derselbe Name fand sich ebenfalls auf einem einzelnen Schreiben aus dem Haus des Ölbauern Dimitris Funasis. Der Brief aus der Reichshauptstadt Berlin, datiert vom Jahr 1944, war an Herrn Richard von Achtersleben, Dresden, adressiert.

In dem Brief bedankt sich SS-Obersturmbannführer Heiner für … *den beispielhaft ordnungsgemäßen Verlauf der Selektionen in Amotopos und Distomon sowie die Bereitstellung der Mittel zur spontanen Exekution staatsfeindlicher Elemente zum Zwecke der Sicherung unseres geliebten Deutschen Vaterlandes beziehungsweise deren Verbringung in entsprechend dafür vorgesehene Arbeitslager des Deutschen Reiches*. In einem gesonderten Abschnitt erwähnt Heiner das … *Gesundheitsprogramm »Kinderparadies«, zur Erhaltung der rassischen Reinheit und arischen Volksgesundheit, welches Sie, hochverehrter Herr von Achtersleben, durch die Überstellung der drei Distomon-Kinder sowie der drei Zwillingspaare semitischer Abstammung in entscheidender Weise bereichert haben, was beim Führer selbstverständlich nicht unerwähnt bleiben wird*. Den Briefkopf ziert ein Hakenkreuz. Der Brief ist unterzeichnet mit *Heil Hitler*.

Weitere Schriftstücke an Richard von Achtersleben wurden nicht gefunden, wohl aber an Carlos Funasis, Ioannina.

Ende 1946 verschwindet auch Dr. med. Johannes Meister aus der Korrespondenz. Stattdessen richten sich nun etliche Schreiben an Dr. med. Jannis Mastoras, Athen. Die Briefe kommen aus Hamburg und Flensburg und stammen aus den fünfziger und sechziger Jahren. Sie enthalten außer überschwänglichen, schwülstigen Lobpreisungen endlos lange, seltsame Buchstaben- und Zahlenreihen. Aus dem Kontext geht hervor, dass es sich hierbei offenbar um verschlüsselte Botschaften fragwürdiger Untersuchungen und Experimente an *rassisch als minderwertig zu bezeichnendem Menschenmaterial* handelt. Die Schreiben sind mit einem Hakenkreuz versehen, unterzeichnet mit *Die Rune*.

Ab 1972 erhält Dr. med. Jannis Mastoras, zunächst nach Athen, später dann nach Korfu, Korrespondenz aus Deutschland. Wie zuvor bei seinem Vater kommen die meisten Briefe aus Hamburg und Flensburg, einige auch aus Frankfurt, Berlin und Münster.

Im Wesentlichen geht es darin immer um das Gleiche: ... *dass, wie wir hoffen, Sie, sehr geehrter Herr Dr. Mastoras, in die Fußstapfen Ihres von uns so hoch verehrten Herrn Vaters treten mögen, um dessen Verdienste in der Rassenforschung zur Reinerhaltung der arischen Rasse erfolgreich und in seinem und unserem Sinne fortzuführen, wobei* – was wiederholt betont wird – *die finanziellen Mittel eine zweitrangige Rolle spielen.*

Antwortschreiben von Dr. Jannis Mastoras waren nicht gefunden worden. Auch kein Ausweis oder dergleichen, was auf eine Mitgliedschaft hingewiesen hätte. Allerdings – da waren sie sich einig – war das kein Beweis dafür, dass der ermordete Arzt nicht ebenso wie der Ölbauer Mitglied der *Rune* gewesen war.

Alexandros las noch einmal die beiden ersten Schreiben, die er aus der Praxis des Doktors mitgebracht hatte. Er starrte auf die letzten Zeilen des Briefes von 1984 aus Flensburg: *Gleichwohl möchte ich mich herzlich für die Ergebnisse Ihrer Forschungsreihe »Messojiaki-Anämia« bedanken, die ich im Internationalen Ärzteblatt mit größtem Interesse verfolgt habe.*

»Mastoras war Forscher. Vielleicht hat es ja so was wie ein gemeinsames medizinisches Interesse zwischen ihm und seinen deutschen Kollegen gegeben«, sagte Alexandros. »Verständnis. Wenn nicht gar eine positive Einstellung zu diesen menschenverachtenden Ideen. Unterlagen, die etwas in der Richtung belegen könnten, existieren wohl nicht?«

Nikos schüttelte den Kopf. »Wir haben nichts dergleichen gefunden.«

»Wäre auch zu schön gewesen, wenn ihr was in der Art gefunden hättet«, seufzte Alexandros.

Er starrte wieder auf die auf dem Tisch ausgelegten Blätter. Auf die unfassbaren Sätze, die ihm in der griechischen Übersetzung vollkommen irrsinnig erschienen. Grauen erfasste ihn angesichts eines solchen Denkens, das zu seiner Verwunderung offensichtlich noch immer existierte. Nun hatte es sich aus einer dunklen, vergangenen Zeit in die politisch zumindest leidlich geordnete und einigermaßen überschaubare Alltäglichkeit ihres Inseldaseins eingeschlichen. Aus einem Land, das normalerweise verlässliche Waren mit der Aufschrift »Made in Germany« und gutbetuchte Touristen importierte.

Alexandros beugte sich nach vorn und stützte sich mit beiden Händen auf dem Tisch auf.

Aus den übersetzten Unterlagen der getöteten Männer ging hervor, dass sowohl deren Väter wie auch sie selbst deutsche Ausweispapiere besessen hatten. Ausweispapiere des Deutschen Reiches. Dr. Jannis Mastoras hatte seinen Kinderausweis aus dem Jahre 1938, ausgestellt auf den Namen Georg Johannes Meister, sorgsam aufbewahrt.

»So einfach«, bemerkte Kristina. »Aus dem deutschen Georg Johannes Meister wurde im griechischen Ausweis Jannis Georgios Mastoras.«

»Und die neue Identität war geboren«, brummte Michalis bestätigend.

»Das leuchtet ein«, meinte Nikos. »Aber Achtersleben? Wie macht man daraus Funasis?«

»Die Frage stellt sich wohl eher, woher die griechischen Ausweispapiere stammten«, meinte Kristina nachdenklich. »Wurden sie getürkt oder …«

»Oder was?«

»Oder gehörten sie vorher jemand anderem. Vielleicht einem durch Krankheit Verstorbenen oder im Krieg Gefallenen.«

Nikos zog angewidert die Mundwinkel nach unten.

»Beides könnte zutreffen«, sagte Alexandros und setzte sich auf den nächstbesten Stuhl. »Die Mastoras haben ihre deutschen Namen sozusagen vergriechischt. Zwischen Richard von Achtersleben und Carlos Funasis hingegen besteht nicht die geringste Ähnlichkeit.« Er lehnte sich zurück. »Die Papiere könnten also ebenso gut vom Schwarzmarkt oder sonst woher stammen.«

»Und dabei hätten die Herrschaften es doch sicherlich vorgezogen, ihren guten alten deutschen Adel beizubehalten«, spottete Nikos sarkastisch.

Alexandros überhörte die Bemerkung. »Wissen wir den deutschen Vornamen des toten Ölbauern?«, fragte er.

»Nein«, erwiderte Nikos. »Der taucht nirgendwo auf.«

»Dimitris Funasis taucht seltsamerweise in keinem der deutschen Papiere auf«, bestätigte Kristina.

»Und wie ist es mit seiner Schwester?«, fragte Alexandros. »Gibt es irgendwelche Unterlagen?«

»Nein. Nichts.«

»Und die beiden Mütter der Toten?«

Nikos hob die Schultern. »Wie vom Erdboden verschluckt. Als hätten sie überhaupt nicht existiert.«

»Seltsam …«, murmelte Alexandros.

»Wie es aussieht«, schaltete sich Michalis ein, »haben wir lediglich die geschäftliche Korrespondenz beider Familien gefunden. Und vermutlich hatten die Frauen darin nichts verloren. Außer den gültigen griechischen Ausweisen der beiden Opfer und dem Kinderausweis des Arztes haben wir ja keine weiteren persönlichen Identifikationspapiere gefunden«, gab er zu bedenken. »Mich wundert nur, wieso der Doktor das Risiko einging, das gute Stück aus der alten Heimat aufzuheben.«

»Zumal er offenbar etwas dagegen hatte, dass irgendjemand diese Seite seiner Vergangenheit aufdeckte«, ergänzte Kristina.

Alexandros starrte auf die Papiere. »Schon eigenartig, dass ausgerechnet auf Kerkyra Nazis untergetaucht sind. In Argentinien oder Südamerika wäre so was weit weniger erstaunlich.« Er schüttelte den Kopf. »Ich wundere mich nur, dass er den Ausweis überhaupt behalten durfte.«

Im Jahr 1986 erhielt der griechische Ölbauer Dimitris Funasis zum ersten Mal Post aus Deutschland. In den darauf folgenden zehn Jahren hatte sich eine auffallend rege Korrespondenz zwischen ihm und einem Herrn Müller, Immobilienmakler, entwickelt. Ab 1996 kamen die Briefe in regelmäßigen Abständen, aber nur noch halb- oder vierteljährlich. Der letzte Brief trug das Datum vom 15. April 1999.

Der Immobilienmakler Müller schrieb zunächst aus Orten in Rheinland-Pfalz und dem Saarland, ab 1992 auch aus Mecklenburg-Vorpommern, Sachsen-Anhalt und Thüringen. Es waren Orte, insbesondere jene aus dem Osten Deutschlands, von deren Existenz weder Kristina noch Alexandros, Nikos oder Michalis je gehört hatten. Die Briefköpfe trugen ausnahmslos das Signum der *Rune*.

In den Briefen offerierte der Makler Herrn Dimitris Funasis Häuser zum Kauf. Es handelte sich vornehmlich um alte Herrenhäuser, Landsitze, Gaststätten, einmal sogar um ein Schloss aus dem neunzehnten Jahrhundert. Aus der Korrespondenz ließ sich erschließen, dass der reiche griechische Ölbauer durch überhöhte Gebote den Verkaufspreis der Häuser in schwindelnde Höhen trieb, anschließend von seinem Kauf zurücktrat, um sich nach Abschluss eines Vertrages mit einem ahnungslosen Interessenten den Mehrerlös mit den Verkäufern zu teilen. Zwei Drittel seines Anteils flossen in die Vereinskassen der *Rune*.

Zwei der von Müller angebotenen Objekte hatte der reiche Ölbauer tatsächlich gekauft. 1989 ein altes Fachwerkhaus in der Pfalz, das unter Denkmalschutz stand und einer Konkursmasse entstammte, und 1993 einen Herrensitz in Sachsen-Anhalt. Dimitris Funasis hatte die Häuser weit unter Wert erworben und sie wenige Monate nach dem jeweiligen Kauf dem Verein *Die Rune* »zur freien Verfügung auf hundert Jahre« überschrieben.

Alexandros' Stirn legte sich in Falten. Wenn es tatsächlich einen Zusammenhang gab zwischen dem gewaltsamen Tod der beiden Männer und dem Vorleben ihrer Väter, würde das die gesamte Ermittlung in ein neues Licht rücken.

Die zweite Frage, die sich unweigerlich aufdrängte, war vielleicht noch brisanter: Was verband die beiden längst verstorbenen Väter aus dem Deutschland der Nazizeit mit den griechischen Bergdörfern Distomon und Amotopos? Jeder von ihnen wusste, was in jenen Dörfern geschehen war.

Alexandros beschlich ein ungeheurer Verdacht. Der Mord an Dimitris Funasis war eindeutig eine Hinrichtung gewesen. Legte man die Zeichen an dem Leichnam von Doktor Jannis Mastoras in eine ebensolche Richtung aus, stieß man auf das gleiche Ergebnis. War es möglich, dass der Arzt aus Potamos und der Ölbauer aus Kalami nur Stellvertreter waren? Konnte es sein, dass die Söhne für die Taten ihrer Väter sühnen mussten? Für Väter, die sich durch ihren natürlichen Tod einer gerechten Strafe entzogen hatten? Gab es hier, auf der Insel, einen selbsternannten Rächer, der die Söhne stellvertretend tötete, da er die Urheber der damaligen Gewalt nicht mehr erreichen konnte? Wenn sich sein Verdacht bestätigte, warum dann erst jetzt? Warum nahm jemand nach so vielen Jahren Rache?

Sie hörten Alexandros schweigend zu, während er seine Gedanken darlegte. »Bestätigt sich mein Verdacht«, resümierte er, »dann könnte die Nazivergangenheit der Väter der Generalschlüssel zu unseren beiden Mordfällen sein.«

»Na ja«, Nikos wog skeptisch den Kopf, »die Rollen der Herren Söhne erscheinen mir aber ebenfalls mehr als zwielichtig. Insbesondere die Geschäfte des Ölbauern. Die sind ganz offensichtlich alles andere als koscher.«

»Und was ist mit der Experimentierfreude des Mediziners?«, hakte Alexandros nach.

Nikos schabte sein schlechtrasiertes Kinn. »Ich weiß nicht, Alex. Im Grunde haben wir nichts Handfestes. Nur das, was in diesem Ärzteblatt steht. Und das ist jedermann zugänglich.«

»Dennoch macht bekanntlich auch der Ton die Musik«, warf Kristina ein. »Und der erscheint mir in den Briefen, die Doktor Mastoras aus Deutschland erhielt, mehr als freundlich, wenn nicht sogar unterwürfig.«

»Genau das irritiert mich auch«, pflichtete ihr Nikos bei. »Nach außen hin erstrahlt unser Doktor Saubermann in einem nahezu geheiligten Licht. Aber wie sieht es im Inneren aus?«

Kiki brachte ein Tablett mit Kaffee und Keksen. Alexandros trank gedankenverloren und zerdrückte dann den leeren

Pappbecher. Befriedigt registrierte er, wie selbstverständlich die Fotografin sich in sein Team eingefügt hatte und dass sich die Wogen zwischen ihr und Nikos Stavrous offensichtlich geglättet hatten. Alexandros hob den Blick und sah die anderen der Reihe nach an.

»Was also schlagt ihr vor? Wie sollen wir weiterverfahren? Soll ich um Verstärkung aus Athen bitten? Dieser Fall könnte zwei Nummern zu groß sein für unsere kleine korfiotische Astynomia.«

Michalis rutschte unruhig auf seinem Stuhl umher, zog den Kopf ein und runzelte missmutig die Stirn. Er wechselte einen zweifelnden Blick mit Kristina, die seine stumme Frage mit einem ratlosen Achselzucken beantwortete.

»Verdammt, Alex«, knirschte Nikos zwischen zusammengebissenen Zähnen, »nun haben wir endlich mal einen richtig aufregenden Ermittlungsfall, und du willst ihn den Großschnauzen aus der Hauptstadt überlassen. Wenn du mich fragst, sind das zwei höchst interessante Nummern.«

Alexandros gab keine Antwort. Seine Frage war ohnehin rein rhetorischer Art gewesen. Kommissar Nikos Stavrous' zorniges Engagement gefiel ihm. Das war etwas, was er kannte. Womit er umgehen konnte. Darin erkannte er sich selber wieder. Den jungen Polizisten Alexandros Kasantzakis. Dieses Aufbegehren. Diese Entschlossenheit, sich in einen Fall zu verbeißen. Genau das hatte seinen Berufsweg geprägt und ihn zu dem gemacht, was er heute war.

»Wir sollten als Nächstes Kontakt mit den deutschen Behörden aufnehmen.« Alexandros wandte sich Kristina zu. »Soweit ich informiert bin, gibt es in Deutschland spezielle Stellen, die sich damit befassen.«

»Ja, sicher, es gibt Archive, Gedenkstätten.«

»Was die Immobiliengeschichten des sauberen Herrn Funasis betrifft«, schaltete sich Nikos ein, »könnte ich mir vorstellen, dass das deutsche Landes- oder Bundeskriminalamt über Informationen verfügt.«

»Die sie uns dann selbstredend zur Verfügung stellen«, meinte Michalis skeptisch. »Wie entgegenkommend sind wohl die Herren vom LKA oder BKA gegenüber ein paar griechischen Inselpolizisten?«

Kristinas Miene erhellte sich. »Mir fällt da etwas ein. Ich kenne da jemand. Eine alte Bekannte von früher. Die arbeitet im Archiv einer Gedenkstätte.« Ihre Stirn legte sich in Falten. »In der Nähe von Hamburg, in … Bergen-Belsen.«

Eine Viertelstunde später brachte Kiki frischen Kaffee und die Telefonnummer der Gedenkstätte Bergen-Belsen in der Lüneburger Heide bei Hamburg. Kurz darauf hielt Kristina den Telefonhörer in der Hand. Während sie die Nummer wählte, konstatierte sie mit gemischten Gefühlen, dass die Polizeiarbeit ihr tatsächlich Spaß zu machen begann. In Alexandros Kasantzakis' Team mitzuarbeiten war weit weniger einsam als die Arbeit in ihrem Elfenbeinturm. Doch sie fragte sich, ob die Polizeiarbeit ihr auf längere Sicht so viel Befriedigung verschaffen würde wie die Kunst.

Zu Kristinas Überraschung war ihre Bekannte sofort am Apparat. Die zweite Überraschung folgte nur wenige Sekunden später: Renate Steinbauer erinnerte sich auf Anhieb an die Griechin Kristina Tzavrou. Sie begrüßten einander wie alte Freundinnen, und nach einem angemessenen Begrüßungsritual brachte Kristina schließlich ihr Anliegen vor. Renate Steinbauer hörte geduldig zu, stellte hin und wieder eine Frage, die Kristina an Alexandros weitergab.

Was die medizinischen Versuche betraf, bot Renate Steinbauer an, in den Unterlagen des Museumsarchivs nachzuforschen. Die Nazis, meinte sie, hätten peinlich genau Buch geführt. Da die NS-Ärzte eine Rechtfertigung für ihre Experimente finden mussten, die über Hitlers Vision, eine Herrenrasse heranzuzüchten, hinausging, redeten sie sich ein, echte wissenschaftliche Forschung zu betreiben.

Nach Kristinas Frage hinsichtlich irgendwelcher dubioser Immobiliengeschäfte, in denen vermutlich die Rechten mitmischten, entstand am anderen Ende der Leitung eine längere Pause. »Hm … der Bund oder der Ring deutscher Makler … ja, dort müssten solche Geschäfte eigentlich auffällig werden.«

»Und was ist mit dem LKA oder BKA?«

»Höchstens das BKA«, kam die prompte Antwort. »So was ist Sache des Bundes. Solche Geschäfte erstrecken sich bundesweit. Und außerdem«, freute sich Renate Steinbauer, »ist es mit dem BKA kein Problem, da arbeitet nämlich ein Freund von mir. Im BKA, Karlsruhe. Der ist mir sowieso noch einen Gefallen schuldig.«

Alexandros gab Kristina ein Zeichen. »Was weiß sie über *Die Rune*?«, flüsterte er.

»Sagt dir der Name *Die Rune* etwas?«, gab Kristina die Frage weiter.

»Was soll das sein?«

»Der Name eines Nazivereins.« Wieder eine längere Pause. Dann sagte Kristina: »Ein Verein mit diesem Namen ist ihr nicht bekannt.«

Kristina notierte Namen und Telefonnummer des BKA-Beamten in Karlsruhe und wartete, bis Renate Steinbauer die Nummern der beiden Maklerverbände über ihren Computer recherchiert hatte. Sie bedankte sich und vereinbarte das nächste Telefonat für den folgenden Vormittag.

»Bis morgen meint sie uns einiges an Material über die Ärzte und ihre medizinischen Versuche zusammenstellen zu können«, berichtete Kristina und legte den Hörer auf. »Außerdem will sie ihren Freund beim BKA vorwarnen, bevor wir Griechen uns auf ihn stürzen.«

Kerkyra, 23. November 1998

An meinem zehnten Geburtstag erfuhr ich, was mit A. passiert ist. Was sie mit ihr gemacht hatten. Es geschah eher zufällig.
Es war ein einschneidender Augenblick. Er legte die Basis für mein weiteres Leben. Auch wenn ich noch nicht wirklich verstand, was geschehen war. Ein paar Jahre später verstand ich.
Sie hatten A. benutzt. Ihren Körper. Ihre Seele. Ihren Geist. Sie hatten eine leere Hülle hinterlassen. Eine Hülle, in der einmal meine Schwester gewohnt hatte. Meine fröhliche, lachende, starke Schwester. Eine Schwester mit einer Gegenwart. Und einer Zukunft.
Sie hatten ihre Gegenwart gelöscht. Ihre Zukunft verbrannt. Sie hatten A. in das Dunkel gestoßen, das keine Zeit kennt. Keine Wärme. Keine Gefühle. Im Dunkel gab es nichts, was sie verletzen konnte.
Keines der Kinder hatte begriffen, was mit ihm geschah. Als sie aus den Berghöhlen zurückkehrten in die trügerische Stille der Dörfer. Dorthin, wo die Mauern plötzlich Augen besaßen. Böse, verräterische Augen.
Was fühlt man, wenn man tot ist, fragten die Kinder.
Die Augen der Vogelfrau blieben leer. Ihre Antwort war das Schweigen.

War es Zufall oder Schicksal, als er auf dem Flur plötzlich vor mir stand? Zwischen all den verzerrten Gesichtern. Den irren, ahnungslosen Blicken. Es gibt keine Zufälle. Nicht in diesem Leben. Welch ein Schicksal, ihm gerade hier zu begegnen!
Diesem alten Mann mit dem gegerbten Gesicht. Den Altersflecken

und hervortretenden Adern. Mit den eingebrannten schwarzen Ölrändern unter den Nägeln. Er starrte mich argwöhnisch an. Zwischen leicht geöffneten, rissigen Lippen gelbbraune Zahnstümpfe. Eine vorwitzige Zungenspitze, die lüstern hervorschnellte, sich im selben Moment wieder zurückzog. Ich lächelte verheißungsvoll. Er grinste mit den gierigen Augen des alten Mannes. Er konnte ja nicht ahnen, dass dies der Anfang seines Endes war. Müsstest du mir leid tun, alter Mann? Hatte meine Schwester euch leid getan? Dir und deinem Vater?
Er hob die Hand, müde von der Trägheit des Alters. Drohte scherzhaft mit dem Finger. Diesem Zeigefinger, in dem die Gene seines Vaters auf ihre Auferstehung lauerten.
Ich lächelte ihm zu. Diesem Sohn, der mit erhobenen Fingern sein eigenes Todesurteil in die Luft schrieb. Dem Sohn des Richters über Leben und Tod.
Ich wusste sofort, dass er sein Sohn war. Die Nachforschungen sollten lediglich mein Gewissen beruhigen. Im Gegensatz zu ihnen habe ich eines. Das macht das Töten kompliziert. Aber ich war von Anfang an sicher. Ich irre mich nie. Nicht, wenn ich einem von ihnen begegne. Ich sehe es ihnen an. Sie sind das Abbild ihrer Väter. Nein, mich können sie nicht täuschen. Ich kenne das Foto. Die gleichen spöttischen Züge in den Mundwinkeln. Der gleiche herrische Blick. Bilder lügen nicht. Der alte Mann auf dem Flur ist einer von ihnen. Er ist ein Sohn. Er ist der Sohn des Richters. Jenes Richters, der mit erhobener Hand auf dem Kirchplatz stand. Dessen Fingerzeig über Leben oder Tod entschied.
Ich habe mir die Bilder genau angeschaut. Die wenigen Fotografien, die noch existieren. Die jemand heimlich auf dem Platz gemacht hat. Ich kenne das Bild des Richters im schwarzen Ledermantel mit dem Hakenkreuz am Revers. Wie er dort steht mit gestreckter Hand, Zeige- und Mittelfinger auf die Frau mit dem Baby gerichtet. Auf den Greis am Stock. Auf die Gruppe verängstigter Kinder. Ich habe mir die Bilder genau angeschaut. Sie haben sich mir eingebrannt.
Ja, ich bin bereit, Moiren. Jetzt bin ich bereit.

Teile mir den Faden zu, Lachesis. Miss und spinn ihn, Klotho. Wenn Atropos ihn zerschneidet, wird Nemesis den Sohn des Richters richten.

Was fühlt man, wenn man tot ist?

Die Vogelfrau sieht mich an. Ihre leeren Augen füllen sich mit Blut.

11

Die Sonne ergoss sich von einem wolkenlosen Himmel und hüllte die blühenden Hügelketten rund um den Troumpetapass in ein Farbenmeer. Sie hatten soeben die enge, verwinkelte Durchgangsstraße von Skripero erreicht, als der Anruf kam.

Während er das Mobiltelefon aus der Station zog, warf Alexandros einen flüchtigen Blick auf seine Beifahrerin. Kristina Tzavrou blätterte in einer Mappe mit ausgedruckten Fotografien, die sie mit der von Panagiotis Peskalis geliehenen Digitalkamera gemacht und mit dessen Hilfe am Computer bearbeitet hatte. Alexandros drückte die Empfangstaste des Telefons und meldete sich.

»Alex?«, kam es vom anderen Ende der Leitung. Es folgte ein Rauschen und Knacken.

»Ja? Ich hör dich, Kiki.«

»Die Anstalt, in der Maria Funasi …«

»Ja, was ist damit?«

»Die haben vor wenigen Minuten angerufen.«

»Und? Ist was mit Maria Funasi?«, fragte er.

»Soweit ich es verstanden habe, ja. Aber der junge Mann – seine Stimme klang jedenfalls jung –, also er beharrte darauf, nur mit dir zu sprechen.«

»Ist es dringend? Soll ich zu ihm fahren?«

»Schwer zu sagen. Er war sachlich und kurz angebunden.

Wie gesagt, Hauptkommissar, er wollte ausschließlich mit dir sprechen.«

Dann machte es wohl keinen Sinn, jemand anderen hinzuschicken. Er würde gleich selbst hinfahren. Die Vernehmung in Agros würde kaum eine Ewigkeit dauern. So kooperativ, wie der Mann am Telefon schien.

So freundlich war auch der Empfang im Hause Diavadis.

»Ich weiß wirklich nicht, was Sie von uns wollen, Herr Kommissar«, versuchte der Hausherr sie vor der Eingangstür abzufertigen. »Wir haben durch diesen Arzt unsere Tochter verloren. Reicht das nicht?«

»Ich habe selber eine Tochter. Ich kann …«

»Dann können Sie sich sicher denken, wie mir zumute ist!«, unterbrach ihn der Mann barsch.

»Ich verstehe Sie sehr gut, Herr Diavadis, dennoch …«

»Wir haben kein Interesse daran, der Polizei irgendwelche Fragen zu beantworten. Wer auch immer diesen Kerl umgebracht hat, er hat Recht getan. Ich hoffe, ihr erwischt ihn nie!«

Klarer hätte man es nicht ausdrücken können. Alexandros Kasantzakis wusste augenblicklich: Dieser massige Mann, der ihn so feindselig anstarrte und in seiner schmuddeligen, abgetragenen Kleidung den Türrahmen fast vollständig ausfüllte, war mit an Sicherheit grenzender Wahrscheinlichkeit nicht der Mörder.

Kristina Tzavrou, die Alexandros zum Haus gefolgt war, fixierte den Mann. Weder ihm noch dem Kommissar entging dabei die Überraschung in den Augen der Fotografin. Während der Hausherr für einen Moment die Kontrolle verlor und Kristinas Blick irritiert auszuweichen versuchte, nutzte Alexandros die Gelegenheit. Er schob den Mann beiseite und sich selbst ins Haus. Kristina folgte ihm verwirrt. Auf der Türschwelle zur Küche erwartete sie die nächste Überraschung.

Am Tag der Beerdigung hatte Kristina die Frau nur flüchtig gesehen. Obwohl sie seither stark abgemagert war und um Jahre gealtert aussah, erkannte Kristina sie auf Anhieb wieder. Die beiden Töchter hatten sich nicht wesentlich verändert. Ein bisschen müder vielleicht. Ein Hauch von Schatten um die Augen herum.

Aber da war noch etwas anderes. Etwas mit diesem Mann.

Kristina beobachtete ihn grübelnd. Er ging quer durch die Küche, rieb sich dabei verlegen das Kinn. Von der Beerdigung her … nein, ganz sicher nicht. Dort hatte sie ihn nicht gesehen. Weder in der Prozession noch auf dem Friedhof. Aber sie kannte sein Gesicht. Sie war sich sicher. Auf ihr visuelles Gedächtnis konnte sie sich verlassen.

Wo also hatte sie dieses Gesicht gesehen? Woher kannte sie diesen Mann?

Die ältere Tochter schaltete den Herd aus und zog den brodelnden Topf von der Platte. Dann ging sie hinüber zum Tisch und stellte sich hinter ihre Mutter. Kristina fing ihren nachdenklichen Blick auf und nickte ihr aufmunternd zu.

»Stimmt, wir kennen uns.«

Der Vater, der zwischen Küchenbord und Spülstein an die Wand gelehnt stand, scharrte ungeduldig mit den Füßen. Die Frau drehte den Kopf, ihr Blick heftete sich auf Kristina. Die vage Andeutung eines Lächelns auf dem Gesicht der älteren Tochter verriet Kristina, dass sie sich nicht irrte. Auch das Mädchen hatte sie erkannt. Seltsamerweise schien es Kristina, als fürchte sich das Mädchen davor.

Kristina deutete mit einem knappen Nicken auf die Frau, die mit kreisenden Bewegungen der flachen Hand eine tellergroße Stelle auf dem Tisch rieb.

»Ich habe euch meine Wasserflasche gegeben. Erinnert ihr euch? Es war so heiß auf der Beerdigung. Eurer Mutter ging es nicht gut.« Und zu Alexandros: »Der Stau. Auf dem Weg nach Arillas. An dem Tag, als Doktor Mastoras gefunden wurde.«

Alexandros nickte und trat einen Schritt weiter vor. »Dürfen wir uns vielleicht setzen?«

Der Vater stieß sich von der Wand ab und ließ sich auf dem freien Stuhl neben seiner Frau nieder. Er starrte die Eindringlinge missmutig an, einen Ellbogen auf den Tisch gestützt, den Kopf auf der gefäusteten Hand. Alexandros und Kristina deuteten dies als Einverständnis und setzten sich dem Ehepaar gegenüber an den Tisch. Die Frau hielt mit dem Reiben inne und beäugte die Gäste.

Alexandros beschloss, ohne Umschweife zur Sache zu kommen. »Wir versuchen, uns ein möglichst umfassendes Bild von den beiden ermordeten Männern zu machen«, begann er. »Deshalb sind wir hier.«

Der Mann schluckte, sein Adamsapfel hüpfte auf und nieder. »Von den Männern?«

Alexandros registrierte die Irritation des Mannes. »Ja. Es sind zwei. Es handelt sich um zwei Tote.«

»Ach, Sie meinen diesen Bauern aus … ja, ich hab's in der Zeitung gelesen.«

»Aus Kalami. Ja.«

»Richtig. Aus Kalami. Tut mir leid, den kenn …« Schlucken. »Den hab ich ganz sicher nicht gekannt.«

»Über den will ich auch nicht mit Ihnen sprechen, Herr Diavadis.«

Der Mann presste die Lippen zu einer schmalen Linie zusammen und fuhr sich mit einer fahrigen Bewegung über das Kinn. Er zwang sich offensichtlich zur Ruhe. Die Frau kauerte indessen auf ihrem Stuhl und stierte mit dumpfem Blick vor sich auf den Tisch.

»Bei der Durchsuchung der Praxisräume von Dr. Mastoras fanden wir in der Patientenkartei den Namen Ihrer Tochter.« Alexandros blickte auf. »Ist das soweit richtig, Herr Diavadis? War Ihre Tochter Irini Patientin bei Dr. Mastoras?«

Der Mann nickte stumm. Die beiden Töchter ließen ihn nicht aus den Augen. Die Mutter zeigte keine Reaktion.

»Ihre Tochter Irini ist am 2. Mai dieses Jahres …«, Alexandros blätterte eine Seite des Heftes um, »infolge einer Messojiakí-Anämia gestorben. Auch das ist, nehme ich an, soweit richtig?«

Es war, als weiche die gesamte Farbe aus dem Gesicht des

Mannes. Sein Adamsapfel bewegte sich nervös auf und nieder. Er senkte den Kopf. Sekunden verstrichen. Schließlich hob er den Blick und sah Alexandros unverwandt an.

Etwas passt da nicht zusammen, dachte Kristina. Der Mann wirkte kühl. Fast mechanisch in seinen Bewegungen. Andererseits schien er gereizt und zutiefst erschrocken. Irgendwie, dachte sie, passt all dies nicht zu einem Mann, der eher den Anschein erweckt, mit der Tür ins Haus zu fallen.

»Fünf Tage darauf«, fuhr Alexandros fort, »am 7. Mai, fanden wir die Leiche von Doktor Jannis Mastoras, dem behandelnden Arzt Ihrer Tochter. Sein Leichnam wurde in der Bucht von Arillas vom Meer angespült. Laut gerichtsmedizinischem Befund war Doktor Mastoras drei Tage zuvor getötet worden. Zwei Tage nach dem Tod Ihrer Tochter.«

Der Mann starrte Alexandros entgeistert an. Schließlich brach er in ein kaltes Gelächter aus, das in einen trockenen Raucherhusten überging. Er langte über den Tisch nach seinen Zigaretten. Den Rauch zwischen den Zähnen hindurch ausstoßend, fixierte er Alexandros: »Und nun, Kommissar, glauben Sie, dass ich es war.«

»Für meinen Glauben werde ich nicht bezahlt«, erwiderte Alexandros trocken. »Ich glaube gar nichts.«

Die Miene seines Gegenübers verdüsterte sich. Er zog hastig an seiner Zigarette. »Was für ein Interesse sollte ich haben, Ihnen bei Ihrer Mördersuche zu helfen?«

»Ein höchst persönliches vielleicht.«

Stille. Kristina und die Mädchen warteten angespannt. Die Frau stierte teilnahmslos vor sich hin.

»Ich war's nicht. Ich hab den Kerl nicht umgelegt.« Der Mann räusperte sich. »Ich wäre froh, wenn ich's getan hätte. So musste ich es einem andern überlassen, meine Tochter zu rächen.«

Alexandros nickte. »Verstehe. Wo waren Sie am 4. Mai, Herr Diavadis?«

»Zu Hause? Fischen? Vielleicht. Oder in den Oliven?« Der Mann lächelte kalt.

»Gibt es dafür Zeugen?«

»Wofür?«

»Am besten gleich für alle drei Tätigkeiten.«

Der Mann wies mit einer ausladenden Handbewegung auf Frau und Töchter. »Reicht das nicht?«

»Ach, dann gehen Sie alle gemeinsam in die Oliven?«

»Meine Töchter, ja, die gehen mit.«

»Und zum Fischen? Da nehmen Sie dann Ihre Frau mit?«

»Nein! Natürlich nicht. Was sollte ich da mit einer Frau? Fischen ist Männersache.«

»Auf dem Boot sind Sie also allein. Gehen Sie immer allein zum Fischen?

»Mit einem Freund.«

»Und wer bitte ist dieser Freund?«

»Ein Fischer aus Arillas. Sein Name ist Spyros.«

»Verstehe ich Sie also richtig? Am 4. Mai waren Sie mit Ihren Töchtern in den Oliven und anschließend gemeinsam mit Ihrem Freund Spyros fischen? Korrigieren Sie mich bitte, wenn es nicht stimmt.«

Der Mann sah zu seinen Töchtern hinüber, die synchron die Köpfe schüttelten.

»Heißt das, Sie waren nicht fischen?«

»Na ja, war ich wohl nicht. Meine Töchter haben ein besseres Gedächtnis.«

»Wo war euer Vater an jenem Tag?«, wandte sich Alexandros an die Mädchen.

»Hier, bei uns«, erwiderte die Jüngere schüchtern.

»Euer Vater war also am 4. Mai den ganzen Tag über mit euch zusammen?«

Beide nickten.

»Und das würdet ihr gegebenenfalls auch unter Eid bezeugen?«

Die Mädchen verständigten sich mit einem raschen Blick. »Ja, das würden wir«, sagte die ältere. Sie hielt dem Blick des Kommissars stand, bis dieser sich abwandte. Themawechsel, dachte Alexandros.

»Wie lange, Herr Diavadis, war Irini Patientin bei Doktor Mastoras?«

Die Antwort kam spontan. »Seit ihrer Geburt.«

»Weil Ihre Tochter an der Messojiakí-Anämia litt?«

Der Mann nickte. »Meine Frau … was ich sagen will …« Er brach unvermittelt ab. Fuhr sich mit beiden Händen grob über das Gesicht. »Der Kerl war seit Jahren unser Arzt! Der Arzt der gesamten Familie!«

Die Lippen der Frau begannen zu zittern. Ihre Augen suchten in Kristinas Gesicht, konzentrierten sich schließlich auf den Kommissar. Dann schoss es aus ihr heraus: »Quacksalber! Mastoras war der Quacksalber der Familie!«

Die ältere Tochter packte sie hart an der Schulter. »Hör auf, Mama! Still!«

Alexandros fing den Blick der Frau auf, sah, wie ihre Augenlider flatterten. Er beugte sich ein wenig nach vorn, neigte sich ihr zu. Er sprach mit leiser, einfühlsamer Stimme.

»Warum ist Doktor Mastoras Ihrer Meinung nach ein Quacksalber?«

Sie schwieg. Funkelte ihn an, die Lippen trotzig aufeinandergepresst. Die Tochter öffnete den Mund, doch Alexandros bedeutete ihr mit einer knappen Geste zu schweigen.

»Wenn ich Sie richtig verstehe, Frau Diavadi …«

»Sie verstehen mich richtig, Herr Kommissar!«, unterbrach sie ihn.

»Glauben Sie, Doktor Mastoras ist schuld am Tod Ihrer Tochter?«

»Ja! Wer sonst?!«

»Warum glauben Sie das?«

»Weil er ein Quacksalber ist! Ein schweinischer, dreckiger Quacksalber! Ein Scheißkerl!« Hysterisches Auflachen. »Zur Hölle mit seiner Asche!«

»Sind Doktor Mastoras bei der Behandlung von Irini Fehler unterlaufen?«

Sie wand sich unter den Händen ihrer Tochter, schnappte

nach Luft. »Fehler?!«, schrie sie. »Fehler unterlaufen? Was glauben Sie eigentlich …«

Es gelang ihr, die Hände ihrer Tochter abzuschütteln. Sie versuchte, über den Tisch auf Alexandros zuzurobben. Doch die Töchter waren schneller und stärker. Sie zerrten die kreischend um sich schlagende Frau an Oberschenkeln und Hüften zurück auf den Stuhl. Der Mann, der wortlos mit versteinerter Miene das Geschehen verfolgt hatte, angelte sich eine weitere Zigarette aus der Packung. Seine Hand mit dem Feuerzeug zitterte, als er sie anzündete.

Die Frau streckte den Nacken vor. Alexandros machte keinen Versuch, ihrem bohrenden Blick auszuweichen. »Dieser Arzt«, raunte sie mit heiserer Stimme, »dieser Arzt hat Irini getötet.« Sie verharrte reglos, fixierte Alexandros mit fiebrig glänzenden Augen.

»Wollen Sie damit sagen, Doktor Mastoras hat Irini absichtlich getötet?«

»So und nicht anders, Kommissar.«

»In der Krankenakte Ihrer Tochter steht, Irini sei bei dem Versuch einer Knochenmarkstransplantation gestorben. Trifft das zu?«

»Quatsch! Alles Blödsinn! Der Quacksalber hat Irini getötet! Der Scheißkerl hat …«, sie sackte schluchzend in sich zusammen, »mein Lämmchen, mein kleines unschuldiges Lämmchen … er hat meinem Lämmchen das Blut … alles Blut hat er aus ihrem kleinen unschuldigen Körper genommen …«

Die Frau hielt sich beide Hände vor das Gesicht. Sie schaukelte vor und zurück. Ihre Schultern bebten. Ein lang gezogener, hoher Ton durchbrach die Stille. Das jüngere Mädchen streichelte in einer hilflosen Geste die Arme der Mutter.

»Unsere Schwester«, begann die ältere, »wollte diese Transplantation. Irini war zwölf. Seit sie ein Baby war, musste sie zweimal in der Woche ins Krankenhaus zur Blutwäsche. Sie wollte das nicht mehr. Sie wollte frei sein. Irini wollte sein wie alle andern. Wie wir anderen Mädchen im Dorf.« Sie machte eine Pause, sah unschlüssig zu ihrem Vater. Alexandros nickte ihr aufmunternd zu. »Na ja, und da gab es auf einmal diese Möglichkeit, von der uns Doktor Mastoras erzählte.«

»In der Krankenakte steht, euer Bruder war der Spender.«

»Er war der Einzige mit der richtigen Blutgruppe.«

»Der Einzige aus der gesamten Familie?«

Die Mädchen nickten stumm.

»Aber die Sache ging schief?«, fuhr Alexandros fort.

»Ja«, sagte die Jüngere leise. »Es ging schief. Jannis, unser Bruder, hatte zwei Monate zuvor eine Lungenentzündung. Die Erreger waren noch in seinem Blut.«

»Und durch die Bakterien wurde eure Schwester getötet?«

Das Mädchen schloss die Augen und nickte. Die andere Tochter hielt die Mutter umfasst, die zitternd dasaß, das Gesicht in den Händen verborgen.

Die Aussage der beiden Mädchen entsprach dem Bericht des Arztes, den Alexandros in Irini Diavadis Krankenakte gelesen hatte. Demnach war der für eine Transplantation unerlässliche Blutaustausch mit einer radikalen Blutentnahme eingeleitet worden. Durch den Entzug sämtlicher Abwehrzellen trafen die Bakterien ungehindert auf den geschwächten, wehrlosen Körper. So kam es zu der erschreckenden Paradoxie: Das Leben spendende Blut des Bruders tötete seine Schwester. Blieb die Frage, wer bei der Untersuchung des Jungen vor der Transplantation geschlampt hatte. Lag hier grobe medizinische Fahrlässigkeit vor? Oder … nein, an die andere Möglichkeit wollte Alexandros nicht denken.

Er sah hinüber zu Kristina. Ihre Miene verriet ihm, dass sie ähnlich dachte.

»Wie war das vor der Transplantation«, fragte sie, »da wurde euer Bruder doch sicher gründlich untersucht, oder?«

Beide Mädchen nickten.

»Wer hat diese Untersuchung gemacht?«

Die Schwestern streiften einander mit einem unruhigen Blick.

»Doktor Mastoras«, sagte die Ältere. »In Athen.«

»Euer Bruder ist also gemeinsam mit Doktor Mastoras nach Athen geflogen?«

»Nein. Nur sein Blut. Doktor Mastoras hat das Blut nach Athen geschickt. Dort haben sie es dann untersucht.«

»Wer hat die Untersuchung vorgenommen?«, fragte Alexandros.

Das Mädchen sah ihn ratlos an.

»Ein Labor der Universitätsklinik«, schaltete sich der Vater ein. »Jedenfalls wurde es uns so gesagt.«

»Von Doktor Mastoras?«

»Von wem sonst?« Der Mann drückte seine Zigarettenkippe im Aschenbecher aus.

»Könnte es demnach sein, dass der Fehler in Athen lag?«

»Wie sollen wir das wissen, Herr Kommissar? Uns hat der Kerl gesagt, es wäre alles in Ordnung.«

»Und deshalb haben Sie der Transplantation zugestimmt?«

»Wir sahen keinen Grund, es nicht zu tun«, erwiderte der Mann leise.

»Hat Doktor Mastoras Ihnen das Ergebnis der Blutuntersuchungen gezeigt?«

»Nein, hat er nicht.«

»Was hat er vor der Transplantation mit Ihnen besprochen?«

»Wir haben dem Mann vertraut!«

Alexandros nickte. »Wo ist eigentlich Ihr Sohn?«, fragte er unvermittelt.

»In der Klinik. Er ist noch dort. Ihm geht es nicht gut.« Der Mann ließ die Schultern hängen. Er wirkte auf einmal erschöpft. »Wie Sie sich vielleicht vorstellen können«, fügte er fast flüsternd hinzu.

Verwaiste Eltern, dachte Alexandros. Eine tote Tochter. Ein Sohn, der sich die Schuld am Tod seiner Schwester gibt. Eine gebrochene Familie, für die verständlicherweise der Arzt der Schuldige ist. Eine jener Tragödien, die einen verstummen lassen. Er erhob sich.

»Eine letzte Frage«, sagte er. »Haben Sie einen Verdacht, wer es getan hat?«

Der Mann sprang auf. »Und wenn ich es wüsste, Herr Kommissar, dann bekäme der Mörder von mir einen Orden!«

Das Meer glich einem brodelnden Kessel. Graue dampfende Schaummassen strebten mit lautem Tosen dem Ufer zu. Zerrissene Wasserfontänen peitschten über die Kaimauer, hinterließen auf der Straße Salzwasserseen.

Neun Uhr. Als Alexandros an diesem Morgen sein Büro in der Astynomia betrat, empfing ihn eine strahlende Sekretärin. »Ist es nicht fantastisch, auf einer Insel zu leben?«

»Hast du das Meer gesehen, Mädchen?«

»Das genau meine ich ja!«

»Und was ist mit der Uferstraße?«

»Einfach wunderbar!« Kiki gönnte ihrem Chef noch einen letzten verzückten Augenaufschlag, bevor sie eine diensteifrige Miene aufsetzte.

»Warst du gestern noch im Heim bei Maria Funasi?«

Verdammt! Das hatte er völlig verdrängt.

Es war bereits später Nachmittag gewesen, als sie von Agros losfuhren. Auf dem Troumpeta beschlossen sie spontan, sich den längst überfälligen verdienten Kaffee zu genehmigen und dabei die Aussicht auf die umliegenden Täler und Bergketten und den Sonnenuntergang über der Bucht von Kontokali zu genießen. Sie saßen über Eck an einem Tisch für mindestens acht Personen und schauten durch die großen Fensterscheiben hinaus auf die biblische Landschaft. Das Feuer im Kamin prasselte anheimelnd. Außer ihnen gab es um diese Vorabendzeit keine weiteren Gäste im Lokal.

»Paradies« – der Name des Restaurants passte zum Szenario des Sonnenuntergangs. So kitschig und doch so beruhigend schön. Eine heile, entrückte Welt. In den satten Tälern, zwischen Pinien und Zypressen, fehlten eigentlich nur die Esel und Schafherden, dachte Alexandros. Jene biblischen Attribute waren von hier oben, vom »Olymp der Götter«, nicht erkennbar.

»Ich könnte schwören, den Vater habe ich schon mal gesehen«, durchbrach Kristina seine Gedankengänge. »Aber ich kann ihn nirgendwo einordnen. Das Bild bleibt verschwommen.«

Der gleißende Feuerball der Sonne tauchte in die Horizontlinie von Himmel und Meer. Pastellene Wolkenschlieren überzogen das Firmament. Die Höhenzüge und Täler erglühten purpurrot.

»Vielleicht auf der Beerdigung«, meinte Alexandros.

»Nein. Ganz sicher nicht.«

Ein plötzlicher Windstoß zauste die Bäume auf dem Vorplatz des Restaurants. Kristina starrte stirnrunzelnd aus dem Fenster. »Nein … nein, dort habe ich ihn nicht gesehen. Aber der Hintergrund …« Sie lehnte sich im Stuhl zurück, schlug die Beine übereinander und schloss die Augen. Eine Weile saß sie ganz still da. Kein Laut. Keine Bewegung.

Alexandros betrachtete sie. Sein Blick wanderte ihren Körper entlang. Ein flacher Bauch, schmale Hüften und Taille. In dem pastellfarbenen Licht der sinkenden Sonne schimmerten ihr gebräunter Teint und ihr dunkles halblanges Haar leicht rötlich. Es war warm im Restaurant. Sehr warm. Und sehr still. Die untergehende Sonne. Das warme rote Licht. Das gleichmäßige Prasseln des Kaminfeuers. Er fühlte sich schläfrig. Seine Augenlider wurden schwer. Ganz langsam fielen sie ihm zu. Von Weitem drang eine Stimme an sein Ohr. Er fuhr aus dem Sekundenschlaf hoch.

»Da ist etwas«, murmelte sie mit geschlossenen Augen, »etwas mit dem Hintergrund …« Sie öffnete die Augen. »Ein Bild. Eine Fotografie.« Auf der Fotografie war der Hintergrund unscharf. »Irinis Vater ist auf einem der Fotos, die ich in Arillas gemacht habe. Er ist einer von den Gaffern, die um die Leiche herumstanden, während ich fotografiert habe.«

Plötzlich war Alexandros hellwach. »Bist du sicher?«

»Ich habe ein fotografisches Gedächtnis. Hast du das vergessen?«

Draußen sank der gewölbte Rand des Feuerballs ins Meer. Seltsam, dachte Alexandros, man sagt, die Sonne versinkt im Meer. Dabei ist es die Erde, die sich weiterdreht. Nicht die Sonne. Wir sind es, die sich immerzu weiterdrehen. Die aufsteigen und versinken. Ich werde alt, dachte er. Nur wenn man alt wird, hat man solche Gedanken. Er winkte den Kellner heran und bezahlte den Kaffee.

»Eigentlich wäre ich mal dran gewesen«, bemerkte Kristina.

»Nimm's nicht zu tragisch«, frotzelte Alexandros. Er verlagerte sein Gewicht auf dem Stuhl und stopfte das Portemonnaie zurück in die Gesäßtasche.

»Diese Leute«, sagte er, »haben eine gewaltige Wut auf den Arzt. Verständlich. Nach dem, was mit der Tochter passiert ist. Daraus machen sie kein Geheimnis. Aber getötet haben sie ihn nicht. Weder der Vater noch sonst einer aus der Familie.«

Kristina wog skeptisch den Kopf: »Ich glaube, der Vater weiß mehr, als er sagt.«

Alexandros musterte sie aufmerksam. Kristina mochte seine buschigen Augenbrauen. Sie passten zu seinem Schnurrbart und dem dichten Haar.

»Er hält etwas zurück«, sagte sie, »bestimmt.«

»Denkst du, er hat etwas mit dem Mord an dem Arzt zu tun?«

»Vielleicht nicht direkt mit dem Mord ...«, sagte Kristina nachdenklich. »Aber das Gefühl lässt mich nicht los, dass der Mann etwas verschweigt.«

Sie verließen das Lokal und gingen über den leeren Parkplatz hinüber zum Wagen.

»Ich gehe davon aus«, Alexandros drückte auf die Fernbedienung, die Türen öffneten sich mit leisem Schnappen, »dass beide Morde von ein und derselben Person begangen wurden. Wenn es der Vater war, wo ist die Verbindung zwischen den Diavadis und Dimitris Funasis? Nach Aussage des Mannes kannte er den Ölbauern nicht einmal.«

»Und du glaubst ihm?«

»Ja. Ich glaube ihm.«

Alexandros hielt die Beifahrertür auf, Kristina ließ sich auf den Sitz fallen. Sie wartete, bis Alexandros eingestiegen und die Fahrertür geschlossen hatte.

»Meine Beobachtung bezieht sich ja auch lediglich auf den Mord an dem Arzt.« Alexandros startete den Motor. »Und außerdem …«

»Außerdem?«

»Sagt mir meine weibliche Intuition, dass da etwas nicht stimmt.«

»Dem setze ich meinen männlichen Instinkt entgegen. Und der sagt mir, dass der Mann sauber ist.«

»Ihr Männer haltet wohl immer zusammen?«

Der Alfa Romeo rollte langsam über den Platz der Straße zu.

»Und wie ist es mit euch Frauen?«

Es war schon fast dunkel, als sie die Stadt erreichten, die kurze Dämmerung zwischen Tag und Nacht. Alexandros setzte Kristina vor der Kunstgalerie ab, wo sie verabredet war. Sie vereinbarten einen Termin für den späten Samstagvormittag in seinem Büro.

Alexandros parkte den Alfa am Liston und ging durch eine der angrenzenden Gassen in die Altstadt hinein. Es war Freitagabend, und er hatte sich soeben zu dem Entschluss durchgerungen, sich ein Paar Socken zu kaufen. Das war längst überfällig. Mit dem Plastikbeutel in der Hand, der neben drei Paar Socken noch einen Satz Unterwäsche enthielt, trat er den Rückzug an, unterbrochen von einem Abstecher zu Dimitra, wo er eine Bonboniere für Parthenopy, eine Flasche Koumkuat-Likör für Eleny und einen fünf Jahre alten knochentrockenen Rotwein für sich selbst erstand.

Nun war es Samstagmorgen und er rieb sich reuevoll das Kinn, während ihn die vorwurfsvollen Augen seiner Sekretärin fixierten. »Mensch Alex, der junge Mann hatte es wirklich dringend gemacht.«

»Hat er gesagt, es wäre eilig?«

Kiki verdrehte die Augen. »Nein. Hat er nicht. Aber es klang so.«

»Es klang so … aha.« Er nickte zufrieden. Und als er ihren Blick auffing: »Ich fahre ja schon, *copella*. Sag bitte Kristina, sie soll auf jeden Fall warten, bis ich wieder da bin.«

Kerkyra, 13. Mai 1999

Es war ganz einfach gewesen. Als er in sie eintrat. Sie hatte es so gewollt. Hatte ihn einfach eintreten lassen. Hatte ihn übernommen. Von Schwester zu Schwester.

Nun ist sie nicht mehr allein.

Das Gesicht im Spiegel. Es betrachtet sie. Es spricht zu ihr. Lippen, die sich lautlos bewegen. Dunkles Verlangen im Blick. Sie starren einander an. Sie von draußen. Er aus dem Spiegel zurück. Sie reißt die Augen weit auf. Bis sie brennen. Dann, endlich, wendet sie sich ab.

Sie fröstelt.

Die Leuchtzeiger der Uhr auf dem Nachttisch rücken auf halb drei.

Warum weinst du nicht? Fragt Jan.

Weil eure Augen für mich sahen.

Weil eure Körper für mich fühlten.

Angst. Schmerz. Scham. Geblendete Augen. Erloschene Seelen. Leiber, die zu Staub zerfallen. Schattenbilder, die ohne Erinnerung weiterleben. Meine Augen sahen nicht. Mein Körper fühlte nicht.

Hilf mir! Ich will das nicht! Warum kann ich nicht weinen?

Weil Hass kein anderes Gefühl zulässt. Weil Hass jeden Gedanken überlagert. Sagt Jan.

Nach dem ersten Mal war es viel besser gegangen. Schon deshalb, weil es ihr Werk gewesen war. Weil sie es allein und ohne Jans Hilfe geschafft hatte. Den Aufprall des nackten Körpers auf dem Wasser unterhalb der Klippe hatte sie nicht hören können. Der Maistros, der jene Nacht beherrschte, und das Tosen des Meeres hatten jedes andere Geräusch überlagert. Er war lautlos und schnell in der Schwärze unter ihr verschwunden. Genauso, wie sie es zum Ende hin für ihn vorgesehen hatte.

Sie hatte die Stelle mit Bedacht ausgesucht. Das alte verlassene Haus auf der Klippe, das Gefängnis aus venezianischer Zeit, gab dem Ganzen eine makabre Abrundung. Da, wo die Erde herunterfällt …

Es war nicht ganz einfach gewesen, die Strömung des Meeres durch den Maistros zu berechnen. Auch über den Brief hatte sie lange nachdenken müssen. Hatte das Für und Wider gegeneinander abwägen müssen. Bis sie sich dann schließlich doch entschloss, an den Kommissar zu schreiben. Auch wenn es letztendlich gar kein richtiger Brief wurde. Nur ein Zettel. Aber darum ging es ja nicht.

Das Päckchen an den Kommissar hatten sie sich gemeinsam ausgedacht. Sie und Jan. Die Idee mit der Puppe, die kam von ihm. Ebenso die Sache im Wald von Kalami. Damit hatte sie nichts zu tun. Sie war nur dabei gewesen. Hatte nur zugeschaut. Das im Wald war nicht ihr Stil.

Jan schnitt der Puppe die Haare ab. Drückte die Schlafaugen aus ihrem Kopf. »Schande«. Den Karton hatte sie besorgt. Als sie die Puppe hineinlegten, sagte sie »Mami«. Sie zerstörten das Sprachzentrum der Puppe. Brachten sie zum Schweigen. Die Stille des Todes sollte ihre Sprache sein. Die Stille der Vogelfrau.

12

Der Arzt, der ihn im Foyer der Privaten Anstalt für geistige Erkrankungen empfing, hieß Prokopis Mandoulis. Er war mittelgroß, schlank, die breiten Schultern gaben ihm etwas Athletisches. Unter seinem dichten schwarzgelockten Schopf schimmerte eine Perle im linken Ohrläppchen. Trotz seines strahlend weißen Kittels und der ebenso weißen Jeans darunter wirkte er für einen gestandenen Mediziner eindeutig zu jung.

»Ich studiere noch. Medizin und Psychologie. In Ioannina«, klärte er Alexandros auf. »Ich bin hier, um mein Praktikum zu machen.«

»Gibt es denn in Ioannina keine Möglichkeit für ein Praktikum?«, wunderte sich Alexandros.

Der Student lachte. »Schon. Aber meine Eltern leben hier. Das ist entschieden billiger als die Bude in Ioannina.« Er grinste breit. »Und eindeutig bequemer.«

Alexandros musterte ihn amüsiert. »Verstehe.«

Prokopis Mandoulis führte Alexandros durch die Korridore der Anstalt in die Cafeteria. Der übersichtliche quadratische Raum war nur spärlich besucht. Einfache helle Holztische mit dazu passenden grün gepolsterten Stühlen. Ein lang gezogener Tresen für die Essensausgabe. Gegenüber eine breite, mit Eisengittern versehene Fensterfront hinaus auf den Park. Nach einem kurzen Rundblick entschied sich Alexandros für einen der hinteren, etwas abgelegenen Tische am Fenster. Während er sich auf einem der Holzstühle niederließ, holte Prokopis Mandoulis Kaffee.

Kurz darauf kam er mit einer wässerigen Flüssigkeit in zwei Plastikbechern zurück und nahm auf dem Stuhl gegenüber Platz. Alexandros nippte vorsichtig an seinem Kaffee. Der hielt genau das, was er optisch versprach. Um nicht in Verlegenheit zu geraten, eventuell einen weiteren trinken zu müssen, stellte er den Becher rasch beiseite.

»Sie wollten mit mir sprechen?«

»Etwas Sonderbares …«, begann Prokopis Mandoulis zögerlich. »Eine, nun ja, sagen wir, eine Ungereimtheit, die ich entdeckt habe.«

Alexandros lehnte sich zurück. »Erzählen Sie einfach von Anfang an.«

Der junge Mediziner zog die Unterlippe kurz ein und sah hinaus in den Garten, wie um seine Gedanken zu sammeln. Sein Blick kehrte zu Alexandros zurück, erwartungsvoll und ernst.

»Ich nehme an, Kommissar, Sie kannten Maria Funasi? Ich meine, nachdem, was ihrem Bruder zugestoßen ist …«

»Wieso kannte?« Pause.

»Maria Funasi ist tot.«

»Wie bitte?!«

»Sie verstarb in der Nacht zum Freitag.«

Alexandros gab sich keine Mühe, sein Entsetzen zu verbergen.

»Maria Funasi?! Dimitris Funasis' Schwester? Sind Sie sicher?«

Der Mediziner senkte mit der Andeutung eines Nickens den Blick. Alexandros ließ sich in seinem Stuhl zurückfallen. Sicher, Maria Funasi war eine alte Frau. Dennoch hatte sie auf Alexandros, trotz ihres verworrenen Geisteszustandes, einen durchaus rüstigen Eindruck gemacht.

»Am Donnerstag hatte ich Nachtdienst. Als ich in der Klinik

ankam, traf ich Maria Funasi auf ihrem Abendspaziergang durch den Park. Den unternahm sie bei jedem Wetter. Immer um die gleiche Zeit. Sie lebte nach sehr festen, sehr eingefahrenen Regeln. Besonders was ihren Tagesablauf betraf.«

»Funktioniert denn das?« Alexandros hob verwundert die Brauen. »Zeitgefühl? Ich meine, bei ihrem Geisteszustand – hat man da eine realistische Wahrnehmung von Zeit?«

Prokopis Mandoulis fingerte an seinem Ohrring. »In der Frau tickte eine innere Uhr. Eine der wenigen Dinge, die bei ihr wirklich funktionierten. Sie war konservativ. Sehr konservativ. Ich denke«, er seufzte leise, »ja, ich denke, das war sie schon immer. Jedenfalls freute sie sich auf das Abendessen.« Er lächelte ernst. »Donnerstags gibt es Vanillepudding zum Nachtisch. Den mochte sie ganz besonders gern. Obwohl ...«

»Ging sie allein spazieren?«, unterbrach Alexandros.

»Ich glaube, eine Schwester war bei ihr. Später, am Abend, ging ich dann noch einmal zu ihr. Durch den Pudding war ihr Blutzucker auf dreihundertzwanzig angestiegen.«

»Was heißt das?«

»Maria Funasi litt unter Altersdiabetes.«

»Ich dachte, als Diabetiker darf man nichts Süßes essen?«

»In Maßen schon. Ansonsten muss man den Blutzucker mit Insulin wieder absenken.«

»Gut. Genau das haben Sie also gemacht?«

Auf der Stirn des jungen Mannes wuchsen drei senkrechte Falten. Er neigte sich über den Tisch zu Alexandros hinüber. »Ich habe ihr zwölf Einheiten Altinsulin injiziert«, sagte er fast flüsternd. »Nur zwölf Einheiten! Und sie ermahnt, ihren Tee zu trinken.« Er zog sich wieder zurück. »Leider war das mit dem Trinken so ein Problem bei ihr. Die Kanne stand auch noch völlig unberührt auf ihrer Nachtkonsole. Wenn sie Durst hatte, lutschte sie Bonbons. Eine fatale Angewohnheit. Besonders in diesem heißen Klima. Insbesondere bei Diabetes.«

Alexandros nickte. »Also, erzählen Sie. Was ist mit Maria Funasi passiert?«

Prokopis Mandoulis neigte sich mit dem Oberkörper wieder zu ihm herüber. Wieder sprach er fast flüsternd, insistierend: »Nach zwei Stunden wollte ich nochmals nach der alten Frau sehen. Aber mein Handy klingelte, und von weitem sah ich eine der Krankenschwestern in ihr Zimmer gehen. Meine Freundin aus Ioannina war dran.« Er hielt sich die Hand vor den Mund, räusperte sich. »Und weil ja die Schwester bereits nach der Patientin sah, habe ich erst mal mit meiner Freundin telefoniert.«

»Sie sind also davon ausgegangen«, sagte Alexandros, »dass die Krankenschwester die alte Frau versorgen würde?«

»Ja. Das ist in der Regel auch so üblich.«

»Was ist üblich? Lässt sich das noch ein wenig präzisieren?«

Der junge Mediziner atmete tief durch. »Die Patienten werden in erster Linie von den Schwestern versorgt. Was zum Beispiel die Verabreichung von Medikamenten oder Spritzen betrifft. Das Säubern der Patienten übernehmen meistens die Pfleger. Bis auf wenige Ausnahmen. Das ist echte Knochenarbeit.«

»Wie ist das mit dem Spritzen von Insulin?«

»Insulin darf jeder injizieren. Das spritzen sich Diabetiker normalerweise selbst.«

»Normalerweise?«

»Ja. Sicher. Aber die Patienten hier haben in der Regel ja schon Schwierigkeiten mit den ganz alltäglichen Dingen.«

Alexandros starrte den Mediziner an. »Und nun ist Maria Funasi tot.«

Prokopis Mandoulis hielt seinem Blick stand. Er biss sich auf die Unterlippe und nickte. Er sah Alexandros beschwörend in die Augen. »Die Frau ist durch einen hypoglykämischen Schock gestorben.«

Alexandros runzelte verständnislos die Brauen. Prokopis Mandoulis schien sein medizinisches Alleinwissen zu genießen. Alexandros nippte an seinem Kaffee und bedeutete seinem Gegenüber, fortzufahren.

»In der Nacht hörte ich ein Poltern aus dem Zimmer von Maria Funasi. Ich war zufällig in der Nähe. Ich versuchte eine andere Patientin, die auf dem Flur randalierte, ruhig zu stellen. So was kommt in diesem Haus häufiger vor. Besonders nachts können einige unserer Schäfchen recht munter werden.«

Alexandros nickte, mühsam seine Ungeduld verbergend.

»Ich ging also in das Zimmer der Patientin, und als ich sah, was passiert war, drückte ich die Notklingel.« Er schüttelte nachdenklich den Kopf und schwieg.

»Was genau sahen Sie? Was war passiert?«

Der junge Mediziner wischte sich geistesabwesend über den Mund. »Die Frau lag eigenartig verdreht. Der Oberkörper hing halb aus dem Bett heraus. Augen und Lippen weit aufgerissen.« Er hielt inne. Alexandros wartete. »Ich zog sie zurück auf das Bett. Der Körper war noch warm.«

»War Maria Funasi zu diesem Zeitpunkt bereits tot?«

»Es gab keinen messbaren Puls mehr. Aber die Leichenstarre hatte noch nicht eingesetzt. Keine Leichenflecken.«

»Was geschah danach?«, fragte Alexandros.

»Die für den Flur zuständige Nachtschwester kam. Kurz darauf eine zweite. Die benachrichtigten dann den Arzt.«

»Den vom Nachtdienst?«

»Ja. Einen der Oberärzte.« Prokopis Mandoulis zupfte an seiner Ohrperle, ließ aber sogleich wieder davon ab. »Da die Patientin erst vor wenigen Minuten verstorben war, schlug ich ihm eine Blutentnahme vor.«

»Und – hat er Ihren Vorschlag angenommen?«

»Er lehnte ab.«

Alexandros hob eine Braue. »Mit welcher Begründung?«

Die Augen des jungen Mannes verengten sich. Er starrte über den Tisch hinweg zu Alexandros. »In dieser Klinik«, entgegnete er scharf, »brauchen Oberärzte keine Begründungen.«

Alexandros erwiderte seinen Blick. Die Kritik war eindeutig.

»Wie ging die Sache weiter?«, fragte er.

»Der Oberarzt ordnete an, den Leichnam in den Keller zu schaffen. Über alles Weitere sollte später der Chefarzt entscheiden.«

»Was dann?«

»Das Übliche. Der Arzt hat den Totenschein ausgestellt und ist gegangen.«

»Wissen Sie, was er in den Schein eingetragen hat?«

»Herzversagen. Das natürliche Ableben eines älteren Menschen.«

Wenn Alexandros Kasantzakis in diesem Moment eines für sich selber entschied, dann war es, niemals Insasse der Privaten Anstalt für geistige Erkrankungen zu werden. Was immer das Leben noch für ihn bereithielt.

Prokopis Mandoulis schüttelte langsam den Kopf. »Ich hatte von Anfang an das Gefühl, dass da etwas nicht stimmte. Der plötzliche Tod der Patientin schien mir suspekt. Also habe ich ihr etwas Blut aus dem Ohrläppchen gezapft. So kurz nach dem Tod ist das eigentlich kein Problem.«

»Und der Oberarzt?«

»Der war bereits weg. Die Schwestern ebenfalls. Die hatten genug damit zu tun, die Verlegung des Leichnams in den Keller vorzubereiten.« Die Andeutung eines Lächelns. »Wissen Sie, wenn hier einer stirbt, geht alles in Windeseile. Die andern Patienten sollen nichts mitbekommen. Der Tod kann eine Panik auslösen, die bei der hiesigen Klientel chaotische Ausmaße annimmt.«

»Was geschah mit der Blutprobe?«

»Die habe ich heimlich untersucht.«

»Heimlich?«

»Das ist kein Problem«, winkte der Medizinstudent ab. »Das machen Diabetiker normalerweise ebenfalls selbst.« Er lächelte vielsagend. »Manche Krankheiten haben den Vorteil, dass sie die Patienten zur Selbstständigkeit erziehen.«

»Was euch Ärzten im Härtefall den Job kosten kann.«

»Na ja, ich denke doch, für uns bleibt immer noch genügend Arbeit«, konterte der Mediziner. »Wobei der selbstständige Patient für den Arzt eher eine Entlastung bedeutet.«

»Aber nicht in dieser Klinik, wie Sie vorhin andeuteten?«

»So ist es.«

»Sie haben also den Blutzucker der Toten untersucht?«

Prokopis Mandoulis schien sich ein wenig zu entspannen. Er lehnte sich im Stuhl zurück, ein Fuß auf dem Knie des anderen Beins. Er legte den Kopf schief und sah zu Alexandros hinüber. »Die Patientin hatte über fünfzig Einheiten Insulin im Blut. Was eine Hypoglykämie – einen Insulinschock durch völlige Unterzuckerung – zur Folge hatte. Ein Blutzuckerspiegel von einhundert bis einhundertzwanzig ist normal.« Er musterte Alexandros mit ernstem Gesicht. »Maria Funasi hatte einen nicht mehr bestimmbaren Wert.«

Alexandros runzelte die Stirn.

»Was bedeutet ›nicht mehr bestimmbar‹?«

»Ihr Wert war über den Glucostix nicht mehr messbar.«

Alexandros griff mechanisch nach seinem Becher. Er trank den letzten Schluck Kaffee und hoffte, dass der Mediziner sich irrte. Doch die Stimme in seinem Innern widersprach dieser Hoffnung.

»Sie fragen sich, warum jemand einer alten Frau eine tödliche Dosis Insulin injiziert«, sprach Prokopis Mandoulis seine Gedanken aus.

»Kann so etwas aus Versehen passieren?«

»Machen Sie Witze?«

»Sie erwähnten vorhin eine Schwester. Eine Krankenschwester, die am Abend in das Zimmer der alten Frau ging. Könnte ich mit dieser Schwester sprechen?«

»Tut mir leid. Ich war zu weit weg. Ich habe sie nicht erkannt. Außerdem habe ich sie nur von hinten gesehen. Die schauen ja ohnehin alle gleich aus in ihrer Schwesterntracht.«

Wenn der junge Arzt Recht hatte, dann war Maria Funasi, ebenso wie ihr Bruder Dimitris, vorsätzlich getötet worden.

Durch einen Insulinschock. Alexandros beschloss, noch einmal nachzuhaken.

»Können wir die Möglichkeit, dass sich die Patientin das Insulin selbst gespritzt hat, wirklich vollkommen ausschließen?«

»Glauben Sie mir, Kommissar, Maria Funasi hätte sich niemals selbst gespritzt. Sie hatte Angst davor.«

»Von wem bekam sie normalerweise ihre Injektionen?«

»Von einer der Schwestern oder Pfleger, die gerade Dienst hatten. Oder von mir.«

»Also, von niemand Bestimmtem?«

»Nein.«

»Auch von einem der Ärzte?«

Er grinste. »Dafür werden die nicht bezahlt.«

»Demnach kann jeder ihr das Insulin verabreicht haben, der in der Nacht Dienst gehabt hatte. Mit Ausnahme eines Arztes. Richtig?«

»Richtig.«

»Können wir von fahrlässiger Tötung ausgehen?«

»Wovon sonst?«

»Von vorsätzlichem Mord.« Prokopis Mandoulis biss sich auf die Lippen. »Wenn es, wie Sie sagen, kein Versehen war.«

»Aus Versehen eine solche Dosis? Unmöglich!«

»Dann war es also Mord. Vorsätzlicher Mord. Wenn Sie, als Mediziner, keine andere Möglichkeit sehen.«

»Aber wer tötet eine alte unschuldige Frau?«

»Ich nehme an, um das herauszufinden, haben Sie mich gerufen?«

Das Einzige, was alle drei Opfer miteinander verband, war die Tatsache, dass ihnen etwas injiziert worden war. Strychnin. Insulin. Bei Maria Funasi führte die Insulininjektion direkt zum Tod, während das Strychnin bei dem Arzt und dem Ölbauern nicht die eigentliche Todesursache war, sondern als Beiwerk oder Vorbereitung zu einer Inszenierung diente. Blieb die

Frage, in welche Körperstelle der Frau die Überdosis Insulin injiziert worden war. Vielleicht unter die Zunge?

»Wohin wurde der Toten das Insulin gespritzt?«

»Woher soll ich das wissen? Ich habe ihr die fünfzig Einheiten nicht gespritzt.«

»Wohin haben Sie Maria Funasi das Insulin injiziert?«

»In den Oberarm.«

»Gut. Als Sie die Frau fanden, erinnern Sie sich, irgendwelche frische Einstichstellen bemerkt zu haben, die nicht von Ihnen stammten?«

Der Student schüttelte verwundert den Kopf. »Tut mir leid, aber darauf habe ich in dem Moment nicht geachtet.«

Alexandros strich mit dem Zeigefinger über seinen Schnurrbart, das Kinn auf den Daumen gestützt. »Herr Mandoulis, Sie sagten vorhin, ihr Mund stand offen, als Sie die alte Frau fanden. Ist Ihnen dabei vielleicht etwas Außergewöhnliches im Mundraum der Patientin aufgefallen? Vielleicht unter der Zunge?«

»Unter der Zunge? Nein, nichts.« Er musterte Alexandros stirnrunzelnd. »Ich habe jedenfalls nicht nachgesehen. Warum sollte ich auch? Wieso fragen Sie mich danach?«

»Fällt Ihnen sonst noch etwas ein?«

Prokopis Mandoulis' Verwirrung wich besorgter Ratlosigkeit.

»Irgendwie hatte ich von Anfang an das Gefühl, dass Maria Funasi ermordet worden ist.« Er starrte vor sich hin, seine Finger spielten geistesabwesend mit dem leeren Kaffeebecher. Seine anfängliche Souveränität war verflogen, er wirkte auf einmal unsicher. Alexandros Kasantzakis war eine solche Wandlung bei Zeugen schon im Zusammenhang früherer Befragungen aufgefallen. Die plötzliche Unsicherheit eines Menschen, dem die Tragweite seiner Aussage bewusst wurde, dessen Pflichtgefühl jedoch mögliche Konsequenzen hatte vergessen lassen. In einem solchen Moment schienen Zeugen verwundbar. Gerade dies hatte sich in einigen Fällen als hilfreich erwiesen.

»Wer von Ihnen hatte am Donnerstagabend und in der Nacht zum Freitag Dienst gehabt?«

Prokopis Mandoulis zuckte zusammen. Er schüttelte sich und kehrte mit einem Dehnen der Schultermuskulatur in die Wirklichkeit zurück.

»Keiner der Kollegen hat an dem fraglichen Abend oder während der Nacht der Patientin Insulin verabreicht.« Er sah Alexandros unverwandt an. »Wenn Sie das meinen, Kommissar.«

»Nach Lage der Dinge müssen wir also davon ausgehen, dass ein Fremder sich Zugang in das Zimmer der alten Frau verschafft hat. Ein Fremder mit dem Vorsatz, sie zu töten.«

Prokopis Mandoulis presste seinen Becher grob zusammen. »Genau das ist der Grund, warum ich Sie angerufen habe. Ich bin sicher, es war Mord.«

Alexandros sah den jungen Mediziner eindringlich an. »Und warum waren gerade Sie es, der angerufen hat? Wie ich verstanden habe, sind Sie hier als Praktikant. Hätte in einem solchen Fall nicht einer der Ärzte oder sogar der Chefarzt persönlich die Polizei benachrichtigen müssen? Herr Mandoulis, warum haben Sie den Mord nicht sofort gemeldet?«

»Weil«, erwiderte der Mediziner tonlos, »in einer Klinik wie dieser ein Mord nicht passieren darf. Und weil, wie Sie schon richtig bemerkt haben, ich hier nur ein Praktikant bin.«

Alexandros' Augen verengten sich. Er hatte begriffen. »Rechtfertigt Geld die Vertuschung eines vorsätzlichen Mordes?«, fragte er scharf.

Die Antwort kam spontan. »In diesem Haus, ja! Zumindest rechtfertigt es hier sehr vieles.«

Alexandros Kasantzakis fischte sein Handy aus der Jackentasche und wählte. Während er auf die Verbindung wartete, sagte er: »Wann haben Sie Maria Funasi gefunden?«

»Ich schätze, es war so Viertel vor zwei.«

»Und wo befindet sich der Leichnam jetzt?«

»Ich denke, noch immer unten. Im Keller.«

Eine halbe Stunde später trafen sowohl Michalis Kavadias und Nikos Stavrous wie auch Spyros Papadopoulous und Panagiotis Peskalis in der Privaten Anstalt für geistige Erkrankungen ein. Sämtliche verfügbaren Ärzte, Schwestern und Pfleger nebst Küchen- und Putzpersonal hatten sich im hinteren Teil der Kantine, die sich über einen schmalen Gang der Cafeteria anschloss, versammelt. Irgendeiner hatte die Jalousien halb heruntergelassen. Das Licht im Raum war diffus. Der Chefarzt der Klinik war nicht zugegen. Er befand sich laut Mitteilung einer der Oberärzte auf einer wichtigen Kongressreise auf dem Festland. Bei dem Oberarzt, einem drahtigen, geschniegelten Endvierziger, handelte es sich, wie sich sehr bald herausstellte, um jenen Arzt, der in der Todesnacht von Maria Funasi Dienst gehabt hatte.

Unmittelbar nach seinem Eintreffen, noch bevor er Spyros Papadopoulous in den Keller folgte, zog Panagiotis Peskalis den Hauptkommissar zur Seite. »Ich habe mir die beiden Fußabdrücke aus Arillas und Kalami noch einmal vorgenommen. Der Sportschuh unserer Fotografin ließ mir einfach keine Ruhe.«

Alexandros sah ihn beunruhigt an. »Und?«

Panagiotis warf einen schnellen, nervösen Blick zu beiden Seiten, als versichere er sich, dass niemand mithörte. »Es ist eindeutig derselbe Schuh. Nur die Füße, die in ihm steckten, sind nicht dieselben.«

Alexandros schüttelte verwirrt den Kopf. »Was meinst du damit?«

»Alex, die Abdrücke sind vom Laufen her unterschiedlich. Gewicht und Fußform, die sie in den Boden gedrückt haben, sind nicht identisch.«

»Du glaubst, derselbe Schuh ist von zwei verschiedenen Personen getragen worden?«

»Ja.« Panagiotis machte eine einräumende Geste. »Wobei es sich bei dem Abdruck von Arillas nicht unbedingt um die Spur des Täters handeln muss.«

»Oder der Täterin …«, sinnierte Alexandros. »Woher weißt du das eigentlich? Das mit dem Gewicht und der Fußform.«

Panagiotis lächelte mit der Miene eines über jeden Zweifel erhabenen Spielers. »Computeranalyse. Da ist heute schon so einiges möglich.«

»Schön, schön.« Alexandros klopfte ihm auf die Schulter. »Gute Arbeit, PP. Danke.«

Die anschließende Vernehmung des Klinikpersonals war nichts weiter als Zeitverschwendung. Auf die Frage, welche Krankenschwester Prokopis Mandoulis am Donnerstagabend in das Zimmer der alten Frau hatte gehen sehen, wusste keiner eine Antwort. Eine pummelige Schwester und ein Pfleger der Tagesschicht hatten unabhängig voneinander noch einmal nach der Patientin geschaut, bevor sie ihre Schicht beendet hatten. Zwei Nachtschwestern waren dann zu Anfang ihrer Schicht in das Zimmer gegangen. Sie hatten von der Tür aus hineingeschaut und, da die alte Frau ruhig schlief, das Licht nicht mehr eingeschaltet. Um dreiundzwanzig Uhr hatten sie wie üblich ihren letzten Kontrollgang gemacht.

»Demnach hat nach dreiundzwanzig Uhr keiner von Ihnen mehr nach Maria Funasi geschaut?«, wunderte sich Alexandros.

»Nachts gehen wir nur zu den Patienten, wenn wir über die Notklingel gerufen werden«, informierte ihn eine ältere Schwester. »Ansonsten lassen wir sie in Ruhe schlafen.«

Maria Funasi war tot. Ermordet. Alexandros hegte keinen Zweifel: Die alte Frau war das dritte Opfer einer Mordserie, die etwas miteinander verband. Nur was?

Er hockte halb auf der Kante eines Tisches, die Arme vor der Brust verschränkt. Im Halbkreis um ihn herum erwartungsvolle, aufgewühlte, teils nur übermüdete Gesichter, die ihn schweigend anstarrten. Es war leicht zu erkennen, wer am Ende eines Arbeitstages stand und wer am Anfang.

»Irgendjemand war im Zimmer von Maria Funasi. In der Nacht. Zwischen eins und halb zwei.« Alexandros ließ seinen

Blick aufmerksam über die angespannten Gesichter gleiten. »Vermutlich ein Fremder. Vermutlich einer, der nicht in diese Klinik gehört.«

»Was heißt vermutlich?«, meldete sich der Oberarzt. Er blickte sich beifallheischend um, und als jegliche Reaktion seiner Kollegen ausblieb: »Glauben Sie vielleicht, jemand von uns hat die Alte abgespritzt?«

»Ich glaube gar nichts«, erwiderte Alexandros gelassen. Er musterte den Arzt durchdringend. »Ich frage mich nur, warum der diensthabende Oberarzt in der fraglichen Nacht nicht die Polizei informiert hat. Warum er dies nicht sofort getan hat. Warum es ein Student übernehmen musste, der in dieser Klinik lediglich sein Praktikum absolviert.«

Der Oberarzt fuhr sich mit abgespreizten Fingern durch das kunstvoll graumelierte Haar und wandte sich mit einer graziösen Drehung einer Gruppe jüngerer Ärzte zu, die das Fensterbrett belagerten. Doch keiner der Kollegen machte Anstalten, sich zu den Vorwürfen des Kriminalpolizisten zu äußern. Einer hüstelte verlegen in die Hand, zwei verschränkten die Arme vor der Brust und studierten ihre wippenden Schuhspitzen, die restlichen vier starrten ihren Vorgesetzten abwartend an.

»Nun, ich höre«, unterbrach Alexandros das Schweigen.

Der Blick des Oberarztes kehrte trotzig zu ihm zurück. »Die Angehörigen unserer Patienten bezahlen eine Menge Geld für einen«, er räusperte sich, »nun, sagen wir für einen möglichst unauffälligen Aufenthalt solcher Familienmitglieder, mit denen ein Zusammenleben unter normalen Umständen unmöglich geworden ist.«

»Sie meinen, für die Sicherheitsverwahrung seelisch kranker Menschen.«

»Seelisch, geistig, nervlich – nennen Sie es, wie Sie wollen.« Er breitete theatralisch die Arme aus. »Jedenfalls ist der Tod dieser Patientin eine höchst peinliche, ja ich würde sagen, eine schwerwiegende Angelegenheit für unser Haus.«

»Könnten Sie mir das bitte etwas näher erläutern?«

»Na, überlegen Sie doch mal.« Er sah Alexandros bedeutungsvoll an. »Ist nicht der Bruder der Verstorbenen unlängst ermordet worden?«

»Ein Grund mehr, uns zu benachrichtigen«, schaltete sich Nikos Stavrous ein.

Der Arzt streifte ihn mit herablassendem Lächeln. »Ich darf den Kompetenzen des Chefarztes nicht vorgreifen. Und, wie ich Ihnen schon sagte, befindet er sich derzeit auf dem Festland.«

»Es gibt Telefone«, schlug Michalis vor.

»Ich konnte ihn aber nicht erreichen.«

»In unserer modernen Welt sogar Handys.«

»Er hat seins abgeschaltet.«

»Haben Sie überhaupt versucht ihn zu erreichen?«, fragte Nikos.

Das Gesicht des Arztes lief tomatenrot an, was, wie Nikos amüsiert feststellte, seine graumelierte Dressmanfrisur erst richtig zur Geltung brachte. »Das muss ich mir nicht bieten lassen!«, zischte er wütend.

»Doch, ich fürchte, das müssen Sie«, erwiderte Alexandros kalt. »Unter diesen Umständen bleibt Ihnen gar nichts anderes übrig.«

»Dass Ihr Chef verreist ist, Doktor, gibt Ihnen noch lange nicht das Recht, einen Mord unter den Tisch zu kehren«, sagte Nikos.

Die Miene des Mannes verfinsterte sich. Er musterte die drei Polizisten der Reihe nach. Schließlich heftete sich sein Blick auf Alexandros Kasantzakis.

»Ich denke, Sie verstehen nicht. Hier geht es um viel Geld, Kommissar.«

»Wie viel Geld? Was für Geld?«

»Restzahlungen, Überführungsgebühren, Begräbniskosten und so weiter.«

»Was heißt ›Restzahlungen‹? Was heißt ›und so weiter‹?«

»Die Bezahlung für den vergangenen Monat steht noch aus.«

»Und ›und so weiter‹?«

Der Arzt stierte Alexandros aus Augen undefinierbarer Farbe ausdruckslos an. An seinem Hals begann ein Nerv zu pochen. Er warf den Kopf in einer melodramatischen Gebärde in den Nacken und sog mit aufgeblähten Nasenflügeln hörbar Luft ein. Schließlich verlagerte er seine Position auf dem Stuhl, schlug die Beine übereinander und faltete die Hände über dem Knie.

»Herr Dimitris Funasis hat uns einen gewissen Geldbetrag zugesichert. Dieser sollte nach dem natürlichen Ableben seiner Schwester an die Klinik überschrieben werden.«

»Wie hoch ist dieser Betrag?«

Der Arzt fuhr sich mit der Zunge über die Oberlippe, eine Braue arrogant nach oben gezogen. »Das zu wissen, Herr Kommissar, steht nun wirklich außerhalb meiner Kompetenz. Darüber müssten Sie sich schon mit dem Direktor dieser Anstalt unterhalten.« Er senkte die Lider und beäugte eingehend seine sorgsam manikürten Fingernägel. »In einem solchen Fall ist es Chefsache, Entscheidungen, welcher Art auch immer, zu treffen.«

Nun war Dimitris Funasis tot und eine Überdosis Insulin alles andere als ein natürliches Ableben. Vor diesem Hintergrund schien es eher unwahrscheinlich, den Täter unter dem Heimpersonal zu finden.

Die Schwestern und Pfleger, die in der fraglichen Nacht Dienst gehabt hatten, gaben sich gegenseitig stichhaltige Alibis. Unabhängig voneinander stellten sie alle die gleiche Frage: Warum hätte einer von ihnen die alte Frau umbringen sollen? Wo doch jeder einzelne Patient unbestreitbar die finanzielle Basis der Klinik sicherte und somit ihren eigenen Lebensunterhalt. Bei Maria Funasi traf dies in ganz besonderem Maße zu.

Alexandros Kasantzakis saß grübelnd mit aufgestützten Ellbogen am Schreibtisch seines Büros, die Hände unter dem Kinn gefaltet. Sie hatten bei Maria Funasi nur wenige persönliche Unterlagen gefunden. Eine dünne Mappe, die ihnen widerstrebend vom Personalchef der Klinik zur Verfügung gestellt wurde. Sie enthielt das Übliche. Personalausweis, Kranken- und Sozialversicherungskarten. Nichts, was auf eine braune Vergangenheit oder auf eine Verbindung zu dem Naziverein *Die Rune* hinwies. Hingen die drei Morde wirklich zusammen?

Ein Rascheln an der Tür ließ Alexandros hochfahren. Leises Klopfen, fast gleichzeitig wurde die Tür aufgestoßen und Kristina Tzavrou steckte den Kopf ins Zimmer.

»Hallo!«

»Hallo, komm rein.«

»Du warst nicht da.« Sie schloss behutsam die Tür. »Ich habe die Zeit zum Einkaufen genutzt. Musste auch mal sein.«

Alexandros betrachtete sie. Kristina trug schwarze verwaschene Jeans mit einer auffallenden Gürtelschnalle und ein erdbeerfarbenes T-Shirt.

»Ich weiß, heute ist Samstag«, sagte er. »Familienzusammenführungstag. Setz dich.«

Er wies auf den Besucherstuhl. Kristina stutzte, lächelte unsicher und ließ sich auf der Kante des Stuhls vor seinem Schreibtisch nieder.

»Kiki meinte, ich solle mit den Telefonaten warten, bis du wiederkommst. War das okay so?«

»Ja, sicher.«

Kristina musterte ihn. Sie rutschte unbehaglich auf dem Sitz nach hinten. Was war eigentlich mit dem Kommissar los? Etwas war nicht so, wie es zwischen ihnen sein sollte. Alexandros benahm sich ihr gegenüber eigenartig. Höchst eigenartig! Kristina spürte ein unangenehmes Kribbeln zwischen den Schulterblättern. Entsprechend ihrem Naturell ging sie in die Offensive. Sie neigte den Kopf zur Seite und sah ihn herausfordernd an.

»Was ist los? Habe ich was falsch gemacht?«

Alexandros hielt den Kopf leicht gesenkt, seine dunklen Augen unter den buschigen Brauen warfen ihr einen finster forschenden Blick zu. Kristina schlug ein Bein über das andere. Sie richtete sich auf und erwiderte seinen Blick.

»Es ist wieder passiert«, sagte Alexandros unvermittelt. »Ein neuer Mord.«

»Ein dritter Mord?!«

Er nickte stumm.

»Wo?«

»In der Anstalt für geistige Erkrankungen. Maria Funasi, die Schwester des Ölbauern.«

»Oh, nein …« Kristina sah ihn entgeistert an. Sie öffnete den Mund, doch Alexandros bedeutete ihr mit einer Geste, zu schweigen.

»Aber darum geht es jetzt nicht, Kristina.«

»Worum denn?«

»Um die Sportschuhe, die du am Tatort in Kalami getragen hast.«

»Kyras Schuhe? Ich dachte, das wäre erledigt?«

»Was dich betrifft schon.«

»Was mich betrifft?«

»Weißt du, ob deine Freundin ihre Schuhe noch anderweitig verliehen hat?«

»Anderweitig verliehen? Wie soll ich das verstehen?«

»So, wie ich es frage, Kristina! Genau so!«

»Bin ich vielleicht ihre Mama?! Woher soll ich wissen, wem Kyra ihre Schuhe gibt?«

»Indem du sie fragst. Wäre das eine Idee?«

Kristina biss sich wütend auf die Lippen. Sie wich seinem Blick aus. Alexandros' Ton behagte ihr nicht. Schon gar nicht im Zusammenhang mit ihrer Freundin Kyra.

Knapp neun Jahre war es jetzt her. Theano war gerade zwölf geworden und die Probleme mit Andreas hatten ihren Höhepunkt erreicht. Es war Zufall gewesen, dass sich ihre Wege genau zu jenem Zeitpunkt gekreuzt hatten. Kyra Damianidi trat in jenem Moment in ihr Leben, als sie die Talsohle ihres emotionalen Absturzes erreicht hatte. Den Augenblick, in dem man aufgibt. Sich einigelt in seinen Kummer und Schmerz, weitab vom pulsierenden Herzschlag der übrigen Welt. Kristina hatte nicht um Andreas gekämpft. Und Kyra war es gewesen, die sie in dieser Entscheidung bestärkt hatte. Kristina hatte der anderen das Feld überlassen und sich somit das Tor zu einem neuen Leben geöffnet.

Ohne Kyra hätte ich es nicht geschafft, dachte Kristina. Ohne Kyra Damianidi säße ich jetzt nicht hier, selbstbewusst, frei, eingebunden in eine Mordermittlung, in der Hauptkommissar Alexandros Kasantzakis ausgerechnet Kyra, aus welch bizarren Gründen auch immer, verdächtigt.

»Sag mal, Alex, verdächtigst du wirklich Kyra?«

Sie erwiderte seinen Blick, der noch immer eindringlich forschend auf ihrem Gesicht ruhte. Sekundenlang starrten sie einander wortlos an. Kristina wagte kaum zu atmen. Zorn und Angst feilschten in ihrem Innern um die Vorherrschaft. Alexandros berichtete in knappen Worten von dem Mord in der Klinik und von Panagiotis Peskalis' Computeranalyse der beiden Fußabdrücke.

Sie starrte ihn verständnislos an. »Aber Panagiotis hat doch die Möglichkeit eingeräumt, dass es sich um verschiedene Schuhe desselben Modells handeln könnte?«

»Eine winzige Restmöglichkeit. Eher unwahrscheinlich.«

»Und wenn die Fußspur in Arillas gar nichts mit dem Mord zu tun hat?«

Alexandros war nicht danach, darüber zu diskutieren. Nicht, solange es nur ein Gefühl war. Ein diffuses Gefühl, einem hauchdünnen Indiz entsprungen. Aber wenn sein Gefühl ihn nicht täuschte – was hatte Kyra Damianidi mit dem Mord in Arillas zu tun? Sein Instinkt sagte ihm, dass der Schlüssel zu allen drei Morden in dieser rechtsgerichteten Vereinigung *Die Rune* lag. Vielleicht ebenfalls in einer gemeinsamen Vergangenheit der Opfer. Was also hatte eine griechische Domina mit einem deutschen Naziverein zu tun? Gab es zwischen Kyra Damianidi und der *Rune* irgendeine abstruse Verbindung? Er knabberte grübelnd am Nagel seines kleinen Fingers. Absurd! Er schüttelte den Kopf. Unvorstellbar. Blieb die Frage, ob Kyra ihre Schuhe verliehen hatte? Welche Frau hatte Kyras Pumaschuhe getragen, bevor die Fotografin mit ihnen am Tatort in Kalami aufgetaucht war?

Alexandros beäugte stirnrunzelnd seinen eingerissenen Fingernagel und fragte sich, wie er weiter vorgehen sollte. Kyra Damianidi offiziell zur Vernehmung in die Astynomia vorladen? Sie in ihrer Wohnung aufsuchen? Wegen einer minimalen Spur auf der Klippe von Arillas? Undeutlich und verwischt.

Okay, dachte er. Versuchen wir erst einmal den einfachsten Weg. Nur nicht gleich mit Kanonen auf Spatzen schießen. Es war wichtig, nichts zu überstürzen. Kanonenschüsse konnten leicht nach hinten losgehen.

»Okay«, sagte er, »ruf deine Freundin an. Jetzt. Sofort.«

Er schob Kristina das Telefon zu, nahm ab, drückte die Lautsprechertaste und hielt ihr den Hörer hin. Einen kurzen Moment starrte sie ihn an, als wollte sie ihn durchbohren. Zögernd nahm sie ihm den Hörer aus der Hand. Alexandros lehnte sich im Sessel zurück.

»Frag Kyra, ob sie die Schuhe außer dir noch jemand anderem geliehen hat.«

»Und wenn nicht?«

»Dann frag sie, ob sie in Arillas war. Auf der Klippe. Wenn ja, wann.«

Er zwang sich innerlich zur Ruhe, während sie die Nummer ihrer Freundin eintippte. Freizeichen. Warten. Endlich wurde am anderen Ende abgehoben. Den Gelassenen spielend, beobachtete Alexandros jede ihrer Bewegungen, jede kleinste Regung ihres Mienenspiels, versuchte zwischen ihren Worten zu lesen.

Kristina vermied es, den Kommissar anzusehen. Sie überlegte krampfhaft, wie sie die Sache angehen sollte. Sie merkte, dass sie schwitzte. Röte stieg ihr ins Gesicht. Um Zeit zu gewinnen, klammerte sie sich erst einmal an die üblichen Höflichkeitsfloskeln. Doch ein verstohlener Seitenblick auf die Miene des Kommissars verriet ihr unmissverständlich, dass sie zum eigentlichen Grund ihres Anrufs kommen sollte.

»Ist das dein Ernst«, lachte Kyra. »Seid ihr mit dem leidigen Schuhthema noch immer nicht durch?«

»Bitte, Kyra … es war nicht meine Idee, dich anzurufen.«

»Verstehe, Kindchen. Dein Kommissar, hm?«

»Tut mir wirklich leid, aber …«

»Braucht es nicht, Schätzchen. Du machst schließlich nur deinen Job.«

Alexandros lehnte sich ungeduldig über den Tisch zu ihr herüber und bedeutete ihr fortzufahren. Kristina nickte und stellte die Frage noch einmal.

»Nein, Liebes«, erwiderte Kyra. »Ich sagte dir doch, die Schuhe waren neu. Ich selber habe sie ein-, höchstens zweimal getragen, bevor ich sie dir geliehen habe.«

»Du hast sie also niemandem außer mir geliehen?«

»So ist es. Und du willst wissen, ob ich auf dieser Klippe in Arillas gewesen bin?«

»Ja, der Kommissar …«

»Ja.«

»Was, ja?«

»Die Antwort ist Ja. Ich bin dort gewesen«, sagte Kyra schlicht.

Alexandros riss Kristina den Hörer aus der Hand. »Die Spur auf der Klippe wurde verwischt! Was sagen Sie dazu?«

»Ach, wie nett! Guten Tag, Herr Kommissar.«

»Es war die einzige Spur dieser Schuhmarke, die gefunden wurde. Haben Sie mir etwas dazu zu sagen, Frau Damianidi?«

»Meine verwischte Fußspur?«

»Ja. Seltsam, nicht? Nur ein einziger verwischter Fußabdruck. Wann waren Sie dort oben, Frau Damianidi?«

»Moment, lassen Sie mich nachdenken … Das muss am … ja, sicher, am ersten oder zweiten gewesen sein.«

»Am 1. oder 2. Mai?«

»Mai … ja, natürlich. Aber hatten Sie nicht noch eine zweite Frage, Kommissar?«

»Und wie lautet die Antwort?«

»Ziemlich uninteressant und banal. Wollen Sie sie dennoch hören?«

»Ich bin für alle Banalitäten offen. Insbesondere, wenn sie der Wahrheit entsprechen.«

Dunkles, erotisches Lachen vom anderen Ende der Leitung. Ein Kribbeln in seinem Bauch.

»Mein Armkettchen, Kommissar. Ich hatte es dort oben verloren. Mein hübsches, kostbares Armkettchen. Das konnte ich doch nicht einfach so liegen lassen? Oder?« Er schwieg. »Ich habe also meinen hautengen Rock über die Knie gezogen, mich hingehockt und nach dem Kettchen gesucht.« Wieder das dunkle, erotische Lachen aus dem Bauch. Die aufsteigende Hitze ließ Alexandros verlegen auf die Unterlippe beißen. »Ich habe in der Erde herumgescharrt. Eine Sisyphosarbeit, wie Sie sich denken können.«

»Und …«, zumindest klang seine Stimme kalt, »haben Sie Ihr Kettchen gefunden?«

»Sicher. Ich finde alles, Kommissar. Wenn ich nur will …«

Weiber, dachte Alexandros. Er murmelte eine Verabschiedung und knallte den Hörer auf die Gabel.

»Ist doch wahr«, erwiderte er auf Kristinas erschrockenen Blick. »Warum zum Teufel hat sie das nicht eher gesagt?!«

Kristina hob die Schultern. »Kyra ist eine Spielerin.«

»In diesem Fall etwas zu viel Spielerin. Meinst du nicht auch?«

Ja, dachte Kristina und beschloss, es bei dem Gedanken zu belassen. Wozu Öl in ein Feuer kippen, dessen Flammen ohnehin bis zur Decke hochschlagen?

Zu übereilt, dachte Alexandros. Unüberlegt. Dilettantisch! Er wich Kristinas Blick aus. Du hättest es aufschieben müssen. Du hättest es selbst in die Hand nehmen müssen. Es war ein

Fehler, Kyra Damianidi telefonisch zu befragen. Noch dazu über ihre Freundin! Hinzu kam seine eigene Reaktion. Das erotische Lachen der Domina … Gott! Es hatte ihm fast die Sprache verschlagen. Und es hatte ihn eine wichtige Frage gekostet: Warum war sie überhaupt dort oben gewesen? Weshalb hatte sie ausgerechnet auf der Klippe ihr Armband verloren?

Kerkyra, 15. Mai 1999

Sie friert. Zieht den seidenen Umhang fester um ihren nackten Leib. Im Zimmer ist es heiß und stickig. Wie in einem Treibhaus. Und sie friert. Jenseits der hohen Fensterscheiben der heiße Atem des Südwinds. Ein Seufzen, Röcheln und Stöhnen wie von einem tollwütigen Tier. Sie spürt die feinen Härchen, die sich in ihrem Nacken, auf ihren Armen aufstellen. Sie fröstelt. Ob er schon …?

Wie einfach alles gegangen war. Zu einfach für ihr Empfinden. Sicher, sie hatten die Sache seit längerem geplant. Jan und sie. Hatten sich vorbereitet. Seinen Widerstand in Erwägung gezogen. Dennoch …

Das Glück war auf ihrer Seite geblieben. Auch später waren keine anderen Gäste ins Lokal gekommen. Genauso hatten sie es einkalkuliert. Hatten den Zeitpunkt sorgfältig gewählt. Dennoch …

Er war bereitwillig mit ihnen gegangen. Ahnungslos. Hätte er gewusst, was ihn erwartete … Er hätte sich weigern können, die Tür zu öffnen. Es gab keinen Anlass, sie zu öffnen. Außer einem: Seine Eitelkeit. Genau auf die hatten sie gesetzt. Auf seine Eitelkeit. Auf die hatten sie ihr Spiel aufgebaut. Auf sein eitles Verlangen, ihnen zu zeigen, was er besaß. Seinen Besitz. Es war der richtige Schachzug gewesen. Ihr Gewinnerzug.

Waren sie zu schnell gewesen? Hätten sie sich mehr Zeit lassen sollen, bevor sie wieder …

Warum diese Zweifel? Ihre Aufgabe war doch klar. Lachesis und Klotho hatten den Weg vorherbestimmt. Ihn vorgezeichnet wie die Route eines Schiffes. Eine Route durch eine Meeresenge. Keine

Ausweichmöglichkeit. Kein Zurück. Kein Rechts oder Links. Nur vorwärts. Immer weiter. Weiter …

Wann, Atropos, wirst du bereit sein, den Faden zu zerschneiden?

Seltsam, dass sie ausgerechnet durch IHN auf die Idee mit dem Insulin gekommen war. Nicht, dass ER sie auf die Spur der Alten gebracht hätte. Nein. So war das nicht.

Da war zuerst der Ölbauer. Dem war sie in der Anstalt begegnet. Dass er dort eine Schwester hatte, wusste sie. Die Begegnung in der Anstalt war Zufall. Vor dem Zimmer der Alten wartete Jan. Sie schickte ihn fort. Das hier war allein ihre Sache.

Spritzen und Kanülen besaß sie. Das Insulin zu beschaffen war kein Problem. Auch nicht in so hoher Dosierung. Sie hatte sich einen ruhigen Abend ausgesucht. Als sie dann in ihrer Schwesterntracht durch den Flur der Anstalt lief, die tödliche Spritze aufgezogen und gesichert in der Kitteltasche, begegnete sie kaum jemandem. Das Zimmer der Alten lag weiter hinten im Gang. In einiger Entfernung sah sie einen der jüngeren Ärzte in ein Handy sprechen. Sie hatte sich nicht umgedreht. War mit energischem Krankenschwesternschritt in das Zimmer der Alten hineinmarschiert. Die hatte den Kopf aus den Kissen gehoben. Hatte sie angestarrt. Mit diesem trübe verhangenen Blick zwischen Vertrauen und Wahnsinn.

Oh ja, den kannte sie! Diesen Blick. Der war ihr vertraut.

Nein, so hatte sie es nicht tun können.

Später war sie noch einmal in die Klinik zurückgekehrt. Noch einmal die verlassenen Flure entlang. Die Alte schlief, als sie das Zimmer betrat. Schnarchend, mit weit aufgerissenem Mund. Sie wollte die alte Frau betrachten. Nur einen Moment. So, wie sie dalag. Ihrer Macht ausgeliefert. Ihrer fremden, dunklen Macht.

Der Atem der Vogelfrau umhüllte sie. Nemesis' Glut brannte sich in ihr Fleisch. Der Alten entfuhr ein Seufzen. Der schale Geruch des Todesengels. Sie stieß die Nadel in die runzelige Haut. Das schlaffe Gewebe gab willig nach.

Sie verließ die Anstalt. Ging zu Fuß nach Hause. Spürte das Blut durch ihre Adern pulsieren. Diese ungeheure Kraft. Diese Befreiung … Sie hatte es geschafft! Sie hatte es ohne ihn geschafft! Ohne

Jan! Wie beim ersten Mal, bei der Hinrichtung des Arztes, hatte sie es allein geschafft.
Noch in derselben Nacht schrieb sie den Brief. Er war fertig in ihrem Kopf. Sie legte den Brief in das Päckchen, brachte es zum Postkasten, dann ging sie zurück Richtung Wohnung. Sie schlenderte die einsame Straße hinunter zum Meer. Den Kiesstrand entlang. Beobachtete das Aufschäumen der Wellen. Flüchtig wie die Zeit. Wie ihr ganzes Leben. Ein Kommen und Gehen.
Das Meer gab ihr Ruhe. Ihre Mission war noch nicht beendet. Noch war Atropos' Schere nicht bereit, den letzten Faden zu durchschneiden. Noch nicht …
Auf dem einsamen Weg zurück zum Haus erblickte sie die Vogelfrau. Das Licht des frühen Tages, grau und kalt. Die Vogelfrau stand auf der anderen Straßenseite im Schatten einer Platane. Sie nickte ihr zu. Da wusste sie, es würde wieder geschehen. Musste bald geschehen. Ihr blieb keine Zeit zu warten.

13

Das Päckchen wurde am Morgen mit der ersten Post in seinem Büro abgegeben. Sein Name. Darunter die Adresse der Astynomia. Kein Absender. Natürlich nicht. Die vertraute kindliche Schrift. Die Buchstaben wie aufgemalt. Das Päckchen lag in der obersten Schublade seines Schreibtisches. Wartete auf ihn. Ungeöffnet. Er würde sich Zeit lassen. Würde es später öffnen, wenn er allein war. Warum, wusste Alexandros selber nicht.

Kristina hatte auf Anhieb beide Maklerverbände telefonisch erreicht, doch waren die Antworten dürftig. Ein Herr Herrscheidt vom Ring deutscher Makler in Frankfurt bekundete mit besorgter Fistelstimme, keine Ahnung zu haben von irgendwelchen Immobiliengeschäften rechter oder neonazistischer Vereine. Desgleichen versicherte ein beflissener Herr Schulz vom Bund deutscher Makler, derartige Machenschaften rechter Verbände könne er sich beim besten Willen nicht vorstellen.

Leicht entmutigt rief sie den von Renate Steinbauer aus dem Archiv Bergen-Belsen bereits vorgewarnten BKA-Mann an.

»Solche Transaktionen«, erklärte Kurt Heinrich bereitwillig, »laufen völlig legal ab. Das nennt sich dann Landgewinnung von deutschem Grund und Boden. Zwecks Familienerholung, Schulungen und so weiter. Die Typen passen gewaltig auf. Mit Rechtsberatung, wohlgesonnenen Anwälten, alles, was gut und teuer ist. An Geld mangelt es nicht. Und solange die Sache juristisch legal abläuft, sind uns die Hände gebunden.«

»Was für Schulungen?«, gab Kristina Alexandros' Frage weiter.

»Das kann man sich doch denken, oder?«, war die lapidare Antwort.

»Ich möchte es trotzdem wissen«, beharrte Alexandros.

»Der übliche Quatsch«, seufzte Heinrich. »So was wie ›Der wahre arische Geist‹ oder ›Hintergründe zur Rassenlehre‹. Das Problem ist ja, dass vieles, was von den Rechten unter weitaus harmloseren Namen angeboten wird, einen vorgeblich sozialen Touch hat. Und damit gewinnen die nicht nur die Jugend. Wenn man sich mal überlegt, was für einen Aufschwung die NPD seit dem Mauerfall allein in den neuen Bundesländern hat. Insbesondere in Sachsen und Brandenburg. Da sind es vor allem die jüngeren Wähler, die den Zulauf bringen.«

»Und das Geld? Woher kommt das?«, übersetzte Kristina.

»Die Einnahmequellen sind vielfältig. Von ganz oben bis zu den untersten Rängen einiger Neureicher.«

Renate Steinbauer vom Museumsarchiv Bergen-Belsen schien auf den Anruf gewartet zu haben. Nach dem ersten Freizeichen war sie am Apparat.

»Ich habe euch Material zum Thema ›Mediziner unterm Hakenkreuz‹ zusammengestellt. Nicht gerade viel, aber interessant. Ich habe es etwas gefiltert. Am besten, ich faxe es euch gleich rüber. Ein Foto ist auch dabei. Hoffentlich könnt ihr noch was darauf erkennen, wenn es bei euch ankommt.«

»Was ist auf dem Bild zu sehen?«, fragte Kristina.

»Ein Mann im weißen Kittel. Ein Arzt. Neben ihm ein Kind, ein kleiner Junge in Matrosenuniform. Der Junge steht wohl etwas erhöht, denn er reicht dem Mann bis zur Schulter. Es sind Vater und Sohn. Sie sehen einander sehr ähnlich. Beide wie aus dem Ei gepellt. Das gleiche Lächeln. Das Haar zur gleichen Seite hin gescheitelt. Wie mit dem Lineal gezogen. Vor den beiden eine Art Trage oder ein Tisch. Darauf ein zweites Kind.«

Pause. Tiefes Einatmen. »Eher das Skelett eines Kindes. Nackt. Kahlgeschoren. Nicht zu erkennen, ob Junge oder Mädchen. Nur Haut und Knochen.« Schweigen. Dann leise: »Die riesigen Augen des Kindes starren dich direkt an.«

Kristina räusperte sich und fragte: »Gibt es eine Bildunterschrift? Oder einen Kommentar zu dem Bild?«

»Unter dem Bild steht: ›Doktor Johannes Meister mit Sohn und Versuch Nr. 187 B‹.«

Kristina ließ ihre Bekannte am deutschen Ende der Leitung kurz warten, um den anderen das eben Gehörte zu übersetzen. Danach atmete sie tief durch und konzentrierte sich wieder auf das Telefonat.

»Sag mal, Doktor Johannes Meister ... Ist das nicht der Mann, der bei euch ermordet wurde?«

»Sein Sohn. Ja.« Kristina kämpfte mit ihrer aufsteigenden Übelkeit.

»Dieser Junge hier, auf dem Bild«, sagte Renate Steinbauer leise, »das müsste der Sohn sein. Der Vater ist ja sicher längst verstorben. Dem Foto nach zu urteilen, wäre der jetzt uralt.«

Kristina presste die Hand auf den Magen. »Der hat rechtzeitig das Zeitliche gesegnet. Bevor sie ihn erwischen konnten.«

»Oder erwischen wollten!«, schimpfte Renate Steinbauer. »Die Schweinehunde, die nach dem Krieg über diese Verbrecher zu richten hatten, waren die noch größeren Schweinehunde.«

In vielen Fällen zumindest die gleichen, dachte Kristina erschöpft.

Kurz nach dem Telefonat brachte Kiki die Faxe aus Deutschland herein. Während Kristina das Wichtigste übersetzte, spiegelten sich Unverständnis und Entsetzen auf den Gesichtern. Das Grauen sprach aus jedem Wort:

»Im KZ Ravensbrück entnahm man den weiblichen Gefangenen einen Teil der Knochen, anschließend wurden sie getötet. In Auschwitz sowie in weiteren Lagern unterzog man Gefangene medizinischen Versuchen. Die NS-Ärzte experimentierten unter anderem mit Erregern von Wundbrand, Tuberkulose, Diphtherie, Fleckfieber, Typhus, Malaria und Hepatitis. Diese Experimente mit unterschiedlichen Impfstoffen erzeugten bei den Probanden unerträgliche Nebenwirkungen. Es gab Versuche mit Meerwasser, Sulfonamiden, Senfgas und Gift, Bombenopfer-, Transplantations- und Sterilisationsversuche. Während der Höhenversuche setzte man Gefangene in einer Druckkammer abrupten starken Höhenschwankungen aus. Ihr Sterben wurde von den Ärzten fotografiert und gefilmt, ihre Leichen anschließend seziert. Außerdem gab es ähnliche Versuche mit Unterkühlung oder Überhitzung.

Wie viel hält ein Mensch aus, bevor der Tod eintritt? Anhand solcher Versuche sollte die Überlebenschance abgeschossener Flieger oder Besatzungsmitglieder torpedierter Schiffe und U-Boote getestet werden. So die Legitimation der damaligen Ärzte. Geisteskranke, psychisch Verwirrte und andere, von den Nazis als ›unwertes Leben‹ eingestufte Menschen wurden im Rahmen des Euthanasie-Programms getötet, zumeist in speziell dafür vorgesehenen Einrichtungen vergast. Die Menschen in den Konzentrationslagern wurden von den NS-Ärzten zu Objekten gemacht.«

Zu dem Foto aus dem Jahr 1943 mit dem Arzt und den beiden Kindern bedurfte es keiner Erklärung. Zwar hatte die fotografische Qualität durch das Fax etwas von seiner Brillanz eingebüßt, nicht jedoch von seiner Aussage. Und noch etwas fanden sie in dem begleitenden Dokumentationstext aus den sechziger Jahren:

»Bei Versuch Nr. 187 B handelt es sich um ein Kind aus dem Dorf Distomon, einem jener griechischen Orte, die von den Deutschen vollständig zerstört und dem Erdboden gleich gemacht wurden, deren Bewohner verschleppt oder getötet wurden.«

Distomon. Wieder jener Name, der für Hunderte von geschändeten Dörfern stand. Für tausende verschleppter, misshandelter, gewaltsam getöteter Griechen.

Sie verabredeten sich für den Montagmorgen. Zwei Nächte

erholsamen Schlafes lagen vor ihnen und ein ungeborener Tag, unschuldig und sanft.

Endlich allein. Er zog die Schublade auf und hob das Päckchen vorsichtig heraus. Alexandros konnte sich noch immer nicht erklären, warum er gewartet hatte, bis die anderen fort waren. Er wendete das Päckchen hin und her. Hielt es hoch gegen das Licht, das vom Fenster her eindrang, als könne er etwas darin ausmachen, von außen etwas von seinem Unheil versprechenden Inhalt erkennen.

Der dritte Mord. Die dritte anonyme Zusendung. Ein Zusammenhang zwischen den Mordfällen und den Postsendungen war offensichtlich. Obwohl auch dieses Päckchen, ebenso wie die beiden ersten Sendungen, an ihn persönlich adressiert war, hätte er es seinem Ermittlungsteam keine Sekunde vorenthalten dürfen.

Alexandros legte das Päckchen vor sich auf den Tisch. Er strich mit beiden Händen darüber, so behutsam, als enthielte es eine Bombe. Er zog die Schubladen eine nach der anderen auf, wühlte in ihnen herum. Endlich hatte er alles zusammen, was er brauchte. Zunächst streifte er die Latexhandschuhe über und faltete das Packpapier vorsichtig auseinander. Der kleine graue Karton besaß einen Deckel und war mit Klebeband über Kreuz umwickelt. Er nahm sein Taschenmesser aus der Schublade und ritzte das Klebeband unterhalb des Deckelrandes ein. Er rechnete nicht damit, Fingerabdrücke zu zerstören. Ebenso wie bei den beiden vorangegangenen Sendungen würde Panagiotis vermutlich nicht den Hauch eines Abdruckes finden. Nicht nur in dieser Hinsicht hatten sie es mit einem überaus umsichtigen Täter zu tun.

Der Deckel lag locker auf dem Karton. Alexandros hob ihn an der Vorderseite an, klappte ihn zurück. Was er sah, ließ ihn erstarren. Die Geräusche um ihn herum versanken. Adrenalin rauschte in seinen Ohren. Er brauchte mehrere Sekunden, um sich wieder zu fangen.

Das Arrangement war perfekt. Der Zusammenhang eindeutig. Eingebettet in rote Seide starrte ihm ein Paar Augen entgegen. Die glasigen Augäpfel um die milchiggraue Iris waren von einem dichten Netz blutiger Äderchen durchzogen. Darunter, wie ein sich zu den Augen hin öffnendes Gefäß, ein Zeige- und ein Mittelfinger, die Haut eigenartig glatt und wächsern. In der Mitte, gleichsam wie ein zentraler Punkt, ein zusammengerolltes Blatt Papier.

Es gab keinen Zweifel, wem diese Augen und Finger gehörten.

Alexandros riss sich mit aller Kraft zusammen. Er presste die Lippen aufeinander und zog das Papier mit einer Pinzette heraus. Er glättete die durch das Aufrollen entstandene Wölbung, so gut es mit den Latexhandschuhen ging, und schob das Blatt in die vorbereitete Plastikfolie. Er setzte die Lesebrille auf, betrachtete einen Moment die ihm wohlvertraute kindliche Schrift und begann zu lesen:

Während Lachesis die Fäden zuteilt,
Klotho sie spinnt und misst,
hält Atropos die Schere bereit.
Verdammt seien ihre Seelen
bis ins zweite und dritte Glied.
Denn der Herr der Finsternis
ließ den schwarzen Regen
herniederfahren
und die süße Nadel
der Nemesis
bohrte sich tief
in das sündige Fleisch.

Alexandros las die Zeilen ein zweites Mal. Ein drittes Mal. *Die süße Nadel der Nemesis … Die süße Nadel … Die Nadel der Insulinspritze. Nemesis, die Göttin der Vergeltung …*

Er kratzte sich gedankenverloren hinter dem Ohr. *Vergel-*

tung … Was um Himmels willen sollte bei einer alten Frau wie Maria Funasi vergolten werden? Und was bedeutete: *verdammt seien ihre Seelen bis ins zweite und dritte Glied*?

Er starrte auf die Zeilen. Die antike Mythologie war Alexandros Kasantzakis' Steckenpferd und ihm somit bestens vertraut. Lachesis, Klotho und Atropos, drei Moiren aus der griechischen Mythologie. Moiren, göttliche Wesen, die den Ablauf der Ereignisse, das Schicksal des menschlichen Lebens bestimmten. Lachesis, die »Zuteilerin der Lose«. Klotho, die »Spinnerin«, die den Schicksalsfaden maß und spann. Atropos, die den Faden schließlich durchschnitt, wenn das Los, das Schicksal des Menschen sich erfüllt hatte und er starb. Was hatten die Bilder einer versunkenen mythischen Welt mit dem Mord an Maria Funasi zu tun?

Um der Götter willen, was sollte das alles? Welche Botschaft sollte ihm durch Nemesis und die Moiren überbracht werden? Was bedeutete der *Herr der Finsternis, der den schwarzen Regen herniederfahren ließ*? Was bedeuteten die *verdammten Seelen bis ins zweite und dritte Glied*? Sosehr sich Alexandros bemühte, aus diesen Zeilen irgendeine Verbindung zur altgriechischen Mythologie zu stricken, es gelang ihm nicht.

Nein, bis auf die *süße Nadel* konnte er das Geschriebene nicht mit dem Mord an Maria Funasi zusammenbringen. Er starrte unverwandt auf den Inhalt des Päckchens. Alexandros war sicher, wer auch immer die drei Menschen umgebracht hatte, wollte absolute Gewissheit, dass er, Alexandros Kasantzakis, die Botschaft verstand. Eine perfide Inszenierung. Perfekt. Bis ins kleinste Detail durchdacht. Mit dem Inhalt des Päckchens gestand der Täter den Mord an Dimitris Funasis.

Alexandros rollte die Plastikfolie mit dem Brief zusammen und legte sie ins Paket.

Nemesis, die Göttin der Blutrache. Der Vergeltung für Übeltaten, für das unverdiente Glück. Die Personifizierung der Verstimmung, die Menschen gegenüber Sterblichen und Göttern gleichermaßen erregen, die durch übermäßiges Glück ungestraft

Verbrechen begehen. Lachesis, Klotho und Atropos, die Schicksalsbotinnen. Verschlüsselte Botschaften aus der altgriechischen Mythologie. Wer ließ sich so etwas einfallen? Heutzutage. In einer modernen schnelllebigen Zeit, in der sich kaum noch jemand für den antiken Mythos interessierte. Wie oft hatte er das Bildungsdefizit seiner Landsleute hinsichtlich ihrer eigenen Kultur, ihrer Traditionen, bedauert? Das Wissen der meisten wies an jener Stelle lediglich ein gähnendes Loch auf.

Mit was für einem Menschen hatte er es hier zu tun?

Mit einer Frau? Mit einem Mann und einer Frau? Warum nicht eine Frau? Ja, warum eigentlich nicht? Was sprach gegen eine Täterin? Die genau kalkulierte Inszenierung? Die Brutalität, mit der die Morde ausgeführt worden waren? Nach Kristinas Ansicht würde Letzteres keineswegs dagegen sprechen. Und was die Inszenierung betraf – warum sollte eine Frau nicht fähig sein, einen Plan perfekt durchzuziehen? In den ersten beiden Fällen sprach vielleicht die Körperkraft dagegen. Doch eine sportlich durchtrainierte Frau …

Kunst und Literatur. Das Schöngeistige ist weiblich. Interessierten sich nicht gerade die Frauen dafür? Und die mythologischen Sagen und Überlieferungen? Sie waren nichts anderes als kunstvoll gestrickte Dramen. Obwohl Alexandros die Vorstellung eines weiblichen Täters nicht behagte, musste er diese Möglichkeit in Betracht ziehen. *Eine schöngeistige Mörderin …*

Er stellte sich ans Fenster und sah stirnrunzelnd hinaus in den Park. Der Sturm war wieder heftiger geworden und zerrte an Bäumen und Sträuchern. Heimatlos gewordene Blätter und Blüten wirbelten über das Gras. Durch rosagraue Dunstschwaden versuchte sich ein ermatteter Sonnenball hindurchzukämpfen. Alexandros befiel plötzlich das beunruhigende Gefühl, dass ihm der Fall aus den Händen glitt. Vielleicht war es auch nur die Müdigkeit. Dennoch – er brachte die Enden der Fäden einfach nicht zusammen. Noch immer nicht.

Er löste sich vom Fenster, ging zurück zum Schreibtisch. Er setzte sich, riss ein Blatt aus seinem Notizblock, schrieb: Kyra

Damianidi. Malte um den Namen einen Kreis. Obwohl ihm eigentlich nicht danach zumute war, huschte zum ersten Mal an diesem Nachmittag ein Lächeln über sein Gesicht. Er las die Zeilen ein weiteres Mal. Nachdem er die Folie mit dem Brief auf das Paket zurückgelegt hatte, lehnte er sich im Sessel zurück, den Ellbogen aufgestützt, zwei Finger an die Nasenwurzel gelegt.

Er schloss die Augen. Passte das Geschriebene wirklich zu Kyra Damianidi? Selbst, wenn sie ihre Schrift verstellte, wovon in einem solchen Fall auszugehen war, passte dann der Inhalt zu dieser selbstbewussten Frau, die mit beiden Füßen im Leben zu stehen schien? In einem sehr realistischen Leben. Passten derart wirre Zeilen zu einer Domina? Einer Spielerin, wie Kristina ihre Freundin charakterisiert hatte. Abermals erschien der Anflug eines Lächelns auf seinem Gesicht. Er öffnete die Augen. Abgesehen von diesem unglückseligen Fußabdruck auf der Klippe von Arillas und der Tatsache, dass sie beruflich eine Expertin in Sachen SM war, passte eigentlich nichts zu Kyra Damianidi.

Er gähnte. Vielleicht sollte er sich eine Ruhepause gönnen und sich wie seine Mitarbeiter ins Wochenende entlassen. Er streckte sich seufzend, schnappte sich den Telefonhörer und führte zwei Gespräche.

Das erste mit Staatsanwalt Georgios Valoutis in Athen, den er über den Mord an Maria Funasi informierte. Valoutis hörte schweigend zu, stellte drei präzise Fragen und versprach, sobald es seine Zeit erlaube, nach Kerkyra zu kommen.

Das zweite Gespräch führte er mit Panagiotis Peskalis. Er erwischte den Kriminaltechniker gerade noch, bevor er sich ins Wochenende verabschiedete.

»Oh nein, Alex!«, rief er aus, als Alexandros ihm in knappen Worten von der neuesten anonymen Postzusendung berichtet hatte. »Ich habe meiner Frau schon seit Längerem einen Ausflug nach Sinarades versprochen.«

»Sinarades?«

»Ja. Dort gibt es ein kleines Lokal. Direkt im Dorf. Samstags spielt eine Gruppe, die sie besonders mag. Außerdem grillen sie fangfrischen Fisch.«

Folkloregruppen aus drei bis fünf Musikern, die an Freitag- und Samstagabenden sowie an Feiertagen in diversen Restaurants populäre griechische Unterhaltungsmusik spielten, gehörten zur griechischen Tradition. Solche Lokale hatten hohen Zulauf. Alexandros presste die Kiefer aufeinander und knirschte leise mit den Zähnen. Er hatte Mühe, seinen Unmut zu unterdrücken. Obwohl im Prinzip natürlich nichts dagegen einzuwenden war, dass ein Kriminaltechniker wie Panagiotis Peskalis am Wochenende nicht arbeitete und seine Zeit lieber mit seiner Frau verbrachte.

»Na gut, PP.« Alexandros spielte den Gleichgültigen. »Dann bis Montag. Wahrscheinlich bringt es ohnehin nichts.«

Auf der anderen Seite der Leitung knallte eine Tür. »Ist dir das wirklich recht, Alex?«

»Ja, ja, natürlich. Mach dir bloß keine Gedanken.«

Alexandros wusste, wie wichtig es für Panagiotis war, seiner Frau eine Freude zu bereiten. Die Angst um ihr Leben während ihrer Krebserkrankung steckte ihm noch immer in den Knochen. Alexandros hörte den Techniker nervös mit einem Kugelschreiber klicken. Panagiotis räusperte sich: »Ob es dieselbe Schrift ist, brauche ich wohl nicht zu fragen?«

»Es ist dieselbe.«

»War ja auch nicht schwer zu erraten.« Und nach einer kurzen Pause: »Dann ist wohl der Inhalt des Briefes – abgesehen von den Beilagen – das Interessanteste an dem Paket.«

»Möglich.« Alexandros drehte seinen Sessel so, dass er den Brief im Blick hatte. Je häufiger er die Zeilen las, umso mehr verwirrten sie ihn.

Panagiotis wechselte das Thema. »Was ist mit dem Schuhabdruck? Habt ihr was rausgefunden?«

»Kyra Damianidi war tatsächlich auf dem Hügel. Sie hat ein Armband gesucht, das sie dort verloren hatte.«

»Konnte uns das die Dame nicht ein bisschen eher mitteilen?«

»Seltsam, nicht?«

»Seltsam?«, horchte Panagiotis auf.

»Nicht mehr und nicht weniger. Alles andere passt eigentlich nicht zu ihr.«

»Und das weißt du so genau?«

»Ich denke schon.«

»Und die Sadomaso-Spielchen in Verbindung mit dem Mord an dem Arzt? Immerhin ist sie eine Domina.«

Alexandros gab ein Brummen von sich und schnalzte verneinend mit der Zunge.

»Okay, Alex, schick mir das Päckchen rüber. Ich schau es mir dann gleich als Erstes am Montagmorgen an.«

»Danke! Schönes Wochenende, PP.«

»Ebenso.«

»Werde ich haben, mein Junge.«

Werde ich sicher haben. Alexandros drehte den Sessel zum Fenster, lehnte sich zurück, legte seinen Fuß auf das Knie des anderen Beins und verschränkte die Arme hinter dem Kopf. Was sprach gegen ein geruhsames Wochenende im Kreise der Familie? Nun, da auch seine Tochter zurück und seine Familie wieder komplett war. Nicht ganz, zugegeben. Doch an das leidige Thema mit seinem Sohn wollte er jetzt nicht denken. Was sprach also dagegen, heute Abend zur Feier des Tages einmal auswärts zu essen? Allenfalls Elenys Kochkunst. Aber auch der höchsten Kunst sei hin und wieder eine Ruhepause vergönnt.

»Was ein Kriminaltechniker kann, das kann ich schon lange«, grummelte er trotzig.

Zufrieden mit seiner Entscheidung griff er nach dem Telefonhörer. Die fröhliche Stimme seiner Tochter brach über ihn herein wie aus einer anderen Welt. Sein Vorschlag löste einen geradezu ohrenbetäubenden Jubelschrei aus. Er riss sich den Hörer vom Ohr und nahm aus dem Hintergrund gerade noch die fragende Stimme seiner Frau wahr.

»Okay, Papa. Ich bestelle dann den Tisch für neun Uhr.« Und mit kindlich drohendem Unterton: »Und du … Beeil dich ja nach Hause zu kommen!«

»Hör mal«, protestierte er mit einem Blick auf seine Armbanduhr, »es ist erst kurz nach vier!«

»Trotzdem!«

»Und sag deiner Mutter, sie soll sich hübsch machen.«

»Und was ist mit mir?«

»Du bist es!«

»Charmant! Der typische Macho-Charme alternder Ehemänner.«

Im selben Moment, als er den Hörer auflegte, stand Kiki in Mantel und geschulterter Tasche in der Tür. Sie hob die Arme zu einer hilflosen Geste. Ihr Gesicht war grau. Die pinkfarbenen Lippen leicht geöffnet. Vom Flur her vereinzelt Stimmen. Jemand fluchte laut und ausgiebig. Polizisten in Uniform rannten hinter seiner Sekretärin an der offenen Tür vorbei. Er starrte Kiki an. Merkte, wie ihm der Atem stockte. Er konnte die Nachricht in ihren Augen lesen.

Sie ließ die Arme sinken. »Ich hatte etwas im Sekretariat vergessen. Da kam es über Funk.«

Seitlich der durch Heckenrosen, Hibiskus und Glyzinien eingezäunten Gartenterrasse des Flachbaus auf der zweispurigen Einfahrtstraße nach Dasia hatte sich eine dichtgedrängte illustre Gruppe Schaulustiger eingefunden. Ein rot-weiß gestreiftes Band, das im Wind auf und ab tanzte, versperrte die dreistufige Treppe zum Restaurant. Oben auf dem Treppenabsatz verstellten die breiten Rücken zweier Polizisten den Blick in das Innere des Lokals.

Der Innenraum des Restaurants wurde von Dämmerlicht beherrscht. Jemand hatte die Deckenbeleuchtung eingeschaltet, einen altertümlichen Kronleuchter, von dessen fünfzehn aufgesteckten Kerzenbirnen vier brannten. Das kümmerliche Licht reichte kaum, die Mitte des Raumes auszuleuchten. Die unter der gewölbten Decke an den Wänden angebrachten Lichtleisten funktionierten nicht.

»Wahrscheinlich ein Problem der Sicherungen«, mutmaßte mit sachkundiger Miene der Jüngere der beiden Polizisten draußen vor der Tür. »Die Lampen bekommen keinen Strom.«

»Ja, wahrscheinlich«, nickte der Ältere.

Er spähte hinüber zu der scheckig hell getünchten Wand und ließ seinen Blick die Lichtleisten entlangwandern. Er kniff die Augen zusammen und versuchte im diffusen Licht des Restaurants etwas zu erkennen. Ein paar rechteckige Holztische. Mit Korbgeflecht bezogene Stühle. Gleich rechts neben dem Eingang eine Theke. Im durch die offene Tür einfallenden Tageslicht erkannte er eine Ansammlung von Öllämpchen, unterschiedlich abgebrannte Stumpenkerzen, Väschen mit bunten Blumenarrangements, Papierservietten, gestapelte Aschenbecher und Glasschälchen. Hinter der Theke eine Spiegelbar, überladen mit einer Unmenge von Flaschen verschiedener Größen und Formen. Am Ende der Bar eine offenstehende Tür, die wohl in die Küche führte.

Weiter hinten erblickte er die Kollegen. Die Herren Kommissare in Zivil. Sie waren vorhin mit ernsten Gesichtern an ihm vorbei in das Restaurant marschiert. Der Hauptkommissar mit dem dunklen Schnauzbart, ja, der war unverkennbar. Ebenfalls der gutaussehende Blonde mit der James-Dean-Mähne. Den dritten Kommissar, dieser dunkle arrogante Krauskopf, nein, den mochte er nicht. Mit dem war er einmal aneinandergeraten. Wenig später war dann auch die attraktive Polizeifotografin erschienen. Kurz darauf der dicke lustige Mediziner und der rothaarige Techniker von der Spurensicherung mit zwei seiner Kollegen.

Nun verfolgte er die langen Schatten der Kollegen, die geisterhaft über Boden und Wände des Restaurants hin und her glitten. Sie kamen aus dem Kühlraum, der an der entgegengesetzten Seite hinter dem Gastzimmer lag und seit wenigen

Minuten in das gleißende Licht von Scheinwerfern getaucht war.

Er spähte hinüber zur linken Seite des Lokals. Am Boden hockten noch immer die beiden Frauen, dicht beieinander, an die Wand gedrückt. Hätte er nicht gewusst, dass die Frauen lebten, hätte er sie für Wachsfiguren gehalten. So bewegungslos hockten sie da, während die Schatten seiner Kollegen über sie hinwegglitten. Dabei hatte doch vorhin eine von ihnen völlig hysterisch in der Astynomia angerufen.

Sie hatte es gerade noch geschafft, die Polizei zu benachrichtigen, bevor der Schock eintrat. Sie war allein gewesen. Als Köchin kam sie immer als Erste zur Arbeit. Jetzt war die andere Frau bei ihr. Die Küchenhilfe. Erneut schüttelte ein Weinkrampf ihren Körper. Sie bekam sich nicht unter Kontrolle, konnte einfach nicht mehr aufhören zu weinen. Die Küchenhilfe hatte den Arm um ihre Schultern gelegt. Mit den Lippen an ihrem Ohr sprach sie leise auf sie ein. Durch den Schleier ihrer Tränen hindurch beobachtete sie die Polizisten im Kühlraum. Zwei Frauen waren auch dabei. Jung. Eine in Uniform. Unter ihrer Mütze lugte ein langer schwarzer Zopf hervor. Die andere, in Jeans und Lederjacke, schien etwas älter. Sie ging hin und her, hielt das Objektiv einer Kamera abwechselnd auf die Wände und den Boden gerichtet. Was es an den Wänden und vor allem auf dem Boden zu sehen gab, das würde sie in ihrem ganzen Leben nicht vergessen.

Der ältere Kriminalbeamte in Zivil trat aus dem Kühlraum heraus. Er streifte etwas Weißes von den Händen und Füßen und sah zu ihnen herüber. Ein dunkler Typ mit Schnurrbart und dem Ansatz eines Bäuchleins.

Abermals schossen ihr Tränen in die Augen. Sie blinzelte, schloss die Lider und vergrub das Gesicht im Schoß ihrer Kollegin. Nein, sie konnte jetzt nicht mit ihnen reden. Mit keinem von ihnen.

Alexandros Kasantzakis, der den Kühlraum des Restaurants

verlassen hatte, um der Köchin und ihrer Küchenhilfe einige Fragen zu stellen, hielt auf halber Strecke inne. Nikos Stavrous, der ihm gefolgt war, blieb neben ihm stehen.

»Hat wohl im Moment keinen Sinn. Stell dir vor, du öffnest deinen Kühlschrank, um dein Abendessen herauszuholen, und dann so was …«

Alexandros streifte ihn mit einem befremdeten Blick. »Für ›so was‹ wäre mein Kühlschrank zu klein.«

Er schaute nochmals zu den beiden Frauen hinüber. Nein, das hatte jetzt keinen Sinn. Er würde sie zu einem späteren Zeitpunkt befragen. Er wandte sich um und ging zurück zum Gefrierraum.

Im harten Licht der Scheinwerfer wirkte alles noch gespenstischer. Daran konnte auch die Betriebsamkeit seiner Kollegen nichts ändern. Im Gegenteil. Ihre fahlen Gesichter erschienen ihm wächsern, ihre Bewegungen eckig und unwirklich. Hinzu kamen die Latexhandschuhe und die Plastikschoner, die alle über ihre Schuhe gezogen hatten.

Der vierte Mord. Die vierte Hinrichtung. Alexandros brauchte nicht erst die Ergebnisse der Gerichtsmedizin und der Kriminaltechnik abzuwarten, um zu erkennen, dass auch diese Inszenierung in die Serie der Mordfälle hineinpasste.

Ein anderes Szenario. Eine scheinbar andere Handschrift.

Der Wechsel der Handschrift ist das Charakteristische.

Welche Botschaft verbarg sich hinter den wechselnden Todesinszenierungen? Es sind kalkulierte Morde, dachte er, verübt von jemandem, der durch sie ein klares Zeichen setzen will.

Der Kühlraum maß etwa dreieinhalb Meter in der Breite und vier in der Tiefe. Außer der Eingangstür gab es keine weiteren Öffnungen. Obwohl die Tür seit geraumer Zeit offen stand, herrschte noch immer eine frostige Kälte. Trotz der Wärmeabstrahlung der Scheinwerfer stieg die Temperatur von achtundzwanzig Grad minus nur sehr langsam.

Alexandros schaute an sich hinunter. Die Plastikschoner, die man ihm für seine Schuhe gegeben hatte, waren etwas zu groß. Er beäugte sie prüfend, streifte auch die Latexhandschuhe wieder über und schlurfte an den beiden am Boden hockenden Technikern der Spurensicherung vorbei. Er drehte ihnen den Rücken zu, Gesicht zur Tür, und schloss die Augen. Er zählte langsam bis zwanzig, öffnete die Augen und wandte sich um. Für den Bruchteil einer Sekunde erschien ihm die Szenerie wie ein Filmbild, das er zum ersten Mal sah. Er ließ das Bild einige Minuten auf sich einwirken, konzentrierte sich dann Stück für Stück auf jedes einzelne Detail: Von der Decke im Zentrum des Raumes baumelten an langen Stahlhaken fünf tiefgefrorene halbe Lämmer und Ziegen. Im Halbkreis um sie herum diverse Teile von Schweinen, gerupfte Hühner und Puten, mit und ohne Kopf. An den Wänden umlaufend übereinander angebrachte Edelstahlborde mit Gemüse, Fleisch- und Fischstücken, säuberlich getrennt sortiert. An manchen Stellen waren die Borde fast überladen, an anderen wiesen sie größere Lücken auf. Dem Vorrat nach zu schließen, ein gutbesuchtes Restaurant.

Der Tote lag auf der Seite im hinteren Teil des Kühlraums, mit dem Rücken zur Tür. Ein korpulenter Mann. Von hinten hatte man den Eindruck, als hielte er ein Nickerchen. Läge er nicht nackt und tiefgekühlt in einem Gefrierraum, und wäre da nicht auf seinem speckigen Rücken das angetrocknete Blut, die sechs Ziffern mit dem Buchstaben davor.

A 713137. Ein Großbuchstabe, eine sechsstellige Zahl. Alpha oder A – der erste Buchstabe im griechischen und lateinischen Alphabet. Zweimal die Sieben, zweimal die Dreizehn. Hatten die Zahlen irgendeine Bedeutung? Hatte ihre symmetrische Anordnung Bedeutung? Die schwarze Farbe war in den massigen Körper des Mannes regelrecht eingeritzt worden.

Alexandros ging langsam um den Toten herum. Zwischen den leicht gespreizten Beinen des Leichnams befand sich eine gelbliche Lache. Gefrorener Urin.

Schaudernd riss er sich los, wandte sich in einer raschen

Bewegung um. Sein Blick wanderte über die mit einer dünnen Eisschicht überzogenen Wände des Gefrierraumes. Ein ›A‹ mit einer nachfolgenden Zahlenkombination. Er hatte das schon einmal gesehen. Aber wo? Die riesigen Lettern waren mit schwarzer Farbe kreuz und quer an die Wand geschmiert. Ja, die Schrift hatte er sofort erkannt. Obwohl … Er verglich die Schriftzeichen auf den Wänden mit jenen auf dem Körper des Toten. Die einen aufgemalt, die anderen eingeritzt, was in der Handhabung des Schreibwerkzeugs unbestreitbar einen Unterschied machte. Er starrte, die Stirn in Falten, hinunter auf den Rücken des Toten, verglich die Zeichen abermals mit den Schriftzügen an den Wänden. Nein, es war keine Täuschung. Ganz sicher nicht. Das da war die gleiche Schrift. Nur … Irritiert schüttelte er den Kopf und ging hinüber zu Nikos und Michalis.

»Nun – was denkt ihr?«

Sie standen neben Panagiotis Peskalis, der im weißen Kittel zu ihren Füßen auf den Fersen hockte und sich mit einem Schaber abmühte, schwarze Farbpartikel von der Wandbeschriftung abzukratzen. Ganz offensichtlich war es schwierig, die gefrorene Farbe von der Wand zu lösen.

»Sieht ganz so aus, als wäre es derselbe Täter«, erwiderte Nikos, ohne Panagiotis aus den Augen zu lassen. »Diese seltsame Kinderschrift. Wie in den anonymen Briefen. Außerdem passt die Art der Inszenierung zu den anderen Morden.«

»Aber der Modus operandi ist ein anderer«, widersprach Michalis vorsichtig. Endlich konnte er wieder etwas von seinem neu erworbenen Seminarwissen anbringen.

Alexandros sah von einem zum anderen. Sein Blick blieb auf Michalis hängen.

Michalis runzelte verwirrt die Stirn.

»Eben weil der Modus operandi ein anderer ist«, insistierte Alexandros. Aus dem Augenwinkel nahm er Nikos' verhaltenes Nicken wahr. »Ich glaube, genau das ist es! Mir scheint, gerade der Wechsel der Vorgehensweise ist das Bezeichnende für unseren Täter«, fuhr er behutsam fort. »In diesem Wechsel liegt eine Absicht. Wenn ich mich nicht ganz täusche, auch die eigentliche Botschaft.« Er schnippte mit den Fingern. »Ich glaube, genau an diesem Punkt müssen wir ansetzen. An der unterschiedlichen Ausführung der Inszenierungen. Das ist der Schlüssel.« Er machte eine einschränkende Geste. »Könnte er sein.«

»Vielleicht hast du Recht. Es hört sich jedenfalls überzeugend an«, räumte Nikos ein.

»Ich habe Recht!«, beharrte Alexandros und spürte im ganzen Körper eine frische Kraft, einen Adrenalinstoß, der ihn vorantrieb. Plötzlich wusste er, dass er sich nicht irrte. »Wir dürfen hier nicht wie üblich nach übereinstimmenden Faktoren suchen«, nahm er seinen Gedanken wieder auf. »Im Gegenteil. Die Übereinstimmung der vier Mordinszenierungen besteht in ihrem Unterschied. Anders gesagt: Das unterschiedliche Ritual ist die Handschrift des Mörders. Die Gemeinsamkeit liegt in der Botschaft. Das Sinnlose von Gewalt durch Gewalt darzustellen. Das ist der entscheidende Punkt. Genau da müssen wir ansetzen.«

Sein Blick flog gespannt von einem zum anderen. Nikos nickte bedächtig. Michalis fixierte stirnrunzelnd den spärlich behaarten Hinterkopf des Gerichtsmediziners, der am Boden kniend, die nackte Rückfront des Opfers inspizierte und in etwas hineinmurmelte, das er sich dicht vor den Mund hielt.

»Wo sind eigentlich seine Sachen?«, fragte Spyros Papadopoulous, ohne aufzublicken.

»Haben die Techniker bereits eingesackt«, sagte Michalis.

»Na ja, wenigstens eine Übereinstimmung«, meinte der Mediziner. »Zumindest, was unsere männliche Kundschaft betrifft.« Er stützte sich mit der Hand auf sein Knie und sah kurz zu ihnen auf. »Obwohl ja hier drinnen für die Freikörperkultur nicht gerade die richtigen Temperaturen herrschen.«

Alexandros nickte geistesabwesend. Er starrte wieder auf den Rücken des Leichnams. Er konnte es nicht mit Bestimmtheit sagen, aber etwas stimmte da nicht. Etwas mit der Schrift.

Kristina, die mit umgehängter Kamera zu ihnen herüberkam, rieb sich bibbernd die Arme. Spyros Papadopoulous kam ächzend aus der Hocke hoch und steckte sein Diktaphon in die Innentasche seines Sakkos.

Alexandros trat auf ihn zu. »Kannst du schon was sagen, Dok?«

Spyros verzog skeptisch den Mund. »Bei Erfrorenen ist es schwierig, den Zeitpunkt des Todes zu bestimmen. Das Herunterkühlen verändert die normalen körperlichen Reaktionen. Und wie es ausschaut, ist der Mann erfroren.« Er sah hinunter auf den Toten. »Wilfried Stolze. Angesichts des Namens, Herzblatt, läuten da bei dir nicht die Glocken?«

Kristina hielt ihre vor Kälte angespannten Oberarme mit den Händen umfasst. »Wilfried Stolze ist ein deutscher Name«, erwiderte sie zähneklappernd. »Keine sonderlich schwierige Frage, Dok.«

Spyros musterte sie mit gespielter Verblüffung. »Was du nur hast, Mädchen! Das ist doch genau die richtige Raumtemperatur.«

»Zum Sterben vielleicht.« Sie biss sich auf die Lippen, linste verlegen zu Alexandros hinüber.

Der schaute auf seine Armbanduhr und kramte sein Handy hervor. Er wandte sich ab und rief zu Hause an. Panagiotis, der gerade dabei war, die Farbproben in seinem Köfferchen zu verstauen, sah kurz hoch und streifte ihn mit vielsagendem Blick. Alexandros beendete das Gespräch und steckte das Handy weg.

»Du hast es gut«, seufzte Panagiotis. »Du hast es hinter dir. Ich leider noch vor mir. Übrigens war meine Idee wohl doch nicht so schlecht, hm?«

»Welche Idee?«, fragte Alexandros ehrlich verwirrt.

»Na, die mit dem Restaurant!«

»Ach so, nein. Aber habe ich je behauptet, deine Ideen seien schlecht?«

»Dann hab ich ja jetzt einen gut bei dir, oder?«

»Hast du immer, PP.«

Panagiotis wog düster den Kopf. »Ich kann nur hoffen, dass meine Frau das auch so sieht.«

»Was so sieht?«, fragte Kristina.

»Das mit nächstem Samstag. Hoffentlich schluckt sie es genauso wie Eleny.«

»Sorgen habt ihr …« Spyros Papadopoulous schüttelte den Kopf. Er deutete auf den Toten. »Aber der da kann nicht bis zum nächsten Samstag warten.«

»Liegt bereits bei dir auf dem Tisch, Dok«, gab Panagiotis zurück.

»Braver Junge.« Der Mediziner tätschelte ihm die Schulter, nickte den anderen zum Abschied zu und verließ den Raum.

Kerkyra, 16. Mai 1999

Seltsam, wie einfach es ist, einen Menschen zu töten.
Sie betrachtet ihre Hände, ihre Werkzeuge.
War es Zufall gewesen, dass sie gerade in dieses Restaurant gegangen waren? In sein Restaurant? Es gibt keinen Zufall.
Lachesis und Klotho hatten sie dorthin geschickt. Hatten ihnen den Weg gewiesen. Ihr und Jan.
Sie kannte den Mann ja gar nicht! Nur sein Bild. Ein Gesicht auf dem Foto. Dieses Foto, das sie immerzu betrachten muss. Wo auch die andern zu sehen sind. Gesichter. Gesichter von Wölfen. Sie trägt das Bild jetzt immer bei sich. Für alle Fälle. Falls sie einem von ihnen begegnet. Zufällig.
Es gibt keinen Zufall. Auch das mit dem Bild war kein Zufall gewesen. Davon ist sie überzeugt.
Das Bild gehörte dem Arzt. Er hatte es zugeschickt bekommen. Irgendwann. Aus Deutschland.
Warum trug er es in seiner Jacketttasche herum? Warum hielt er es nicht verborgen? Hatte er keine Angst vor Entdeckung? War er sich seiner Sache so sicher?
Egal. Sie hatte sofort begriffen. Hatte Nemesis' Atem in ihrem Nacken gespürt. Die Augen der Vogelfrau, die sie aus dem Dunkel des nächtlichen Fensters anstarrten.
Sie hatte nicht umsonst gewartet. All die Jahre. Nichts war umsonst gewesen.
Da liegt er nun. Vor ihr auf dem Tisch. Der Beweis. Die Bestätigung, auf die sie gewartet hat. Ein harmloses, mit einem Bild bedrucktes

Papier. Eine Fotografie. Schwarzweiß. Drei Reihen schwarz-weißgrauer Fratzen. Zum Aussuchen bereit. Wer von euch wird der nächste sein?
Es gibt keinen Zufall.
Es war Lachesis, die ihr den Blick geöffnet, ihn in die richtige Bahn gelenkt hat. Sie selbst hatte ja nur ihre Arbeit gemacht. Getan, was getan werden musste. Das Bild an sich genommen. Es behalten. Wie ihr von Klotho befohlen.
Später dann, nachdem Atropos ihre Arbeit beendet hatte, vernichtete sie seine Kleider. Vergrub seine Wäsche mit den letzten Spuren seines Lebens unter einem Busch. Ein frisch aufgeworfener Erdhügel. Leicht zu entdecken. Dort, wo sie ihn kurz zuvor dem Meer übergeben hatte. Dort begrub sie seinen Samen. Tötete ihn. Löschte ihn aus. Für alle Zeiten.
Nemesis hat sie erwählt, die Welt von den Wölfen zu befreien.
Mit den Sachen des Ölbauern war es anders gewesen. Das war allein Jans Spiel. All das blutige Zeug unter den Zweigen, die er selber geschnitten hatte. Nein, damit hatte sie nichts zu tun. Nur in einem waren sie sich einig gewesen. Jan und sie.
Auch Jan wollte, dass ER die Sachen fand. Ja, ER sollte es leicht haben, die Kleider zu finden. Sollte ER nur ein paar Gewinnpunkte für SICH einstreichen. Was nützt es, wenn ER den Spaß am Spiel verliert? Sie brauchen IHN. ER gehört zu ihrem Spiel. Zu ihrem Todesspiel.
Wie einfach es ist, einen Menschen zu töten. Wie leicht, die Schwelle zu überschreiten.

14

In der Nacht schliefen sie miteinander.

Kristina brauchte Stunden, bis es ihr gelang, die Ereignisse des vergangenen Samstags aus ihrem Bewusstsein zu verdrängen. Zu viele Eindrücke. Zu viele Fragen, die nebulös in ihrem Hirn umherspukten. Zu wenig Antworten.

Der Südwind hatte nachgelassen. Nur hin und wieder noch eine kräftige Böe, die durch den offenen Fensterspalt wie durch einen Windkanal hereinblies. Im Winter folgte dem Südwind für gewöhnlich heftiger Regen. Jetzt, im Frühling, konnte danach ein vorgezogener Sommer ausbrechen, heiß, dunstig und schwül.

Kristina sehnte sich nach Regen. Nach einem sanften Landregen, der die Erde vor der monatelangen Sommertrockenheit noch einmal so richtig durchfeuchtete.

Sie wandte den Kopf zur Seite. Santos lag rücklings, Gesicht zur Decke, die Augen geschlossen. Sie rieb ihre Nase schnurrend an seinem Arm, biss sanft in seinen sportlichen Bizeps. Er tat, als zucke er vor Schmerz zusammen. Ohne die Lage zu verändern, schob sich sein Arm unter ihrer Taille hindurch, bis seine Fingerspitzen ihre Lende erreichten, seine Hand ihre Hüfte umfasste. Die andere Hand baumelte über den Bettrahmen hinaus. Eine dünne Rauchschliere stieg von dort auf, zum Fenster hin zerfasernd.

Nun, da die Hitze des Beischlafes allmählich in ihr nachließ, spürte Kristina, wie sich ihr Körper entspannte. Sie mochte es, nackt neben Santos zu liegen. Dann, wenn sich die von der Liebe noch schweißglänzenden Leiber aneinanderrieben. Sie drückte sich noch enger an ihn heran. Seufzte wohlig und schloss die Augen. Seine Hand umschloss warm ihre Hüfte. Nach der Liebe überkam sie stets eine kreative Entspannung. Wohlige Müdigkeit gepaart mit wachsendem Tatendrang. Als würde der Sex sie zugleich erschöpfen und ihren Akku von Neuem aufladen.

Sie öffnete die Augen. Rollte sich in seinem Arm auf den Rücken. Faltete die Hände im Nacken. Die Spitze ihres Ellbogens stieß leicht in seine Schläfe. Er rückte ein wenig von ihr ab, behielt aber seine Hand um ihre Hüfte.

Mit Abklingen der Erregung drängten sich die Fragen erneut in ihr Bewusstsein. Dieser vierte Mord an dem deutschen Restaurantbesitzer vor Dasia war bizarr und außergewöhnlich brutal. Noch am Tatort hatte der Gerichtsmediziner festgestellt, dass dem Opfer zu Lebzeiten die schwarze Farbe regelrecht in die Haut eingeritzt worden war. Spyros Papadopoulous hatte angedeutet, der Mann hätte danach noch etliche Stunden in seinem eisigen Gefängnis überlebt. Die Tat zeuge von unvorstellbarer Wut.

Am rechten Oberarm hatte Spyros ein längliches Brandmal entdeckt, der Form nach vermutlich von einem Elektroschockstab. Wie es aussah, war das Opfer mit einem derartigen Stab von einem Rechtshänder paralysiert worden. Die lähmende Wirkung eines herkömmlichen Elektrostabes konnte bis zu dreißig Minuten anhalten. Von daher hatte sich der Mörder Zeit lassen können. Er hatte die Ziffern sorgfältig in den Rücken seines Opfers eingeritzt, mit den gleichen Ziffern die Wände bemalt und den Restaurantbesitzer schließlich in seinem Kühlraum eingeschlossen. Wahrscheinlich war der Gastwirt von sich aus in den Raum gegangen. Dafür sprach schon sein Körpergewicht. Auch gab es außerhalb keinen Hinweis auf Kampfspuren, auf Schleif- oder Fesselspuren.

Nun war der Leichnam in die forensische Abteilung des Städtischen Krankenhauses überstellt. Am Montagmorgen würde dann Spyros Papadopoulous die Ergebnisse seiner Obduktion vorlegen.

Sie dachte an die Zahlen auf dem Körper des Toten und an den Wänden des Gefrierraums. A 713137. Was hatte das zu bedeuten? An was erinnerte es sie?

Verdammt, ich kenne es! Ich habe es gesehen. Ich weiß es genau. Wo habe ich so was schon einmal gesehen?

Santos war eingeschlafen. Er schnarchte leise durch halb geöffnete Lippen, murmelte unverständliche Satzfetzen, seufzte. Dann war alles wieder still. Ihr Kopf auf seiner Brust hob und senkte sich im Rhythmus seines Atems. Sie lauschte seinem kräftigen Herzschlag. Sie musste aufpassen, nicht einzudösen. Sie wollte nicht schlafen. Nicht jetzt. Sie wollte sich erinnern.

Wilfried Stolze. Ein deutscher Restaurantbesitzer. Deutschland: eine denkbare Verbindung zu den anderen drei Opfern? Na ja, genaugenommen die einzige, die es derzeit gab.

Wenn der Schlüssel zu den Morden in Deutschland lag, war es das Deutschland der Vergangenheit oder der Gegenwart? In welcher Erde steckte die Saat einer Gewalt, die scheinbar aus dem Nichts heraus auf ihrer Insel aufgekeimt war? Aber da war noch etwas gewesen. Etwas, das ihr begegnet war. Damals, in Deutschland. Was sie selber mit eigenen Augen gesehen hatte. Da war ein Bild. War es eine Fotografie?

Kristina schoss mit einem Satz aus dem Bett, stieg dabei unsanft über Santos hinweg. Sie war jetzt hellwach. Santos schreckte protestierend aus seinem Schlaf hoch, doch Kristina war bereits die Stiege zur Galeria hinaufgeklettert.

Sie schnappte sich das Telefonverzeichnis, blätterte es hastig durch. Sie hockte sich auf die Tischkante, zog sich das Telefon heran und wählte eine lange Nummer. Unter dem Holzboden der Galeria hörte sie, wie Santos sich in ihrem Bett bewegte, die Decken zerwühlte.

»Weißt du eigentlich, wie spät es ist, Mädchen?«, grummelte er schlaftrunken.

»Wo ich anrufe, ist es eine Stunde früher.«

»Früher als wo?«

»Als bei uns natürlich.«

Er warf sich seufzend auf die andere Seite. Das Bett ächzte unter seinem Gewicht. »Komm lieber wieder ins Bett.«

»Nein, steh du lieber auf. Wird Zeit aufzuwachen, wenn du heute noch nach Hause willst.« Freizeichen. Kristina wartete angespannt.

Santos gähnte: »So, will ich das?«

»Ich fürchte, du musst wollen.«

»Ich will aber nicht wollen!«

»Aber ich will!«

Er streckte sich lauthals gähnend. »Wie spät ist es, grausames Mädchen?«

»Kurz nach Mitternacht.«

»Geisterstunde, und sie hat nichts anderes als einen Haufen Arbeitsameisen in ihrem süßen Hintern!«

Kristina wollte etwas erwidern, als im selben Moment der Hörer am anderen Ende abgenommen wurde.

»Ja, bitte?«

»Hallo? Kristina Tzavrou hier, hoffentlich habe ich dich nicht geweckt? – Ja, dachte ich mir. Bei euch ist es ja erst elf. – So ist es. Pass auf, ich habe eine Frage, die du … Ja, sehr wichtig! Für die Mordermittlung, ja … Der lateinische Großbuchstabe A mit einer sechsstelligen Zahl dahinter. – Sechsstellig, ja. – Muss wohl. Sieht jedenfalls so aus. – Ja, wie eine Nummer.«

Von unten kam ein Poltern, gefolgt von unterschwelligem Grummeln. Kurz darauf wurde ein splitternackter Santos am unteren Absatz der Treppe sichtbar. Einen Fuß vor den andern gesetzt, die Arme ausgebreitet, imitierte er eine Adonis-Darstellung. Kristina presste glucksend die Lippen aufeinander. Sie riss beschwörend die Augen auf und drehte sich dann demonstrativ zum Fenster um.

Sie atmete tief durch, schloss für einen Moment die Augen

und konzentrierte sich wieder auf ihr Gespräch. »Ja«, sagte sie bestätigend, »das ist es. – Ja, ich erinnere mich.«

Je länger Kristina mit Renate Steinbauer telefonierte, umso klarer wurde ihre Erinnerung. Renate hatte ihr die Zahl mit dem A davor irgendwann bei einem ihrer Treffen gezeigt. Es war nicht auf einem Bild gewesen. Nicht auf einer Fotografie. Kristina sah es jetzt. Es war auf dem Arm einer alten Frau gewesen. Auf dem Unterarm.

Ein eintätowiertes ›A‹ mit einer Nummer dahinter.

Kristina stieg nachdenklich von der Galeria hinab. Sie sah die Szene klar vor Augen. Erinnerte sich an ihre Gedanken, ihre Sprachlosigkeit angesichts der Nummer auf dem Arm der Frau. Die Haut der alten Frau hatte sich über die Jahrzehnte gewandelt. Runzeln und Altersflecken zeugten vom menschlichen Verfall. Die Nummer jedoch, einst in die straffe Haut eines jungen Mädchens eintätowiert, war dieselbe geblieben. Die alte Frau hatte ihr mit zweifelhaftem Stolz den Arm entgegengestreckt. Kristina erinnerte sich, wie das Erlebnis sie erschüttert hatte.

Hatte sie deshalb vielleicht jene Begegnung verdrängt? Kristina fröstelte.

Sie ging zurück in ihr Schlafzimmer. Santos' gleichmäßiger Atem verriet ihr, dass er schlief. Doch insgeheim war sie froh, dass das Schlitzohr es mal wieder geschafft hatte. Es war gut, in dieser Nacht nicht allein zu sein.

Der Brief landete – nebst den Berichten der Gerichtsmedizin und Kriminaltechnik – mit der ersten Hauspost am Montagmorgen auf dem Schreibtisch des Hauptkommissars. Die drei Umschläge lagen bereits dort, als Alexandros Kasantzakis um halb neun eintraf. Eine Viertelstunde später waren seine Mitarbeiter in seinem Büro versammelt. Sowohl Alexandros wie auch der Gerichtsmediziner, Spyros Papadopoulous, und der Kriminaltechniker, Panagiotis Peskalis, hatten am Sonntag gearbeitet.

Alexandros blätterte in Panagiotis' kriminaltechnischem Bericht und dachte dabei an die Minispritztour vom Sonntagnachmittag. Damit hatte er seine beiden Frauen für den verpatzten Restaurantbesuch am Vorabend zu entschädigen versucht, was ihm leidlich gelungen war. Sie waren über die Ostküste in nördlicher Richtung über Kalami und Kassiopi nach Agios Spiridon gefahren. Kurz vor Dasia, als sie an dem Restaurant des Deutschen vorbeifuhren, hatten sich in Alexandros vage Gewissensbisse geregt. Noch immer grenzten Absperrbänder der Polizei den Bereich um das Lokal ab. Ansonsten hatte nichts auf die Tragödie hingewiesen, die sich dort knapp sechsunddreißig Stunden zuvor abgespielt hatte.

Alexandros hatte die Gedanken kurzerhand beiseitegewischt.

Am späten Nachmittag war er dann mit seiner Familie durch die blühenden Maifelder des Hinterlandes von Agios Spiridon gestreift. Eleny und er hatten auf einer Decke im warmen Kiessand der einsamen Lieblingsbucht der Tochter in der Sonne gedöst, während Parthenopy in dem – ihrer wohlwollenden Einschätzung nach – zwanzig Grad warmen Wasser in den Wellen herumtobte.

Zum Abschluss hatten sie in dem kleinen Fischrestaurant am Strand von Agios Spiridon frischen gegrillten Fisch mit Ofenkartoffeln und Salat gegessen. Hatten den hauseigenen weißen Landwein und das abendliche Panorama genossen. Ein glühender Sonnenball war inmitten pastellener Wolkenfedern vor der Kulisse der albanischen Berge langsam in ein sanft geriffeltes roségraues Meer ausgeblutet.

Recht hat sie, das Töchterchen, dachte Alexandros, während er die nächste Seite des Laborberichtes umblätterte. Agios Spiridon, benannt nach dem Schutzheiligen der Insel, war in der Tat eine der idyllischsten Buchten Korfus. Doch seine lyrischen Gedanken versiegten angesichts der Ausführungen des Kriminaltechnikers, die er nun mit einer Zwischenfrage unterbrach: »Und dieser Ausweis, von dem hier im Bericht die Rede ist?«

»Ein gültiger Mitgliedsausweis der *Rune*. Den haben wir in seinen persönlichen Unterlagen gefunden. Sonst keinerlei Hinweise in diese Richtung.«

Alexandros betrachtete den Ausweis, wendete ihn hin und her. Der Restaurantbesitzer aus Dasia war alleinstehend gewesen. Er hatte knapp drei Jahre mit jemandem zusammengelebt. Die Frau, die ein Kind von einem anderen Mann hatte, war vor über fünf Jahren nach Deutschland zurückgezogen. Nennenswerte Freundschaften gab es keine, abgesehen von den losen Kontakten zu seiner Stammkundschaft und der Verbindung zu dem deutschen Naziverein. Laut der Köchin und ihrer Küchenhilfe war Wilfried Stolze ein Einzelgänger gewesen. Seltsam, dachte Alexandros und legte Ausweis und Bericht zur Seite. Normalerweise sind Gastwirte sehr gesellig.

Er sah zu Panagiotis: »Bleibt das Mysterium mit der Schrift.«

Panagiotis schabte sich das Kinn.

»Ihr könnt mir glauben, ich habe wirklich alle denkbaren Untersuchungen und Vergleiche angestellt. Die Schriftzeichen auf dem Körper des Toten und die auf den Wänden stammen von zwei verschiedenen Personen. Definitiv! Die an den Wänden ist unzweifelhaft die Schrift eines Kindes. Während die auf seinem Körper …« Panagiotis ließ den Satz unvollendet. Sah stattdessen mit einem ratlosen Achselzucken in die Runde. Wenn es möglich wäre, Stille zu schneiden, könnte man es in diesem Fall tun, dachte Kristina.

Sie hatte sich also nicht getäuscht. Etwas mit der Schrift hatte nicht gestimmt. Zwei Personen … War es das, was sie irritiert hatte? Zwei Täter. Einer davon ein Kind? Sie schloss die Augen. Bitte nicht! Kein Kind! Alles in ihr wehrte sich dagegen.

Das Klacken des Komboloi ließ sie aufschauen. Sie begegnete Nikos' angespanntem Blick. Offenbar brauchte er die Kugeln in solchen Momenten.

Alexandros entschied sich für sechs Fotografien. Zwei Totalen des Kühlraums. Jeweils zwei Detailaufnahmen der Schriftzüge auf Körper und Wände. Er sortierte sie aus dem Stapel aus.

Heftete sie an die Pinnwand unter die Tatortfotos der beiden ersten Opfer. Von der alten Frau im Heim gab es keine Bilder. Er wandte sich um, schaute in ausnahmslos schockierte, ratlose Gesichter. Sein Team saß und stand verteilt im Raum.

Auch Alexandros erschien der Gedanke, ein Kind sei in dem Kühlraum gewesen, ungeheuerlich. Andererseits musste er die Fäden der Ermittlung zusammenhalten. Musste etwas Sinnvolles sagen. Sie erwarteten es von ihm. Etwas Kompetentes. Etwas, was die Ermittlung vorantrieb. Er musste das Gefühl von Ohnmacht überwinden. Von lähmender Ratlosigkeit, das sie alle gleichermaßen nach Panagiotis' Darlegung erfasst hatte.

Er löschte die Trockenheit in Mund und Rachen mit einem Schluck Wasser. Wie üblich hatte Kiki vor der Besprechung für ausreichend Kaffee und Wasser gesorgt. Er ließ sich auf der Kante des Besprechungstisches nieder und fasste Panagiotis ins Auge.

»Deiner Meinung nach haben wir es also mit zwei Tätern zu tun?«

Der Kriminaltechniker nickte. »Wie ich schon sagte. Die Schrift auf dem Rücken des Toten wurde von der an den Wänden kopiert.«

»Und du bist auch sicher, dass es sich an den Wänden um eine echte Kinderschrift handelt?«

»Ja. Zweifellos. Übrigens wurde dort schwarze licht- und wasserfeste Tafelfarbe verwendet.«

»Das heißt, wenn ich dich richtig verstehe, PP, dann hat ein Erwachsener auf dem Leichnam die Schrift eines Kindes nachgemacht.«

»Ja. Genau so.«

Alexandros schüttelte verwirrt den Kopf. Zwei unterschiedliche Schriften. Zwei Täter. Wer hatte die anonymen Briefe an ihn geschrieben? Jemand, der die Schrift eines Kindes imitierte? Der ein Kind für seine Mordinszenierungen missbrauchte? Oder hatte das Kind die Briefe auf Anweisung des Mörders geschrieben?

Panagiotis Peskalis richtete sich auf und streckte den Rücken. »Aber da ist noch etwas …« Er sah in die Runde seiner Kollegen. Befriedigt nahm er die Spannung in den Gesichtern wahr, als sie an den Besprechungstisch herantraten, sich um ihn herum verteilten. »Es geht um die Schrift auf dem Leichnam. Um die nachgeahmte Kinderschrift.«

Angespanntes Schweigen.

»Sie ist identisch mit der in den anonymen Briefen.«

Alexandros grunzte zufrieden. Wenigstens in diesem einen Punkt war sein Stoßgebet in Erfüllung gegangen.

»Wilfried Stolze, zweiundsechzig Jahre, hundertzehn Kilo. Fettleber. Ein Herzinfarkt. Drei Bypässe. Sonst keine weiteren Auffälligkeiten.« Spyros Papadopoulous kratzte sich mit dem Kugelschreiber den Schädel. »Der Tod trat durch Erfrieren ein. Die extreme Unterkühlung bewirkte eine verminderte Sauerstoffausnutzung. Die Folge, Herzkammerflimmern und Herzstillstand, führte zum Ausfall lebenswichtiger Zentren. Allen voran der Atmung und des Kreislaufs. Exitus am Samstagmorgen zwischen sechs und acht. Plus minus eine Stunde.«

»Also, acht bis zehn Stunden, bevor er gefunden wurde«, konstatierte Alexandros.

Spyros notierte etwas in sein Heft, setzte die Lesebrille ab und steckte den Schreiber weg, bevor er mit seinem Bericht fortfuhr.

»Vermutlich wurde das Opfer zunächst mittels eines Elektroabwehrstabes paralysiert. Auf der Rückseite des Oberarms zeigt sich ein länglicher, gut abgegrenzter Verbrennungsherd zweiten Grades. Zwei ähnliche Male finden sich an den Innenseiten beider Oberschenkel, ungefähr zwei Zentimeter unterhalb des Hodensackes. Die Schriftzeichen auf dem Rücken des Opfers wurden mit einem harten Werkzeug als schmale scharfkantige Öffnungen in die Haut eingeritzt. Die angetrockneten Blutspuren stammen vom Toten selbst. Keine weiteren Anzeichen von Misshandlung. Keine Fesselspuren. Kein Sperma.«

»Haut- oder Haarrisse?«, fragte Michalis.

»Nichts.

»Unter den Fingernägeln?«

»Negativ. So wie ich den Ablauf sehe, hatte er auch gar keine Möglichkeit, sich zu wehren.«

»Demnach«, meinte Alexandros, »wurde das Opfer insgesamt dreimal mit einem solchen Elektrostab berührt.«

Spyros legte die Brille beiseite. »Beim ersten Mal am Arm, um ihn unter Kontrolle zu bekommen. Das zweite und dritte Mal an den Oberschenkeln war reine Lust.«

»Lust?«, fragte Kristina.

»Lust … Vergnügen … So sieht es jedenfalls aus.« Spyros Papadopoulous legte eine seiner Kunstpausen ein, bevor er weitersprach. »Die Schrift auf dem Rücken des Opfers«, er nickte zu Panagiotis hinüber, »ist ebenfalls mittels einer licht- und wasserbeständigen schwarzen Tafelfarbe in die Haut eingeritzt worden. Der unglaublichen Gewalt nach zu urteilen, mit der dieser Akt ausgeführt wurde, hatte sich der Täter im Zustand höchster Erregung oder Wut befunden.«

»Oder beides«, unterstrich Panagiotis.

Der Mediziner fuhr sich über den Schädel und ließ den Einwurf des Technikers unkommentiert. »Jedenfalls – und das ist sicher – lebte der Mann zu diesem Zeitpunkt noch. Und er lebte noch immer, als der Kühlraum dann geschlossen und er bei einer Temperatur von minus achtundzwanzig Grad sich selbst überlassen blieb.«

Kristina krümmte sich schaudernd und rieb sich fröstelnd die Oberarme.

Spyros steckte die Lesebrille weg und klappte sein Notizheft zu. »Wann er eingeschlossen wurde, ist schwer zu sagen. Wenn er Pech hatte, lebte er in seinem Eisverlies noch eine ganze Zeit lang weiter.«

Er legte das Heft beiseite, griff über den Tisch und fischte eines der Tatortfotos aus dem ungeordneten Haufen heraus. Eine Detailvergrößerung der Haut, in die er sich kurzzeitig vertiefte, bevor er sie kopfschüttelnd auf den Bilderhaufen zurückwarf. Das anhaltende Schweigen, die Atemlosigkeit um ihn herum nahm er nicht wahr. So sehr beschäftigten ihn seine eigenen Gedanken.

Zuerst also der Elektroschock. Von hinten. Plötzlich und unerwartet. Der Täter reißt ihm die Kleider vom Leib. Zwei weitere Stromstöße. Verbrennungen. Dann das Einritzen des Schriftzuges mit der Tafelfarbe, als er nackt und wehrlos am Boden liegt. Paralysiert. Von der seelischen Folterung ganz zu schweigen. Schon die Morde an den beiden ersten männlichen Opfern zeigten ein hohes Maß an Brutalität. Und jetzt das hier …

Er räusperte sich. »Ihr müsst euch die Situation des Opfers so vorstellen: Sein Körper ist gelähmt. Also völlig wehrlos. Während sein Geist bei vollem Bewusstsein die gesamte Tortur miterlebt.« Er wies mit einer Bewegung des Kopfes auf den forensischen Bericht. »Weitere Details stehen im Protokoll.«

Alexandros richtete sich auf, bedankte sich mit einem stummen Nicken. Die kleine Gruppe saß schweigend um den Tisch. Die Sekunden verrannen. Es schien, als wollte keiner zuerst das Wort ergreifen. Eine atemlose Stille. Alexandros sah fragend hinüber zu Panagiotis. Der fuhr leicht zusammen. Bedeutete ihm mit einem knappen Kopfschütteln, dass er nichts hinzuzufügen hatte.

Alexandros erhob sich und ging hinüber zum Schreibtisch. Kurz darauf kehrte er mit Latexhandschuhen, ein paar Klarsichthüllen sowie einem Umschlag an seinen Platz zurück. Er öffnete den Umschlag. Er enthielt ein Hochglanzblatt. Alexandros fasste die Oberkante des Blattes, zog es aus dem Kuvert heraus, schob es vorsichtig in eine der Klarsichtfolien hinein. Ein zweigeteiltes Bild, offenbar herausgerissen aus einem Magazin. Mit dem Blatt war ein handgeschriebener Zettel herausgerutscht. Den steckte er in eine zweite Klarsichtfolie. Er legte beide Folien vor sich hin. Konzentrierte sich zunächst auf das zweigeteilte Bild. Zwei Schwarzweißfotografien durch einen schmalen Rand voneinander getrennt. Alexandros spürte, wie sein Magen nach unten sackte. Spürte Adrenalin. Das Jagen seines Pulses. Er schloss die Augen. Holte tief Luft. Kämpfte die Übelkeit nieder. Das Entsetzen, das ihn beherrschen wollte. Er öffnete die Augen. Gab sich den inneren Befehl, sich auf die Bilder zu konzentrieren.

Linkes Bild, seitlich von oben aufgenommen: Eine Frau unbestimmten Alters in einer im Boden eingelassenen Wanne. Der Körper ausgemergelt. Nackt. Die Augen geschlossen. Der Kopf kahlgeschoren. Die Frau liegt bis zum Hals im Wasser.

Rechtes Bild: Eine Zelle, fotografiert durch eine wandgroße Glasscheibe. Eine Art Todeszelle. Weiß. Kahl. Steril. Umlaufende Neonröhre. Längsseits ein in die Wand eingelassenes Brett. Ein Mann, der mit baumelnden Beinen schräg gegen die Wand gelehnt auf dem Brett sitzt. Das kurzärmelige gestreifte Hemd hängt offen an seinem knochigen Leib herunter. Der linke Arm liegt quer über der nackten Brust. Die skelettartigen Finger krallen sich in die rechte Achsel. Auf der Haut des Unterarmes steht etwas geschrieben. Das Gesicht des Mannes ist vom Todeskampf verzerrt. Die Haut über den hohlen Wangen zieht sich in Wellen nach unten. Der Hals ist unnatürlich lang gestreckt. Die Augen sind fast geschlossen. Zwei schwarze Schlitze. Es scheint, als wolle den Mann etwas in die Tiefe ziehen. Als stemme er sich mit allerletzter Kraft gegen einen übermächtigen Sog.

Wortlos reichten sie die beiden Klarsichthüllen von einem zum andern. Alexandros kramte seine Lupe hervor. Als die beiden Fotografien zu ihm zurückkamen, hielt er die Lupe über das rechte Bild. Der Arm des Mannes. Über die Ablichtung gebeugt, nickte er wortlos. Schließlich reichte er Folie und Lupe an die anderen weiter. Durch die Lupe war die Schrift auf dem Arm des Mannes deutlich erkennbar. Ein Buchstabe, eine sechsstellige Zahl: A 713137. Kristina berichtete von ihrem nächtlichen Telefonat mit Renate Steinbauer. Sie erklärte, dass das A für Auschwitz stand und allen Lagerinsassen eine Nummer eintätowiert wurde.

Die Bildunterschriften bestanden aus jeweils einem einzigen Wort. Linkes Bild: »Unterkühlungsversuch«. Rechtes Bild: »Druckkammerversuch«. Die Schrift auf dem beigefügten Zettel hatten alle sofort erkannt. Die großen kindlichen unverwechselbaren Buchstaben:

Und werde ich richten all jene,
die andere zu richten wagten.
Sei es um ihres Blutes wegen,
der Rasse,
der Reinheit ihres Glaubens,
ihrer Gedanken.
Nemesis

Alexandros Kasantzakis starrte schweigend auf den handgeschriebenen Zettel in der Klarsichthülle. Auf die kopierte Kinderschrift. Er las die Zeilen ein weiteres Mal. Nemesis. Wieder Nemesis. Wieder die Göttin der Blutrache. Er starrte auf den Namen.

Nemesis.

Ja … doch, ja! Eine vage Ahnung beschlich ihn. Diese Zeilen … Begann er sie zu verstehen? Ihm schien auf einmal, als bekäme der Sinn ihrer Botschaft eine wenn auch nur schemenhafte Kontur. Etwas, wonach er greifen konnte. Oder täuschte er sich? Doch wenn er mit seiner Vermutung richtig lag, hatte er die Schwelle endlich erreicht? Hatte er begonnen, den Mörder zu verstehen?

Alexandros befiel eine unheimliche Vision. Wenn er die Handlungsmuster des Täters erkennen konnte, wenn er jenes Denken nachvollziehen konnte, würde er dann die Beweggründe eines Mörders am Ende verstehen? Vielleicht sogar gutheißen?

Die Aufgabe eines Kriminalkommissars war es, eine Ermittlung erfolgreich zu Ende zu bringen. Den Täter zu fassen. Seiner gerechten Bestrafung zuzuführen. In diesem Fall den Mörder von vier Menschen, die in wenigen Tagen nacheinander regelrecht abgeschlachtet wurden. Nun stellte er sich Fragen nach einem Zusammenhang, den er selbst kaum begriff. Noch nicht richtig begriff. Einem Zusammenhang, den er im Grunde seines Herzens nicht nachvollziehen konnte: Was hatte der Täter mit jenen deutschen Massenmördern vor über fünf Jahrzehnten zu tun? Wonach suchten sie in der Nebelzone zwischen dem Nazideutschland der dreißiger und vierziger Jahre und dem heutigen Griechenland am Ende des Jahrtausends? Was würden sie finden? Denn dass ein solcher Zusammenhang bestand, davon konnte man nach Lage der Dinge unzweifelhaft ausgehen.

Später, allein in seinem Büro, versuchte Alexandros Kasantzakis Klarheit in seine Gedanken zu bringen. Sollte die sinnleere Brutalität, die hinter dieser wechselnden Handschrift steckte, die Sinnlosigkeit nationalsozialistischer Menschenversuche symbolisieren? War das die Botschaft, die übermittelt werden sollte? War es wirklich so abwegig, Gewalt mit Gegengewalt zu beantworten? War es nicht denkbar? Sogar nachvollziehbar?

Alexandros fragte sich, auf wessen Seite er eigentlich stand. Auf der Seite der Opfer oder des Täters? War er, Alexandros Kasantzakis, überhaupt imstande, die beiden Seiten klar voneinander abzugrenzen? Oder verwischte sich da etwas in seinem Denken auf unheilvolle Weise? War er vielleicht auf dem besten Wege, einen Mörder, der vier Menschen auf grausame Weise getötet hatte, als das eigentliche Opfer zu betrachten?

Er sprang von seinem Sessel auf. Begann im Raum auf und ab zu tigern. Er trat an den Tisch heran, fand einen Rest Wasser in einer der halbvollen, von den Kollegen zurückgelassenen Flaschen. Er setzte die Flasche an die Lippen und trank sie in einem Zug leer. Dann konzentrierte er sich auf zwei weitere Fragen:

Erstens: Welche Rolle spielte das von den Nazis zerstörte Dorf Distomon?

Zweitens: Bisher waren sie von einem Täter oder einer Täterin ausgegangen. Wenn aber Panagiotis' Schriftanalyse zutraf, hatten sie es mit zwei Tätern zu tun. Stammte dann die Schrift auf den Wänden des Kühlraums tatsächlich von einem Kind?

Ein Kind als Täter. Alexandros warf sich seufzend in seinen Sessel. Warum nicht. Ja, warum eigentlich nicht?

Kerkyra, 17. Mai 1999

Ja, sie erinnert sich. Sein Name an der Eingangstür des Restaurants. Ein deutscher Name. Der Name seines Vaters. Kein griechischer. Wie bei den andern. Er hatte ihn also nicht einmal geändert. Hatte die Frechheit besessen, sich sicher zu fühlen in dem fremden Land. Mit seinem arischen Namen.
Sie hatten es beide nicht für nötig befunden, ihre Identität zu wechseln. Weder der Vater noch der Sohn. In ein anderes Leben zu schlüpfen, wie es die andern getan hatten. So sicher hatten sie sich gefühlt in der Anonymität des neuen Landes.
Aber sein Name steht auf ihrer Liste. Nemesis, die Gerechte, ist allgegenwärtig. Der Vogelfrau kann niemand entfliehen. Jeder von ihnen hat seine Geschichte. Sie erzählt die Geschichte nur nach. Vervollständigt sie. Dazu ist sie auserwählt.

Er begriff erst, als es zu spät für ihn war.
Der Kühlraum war Jans Entdeckung gewesen. Sie war sofort einverstanden. Das mit dem Einfrieren passte zu ihm. Passte zu seiner Geschichte. Zu der seines Vaters, die sie vervollständigen musste.
Vater und Sohn. In ihrem Blut flossen die gleichen Gene.
Sie und Jan hatten diese Gene eingefroren. Sie unschädlich gemacht. Für alle Zeit.
Der Kühlraum des Restaurants besaß keine Fenster. Wie die Einrichtung seines Vaters in der medizinischen Abteilung des Lagers. So konnten sie sein langsames Sterben nicht beobachten. So, wie es richtig gewesen wäre. So, wie es sein Vater getan hatte. Damals.

Mit der Filmkamera in der Hand. So ging ein wenig von dem Spiel verloren. Von dem Todesspiel. Dessen ersten Zug nicht sie gemacht hatten. Weder sie noch Jan.
War er damals dabei gewesen? Der Sohn. Hatte er, um den Vater umherspringend, nach der Kamera gegrapscht? Hatte der Vater ihn lachend zur Seite geschubst? Ihn ermahnt, still zu sein. Brav zuzuschauen. Dem Sterbespiel der Versuchsobjekte. Des billig erworbenen Menschenmaterials.

Schon bei ihrem zweiten Besuch im Restaurant hatte er sie in den Gefrierraum geführt. Vorausstolzierend. Auf sie einredend. Gestikulierend. Ein fetter, eitler Hahn. Er ereiferte sich immer ein Stück zu viel.
Im Kühlraum Regale voller Fisch und Fleisch. Fragmente von Lämmern und Ziegen. Hühner und Truthähne, kopflos an Haken von der Decke baumelnd. Er war stolz auf seine deutsche Ordnung. Auf all das eingefrorene, getötete Leben.
Nach dem vierten Besuch vertraute er ihnen. Präsentierte eifrig das eisige, tote Fleisch. Eine stolz ausholende Gebärde, als sie von hinten den Elektrostab gegen seinen Oberarm presste. Dieses kleine nette, wirksame Gerät, das sich mühelos in ihrer Handtasche verbergen ließ. Sie konnte sein Gesicht nicht sehen. Seine Augen. Als er zusammensackte. Auf die Knie sank. Sie ging um ihn herum. Ging in die Hocke. Sie wollte seine Augen sehen. Den Blick des Opfers, den sie bei jedem Mal von Neuem braucht. Die Angst, an der sie sich niemals satt sehen wird. Es ist der Augenblick, in dem sich die Dinge verkehren. Der Augenblick, der ihr die Gewissheit gibt. Nun ist sie der Jäger.
Sie lächelte, als Jan die Wände des Kühlraums mit dem Buchstaben und der Zahlenreihe bemalte. Es war kein richtiges Lächeln. Eher ein Ausdruck von Gemeinsamkeit. Von tief verwurzelter Verbundenheit.

Jan machte seine Sache gut. Er hat die gleiche Schrift wie sie. Oder ist es umgekehrt? Schreibt sie wie er?
Ihre Hände brannten in dem frostigen Raum. Sie musste ihre Finger

beweglich halten. Für das, was noch kommen sollte. Sie schaute zu, wie Jan arbeitete. Wie er mit der schwarzen Tafelfarbe die Nummer an die Wände malte.
Die Nummer, die sich nicht mehr abwaschen lassen würde. Nie mehr! Die Nummer ist Teil ihres Lebenswerkes. Haltbar gemacht für alle Zeit.
Sie zogen ihn aus. Zerrten ihm die Kleider vom Leib. Sie musste seinen fetten Körper bemalen. Ihn mit der Nummer tätowieren. Das war allein ihre Sache. Nicht die von Jan. Vom Elektrostab gelähmt, leistete er keinen Widerstand. Die Fesseln, die sie mitgebracht hatten, brauchte sie nicht.
Die schwarze Tafelfarbe hatte sie aus einem Geschäft für Malereibedarf. Lichtbeständig. Wasserfest. Für leicht aufgeraute Oberflächen. Solche wie die menschliche Haut.
Sie verbrannte mit dem Elektrostab seine Oberschenkel. Innen, ein wenig unterhalb seines Geschlechts. Sie war so voller Wut.
Sie konzentrierte sich auf ihre Aufgabe. Brannte das A 713137 in seinen Rücken. Er stöhnte. Versuchte, sich zu bewegen. Ein Zittern. Wimmern. Dann lag er ganz still. Sie wusste nicht, ob er bei Bewusstsein war. Sie hoffte es. Von hinten konnte sie seine Augen nicht sehen.
Das Stahlröhrchen mit der messerscharfen Spitze und dem einfachen Druckmechanismus zum Ausstoßen der Farbe ist ihre Erfindung. So ließ sich die Nummer mühelos in seine Haut hineinritzen. Die KZ-Nummer. Nur ein wenig Blut. Genau wie bei einer Tätowierung.
Das Brandmal wird über seinen Tod hinaus bestehen. Die Nummer ist seine Eintrittskarte in den Hades.
Sie brandmarkte ihn mit Jans Schrift. Mit der Schrift ihres Bruders. Jans Schrift ist auch ihre Schrift.

Sie warteten. Warteten, bis sein Blick sich klärte. Bis er die ersten Flüche ausstieß. In seiner Sprache, die sie nicht verstanden.
Als er aufstehen wollte, stießen sie die Tür zu. Die Tür, die sich nur von außen öffnen ließ.
Alles war still. Sehr still. Außer ihnen war keiner im Lokal. Niemand,

der sie sah, als sie das Restaurant verließen. Hand in Hand schlenderten sie durch den frühen klaren Morgen. Jans Jungenhand in ihrer Erwachsenenhand. Bruder und Schwester. Ein seltener Frieden. Verbundenheit. Ein unschuldiger Tag. Die Straßen noch verlassen. Vom Bösen befreit.

15

Halb acht. Dienstagmorgen. Das Tragflächenboot hob sich majestätisch aus dem Wasser. Alexandros hatte das erste Boot Richtung Igoumenitza genommen. Als er sich im geräumigen Bauch des Bootes einen Platz suchte, stellte er fest, dass nur wenige Passagiere an Bord waren. Die Fahrt war teuer. Doch für eine Bootsfahrt von anderthalb Stunden mit einer der herkömmlichen Fähren hatte er diesmal keine Zeit.

Der breite Sitz war bequem gepolstert. Er lehnte sich zurück und schaute durch das große Fenster hinaus auf die vorübergleitenden Wellentürme. Er empfand noch immer das gleiche Gefühl von Bitterkeit, wenn er an den Nachmittag des vergangenen Tages dachte. Der spontan anberaumten Pressekonferenz, bei der außer den korfiotischen Medien weitere vom Festland, sogar zwei Journalisten aus Rhodos und Kreta anwesend waren, folgte ein unangenehmes Telefonat mit Athen.

»Der vierte Mord in Serie und Sie sagen mir allen Ernstes, ihr seid noch keinen Schritt weiter?! Was für eine gottverdammte Schlamperei, Kasantzakis!« Die Stimme am anderen Ende überschlug sich, schnappte mehrmals heftig nach Luft, bevor sie in perfektem Stakkato ihre Drohung ausstieß. Man sei großzügigerweise bereit gewesen, bisher geduldig abzuwarten. Und man sei weiterhin großzügigerweise bereit, ihnen eine Frist von drei Tagen einzuräumen. Sollte allerdings die korfiotische Polizei die eingeräumte Frist als Schonzeit betrachten und die Mordserie nicht binnen dieser Zeit vollständig aufklären, würde der Polizeipräsident höchstpersönlich dafür Sorge tragen, dass eine Spezialeinheit aus Athen auf die Insel eingeflogen wird.

Es war kurz vor acht, als Alexandros in Igoumenitza an Land ging. Hinter einer der Fahrkartenbuden auf dem Kai befand sich eine Tafel mit den Busfahrplänen. Es blieben ihm noch zwanzig Minuten bis zur Abfahrt nach Ioannina. Lustlos schlenderte er die Hafenpromenade ein Stück entlang und entdeckte auf der gegenüberliegenden Straßenseite eine geöffnete Imbissbude. Er überquerte die Durchgangsstraße, die vom Hafen in die Stadt hineinführte.

Er war der einzige Gast. Der Junge, der, auf die Ellbogen gestützt, über dem Tresen hing, beäugte ihn missmutig. Alexandros gönnte sich einen Styroporbecher Kaffee und ein lauwarmes, in eine dünne Papierserviette gewickeltes Schokocroissant. Während er an einem der Stehtische aß, beobachtete er durch die schmutzstarrende Fensterscheibe den zunehmend aggressiver werdenden Rushhourverkehr auf der vierspurigen Einfahrtsstraße. Ein kleiner Abklatsch des allmorgendlichen Verkehrschaos in Athen, dem er früher Tag für Tag ausgesetzt gewesen war.

Zurück an der Bushaltestelle konnte er weit und breit keinen einzigen Bus entdecken. Er studierte nochmals den Fahrplan. Verglich die Abfahrtszeit irritiert mit seiner Armbanduhr. Halb neun. Die Sonne brannte bereits unerbittlich auf die baumlose Hafenanlage herab und versprach schon jetzt, am Morgen, einen hochsommerlich heißen Tag.

»Und das im Mai«, brummte er.

Er schaute sich unschlüssig um. Auf der anderen Seite des Hafenbeckens manövrierte unter hektischem Gerenne und Gezeter einiger Verladeregisseure ein gigantischer Lastwagen mit Anhänger über die Laderampe in den Bauch einer Strinzisfähre. Obwohl das Schiff bereits vollbeladen schien, warteten noch fünf weitere Laster, zwei Reisebusse, etliche Pkws, zwei Wohnmobile und ein gutes Dutzend Motorradfahrer geduldig am Kai.

Wieder ein Blick auf die Uhr. Der Bus war seit fünfzehn Minuten überfällig. Er stapfte zur nächstbesten Ticketbude. Der Verkäufer hob bedauernd die Schultern. »Busfahrerstreik. Im gesamten Land.«

Alexandros stöhnte auf. Verdammt. Auf dem Weg zum Taxistand lief er beinah in eine Horde Hunde hinein, die hechelnd, jaulend und bellend zwei Katzen verfolgten. Während der Fahrt über die Schnellstraße nach Ioannina wetterte der Fahrer, mit seiner Zigarette herumfuchtelnd, pausenlos über die unverschämten Forderungen der staatlichen Angestellten der Verkehrsbetriebe. Alexandros wandte den Blick zum Fenster und enthielt sich jeden Kommentars.

Er war sauer. Auf den zeternden Taxifahrer. Auf die streikenden Busfahrer. Auf den Polizeipräsidenten. Auf sich selbst. Er zündete sich die dritte Zigarette in Folge an. Der Mann am Steuer war Kettenraucher. Wenigstens ein erfreulicher Aspekt auf dieser gottlosen Fahrt.

Das Archiv für Zeitgeschichte der Universität von Ioannina befand sich in einem gut erhaltenen Gebäude der Jahrhundertwende auf einem dünn bewaldeten Hügel außerhalb der Stadt. Der Mann, der hinter einem penibel aufgeräumten Schreibtisch saß, war groß, grau und drahtig und erinnerte Alexandros an einen Foxterrier. Mit einer knappen Geste bedeutete er seinem Gast, auf dem Besucherstuhl vor dem Schreibtisch Platz zu nehmen. Er räusperte sich, rückte den Federhalter einen Zentimeter näher an den Brieföffner heran und schob mit beiden Händen drei akkurat ausgerichtete Hefter an der Schmalseite des Tisches zurecht. Mit einer flinken Zungenbewegung, die im völligen Widerspruch zu seinem übrigen Gehabe stand, leckte er über den grauen Schnauzer, hob die buschigen grauen Brauen und blickte Alexandros aufgeräumt an.

»Wir ermitteln zur Zeit in vier Mordfällen«, begann Alexandros unvermittelt.

»Habe davon gehört«, erwiderte der Foxterrier kampflustig. »Und auch, dass eure Ermittlungen nicht gerade von Erfolg gekrönt sind.«

Alexandros überhörte den Einwurf und erklärte stattdessen in groben Zügen sein Anliegen. Der Foxterrier gab hin und wieder ein bedeutsames Knurren von sich, wobei sich seine Stirn in zunehmend tiefere Falten furchte. Nachdem Alexandros geendet hatte, glättete sich die Stirn seines Gegenübers. Er nickte nachdrücklich und fuhr sich mit beiden Händen energisch durch das graue Bürstenhaar.

»Sicher haben wir da etwas. Über Kómmeno, Amótopos, Ligiádes. Auch über Distomon. Es war ja nicht der einzige Ort, den die Nazis zerstört hatten. Insgesamt waren es an die zweitausend Dörfer.«

»Mir geht es vor allem um Distomon«, sagte Alexandros. »Es ist der einzige Ort, der im Zusammenhang mit unseren Ermittlungen auftaucht.«

Der Foxterrier setzte eine wichtige Miene auf, rückte sein graues Jackett und die grau-schwarz gepunktete Fliege zurecht und erhob sich. »Dann wollen wir mal zur Tat schreiten und schauen, ob wir euch helfen können«, verkündete er.

Alexandros erkannte verwundert, dass der Mann ein Sitzriese war. Das Menschlein, das nun vor ihm herschritt, war selbst bei gutwilligster Schätzung nicht mehr als einen Meter sechzig groß.

Was folgte, war ein Labyrinth endlos finsterer Gänge. Kahle Wände. Treppauf, treppab. Unzählige Winkel, dahinter erneut Gänge. Alexandros bereute, kein Wollknäuel während des Weges abgewickelt zu haben. Ließe ihn der Foxterrier im Stich, fände er allein nie wieder hinaus. Ein vager Anflug von Panik befiel ihn. Er tastete nach seinem Handy, erinnerte sich jedoch plötzlich, dass er vergessen hatte, es aufzuladen. Doch angesichts des labyrinthischen Weges und des sportlichen Gehtempos, das sein kleinwüchsiger Gastgeber vorlegte, war es ratsam, keine weiteren Gedanken daran zu verschwenden.

Der Weg endete in einem kühlen, erstaunlich geräumigen, durch an der Decke angebrachte Neonröhren hell erleuchteten Kellerraum. Die Wände waren von Bücherborden bedeckt, auf denen in ungriechischer Ordnung ein Aktenordner neben dem anderen stand. In der Mitte des Raumes ein lackierter Holztisch mit vier Stühlen. Auf dem Tisch ein Telefon neben einem leise summenden Computer, dessen Schoner eine Bilderflotte urinierender Hunde zeigte.

Der Foxterrier schüttelte den Kopf und gab ein entrüstetes »Tss tss tss« von sich. »Hat doch schon wieder einer der Studenten vergessen, den Kasten abzuschalten.« Er hockte sich vor die Tastatur, tippte, ein weiteres Mal den Kopf schüttelnd, sein Passwort ein, woraufhin der Computer mit einem ungesunden Rappeln und Piepen antwortete.

»Uraltes Gerät«, knurrte er. »Braucht Ewigkeiten, bis es reagiert. Für ein neues reichen die Mittel nicht.« Er tippte »Distomon« ein.

»Kriegt ihr denn keine Zuschüsse vom Staat?«, erkundigte sich Alexandros höflich.

»Na sicher! Aber es fehlt an so vielem. Und alles ist wichtiger.«

Diese Sprache kannte Alexandros. Die kannte er nur allzu gut. Zum ersten Mal verspürte er so etwas wie kollegiale Sympathie für den Foxterrier. Der Computer rappelte und gab abermals ein Piepen von sich. Eine Auflistung von Buchstaben und Zahlen erschien auf dem Bildschirm.

»Na, ist doch schon was!«, freute sich der Foxterrier.

Alexandros starrte fassungslos auf den Bildschirm. Der Foxterrier musterte seinen Gast mit unverhohlener Ironie, rang theatralisch seufzend die Hände und ließ Alexandros eine Viertelstunde später mit dem Computer allein, nach einem Computercrashkurs und mit einer Telefonnummer, unter der er im Notfall zu erreichen war.

Gar nicht so schwer, stellte der Hauptkommissar Minuten später mit verhaltener Freude fest. Sogar für einen wie mich. Vielleicht sollte ich alter, konservativer Bock mich tatsächlich mal darauf einlassen. Die Vorstellung ließ ihn an diesem Tag zum ersten Mal lächeln: ein Computerkurs bei Panagiotis Peskalis. Da würden einige ihrer Youngsters in der Astynomia Riesenstielaugen machen. Von seiner Tochter ganz zu schweigen.

Er tippte mit dem Zeigefinger vorsichtig auf zwei weitere Tasten.

Na schön, dachte er. Wenn ich mal gar nicht mehr weiß, wohin mit meiner Zeit, dann vielleicht.

In Stichworten informierte ihn der Computer, welche Aktenordner etwas über das Dorf Distomon enthielten. Er notierte sich die entsprechenden Buchstaben und Nummern und trat mit dem Zettel in der Hand an die Regale heran.

Beim dritten Ordner wurde er fündig. Obwohl er sich innerlich darauf vorbereitet hatte, verschlugen ihm die Bilder und Berichte den Atem. Nach anderthalb Stunden Recherche lehnte er sich im Stuhl zurück. Nahm die Lesebrille ab und schloss die Augen. Die harte Holzlehne des Stuhls drückte sich in seinen Rücken. Sein Hemd war schweißdurchtränkt, als er noch einmal das Gelesene überdachte:

Am 10. Juni 1944 rückt eine Kompanie der vierten SS-Panzergrenadierdivision in den Ort Distomon ein. Auf dem Marktplatz werden die SS-Soldaten vom Priester und vom Bürgermeister des Dorfes freundlich empfangen. Beim Verlassen des Dorfes, auf dem Weg zum Nachbarort Stiri wird die Kompanie von ungefähr dreißig Partisanen angegriffen. Nach dem Kampf kehren die Deutschen umgehend nach Distomon zurück. Während des Rückmarsches erschießen sie sieben Griechen und nehmen zwölf weitere gefangen.

Zurück in Distomon vollzieht die Kompanie ihre »übliche Sühnemaßnahme zur Vergeltung eines Partisanenangriffs«. Die zwölf Gefangenen werden an die Wand gestellt und erschossen.

Anschließend beginnen die deutschen Soldaten der Waffen-SS mit ihrer »Säuberungsmaßnahme«. Sie setzen einen Teil der Häuser in Brand. Sie vergewaltigen die Frauen. Rauben, foltern, köpfen, erschlagen, erhängen, verbrennen und erschießen Frauen, Kinder, Säuglinge und Greise. Sie metzeln die Familien nieder. Jagen die Menschen durch ihre Häuser. Sie töten alles Leben.

Dreihundert Menschen werden von den Deutschen ermordet. Die Stadt Distomon ist nach dem Massaker von der übrigen Welt abgeschnitten. Zweihundertzwölf Waisenkinder werden vom Roten Kreuz evakuiert. Einige wenige Überlebende flüchten in die Berge, verstecken sich dort in Höhlen. Dem Roten Kreuz gelingt es, den Ort mit Hilfsgütern zu versorgen. Keiner wagt es, das Getreide zu ernten. Zu groß ist die Angst. Und sie bleibt es. Auch nach dem Abzug der Deutschen.

»Tod einer Stadt« las Alexandros über einem Bericht der Illustrierten *Life* vom Herbst 1944. Auf einer Schwarzweißfotografie, die griechische Partisanen später bei einem deutschen Soldaten fanden, lächeln Waffen-SS-Soldaten entspannt in die Kamera. Einer der Soldaten schwingt ein Beil. Im Hintergrund brennen Häuser.

Er betrachtete ein anderes Foto. Auf dem Bild klettern Kinder unterschiedlichen Alters hintereinander durch unwegsames, bergiges Gelände. Offensichtlich eine Amateuraufnahme. Einige der Kinder tragen in Lumpen gewickelte Babys auf dem Rücken. Alexandros fragte sich, wer das Bild gemacht haben mag. Vielleicht einer der Partisanen. Ein Zeitzeuge, der das Unfassbare für die Nachwelt erhalten wollte.

Ein Zeitungsbericht aus den neunziger Jahren berichtete: *Ein Teil der Häuser und Wohnungen im heutigen Distomon ist noch immer verriegelt und unbewohnt.* Dem Zeitungsbericht war ein Bild angeheftet: *Die Ruinen von Distomon.*

Alexandros starrte auf das Bild. Die Gedenkstätten der Überlebenden. Leichenkammern ohne Tote. Ruinen der Erinnerung.

Wären die Schuhe nicht mindestens zwei Nummern zu groß gewesen für die knochigen Füße, die darin steckten, wären sie Kristina womöglich gar nicht aufgefallen. Nein, es bestand nicht der geringste Zweifel. Sie musste auch nicht erst das Markenzeichen über der Ferse lesen. Einen Schuh, den sie einmal getragen hatte, erkannte Kristina Tzavrou unter Tausenden wieder. Sie betrachtete die hellbeigen Sportschuhe, die unterhalb eines wadenlangen, gestreiften, unförmigen Kittelkleides über den Wochenmarkt vor ihr herschlurften.

Ihre erste Reaktion war die einer guten Kripobeamtin: Das Handy aus der Tasche ziehen, die Nummer des Hauptkommissars eingeben. Die zweite: Es wieder wegstecken.

Es war ja ohnehin mehr als fraglich, beschwichtigte sie ihr Gewissen, ob Alexandros schon aus Ioannina zurück war. Und Nikos oder Michalis? Michalis … ja, den könnte sie anrufen. Was aber wiederum Nikos als den Dienstälteren beleidigen würde. Also ließ sie es bleiben. Manchmal reichte ja schon der gute Vorsatz.

Während Kristina der Frau unauffällig folgte, fragte sie sich, was zum Teufel Kyras Schuhe an den Füßen dieser fremden Person zu suchen hatten.

Kurz nach der kriminaltechnischen Untersuchung hatte Kristina die Pumaschuhe, deren Abdruck oberhalb der Bucht von Arillas zu beunruhigenden Fragen geführt hatte, zu Kyra Damianidi zurückgebracht. Nach Kyras telefonischer Beichte von dem verlorenen Armband auf der Klippe in Arillas hatte man die Schuhe als unverdächtig eingestuft und schließlich als Indiz ad acta gelegt.

Eigentlich hatte Kristina sich auf dem Markt lediglich mit etwas Obst, Salat, Gemüse und frischen Eiern eindecken wollen, um danach endlich ungestört für die bevorstehende Ausstellung arbeiten zu können. Die Zeit raste mit Riesenschritten dahin. Der Eröffnungstermin war in erschreckend greifbare Nähe gerückt. Vierzig bis fünfundvierzig Exponate ihrer Werke sollten innerhalb der sechswöchigen Ausstellungsdauer gezeigt werden.

Und nun waren ihr plötzlich Kyras Pumaschuhe an den Füßen dieser fremden Frau über den Weg gelaufen. Kristina folgte der Frau. Trotz des sehr langsamen Tempos stieß sie hin und wieder mit jemandem zusammen. Der tägliche Wochenmarkt war wie immer gut besucht. Menschen mit prall gefüllten Einkaufstaschen und Plastikbeuteln schoben sich auf dem Hauptweg zwischen den aufgereihten Marktständen in beiden Richtungen aneinander vorbei. Gemüse, Obst, Salat und Eier, Pflanzen, Textilien, Haushaltswaren, Uhren, Sonnenbrillen und Krimskrams. Etliche Stände mit fangfrischen Fischen, Krabben, Muscheln und Tintenfischen. Routiniert geschäftiges Treiben.

Kristina ging hinter der Frau am Fischmarkt entlang. Ein alter buckliger Fischer, der gerade einen Eimer Wasser in die Gosse kippte. Eine wohlbeleibte Händlerin, die wild gestikulierend lautstark ihren Fisch anpries. Kräftige Männer in Gummischürzen, die lachend und scherzend Fische und Meeresfrüchte in Zeitungspapier wickelten und mit nassen spitzen Fingern Geldscheine entgegennahmen. Der allgegenwärtige Fischgeruch erzeugte in Kristina leichte Übelkeit. Sie aß gern Fisch. Doch der Geruch roher, toter Meerestiere war eine ganz andere Sache.

Kristina musste den Abstand möglichst gering halten, wenn sie nicht Gefahr laufen wollte, die Frau in der Menschenmenge zu verlieren. Vom ehemaligen jüdischen Viertel trottete die Frau unterhalb der alten Stadtmauer entlang Richtung Altstadt. Sie schätzte das Alter der Frau auf Ende fünfzig, Anfang sechzig, vielleicht auch etwas darüber. Die Frau war kleiner als sie und auffallend hager. Ihre Bewegungen waren linkisch. Unter dem streichholzkurzen grauen Haar traten die Halswirbelknochen deutlich hervor. Das unförmige, für den mageren Körper zu weite Kittelkleid, der Widerspruch zwischen dem behäbigen Gang und den kindlichen Bewegungen berührten Kristina. Es lag eine Art von Hilflosigkeit darin, wie Kristina sie nur bei älteren Menschen bisweilen wahrnahm.

Kurz vor der Altstadt bog die Frau in eine schmale kopfsteingepflasterte Gasse, die in eine breitere kurvenreiche Asphaltstraße mündete. Die Straße war kaum befahren. Das weiße hufeisenförmige Gebäude mit den hohen maurischen Rundbögen war schon von Weitem sichtbar. Nach einer breiten Zufahrt passierten sie einen fast leeren, in der Sonne brütenden Parkplatz, liefen über akkurat angelegte Kieswege zwischen gepflegten Rasenflächen hindurch, umsäumt von niedrig gestutzten Blumenrabatten. Friedvolle Stille lag über allem. Eine kurze Treppe führte zum Eingangsportal des Gebäudes hinauf. Auf dem Rundbogen über dem Portal prangte in Gold: »Private Anstalt für geistige Erkrankungen«.

Die Frau erklomm mühsam die wenigen Stufen. Vor dem Portal blieb sie abrupt stehen. Mehrere Sekunden verstrichen, in denen sie mit vom Körper abgespreizten Armen reglos dastand. Der Plastikbeutel mit den Markteinkäufen baumelte von ihrem Handgelenk herunter. Auch als die Frau sich schließlich umwandte, zeitlupenartig und wie eine mechanische Puppe, blieb ihre Körperhaltung unverändert.

Kristina war unterhalb der Treppe stehen geblieben. Sie blickte zu der Frau empor. Die Frau gaffte, leicht vornübergebeugt, auf sie herab. Weitere Sekunden vergingen. Auf einmal verzog sich das Gesicht der Frau zu einer Grimasse. Kristina meinte, ein Lächeln darin zu erkennen. Sie nickte der Älteren zu. Erwiderte ihr Lächeln.

Was dann folgte, erschien Kristina wie eine Horrorszene: Das Lächeln schrumpelte plötzlich in sich zusammen. Das Gesicht, auf einmal von tiefen Falten zerfurcht, zog sich trichterförmig wie eine Knetgummimasse zusammen. Wenig später eine Gegenbewegung. Die Haut begann sich zu dehnen. Es war, als würde das Gesicht ungleich aufgepumpt. Als wüchsen an unterschiedlichen Stellen Luftpolster heraus. Auf einmal zogen sich die Polster wieder zurück. Die Falten verschwanden. Die Haut glättete sich wie im Zeitraffer. Ein verschmitztes Grinsen, das von einer gelangweilten, fast hochnäsigen Miene abgelöst wurde. Danach rasch wechselndes Mienenspiel. Gesichter, die sich den begrenzten Raum eines einzigen Gesichtsfeldes streitig machten. Die um die Vorherrschaft kämpften. Dann, ganz plötzlich, war das Gesicht der Alten vollkommen leer.

Während Kristina fasziniert das Schauspiel verfolgte, suchte ihr Verstand nach einer logischen Erklärung. Niemals zuvor hatte sie dergleichen gesehen. Sie erinnerte sich an eine Dokumentation, die sie im Fernsehen gesehen hatte. War der Wechsel im Gesicht der hageren Frau vielleicht ein Hinweis auf eine multiple Persönlichkeitsstörung? Während sie noch darüber nachdachte, war die Alte durch das Portal der Privaten Anstalt für geistige Erkrankungen mit Kyras Pumaschuhen an den Füßen verschwunden.

Kristina nagte grübelnd an ihrem Daumennagel. Der Schuhabdruck auf der Klippe von Arillas ... die Sache war ja nun geklärt. Also war das hier eine ganz private Angelegenheit. Etwas zwischen ihr, Kyra und der seltsamen alten Frau. Wenn man es von der richtigen Seite aus betrachtete. Sie straffte die Schultern, wickelte die Schlaufen des Einkaufsbeutels fester um ihre Hand und stapfte entschlossen die Stufen zur Anstalt empor.

Es war kurz vor drei, als Alexandros Kasantzakis das Tragflächenboot im Hafen von Kerkyra verließ. Wider alle Erwartung hatte sich der Foxterrier erstaunlich kooperativ gezeigt. Schließlich hatte er ihn sogar höchstpersönlich mit seinem Wagen von Ioannina über die Schnellstraße nach Igoumenitza zurückgefahren.

Alexandros überquerte die breite Hafenanlage, lief durch die schmale Ein- und Ausfahrt zu seinem Wagen, den er unmittelbar neben der Hafenpinte und gegenüber dem Taxistand geparkt hatte. Er setzte den Wagen rückwärts aus der Parklücke und schob sich behutsam in den gelassen fließenden Verkehr der am Hafen entlangführenden Uferstraße. Während er an der Ampel auf Grün wartete, gingen seine Gedanken zurück zu dem Gespräch mit dem Foxterrier, kurz vor ihrer Ankunft in Igoumenitza. Er stamme, erklärte er, aus Ligiádes, einem Dorf in den Bergen oberhalb von Ioannina. Was daraufhin folgte, ließ Alexandros verstummen.

»Bis vor Kurzem«, schloss der Mann, »hing an unserem Dorfeingang ein Schild: ›Für Deutsche verboten‹. Neuerdings versucht man, zur Normalität zu finden. Zumindest der jüngeren Generation die halbe Hand zu reichen. Die ganze Hand, das wird wohl niemals gelingen.«

Das Rauschen der Klimaanlage füllte die plötzliche Stille. Die Limousine fuhr rasch und gleichmäßig über die kurvenreiche Schnellstraße. Alexandros starrte schweigend auf die hinter der Windschutzscheibe fliehende Straße. Zwei griechische Anwälte hätten versucht, die Sache von damals wieder aufzurollen, berichtete der Foxterrier weiter. »Und dabei geht es nicht nur um die Wiedergutmachungsgelder für die Überlebenden von Ligiádes.«

»Mit welchem Erfolg?«, fragte Alexandros.

»Gute Frage.« Der Mann lachte bitter. »Alles kocht auf Sparflamme. Es herrscht Schweigen im Walde.«

»Sie meinen, die Deutschen weigern sich zu zahlen?«

»Die deutsche Regierung. Ja.« Er schnitt die Kurve, der Wagen schlingerte leicht, doch er steuerte ihn geschickt aus. »Ist ja auch verständlich. So was muss finanziert werden. Wie gesagt, es geht hier nicht nur um mein Dorf. Wenn einer etwas bekommt, hängen sich alle anderen mit dran.«

»Und nun?«

»Nun ist die ganze Sache erst mal auf Eis gelegt, wie man so schön sagt.«

Alexandros sah zum Seitenfenster hinaus. Karstige Felslandschaften wechselten mit blühenden Wiesen. Reliefartiges schwarzes Gestein. Grünbraune Hügelketten in der frühen Nachmittagssonne. Goldenrot. Friedlich. Still.

Alexandros schwieg. Kämpfte gegen den aufkeimenden Hass an. Ließ das, was er von dem Mann aus dem Dorf Ligiádes erfahren hatte, unkommentiert. Hier war jedes Wort zu viel. Jeder Kommentar zu banal.

Ligiádes. Frühling 1943. Das Dorf feiert die Hochzeit eines jungen Paares. Die übliche Heiratszeremonie. Die Hochzeitsprozession von Dorf zu Dorf. Ein überlieferter Brauch. An der Spitze des Zuges der Pope. Dahinter die Braut, der Bräutigam. Eltern, Verwandte, Freunde, Nachbarn, feiernde Dorfbewohner. Auf den im Wind flatternden Fahnen drei aufgemalte Granatäpfel: Symbol der Fruchtbarkeit. Wie es die Tradition verlangt. Eine kleine Blaskapelle spielt zum Tanz. Eine Trommel. Fröhliche Musik. Ein Hochzeitsmarsch.

Als die Hochzeitsprozession die gegenüberliegende Hügelkette erreicht, marschiert die Kompanie der deutschen Waffen-SS in Ligiádes ein.

Eine Gruppe Partisanen? In ihrem Dorf?

Nein. Partisanen hat keiner der verblüfften Dorfbewohner gesehen. In Ligiádes gibt es keine Partisanen. Da gibt es nur eine Hochzeit. Ein glücklicher Tag.

Nur wenige der Dorfbewohner überleben das Massaker.

Die Maschinenpistolen der Waffen-SS mähen alles nieder. Machen das Dorf dem Erdboden gleich. Löschen es aus. Der Staub verkohlter Erde begräbt die Granatäpfel der Fruchtbarkeit. Ein Säugling saugt vergeblich an der Brust seiner toten Mutter.

Als sie das Foyer betrat, erschien hinter der Rezeption eine Schwester in weißer Schwesterntracht. Kristina blieb stehen, schaute sich um. Die kühle Sachlichkeit harmonierte mit den akkurat abgesteckten Parzellen der Gartenanlage.

Kristina wechselte den Einkaufsbeutel in die andere Hand und nickte der Schwester zu. Sie nahm die lange geschwungene Freitreppe nach oben in Augenschein und steuerte kurz entschlossen darauf zu. Gerade hatte sie den Fuß auf die unterste Stufe der Treppe gesetzt, da ertönte hinter ihr eine Stimme.

»Kann ich Ihnen helfen?« Die Schwester kam mit strenger Miene auf sie zu. »Zur Zeit ist keine Besuchszeit. Aber wenn Sie jemanden suchen, kann ich Ihnen vielleicht weiterhelfen.«

Große Dinge verlangen große Opfer, dachte Kristina. Sie beschrieb die hagere Frau, der sie gefolgt war, und hielt der Schwester den Plastikbeutel mit ihren eigenen Einkäufen entgegen: »Und das hier hat sie dann am Gemüsestand liegen lassen.«

»Oh, wie aufmerksam von Ihnen!«

»Darf ich ihr die Sachen vielleicht selber bringen?«, fragte Kristina, als die Frau Anstalten machte, ihr den Beutel aus der Hand zu nehmen.

Die Schwester zog ihre Hand zurück. »Na ja ...«, sie zögerte, »eigentlich ist nichts dagegen einzuwenden, wenn unsere Patienten, nun ja, Außenkontakte pflegen.« Sie musterte Kristina unentschlossen. Eine unscheinbare Person unbestimmbaren Alters, die mit zwanzig wohl schon so ausgesehen haben mochte wie heute, dachte Kristina. Jene bedauernswerte Sorte Mensch, die bereits alt geboren wird. Nur das feine Haar, das unter ihrer Schwesternhaube hervorlugte, war vor Jahrzehnten sicherlich dunkler gewesen.

Die Schwester wand sich. »Na ja, eigentlich sind solche Kontakte sogar recht förderlich für die Integration unserer Patienten.«

Kristina lächelte aufgeräumt. »Also, was spricht dann dagegen, dass ich ihr die Sachen hochbringe?«

Die Schwester fixierte Kristina mit abschätzendem Blick.

»Es ist nicht ganz einfach. Ich meine, gerade mit dieser Patientin. Ich weiß nicht, was Sie sich vorstellen. Ob Sie mit so jemandem umgehen können. Mit einem solchen Menschen. Da ist ein, sagen wir, normaler Kontakt unmöglich.«

»Einen normalen Kontakt erwarte ich auch nicht«, entgegnete Kristina ruhig.

»Dann begreife ich nicht, was Sie ausgerechnet von Artemisa wollen.« Die Frau hatte hörbar zu ihrer resoluten Ausgangsform zurückgefunden.

»Ihr die Sachen geben«, erwiderte Kristina freundlich. »Ich verstehe nicht, was dagegen einzuwenden ist.«

Ein junger Arzt mit dichtem dunkelgelocktem Haar tauchte

aus einem angrenzenden Seitengang auf. Der weiße Kittel kontrastierte mit seiner gebräunten Haut. Kristina ertappte sich dabei, wie sie den großgewachsenen Mann mit der Perle im Ohr unverhohlen anstarrte. Sie wandte sich rasch ab und der Schwester zu, die sich im selben Moment in Bewegung setzte und auf den Arzt zutrabte.

»Ach, Prokopis, gut, dass du kommst. Die junge Dame will zu Artemisa.«

Sichtlich erleichtert delegierte die Schwester die Verantwortung auf den Jüngeren. Sie verabschiedete sich mit der Andeutung eines weihevollen Nickens und entschwand durch eine Tür seitlich des Empfangs. Der attraktive Weißkittel unterzog Kristina einer knappen, kritischen Betrachtung, die offenbar zu ihren Gunsten ausfiel. Er trat auf sie zu und streckte ihr die Hand entgegen.

»Prokopis Mandoulis. Was ist mit Artemisa?«

Der Name Prokopis Mandoulis war im Rahmen der Ermittlung mehrmals gefallen. Überdies war ihr der Medizinstudent auf Anhieb sympathisch. So entschloss sie sich zur Wahrheit. Wenngleich mit einem kleinen Schlenker.

»Kristina Tzavrou.« Sie erwiderte den kräftigen Händedruck des jungen Mannes. »Ich gehöre zum Team von Hauptkommissar Alexandros Kasantzakis«, fügte sie beiläufig hinzu.

»Ach, dann sind Sie Kriminalbeamtin?«

Na, wer sagt's denn? Der Fisch hatte angebissen.

»Nach einem Ausweis sollte ich Sie wohl besser nicht fragen?« Er lächelte, musterte sie mit schief gelegtem Kopf.

Kristina spielte die Ertappte. »Oh, ich wollte eigentlich nur rasch etwas einkaufen. Ganz privat. Und da …«

Prokopis Mandoulis machte eine einräumende Geste, und Kristina begründete in knappen Worten die Verfolgung der hageren Frau mit Namen Artemisa vom Wochenmarkt bis hierher zur Anstalt für geistige Erkrankungen.

»Und Sie sind wirklich sicher, dass es sich um denselben Schuh handelt?«, fragte er skeptisch.

»Hundertprozentig! Ich erkenne jeden Schuh wieder, den ich einmal getragen habe. Es ist Kyras Pumaschuh. Ganz sicher.«

»Kyra?«

»Kyra Damianidi.«

»Damianidi?« Der Mediziner sah sie verblüfft an.

»Was ist daran so außergewöhnlich?«, fragte Kristina.

»Unsere Patientin … die Frau, der Sie gefolgt sind … sie heißt ebenfalls Damianidi.«

Kristina starrte ihn mit offenem Mund an.

»Ob Zufall oder nicht«, grinste Prokopis Mandoulis, »Artemisa Damianidi.«

Prokopis Mandoulis stellte keine weiteren Fragen. Kristina folgte ihm die Treppe hinauf. Als sie das Zimmer betraten, war Artemisa Damianidi gerade dabei, ihre Markteinkäufe in eine ovale Silberschale zu legen. Prokopis Mandoulis begrüßte die Patientin und trat dann einen Schritt zur Seite. Kristina hielt ihr lächelnd die Hand entgegen. Die alte Frau wich erschrocken zurück und streckte Kristina die Zunge raus. Kurz darauf flogen ihre Arme in Abwehrhaltung in die Höhe. Kristina ließ sich nicht beirren, hielt ihr weiterhin ruhig die Hand entgegen. Nach einer Weile erlahmten die Arme der Alten, fielen kraftlos herunter. Ihr Blick irrte rauf und runter zwischen der bedrohlichen Hand und dem lächelnden Gesicht des Eindringlings. Schließlich schüttelte sie sich wie ein nasser Hund und vertiefte sich erneut in das Arrangement der Obstschale. Es schien, als hätte sie den Mediziner und die fremde Frau völlig vergessen.

Kristina ließ die Hand sinken und den Blick durch das Zimmer wandern. Verwundert betrachtete sie die Einrichtung.

In der Mitte des Raumes ein massiver Esstisch aus dunklem Holz, vier dazu passende Stühle. Der Stil erinnerte an Bauhaus. An der rechten Wandseite ein Biedermeiersekretär. Schräg gegenüber ein Eisenbett mit Baldachin, von dem ein weißes sich bauschendes Moskitonetz herunterhing. Daneben ein chinesischer Wandschirm, bedruckt mit bunten Geishamotiven.

In der Ecke ein Jugendstilsofa, flankiert von zwei Sesseln der Jahrhundertwende. Davor ein zeitgenössischer Designercouchtisch, dessen runde Glasplatte auf einem bizarren Stahlsockel balancierte. Kristina verstand nicht sonderlich viel von Innenarchitektur. Dennoch erkannte sie auf den ersten Blick, dass in der zusammengewürfelten Einrichtung des Zimmers ein kleines Vermögen steckte. Deplatziert wirkte hingegen die unüberschaubare Zahl von Stofftieren unterschiedlicher Größen auf Bett, Sofa und Sesseln. Die meisten abgegriffen, ein paar wenige waren neu.

Artemisa Damianidi saß kerzengerade inmitten ihrer Sammlung. Ein winziger Anhänger an einem silbernen Kettchen funkelte im runden Halsausschnitt ihres Kleides. Kristina neigte sich ein wenig zu ihr herab, konzentrierte ihren Blick auf den Anhänger. Es war der Kopf eines Vogels. Nein, eine Figur. Eine nackte weibliche Figurine mit einem Vogelkopf. Einen solchen Anhänger hatte sie noch nie gesehen. Eine mythische Gottheit vielleicht. Sie griff sich eines der Stofftiere heraus. Ein altes Tier, dem Augen und Ohren fehlten. Sie schaute hinab auf die in Gruppen liebevoll platzierten Tiere. Besah sich eine Gruppe nach der anderen.

Keines der Stofftiere besaß Ohren. Anstelle der Augen klafften in den Köpfen runde ausgefranste Löcher. Hier und da hingen noch lose Fäden herab.

Sie presste die Lippen aufeinander, schüttelte den Kopf.

Prokopis Mandoulis lächelte verhalten. »Artemisa beißt ihnen die Ohren ab und reißt ihnen die Augen aus. Sie will nicht, dass sie hören und sehen.«

Der Vorwand, unter dem Prokopis Mandoulis die Patientin Artemisa Damianidi dazu brachte, die Pumaschuhe herauszurücken, war mehr als fadenscheinig. Entscheidend war: Er funktionierte.

Während er mit sanfter, beharrlicher Stimme auf sie einsprach, fingerte die alte Frau umständlich an den Senkeln herum, bis es ihr endlich gelang, sie aufzuziehen und die Sportschuhe von den Füßen zu streifen. Kristina wartete geduldig. Kurz darauf hockte Artemisa Damianidi in Strümpfen auf dem Sofa, die Hände seitlich aufgestützt, die Schultern leicht angehoben. Die Körperhaltung eines trotzigen Kindes passte so gar nicht zu dem zerfurchten Gesicht.

Prokopis Mandoulis überreichte Kristina die Schuhe und baute sich dann hinter dem Sofa auf. Er legte die Hände behutsam auf die Schultern der Alten, tätschelte sie sanft, wie es ein fürsorglicher Vater mit seiner kleinen Tochter tun würde. Während Kristina die Pumaschuhe untersuchte, stierte Artemisa Damianidi vor sich hin. Nach wenigen Minuten gab sie der alten Frau die Schuhe zurück. Während Artemisa Damianidi mit gebeugtem Rücken die Schuhbänder an ihren Füßen zuband, trat Prokopis Mandoulis hinter dem Sofa hervor. Mit einem knappen Nicken bestätigte Kristina die stumme Frage in seinem Blick.

Nein, sie hatte sich nicht getäuscht. Kein Zweifel, es waren Kyras Pumaschuhe.

Kristina sah sich in dem Raum um. »Wer hat das Zimmer hier eingerichtet?«

»Ihre Schwester, natürlich. Frau Kyra Damianidi.«

Warum hatte Kyra verschwiegen, dass sie eine Schwester hatte? Eine ältere Schwester. Eine wesentlich ältere. Warum hatte Kyra diese Schwester vor ihr, Kristina, geheim gehalten? Vor ihr und, wie es den Anschein hatte, vor aller Welt?

Verwundert stellte Kristina fest, dass sie nicht eben viel über Kyra wusste. Objektiv betrachtet, eigentlich gar nichts. Sie wusste nichts über Kyras Kindheit. Über deren Eltern. Geschwister. Über das Umfeld, in dem Kyra aufgewachsen war. In dem sie gelebt hatte. Kyra Damianidis Leben vor dem Tag ihrer ersten Begegnung glich einem versiegelten Buch.

Wie kommt es, dass mir das niemals aufgefallen ist, fragte sich Kristina, während sie in Gedanken die Vorzüge der Freundin auflistete: Zuverlässig. Liebevoll. Zärtlich. Großzügig. Mitfühlend. Kyra war ein echter Kumpel. In guten wie in bösen Zeiten, wie es so schön hieß. Sie besaß Kristinas Vertrauen. Doch eine Plaudertasche war Kyra nicht. Abgesehen von einigen Anekdoten aus ihrem beruflichen Nähkästchen, war genau genommen nichts Erwähnenswertes über Kyras Lippen gekommen.

Kristina warf einen Blick auf ihre Armbanduhr und lehnte Prokopis Mandoulis' Angebot, gemeinsam einen Kaffee zu trinken, mit einem bedauernden Lächeln ab. Sie hatte den Wunsch, allein zu sein. Allein mit ihrem neuen Wissen über Kyra Damianidi. Mit der bestürzenden Erkenntnis, lediglich einen kleinen Ausschnitt aus dem Leben der Freundin zu kennen. Kristina schien es, als entdecke sie in einem ihr wohlbekannten Haus plötzlich etliche verschlossene Türen, deren Existenz sie bisher nicht einmal geahnt hatte, und die nichts von dem verrieten, was sich hinter ihnen verbarg.

Sie fühlte sich von Kyra hintergangen. Vielleicht war es auch gekränkte Eitelkeit. Ganz bestimmt sogar.

Auf dem Weg zum Ausgang griff Prokopis Mandoulis nach ihrem Arm. Er bat sie, einen Augenblick zu warten, und verschwand hinter einer Tür mit der Aufschrift »Sekretariat«. Kurz darauf kam er mit einem Umschlag wieder heraus.

»Das hier gehörte Maria Funasi.« Er hielt ihr das Kuvert entgegen. »Bislang hat sich keiner der Angehörigen dafür interessiert. Vielleicht kann die Polizei …« Er ließ den Satz unvollendet, während der Umschlag in Kristinas Tasche glitt.

Im Nachhinein hatte Kristina Tzavrou keine Erklärung dafür, warum sie potenzielles, obendrein versiegeltes Ermittlungsmaterial in Abwesenheit und ohne Wissen der ermittelnden Kriminalbeamten geöffnet hatte.

Sie saß auf dem schmalen Bürgersteig einer stillen Seitengasse, die vom alten Hafen abging, an dem einzigen runden Zweiertisch eines winzigen Kafenion. Auf dem Boden neben ihrem Stuhl schlummerte friedlich eine zusammengerollte Katze. Vor ihr auf dem Tisch stand ein doppelter Helenikos, daneben lagen vierzehn bedruckte Blätter. Sieben Verträge jeweils in zweifacher Ausfertigung: Eine griechische, eine deutsche Version. Schwarzer Druck auf feinem eierschalfarbenen Papier. Der Inhalt der Schreiben war identisch, nur Namen, Daten und Ortsangaben wechselten. Alle Verträge waren links unten von Dimitris Funasis unterzeichnet. In der Mitte und rechts unten verschiedene deutsche und griechische Unterschriften. Sämtliche Verträge trugen an der oberen rechten Ecke das gleiche Siegel.

Kristina fragte sich, warum die Verträge ausgerechnet bei Maria Funasi hinterlegt worden waren. Warum hatte ihr Bruder Dimitris das getan? Es war ja wohl kaum anzunehmen, dass seine Schwester etwas damit zu tun hatte. Dass sie überhaupt begriffen hatte, worum es dabei ging.

Andererseits – gab es ein besseres Versteck?

Kristina legte die beiden Seiten eines der Verträge vor sich hin. Die übrigen zwölf Blätter raffte sie zusammen, schob sie in den Umschlag zurück. Die Ellbogen auf den Tisch gestützt, den Kopf in den Händen, starrte sie auf die Zeilen der Verträge. Sie las beide Versionen zum dritten Mal. Zuerst die griechische. Dann die deutsche. Dann starrte sie wieder auf den Namen. Auf die griechische Unterschrift rechts unten. Nein, sie konnte es nicht glauben.

Hätte sie den Schriftzug nicht erkannt … Aber so … So war ein Irrtum ausgeschlossen.

Sie spürte, wie ihr der Kreislauf kurz wegsackte. Sie schloss für einen Moment die Augen. Eines war klar, sie würde sich der Wahrheit stellen müssen. Wie immer diese Wahrheit aussehen mochte. Sie konnte ihr nicht entfliehen.

Sie fragte sich, was sie fühlte. War es Wut? Trauer? Nein, keine Trauer. Auch keine Wut. Nur völliges Unverständnis.

Wie kam diese Unterschrift auf diese Verträge?

Und dann war da noch das Bild … Eine Schwarzweißfotografie. Darunter die Bildunterschrift: »Mitglieder der *Rune*, 1997«.

Jeweils zehn Personen unterschiedlichen Alters in drei akkurat ausgerichteten Reihen. Die Blicke der Männer starr und unverwandt direkt in das Kameraobjektiv gerichtet. Die vordere Reihe in der Hocke am Boden. Die beiden hinteren Reihen aufrecht stehend, die dritte ein wenig erhöht. Kristina schätzte das Alter der Männer auf dreißig bis siebzig.

Sie ließ sich Zeit, die Gesichter zu studieren. Aber es bestand kein Zweifel. Der zweite von links in der mittleren Reihe war der Ölbauer, Dimitris Funasis, aus Kalami. Wilfried Stolze, der fettleibige deutsche Restaurantwirt aus Dasia, stand ganz rechts in der letzten Reihe. Es schien, als hätte der Fotograf Mühe gehabt, die gigantische Bauchkugel des Mannes ins Bild zu bekommen, denn sie war zu einem Drittel vom Bildrand abgeschnitten.

Und da war noch ein drittes Gesicht. Auch das unverkennbar. In der Mitte der zweiten Reihe stand Doktor Jannis Mastoras, der Arzt aus Potamos.

Es war ein Spontanentschluss.

Kristina nippte ein letztes Mal an ihrem Helenikos, bekam aber nur noch den ungenießbaren schwarzen Kaffeesatz in den Mund. Sie schob die beiden Verträge und die Fotografie zurück in den Umschlag, warf ein paar Münzen auf den Tisch, winkte dem Wirt zum Abschied und griff nach ihrer Tasche. Ihr Wagen stand in der glühenden Sonne am alten Hafen. Sie hatte ihn dort zurückgelassen, als sie zum Markt gegangen und von dort Kyras Schwester bis zur Anstalt gefolgt war.

Sie verstaute ihre Einkäufe im Kofferraum. Im Wagen herrschte eine Temperatur von gut fünfundvierzig Grad. Kristina kurbelte die Fenster herunter, setzte ihre Sonnenbrille auf und startete den Motor. Sie fuhr am Hafen entlang aus der Stadt hinaus. Der sanfte Fahrtwind war erfrischend. Kristina strich sich die Haare mit der freien Hand aus der Stirn nach hinten.

Sie kannte den Weg nur aus der Beschreibung. Sie war noch nie dort gewesen. Bis zu dem Roten Haus mit den beiden Türmchen brauchte sie fünfunddreißig Minuten, zehn davon allein für die letzten fünfhundert Meter. Der Regen vieler vergangener Winter hatte den mit meterhohen Dornenbüschen umsäumten Feldweg, die einzige Zufahrt zu dem einsam stehenden Gebäude, in einen durch tiefe Rinnen und Schlaglöcher schwer erkennbaren Pfad verwandelt. Im Schritttempo folgte Kristina der einzigen im Staub sichtbaren Wagenspur.

Sie hielt außerhalb der Einfahrt. Ein hoher Maschendrahtzaun schirmte das Gelände gegen die Wildnis ab. Auf dem gepflegten Kiesweg, der zum Eingang des Hauses hinführte, parkten zwei Wagen hintereinander.

Das weiße Mercedes-Cabriolet wirkte in dieser Einöde deplatziert. Ebenso die dunkelgrüne BMW-Limousine davor. Das Cabrio versperrte der Limousine den Fluchtweg. Auch das gehörte dazu. Gehörte zum Ritual. War das Symbol unausweichlicher Qual. Der selbst auferlegten Qual. Und der teuer bezahlten dazu, dachte Kristina.

Kaum hatte sie die beiden Fahrzeuge erreicht, drang aus dem Innern des Hauses ein Stöhnen. Kurz darauf ein markerschütternder Schrei. Kristina blieb erschrocken stehen. Es folgte eine unglaubliche Stille. Die Vögel und Grillen verstummten. Es schien, als hielte der Wind seinen Atem an. Kristina zögerte. Schließlich ging sie weiter, behutsam einen Schritt vor den andern setzend. Der Kies knirschte verräterisch unter ihren Sohlen.

Plötzlich ein hoher Pfeifton. Dann das Klatschen von Lederriemen auf nackter Haut. Ein Winseln. Betteln, erstickt von scharfen Befehlen. Rasseln von Ketten. Wieder Stille. Sie ging weiter. Lauschte. Hörte auf einmal die anschwellenden Klänge eines Bandoneons. Unverkennbar: Argentinischer Tango.

Die Tasche fest unter den Arm geklemmt, stieg sie die kurze weiße Marmortreppe, die zum Eingang hinaufführte, empor. Setzte sich auf die oberste Stufe. Legte die Tasche auf ihre Knie. Schaute sich um. Soweit sie es beurteilen konnte, wuchsen innerhalb des Grundstückes lediglich einige Agaven und Kakteen. Obwohl von aufgeschichteten Steinen eingefasst, sah es nicht danach aus, als wären sie von menschlicher Hand angepflanzt worden.

Sie spürte einen kühlen Luftzug in ihrem Rücken. Vernahm eine leise sich öffnende Tür. Ein erstauntes »Oh, was für eine nette Überraschung!« Kristinas Hand krampfte sich um die Tasche. Sie fühlte ein Stechen zwischen den Schulterblättern.

Vielleicht war ja alles ganz harmlos. Vielleicht war ja alles nur ein riesengroßer Irrtum. Die Verträge. Die verborgene Schwester im Heim. Oh Gott, welcher Teufel hatte sie bloß geritten, hierherzukommen? Doch gab es einen anderen Weg, die Wahrheit herauszufinden?

Nein, beantwortete sie ihre eigene Frage.

Also, reiß dich zusammen! Dreh dich um! Schau ihr in die Augen! Sag was!

Doch etwas in ihr wollte nicht gehorchen. Verweigerte sich.

Stattdessen ertönte hinter ihr die dunkle vertraute Stimme: »Da bist du nun also, Schätzchen«, begleitet von dem wohlbekannten Lachen. »Eines Tages musste es ja so kommen.«

Kristina spürte, wie sich ihr Puls beschleunigte. Vielleicht wusste Kyra Bescheid. Vielleicht wusste sie es längst. Wusste, warum sie, Kristina, hergekommen war. Vielleicht spielte sie mit ihr.

Kyra Damianidi ist eine Spielerin. Genau das waren ihre Worte gewesen. Kristina schloss die Augen. Obwohl die Haustür offen stand, schienen die argentinischen Tangoklänge des Bandoneons von weither zu kommen. Piazzollas *Nuevo Tango.*

Konzentrier dich, Kris. Bring dich auf den Punkt. Wie beim Tavli. Du kannst es. Und das hier ist nichts weiter als ein Spiel. Ein Kampfspiel. Eines, bei dem es um sehr viel geht. Um einen hohen Einsatz. Um Freundschaft. Vertrauen. Zukunft. Um die Wahrheit.

Nur, gestand sich Kristina ein, hätte sie bei diesem Spiel einen unbekannten Gegner bei weitem vorgezogen.

Kerkyra, 18. Mai 1999
vier Uhr morgens

Das mit dem Vertrag war ihre Idee gewesen. Eine geniale Idee. Darüber waren Jan und sie sich einig gewesen. Auch wie sie es machen wollten. Ja, auch darin gab Jan ihr Recht.
Der Ölbauer war tatsächlich sofort darauf eingegangen. Der Dummkopf. Ohne irgendwelche Fragen. Geldgierig, wie er war. Aber genau darauf hatten sie gesetzt. Auf seine Dummheit und Geldgier.
Sie hatten beschlossen, dass sie allein es tun sollte. Nicht Jan. Nicht beide zusammen. Nur sie allein. Eine alleinstehende erwachsene Frau als mögliche Kundin – das klang glaubwürdig. Auch darin waren sie sich einig gewesen. Dass Jan sich im Hintergrund halten sollte. Bereit für den wichtigen Augenblick.
Der Vertrag kam direkt aus Deutschland. Alles ganz perfekt. Wie nicht anders erwartet. Die Sache war dann weiter über Athen gelaufen. Dort hatte irgendwer den Vertrag ins Griechische übersetzt. Oh ja, sie sind gut organisiert! Sie haben ihre speziellen Leute. Überall! Auch die Siegel stimmen überein. In der oberen rechten Ecke. Auf beiden Verträgen. Auf dem griechischen, auf dem deutschen Vertrag.
Lachesis und Klotho führen ihre Hand, als sie die Verträge unterschreibt.

Der Ölbauer behielt zwei Exemplare für sich. Zwei gab er ihr. Er schöpfte keinen Verdacht.

Reiche Griechin erwirbt Immobilie in Deutschland. Günstiger Preis. Gute Kapitalanlage. Egal, auf welchem verfluchten Flecken dieser Erde.
Sie begutachtet ihre Liste. Sie hat wirklich Glück gehabt. Mit dieser Fotografie. Das Foto ist wie eine Schatztruhe. Es gibt sie alle preis. Einen nach dem anderen. Sie und Jan brauchen nur auszuwählen. Mit dem Finger auf das entsprechende Gesicht.
Die Fotografie hat sie zusammen mit dem anderen Foto in der Jacketttasche des Arztes gefunden. In diesem Umschlag, der in seinem Jackett steckte, das nie jemand finden wird.
Dafür hatte sie gesorgt. Dass seine Kleider nicht gefunden werden.
Doch das mit dem Arzt war ja ganz zu Anfang gewesen. Er war der Erste gewesen. Damals wusste sie noch nicht so recht, wie sie es anstellen sollte. Nun sieht sie es anders. Nun weiß sie das Spiel zu spielen.
Sie betrachtet das Bild. Männer. Drei Reihen hockender und aufrecht stehender Männer. Eine Galerie aufrechter Männer. Keiner, der lacht. Es sind die Gesichter von Familienvätern. Fabrikanten, Bankdirektoren, Ärzten, Firmenmanagern. Von Briefträgern, Eisverkäufern, Bauern, Hoteliers, Kneipenwirten, Gärtnern oder Gemüsehändlern. Gesichter der Sonnenlichtseite.
Die Schattenseite, die kennt nur sie. Nur sie und Jan.
Nein, sie kann sie nicht alle richten. Die Nachkommen des Verderbens. Auf diesem Foto. Das darf sie gar nicht. Sie darf nur jene richten, deren Geschichte sie kennt.
Dazu ist sie da. Ihre Geschichten zu vervollständigen. Zu ihrem Ende zu bringen.
Wie bereitwillig ihr der Runenmensch am Telefon Auskunft gegeben hat. Erstaunlich, dass die so gar keine Angst haben. Kein bisschen Misstrauen.
Aber sie war gut gewesen. Verdammt gut! Sie klopft sich selbst auf die Schulter.
Und wie zuvorkommend der Runenkerl war! So eifrig bemüht, seiner großen Aufgabe gerecht zu werden. Der Ortsgruppenleiter des Parteibüros, wie er sich selber nannte. Zackiger Mensch. Hatte

Schneid. Spürte man messerscharf durchs Telefon. Wahrscheinlich der Einzige von ihnen, der Englisch sprach.
Jedenfalls hatte sie das, was sie von ihm wissen wollte, verstanden. Und sie hatte vieles wissen wollen. Über die diversen Geschäfte der Herren auf dem Foto. Sie hatte alles erfahren.

16

Kristina schulterte ihre Tasche, erhob sich und wandte sich um.

Kyra Damianidi lehnte an der Hauswand neben der offenen Tür, ein gelassenes, fast selbstgefälliges Lächeln umspielte ihre sorgfältig schwarz ausgemalten Lippen. Zwischen den langen Fingern steckte eine Zigarettenspitze, aus der ein Zigarillo ragte. Eine dünne Rauchsäule stieg fast senkrecht in die Luft empor. Die ungewohnt starke Schminke ließ ihr Gesicht fremd erscheinen. Sie führte die Zigarettenspitze an ihre lächelnden Lippen, warf den Kopf in einer anmutigen Geste in den Nacken und blies den Rauch nach oben fort.

Kristina erwiderte das Lächeln. Ein wenig verkrampft, wie ihr selbst schien. Während sie Kyras herablassendem Blick standzuhalten versuchte, klammerten sich ihre Finger fester um die Riemen der Tasche. Zum ersten Mal überkam sie der vage Gedanke, der Sache nicht gewachsen zu sein.

Konzentrier dich auf dein Spiel.

Doch das Gefühl, in ein fremdes Revier eingedrungen zu sein, schwächte ihre Position. Zum ersten Mal begegnete Kristina der Freundin in ihrem Arbeitsdress. Mit gemischten Gefühlen gestand sie sich ein, dass Kyra Damianidi in ihrer Berufsbekleidung blendend aussah.

Superminihüftrock, Nietengürtel, hochhackige Stiefel, die

drei Fingerbreit unter dem Rocksaum endeten. Durchlöchertes Top mit einem Ausschnitt, der auch unterhalb des Dekolletés kaum etwas verschwieg. Um Handgelenke und Hals Nietenbänder. Das gesamte Outfit aus feinstem schwarzen Nappaleder. Minirock und Stiefel betonten ihre langen wohlgeformten Beine. Kristina schätzte die Absatzhöhe der Stiefel auf mindestens fünfzehn Zentimeter, was die nicht eben klein gewachsene Kyra riesig erscheinen ließ.

Kyra schnippte die Asche des Zigarillos lässig beiseite. Senkte den Blick. Starrte Kristina aus lang bewimperten, maskenhaft geschminkten Augen an. Der herablassende Ausdruck auf ihrem Gesicht war verschwunden. Mit einer Mischung aus Verblüffung und Schrecken beobachtete Kristina, wie sich die Miene der Freundin verhärtete. Herausfordernd. Kalt. Kurz darauf erhellte ein verbindliches, geradezu einladendes Lächeln ihr Gesicht.

»Soweit zu den Gesichtern einer Domina. Als kleiner Appetitanreger, sozusagen.« Und im Singsang intonierend: »Willkommen in den Leidensgemächern der Lust.« Und als Kristina zögerte, mit ausgestreckter Hand und lockenden Fingern: »Nun komm schon, Kleines, wenn du was sehen willst. Dafür bist du doch hergekommen, oder?«

Während Kristina der Freundin ins Haus folgte, klebte ihr Blick an dem sich nach unten hin verjüngenden Rückenausschnitt des gelochten Ledertops. Kyras Schritt war alles andere als weiblich. Kein Schwingen der Hüften. Kein Wackeln des Pos. Kyra Damianidi schritt daher wie ein Mann.

Der Raum, in den Kyra sie führte, war eng und stickig. Ein Blümchenspray bemühte sich redlich, den Gestank von Schweiß und anderen Körpersäften zu überlagern. In dem von der Tür her einfallenden diffusen Licht war es kaum möglich, die Ausmaße des Zimmers einzuschätzen. Eine ausladende verstellbare Stuhlliege schien fast den gesamten Raum einzunehmen. Auf der Liege eine zusammengefaltete Decke aus Leopardenfellimitat, daneben auf einem Beistelltisch ein silbernes Tablett mit einer Karaffe Wasser und zwei anscheinend unbenutzten Gläsern. Die Sitzkombination war ausgerichtet auf eine zugezogene Vorhangwand.

Kristina blieb an der Tür stehen, schaute sich unbehaglich um. Der Raum lag in einem seltsamen Dämmerlicht. Er besaß kein Fenster. Kristina fragte sich, warum sie Kyra so bereitwillig gefolgt war. Warum sie nicht schon draußen, vor dem Haus, den wahren Grund ihres Besuches vorgebracht hatte.

Kyra bedachte sie mit einem schiefen Grinsen, stolzierte an ihr vorbei und betätigte einen Drehschalter an der Wand. Indirektes Licht glimmte auf, tauchte das winzige Zimmer in ein obszönes Rot. Kyra warf die Leopardendecke zur Seite und wies mit einer einladenden Geste auf die Stuhlliege.

»Unser Voyeurraum. Tut mir leid, Schätzchen, aber was Besseres kann ich dir zu meinem Bedauern nicht bieten.«

Kristina schluckte. Spürte das Blut heiß in ihren Kopf schießen. Und zog es vor, auch weiterhin zu schweigen.

Kyra musterte sie mit ironischem Grinsen. Sie schien sich köstlich zu amüsieren. Sie zwinkerte Kristina zu und drohte scherzhaft mit dem Finger. Sie trat an die Vorhangwand, fasste dahinter. Mit sanftem Schnurren fuhr der Vorhang zurück und offenbarte eine schwarze Glasscheibe.

»Mach's dir gemütlich, Herzchen. Viel Spaß!« Sie zwinkerte Kristina nochmals zu. Kurz darauf fiel die Tür schnappend ins Schloss. Kristina war allein. Um sie herum nichts als rotes Dämmerlicht. Und Stille.

Dann, ganz plötzlich: Der grelle Lichtstrahl eines Scheinwerfers jenseits der Scheibe. Geblendet schlug Kristina die Hand vor die Augen. Als sie ihre Hand nach wenigen Sekunden senkte, erblickte sie im Schnittpunkt zweier sich überkreuzender Lichtkegel einen unbekleideten Mann. Um ihn herum von der Decke herabgelassene Ketten, an denen er, an Hand- und Fußgelenken gefesselt, in der Haltung eines Gekreuzigten hing. Sein Kopf baumelte schlaff zur Seite, die Augenlider halb geschlossen. Mund und Nase schimmerten durch die Streben eines ledernen Maulkorbs hindurch, dessen Riemen, wie Kristina vermutete, auf seinem Hinterkopf befestigt waren. Die Brust des Mannes war spärlich behaart, ein weißgrauer Flaum. Die Haut wirkte kreideweiß. Um ihn herum lag der Raum im Dunkel.

Minuten verstrichen, in denen nichts geschah.

Dann trat Kyra Damianidi majestätisch ins Bild. Sie trug eine schwarze Augenmaske und trat seitlich an den Mann heran. Sie hob die Hand und führte die Zigarettenspitze an die Lippen. Als Kyra den Arm hinter seinen Rücken führte, langsam absenkte, ahnte Kristina, dass sie ihr Zigarillo an dem nackten Hintern des Mannes ausdrücken würde. Sein Kopf begann wild hin und her zu schlackern. Aus unsichtbaren Lautsprechern drang sein lustvolles Stöhnen in den Voyeurraum.

»Wie heißt das?«, blaffte Kyras Stimme.

Ein fast unverständliches Hauchen: »Danke, Herrin.«

Schaudernd und voller Ekel verfolgte Kristina die Szene, die Hände gegen das Glas gepresst.

Alexandros Kasantzakis fuhr vom Hafen auf direktem Weg zur Privaten Anstalt für geistige Erkrankungen. Von unterwegs informierte er Prokopis Mandoulis telefonisch über sein Kommen. Der junge Mann empfing ihn leicht irritiert.

»Schon wieder?«, meinte er nach einer knappen Begrüßung.

»Was schon wieder?«

»Na, eure Besuche in der Klinik. Werden die jetzt zur Dauereinrichtung? Ich habe doch Ihrer Kollegin bereits mitgegeben, was ich bei Maria Funasi gefunden habe.«

Alexandros starrte ihn entgeistert an. »Was gefunden? Welcher Kollegin?«

»Wie hieß sie doch gleich … Kristina Tzavrou.«

Alexandros strich sich über den Schnurrbart. Kollegin, dachte er. Luder! »Und was haben Sie der Kollegin mitgegeben?«, fragte er leichthin.

»Na das, was ich bei der verstorbenen Funasi gefunden habe.«

»Und das wäre?«

»Ein Umschlag. Vermutlich Briefe.«

»Wie kommen Sie darauf, dass es Briefe waren?«

»Ich weiß nicht … Jedenfalls waren es irgendwelche Schreiben. Private Schreiben.« Der Mediziner hob abwehrend die Hände. »Ich habe den Umschlag nicht geöffnet, Kommissar. Verstehen Sie, dazu bin ich nicht befugt.«

»Verstehe.« Nur eines verstand der Hauptkommissar nicht: Warum zum Teufel hatten Panagiotis und seine Leute den verdammten Umschlag nicht gefunden? »Wo lag der Umschlag?«, fragte er.

»Im Haussafe. Ich habe den Schlüssel für Frau Funasis Fach in einem ihrer Socken gefunden.«

Alexandros schüttelte seufzend den Kopf. Er wandte sich ab, kramte sein Handy hervor und tippte ihren Namen unter der Suchfunktion ein. Die Nummer erschien auf dem Display, er drückte auf OK. Es meldete sich die Mailbox: »Leider ist die gewünschte Gesprächspartnerin derzeit nicht erreichbar.«

Noch immer entschlossen stieg der Mann die Treppe hinauf und stand plötzlich mutterseelenallein in einem grauen Flur, umgeben von geschlossenen, ebenso grauen Türen.

Er hatte es aus den Spätnachrichten erfahren. Frau und Töchter waren ins Bett gegangen. Der Sohn schlief bereits seit etlichen Stunden. Er brauchte noch immer viel Schlaf. Er wurde nicht fertig mit der Schuld. Dieser vermeintlichen Schuld, die nicht seine war. Das hatte er, der Vater, ihm immer wieder erklärt.

Der Mann gähnte. Er schlief nicht mehr. Seit ihm der Quacksalber die Tochter genommen hatte, schlief er nur noch ein, zwei Stunden pro Nacht. Unruhige, kurze Stunden, aus denen er klebrig vom eigenen Schweiß hochschreckte.

Die Frau nahm abends Schlaftabletten. Auch das war neu.

Zwei oder drei runde blaue Pillen, manchmal vier oder sechs. Das mit den Tabletten nahm sie nicht so genau. Seit es Irini nicht mehr gab, war nichts mehr wichtig.

Er hatte also, wie er es neuerdings jede Nacht tat, statt zu schlafen allein in der Küche vor dem Fernseher gehockt, als der Sprecher der Spätnachrichten vom Tod eines deutschen Restaurantbesitzers in Dasia berichtete. »Das vierte Mordopfer einer Serie makabrer Todesinszenierungen«, kommentierte der Nachrichtensprecher. »Und unsere tüchtige Astynomia kommt augenscheinlich keinen Schritt voran.« Er drückte auf die Fernbedienung. Der Bildschirm wurde schwarz. Mit zitternden Fingern fischte er sich eine Zigarette aus der angebrochenen Packung. Trank einen Schluck aus der Bierflasche.

Wäre es bei dieser ersten, seiner Meinung nach verdienten Tötung von Jannis Mastoras geblieben, stünde er jetzt ganz sicher nicht hier. In diesem grauen Flur. Vor diesen verschlossenen, wie ihm schien, unüberwindlichen Türen. Ein wenig hilflos, mit weichen Knien. So aber hatte er etwas unternehmen müssen. Das hatte er schließlich schweren Herzens eingesehen.

Er ging ein paar Schritte den Gang entlang. Er sah sich um und entschied sich für eine der Türen. Er hob die Hand und klopfte zaghaft mit dem Fingerknöchel gegen die Tür. Ämter, gleich welcher Art, hatten ihm schon von jeher Respekt eingeflößt. Er horchte angespannt. Von drinnen waren Stimmen zu hören. Männerstimmen. Er klopfte ein zweites Mal. Legte sein Ohr an die Tür und horchte. Zwei verschiedene Stimmen. Was sie sprachen, war nicht zu verstehen. Er klopfte ein drittes Mal. Etwas lauter diesmal. Nichts. Keine Reaktion. Das Gespräch auf der anderen Seite der Tür ging unbeirrt weiter.

Da packte ihn die Wut. Dann eben nicht! Er vollführte gerade eine aggressive Kehrtwende, als eine Dame in einem beigen Schneiderkostüm, das ihre runden Formen betonte, mit einem Kaffeetablett in den Händen ihm den Weg versperrte.

»Wohin wollen Sie? Kann ich Ihnen vielleicht helfen?«

Er schluckte und brachte kein Wort heraus.

Die Dame neigte den Kopf ein wenig zur Seite und lächelte ihn freundlich an. Für eine Städterin, fand er, zeigte sie erstaunlich viel Geduld.

»Ja … eigentlich«, begann er, »ich glaube … ja … das ist wohl hier.« Er deutete linkisch auf die Tür, hinter der es nun seltsamerweise still war. Er fühlte sich ein bisschen wie zu seiner Schulzeit, wenn er vor der verschlossenen Pforte des Lehrerzimmers stand, in das er wegen eines Vergehens zitiert worden war.

»Zu wem wollen Sie denn?«, fragte die Dame. »Wissen Sie den Namen?«

Kiki musterte den Fremden aufmerksam. Ganz offensichtlich ein Dörfler, der für den Besuch in der Astynomia seinen besten Sonntagsstaat angelegt hatte. Irgendwie tat ihr der Mann leid. Er machte einen unglücklichen Eindruck. Also beschloss sie, ihm zu helfen, und setzte ihr Lächeln wieder auf.

»Sie möchten wahrscheinlich zu Kommissar Nikos Stavrous, nicht wahr?«

Der Dörfler schüttelte energisch den Kopf. Kiki bemerkte, dass seine Hände zitterten. Wie um davon abzulenken, knetete er seine Fingerknöchel. »Nein, eigentlich nicht …«, stammelte er.

»Zu wem wollen Sie dann, lieber Mann?«, fragte Kiki kumpelhaft. Gütiger Gott, seufzte sie innerlich. Lieber alter Geduldsfaden, lass mich jetzt bloß nicht im Stich!

»Ich möchte zu Hauptkommissar Alexandros Kasantzakis«, stieß er schließlich hervor.

»Der Hauptkommissar ist derzeit nicht im Haus.« Die Stimme der netten Dame klang jetzt eher bestimmt, fast streng. »Kommissar Nikos Stavrous ist sein Stellvertreter. Mit ihm können Sie sprechen.« Und ehe er etwas erwidern konnte: »Wo Sie nun schon mal hier sind.«

Also öffnete er auf ihre Anweisung hin die Tür, wartete höflich, bis sie sich mit dem Tablett hindurchgeschoben hatte, und folgte ihr in den Raum. Vielleicht hatte er vorhin ja doch nur ein wenig zu zaghaft an die Tür geklopft. Vielleicht hatte er sich auch nur eine Hintertür offen halten wollen. Aber zum Umkehren war es nun ohnehin zu spät. Nun stand er zwei jüngeren Polizisten in Zivil gegenüber, die zu beiden Seiten eines riesigen Schreibtisches saßen und ihn erwartungsvoll beäugten.

Als Irini Diavadis Vater vierzig Minuten später das Büro verließ, stellte Michalis Kavadias die drei leergetrunkenen Kaffeebecher und den unangetasteten Keksteller auf das Tablett und schob es an den Rand ihres gemeinsamen Schreibtisches.

Nikos ging seine Notizen durch. Schließlich erhob er sich und stolzierte um den Schreibtisch herum. »Herr Aristotellis Diavadis«, begann er, »Vater der verstorbenen Irini Diavadi, beide aus Agros, gab heute, am Dienstag, den 18. Mai 1999, folgende Aussage zu Protokoll: Ich fuhr allein hinaus.

In jener Nacht. Weit hinaus. Nach einer Weile stoppe ich den Motor. Lösche die Positionslichter des Bootes. Über mir der gewaltige Dom des Sternenhimmels. Das Boot treibt auf die Klippe von Arillas zu, über mir der Leuchtturm. Das verlassene Haus. Sekunden später ein Aufprall auf dem Wasser. Wenige Meter vor mir treibt ein Mensch. Driftet nach rechts weg und in rasantem Tempo von mir fort. Der Maistros wird ihn nach Gremoúlia treiben. Ich kenne die Strömung des Meeres.

Ich lege den Kopf in den Nacken. Starre hinauf zur Klippe. Da steht sie. Ich meine, sie zu erkennen. Diese besondere Frau. Wie oft schon habe ich ihr meinen fangfrischen Fisch am Boot im Hafen verkauft? Kurz darauf höre ich den Motor eines Wagens starten. Kein Scheinwerferlicht, das die Klippen erhellt. Ich lausche. Das ist nicht ihr Wagen. Der Ton des Motors ist anders. Ich starre angestrengt durch die Nacht nach oben. Die Silhouette eines Fahrzeugs taucht auf. Eines großen hellen Fahrzeugs. Was eine Täuschung sein kann. Der Wagen quält sich den Weg hinauf. Sekunden später ist die Klippe leer. Sie ist es gewesen. Ihre Haltung ist unverkennbar.

Warum ich nicht gleich zur Polizei gegangen bin?

Ich habe ihr vertraut. Hätte sie es nicht getan, wäre es an mir gewesen, es zu tun. Ich hätte ihn töten müssen. Ihn richten müssen, für den Tod meiner Tochter. Ich war wie immer zu schwach. Ich kann nicht töten. Ich kann nur lügen. Besser gesagt: Verschweigen.«

Nikos Stavrous klappte das Notizheft zu. Er schlug die Beine übereinander und fixierte Michalis mit herausforderndem Blick.

»Kommt dir die Beschreibung nicht irgendwie bekannt vor, Kollege?«

Michalis nahm den Kugelschreiber, auf dem er während Nikos' Zeugenverlesung gekaut hatte, aus dem Mund. »Bin gespannt, was Alex dazu sagen wird.«

»Ioannina, sagen Sie?« Prokopis Mandoulis starrte auf das Bild.

»Ja. Ich komme gerade von dort. Der Leiter des Archivs für Zeitgeschichte der Universität hat mir das Foto mitgegeben. Er meinte, eines dieser Kinder lebe heute in einer psychiatrischen Anstalt auf Kerkyra.«

Der Mediziner vertiefte sich stirnrunzelnd in die Szene auf dem Bild: Kinder, die auf der Flucht in die Berge mit umgeschnallten Gepäckstücken hintereinander einen steilen Geröllhang hinaufklettern. Einige der größeren Kinder tragen kleinere auf dem Rücken.

Prokopis Mandoulis rieb sich das Kinn und schüttelte ratlos den Kopf. »Es gibt ja noch die Städtische Anstalt. Vielleicht meint er die?«

»Ja, sicher. Die gibt es«, räumte Alexandros ein.

Doch die innere Stimme des alten Kriminalisten sagte ihm, dass er hier, in der Privaten Anstalt für geistige Erkrankungen, genau an der richtigen Adresse war. Eines dieser Kinder lebte in diesem Heim. Eines der Kinder auf dem Bild, heute ein alter Mensch, womöglich geistig verwirrt, kaum oder gar nicht mehr ansprechbar. Wenn also das Kind von damals noch lebte, dann würde er es hier finden. Und wenn es so war, wenn er Recht hatte, dann musste er versuchen, sie oder ihn zum Sprechen zu bringen. Der Überlebende des Massakers von Distomon könnte eine der verschlossenen Türen öffnen. Mit ein bisschen Glück vielleicht sogar mehrere.

Und es war nicht nur die innere Stimme des alten Kriminalisten, die ihn dazu drängte, sich gerade auf diese Anstalt zu konzentrieren. Es war etwas in den Augen des Mediziners. Ein kurzes Aufblitzen nur. Eine winzige Irritation.

»Gibt es da vielleicht etwas, was ich wissen sollte?«, fragte er beiläufig.

Prokopis Mandoulis hielt Alexandros das Foto hin. »Seltsam …«

Alexandros steckte das Foto in die Innentasche seiner Jacke. »Was ist seltsam?«

Der Mediziner sah ihn unverwandt an. »Die Duplizität von Ereignissen. Nun ja, Ihre Kollegin … Es gibt da etwas höchst Sonderbares …«

Fast atemlos lauschte der Hauptkommissar den Ausführungen des Mediziners.

»Kyra Damianidi ist eine faszinierende Frau. Meinen Sie nicht auch, Kommissar?«

Alexandros nickte vage, verzichtete aber auf eine Antwort. Stattdessen versuchte er, das soeben Erfahrene den Informationen aus Ioannina zuzuordnen. So wie es aussah, könnte dieser Tag die Ermittlung ein gewaltiges Stück voranbringen. Kyra Damianidi war bestimmt eine der faszinierendsten Frauen, denen er je in seinem Leben begegnet war. Und nun ermittelte er in vier grauenvollen Mordfällen, und der Verdacht, diese faszinierende Frau könne auf irgendeine Weise darin verstrickt sein, erhärtete sich immer mehr.

Artemisa Damianidi kauerte in sich zusammengesunken auf einem von vier Stühlen, die um einen massiven rechteckigen Holztisch standen. Vor ihr auf dem Tisch lag eine aufgerissene Packung Schokobonbons. Sie fingerte einen aus der Packung und steckte ihn in den Mund. Sie leckte Daumen und Zeigefinger umständlich ab, schniefte und wischte sich die Nase mit dem Handrücken. Sie hob den Kopf und beäugte die Eintretenden. Nach einer Weile ergriff sie eines ihrer Stofftiere. Die Augen auf Alexandros geheftet, presste sie den abgewetzten Teddybär fest an ihre Brust. Das Kinn nach vorn geschoben, ließ sie den fremden Eindringling keinen Moment aus den Augen.

Alexandros erwiderte ihren Blick. Es fiel ihm schwer, diese abgehärmte Greisin mit der fahlen Haut und dem stumpfen, schütteren Haar mit der attraktiven Kyra Damianidi zusammen zu bringen.

Sein Blick wanderte durch das Zimmer. Er konnte seine Bewunderung kaum verbergen. Das geräumige Zimmer unterschied sich gänzlich von dem der verstorbenen Maria Funasi. Klar, die Räume einer teuren Privatklinik wiesen schon von vornherein einen Luxus auf, den man in den Krankenzimmern einer städtischen Anstalt vergeblich suchen würde. Doch die Einrichtung dieses Zimmers hier bestand aus einer schwindelerregenden, in sich ganz und gar nicht stimmigen Häufung von Kostbarkeiten, denen lediglich eines gemein war: Ebenso exklusiv wie unbezahlbar zu sein.

Er wandte sich dem jungen Mediziner zu und gab ihm mit einem knappen Nicken zu verstehen, dass sie beginnen sollten.

Prokopis Mandoulis rückte einen der Stühle zurecht und setzte sich Artemisa Damianidi gegenüber. Die Lippen der alten Frau verzogen sich zu eine Art Lächeln, das nach wenigen Sekunden wieder erstarb. Ihre Miene erstarrte. Ein kindliches Kichern folgte, wobei ihr Gesicht seltsam starr blieb. Das Kichern verstummte, und Artemisa Damianidi vergrub Mund und Nase im abgewetzten Fell des Bären.

Alexandros zog behutsam einen der Holzstühle zurück und setzte sich ebenfalls. Sein Blick fiel auf ein silbernes Kettchen mit Anhänger an ihrem Hals. Er konnte den Anhänger nicht genau erkennen. Eine Figur vielleicht. Er beugte sich etwas vor, kniff die Augen zusammen. Eine weibliche Figur mit einem Vogelkopf. Sein Blick wanderte zu dem Gesicht des Teddybären. Da, wo die Augen des Tieres sein sollten, waren nur leere Höhlen. Anstelle der Ohren angeknabberte Stummel. Er lehnte sich zurück, strich sich über den Schnurrbart und schaute sich verstohlen um. Erst jetzt erkannte er, dass keines der Stofftiere Augen oder Ohren besaß. Überall nur leere Höhlen und Stummelreste, aus denen zum Teil noch die Fäden, Stofffasern oder Fellreste hingen. Alexandros verschränkte die Arme vor der Brust und konzentrierte sich auf das Gespräch.

Prokopis Mandoulis fragte die Patientin zunächst nach ihrem Befinden und ihren Tageserlebnissen. Er war ruhig, ernst und hartnäckig. Artemisa Damianidis Antworten bestanden aus nur wenigen Worten oder abgehackten Sätzen und wurden von einer lebhaften Gestik begleitet, hin und wieder durchsetzt von kindlichen Verrenkungen, die in einem tragikomischen Gegensatz zum Gesagten standen. Stimme und Mienenspiel veränderten sich fortwährend. Auf die Frage, was es zum Mittagessen gegeben hatte, kam die mehrstimmige Antwort:

»Pudding. Vanillepudding. Den mögen wir nicht.«

»Ich mag aber Vanillepudding«, protestierte eine affektierte Frauenstimme.

»Halt's Maul! Vanillepudding ist Scheiße!«, entschied eine rüpelhafte Jungenstimme.

»Wie redet der mit ihr?«, pikierte sich eine hohe weibliche Fistelstimme.

»Hast du den Pudding gegessen, Artemisa?«, fragte Prokopis Mandoulis.

Die Mundwinkel der Alten verzogen sich nach unten wie bei einem Kind, das Anstalten machte, loszuplärren. Die Jungenstimme rülpste.

»Die hat hier schon mal gar nichts zu sagen!«

»Und bestimmt nicht zu essen, wenn wir es nicht wollen!«, krächzte eine heisere Frauenstimme. »Ha ha ha … Merk dir das, du … du …«

»Was hast du mit dem Pudding gemacht, Artemisa?«, unterbrach sie Prokopis Mandoulis.

»Das möchtest du wohl wissen, du kleiner Aasgeier, du!«

Prokopis Mandoulis blieb ganz ruhig. »Was hast du mit dem Pudding gemacht, Artemisa? Ich möchte es von dir hören. Was hast du mit dem Pudding gemacht?«

Die alte Frau neigte den Kopf zur Seite und sah ihn an wie ein Hund, der auf den Befehl seines Herrn wartet. Sie verharrte in dieser Stellung. Keiner der Anwesenden sprach. Keiner bewegte sich. Plötzlich durchlief ein Zittern ihren Körper. Sie richtete sich auf. Schüttelte sich. Alexandros schien es, als versuche Artemisa Damianidi, etwas von sich abzustreifen.

Wieder veränderte sich ihr Mienenspiel.

Die burschikose Stimme eines Mädchens: »Die Schwestern beworfen! Was 'n sonst?!«

Prokopis Mandoulis lachte. »Mit dem Pudding? Du hast die Schwestern mit dem Pudding beworfen?«

Mehrere junge Stimmen beiderlei Geschlechts: »Ja, ja, ja, ja, mit Pudding beworfen … ja, ja, ja, mit Pudding … mit Pudding beworfen.«

»Gut«, sagte Prokopis Mandoulis. »Das habt ihr gut gemacht.«

»Gut gemacht … gut gemacht … haben wir gut gemacht …«

»So ist es. Ihr habt es gut gemacht.« Pause. »Ich möchte nun mit Artemisa sprechen. Ich möchte allein mit ihr sprechen. Ich möchte mich mit Artemisa unterhalten.«

Stille. Dann eine zweite Jungenstimme, sehr sachlich: »Allein?«

»Allein.«

»Das könnte dir so passen!« Eine keifende Frauenstimme.

Wieder die Jungenstimme: »Das geht nicht.«

»Warum geht das nicht?«

Die keifende Frauenstimme: »Darum nicht! Die Dame ist ganz einfach nicht zu Hause.«

»Aber ich sehe sie«, sagte Prokopis Mandoulis. »Ich sehe Artemisa.«

»Gar nichts siehst du«, konstatierte die Jungenstimme.

Prokopis Mandoulis zeigte auf die alte Frau. »Da ist sie!«

»Da ist nichts.«

»Da ist Artemisa«, beharrte Prokopis Mandoulis. »Sie schaut aus dem Fenster und zu mir herüber. Sie schaut mich an.«

Mehrstimmiges wieherndes Gelächter. Eine belehrende Frauenstimme: »Die hat ja gar kein Fenster, du Dummkopf!«

»Das blöde Haus hat ja nicht einmal Fenster«, stellte eine männliche Stimme fachmännisch fest.

Blökende Kinderstimmen: »Kein Fenster … K… K… K… Kein Fenster! Dunkel, dunkel, dunkel … Uhhh …«

»Du könntest ja eins bauen, nicht wahr?«, säuselte eine listige Frauenstimme. »Wie wäre denn das? Ein niedliches kleines Fenster für uns alle. Ein Minifenster.«

»Ich habe euch ein Fenster gebaut«, erwiderte Prokopis Mandoulis. »Ein schönes großes Fenster. Aber ich baue euch gern ein zweites.« Er hob die Hände und zeichnete ein Rechteck in die Luft. »Hier ist das Fenster. Ich habe ein zweites Fenster für euch gebaut. Nun werde ich dieses Fenster öffnen.« Er drehte an einem unsichtbaren Knauf und zog zwei imaginäre Fensterflügel zu sich hin auf.

Die Kinderstimmen jubelten: »Ein Fenster … ein Fenster …«

»Da ist kein Fenster!«, keifte die Frauenstimme von vorhin. »Das weißt du genau. Ihr blöden Gören lasst euch von dem da verarschen!«

Prokopis Mandoulis blieb ruhig. »Aber ich sehe Artemisa. Ich sehe sie durch das offene Fenster.«

»Durch das erste oder zweite Fenster?«, fragte die Männerstimme.

Prokopis Mandoulis ließ sich nicht beirren. »Artemisa sitzt an dem offenen Fenster.« Er zeigte auf die alte Frau. »Dort sitzt sie. Ich kann sie deutlich erkennen. Es ist Artemisa. Mit ihrem Teddybären im Arm.«

Stille. Der Bär flog im hohen Bogen in die Zimmerecke. Prokopis Mandoulis reagierte nicht. Sah dem Stofftier nicht hinterher. Seine Augen fixierten das Gesicht der Alten.

»Artemisa, hörst du mich?«

Stille.

»Willst du mit mir sprechen, Artemisa?«

Schweigen.

»Ich möchte mich mit dir unterhalten.«

Schweigen.

»Artemisa, erkennst du mich? Hier ist Prokopis. Lass uns miteinander reden.«

»Guten Tag, Prokopis. Wie geht es dir?«

Die Schultern des jungen Mannes strafften sich. Alexandros hielt den Atem an.

»Hallo, Artemisa«, sagte Prokopis Mandoulis. »Mir geht es gut. Danke. Und dir?«

Prokopis Mandoulis hatte den Zugang zu Artemisa Damianidi gefunden. Ihre Gebärden erlahmten. Die Stimmen verstummten. Vor ihnen kauerte nun eine abwesend erscheinende alte Frau, die einen imaginären Punkt in der Mitte des Tisches fixierte. Der Mediziner wartete. Nach einer Weile hob die Alte den Kopf und schlug die Hände vor das Gesicht, wie Kinder es tun, wenn sie versuchen, sich vor irgendetwas zu schützen, sich unsichtbar zu machen.

Mit einem Handzeichen und ohne Artemisa Damianidi aus den Augen zu lassen, bedeutete Prokopis Mandoulis dem Hauptkommissar, sich auf einen der beiden Sessel am Couchtisch zu setzen. Alexandros erhob sich von seinem Platz am Tisch. Der Sessel stand zwar ein wenig abseits, gestattete es ihm dennoch, die Frau zu beobachten. Stirnrunzelnd musterte er die hellen Sportschuhe an ihren Füßen.

Prokopis Mandoulis ließ einige Sekunden verstreichen. Schließlich beugte er sich über den Tisch, ergriff die Handgelenke der alten Frau und zog die Hände von ihrem Gesicht fort. Kein Protest. Keinerlei Gegenwehr. Nachdrücklich, aber mit äußerster Behutsamkeit drückte der junge Mann ihre Hände auf die Tischplatte. Begann ihre Finger sanft zu massieren und zu streicheln. Noch immer keine Reaktion. Nur dieser dumpfe Blick. Minuten verstrichen.

Endlich löste sich Artemisa Damianidi aus ihrer Erstarrung. Ihre Augen füllten sich mit Tränen. Starrten den Mediziner unverwandt an. Alexandros vernahm ein leises Knurren, als sich ihre Hände aus dem Griff des Studenten befreiten. Die Hände wie eine Kurzsichtige dicht vor die Augen haltend, begutachtete sie jeden einzelnen Finger. Schließlich steckte sie Zeige- und Mittelfinger der rechten Hand in den Mund und begann, mit halb geschlossenen Augenlidern sich vor und zurück wiegend, wie ein Baby zu nuckeln.

Prokopis Mandoulis saß mit auf dem Tisch aufgestützten Unterarmen, die Hände locker gefaltet. »Geht es dir gut, Artemisa?«, begann er.

Ein Augenaufschlag, dem ein verhaltenes Knurren folgte.

»Hörst du mich, Artemisa? Bist du bei mir?«

Anhaltendes, heftiges Nicken.

Der Mediziner streckte den Arm, gab ihm mit den Fingern ein Zeichen, ohne die Alte aus seinem Blick zu entlassen. Alexandros holte die Fotografie aus seiner Jackentasche, erhob sich und reichte sie ihm. Prokopis Mandoulis legte sie verdeckt vor sich auf den Tisch.

»Wer ist bei dir, Artemisa? Wer ist jetzt noch bei dir?«

Artemisa Damianidi zog die vom Speichel glänzenden Finger aus dem Mund, musterte sie befremdet. Sie murmelte etwas, was Alexandros nicht verstand. Mit gerümpfter Nase wischte sie die Hand mehrmals an ihrem Kleid ab. Sie hob den Kopf und sah Prokopis Mandoulis schuldbewusst an. Er nickte ihr aufmunternd zu. Sie verzog die Lippen zu einem eigenartigen Lächeln. Das Lächeln erstarb. Kurz darauf verlor ihr Blick jeden Ausdruck. Prokopis Mandoulis sackte unmerklich in sich zusammen. Beunruhigt erkannte Alexandros etwas wie Resignation. Plötzlich jedoch veränderte sich das Gesicht der alten

Frau. Die Leere in ihren Augen verschwand. Ihr Blick wurde klar und aufmerksam.

»Ich bin hier«, meldete sich eine Jungenstimme.

»Jan?«, fragte Prokopis Mandoulis vorsichtig.

»Ganz recht. Ich bin es.«

Auf Artemisa Damianidis Miene zeigte sich der stolze Ausdruck jugendlichen Selbstbewusstseins. Die selbstverständliche Leichtigkeit in den Lippenbewegungen, die Spur von Arroganz in den Mundwinkeln, die funkelnden Augen wollten nicht in das zeitzerfurchte alte Gesicht passen. Prokopis Mandoulis straffte die Schultern, richtete sich in seinem Stuhl auf. Erleichtert registrierte Alexandros die Andeutung eines Lächelns.

»Hallo, Jan!«

»Hallo.«

»Du weißt, wer ich bin?«

»Natürlich. Prokopis.«

»Jan, ich würde gern mit Artemisa sprechen. Wenn du nichts dagegen hast, würde ich gern allein mit ihr sprechen.«

»Sicher. Warum nicht?«

»Dann muss ich dich um etwas bitten, Jan.«

»Nur zu. Ich höre.«

»Um mit Artemisa sprechen zu können, brauche ich, wie du weißt, einen Verbündeten. Du musst mir helfen, Jan. Wirst du das für mich tun?«

»Sicher doch, Prokopis.«

»Kannst du die anderen zurückhalten, während ich mit Artemisa spreche?«

»Natürlich. So wie immer.« Pause. »Worauf wartest du, Prokopis? Fang an. Was willst du von ihr?«

»Danke, Jan.« Kurzes Räuspern. Dann: »Bist du da, Artemisa?«

»Ja, sie ist hier.«

»Entschuldige, Jan. Aber ich möchte es von ihr selber hören. Ich möchte Artemisas Stimme hören.«

»Ja …« Ein Flüstern. So weit entfernt, dass Alexandros nicht mit Bestimmtheit sagen konnte, wirklich etwas gehört zu haben. Wie zuvor vollzog sich die Wandlung im Gesicht der alten Frau innerhalb weniger Sekunden. Der jugendliche Stolz schwand. Einen Moment lang schwamm ihr Blick. Panik trat in ihre Augen. Angst. Es war offensichtlich: Artemisa Damianidi hatte Todesangst.

Prokopis Mandoulis sprach jetzt mit fürsorglicher, fast zärtlicher Stimme. »Artemisa?«

»Ja. Ich bin es. Ich bin hier.«

»Könntest du vielleicht etwas lauter sprechen, Artemisa?«

Abrupt veränderte sich ihr Gesicht: »Mach's nicht so spannend, Prokopis! Stell endlich deine Fragen!«

»Könntest du dich aus unserem Gespräch raushalten, Jan?«

»Kommt darauf an.«

»Jan, du weißt, ich mag keine Bedingungen.«

»Aber du magst Spielregeln. Und du weißt, dass ich es bin, der hier die Spielregeln diktiert.«

Ein unangenehmes Schweigen folgte.

»Akzeptiert?«, fragte die Jungenstimme scharf. Artemisa Damianidis Augen funkelten. Um ihren Mund ein harter Zug.

Prokopis Mandoulis nickte. »Jan, es geht hier um etwas, das außerhalb der Gruppe stattgefunden hat. Außerhalb eurer gemeinsamen Zeit.«

»Es gibt kein Außerhalb der gemeinsamen Zeit. Wir waren immer schon zusammen.«

»Als es geschah, war Artemisa noch allein.«

»Artemisa war niemals allein. Vergiss nicht, Prokopis, ich war immer schon bei ihr. Ich bin ihr älterer Bruder.«

Prokopis Mandoulis schwieg einen Moment.

»Lass sie sprechen, Jan. Lass deine Schwester mit mir sprechen. Du weißt, es tut ihr gut, mit mir zu sprechen.«

Artemisa Damianidis Lippenlinie entspannte sich ein wenig.

»Du hast doch Vertrauen zu mir, Jan, oder?«, sagte Prokopis Mandoulis.

»Ja, ja …« Verhaltenes Kichern. »Wenn nicht zu dir, zu wem sonst?«

»Bitte bleib im Hintergrund, während ich mit deiner Schwester spreche. Vertrau mir, Jan. Halte die anderen zurück. Du weißt doch, ohne deine Hilfe schaffe ich es nicht.«

»Sag es richtig!«

Pause. Dann: »Ohne dich, Jan, bin ich machtlos.«

»Na, siehst du, es geht doch, Prokopis.« Kichern. »Jetzt fang endlich an!«

Prokopis Mandoulis warf einen prüfenden Seitenblick in das angespannte Gesicht des Kommissars. Im Gegensatz zu Alexandros war ihm der Ablauf des Gesprächsbeginns vertraut. Das Auf- und Abtauchen der unterschiedlichen Persönlichkeiten. Die Auseinandersetzung mit Jan. Es kostete immer Zeit, und es lief immer auf das Gleiche hinaus. Der Anfang war Routine. Auch wenn es sich für einen Außenstehenden vielleicht nicht danach anhörte. Jedes Mal musste er erneut ein Abkommen mit Jan treffen. Der tote Bruder lebte in seiner Schwester weiter. Er war allzeit präsent. Er hatte das Sagen. Er war ihr wichtigster Beschützer. Jan war die stärkste Persönlichkeit in Artemisa Damianidi. Prokopis Mandoulis wusste, wenn er dem Kriminalisten helfen wollte, musste er Jan ausschalten.

»Artemisa?«, begann er von Neuem. »Bist du jetzt da?«

»Ja.«

Prokopis Mandoulis drehte die Fotografie um, schob sie langsam über den Tisch zu ihr hin. Sie starrte auf das Bild. Ein Beben ging durch ihren Körper. Ihr Mund öffnete sich wie zu einem stummen Schrei. Was sich dann Sekunden später abspielte, war für Alexandros Kasantzakis ein erschütterndes Erlebnis.

Artemisa Damianidis Gesicht veränderte sich wie im Zeitraffer. Wurde zum Spiegelbild wechselhaften menschlichen Leids. Die alte Frau krümmte sich wie im Schmerz. Bäumte sich auf. Stöhnte. Dann, ganz plötzlich, schien es, als ergriffen andere Wesen von ihr Besitz. Unsichtbare Geister, die in ihrem Innern um die Vorherrschaft kämpften. Artemisa keuchte. Hechelte nach Luft. Ihr Atem ging wie rasend. Ihre Arme, als gehörten sie nicht zu ihrem Körper, schossen nach oben, ruderten ins Leere. Ihr Mund schloss und öffnete sich fortwährend zu stummen Schreien. Sie breitete die Arme. Spreizte die Finger. Senkte und hob die Arme, als wären es Flügel. Wie ein Vogel, der zum Flug ansetzt, schob sie ihren Kopf nach vorn, scharrte mit den Füßen auf dem Boden.

Nach wenigen Minuten erschlafften ihre Arme. Umfassten ihren mageren Körper. Ganz langsam, wie in Zeitlupe, schob sich ihr Kinn nach vorn, zogen sich ihre Mundwinkel nach unten. Aus den sich öffnenden Lippen drang das Geplärr eines Babys. Schwoll an. Und brach dann jäh ab. Ein Seufzen. Verhaltenes Schluchzen. Ein gellender Schrei. Stille.

Artemisa Damianidi verharrte reglos, stumm, tief über die Fotografie gebeugt. Prokopis Mandoulis' Augen blieben auf die alte Frau gerichtet. Alexandros wagte kaum zu atmen.

Weitere Minuten verstrichen.

Endlich hob die Alte den Kopf. Eine wiehernde Frauenlache. Anschwellendes Gezeter von Stimmen. Das Stakkato einer aggressiven, unverständlichen Debatte. Zwischen all den Stimmen hindurch vernahm Alexandros plötzlich ein entferntes Singen. Inmitten der keifenden Erwachsenenstimmen sang ein Mädchen. Nach und nach verebbte der Streit. Und mit jeder Stimme, die verstummte, glättete sich die fahle, runzelige Haut der alten Frau. Alexandros erschienen ihre Gesichtszüge zunehmend voller, weicher, rosiger. Dann schwieg auch die letzte Stimme. Und dann war nur noch der leise Gesang des Mädchens zu hören. Bis auch er verebbte.

»Bist du da, Artemisa?«

»Ja.«

»Bist du es wirklich, Artemisa?«

»Ja, ich bin es«, antwortete eine Mädchenstimme laut und deutlich.

Alexandros meinte, die Stimme der Sängerin zu erkennen.

»Das ist gut«, sagte Prokopis Mandoulis. »Ich freue mich, dich zu hören.«

»Ich freue mich auch«, erwiderte das Mädchen.

»Du hast sehr schön gesungen.«

»Findest du?«

»Ja.«

»Artemisa, kannst du mir sagen, wie alt du bist?«

»Acht. Ich bin acht Jahre.«

»Bist du allein, Artemisa?«

»Nein.«

»Wer ist außer dir noch da?«

»Die anderen. Sie sind alle bei mir.«

»Wer sind die anderen?«

»Na, siehst du sie nicht?« Artemisa Damianidi stocherte mit dem Zeigefinger auf dem Bild herum.

»Wer sind die anderen Kinder, Artemisa? Bitte verzeih mir, aber ich habe ihre Namen vergessen.«

Die alte Frau beugte sich, die rechte Schulter auf mädchenhafte Art kess nach vorn geschoben, über das Foto. Sie tippte auf die Kinder, die hintereinander den Geröllhang hinaufkletterten. »Also, die heißt Krisula. Das ist Jana. Die hier ist Maria. Die auf meinem Rücken ist Kyra. Und das sind Christos und Jan.«

»Sind die Kinder alle aus deinem Dorf?«

»Ja.«

»Wie alt sind die Kinder?«

»Jana und Maria sind sieben. Sie sind Zwillinge. Krisula ist zehn. Christos ist elf. Jan ist zwölf und Kyra ist noch ein Baby. Sie ist erst fünf Monate alt.«

»Artemisa, zeig mir deinen Bruder und deine Schwester, bitte.« Prokopis Mandoulis bedeutete Alexandros mit einem Handzeichen, zu ihnen an den Tisch zu kommen. Auf dem Weg zum Tisch strauchelte Alexandros über einige der Stofftiere auf dem Boden. Fast wäre er gestürzt. Er kickte sie mit dem Fuß zur Seite.

Artemisa Damianidi tippte auf einen der Jungen auf dem Bild: »Das ist Jan. Der Junge, der vor mir klettert.« Sie zeigte auf das Kind dahinter. »Das hier bin ich. Kyra ist hier.« Sie klopfte mit der Fingerkuppe auf das Bündel auf ihrem Rücken. Alexandros stand neben dem Mediziner. Seine Augen folgten dem Zeigefinger der alten Frau, die Reihe der Kinder entlang, die dicht hintereinander den Geröllhang hinaufkletterten. Er atmete tief durch. Am liebsten hätte er sich eingeschaltet und die Befragung selbst fortgesetzt. Prokopis Mandoulis, der die Erregung des Kommissars neben sich spürte, wandte sich halb um und warf ihm einen warnenden Blick zu. Alexandros atmete ein zweites Mal tief durch und hob beschwichtigend die Hände.

»Kyra ist noch sehr klein«, fuhr die alte Frau mit ihrer Mädchenstimme unbeirrt fort. »Sie ist noch ein Baby. Und ich muss sie tragen. Aber es ist so schrecklich heiß. Es ist ein schrecklich heißer Sommer. Und mein Rücken tut so weh. Jan hat Kyra mit den Riemen auf meinen Rücken geschnallt. Die Riemen haben wir in einem Stall gefunden.«

»Warum trägt nicht Jan eure Schwester? Dein Bruder ist doch der Ältere und ganz sicher auch der Stärkere von euch beiden.«

»Ja schon …« Verlegenes Achselzucken. »Aber Jan hat Wichtigeres zu tun. Er hat das Sagen. Jan passt auf uns auf. Er ist unser Anführer.« Sie schob die gekräuselte Stirn nach vorn, senkte die Stimme zu einem vertraulichen Flüstern: »Ich habe Angst um Kyra.«

Prokopis Mandoulis neigte sich zu ihr hinüber, sprach ebenfalls leiser: »Warum hast du Angst um Kyra?«

»Weil die Wölfe die Babys fressen.«

»Wer sind die Wölfe?«

»Die Wölfe sind in unserem Dorf.«

»Was tun die Wölfe in eurem Dorf?«

»Sie machen die Menschen tot.«

»Wie heißt euer Dorf, Artemisa? Sag mir bitte den Namen eures Dorfes.«

»Distomon. Die Wölfe verbrennen unsere Häuser. Die Wölfe

machen die Menschen tot. Sie machen auch die Tiere tot. Die Wölfe machen alle tot.«

»Aber du und die anderen Kinder, die mit dir sind, ihr seid nicht tot?«

»Nein, wir sind nicht tot. Wir rennen in unsere Häuser. Aber dort ist niemand. Die Häuser brennen. Überall Feuer. Schwarzer stinkender Rauch. Auch unser Haus brennt. Ich höre Kyras Stimme. Kyra schreit. Ich bin draußen. Aber ich weiß, es ist meine Schwester. Die Stimme kommt aus unserem Haus. Kyra ist noch ein Baby. Und unser Haus brennt.« Heftiges, schnelles Atmen. »Ich renne hinein. Ich denke an nichts.« Noch heftigeres Atmen, noch schneller. »Ich renne durch das Haus. Überall Feuer. Viel Feuer und Rauch.« Sie schlug sich beide Hände vor das Gesicht, schrie durch ihre Finger hindurch: »Ich springe durch das Feuer! Ich springe über die Flammen! Eine Tür … Ich stoße sie auf.« Sie nahm die Hände vom Gesicht, stieß schnell und zischend Luft aus. Danach etwas ruhiger: »Kyra liegt in ihrem Gitterbett. Sie schreit. Ihr Gesicht ist rot vom Weinen. Wo sind Mama und Papa? Wo sind unsere Eltern? Wo seid ihr?« Sie schaute sich hektisch um. »Keine Zeit zu suchen. Keine Zeit zu denken.« Sie bewegte beide Arme in einer schaufelnden Geste nach vorn. »Ich hebe Kyra aus ihrem Bett heraus. Sie schreit. Kriegt keine Luft vom vielen Schreien. Ihr Gesicht ist ganz schrecklich rot …« Sie presste die Arme über Kreuz an ihre Brust. »Ich halte sie fest. Halte meine kleine Schwester ganz fest in meinem Arm. Drücke sie an mich. Halte ihren Mund zu. Sie darf nicht schreien. Die Wölfe sind überall. Wenn sie schreit, wird sie uns verraten.« Sie warf den Kopf von einer Seite zu anderen. »Die Wölfe kommen! Ich springe!« Die Arme noch immer über Kreuz, krallten sich ihre Fingernägel an beiden Seiten in den Stoff des Kleides. Ein heftiger Ruck wie von einem Stromschlag durchfuhr ihren Körper. »Ich springe aus dem Fenster! Ich halte Kyra fest. Ich renne, so schnell ich kann. Aber Kyra ist schwer. Und sie schreit und weint so schrecklich. Und ihr Gesicht ist so rot. Was, wenn sie erstickt?« Ihre

Füße scharrten und stampften auf dem Boden unter dem Tisch. »Ich muss rennen. Ich habe keine Zeit … Da, hinter mir – ein Geräusch.« Sie riss hastig den Kopf herum. »Hinter mir stürzen Wände zusammen. Unser Haus!« Ihr gesamter Körper geriet in hektisch zuckende Bewegungen. »Unser Haus stürzt zusammen! Die Flammen! Funken sprühen. Überall Feuer! Papa! Mama! Wo seid ihr?« Das Zucken des Körpers ließ nach. Nur das Scharren der Füße auf dem Boden unter dem Tisch. Die Atmung schnell und flach. »Keine Zeit für die Angst. Ich muss meine Schwester retten. Ich muss rennen. Nur immer weiter rennen. So schnell ich kann.«

Das Scharren der Füße erlahmte. Hörte auf. Sie verharrte mitten in der Bewegung, der Mund geöffnet, die Augen weit aufgerissen, leer. Alexandros merkte erst jetzt, dass er immer noch stand. Er zog sich einen der beiden freien Stühle heran, setzte sich neben Prokopis Mandoulis, der es mit einem leicht irritierten Seitenblick quittierte.

»Was passiert, Artemisa? Wo bist du? Was ist los?«

Stille.

»Artemisa, hörst du mich? Komm zurück, Artemisa! Das ist ein Befehl! Komm zurück!«

Die Leere in ihren Augen wich unmittelbar. Das Gesicht der Alten zuckte heftig und unkontrolliert. Dann kehrte Leben in die greisen Züge zurück. Die dünne geschlossene Lippenlinie verzog sich zu beiden Seiten. Aber es war kein Lächeln. Kein echtes Lächeln.

»Die Wölfe finden uns nicht. Wir kriechen ganz tief hinein in unser Versteck. Dorthin, wo sie uns nicht finden können. Die Wölfe spielen mit ihren Gewehren, die Läufe auf uns gerichtet. Aber sie sehen uns nicht. Sie brüllen. Sie brüllen ganz laut und schrecklich, Worte, die wir nicht verstehen. Die Wölfe sprechen eine andere Sprache.«

Wieder Stille. Wieder der dumpfe, leere Blick in die Ferne.

»Sprich weiter, Artemisa! Was macht ihr jetzt? Wo seid ihr?«

»Die Wölfe sind fort. Die Häuser brennen. Die Nachbarin

liegt auf der Straße vor ihrem Haus. Überall Menschen. Sie liegen nur so da. Wie die Nachbarin. Ganz still. Wo unsere Häuser waren, sind jetzt Trümmer. In den Trümmern liegen Menschen. Ich kenne die Menschen. Ich kenne alle aus unserem Dorf. Unser Dorf ist nicht groß. Es war klein und friedlich. Jetzt ist es tot. Verbrannt. Unser Dorf ist tot. Die Augen der Nachbarin starren mich an. Aber sie können mich nicht sehen.«

»Was passiert jetzt, Artemisa?«

»Jan ist hier. Ich muss mit ihm gehen. Ich drücke Kyra an mich. Wir rennen mit den anderen Kindern fort. Verlassen das tote Dorf. Jan schnallt Kyra mit den Riemen auf meinen Rücken. Er führt uns in die Berge. Er kennt den Weg. Mein Bruder führt uns zu den Höhlen. Dort leben die Männer, die gegen die Wölfe kämpfen. Dort verstecken wir uns.«

»Gibt es dort außer euch Kindern noch andere? Außer euch und den Männern, die gegen die Wölfe kämpfen? Schau dich um, Artemisa. Verstecken sich auch andere Erwachsene in den Höhlen?«

»Ja.«

»Und deine Eltern? Was ist mit deinen Eltern, Artemisa?«

»Unsere Eltern sind hier.«

»Sind eure Eltern nicht fort?«

»Sie waren fort. Wir haben sie wiedergefunden.«

»Wann? Wann habt ihr eure Eltern wiedergefunden, Artemisa?«

Schulterzucken. »Ich habe die Zeit verloren. Ich bin schon so lange in den Bergen. In den Höhlen. Wir wohnen jetzt hier. Die Männer beschützen uns.« Wieder das seltsame Lächeln. »Hier, in den Höhlen, gibt es keine Zeit.«

»Um sie so weit zu bringen, brauchte ich mehr als zwei Dutzend Sitzungen«, erklärte Prokopis Mandoulis. »Und die waren keineswegs immer von Erfolg gekrönt.« Sie saßen über Eck in einer Fensternische der verlassenen Anstaltskantine, zwei Becher Automatenkaffee vor sich auf dem Tisch.

»Sie meinen, dass sie über diese Erlebnisse spricht?«

Prokopis Mandoulis rührte hingebungsvoll zwei Tüten Zucker in seinen Kaffee. »Vor allem, dass ihr eigenes Ich darüber berichtete. Keine der anderen Persönlichkeiten in ihr.«

»Soweit ich es verstehe«, sagte Alexandros, »war es die Stimme der jungen Artemisa? Des achtjährigen Mädchens, das sie damals war und das diese Dinge erlebt hat?«

»Zu Anfang war es sehr schwer, überhaupt an sie heranzukommen. Bis ich begriff: Die einzige Chance bestand darin, das kleine Mädchen Artemisa, das sie einmal gewesen ist, hervorzulocken. Die erwachsene Artemisa hat keinerlei Erinnerung an das Vergangene.«

»Hat oder will sie nicht haben?«, fragte Alexandros.

»Worin liegt der Unterschied? Es läuft doch auf dasselbe hinaus. In Artemisas Erinnerung ist die Vergangenheit leer, nur eine weiße Leinwand. Ihre traumatischen Erlebnisse werden von den anderen Persönlichkeiten überlagert.« Er lehnte sich zurück. »Die alte Frau interessierte mich von Anfang an. Sie ist ein besonderer, ein außergewöhnlicher Fall.« Er lächelte verlegen. »Klingt vielleicht komisch, aber Artemisa ist ein Glücksfall für einen, der in die Psychiatrie will. Deshalb habe ich alle Sitzungen mit einer Videokamera aufgezeichnet. Außerdem«, fügte er bescheiden hinzu, »habe ich mir eine Zeit lang eingebildet, ihr vielleicht helfen zu können.«

»Und, haben Sie ihr geholfen?«

Prokopis Mandoulis seufzte. »Nein, wohl eher nicht. Ich denke, letztendlich kann man bei einem solchen Krankheitsbild nicht helfen. Jedenfalls nicht dauerhaft.« Er wandte sich ab, sah zum Fenster hinaus. »Menschen, die so etwas erlebt haben, sind traumatisiert bis an ihr Lebensende. Daher auch die Flucht in andere Existenzen. In andere Persönlichkeiten. Und rausholen …«, sein Blick kehrte zu Alexandros zurück, »rausholen kann sie da keiner. Für ein Trauma genügen ja oftmals schon viel schwächere dramatische Erlebnisse.«

Alexandros nickte. Das soeben Erlebte war für ihn unfassbar.

Die Unmittelbarkeit, mit der die Achtjährige in Artemisa Damianidi über ihre Erlebnisse berichtete, hatte ihn tief berührt. Er fühlte sich erschöpft.

»Das, was die achtjährige Artemisa erlebt hat«, sagte Prokopis Mandoulis leise, »hat ihr im wahrsten Sinne des Wortes das Leben genommen. Es hat ihr individuelles Leben durch viele andere, körperlose ersetzt. Dieses Kind ist durch das Grauen gegangen. Und da Artemisa die Erlebnisse nicht allein verarbeiten konnte, hat sie sich andere Persönlichkeiten zu Hilfe geholt. Artemisa besteht sozusagen aus vielen verschiedenen Persönlichkeiten, die ihre eigene Persönlichkeit von der Außenwelt abschirmen. Fremde Persönlichkeiten, die stellvertretend für sie leben.«

»Stellvertretend für ihr eigenes Ich, das seit langem tot ist?«

»Ich würde eher sagen, in Wartestellung. In einem komaähnlichen Schlaf, aus dem es nur dann entlassen wird, wenn die Persönlichkeiten in ihr es zulassen.«

»Demnach beherrschen die fremden Persönlichkeiten sie?«

»Die Persönlichkeiten beschützen sie. Indem sie als Stellvertreter fungieren. Sie lassen niemanden an Artemisa heran. Bis auf wenige Ausnahmen.« Er betrachtete Alexandros, seine Finger spielten mit dem zerdrückten Pappbecher. »Das eben, Kommissar, war eine solche Ausnahme.«

Alexandros nickte vage. »Sie meinen, dass sie sich geöffnet hat?«

Der Mediziner musterte ihn aufmerksam.

»Ich meine, dass sie selbst es war, die sich geöffnet hat. Es war Artemisa, die gesprochen hat. Die kleine Artemisa im Alter von acht Jahren.« Er neigte sich zu Alexandros hinüber, sah ihm direkt in die Augen. »Ich glaube, Kommissar, Ihnen ist nicht ganz klar, was das bedeutet. Ich meine, die Patientin so weit zu bringen, dass wirklich sie es ist …«, er machte eine weit ausholende suchende Geste, »dass es tatsächlich Artemisa ist, die zu uns spricht.«

Alexandros wich dem Blick des Mediziners aus. Er hatte

nicht vor, dem jungen Mann seine Anteilnahme zu offenbaren. Er musste neutral bleiben. Ein stiller Beobachter. Als ein solcher musste er nun versuchen, die seltsame Begegnung mit Artemisa Damianidi in die Mordermittlung miteinzubeziehen.

»Was geschah mit Artemisa und ihrer Familie? Wie ging es weiter?«

»Sie blieben in den Bergen und schlossen sich ebenso wie die anderen Dorfbewohner, die das Massaker überlebt hatten, einer Partisanengruppe an. Im Oktober 1944 wurde die Gruppe dann von einem deutschen Gebirgsjäger-Regiment entdeckt. Die meisten wurden auf der Stelle erschossen. Einige wenige entkamen. Darunter auch Artemisas Eltern mit ihrer jüngeren Schwester Kyra.«

»Und Artemisa? Was passierte mit ihr und ihrem Bruder?«

»Die Kinder wurden verschleppt. Artemisa. Jan. Ein paar andere.« Er hielt inne und sah zu Alexandros hinüber. »Jan und Artemisa gerieten in das wohl dunkelste Kapitel der deutschen Vergangenheit. Jan kam nicht zurück. Und Artemisa …«

Der baumbeschattete Park der Anstalt wirkte wie die Kulisse einer Filmszene. Friedlich. Fast märchenhaft. Nicht von dieser Welt. Prokopis Mandoulis erhob sich schwerfällig. »Ich glaube, wir brauchen jetzt beide einen zweiten Kaffee. Danach erzähle ich Ihnen den Rest der Geschichte.« Und schon auf halbem Weg zum Kaffeeautomaten: »Mal schauen, ob sie in der Küche noch Kuchen übrig haben. Sie mögen doch sicher ein Stück?«

Alexandros wartete, bis der Mediziner in der Küche verschwunden war. Dann zog er sein Handy aus der Tasche und tippte Kristina Tzavrous Mobilnummer. Wieder nur die Mailbox.

Er lauschte der Ansage, sprach abermals eine kurze Nachricht. Er versuchte es bei ihr zu Hause. Hinterließ die gleiche Nachricht auf ihrem Anrufbeantworter. Er wählte die Nummer der Astynomia und erreichte Kiki. Fehlanzeige. Auch sie wusste nichts über den Verbleib der Fotografin.

Was zum Teufel war da los?

Sie verschwand mit den Unterlagen eines Mordopfers und löste sich anschließend in Luft auf! So etwas sah Kristina Tzavrou ganz und gar nicht ähnlich. Tief in seinem Innern schrillten die Alarmglocken.

Kerkyra, 18. Mai 1999
sieben Uhr

K. weiß es. Sie wird kommen.
Sie fühlen, dass K. kommen wird. Sie wissen, dass sie fragen wird.
Kleine böse Fragen, sagt er. Es ist ihre Art, böse Fragen zu stellen.
Darin ist K. gut, sagt er.
Jan sagt: Wir müssen es tun! Verstehst du nicht, wir müssen es tun!
Sie will nicht, dass K. etwas zustößt. Es ist nicht gerecht. K. hat nichts damit zu tun.
K. wird uns nicht in Ruhe lassen, sagt er. Bis sie alles weiß. Bis wir alles verraten haben. Und was dann?, sagt er. Was wird, wenn wir es verraten haben? Das Geheimnis, dass nur uns gehört. Sie wird uns zusetzen, sagt er. Sie ist neugierig. Das böse kleine Ding.
Jan wird nicht zulassen, dass K. alles kaputt macht. Dass sie die Welt zerstört, die sie erschaffen haben.
Ja, sie haben eine Welt erschaffen. Die neue Welt gehört ihnen. Ihnen beiden allein.
Und tötest du seines Fleisches Blut, so tötest du ihn selbst.
Der Tod hat ein Gesicht. Sie sind das Gesicht des Todes.
Wenn der Faden des Lebens durchschnitten wird, lacht das Gesicht des Todes.
Sie sind stark. Sie sind zu zweit. Sie sind eins.
Jan sagt: Wenn K. kommt und ihre kleinen bösen Fragen stellt, wird es geschehen.

17

Dunkel. Stille.

Licht. Kristina starrte durch die Glasscheibe.

Ein anderes Licht. Eine Leinwand. Eine riesige helle Leinwand jenseits der Scheibe. Sonst nichts. Keine Scheinwerfer. Keine Kyra. Keine Ketten. Kein gefesselter Mann. Nichts. Das Licht kam von der Leinwand. Drumherum alles schwarz.

Dunkel und still.

Plötzlich ein leises Knacken. Das Schalten eines Rekorders. Ein Flimmern auf der Leinwand. Die Aufblende einer Videokamera: Ein Raum. Im Vordergrund, unscharf, die Ecke eines Schreibtisches. Am linken Bildrand zwei Büroledersessel, leicht angeschnitten. Am rechten vorderen Bildrand eine verchromte Bogenstehlampe, unter der offenen milchigen Halbschale ein mattes Licht. Im Hintergrund ein Fenster. Schwarzgrünes Blattwerk. In der Mitte des Bildes, ein wenig vom Schreibtisch abgerückt, eine Frau in einem Stuhl. Die Kamera zoomt ein Stück heran. Die Frau ist alt. Eine magere, verhärmte Greisin. Zoom. Noch näher heran. Die Alte hebt das Kinn, grinst, zeigt die Zähne. Ausgezeichnete Zähne. Sie senkt den Kopf. Liebkost etwas in ihrem Schoß. Hebt es der Kamera entgegen. Ein Stoffhund ohne Augen und Ohren. Anstelle der Augen nur leere Höhlen. Die Alte schaut in die Kamera und streckt die Zunge heraus. Sie beißt in den Kopf des Tieres und wirft es dann fort.

Ihre Kiefer beginnen zu mahlen, ihre Lippen sich zu bewegen. Ihre Miene verändert sich …

Dann hörte Kristina Artemisa Damianidis kindliche Stimme: »Da steht ein Tisch unter Olivenbäumen. Dahinter Stühle. Männer. Sechs Männer. Sechs Stühle. Die Männer sitzen auf den Stühlen hinter dem Tisch. Sie sitzen im Schatten unter den Bäumen. Ein Mann steht hinter ihnen.«

»Was sind das für Männer?«

Die Mädchenstimme spricht sehr langsam, als suche sie nach jedem Wort: »Die Männer tragen die Uniformen der Wölfe. Jemand sagt: ›Das sind die Deutschen.‹«

»Was passiert weiter?«

»Wir stehen in Reihen vor dem Tisch, wie sie es uns befohlen haben. Wir stehen in der Sonne und warten. Es ist heiß. Wir schwitzen. Wir stehen so viele Stunden. Niemand spricht. Wir haben Angst zu sprechen. Sie sagen: ›Wer sich hinsetzt, wird erschossen.‹«

Pause. Danach immer schneller werdend: »Der Mann, der hinter dem Tisch steht, zeigt auf uns. Zeigt mit zwei Fingern nach rechts, nach links, rechts, links, rechts, links. Er schaut freundlich aus. Er lächelt. Doch wir wissen, er ist streng. Wir müssen gehen, wohin seine Finger zeigen. Wenn man nicht tut, was die Finger wollen, bekommt man Prügel. Eine Frau schreit. Einer von den andern Männern springt auf, kommt mit dem Knüppel auf uns zugerannt. Die Frau kreischt. Sie rennt hinüber zu den Bäumen. Nicht dorthin, wo die Finger hinzeigen. Ein Schuss. Ein erstickter Schrei. Stille. Die Frau sackt lautlos zusammen. Ihre Augen sind offen und starr. Eine kleine Blutlache breitet sich um ihren Kopf. Jan und ich müssen nach rechts.«

»Wo seid ihr jetzt?«

»Nummern. Sie machen die Kinder zu Nummern. Die Nummern ritzen sie mit schwarzer Farbe in die Haut der Kinder. Das tut den Kindern weh. Die Nummern sind jetzt die Namen der Kinder. Sie machen die Nummern tot. Dafür sind die Nummern da. Zum Totmachen.«

Sie legt die Stirn in Falten, starrt unverwandt in die Kamera.

»Jan ist fort. Ich bin traurig.«

»Wo ist dein Bruder?«

»Sie haben ihn fortgeworfen.«

»Fortgeworfen?«

»Sie haben Fleisch aus seinen Beinen geschnitten. Sie sagen, es ist böses Fleisch. Darum müssen sie es wegschneiden. Aber sie nähen es an seinen Bauch. Ganz dick und wulstig. Jan beißt sich die Lippen blutig. Aber er weint nicht. Jan ist stark. Sogar, als sie ihn in den Eisraum bringen. Als sie sehen wollen, wie lange es dauert, bis ein Kind stirbt. Aber Jan will nicht sterben. Sie fesseln ihn auf den Tisch. Auf diesen Tisch mit den vielen Elektrostromkabeln. Aber Jan will nicht sterben. Er kann nicht sterben. Sein Herz will nicht stillstehen. Obwohl er jetzt einer von den Knochenkindern ist. Sie halten das Knochenkind fest. Gießen Wasser in seinen Mund, bis er aufhört zu atmen. Sein Herz steht still. Sie werfen ihn in den großen Ofen. Zu den anderen Knochenkindern. Ich bin traurig. Ich bin allein. Ich bin jetzt ganz allein.«

Stille. Dann Prokopis Mandoulis: »Wo bist du?«

»Weiß. Alles ist weiß. Wände. Decke. Fußboden. Alles weiß. Betten. Tische. Stühle. Weiß. Nur die Fenster. Die Fenster sind schwarz. Die Gläser sind mit schwarzer Farbe ausgemalt.«

»Bist du in einem Haus?«

»Das hier ist ein Krankenhaus. Eine Klinik in einem Keller. Der Arzt ist einer von ihnen. Unter seinem weißen Kittel trägt er eine Uniform. Unter dem weißen Kittel ist er ein Wolf.«

»Erzähl von dem Arzt.«

Sie reißt die Augen auf. Tonlos: »Ich liege auf einer Trage. Meine Arme. Meine Beine. Mein Hals. Ich kann mich nicht bewegen. Es tut weh. Die Fesseln schneiden mir ins Fleisch. Sie sind zu fest.« Erstaunt: »Warum tun sie das? Ich bin doch noch ein Kind! Ich bin neun.«

Pause. Atmen. Artemisas Mädchenstimme:

»Ein rundes Gesicht über mir. Es lächelt freundlich. Augen hinter dicken Brillengläsern. Seine Hand lockert die Fesseln. ›Aber nur ein bisschen‹, sagt er. Sagt: ›Die sind, damit du bei mir bleibst. Ich will dich ja noch ein bisschen hier behalten.‹ Wieder das Lächeln. Aber es ist nur sein Mund, der lächelt. Seine Augen hinter den Brillengläsern lächeln nicht. Ich habe Angst. Gleich wird er mir wieder wehtun. Ich kenne das alles schon. Ich kenne sein Lächeln. Er lächelt immer davor.« Stille. Dann: »Oben, an meinem Kopf passiert etwas. Er tätschelt meinen Arm. Jemand schert meine Haare. Dabei habe ich kaum noch welche. Meine langen schönen dunklen Locken … Ich bin kahl. Sie sagen, das ist wegen der Läuse. Aber das stimmt nicht. Ich weiß, dass es nicht stimmt. Meine Haare hatten nie Läuse.« Sie schließt die Augen.

»Sprich weiter, Artemisa. Was geschieht?«

Sie öffnet die Augen.

»Spritzen. Sie geben mir jetzt Spritzen. Viele Spritzen. In meinen kahlen Schädel. In meinen Bauch. In meine Brust. In die Arme und Beine. Füße und Hände. Überallhin. Die Spritzen tun weh. Ich bin nackt. Ich bin jetzt immer nackt. Ich habe keine Kleider. Ich habe keine Haare. Ich friere. Ich friere immer. Sie scheren meine Haare nicht mehr. Die Haare fallen jetzt von allein aus meinem Schädel heraus.« Heftiges Atmen. Gehetzt: »Ich habe Hunger. Ich habe jetzt immer Hunger. Sie geben mir nichts zu essen. Nur ein bisschen Wasser. Und diese Spritzen. Immer nur diese Spritzen …« Sie schlingt die Arme um ihren Körper, wiegt sich vor und zurück.

Die leise Stimme von Prokopis Mandoulis: »Weiter, Artemisa. Was geschieht jetzt?«

Mit tonloser Mädchenstimme: »Ich habe keinen Hunger. Keinen Durst. Keine Schmerzen. Meine Knochen stehen raus. Ich bin jetzt ein Knochenkind. Meine Haut ist rissig. Blutige Schwielen überall …« Und mit plötzlicher Verwunderung: »Aber das ist nicht mein Körper. Ich bin kein Knochenkind. Das bin nicht ich.«

»Wer bist du?«

»Das ist die andere.«

»Wer ist die andere?«

Schweigen.

»Wer bist du?«

Artemisas Mädchenstimme: »Die andere kann nicht sprechen. Die andere hat keine Sprache. Die andere ist stumm.«

»Wer ist die andere? Erzähl mir von ihr, Artemisa.«

»Die andere ist eine Nummer. Die Nummer hat Flecken. Viele Flecken. Ihr ganzer Körper ist voll von Flecken. Rote und gelbe Flecken. Blutige Eiterbeulen. Alles eine einzige Wunde. Das tut der anderen weh. Die andere hat Durst. Sie hat Fieber. Fieber und Durst. Aber je mehr sie trinkt, umso durstiger wird sie.«

Pause.

»Wer ist die andere, Artemisa? Ich möchte sie kennen lernen. Ich möchte ihr helfen. Sprich für sie.«

»Die andere ist ein Knochenkind. Aber ihre Knochen sind gebrochen. Sie kann sich nicht bewegen. Liegt nur da. Arme und Beine ganz schlaff. Den ganzen Tag. Die ganze Nacht. Weiß nicht, wann Tag oder Nacht ist. Die Lichtröhren an der Decke brennen immer.« Sie hält kurz inne, schaut sich um, schaut wieder in die Kamera: »Die andere kann nicht schlafen. Ihre Schmerzen lassen sie nicht schlafen. Aber sie will schlafen. Die andere will jetzt nur noch schlafen. Nie mehr aufwachen. Jemand anderes soll aufwachen. Jemand soll für die andere aufwachen.«

»Aber du, Artemisa, du bist wach.«

»Jan ist tot. Sie haben ihn totgemacht. Sie machen alle Kinder tot.«

»Aber du lebst, Artemisa. Und du sprichst für die anderen.«

»Ich gehöre nicht dazu. Ich bin kein Knochenkind.«

»Nein, das bist du nicht.« Räuspern. »Wo bist du jetzt?«

Stille. Schweigen.

»Was geschieht jetzt? Sprich weiter, Artemisa!«

Etwas verändert sich in ihrem Gesicht. Um ihren Mund.

»Artemisa …«

Ihr Blick verhärtet sich.

»Artemisa!«

»Schluss, Mann! Schluss, aus, Ende! Sie will nicht mehr mit dir reden.«

»Jan?«

»Erraten. Ich bin's.«

»Jan, ich …«

»Spar dir deine Worte, Prokopis, und lass meine Schwester in Ruhe. Lass sie verdammt noch mal für alle Zeiten in Ruhe! Wie viele Tode soll sie denn noch sterben?!«

»Aber ich will, dass sie lebt! Artemisa soll leben, Jan. Ich will deiner Schwester helfen, ohne die toten Seelen in ihr weiterzuleben.«

»Wer sagt dir, dass wir tot sind? Wir sind nicht tot, Prokopis.«

»Ihr seid es. Ihr seid tot.«

Totenstille. Ein bitteres Lachen.

»Das heißt, du willst uns töten? Das heißt, du willst mich töten!«

»Du bist tot, Jan. Du bist vor vielen Jahren gestorben. Ich kann dich nicht mehr töten. Ich kann nur versuchen, deiner Schwester zu helfen. Aber ich kann die Zeit nicht zurückdrehen. Ich kann Dinge nicht ungeschehen machen. Das steht außerhalb meiner Macht.«

»Macht …«

Kristina fuhr herum.

Von der offenen Tür her fiel ein schmaler Lichtstreifen ins Zimmer. Kyra im hautengen roten Kleid, das dunkle Haar straff zurückgekämmt. Sie stand an den Türpfosten gelehnt, ein Bein vor das andere gestellt.

»Ein zweites Mal getötet werden, weißt du, wie das ist?«

Sie stieß sich vom Türpfosten ab. Schlenderte langsam auf Kristina zu. Schritt für Schritt näher. So nah, dass ihr Gesicht

Kristinas beinah berührte. Kristina wich zurück. Stieß mit den Schulterblättern hart gegen die Glasscheibe. »Weißt du, was es heißt, ein zweites Mal getötet zu werden?«

Kristina hob schützend die Hände vor das Gesicht.

»Weißt du es?«

Kristina erstarrte. Wagte kaum zu atmen. Kyra trat dicht an sie heran, umfasste ihre Schläfen mit hartem Griff. Kristina spürte Kyras Atem in ihrem Gesicht. Starrte in ihre Augen. Konnte ihrem Blick nicht ausweichen.

Kyras Lippen öffneten sich: »Ich lasse mich nicht mehr töten, Herzchen. Nicht einmal von dir.«

Sagte die Jungenstimme.

Für den kandierten Kuchen, den Prokopis Mandoulis aus der Anstaltsküche organisierte, hatte Alexandros nur lobende Worte gefunden. Hingegen hatte ihn das, was der junge Mediziner ihm erzählte, verstummen lassen.

Die meisten Frauen, Männer und Kinder, hatte Prokopis Mandoulis erklärt, die wie Artemisa und Jan in einem jener berüchtigten Klinikkomplexe eines Konzentrationslagers gefangen gehalten wurden, waren dort gestorben. Von den KZ-Ärzten für medizinische Versuche missbraucht, vegetierten sie dahin. Menschen, für die der Tod der einzige Ausweg, die Erlösung war. Ebenso wie für Artemisas damals zwölfjährigen Bruder Jan.

Tief in Gedanken rollte Alexandros langsam im Kreisverkehr des San Rocco mit. Gegenüber dem Bus- und Taxistand bog er nach rechts ab in die Alexandras Ave und wartete eine Weile, bis sich in dem dichten stadteinwärts führenden Verkehr eine Lücke auftat und er in die Einfahrt der Astynomia einbiegen konnte.

Zwei der verschleppten griechischen Kinder, hatte Prokopis Mandoulis weiter berichtet, überlebten die Versuche. Eines davon war Artemisa Damianidi. Das andere Kind, ebenfalls ein Mädchen, war nach einem halben Jahr in Freiheit spurlos verschwunden. Das internationale Rote Kreuz hatte nach der Kapitulation der Deutschen im Mai 1945 die überlebenden Kinder zu ihren Eltern oder Verwandten – sofern diese noch lebten und aufgespürt wurden – zurückgebracht. So kam Artemisa zu ihrer Familie zurück, doch sie war verändert. Nach einem halben Jahr im Konzentrationslager war aus dem aufgeschlossenen, selbstbewussten neunjährigen Mädchen ein verwirrtes Kind geworden, das nicht sprechen wollte und sich jeglichem Kontakt zu seiner Umwelt entzog. »Noch Jahre danach schien meine Schwester wie ausgehöhlt«, hatte Prokopis Mandoulis Kyra Damianidis Eindruck wiedergegeben. Ohne Lebenswillen. Apathisch. Artemisa hatte sich aufgegeben. Später dann hatten andere Kräfte das Kommando über ihren Körper und Geist übernommen.

Alexandros öffnete die Tür zu seinem Büro, hielt die Klinke noch in der Hand, als Michalis Kavadias und Nikos Stavrous, Letzterer mit einer Mappe unter dem Arm, im Gang hinter ihm auftauchten. Sie folgten ihm unaufgefordert ins Zimmer, Nikos schloss die Tür.

»Endlich«, begrüßte er den Hauptkommissar, der sich angesichts des kollegialen Überfalls ein wenig überrumpelt fühlte und schnurstracks seinen Schreibtisch ansteuerte.

»Wir wollten schon eine Vermisstenmeldung rausgeben«, verkündete Nikos launig.

»Ich war nochmals in der Klinik«, murmelte Alexandros. »Das hat ein bisschen gedauert.«

Nikos zog eine Braue hoch. »Ich dachte, du wolltest nach Ioannina?«

»Anschließend.«

Michalis verkniff sich ein Grinsen.

»Und wie war's in Ioannina?«, bohrte Nikos.

Alexandros ließ sich Zeit mit seiner Antwort. Schließlich sagte er: »Aufschlussreich.« Er nickte nachdenklich. »Ich habe einiges von dem Leiter des zeitgeschichtlichen Archivs in Ioannina erfahren. Das ist auch der Grund, warum ich nochmals in die Klinik gefahren bin, um mit dem Medizinstudenten über Artemisa Damianidi zu sprechen.«

Nikos und Michalis starrten ihn wie vom Donner gerührt an. Michalis war der Erste, der seine Sprache wiederfand. »Artemisa Damianidi? Heißt Kristinas Freundin nicht ebenfalls Damianidi?«

»Du sagst es. Artemisa ist Kyras ältere Schwester.«

»Und diese ältere Schwester ist Patientin in der Privaten Klinik für geistige Erkrankungen?« Michalis runzelte die Stirn. »Das stellt das Ganze doch in ein völlig neues Licht, oder sehe ich das falsch?«

»Eine Schwester wie aus dem Märchenwald gezaubert«, intonierte Nikos. »Und das hier«, er schnappte sich die Mappe vom Tisch, wedelte mit ihr vor Alexandros Gesicht wie mit einem Knochen vor einer Hundenase, »du wirst nicht glauben, Alex, was ich hier Nettes für dich habe.«

Nikos löste die beiden Gummibänder der Mappe und reichte seinem Chef zwei DIN-A4-Seiten über den Tisch. Alexandros, die Lesebrille auf der Nase, überflog rasch das von Kiki getippte Protokoll. Als er wieder aufsah, erkannte Nikos zu seinem Missvergnügen, dass nicht die Spur der erhofften Überraschung auf der Miene des Hauptkommissars zu erkennen war.

»Dann war Herr Diavadis also hier«, stellte Alexandros lakonisch fest. Er schob die Papiere zurück in die Protokollmappe. »Und warum erst jetzt?«

Alexandros erinnerte sich nur allzu gut an den unterkühlten Empfang in Agros. An die bedrückende, ja, verschlossene Atmosphäre im Elternhaus von Irini Diavadi. Insbesondere der Vater des toten Mädchens war ihm und Kristina fast feindselig begegnet. Und nun war der Mann hier gewesen, auf dem Revier, und hatte seine Beobachtungen zu Protokoll gegeben. Freiwillig. Was hatte den Mann zu diesem Schritt veranlasst? Ein Schritt, der ihm – so, wie er Irinis Vater einschätzte – ganz sicher nicht leichtgefallen war. Eigentlich konnte das nur eines bedeuten. Der Mann kannte den Täter. Vielmehr die Täterin.

Irinis Vater hatte von Anfang an gewusst, wer Doktor Jannis Mastoras, den Arzt seiner Tochter, getötet hat. Er hatte gesehen, wer in jener Nacht oben auf der Klippe von Arillas gestanden und die Leiche ins Meer geworfen hat.

Alexandros strich nachdenklich über seinen Schnurrbart. Schon bei ihrer ersten Begegnung in Agros hatte er geahnt, dass mit dem Mann etwas nicht stimmte. Dass er etwas verschwieg, durch sein ungehobeltes Auftreten verschleiern wollte. Er musste etwas gesehen haben, was er nicht preisgeben wollte. Alexandros war sicher, die heutige Aussage des Mannes war keine plötzliche Erinnerung. Der Vater des toten Mädchens wusste sehr genau, was er aussagte. Und was er nicht aussagte.

Diese besondere Frau.

Warum hatte er die Täterin gedeckt? Warum deckte er sie noch immer?

»Und was hat er dazu gesagt, dass er erst jetzt damit herausrückt?«

Nikos zuckte mit den Schultern. »Vielleicht sollten wir uns damit begnügen, dass er überhaupt etwas gesagt hat«, meinte er. »Wobei das Interessanteste wohl ist, was er nicht gesagt hat.«

Alexandros zog die Mappe zu sich heran und las das Gesprächsprotokoll noch einmal durch. Stand etwas zwischen den Zeilen, das er übersah?

Warum sollte ein Vater denjenigen anzeigen, der den Mörder seiner Tochter tötet? Ihm die schmutzige Arbeit abnimmt? Noch dazu, wo er die Täterin kennt. Sehr gut kennt. Sie vielleicht sogar mag. Die Polizei hingegen mag er nicht. Der traut er nicht über den Weg. Von denen würde sich keiner die Hände schmutzig machen. Nicht für das tote Kind eines dahergelaufenen Dörflers. Warum also soll er gerade sie, die Rächerin seines Kindes, an die Polizisten verraten? Um nichts in der Welt würde er das tun, sagte sich Alexandros. Also schweigt der Mann.

Doch drei weitere Menschen werden getötet. Wie Herr Diavadis aus den Nachrichten erfährt, womöglich vom selben Täter.

Was die Nachrichten allerdings aus Unkenntnis verschweigen: Es ist nicht ein Täter. Auch nicht eine Täterin. Es sind zwei.

Zwei an den Taten Beteiligte. Wie es im Polizeijargon hieß. Denn Panagiotis hatte ja herausgefunden, dass es zwei unterschiedliche Handschriften gibt. Die Schrift der an ihn adressierten anonymen Briefe sowie die auf dem Körper des vierten Opfers war identisch und imitierte die Kinderschrift, die sie auf den Wänden des Kühlraums gefunden hatten.

Zwei verschiedene Handschriften, dachte Alexandros. Eine Mörderin. Ein Kind als Verbündeter der Mörderin. Ein Kind! Er fragte sich, warum die Täterin die Schrift des Kindes kopierte.

»Weiß einer, wo Kristina steckt?«

Michalis schüttelte verwundert den Kopf. Nikos brummte verneinend.

Teufel noch mal, zum wievielten verfluchten Mal tippte er nun die Mobilnummer der Fotografin ins Telefon?! Zum wievielten verdammten Mal wartete er auf Antwort?! Er trommelte mit den Fingerspitzen auf der Sessellehne, während er dem Freizeichen lauschte.

»Sie hat meine Schrift kopiert«, sagte die Jungenstimme.

»Wir sind Bruder und Schwester. Ein Fleisch und Blut«, sagte Kyra.

»Es war ihre Idee gewesen. Das mit den Briefen an den Kommissar«, sagte die Stimme des Jungen.

»Das mit der Puppe war er«, sagte Kyra. »Nicht mein Stil, Kleines, eine Puppe zu zerhacken.«

»Wir haben alles gemeinsam geplant. Kyra und ich. Wir haben es für unsere Schwester getan. Für Artemisa.«

»So ist es. Wir tun es für Artemisa.«

»Ihre Väter haben unsere Schwester getötet. Deshalb müssen sie sterben.«

»Die Söhne und Töchter sterben für ihre Väter. Sie sterben, wie Artemisa gestorben ist«, sagte Kyra.

»So ist es gerecht. So muss es sein«, sagte die Stimme des Jungen.

»Aber sie ist nicht tot!«, rief Kristina. »Artemisa lebt!«

Ruhig! Bleib ruhig! Was auch geschieht, verlier nicht die Beherrschung. Zeig keine Angst. Verlier nicht die Kontrolle.

»Ich kenne dein Geheimnis, Kyra. Deine Schwester lebt. Hier, in der Stadt. Artemisa lebt in der Privaten Anstalt für geistige Erkrankungen.«

»Artemisa ist tot«, widersprach die Jungenstimme.

»Artemisa ist ein dunkler Raum, in dem die Geister leben«, sagte Kyra.

»Und was ist mit dir?«

»Wen von uns meinst du?«, fragte Kyra.

»Dich meine ich! Wen sonst?«

»Was soll mit mir sein, Kleines?«

»Sie meint nicht dich.« Die Stimme des Jungen. »Sie meint mich, nicht wahr, Kleines, du sprichst mit mir?«

Was war das? Was war mit Kyra geschehen? Warum sprach sie auf einmal mit Jans Stimme? Mit seiner Stimme, aber …

»Du sprichst mit der Stimme deines Bruders, aber nicht mit seinen Worten«, sagte sie.

»Wovon sprichst du überhaupt?«, entgegnete Jans Stimme.

»Du hast die Stimme von Jan. Genau wie deine Schwester Artemisa in der Videoaufzeichnung, die du mir vorhin vorgespielt hast. Aber es ist nur seine Stimme. Diese Jungenstimme … das ist nicht die Sprache eines zwölfjährigen Jungen. Es ist deine Sprache, Kyra! Es sind deine Worte, mit denen er spricht! Jan spricht wie du!«

»Verwechselst du da nicht etwas, Herzchen?«, sagte Jan. »Habe ich vielleicht behauptet, derselbe Jan wie in Artemisa zu sein? Habe ich das?! Nein, ich bin nicht dieser Versager, der sich hat umbringen lassen und dessen Lohn es war, nachdem er die Kinder von Distomon ach so edelmütig zu den Höhlen geführt hat, als Märtyrer zu sterben. Ich, Herzchen, bin Jan der Rächer! Und meine liebe kleine Schwester Kyra gibt mir freundlicherweise die Möglichkeit, mich zu rächen. Das ist doch das Mindeste, was sie für Artemisa tun kann, findest du nicht?«

Leichtes Schwindelgefühl erfasste Kristina. Die abgestandene Luft im Raum legte sich bleischwer auf ihre Lungen, erzeugte eine süßlich schmeckende Übelkeit. Erst vor wenigen Stunden hatte sie von der Existenz der Geschwister erfahren. Von Jan und Artemisa Damianidi. Wie wenig sie doch von Kyra wusste.

Das Bild, das Renate Steinbauer ihnen zugefaxt hatte, kam ihr in den Sinn. Die Schwarzweißfotografie mit dem NS-Arzt und den beiden Kindern. Dem Sohn des Arztes und dem nackten skelettartigen Kind auf der Trage im Vordergrund des Bildes. Auf der Fotografie konnte man nicht erkennen, ob es ein Junge oder ein Mädchen war.

War das Kind auf der Trage vielleicht … Sie fröstelte. Sie hob den Kopf. Kyras Gesicht über ihr. Dieser Blick. *Schizophrenie.* Das Wort stand plötzlich da. Stand zwischen ihnen im Raum. Wenn Kyra schizophren war, wenn Jan in ihr eine Art Projektionsfigur darstellte, warum hatte sie in all den Jahren ihrer Freundschaft nichts davon bemerkt?

Kristina gestand sich ein, dass sie rein gar nichts über psychische Erkrankungen wusste. Ihre Hände fühlten sich taub an, so fest hatten sich ihre Finger in das Polster der Liege gegraben. Sie löste die Hände, rieb sie, fühlte, wie das Blut zu zirkulieren begann, wie es in ihre Fingerkuppen zurückfloss.

Sie entschloss sich, Kyra ernst zu nehmen. Ihr entgegenzukommen und diesen Jan in ihr zu akzeptieren. Wahrscheinlich die einzige Chance, Kyra nicht zu verlieren. »Ich meine euch beide. Doch wenn du nichts dagegen hast, Jan, möchte ich erst einmal mit Kyra sprechen.«

»Und wenn ich was dagegen habe?«, konterte die Jungenstimme.

Kyra schien verwirrt. »Lass sie mit mir sprechen, Bruder«, sagte sie. »Kristina ist meine Freundin.«

Kristina griff hinter sich, zog ihre Tasche heran. Sie nahm

den Umschlag und die beiden obersten Blätter heraus, strich sie auf den Knien mit der Handkante glatt.

»Wie kommt deine Unterschrift auf diese Verträge?«

Kyra kniff die Lippen zusammen. Ein Flattern der Lider, eine winzige Seitwärtsdrehung des Kopfes verrieten Kristina eine ungewohnte Unsicherheit. Kurz darauf entspannte sich ihre Miene.

»Das hast du wirklich fein herausgefunden, kleine Kriminalistin.« Sie lachte leise, wandte sich um, ging zur Tür und lehnte sich an den Türrahmen. »Bravo! Ich sehe, du hast deine Schulaufgaben gemacht.« Sie lachte. »Meine Güte, Schätzchen, kannst du dir die Antwort nicht denken?«

»Nein«, entgegnete Kristina ernst. »Kann ich nicht. Erklär es mir bitte.«

Kyra verdrehte die Augen. »Es war ganz einfach die beste Möglichkeit, an den Kerl heranzukommen. An Dimitris Funasis, meine ich.«

»Und warum hast du ihn und die anderen drei getötet?«

Kyra lächelte milde. »Warum haben *wir* getötet?«, erwiderte sie freundlich. »Es muss heißen: Warum habt *ihr* sie getötet? Es ist eine Frage an uns beide.«

»Du hast vier Menschen getötet, Kyra. Warum?«

Schallendes Gelächter. »Warum wir sie getötet haben …« Gelächter, in die höhnische Stimme des Jungen übergehend: »Meint sie das im Ernst – deine Freundin? Kapiert sie immer noch nicht?«

»Wir müssen ihr Zeit lassen, Bruder. Sie braucht Zeit, das Unrecht zu begreifen. Dann wird sie verstehen. Nicht wahr, Liebes?«

Kristina ließ sich Zeit. Sie konnte in der Frau, die ihr gegenüberstand, die Freundin nicht mehr erkennen. »Hilf mir, dich zu verstehen, Kyra. Einen Menschen zu töten, ist etwas sehr … Endgültiges. Ich verstehe nicht, warum du vier Mal einen derart endgültigen Schritt gegangen bist.«

Kyra musterte sie erstaunt. »Sie mussten sterben, Liebes.

Versteh doch. Sie starben, wie die Opfer ihrer Väter gestorben waren. Sie starben stellvertretend für ihre Eltern. Kinder und Eltern sind ein Fleisch und Blut.« Und lächelnd: »Das ist doch ganz einfach zu verstehen, Liebes. Dass einer bezahlen muss. Dass einer von ihnen die Zeche bezahlen muss.«

Kristina wusste, es war ein Fehler, dennoch konnte sie ihr Entsetzen nicht länger verbergen. »Du hast sie anstelle der Väter getötet?!«

»Schau nur, wie sie guckt!«, höhnte die Jungenstimme. »Schau, schau, wie sie uns angafft – deine Freundin!«

Kyras Augen wurden zu schmalen Schlitzen. »Schau uns nicht auf diese Weise an, Kleines. Ich warne dich. Es steht dir nicht zu, über uns zu richten.«

»Aber dir steht es zu, über vier unschuldige Menschen zu richten!«

»Unschuldig?!« Kyra riss die Augen weit auf. »Ich fürchte, du verstehst nicht, Liebes. Du verstehst absolut gar nichts.« Sie lächelte nachsichtig. »Es war Nemesis, die gerichtet hat.«

»Nemesis?«

Nemesis, die Göttin der Blutrache. Gütiger Gott, hilf mir!

»Hilf mir, dich zu verstehen, Kyra. Was hat Nemesis mit all dem zu tun? Ich bin deine Freundin. Als deine Freundin möchte ich verstehen, warum du vier Menschen getötet hast.«

Wieder das nachsichtige Lächeln. »Die Vogelfrau hat entschieden. Nemesis hat gerichtet. Die Moiren haben unsere Hände geführt. Lachesis, Klotho und Atropos. Wir vollbringen, was befohlen ist, was die Vogelfrau entscheidet, was Nemesis richtet.« Und mit beschwörend aufgerissenen Augen: »Es ist ihr Urteil. Sie richten. Nicht wir.«

»Die Vogelfrau hat Hunger«, sagte die Jungenstimme. »Sie will mehr.«

»Jan hat Recht«, sagte Kyra. »Es gibt noch zu viele von ihnen.«

»Sie muss weg«, entschied Jan.

Kristina wich erschrocken zurück. Sie schüttelte unwillkürlich den Kopf. Hatte sie richtig gehört? Hatte Kyra tatsächlich vor …

»Aber sie ist meine Freundin! Sie hat nichts getan!«, flehte Kyras Stimme.

»Sie verfolgt uns. Sie belauscht uns. Sie spioniert uns nach.«

»Ich werde nicht zulassen, Bruder, dass du meiner Freundin etwas antust!«

»Willst du mir befehlen, was ich zu tun habe!?«

»Ich will nicht, dass …«

»Du befiehlst mir, Schwester?! Weißt du nicht, dass du mir nicht befehlen kannst? Weißt du immer noch nicht, wer von uns beiden das Sagen hat? Weißt du es immer noch nicht?!«

Kyra schälte sich aus dem Türrahmen, trat in den Raum. Kristina wich noch weiter zurück. Kyra trat langsam auf sie zu. Kristina kämpfte gegen das wiederaufkeimende Schwindelgefühl an. Stolperte rückwärts um das Fußende der Liege herum. Stieß mit dem Rücken gegen das kalte Glas des Voyeurfensters. Kyras Haltung signalisierte Gefahr. Ihre Augen Bedrohung.

War das, was da auf sie zukam, wirklich Kyra? Oder war es …

Kristina hob beschwichtigend die Hände. Schob sich behutsam Schritt für Schritt seitwärts weiter. Wenn es ihr gelänge, die Zimmerecke zu erreichen, wären es nur noch fünf Schritte an Kyra vorbei bis zur offenen Tür. *Fünf Schritte ins Freie! Was für ein Irrsinn!* Kristina konnte es nicht fassen: *Sie hatte Angst vor Kyra.* Sie überschlug kurz ihre Chancen. Fünf lange Schritte oder zehn schnelle, ja, sie könnte es schaffen.

Ihr Herz begann zu rasen, als sie sich aus der Zimmerecke löste, losrannte Richtung Tür. Ein harter Griff an ihrem linken Oberarm. Sie strauchelte, wurde grob herumgeschleudert. Vor ihren Augen flimmerten schwarze Punkte. Im verzweifelten Versuch, sich zu wehren, schlug sie mit der freien Hand um sich. Etwas Knisterndes wurde über ihren Kopf gestülpt, ihre Arme wurden brutal nach hinten gebogen, die Handgelenke über Kreuz auf dem Rücken fixiert. Ein harter Stoß ins Kreuz warf sie mit dem Gesicht nach unten zu Boden. Sie schlug mit der Stirn auf. Die Geräusche um sie herum verebbten. Es wurde Nacht.

Als sie erwachte, kam der Schmerz. An Hand- und Fußgelenken gefesselt, wurde sie über den Boden geschleift. Um eine Ecke gezerrt, dann ein kurzes Stück geradeaus, wieder um eine Ecke herum und schließlich über eine Kante oder Schwelle. Sie vernahm das Zuschlagen einer Tür. Unter sich spürte sie die kalten Fliesen eines Steinbodens.

Zwei kräftige Hände packten sie unter den Armen, richteten sie auf. Sie fühlte den kühlen Stahl einer Klinge an ihrer Haut. Ein kurzes Zerren an den Fesseln, dann waren ihre Hand- und Fußgelenke frei. Stöhnend fasste sie sich an den Hals, schob die Daumen unter die Ränder des Plastiksacks. Doch bevor sie ihn sich vom Kopf reißen konnte, traf sie ein Schlag in die Kniekehlen. Der Schmerz zwang sie in die Knie. Sie vernahm das Rasseln von Ketten, fühlte die Kälte eiserner Manschetten, die sich um ihre Handgelenke schlossen. Ihr Körper wurde an den Armen langsam nach oben gezogen. Sie keuchte. Rang nach Luft. Versuchte flach zu atmen, die Panik zu bezwingen. Die panische Angst, die sie auf einmal befiel.

Kristina ergab sich. Aus Furcht, ihre Schultern könnten auskugeln, ließ sie sich ohne Gegenwehr hochziehen. Stellte sich im Rhythmus des Seilzuges allmählich auf die Füße. Ihre Beine wurden grob auseinandergerissen, um ihre Fußgelenke legten sich schwere eiserne Manschetten.

Jans Flüstern jetzt ganz nah an ihrem Ohr. Fiebriger Atem. Kyras Atem.

Kristina versank in einer weichen Tiefe.

Der Verkehr auf der Alexandras Ave verlief in beiden Richtungen stockend. Alexandros hatte Nikos und Michalis im Telegrammstil über seine Recherchen in Ioannina und das Erlebnis mit Artemisa Damianidi in der Privaten Anstalt für geistige Erkrankungen informiert. Nun lavierten sie sich zu dritt quer durch die im Schritttempo kriechenden Wagenkolonnen hindurch, hinüber zur anderen Straßenseite. Gefolgt von Nikos und Michalis erklomm Alexandros, zwei Stufen auf einmal nehmend, die Treppe hinauf zum ersten Stock. Als nach mehrmaligem Klingeln und Hämmern gegen die Tür nichts geschah, war ihnen klar, dass sich niemand in der Wohnung befand. Alexandros, der nichts anderes erwartet hatte, griff in die Innentasche seiner Jacke. Nikos grinste zustimmend, als er erkannte, was der Hauptkommissar da zum Vorschein brachte. Michalis sah unsicher von einem zum anderen, trat an das Treppengeländer heran und warf einen diskreten Blick hinunter. Alexandros schob seine Checkkarte zwischen Türschloss und Rahmen. Das leise Aufschnappen des Schlosses, dann bedeutete er den beiden anderen mit einer stummen Geste, ihm in die Wohnung zu folgen.

Sogar in dem diffusen Dämmerlicht, das durch die schweren sandfarbenen Leinenvorhänge fiel, sah man es auf den ersten Blick: In diesem Apartment war alles vom Feinsten. Sie verließen das Wohnzimmer, streiften durch die anderen drei Räume, ohne etwas zu berühren. Zwischen zwei Schlafzimmern lag ein großzügig gestaltetes Bad, an das sich ein Umkleideraum anschloss. Der weitläufige Wohnraum wurde durch einen italienischen Granittresen von der offenen Küche getrennt. Alexandros schob einen der schweren Leinenvorhänge einen Spaltbreit zurück. Eine getönte Doppelglastür gab den Blick auf eine geräumige Veranda frei. Üppig bepflanzte Töpfe und Kübel, Bougainvilleen, Yuccapalmen, verschiedenfarbige Geranien und Rosen.

Die gesamte Wohnung war auffallend sauber und aufgeräumt. Nichts lag herum, weder Kleidungsstücke noch Schuhe, keine Bücher, Zeitungen oder Zeitschriften, nirgends stand auch nur ein einziges benutztes Glas. Auf einem René-Prou-Sekretär lagen akkurat aufeinandergeschichtete Zeitschriften, daneben stand ein Ständer mit CDs. Etwas unter den CDs erregte Alexandros Aufmerksamkeit. Der CD-Ständer stand auf einer Unterlage, einem Heft oder Buch. Die Kanten des Ständers ragten ein wenig über die Unterlage hinaus. Alexandros konnte nicht erkennen, was es war.

Merkwürdig, dachte er. Ein derartiges Provisorium in einem so durchgestylten Ambiente. Alexandros strich sich nachdenklich über den Schnurrbart und rief Michalis zu sich. Er hob den Ständer mit beiden Händen vorsichtig an und bedeutete Michalis, das Ding herauszuziehen. Es war ein Buch. Er strich mit den Fingerspitzen über den Einband. Blaues aufgerautes Leinen, eine Lasche mit einem Schlösschen versehen, die den Einband zusammenhielt. Kein Schlüssel. Zu Alexandros' Überraschung sprang das Schloss bereitwillig auf. Er schlug das Buch auf, las flüchtig die ersten Seiten, blätterte weiter. Das Tagebuch eines Kindes.

Michalis blickte Alexandros kurz über die Schulter, verschwand dann aber in einem der Schlafzimmer, wo Nikos sich umsah.

Alexandros blätterte im Tagebuch weiter. Aus dem Kind wurde ein junges Mädchen, eine Schülerin, Seiten später eine junge Frau. Trotz des schnellen Überfliegens hatte Alexandros den Eindruck, die Aufzeichnungen seien nicht vollständig. Offensichtlich war das Buch in großen zeitlichen Abständen geführt worden. Manchmal lagen Wochen, Monate, sogar Jahre zwischen den Eintragungen. Einiges war kaum mehr lesbar. Von der Zeit verblasst. Die im Tagebuch erwähnten Personen wurden – bis auf eine Ausnahme – mit einem einzigen Großbuchstaben benannt. Wenn es der Anfangsbuchstabe des Vornamens war, dann stand das A. zweifelsfrei für Artemisa. Für Artemisa Damianidi. Lediglich der Name des toten Bruders war ausgeschrieben. Eigenartig, grübelte Alexandros. Sie schreibt über Jan, als sei er noch am Leben. Mit jeder Seite wuchs sein Gefühl des Unbehagens. Er strich sich über das Gesicht, merkte, dass er schwitzte.

Was er dann auf den hinteren Seiten des Tagebuches las, beseitigte seine letzten Zweifel. Die Eintragungen waren erst wenige Tage alt. Im Gegensatz zu den früheren Jahren war hier an fast jedem Tag etwas in das Buch hineingeschrieben worden. Allerdings konnte er sich keinen Reim darauf machen, warum die Tagebuchschreiberin auf einmal in der dritten Person über sich sprach.

Auch die Schrift wechselte. Die zuvor kraftvoll geschwungenen Buchstaben verwandelten sich in den Eintragungen der dritten Person in eine ihm bereits vertraute Schrift. War es die echte oder die kopierte Kinderschrift?

Zwei Täter. Eine Frau und ein Kind. Die Mörderin kopiert die Schrift des Kindes. Demnach musste es die Kopie sein.

Alexandros blätterte zum Anfang des Tagebuches zurück, verglich die fragliche Schrift mit den ersten Eintragungen aus ihrer Schulzeit. Nein, keine Übereinstimmung. Keinerlei Ähnlichkeit.

Sein Unbehagen wurde von verhaltenem Triumph überlagert. Von einem vagen Siegesgefühl des Jägers. Er hatte es geahnt.

Er schritt quer durch den Raum, ließ sich mit dem Buch auf der roten Chaiselongue nieder. Zwei Bilder fielen heraus. Zwei Fotografien, die wohl lose zwischen den Seiten gelegen hatten. Er starrte auf die Bilder. Das eine kannte er bereits.

Die letzten vier Eintragungen waren in auffallend kurzen Zeitabständen erfolgt. Nur wenige Stunden, die dazwischen lagen. Die erste Eintragung um vier, die zweite um sieben, die dritte um Viertel vor neun, die vierte und kürzeste um elf. Alexandros blätterte eine weitere Seite um. Wenige Zeilen nur, ohne Datum und Zeitangabe.

Achtzehnter Mai. Die letzten Eintragungen stammten alle von heute Morgen. Aber wen meinte sie mit K.? Konnte es sein …

Er zog das Handy aus der Tasche und starrte drei Sekunden lang mit rasendem Puls auf das Display.

Kerkyra, 18. Mai 1999
Viertel vor neun

Er will es! Er verlangt es! Er will K. töten.
Aber ich kann doch nicht …
K. ist meine Freundin. Sie vertraut mir. Ich werde nicht zulassen, dass er ihr wehtut. Sie ist unschuldig.
Aber da sind ihre Fragen. Ihre kleinen bösen Fragen. Die gefallen uns nicht.
Jan, was sollen wir tun, wenn sie kommt und ihre Fragen stellt?
Dann wirst du sie töten, Schwester.
Ich kann nicht, Bruder.
Es ist deine Aufgabe zu töten.
Aber K. ist unschuldig!
Sie ist nicht auf unserer Seite, Schwester. Sie ist eine Verräterin.
Sie liebt mich, Bruder. Sie vertraut mir.
Sie wird dich verraten.
Ich will nicht, dass sie stirbt.
Du musst sie töten, Schwester.
Ich kann nicht, Bruder!
Dann will ich es für dich tun. Ich werde sie töten.
Aber K. hat doch nichts damit zu tun …

18

Sie versuchte die Beine zu bewegen. Etwas Schweres hielt sie gespreizt am Boden fest. Etwas an den Fußgelenken. Ihre Arme waren nach oben gezogen, weit über ihren Kopf. Etwas an ihren Handgelenken verhinderte, dass sie die Arme herunternehmen konnte.

Mit fast schmerzhafter Kraftanstrengung öffnete Kristina die Lider zu einem schmalen Spalt. Riss die Augen gewaltsam auf. Tanzende Schlieren. Im Halbdunkel wehende Schleier, die sich von ihr fortbewegten, sich zu den Seiten hin öffneten wie ein Bühnenvorhang, sich nach oben hin verflüchtigten. Das Bild, das langsam vor ihren Augen Gestalt annahm, war auf seltsame Weise in die Länge gezogen. Es war unwirklich. Wie die Sinnestäuschung in einem Zerrspiegel.

Nach und nach tröpfelte die Erinnerung in Kristinas Bewusstsein zurück. Sie war gefesselt worden. Ein Sack hatte sich von hinten über ihren Kopf gestülpt. Nun war ihr Kopf frei.

Sie senkte das Kinn, schaute an sich hinunter. Sie war barfuß. Am Bauch spürte sie einen kühlen Luftzug. Sie hob den Kopf, sah in eine wandhohe getönte Scheibe. Konnte das Bild darin deutlich erkennen. Ihre Jeans waren bis zu den Waden hochgekrempelt, um die nackten Fußgelenke Eisenringe, die am Boden verankert waren. Ihr T-Shirt war durch die erhobenen Arme nach oben gerutscht, so dass ihr Bauch unbedeckt war.

Sie lehnte den Kopf gegen den Arm und schloss die Augen. Dann hörte sie die Stimmen.

Sie hielt die Augen geschlossen, lauschte angestrengt. Die Stimmen stritten miteinander. Von irgendwoher ein dumpfes Dröhnen wie von Trommeln. Dicht an ihrem Ohr eine dunkle, vertraute Stimme: »Willkommen in der Wirklichkeit, Kleines!«

Das knackende Geräusch zweier Schalter, die umgelegt wurden. Kristina blinzelte ins Licht. Ein trockenes Schluchzen drang aus ihrer Kehle. Sie kämpfte gegen die Tränen an. Das dumpfe Grollen der Trommeln verstärkte ihre Angst. Das Gefühl von Panik überschwemmte ihren Verstand, nahm ihr jeden Gedanken. Sie hielt den Atem an.

Sekunden später kam der Schrei. Löste sich wie von selbst aus ihrer Kehle. Schwoll an. Übertönte alles andere. Kristina schrie. Sie schrie ihre Angst und Verzweiflung heraus. Schrie die Panik nieder. Ein grober Schlag ins Gesicht. Sekundenstille. Dann schrie sie weiter. Ein zweiter Schlag. Ein dritter. Nach dem vierten Schlag verstummte sie.

Als sie wieder zu sich kam, spürte sie feuchtheißen Atem in ihrem Gesicht. Sah die unscharfen Konturen eines Kopfes. Ein dunkles Augenpaar, das sie anstarrte. Sekunden später zurückwich.

Kyras Gesicht war ernst. In ihren Augen ein unruhiges Flackern. Kristina versuchte nicht auszuweichen. Ihrem Blick standzuhalten.

Ruhig. Ganz ruhig. Konzentrier dich. Schau sie an. Zeig keine Schwäche. Keine Emotionen. Keine Angst. Vor allem keine Angst!

»Könntest du das Licht … vielleicht ein wenig … runterdimmen«, bat sie mühsam. »Es tut mir weh, in den Augen.«

Kyra schürzte die Lippen, schüttelte trotzig den Kopf.

Kristina blinzelte. Das starke Licht der Scheinwerfer blendete sie, so dass sie nur noch vage den unteren Teil ihres Körpers in der Spiegelscheibe erkennen konnte. Sie versuchte sich zu beruhigen. Ihre Lage zu analysieren.

Nein. Sie sah keinen anderen Weg, als die Wahrheit zu akzeptieren. Selbst wenn diese Wahrheit unbegreifbar war: Ihre Freundin Kyra Damianidi war schizophren. Und sie, Kristina, stand der Gefahr, die von ihr ausging, ohnmächtig gegenüber. In Kyras dunklem Blick spiegelten sich zwei Seelen. Aus ihrem Mund sprachen zwei Stimmen.

»Also, Schwester, was schlägst du vor? Was machen wir mit ihr?«

»Es wird uns schon noch was einfallen, Bruder.«

»Und was, wenn ich fragen darf?«

Entsetzt verfolgte Kristina die Debatte der beiden Stimmen, die aus Kyra sprachen. Sie war einem Menschen ausgeliefert, dem sie vorbehaltlos vertraut hatte. Wieder spürte sie die Angst. Sie zwang ihren Kopf hoch, zwang ihren Blick fest in Kyras Augen.

»Du hast vier Menschen getötet«, sagte Kristina, verwundert, wie ruhig die Worte aus ihr kamen. »Wann hast du ihren Tod beschlossen?«

»Was soll das heißen: ›beschlossen‹?«, empörte sich die Stimme des Jungen.

»Wir haben den Auftrag erhalten«, sagte Kyra. »Dafür sind wir geboren. Um zu richten. Wir haben vollendet, was uns befohlen.«

»Geboren, um zu richten. Vollenden, was befohlen«, wiederholte Kristina. »Was meinst du damit? Richtest du, oder führst du die Befehle anderer aus?«

»Für uns macht das keinen Unterschied.«

»Demnach bist du Richter und Henker?«

»Wir!« sagte die Jungenstimme. »Wir sind Richter und Henker. Wir sind noch lange nicht fertig. Wir stehen erst am Anfang.«

Kristina ignorierte den Plural. »Du wirst also weitere Menschen ermorden?«

»Es sind keine Morde, Liebes«, sagte Kyra. »Es sind Hinrichtungen. Gerechtfertigte Hinrichtungen.«

»Auch wenn sie unschuldig sind?«

»Sie sind schuldig. Sie tragen die Schuld in sich.«

»Ist Schuld denn vererbbar?«

»Ich bin es, der mit dir spricht, verdammt!«, fuhr Jans Stimme dazwischen.

»Lass sie, Bruder. Sie wird es schon noch lernen.«

»Je eher du akzeptierst, dass wir zwei sind, umso schmerzfreier wird es für dich verlaufen.«

»Antworte mir, Kyra! Wirst du weiterhin unschuldige Menschen töten?«

Kyra mit nachsichtigem Lächeln: »Sie sind schuldig, Liebes. Wir geben nur weiter, was frühere Generationen in uns angerichtet haben. Die Eltern übertragen die Schuld auf ihre Kinder. Die Kinder bezahlen für die Schuld ihrer Eltern. Uns, den Nachkommen, ist es auferlegt zu richten.«

Kristina versuchte, so ruhig wie möglich den Blick der Freundin zu erwidern. »Du bist krank, Kyra.«

»Sind wir nicht!«

»Du brauchst Hilfe.«

Kyra warf den Kopf in den Nacken und lachte. Nach wenigen Sekunden erstarb das Lachen. Ihr Blick bohrte sich in Kristinas Augen. Kristina hielt ihrem stechenden Blick stand. Kyras Augen verengten sich zu schmalen Schlitzen. Das Folgende kam abgehackt, im Stakkato: »Wir sind nicht krank. Wir brauchen keine Hilfe. Solche Worte machen uns böse. Wenn wir böse sind, geschehen schlimme Dinge.«

Kristina hielt den Blick der anderen, spürte, wie der Schweiß unter ihrem T-Shirt den Rücken hinunterrann.

Wie spricht man mit einem schizophrenen Menschen?

Wie löse ich Kyra von Jan?

»Schau mich an, Kyra! Erkennst du in mir deine Freundin?«

Starren. Schweigen.

»Ich bin deine Freundin, Kyra. Ich bin Kristina. Ich will dir helfen. Ich will dir wirklich nur …«

»Wie lange sollen wir uns das noch anhören, Schwester?«

»Binde mich los, Kyra. Vertrau mir. Ich stehe auf deiner Seite.«

»Lass das Geschwätz! Los, Schwester, lass uns die Sache zu Ende bringen.«

»Hör nicht auf ihn, Kyra! Binde mich los! Er ist nicht dein Bruder! Er ist nicht Jan!«

Kyra legte den Kopf schief, schaute Kristina halb belustigt an. Ihr Mund öffnete sich: »Die Zeit drängt, Schwester!«, sagte die Jungenstimme. »Wir müssen eine Entscheidung treffen.« Kyra richtete sich auf, schüttelte unwillig den Kopf. Ihre Brauen zogen sich zusammen. »Was meinst du, Bruder? Was soll das heißen?«

»Es will mich töten, Kyra. Dein böses Ich will mich töten.«

»Mein böses Ich? Aber du bist doch meine Freundin!«

»Sie ist nicht deine Freundin.« Wieder Jans Stimme. »Sie gehört nicht zu uns. Sie wird uns verraten.«

»Lass nicht zu, dass dein böses Ich mich tötet, Kyra! Lass nicht zu, dass es dich beherrscht!«

»Der Judas muss sterben!«, rief die Jungenstimme. »Du weißt es, Schwester, du weißt es. Der Judas muss sterben!«

»Hör nicht auf die Stimme, Kyra! Sie gehört nicht Jan. Dein Bruder ist tot. Er ist vor langer Zeit gestorben. Nur du und ich – nur wir beide sind hier. Niemand sonst. Nur wir. Du und ich, wir gehören zusammen …«

»Wir müssen sie töten, Schwester!«

»Nein«, sagte Kyra. »Sie hat nichts getan. Sie steht nicht auf der Liste.«

Mit der Verweigerung veränderten sich Kyras Mimik und Gestik. Sie stemmte die Hände in die Hüften, den Blick unverwandt auf Kristina geheftet. An ihrer Unterlippe zuckte ein Nerv, der den rechten Mundwinkel rhythmisch nach unten zog. Gespannte Stille breitete sich zwischen den beiden Frauen aus. Erneut kämpfte Kristina gegen die Angst an.

So geht es nicht, dachte sie. So kann es nicht gehen. Weil diese Frau nicht Kyra ist. Weil sie nicht die Kyra ist, die du kennst. Wenn sie hier raus wollte, musste sie ihre Taktik ändern. Kyras aggressive dunkle Seite meinte es ernst. Das war nicht zu übersehen.

Also akzeptiere es. Sprich mit ihrer dunklen Seite. Sprich mit ihm. Mit Jan. Aber pass auf, dass du Kyra nicht dabei verlierst. Wie auch immer du es anstellst, lass sie nicht los.

Kristina zwang sich zu einem Lächeln, hoffte unbefangen zu klingen: »Hallo, Jan!«

Kyras Augen sahen sie ausdruckslos an. Ihr Mund öffnete sich: »Was ist?«, fragte die Jungenstimme schroff.

»Warum willst du mich töten, Jan? Ich stehe doch gar nicht auf Kyras Liste.«

»Aber du stehst auch nicht auf unserer Seite. Und wer nicht auf unserer Seite steht, muss sterben.«

»Ich bin Kyras Freundin. Somit stehe ich auf ihrer Seite. Wenn ich zu Kyra halte, halte ich auch zu dir.«

»Das stimmt nicht. Du magst mich nicht. Du lehnst mich ab.«

»Ich kenne dich einfach noch zu wenig. Aber ich höre dir zu. Ich will dich verstehen.«

»Du lügst, Mädchen! Du hast Angst. Du lügst, weil du Angst vor mir hast.«

»Ich habe keine Angst vor dir. Warum sollte ich Angst vor Kyras Bruder haben?«

Kyra grinste. »Doch, Schätzchen, hast du. Gib es einfach zu. Du fickst dich in den Arsch vor Angst um dein kleines schmutziges Leben!«

Er hatte Recht. Sie hatte Angst. Um ihr herrliches Leben. Um all die Dinge, die ihr wichtig waren, die dieses Leben ausmachten.

»Warum sprichst du so, Jan? Der vulgäre Jargon einer Domina passt doch gar nicht zu einem Jungen wie dir. Du bist jung, Jan. Du bist zwölf, nicht wahr? Spricht so ein Junge von zwölf Jahren?«

Mit einem Schritt war Kyra direkt vor ihr.

»Du bist ein Kind, Jan. Hast du keine eigene Sprache? Eine,

die zu einem Jungen wie dir passt? Musst du dich Kyras Sprache bedienen, um dich auszudrücken? Der Sprache einer Domina?«

Kyra schlug ihr hart ins Gesicht. »Weißt du, was das ist?«, fauchte Jans Stimme.

Kristinas Kopf flog zurück. Ihre Wange brannte wie Feuer. Irgendwie gelang es ihr, die Tränen zurückzuhalten.

»Weißt du, was das ist?!«, brüllte er. »Das ist das Recht der Jugend. Das Recht, sich auszuleben. Was mir versagt wurde. Was man mir verweigert hat. Ja, ich bin erst zwölf! Und ich werde niemals älter werden! Ich werde immer nur zwölf sein!«

»Das ist nicht meine Schuld …«, keuchte Kristina. »Ich kann nichts für das, was man deinem Bruder angetan hat, Kyra …«

Ein Fausthieb traf Kristina oberhalb des Kinns. Auf der Zunge der metallische Geschmack von Blut.

Sie versuchte sich auf etwas zu konzentrieren. Auf etwas Festes. Auf einen Punkt. Seltsam, dass ihr dieser Lichtpunkt nicht schon früher aufgefallen war. Da, unten auf dem Boden … irgendetwas Blankes … Sie kniff die Augen zusammen. Versuchte zu erkennen, was da lag.

Sie erkannte es im selben Moment, als Kyra nach dem Ding griff. Die blanke Schneide eines Messers, die vor ihren Augen tanzte. Die Stimme des Jungen ganz nah an ihrem Ohr. Sein Lachen. Der Geruch herben Parfums. Heißer Atem in ihrem Gesicht. An ihrem Hals. Eine kühle Hand auf ihrem Bauch. Reißen von Stoff. Ein Schmerz im Bein. Ihr linker Oberschenkel …

Dunkel. Tiefschwarze Nacht.

Alexandros las zum dritten Mal die wenigen Zeilen der letzten Tagebuchseite. Er nahm die beiden Bilder und legte sie nebeneinander auf die aufgeschlagenen Seiten. Das Foto von dem KZ-Arzt und den beiden Kindern. Das Kind Jannis Mastoras und dessen Vater, Dr. Johannes Meister. Auf der Trage im Vordergrund das noch lebende Skelett eines zweiten Kindes mit dunklen, aufgerissenen Augen. Unverkennbar eine Originalfotografie. Das gleiche Bild, das ihnen Kristinas deutsche Bekannte aus Bergen-Belsen zugefaxt hatte.

Die zweite Fotografie zeigte eine Gruppe von Männern, aufgestellt in drei Reihen. Alexandros erkannte den Arzt aus Potamos, den Ölbauern aus Kalami und den deutschen Restaurantbesitzer aus Dasia. Über die Gesichter der Männer war mit schwarzem Stift geschrieben worden. Eingekreiste Zahlen. Eins, zwei, vier. Die Reihenfolge ihrer Hinrichtungen. Die Nummer drei, Maria Funasi, fehlte auf dem Bild. Alexandros vermutete, dass es sich bei den Männern um die Mitglieder der *Rune*, jenes deutschen Nazivereins, handelte.

Er schob die Fotografien zusammen, legte sie zwischen die beiden letzten Tagebuchseiten. Er klappte das Buch zu und lehnte sich auf der Chaiselongue zurück. Sein Blick fiel auf Michalis, der leicht vornübergebeugt eine von Kristinas Collagen betrachtete. Sekunden später erschien Nikos in der Tür. Seine Augen schweiften flüchtig durch das Zimmer, als wollten sie das Terrain überprüfen. »Und nun? Wie geht's jetzt weiter?«

»Ich kann Kristina nicht erreichen.« Alexandros warf das Handy neben sich auf die Couch. »Ich versuche es schon den ganzen Tag.«

Nikos zuckte die Achseln. »Vielleicht arbeitet sie für ihre Ausstellung und will nicht gestört werden. Warum willst du sie sprechen?«

Alexandros schlug die letzten Seiten des Tagebuches auf und reichte es ihm wortlos hinüber. Michalis blickte Nikos über die Schulter.

»Kristina hat aus der Anstalt Unterlagen mitgenommen. Seitdem höre ich nichts mehr von ihr.«

Nikos rieb sich kopfschüttelnd das Kinn. »Gefällt mir nicht, Alex.« Er klappte das Tagebuch zu und gab es Alexandros mit ernster Miene zurück.

»Mir auch nicht. Einfach so abzutauchen ist nicht Kristinas Art«, pflichtete Michalis bei.

Alexandros sah von einem zum anderen, spürte, wie sein Puls sich beschleunigte. »Wo ist dieses verdammte Haus von Kyra Damianidi?«

Alexandros Kasantzakis hockte wortkarg und angespannt auf dem Beifahrersitz, während Nikos den zivilen Einsatzwagen über den San Rocco aus der Stadt hinauslenkte. Michalis' Arm schob sich von der Rückbank zwischen sie, seine Hand offerierte ein Päckchen Kaugummis. »Nehmt. Beruhigt die Nerven.«

Nikos steckte sich den von Michalis aus dem Silberpapier gewickelten Streifen in den Mund. Alexandros schüttelte den Kopf. Er hasste Kaugummis.

Endlich erreichten sie die Ausfahrtstraße aus der Stadt. Sie passierten die Kreuzung nach Dasia, fuhren Richtung Paleokastritza. Nikos fuhr schnell und konzentriert. Alexandros fahndete indessen, schweigend durch die Windschutzscheibe stierend, nach Erinnerungsfetzen. Wo war dieses verdammte Haus? Er erinnerte sich, es war nach einer Farbe benannt. Nach einer erotischen … aggressiven … Rot! Das Rote Haus!

Dieses Haus musste irgendwo vor Paleokastritza in der Wildnis verborgen liegen. Kristina hatte ihm doch mal vage den Weg beschrieben. Vielleicht nicht direkt beschrieben. Nur, wo das Haus ungefähr zu finden war.

Von der Hauptverkehrsstraße zweigten etliche Schotterstraßen und schwer befahrbare Feldwege ab. Alexandros sagte sich, dass man ein solches Haus wohl nur in völliger Abgeschiedenheit betreiben konnte. Sollte es mit dem Teufel, dessen Mutter und Großmutter zugehen, wenn er dieses verfluchte Rote Haus nicht fand! In welcher Wildnis auch immer es sich verstecken mochte, er würde es verdammt noch mal finden!

Er fuhr die Scheibe des Seitenfensters halb herunter, starrte verbissen hinaus auf die vorbeifliegende Landschaft. Wieder erwachte in ihm der Jäger. Trotz der Sorge um Kristina spürte er das wohlbekannte Vibrieren. Diese fiebrige Erwartung.

Der Überraschteste von ihnen war der Hauptkommissar, als sie auf einmal das Rote Haus erblickten. Auf seine Anweisungen hin hatte Nikos Stavrous den Wagen über die verschlungenen Schotterwege manövriert. Als sie auf einem Feldweg voller Schlaglöcher inmitten von meterhoher Wildnis und unbewirtschafteten Bäumen nahe dran waren aufzugeben, machte der Weg eine scharfe Biegung, und wenige Meter vor ihnen tauchte plötzlich wie aus dem Boden gewachsen ein Haus auf. Ein in traditionellem Rot gestrichenes zweistöckiges Haus mit zwei runden Türmchen. Kristinas Beschreibung hatte gestimmt. Es war eindeutig Kyras Haus.

Alexandros richtete sich erregt auf, stützte sich mit beiden Händen auf die Armatur. Er wies mit dem Kinn auf den Zündschlüssel, Nikos stellte den Motor ab. Der Wagen rollte langsam zur Seite hin aus und kam schließlich im Schatten eines alten hohen Ölbaumes zum Stehen. Sie stiegen aus. Der späte Nachmittag war erfüllt vom Gesang der Vögel, vom Zirpen der Grillen. Nikos und Michalis überprüften den Sitz ihrer Pistolengurte. Alexandros trug nie eine Waffe. Sie drückten die Türen des Wagens so leise wie möglich zu, verständigten sich durch Handzeichen.

Im Schutz der gewaltigen, nach allen Seiten hin ausufernden Brombeerbüsche, die den Feldweg beidseitig säumten, schlichen sie hintereinander an das Gebäude heran. Beim Näherkommen erkannten sie Kristinas roten Peugeot. Es stand auf dem Feldweg, unmittelbar neben der Einfahrt.

Die Tür des Hauses schien geschlossen. Soweit sie es von außen beurteilen konnten, bestand der Zugang zum Grundstück aus einem einzigen Gartentor. Das Tor stand offen. Um an das Haus heranzukommen, würde ihnen nichts anderes übrig bleiben, als ungedeckt über den Kiesweg zu laufen, vorbei an Kyra Damianidis Mercedes-Cabrio.

Sie traten durch das Gartentor. Der Kies knirschte leise unter ihren Sohlen. Alexandros spürte die Anspannung der beiden anderen. Wie immer in solchen Situationen, hoffte er, Nikos und Michalis würden nicht zu früh ihre Waffen ziehen.

Der Kiesweg endete unterhalb einer kurzen weißen Marmortreppe, die zum Eingang des Hauses hinaufführte. Von drinnen vernahmen sie jetzt den gedämpften Rhythmus von Trommeln. Alexandros starrte auf die geschlossene Haustür. Nichts bewegte sich. Niemand erschien.

Sie schlichen dicht an der Außenmauer entlang um das Haus herum, versuchten durch die tiefer gelegenen Seitenfenster in das Innere des Hauses zu schauen. Keines der vergitterten Fenster gab den Blick frei. Es schien, als wären die Scheiben von innen mit etwas Schwarzem verhängt oder verklebt. Auch auf der Rückseite des Hauses kein weiterer Eingang, nur vier kleine vergitterte Fenster mit geschwärzten Scheiben im gepflegten rot gestrichenen Mauerwerk.

Überall im Garten brach der Boden von der Trockenheit auf. Lediglich um die Dornenbüsche herum schien die Erde aufgeworfen und feucht. Als sie näher herantraten, entdeckten sie in dem feuchten Boden eine breite Reifenspur. Die Spur führte direkt in die Büsche hinein. Nikos zog den Ärmel seiner Lederjacke über die Hand und griff in die Dornen. Als er die Zweige auseinanderdrückte, schimmerte etwas Silbernes zwischen den Blättern und Dornen hindurch. Er bog die Zweige noch weiter auseinander. Alexandros spürte das Adrenalin in sich hochschießen. Er meinte, sein Herz schlagen zu hören. Die Herzschläge vermischten sich mit den Rhythmen der Trommeln, die aus dem Haus zu ihnen herüberwehten. In einem von den Büschen gebildeten natürlichen Hohlraum stand rückwärts eingeparkt ein Wagen.

Ein silbergrauer Geländewagen.

Die Trommeln schwiegen. Stille senkte sich über das Haus.

Sie liefen zur Vorderseite des Gebäudes zurück, die Marmorstufen hinauf. Alexandros drehte behutsam den Türknauf nach rechts, zu seiner Verblüffung sprang die Tür sofort auf. Sie traten ins Dämmerlicht eines schmalen Ganges und gelangten nach wenigen Metern an eine Tür, die einen Spaltbreit aufstand.

Alexandros schaute sich im Zimmer um. In die Wand vor ihm war eine große dunkle Glasscheibe eingesetzt. Wie ein blindes Fenster. Er trat an die Scheibe heran, betastete sie mit den Fingerspitzen, versuchte etwas in der Schwärze zu erkennen. Nichts. Wenn es dahinter einen weiteren Raum gab, so war er unbeleuchtet. Er klopfte vorsichtig gegen das Glas und fragte sich, ob die Scheibe aus Panzerglas war. Er war niemals zuvor in einem solchen Raum gewesen.

»Ein Voyeurraum«, klärte Nikos ihn auf. »Hier sitzen sie, die kleinen Wichser. Gaffen durch das Fenster da und holen sich dabei einen runter.«

»Und auf der anderen Seite findet dann die Show statt«, ergänzte Michalis.

»Was auch immer«, nickte Nikos. »Ganz nach Geschmack und Geldbeutel.« Er grinste. »Dieser Raum hier ist jedenfalls für das preisgünstigere Rahmenprogramm.«

Alexandros wandte sich kopfschüttelnd ab, strich sich peinlich berührt über den Schnurrbart. Sein Blick fiel auf Michalis, der eine Tasche vom Boden aufhob. Alexandros erkannte Kristinas schwarze Umhängetasche. Er öffnete den Verschluss und schaute hinein.

Das übliche Chaos einer Damenhandtasche. Dazwischen der Umschlag. Ein brauner DIN-A4-Umschlag mit dem Namen Maria Funasi. Das Siegel war aufgebrochen worden. Zumindest hatte Kristina sich nicht bemüht, ihr Vorgehen zu vertuschen. Alexandros zog die Papiere aus dem Umschlag heraus, blätterte sie hastig durch, deutete auf die beiden zu oberst liegenden Blätter.

»Ein Vertrag«, sagte er. »Original und Übersetzung eines Vertrages. Beglaubigt vom Amtsgericht in Athen. Kyra Damianidi hat ein Haus mit Grundstück in Deutschland gekauft. Über diesen Naziverein. *Die Rune.*« Er ließ die Blätter sinken. »Und jetzt ratet mal, über wen das Geschäft gelaufen ist.«

»Über Dimitris Funasis«, sagte Nikos. »Das sind die Unterlagen aus der Anstalt, oder?«

»Glückwunsch, Kommissar! Und herzlich willkommen in meinem, nun ja, Gruselkabinett.«

Die dunkle, rauchige Stimme tönte klar durch den Raum. Instinktiv sahen die drei Polizisten nach oben. Michalis zeigte zur Oberkante des Fensters. Je ein Lautsprecher zu beiden Seiten der großen Wandscheibe, gleich über der Scheibe eine unauffällige Minikamera. Kurz darauf flammten jenseits der Scheibe Scheinwerfer auf. Das Bild, das sich ihnen in dem angrenzenden Raum bot, ließ das Adrenalin bis in Alexandros' Schläfen schießen.

»Mein Gott«, flüsterte Nikos, den Blick auf die Scheibe geheftet.

Alexandros wich entsetzt zurück, streifte dabei Michalis' Arm. Er sah, wie die beiden ihre Hände auf die Waffen legten. Alexandros wusste, sie warteten nur auf sein Kommando.

Jenseits der Scheibe trat Kyra Damianidi in einem hautengen roten Kleid an sie heran. Sie hob langsam die Arme, stützte die Handflächen gegen das Glas. Auf der weißen Haut zeichnete sich die Lebenslinie scharf ab. Kyra verharrte reglos mit erhobenen Armen, ein Bein vor das andere gestellt. Die Haut auf der Unterseite ihrer Arme war ebenmäßig und hell. Oberhalb des linken Handgelenks befand sich ein ovales Muttermal. Das spöttische Lächeln auf ihren Lippen erreichte nicht ihre Augen. Ihr Blick blieb dunkel und hart.

Die Szene im Hintergrund wurde jetzt von ihrem Körper abgedeckt. Die von der Decke herabgelassenen Ketten schienen aus der Perspektive des Voyeurraumes zu beiden Seiten aus ihren Schultern zu wachsen. Das gleißende Licht der Scheinwerfer schlängelte sich wie eine Aura um ihre Erscheinung. Das knapp oberhalb der Knie endende schlichte Kleid betonte ihre schlanke, muskulöse Figur. Das straff zurückgekämmte schwarze Haar, der Silberreif um ihren langen Hals verliehen ihrem Gesicht eine herbe Schönheit, die Falten um Augen und Mund eine markante Schärfe. Eine groß gewachsene Frau mit einem Hang zum Maskulinen, dachte Alexandros. Eine Frau Mitte fünfzig und wahnsinnig erotisch.

Er starrte auf ihre kräftigen Handgelenke, auf ihre Handflächen, auf das Muttermal, auf die langen, feingliedrigen Finger und fragte sich, ob sie ihn durch die Scheibe sehen konnte. Oder ob die Scheibe wie in den Verhörräumen der Polizei eine Spiegelwand war.

Kyra Damianidi löste ihre Hände von dem Glas, trat einen Schritt zur Seite und gab den Blick in den Raum wieder frei. Abermals traf ihn der Anblick wie ein Schlag. Er fühlte, wie es ihn eiskalt überlief. Spürte die Anspannung der beiden jüngeren Polizisten, ihre wachsende Bereitschaft, die Waffen zu ziehen.

Kyra Damianidi umrundete ihr Opfer, umfasste eine der Ketten, das Gesicht ihnen zugewandt. Das seltsame Lächeln auf ihren Lippen war verschwunden, die Härte in den Augen geblieben.

Kristina Tzavrou hing in der Haltung einer Gekreuzigten. Ihre Handgelenke steckten in Eisenmanschetten an den von der Decke heruntergelassenen Ketten, ihre Fußgelenke in massiven, am Boden verankerten Eisenringen. Das grelle Licht der Scheinwerfer war direkt auf sie gerichtet.

Sie wirkte zerbrechlich. Ihr Kopf baumelte nach vorn. Sie schien bewusstlos. Ihr Gesicht konnte Alexandros nicht erkennen. Er suchte ihren Körper nach Verletzungen ab. Auf ihrer Jeans zeichnete sich in Höhe des linken Oberschenkels ein großer dunkelroter Fleck ab.

Sein Blick wanderte weiter nach oben. Da war etwas mit ihrem Arm. Mit der Unterseite des rechten Oberarms. Er kniff die Lider zusammen. Blut. Geronnenes Blut. Wenn er doch nur ihr Gesicht sehen könnte! Besorgt erkannte er, wie schlaff und reglos sie in den Ketten hing. Tatsächlich hatte sich Kristina noch kein einziges Mal bewegt.

Alexandros konnte nicht verhindern, dass sein Herz zu hämmern begann.

Er hörte ein Lachen. »Keine Sorge, Kommissar. Die Prinzessin lebt.«

Aber da war etwas mit ihrer Stimme … Kyra Damianidis Stimme kam ihm verändert vor.

Er sah, wie sie in Kristinas Haar griff, ihren Kopf brutal zurückzog. Kristinas Gesicht verzerrte sich schmerzhaft. Ihre Augenlider öffneten sich einen Spalt. Sie bewegte die Lippen. Erleichtert atmete Alexandros auf. Kyra lächelte.

»Schließlich ist die Prinzessin die Freundin meiner Schwester«, sagte eine Jungenstimme. »Nicht wahr, Schätzchen, das bist du doch?«

»Habt ihr das auch gehört?«, flüsterte Nikos. Er wechselte einen ungläubigen Blick mit Michalis. »Was war das?«

Sie starrten wie gebannt durch die Scheibe. Sie hatten es alle drei gehört! *Und* gesehen!

»Wenn Sie sich fragen sollten«, wieder Kyras dunkle Stimme, »ob Kristina Sie sehen kann … Nein, das kann sie nicht. Das Voyeurfenster besteht auf unserer Seite aus verspiegeltem Glas.« Sie nahm den Arm von Kristinas Schulter. »Aber wem erzähle ich das? Ich nehme doch an, dass euch Bullen solche Einrichtungen nicht fremd sind.«

Alexandros schüttelte verwirrt den Kopf. Wie auch immer, er musste versuchen, die Kontrolle über Kyra zu bekommen. Er musste versuchen, die Frau dort drüben in ein Gespräch zu verwickeln. In ein von ihm kontrolliertes Gespräch. Er musste Kristina da rausholen. Unverletzt!

Alexandros wies mit dem Kopf unauffällig zur Tür hin. Nikos und Michalis bedeuteten ihm, dass sie verstanden hatten.

Jenseits der Spiegelwand kam Kristina zu sich. Sie hob ihren Kopf, wobei er unkontrolliert hin und her schwankte. Ihr Blick irrte suchend die Scheibe entlang. Sie kann mich nicht sehen, dachte Alexandros, aber vielleicht nahm sie dennoch wahr, dass er sich in ihrer Nähe befand. Sie hatte ihn bestimmt gehört, er hoffte inständig, dass sie sich ruhig verhielt. Bei einem Psychopathen – und das war Kyra zweifelsfrei – konnte eine falsche Reaktion tödlich enden.

Während Nikos und Michalis durch die Tür verschwanden, kam Alexandros ohne Umschweife zur Sache.

»Frau Damianidi … Kyra. Darf ich Kyra sagen?«

»Darf ich fragen, wozu das gut sein sollte, Kommissar?«

»Ich denke«, erwiderte Alexandros ruhig, »es würde vielleicht unsere Unterhaltung etwas erleichtern.«

»Für wen? Für Sie oder für mich?«

»Für uns beide. Es würde vertraulicher werden.«

»Es würde den Abstand zwischen uns verringern. Das meinen Sie doch? Ich weiß nicht, ob ich das möchte.«

»Das ist schade, Frau Damianidi. Wirklich sehr schade.«

»Sagen Sie Kyra. Aber ich will keine Vertraulichkeit zwischen uns herstellen, Kommissar.«

»Dann hat mein Eindruck mich wohl getäuscht, als Sie sich so rege an unserer Ermittlungsarbeit beteiligen wollten?«

»Sie meinen, meinen Besuch in der Pathologie?«

»Nicht nur den, Kyra. Hatten Sie nicht auch die These von den zwei Tätern aufgestellt? Von zwei Mördern, die an den Taten beteiligt waren?«

Das Gekicher eines Kindes kam unverkennbar über die Lautsprecher.

Dann war es vorhin keine Sinnestäuschung, dachte Alexandros.

»Hinter dem Haus steht ein silbergrauer Geländewagen. Gehört das Fahrzeug Ihnen?«

»Eins zu null! Erraten, Kommissar.«

»Und vor der Einfahrt des Hauses steht der Wagen Ihrer Freundin.«

»Zwei zu null. Kristina ist mit ihrem eigenen Auto hergekommen.«

»Dann nehme ich also an, dass Ihre Freundin freiwillig hier ist?«

»Sie ist freiwillig hergekommen. Sie besitzt, wie man so sagt, eine gesunde Neugier. Das ist doch gefragt in Ihren Kreisen? Oder, Kommissar?«

»Hat Kristina sich freiwillig in die Situation begeben, in der sie sich jetzt befindet?«

»Nun ja, nicht ganz«, räumte Kyra ein.

»Sagten Sie nicht, dass Kristina Ihre Freundin ist? Sogar eine sehr gute Freundin?«

»Ja, sicher. Wieso?«

»Ich weiß nicht«, sagte er wie beiläufig, »ob das da die richtige Art ist, mit guten Freunden umzugehen.« Ihm war die kleine Unsicherheit in ihrer Stimme nicht entgangen.

»Worauf wollen Sie eigentlich hinaus? Kristina hat sich das ganz allein eingebrockt.«

»Wie soll ich das verstehen, Kyra?«

»Wie soll ich es Ihnen erklären, Kommissar? Kristina ist ... sie ist ein Teil von uns.«

»Wer ist ›uns‹, Kyra?«

»Wir! Das sind wir!«

»Wen meinen Sie, Kyra? Gibt es da drüben außer Ihnen noch jemand anderen? Wer ist bei Ihnen, Kyra?«

»Kristina ist ein Teil vom Spiel«, sagte die Jungenstimme.

Alexandros gab sich Mühe, ruhig zu bleiben. Er fragte sich, ob Nikos und Michalis mittlerweile irgendeine Möglichkeit gefunden hatten, in den anderen Raum zu gelangen.

»Von welchem Spiel, Kyra?«

»Jan! Ich bin Jan.«

»Jan?« Alexandros hoffte, das Zittern seiner Stimme kontrollieren zu können. »Jan, warum versuchst du nicht, mir die Regeln zu erklären?«

Das Schnalzen einer Zunge. Dann Kyras Stimme: »Das mit den Schuhen war kein Zufall. Es war Absicht. Mein erster Schachzug. Ein Täuschungsmanöver. Ihr Anruf erreichte Kristina in meiner Wohnung. Perfektes Timing. Kristina hatte keine geeigneten Schuhe dabei. Also habe ich ihr meine Schuhe geliehen, und damit für die richtigen Fußabdrücke in Arillas gesorgt. Ich glaubte zwar, meine eigenen Abdrücke verwischt zu haben. Aber es war sehr dunkel in jener Nacht. Also gab ich Kristina die Schuhe und hatte somit alles unter Kontrolle.«

»Was bedeutet für Sie ›Kontrolle‹?«, fragte Alexandros.

»Gewalt«, sagte Kyra.

»Was bedeutet ›Gewalt‹?«

»Unterwerfung«, erwiderte die Stimme des Jungen. »Kristina hat sich uns unterworfen. Sie ist zu einem Teil von uns geworden.«

»Zu einem Teil von euch?«

»Sie ist Teil unseres Spiels«, sagte Jan.

»Wessen Spiel? Was ist das für ein Spiel?«

»Ein Puzzle ... Verschiedene Puzzleteile. Ich habe Sie Ihnen zugeschickt. Erinnern Sie sich, Kommissar?«

»Sie meinen die Briefe?«

»Und das nette Päckchen mit der Puppe«, sagte die Jungenstimme. »Mann, fangen Sie endlich an, die Teile zusammenzufügen, bevor wir die Geduld verlieren!«

Ein Geräusch ließ Alexandros herumfahren. Ein abgehetzter Nikos stand in der Tür und schüttelte den Kopf. Also hatten sie weder innerhalb noch außerhalb des Hauses einen Zugang zu dem anderen Raum gefunden.

»Jan«, sagte Alexandros, »wir könnten viel besser miteinander reden, wenn Kristina frei wäre.«

»Nicht doch, Kommissar!«, kicherte die Jungenstimme. »Falsches Puzzleteil. Jetzt haben Sie den falschen Weg eingeschlagen. Das bringt Punktabzug. Das Mädchen ist mein Joker.«

»Kristina ist dein Joker?«

»Richtig, Kommissar! Und wann wirft man seinen Joker ins Spiel? Dann, wenn man keine passende Karte mehr zur Verfügung hat. Noch aber habe ich genügend passende Karten.«

»Dann wirf eine ab.«

»Ich bin ein fairer Spieler. Der erste Zug gehört Ihnen.«

Alexandros griff in seine Jackentasche, zog etwas Flaches heraus, warf einen kurzen Blick drauf und hielt die beiden Fotografien hoch, dem Kameraauge entgegen.

Ein Räuspern. Dann Kyras Stimme: »Das Kind auf der Trage ist mein Bruder Jan.«

Kerkyra, 18. Mai 1999
elf Uhr

Ich möchte fliegen.
Öffne deine Schere, Atropos.
Gib mich frei, Nemesis.

Küss mich, Vogelfrau.
Ich will fliegen,
nur fliegen.
Weit, weit fort …

19

Kyra Damianidi stand unmittelbar hinter der wandhohen Glasscheibe. Trotz des Spiegelglases auf ihrer Seite waren ihre Augen direkt auf Alexandros Kasantzakis gerichtet.

Michalis Kavadias und Nikos Stavrous traten hinter Alexandros. Nikos hatte die rechte Hand auf seine Waffe gelegt. Alexandros steckte die beiden Fotografien zurück in seine Jackentasche.

Es war schwer, die Wandlung im Gesicht der Frau zu beschreiben. Und nicht nur in ihrem Gesicht. In ihrer gesamten Erscheinung. Es schien, als wäre der Junge wie ein zweites Ich aus Kyra Damianidi hervorgekrochen. Doch er dominierte sie nicht. Löschte sie nicht aus. Im Gegensatz zu den Personen in Artemisas multipler Persönlichkeit. Bei Kyra schien es vielmehr, als bestehe sie auf einmal aus zwei Personen. Aus Kyra Damianidi und einem zornigen Kind.

Alexandros starrte durch die Scheibe in das sich verändernde Gesicht. Versuchte sich die Gesprächstaktik von Prokopis Mandoulis ins Gedächtnis zu rufen und fragte: »Jan?«

»Wer sonst?«, erwiderte die Jungenstimme aus Kyra.

Hinter Kyras Schulter nahm Alexandros eine Bewegung wahr. Kristina richtete sich auf, lehnte den Kopf gegen ihren gestreckten Arm, die Augen starr nach vorn gerichtet, die Lippen leicht geöffnet. Noch hatte Alexandros keine Idee, wie er

Kyra Damianidi auf seine Seite ziehen sollte. Viel Zeit blieb ihm nicht. Das wusste er. Kyra oder Jan würden ihm nicht allzu viel Zeit lassen.

Er wandte sich um und begegnete Michalis' angespanntem Blick. Nikos schob sich an Michalis vorbei, streifte flüchtig Alexandros' Arm, als er auf das Fenster zuging. Er drückte die Finger mehrmals prüfend gegen das Glas, drehte sich um und sah Alexandros mit erwartungsvoll hochgezogenen Brauen an. Alexandros strich sich nachdenklich über den Schnurrbart. Noch hatte er die Hoffnung nicht aufgegeben, das Ganze hier möglichst unblutig zu beenden. Er hob die Hände zu einer beschwichtigenden Geste und bedeutete Nikos und Michalis, vorerst noch Ruhe zu bewahren. Nikos fuhr sich mit der Hand über das Gesicht und schüttelte verständnislos den Kopf. Er ging Richtung Tür, gefolgt von Michalis und zog sein Handy hervor. Alexandros nickte ihm zu.

»Seit wann lebst du in deiner Schwester, Jan?«

»In Kyra? Seit die Vogelfrau begann, mit uns zu sprechen.«

Die Vogelfrau … Die Kette mit dem Anhänger um Artemisas Hals. Die weibliche Figurine mit dem Vogelkopf. In Kyras Tagebuch war ihm die Vogelfrau ebenfalls begegnet.

»Wer ist die Vogelfrau?«, fragte er.

»Die Vogelfrau schaut uns an. Sie ist immer da«, sagte Jan.

»Spricht sie mit euch?«

»Nicht so, wie Sie denken. Nicht mit Worten. Die Vogelfrau hat ihre eigene Sprache.«

»Und ihr beide versteht diese Sprache?«

»Natürlich«, antwortete Kyras dunkle Stimme. »Ich verstehe sie ebenso wie Jan.«

Alexandros beobachtete, wie ihr Gesicht sich unmerklich veränderte. Das Tagebuch, dachte er. Die Eintragungen der letzten Tage. »Nemesis«, versuchte er auf gut Glück.

»Nemesis befiehlt«, sagte Kyra. »Wir müssen tun, was sie befiehlt.«

»Was befiehlt die Göttin?«

»Sie befiehlt, die Toten zu rächen. Die dunklen Töchter des Zeus zeigen uns den Weg.«

Die Göttin der Blutrache. Alexandros kannte sich in der griechischen Mythologie gut aus, aber die dunklen Töchter des Zeus?

»Die Moiren zeigen euch den Weg?«

»Lachesis wählt die Fäden. Klotho teilt sie uns zu. Atropos schneidet sie durch. Die Töchter der Finsternis weisen uns den Weg.«

»Den Weg der Rache?«

»Den Weg des Schicksals.«

»Wohin führt der Weg?«

»Zu dem von der Richterin gefällten Urteil.«

»Ihr vollstreckt die Todesurteile im Namen der Blutrache?«

»Wir sind die Gerechten.«

»Wer ist die Vogelfrau?«, fragte er.

»Die Vogelfrau fliegt«, sagte Jan.

»Wohin?«

»Die Vogelfrau ist frei.« Kyra stieß sich rasch von der Scheibe ab und trat mit wenigen Schritten hinter Kristina. »Das Nichts ist die Freiheit, ha ha …«, lachte die Jungenstimme, »das hier, das ist Freiheit …«

Es geschah so überraschend, dass Alexandros später nicht sagen konnte, woher das Messer kam, das Kyra – oder war es Jan? – plötzlich in der Hand hielt und dessen blanke Klinge an Kristinas Kehle drückte. Er brauchte einige Sekunden, um sich aus seiner Schreckensstarre zu lösen.

Doch davon bekam Kristina nichts mit. Sie spürte nur den kalten Stahl an ihrem Hals. Schmerz pulsierte in ihren Schläfen. Das Blut rauschte in ihren Ohren. Der Druck des Messers an ihrem Hals ließ etwas nach. Sie spürte Kyras flachen, schnellen Atem ganz nah an ihrem Ohr. Sonst herrschte Stille.

Wo war Alexandros? Hatte sie nicht seine Stimme gehört? Wann war das gewesen? Ein Zittern durchlief ihren Körper. Dünne Rinnsale liefen ihr die Wangen hinab. Tränen. Schweiß. Egal.

Sie spürte nur die Nässe, die ihr seitlich in den Halsausschnitt des T-Shirts lief. Kyra stand schräg hinter ihr. Kristina konnte ihr Gesicht nicht sehen. Fühlte nur das Messer und den Arm, der sich wie ein fester Gürtel unterhalb ihrer Brust um sie legte.

Alexandros' Stimme war von der Spiegelwand hergekommen. Nein. Sie war von irgendwo dort oben gekommen. Seine Stimme hatte über ihr geschwebt. Er musste hinter der Wand sein, hinter der Scheibe. Er musste sie doch sehen! Warum holte er sie nicht hier raus?!

Alexandros fuhr herum, als Nikos und Michalis zurück in den Raum gestürzt kamen. Ihre Kleidung war verrutscht. Nikos hatte einen Riss in seiner Jacke.

»Es gibt tatsächlich nur eine Tür in den anderen Raum«, berichtete er atemlos. »Und das verfluchte Ding lässt sich nicht eintreten. Wir haben wirklich alles versucht.«

»Scheint eine Sicherheitstür zu sein«, pflichtete Michalis ihm bei.

»Kann man die aufbrechen?«, fragte Alexandros. In seiner Stimme schwang Resignation mit.

»Keine Chance.« Nikos schüttelte den Kopf. »Das da drüben ist wie ein Hochsicherheitstrakt.« Er trat zur Scheibe, hieb mit der Faust dagegen. »Wenn man davon einmal absieht …« Er sah bedeutungsvoll zu Alexandros hinüber.

Alexandros erwiderte seinen Blick, zögerte zwei Sekunden und nickte. Nikos fegte mit der Handkante das Tablett samt Wasserkaraffe und Gläser vom Beistelltisch und hob ihn gemeinsam mit Michalis an. Die beiden Männer liefen auf das Fenster zu, Alexandros wich zur Seite, machte ihnen den Weg frei. Mit aller Kraft rammten sie die Beine des Tisches in die Scheibe. Das Glas zerbarst mit dumpfem Knall. Tausende von Splittern verteilten sich auf dem Boden.

Sie stiegen über den niedrigen Rahmen des Fensters hinweg, unter ihren Schuhen knirschte es, als sie auf die Glassplitter traten.

»Keinen Schritt weiter!«, empfing sie die Jungenstimme aus Kyra. »Sonst …« Das Messer an Kristinas Kehle bewegte sich. Die drei Polizisten verharrten in ihren Bewegungen, Nikos und Michalis zückten ihre Pistolen.

»Nicht doch«, drohte Jan. »Auf den Boden damit«, befahl er, »sonst …«

Sie gehorchten. Gingen langsam in die Knie, legten die Waffen behutsam vor ihre Füße.

»Und jetzt zu mir damit«, forderte Jan. »Aber schön langsam, meine Herren. Und nur mit den Füßen.«

Seltsame Mischung, dachte Alexandros, die Sprache eines Erwachsenen mit der Stimme eines Kindes. Nikos gab seiner Pistole mit der Schuhspitze einen sanften Stoß. Michalis tat es ihm gleich. Beide Waffen rutschten ein Stück nach vorn, blieben nebeneinander in einer für Kyra unerreichbaren Entfernung liegen.

Alexandros schob sich zwischen Nikos und Michalis. »Lass uns miteinander reden, Jan«, schlug er vor.

»Reden, Kommissar?«, kicherte die Jungenstimme. »Was tun wir denn die ganze Zeit? Was sollen wir denn noch miteinander reden? Es ist alles gesagt worden.« Er lachte. »Wie heißt es so schön: ›Der Worte sind genug gewechselt, lasset mich auch endlich Taten sehen‹.«

Ein solches Zitat, dachte Alexandros, das ist wahrlich nicht die Ausdrucksweise eines Kindes. Als er sah, wie Kyras Hand noch fester in Kristinas Haar griff, wie sie Kristinas Kopf noch brutaler nach hinten zog, ballte er die Fäuste und unterdrückte gewaltsam den Impuls, loszurennen, sich auf Kyra zu stürzen.

Kristina spürte einen stechenden Schmerz im Nacken, so weit wurde ihr Kopf nach hinten gezogen. Der Druck des Messers verstärkte sich. Sie konnte sich nicht bewegen. Alexandros war jetzt hier. Hier, bei ihr. Und auch Michalis und Nikos. Das jedenfalls hatte sie mitbekommen. Das entsetzliche Klirren, als die Scheibe zerbrach und ihr Spiegelbild verschwand und die drei Polizisten plötzlich vor ihr standen. Nun konnte sie keinen von ihnen mehr sehen. Nur noch die Eisenketten und das grelle Licht über ihr. Sie schloss die Augen. Dachte sich eine Farbe aus.

Eine klare Farbe. Keine Mischfarbe. Eine rationale Farbe. Etwas zwischen Grün und Blau. Also doch eine gemischte Farbe. Eine Farbfläche. Eine grünblaue Farbfläche. Eine schraffierte grünblaue Farbfläche. Grünblau schraffiert …

Ihr Gehirn gehorchte. Begann augenblicklich zu arbeiten. Sie öffnete die Augen.

»Jan?«, kam es krächzend aus ihrer Kehle. »Wo bist du, Jan?«

»Hier, Schätzchen. Neben dir. Näher, als dir lieb sein kann.«

Feuchtheißer Atem an ihrer Schläfe. Der Druck des Messers wurde etwas schwächer. Die Spannung des Halses ließ ein wenig nach. Kristina konzentrierte sich. Auf einmal war sie hellwach. Sie sprach mühsam, die Worte kamen heiser und stockend aus ihrer angespannten Kehle: »Wo bist du, Jan? Ich sehe nur Kyra, die neben mir steht.«

»Hast du es immer noch nicht kapiert, Schätzchen? Wir sind eins! Kyra und ich gehören zusammen. Wir sind eine Person!«

»Wenn es so ist, wie du sagst, Jan, was willst du tun, wenn du Kyra verlierst? Wenn du Kyras Körper verlierst?«

»Mach mich nicht wütend, Mädchen! Ich warne dich!«

»Wenn du dein Zuhause in Kyra verlierst, verlierst du alles. Ohne Kyra bist du nicht lebensfähig.«

»Halt endlich die Klappe!«

»Ohne sie bist du tot.«

Höhnisches Lachen. »Wer sollte mich töten? Ich lass mich nicht töten!«

»Wenn du mich tötest, Jan, wird meine Freundin Kyra mich rächen.«

»Die Schwester stellt sich niemals gegen den Bruder.«

»Du bist nicht ihr Bruder.«

»Das bin ich wohl!«, schrie Jan in ihr Ohr. Augenblicklich verstärkte sich der Druck des Messers an ihrer Kehle. Kristina stöhnte. Spürte Kyras Hand an ihrem Hals. Sie versuchte krampfhaft zu schlucken. Da hörte sie die Stimme des Hauptkommissars:

»Euch blieb keine Wahl.«

»Wobei?«, fragte Jan verblüfft. »Wobei blieb uns keine Wahl?«

Trotz ihrer Angst nahm Kristina die winzige Unsicherheit wahr, die auf einmal in der Jungenstimme mitschwang.

»Ihr hattet keine Wahl«, wiederholte Alexandros ruhig. »Ich verstehe euch. Kyra und dich. Ihr musstet die Nachkommen der Täter töten.«

Schweigen.

Alexandros' Puls schlug einige Frequenzen höher, seine Muskeln waren schmerzhaft angespannt. Hatte er einen Fehler gemacht? War er zu offensiv gewesen? Kristinas Leben hing an einem seidenen Faden. Er konnte sich keinen Fehler leisten.

Er spürte eine Bewegung neben sich. Aus den Augenwinkeln erkannte er, dass sich Nikos und Michalis unmerklich von ihm entfernten.

»Wie einsichtig«, staunte die Jungenstimme. »Und so plötzlich … Nur um dieses kleine beschissene Leben hier zu retten!«

»Ihr musstet die Toten sühnen.« Kristina fühlte ein warmes Rinnsal an ihrem Hals hinunterlaufen. Der Schmerz verstärkte sich. Bilder tauchten vor ihrem inneren Auge auf. In rascher Folge wechselnde Bilder. Große, seltsam verzerrte Bilder, auf denen Ölfarben feucht glänzten.

Sie sah sich an der Dünung des Meeres entlanggehen, Strandgut in eine Tüte sammeln. Sanfte Wellen leckten den Strand und zogen sich schurrend zwischen runden Ufersteinen wieder zurück. Sie sah Santos Tomasanis, der eine Pasta mit Meeresfrüchten in ihrer Küche zubereitete. Mama, die vor ihrem Haus in Doukades die Friedhofskatzen fütterte. Ihre Tochter Theano, die ihr mit kindlich ausgestreckten Armen entgegenlief. Sie sah Papa Spiros, der sie und Andreas in der kleinen Dorfkirche traute, sah den weißen mächtigen Bart auf und nieder wippen, während er lautlos die Lippen bewegte. Sie sah sich als kleines Mädchen, sah ihren Vater lachen, sah sich auf seinem Rücken durch hohe Meereswellen reiten. Sie sah Spielkarten mit eigenartig verschnörkelten Bildern, die sich unaufhörlich übereinanderschoben, eine Schlange mit Armen wie Tentakeln, die nach ihr griffen, sich in ihrem Haar verfingen …

Sie riss die Augen auf. *Nicht aufgeben! Die Farbfläche … grünblau schraffiert* … Dort tauchte sie ein.

»Töte mich«, flüsterte Kristina.

Die Hand mit dem Messer verharrte reglos an ihrem Hals.

»Töte mich, Jan.« Kristina schloss die Augen. Sie spürte, wie sich der Griff an ihrem Hinterkopf ein wenig lockerte.

»Gib mich frei …« Kyras Stimme, nur ein Wispern, so leise, dass Kristina meinte, sich getäuscht zu haben. Sie hielt den Atem an.

»Bitte, gib mich frei. Mama, Papa, verzeiht mir«, sagte Kyra.

Für Sekundenbruchteile schien alles um sie herum wie das eingefrorene Standbild einer Filmszene.

»Es ist vorbei, Kyra«, sagte Alexandros ruhig. »Du musst nicht mehr töten. Niemanden. Nie mehr.«

Alexandros hatte verstanden. Kyra wartete darauf, dass er sie freisprach. Er musste nur den richtigen Ton treffen.

»Du hattest keine Wahl, Kyra«, sagte er mit weicher Stimme. »Wer hätte eure Toten rächen sollen?«

Sie schob die Unterlippe trotzig nach vorn. »Ich habe es für meine Eltern getan. Für Mama und Papa.«

»Genau, wie dir befohlen war«, räumte er behutsam ein. »Deshalb haben sie dir verziehen. Mama und Papa haben dir verziehen.«

Kyras Hand bebte. Sie sah ihn unsicher an. Dann wandte sie den Kopf, brachte ihren Mund ganz nah an Kristinas Ohr.

»Ich habe es für Jan getan und für Artemisa«, flüsterte sie. »Als die Wölfe in unser Dorf kamen …« Ihre Stimme brach ab. Verwirrung zeigte sich auf ihrem Gesicht. »Ich kann mich nicht erinnern. Warum kann ich mich nicht erinnern?«

Kristina versuchte in Kyras Gesicht zu sehen. Der Druck des Messers verstärkte sich augenblicklich. Kristina gab erschöpft auf.

»Du warst noch ein Baby«, sagte sie sanft. »Als die Wölfe in euer Dorf kamen, warst du erst wenige Monate alt. Darum kannst du dich nicht erinnern. Deine Eltern sagen, du kannst nichts dafür, dass du noch ein Baby warst. Deshalb, Kyra, haben Mama und Papa dir verziehen.«

Kyra legte den Kopf schief und musterte Alexandros, als dächte sie angestrengt nach. »Mama und Papa sagen, mein Bruder ist tot. Und Artemisa … sie sagen … ich weiß es nicht mehr …« Sie schwieg. Starrte verwirrt auf die Messerklinge an Kristinas Kehle.

Kristina schluckte, fuhr leise fort: »Mama und Papa nehmen die Schuld von dir. Du hast deine Geschwister gerächt. Du hast es für Mama und Papa getan. Nun ist es vorbei, Kyra. Dein Auftrag ist vollbracht.«

Kristina schloss die Augen und schwieg. Sie lauschte Kyras schnellen, heftigen Atemzügen. Dann schien es, als hielte Kyra auf einmal den Atem an. Kristina lauschte in die plötzlich entstandene Stille.

Kyras Stimme kam wie aus weiter Ferne: »Sprich mich frei, Nemesis!«

Das Messer an Kristinas Hals bewegte sich. Alexandros erkannte, wie Kristina gegen Angst, Schmerz und Erschöpfung ankämpfte.

»Gib mich frei, Nemesis!«, forderte Kyra.

Der drohende Klang in ihrer Stimme alarmierte Alexandros. »Ich gebe dich frei, Kyra«, sagte er ohne zu zögern.

Kyra sah ihn kalt und entschlossen an. »Halte deine Schere bereit, Atropos.«

»Ich halte die Schere bereit«, erwiderte Alexandros.

»Öffne sie.«

»Ich öffne sie.«

»Schneide den Faden durch.«

»Nein!«, keuchte Kristina, »nein, nicht …«

Das Entsetzen in ihren weit aufgerissenen Augen erschreckte Alexandros. Er hielt den Atem an. Hatte er einen Fehler gemacht?

»Schneide ihn durch!«, sagte Kyra hart.

»Nein, Kyra!«, widersprach Kristina. »Nicht den Faden durchschneiden …«

»Schneide ihn durch, Atropos! Gib mir die Freiheit.«

»Ich kann nicht …«, hauchte Kristina kraftlos.

»Gib mir Freiheit, Atropos! Ich will frei sein, endlich frei sein.«

Der Druck des Messers an Kristinas Kehle verstärkte sich. Alexandros beobachtete, wie sich ihr Körper verkrampfte.

»Ich bitte dich, Atropos«, bettelte Kyra, »ich flehe dich an, schneide den Faden durch!«

Kristina atmete jetzt schnell und flach. Panische Angst erfasste sie.

Sie bewegte stumm ihre Lippen. Formte tonlos Worte. Alexandros las die Worte laut von Kristinas Lippen ab: »Du hast gewonnen. Ich schneide den Faden durch.«

Kyras Miene entspannte sich:

»Küss mich, Vogelfrau, küss mich. Ich will fliegen, fliegen …«

Ein dunkler Schatten schob sich in das Licht der Scheinwerfer. Kristina erblickte die Umrisse von Kyras Gesicht. Fühlte, wie sich Kyras Lippen auf ihre eigenen pressten. Sie schloss die Augen. Dann war der Druck der Klinge an ihrer Kehle verschwunden.

Als Kyras Lippen sich von ihr lösten und die Hand in ihrem Haar ihren Hinterkopf freigab, atmete sie ein. Öffnete die Augen. Geblendet von den Scheinwerfern, erkannte sie Nikos und Michalis, die nach etwas auf dem Boden griffen. Kristina nahm das Geschehen um sie herum wie in Zeitlupe wahr. Alexandros tauchte in ihrem Blickfeld auf. Er schien auf sie zuzurennen. Sie hörte Schreie. Sah neben sich Kyras Hand, die blanke Schneide des Messers. Stimmen. Näher jetzt. Schärfer. Jemand, der auf sie zustürzte. Eine Hand. Ein Arm. Schnelle Bewegungen.

Sie erkannte es mit erschreckender Klarheit.

Der Stich traf direkt ins Herz.

Er war sofort tödlich.

Küss mich, Vogelfrau.
Ich will fliegen,
fliegen
Weit, weit fort …

20

Sie klappte das kleine Buch zu, legte es zurück auf den Küchentresen. So behutsam, als wäre es aus Glas. Ihre Hand strich sanft über den Einband. Über das abgegriffene blaue Leinen. Am Anfang hatte es sie Überwindung gekostet, das Buch in die Hand zu nehmen. Es überhaupt zu berühren.

Sie stellte sich ans Fenster, starrte hinaus. Die Sonne war bereits tief zwischen die Dächer im Westen gesunken. Die Platia unter ihr war menschenleer und ruhig.

Sie drehte sich um. Der große Wohnraum war noch immer in rötliches Abendlicht getaucht. Sie ging durch das Zimmer, stieg die Holztreppe hinauf zur Galeria. Dort nahm sie das letzte Bild von der Staffelei und stellte es zum Trocknen neben die anderen an die Wand. Eine Weile stand sie da, versunken in die Betrachtung der Bilder. Versuchte an nichts zu denken, sich lediglich auf die Farben der Bilder zu konzentrieren.

Später säuberte sie die Pinsel mit Wasser und Terpentin, räumte die Malutensilien in das dafür vorgesehene Regal und hängte den farbbeschmierten Kittel an den Haken daneben. Auf dem Weg ins Bad dachte sie an die bevorstehende Ausstellung. In weniger als einer Woche würde der Direktor der Kunstgalerie sie eröffnen. Ein bescheidenes Büffet war vorgesehen, die korfiotische Presse eingeladen. Bis zur Vernissage würden die mit Öl gemalten Bilder einigermaßen getrocknet sein.

Unter der Dusche überfiel sie wieder die Traurigkeit, die sie seit jenem Abend vor zwei Wochen wie ein Tier ansprang. Sie nahm das Badetuch und wickelte sich darin ein. Sie ließ sich viel Zeit, die Haut trocken zu rubbeln. Der Spiegel über dem Waschbecken zeigte ihr ein müdes Gesicht. Tiefe Schatten unter den Augen. Ein paar neue Falten. Bevor sie sich für den Abend zurechtmachte, brauchte sie erst einmal einen Kaffee. In ihren Bademantel gewickelt, ging sie mit dem dampfenden Becher in der Hand auf die Veranda. Die Sonne war verschwunden, der Himmel über dem pastellfarbenen Dächermeer der Häuser mit roségrauen Schlieren durchzogen. Unten auf der Platia war Dinos jetzt dabei, Tische und Stühle vor dem Restaurant aufzustellen. Ein klarer, schöner Abend kündigte sich an, wenn auch die Luft noch ein wenig kühl war.

Kristina ließ sich in einem der Korbsessel nieder. Um neun wollte Santos Tomasanis kommen und sie zum Essen abholen. Er hatte ihr mit glänzenden Augen versprochen, sie ins La Famiglia, ihr gemeinsames Lieblingsrestaurant, zu führen. Für den späteren Abend hatte er ein Treffen zum Tavli mit ein paar Freunden in Alexas Café am Liston arrangiert.

Sie war von der Idee nicht sonderlich begeistert gewesen. Doch Santos hatte darauf bestanden. Er bestand selten auf etwas. Diesmal jedoch war es anders gewesen. Kristinas triste Stimmung bereitete ihm nicht nur Sorgen, sie ging ihm auch gewaltig auf die Nerven.

Kristina konnte es noch immer nicht begreifen. Obwohl es keine zwei Wochen zurücklag, kam es ihr vor, als lägen Jahrzehnte dazwischen. Eine Ewigkeit. Zwischen dem Jetzt und jenem erlebten Alptraum, der sich nun jede Nacht von Neuem in ihren Schlaf einschlich. Es schien, als wäre der Traum in einer Endlosschleife gefangen. Als kreisten seine Geister durch ihr Hirn, um Nacht für Nacht, sobald sie in einen unruhigen Schlaf fiel, hervorzukriechen.

Kyra.

Kyras Blut, das Kristina im Traum sieht. Viel Blut, das vor

ihren Augen aus dem Körper der Freundin fließt. In Wirklichkeit war nicht viel Blut geflossen. Der Stich ins Herz hatte Kyra rasch getötet. Sie, Kristina, hatte den Faden durchschnitten. Sie war an Atropos' Stelle getreten. Sie fühlte sich mitschuldig am Tod der Freundin.

Sie starrte auf den Becher in ihrer Hand.

Es ist, dachte Kristina, wie eine lange Brücke mit vielen Eckpfeilern, die ich ganz langsam Schritt für Schritt überwinden muss.

Sie dachte an Kyras Tagebuch. Einige der Passagen waren rätselhaft verschlüsselt geschrieben. Im Zusammenhang jedoch hatten die Eintragungen aus jüngerer Zeit viele der Fragen geklärt.

Plötzlich fiel ihr die finstere Miene des Hauptkommissars wieder ein. Alexandros' Moralpredigt hatte gut eine Stunde gedauert. Er hatte sie in die Astynomia bestellt. Sie hatte ihm auf dem Besucherstuhl vor seinem Schreibtisch gegenübergesessen und zu allem geschwiegen. Was hätte sie auch sagen sollen? Für ihr Verhalten gab es keine Entschuldigung. Sie hatte sich in der Klinik gegenüber einem gutgläubigen Medizinstudenten als Polizistin ausgegeben und sich mit dem Beweismaterial in einer laufenden polizeilichen Ermittlung davongemacht. Da gab es nichts zu beschönigen. Das allein hätte für ein Disziplinarverfahren ausgereicht, wie Alexandros Kasantzakis ihr unmissverständlich erklärte.

Als Polizistin wäre ihre gesamte Handlungsweise ein einziger zum Himmel schreiender Verstoß gegen jede Regel gewesen. Nicht nur, dass sie das Vertrauen eines Zeugen schamlos ausgenutzt hatte, sie hatte sich eigenmächtig und allein in ein nicht kalkulierbares Risiko begeben und sich und andere damit in Gefahr gebracht. Mit Letzterem hatte sie gegen eine der Grundprinzipien polizeilicher Arbeit verstoßen. Dass sie aufgrund ihrer Kenntnisse der deutschen Sprache so tief in die Ermittlung miteinbezogen wurde und dass Kyra Damianidi ihre Freundin war, rechtfertigte noch lange nicht einen solchen Alleingang.

Sie hätte niemals, ohne jemanden zu informieren, in das Rote Haus gehen dürfen.

Vielleicht hatte es ihr Leben gerettet, dass Alexandros, Nikos und Michalis das Tagebuch in Kyras Apartment fanden. Kyras Eingeständnis der Schuld und Jans Mordabsicht. Vielleicht hatte das Auftauchen der drei Polizisten im Roten Haus wirklich ihr Leben gerettet.

Die Jalousien waren bis auf einen schmalen Spalt heruntergelassen, die Tür verschlossen, der Schlüssel steckte von innen. Er saß zurückgelehnt im Halbdunkel seines Büros. Der Fall war abgeschlossen, sein Schreibtisch aufgeräumt. Ein seltener Anblick.

Während der vergangenen anderthalb Wochen hatte Alexandros Kasantzakis mehrfach mit Athen telefoniert. Noch am späten Abend, unmittelbar nach Abschluss der Ermittlung, hatte er den Staatsanwalt informiert. Georgios Valoutis hatte nur eine einzige Frage gestellt und am Ende einen schriftlichen Bericht verlangt. Den hatte er ihm tags darauf per Fax zugesandt. Der gleiche Bericht ging an den Polizeipräsidenten. Dieser konnte es nicht lassen, in einem Gegenfax einen Seitenhieb auf Alexandros' Sturheit hinsichtlich der angebotenen Athener Verstärkung loszulassen. Der Hauptkommissar trug die Kritik mit Fassung, zumal ihr eine Belobigung des Polizeipräsidenten anhing. Die angekündigte Athener Verstärkung traf denn auch tatsächlich ein. Zeitgleich mit der Überstellung des Leichnams von Kyra Damianidi in die Gerichtspathologie des Städtischen Krankenhauses.

Vor zwei Tagen hatte Alexandros Kristina Tzavrou in ihrem Apartment aufgesucht und ihr Kyra Damianidis Tagebuch gebracht. Nachdem Prokopis Mandoulis ihn davon überzeugt hatte, dass Kyras Schwester, Artemisa, wohl kaum etwas damit anfangen konnte, hatte er sich spontan dazu entschlossen, es Kyras Freundin zu überlassen. Ob dies nun rechtens war oder nicht. Die Ermittlung war abgeschlossen.

Alexandros hatte das Tagebuch Seite für Seite gelesen. Die eigenartige Faszination, die ihn dabei erfasst hatte, irritierte und verstörte ihn. Kyra Damianidis Aufzeichnungen enthielten die Schlüssel zu den meisten Türen, die er bisher nicht hatte aufschließen können. Wenn auch einige dieser Türen für immer verschlossen bleiben würden, hatten ihm insbesondere die Eintragungen der letzten Tage geholfen, die Zusammenhänge zu begreifen. In all ihrer Wirrnis hatten sie doch ein Bild von Kyra Damianidi entworfen und einen Funken Licht in das einsame Doppelleben dieser Frau gebracht.

Als Kyra Damianidi Jannis Mastoras begegnet, weiß sie noch nicht, wen sie da vor sich hat. Der Doktor hat gewisse sexuelle Neigungen, von denen seine Frau Celine nichts ahnt. Er ist bereit, für diese Neigungen zu bezahlen. Er wird ständiger Kunde einer Domina. Über das Heroin, das er sich unter die Zunge spritzt, weiß nur eine Bescheid. Eine, der man sich anvertraut. Die dafür bezahlt wird, dass sie den Mund hält. Für das großzügige Honorar, das der Doktor auf den Tisch der Domina hinblättert, kann er einiges verlangen. Zum Beispiel, dass sie das Wissen über ihn lustvoll einsetzt, es zu einem Teil ihres sadomasochistischen Programms macht.

Dann kommt der Tag, an dem Kyra die Fotografien entdeckt. Aus welchen Gründen auch immer greift sie in die Taschen seines Jacketts. Kyra begreift sofort. Der Mann, der da zugekifft und satt in den Ketten ihrer Folterkammer seinen Liebesrausch ausschläft, dieser Kerl ist einer von denen, die sie sucht. Seit langem sucht. Seit sie angefangen hat zu verstehen.

Wie lange hatte sie auf diesen Augenblick gewartet? Das Foto ist etwas Konkretes. Darauf kann sie sich verlassen.

Bilder beginnen in ihrem Innern zu erwachen. Andere Bilder. Bilder von Lichtgestalten aus dem Schattenreich. Gestalten der Finsternis. Die drei Moiren: Lachesis, Klotho und Atropos, die hässlichen Töchter des Zeus. Nemesis, die Göttin der Blutrache.

Die Vogelfrau …

Die Vogelfrau verspricht die Freiheit.

Alexandros wusste nun, wen sie symbolisierte. In Kyras Tagebuch hatte er die Antwort gefunden. Er dachte an den kleinen Schmuckanhänger an Artemisas Brust. Eine Frauenfigur mit einem Vogelkopf. Kyra schenkte ihrer Schwester den Anhänger, den sie selbst als Kind von ihrer Mutter bekommen hatte.

Die Gestalten um Kyra werden deutlicher. Die drei Moiren. Nemesis. Die Vogelfrau. Sie fordern Rache. Blutrache. Sie fordern Mord. Die Gestalten werden zunehmend bedrohlicher. Sie nehmen Besitz von ihr. Kyra erträgt die Bedrohung nicht. Nicht allein. Sie braucht Hilfe. Verstärkung. Jemand, der mit ihr zusammen die mörderischen Forderungen erfüllt.

Sie braucht ein zweites Ich. Jemand, der anders als sie selbst keine Skrupel kennt: Jan.

Alexandros hatte Kyras Briefe wieder und wieder gelesen. Er hatte die geschändete Puppe lange Zeit in seinen Händen gehalten und sie dann in die oberste Schublade seines Schreibtisches verbannt. Warum hatte Kyra ihm die Briefe geschrieben?

»Ein Hilferuf«, hatte Prokopis Mandoulis ihm erklärt. »Die Briefe, ebenso die Puppe. Kyra wollte Sie teilhaben lassen. Sie einbeziehen in das, was sie tat. In das, was ihr schizophrener Geist tun musste.«

»Und Kristina Tzavrou? Weshalb lieh Kyra ausgerechnet ihr die Schuhe, die sie selbst bei der ersten Tat getragen hatte?«

»Kyra wollte Ihre Hilfe, Kommissar. Eigentlich Ihre Komplizenschaft.«

»Sollte ich ihr vielleicht dabei helfen, all diese Menschen umzubringen?«

»Vielleicht, aber bitte, das ist nur eine Theorie. Vielleicht sollten Sie Kyra helfen, die Morde nicht zu begehen.«

»Aber sah Kyra es nicht als eine Art Gottesauftrag, die Nachkommen der Täter hinzurichten?«

»Kyra Damianidi empfand sich selbst als eine Art Gottheit. In ihrer Katatonie – ihrer schizophrenen Starre – spinnen Menschen wie sie Träume aus, in denen ihre Allmachtsgedanken eine entscheidende Rolle spielen.«

»Aber sie bezeichnete sich und ihr zweites Ich Jan nur als Vollstrecker, sozusagen als Befehlsempfänger. Den Auftrag zum Töten erteilten nach Kyras eigener Aussage Nemesis und die drei Moiren.«

»Schizophrene bauen sich oftmals eine subjektive Erlebniswelt. Um es mit Sigmund Freud zu erklären: Wahnkrankheit ist nichts weiter als eine Notfallreaktion des Unbewussten, das sinnvoll auf eine ausweglose Lebenslage ›antwortet‹. Mit anderen Worten: Man kann ergründen, was der Kranke mit seinem Wahn ›sagen will‹. ›Sinn finden im Unsinn des Wahns‹, wie Sigmund Freud sagt.«

»Auf Kyra Damianidi übertragen, wie muss ich das verstehen?«, hatte Alexandros gefragt.

»Die Mordinszenierungen sind Kyras Antwort auf das für sie unlösbare seelische Problem. Nur durch den Aufbau eines Wahnsystems, in dem ihre schizophrene Persönlichkeit den Auftrag zum Töten bekam, glaubte sich ihr Geist vor dem Untergang retten zu können.«

»Dann bestimmte das Töten ihr Leben.«

»Und ihr Sterben. In einem ihrer seltenen, nennen wir es ›wachen‹ Momenten sagte Artemisa: ›Die Welt ist eine graue Mauer, die sich mir entgegenstemmt.‹ Vielleicht hat Kyra es ähnlich empfunden.«

»Und die Vogelfrau?«

»Wahnkranke«, hatte Prokopis Mandoulis erklärt, »erheben sich häufig in imaginäre Höhen, wohin ihnen normale Menschen kaum folgen können. Oder wollen. Oftmals richten sie ihr Leben auf Magie und Zauber aus. In Kyras subjektiver Erlebniswelt symbolisierte die magische Figur der Vogelfrau den Tod.«

Vier Uhr. Nacht. Sternenklar.

Sie ist jetzt allein.

Sie geht zurück ins Zimmer. Schließt die Terrassentür. Steigt die Holztreppe hinauf zur Galeria. Sie betrachtet ihre Bilder. Aufgereiht an den Wänden. Eines neben dem anderen. Collagen. Mischtechniken. Mit und ohne Materialien. Verschiedene Größen. Serien von drei, fünf oder sieben Arbeiten. Hier und da vielleicht noch eine kleine Korrektur. Ein winziger Pinselstrich. In wenigen Tagen beginnt ihre Ausstellung.

Sie lehnt sich über die Balustrade, schaut hinunter auf das zerwühlte Bett. Noch vor wenigen Minuten hatten sie sich darin geliebt. Sie geht die Stiege wieder hinunter.

Auf dem Boden neben dem Bett liegt das blaue Buch. Sie starrt auf den abgegriffenen Einband, das winzige Schloss. Sie will das Buch nicht verschließen. Die Worte nicht wegschließen, die ein Teil von Kyra sind. Sie glättet das Kopfkissen, legt das Tagebuch behutsam darauf.

In der Weinkaraffe auf dem Küchentresen ist noch ein Rest Rotwein. Gerade noch ein Glas. Sie geht mit dem Glas in der Hand ans Fenster, schaut hinab auf die verlassene Platia.

Sanfter Wind streichelt ihr Gesicht. Alles ist still. Und sehr friedlich.

Anmerkung

Während des Zweiten Weltkriegs überfielen deutsche Einheiten zweitausend griechische Dörfer. Sechzehnhundert dieser Dörfer wurden vernichtet. Auch die Stadt Korfu wurde nicht verschont. Im Jahre 1943 wurden während eines deutschen Fliegerangriffs gegen die auf der Insel stationierten Italiener Theater, Bibliotheken und andere Gebäude niedergebrannt. Dreißig Prozent der Stadt wurden dabei zerstört. Zweitausend jüdische Korfioten wurden in Konzentrationslager deportiert, achtzehnhundert dort ermordet. Somit war die große Jüdische Gemeinde Korfus ausgelöscht. Auch von anderen griechischen Inseln wurden Menschen unterschiedlicher Konfessionen verschleppt und ermordet. Griechisch-Orthodoxe, Juden, Christen. An der Deportation griechischer Juden waren sowohl die Waffen-SS als auch die Gebirgsjäger-Regimente – also Soldaten der Deutschen Wehrmacht – beteiligt.

Danksagung

Dank all jenen, die durch anregende Gespräche meine Phantasie beflügelt haben.

Mein besonderer Dank gilt Spyros Katzaounos und seiner Frau Kiki, unseren »ältesten« griechischen Freunden. Insbesondere Spyros' historisches Wissen erwies sich während meiner Arbeit an diesem Buch als unersetzlich. Ergänzt wurde dieses Wissen von Georgios Bardis, der noch den alten überlieferten Namen sowie dessen Bedeutung der Bucht von Arillas kannte, wo er auch heute noch gern badet. Ich danke ebenfalls Prokopis Anthis von der Kriminalpolizei Korfu für seine Hinweise zur Polizeiarbeit sowie seiner Frau Sabine Stüder für die in diesem Fall doch nötige Übersetzungshilfe. Ein großer Dank gilt Priv. Doz. Dr. med. Hjalmar Hagedorn, Chefarzt HNO im Klinikum Dachau, für seine wertvolle Beratung in den medizinisch-forensischen Fragen. Diesbezüglich bedanke ich mich ebenfalls bei Dr. Claus P. Möller, Tagesklinik Altona, Hamburg, und seiner Frau Karin Drexler-Möller sowie bei Dr. Almut Meyer-Brand, Berlin. Meinen ganz besonderen Dank verdient mein Mann, Günter Hagedorn, für seine aufopferungsvolle Geduld und seine konstruktive Kritik.

Wer mit der griechischen Insel Korfu vertraut ist, wird bemerken, dass die genannten Restaurants existieren, ebenso die Straßen und Wege, wenn auch hier und da ein Gebäude ein wenig zurechtgeschoben, eine Route der Romankulisse angepasst wurde. Auch habe ich mir die literarische Freiheit genommen, die Kriminalpolizei – Astynomia – in das Polizeipräsidium Alexandras Ave zu verlegen, wo in der Realität nur die Personalbüros zu finden sind. Auf Korfu gibt es zwar eine staatliche Anstalt für Geisteskranke, hingegen ist die Private Anstalt für geistige Erkrankungen lediglich Fiktion.

In memoriam
Spyros Katzaounos

William Brodrick

Die Gärten der Toten

Ein Pater-Anselm-Krimi. Aus dem Englischen von Ulrike Bischoff.
432 Seiten. Gebunden mit Schutzumschlag.
ISBN 978-3-471-79551-4

Anselm führt im ländlich gelegenen Kloster Larkwood ein zurückgezogenes Leben. Vor zehn Jahren hat er seinen Beruf als Strafverteidiger aufgegeben und lebt seitdem als Mönch. Unerwartet erhält er Post von einer früheren Kollegin. Als sie kurz darauf tot aufgefunden wird, muss er das Kloster verlassen und aufs Neue ermitteln.

»Ein Spannungsroman, der glänzend unterhält und eine wichtige Frage stellt: Kann das Gesetz immer das einlösen, was die Öffentlichkeit erwartet?«
The Times

»Brodrick hat das Labyrinth seines Thrillers fest im Griff. Enthüllung um Enthüllung lassen den Leser atemlos mitfiebern.«
Express, London

List